Teoria da literatura em suas fontes

Vol. 2

Luiz Costa Lima
Organização, seleção e introdução

Teoria da literatura em suas fontes

Vol. 2

3ª edição

CIVILIZAÇÃO BRASILEIRA

Rio de Janeiro
2002

CAPA
Evelyn Grumach

PROJETO GRÁFICO
Evelyn Grumach e João de Souza Leite

CIP-BRASIL. CATALOGAÇÃO NA FONTE
SINDICATO NACIONAL DOS EDITORES DE LIVROS, RJ

T29
v. 2

Teoria da literatura em suas fontes, vol. 2 / seleção, introdução e revisão técnica, Luiz Costa Lima. – Rio de Janeiro: Civilização Brasileira, 2002.

Inclui bibliografia
ISBN 85-200-0563-2

1. Literatura – Filosofia. 2. Literatura – História crítica. I. Lima, Luiz Costa, 1937- .

CDD 801
CDU 82-01

01-0785

Direitos desta edição adquiridos pela
EDITORA CIVILIZAÇÃO BRASILEIRA
um selo da
DISTRIBUIDORA RECORD DE SERVIÇOS DE IMPRENSA S.A.
Rua Argentina 171, São Cristóvão, Rio de Janeiro, RJ, Brasil, 20921-380
Tel.: (21) 2585-2000

PEDIDOS PELO REEMBOLSO POSTAL
Caixa Postal 23.052, Rio de Janeiro, RJ – 20922-970

Impresso no Brasil
2002

Sumário

Nota à 3ª edição

LUIZ COSTA LIMA

O *Teoria da literatura em suas fontes* foi o primeiro e, até o momento, o único *reader* em língua portuguesa que se propôs apresentar um panorama da reflexão teórica sobre a literatura, desenvolvida no século que finda. Ao passo que, entre a primeira (1975) e a segunda edição (1983), as diferenças foram drásticas, esta terceira se distingue apenas pelo mais acurado trabalho de revisão dos textos e das traduções.

A principal razão da mudança tem a ver com a própria reflexão teórica. Ao passo que as décadas de 1960 a 1980 conheceram uma fantástica proliferação de direções teóricas, ao lado da não menos notável ressurreição de nomes que haviam estado esquecidos, sobretudo por motivos políticos (Walter Benjamin, os formalistas russos e tchecos), a década de 1990 tem-se caracterizado ou pela consolidação ou desdobramento daquelas correntes ou pelo surgimento de rumos — os estudos sobre gênero, sobre as minorias sexuais, a literatura pós-colonial, o papel dos *media*, os genericamente chamados "cultural studies" — que não se notabilizam particularmente por algum vigor teórico. Pode-se mesmo afirmar que a reflexão teórica do objeto literário deixou de estar na crista da onda, passando a ser vista sob a suspeita de não ser politicamente correta.

Isso não significa que, entre as décadas de 1980 e 1990, não tenham se difundido ou aparecido novos nomes de extremo relevo, a exemplo de Albrecht Wellmer, David Wellbery, Friedrich Kittler, Karl Heinz Bohrer, Winfried Menninghaus, Rainer Nägele, Timothy Reiss, Gabrielle Schwab e Soshana Felman. Contudo o declínio do interesse pela literatura, evidenciado desde o fim da Segunda Grande Guerra, assumiu outra inflexão. Ao passo que o incremento da teoria decorrera da consciência de exaustão dos velhos métodos de análise e da necessidade de refletir, em plano teórico-filosófico, a especificidade de sua linguagem, dentro dela, a especificidade da modernidade, a razão e as conseqüências da complexificação progressiva, desde Hölderlin e Kleist, Flaubert e Mallarmé, do texto literário, mais recentemente como que os professores passaram a temer a complexificação com que se defrontavam. Por ela, o objeto literário não recuperava seu prestígio — como alguns talvez tenham pensado que sucederia — e, agora, ainda por cima, os departamentos de literatura corriam o risco de perder alunos! Daí que a tônica passou para assuntos mais leves ou de interesse mais imediato — a expressão das minorias, a questão do cânone, a inter-relação mais ampla da literatura com o que tradicionalmente fora objeto da antropologia, a volta à pesquisa histórica de movimentos, que haviam sido relegados a segundo plano. Nessa mudança de direção, influíram, ademais, questões contingentes porém particularmente sensíveis nos dois países em que a reflexão teórica mais avançara: nos Estados Unidos, a descoberta de que Paul de Man, o grande fecundador da renovação dos estudos literários norte-americanos, havia sido, durante a guerra, um colaboracionista [a propósito do clima norte-americano, criado em torno da obra do belga de Man é bastante útil a leitura de *The Culture of literacy* (1994), de Wlad Godzich] e, em data mais recente, na Alemanha, a divulgação de que Hans Robert Jauss tivera um papel ativo nos exércitos nazistas. Nenhum dos dois fatos teria o impacto que conheceu se se tratasse de uma área já consolidada. (Assim a confirmação de que Heidegger fora um nacional-socialista "de carteirinha" em nenhum momento abalou o reconhecimento de sua qualidade de filósofo.) Mas a reflexão teórica contrariava o hábito de supor um Estado-nação por detrás dos autores, o arrolamento histórico, o contextualismo sociológico e a prática do mero comentário de textos, acumulados desde o século passado. A reflexão teórica "ameaçava" talhar um aluno doutro tipo: aquele que não só "gostasse" de literatura mas que entendesse que *faz* a literatura. E exigir outro tipo de professor, mais interessado em *pensar* do que em tornar interessantes as vidas dos autores ou em apenas contextualizá-los.

Por essas razões, das quais damos apenas uma breve notícia, a teoria da literatura deixou de atrair o interesse que conhecera desde o estruturalismo, com Roland Barthes — em oposição aos *sorbonnards* —, a primeira geração da Escola de Konstanz ou os discípulos de Paul de Man. Por isso então preferimos não aumentar o tamanho deste *reading*, mas apenas aperfeiçoá-lo como instrumento confiável de trabalho.

Rio de Janeiro, abril de 1999

Nota à 2ª edição

LUIZ COSTA LIMA

A primeira edição de *Teoria da literatura em suas fontes* apareceu em 1975. Uma introdução geral, assinada por este organizador, antecedia a coleção de 23 textos, distribuídos em seis seções (problemas gerais, a estilística, o formalismo russo, o *new criticism*, a análise sociológica, o estruturalismo), compondo um volume de 490 páginas.

As modificações agora introduzidas são de diversas ordens, desde as de caráter gráfico — a adoção de um tipo menos incômodo para a leitura, a divisão em dois volumes autônomos — até as de conteúdo — o aumento radical da primeira seção, a introdução doutra sobre as estéticas da recepção e do efeito, a substituição de textos antes incluídos e o "expurgo" da introdução geral, tanto por apresentar uma visão demasiado particularizada da teoria da literatura, quanto por conter uma reflexão hoje demasiado datada. Assim, do total dos 24 textos da primeira edição, são mantidos 19, alguns seriamente revisados, e acrescentados outros 13, que, não contando o posfácio, formam um conjunto de 32 textos. Esperamos que assim melhor se cumpra o propósito didático-informativo desta obra. Este se torna imprescindível dada a situação calamitosa do ensino de teoria da literatura em nossos cursos de letras. Sua inclusão facultativa, sem dúvida positiva e extremamente necessária, praticamente coincidiu com uma reforma dos cursos de literatura que, possibilitando ao aluno formar-se tendo contato apenas com as literaturas de língua portuguesa, impede um ensino eficiente da teoria.* Como

*A teoria da literatura passou a fazer parte do elenco de matérias passíveis de integrar o currículo de letras por efeito da Resolução de 19-10-62, do Conselho Federal de Educação. Anteriormente, ela foi ensinada na Faculdade de Filosofia, Ciências e Letras do Instituto Lafayete, pelo prof. Afrânio Coutinho, a partir de 1950. Depois, o curso foi ainda oferecido pela Faculdade de Filosofia da Universidade Nacional, a partir de 1953, ensinada pelo prof. Augusto Meyer. Nos primeiros anos da década de 60, foi introduzida nos cursos de letras da USP, tendo à frente o professor Antonio Candido, e da Universidade de Brasília, contando com o professor Hélcio Martins.

é possível teorizar-se sobre algo de que não se tem experiência ou experiência bastante limitada? Nesta conjuntura, os cursos de teoria tornam-se no máximo propedêuticos à literatura, que, na prática, apenas visariam cobrir as lacunas de informação, anteriormente preenchidas pelas histórias gerais da literatura. Junte-se a isso o fato de o aluno de literatura ser hoje, entre nós, normalmente incapaz de ler em língua estrangeira e compreender-se-á por que os cursos de teoria se tornam ou ociosos ou incompreensíveis ou deformadores. Ociosos porque, para que se ponham no nível do entendimento geral, não podem passar de uma coletânea de dados, fatos e nomes a serem preguiçosamente repetidos pelos alunos; incompreensíveis quando, reconhecido o perigo anterior, supõem o contato com suas fontes efetivas, a que os alunos terão pouco acesso — ou nenhum — por se encontrarem em línguas que eles não dominam; deformadores, e este tem sido o caso mais comum, porque, não tendo tido os próprios professores uma formação teórica efetiva, a apresentação das teorias passa a se confundir com a apresentação de caixas de ferramentas a serem "aplicadas" aos textos! Não é ocasional ser este o entendimento mais comum do que seja uma teoria. Por certo também estes males não resultam apenas da organização dos currículos de letras. Não é novidade dizer-se que não temos formação teórica e que nossa organização social não estimula nenhum espírito crítico. Não será então por uma reforma dos currículos dos cursos destinados a futuros professores de língua e literatura que serão sanados os problemas que apontamos. Mas, de imediato, eles aí incidem.

É no interior deste círculo de carências que este livro pretende atuar, pondo à disposição do aluno interessado textos relevantes das diversas maneiras de refletir sobre a literatura. Por certo, nas dimensões desta obra — mesmo que a escolha que a compõe fosse hipoteticamente melhor — seria ilusório supor que ela já habilite suficientemente seu leitor a ponto de ele, terminada cada uma das seções, poder dizer que agora já conhece o tema tratado. Isso seria demasiada ingenuidade. Cada um dos tópicos apresentados desde a primeira seção permitiria pelo menos um volume da extensão desta obra inteira. Isso para não falar de vários temas fundamentais que não foram aqui sequer abordados. Não escrevemos as últimas frases como uma espécie de desculpa prévia, mas para introduzir uma idéia óbvia: o ideal mediato que move esta coletânea é o de, dependendo da reação positiva do mercado, estimular os editores a empreenderem *readers* mais específicos, a exemplo do que já é quase rotina em língua inglesa e alemã. Assim poderemos começar a pensar em interromper a corrida de mediocridades que ainda caracteriza a área da pesquisa em literatura no Brasil. Pois, se é importante a politização do aluno universitário brasileiro, do contrário vítima de e candidato a agente do consumismo colorido de nosso capitalismo selvagem, por certo, entretanto, sua oposição se manterá em um nível apenas formal e abstrato, se não for acompanhada de uma competência efetiva e específica. Neste sentido, trabalhar por sua competência profissional é também uma exigência política e uma maneira de "empregar" politicamente nossos poucos especialistas em alguma coisa.

Uma última observação: embora seja de esperar que cada texto seja suficiente em si mesmo, i. e., capaz de bem expor o objeto que se propôs e/ou de justificar a linha que o guia, a retirada da introdução geral — retirada que preferimos à sua modificação — pode dar a alguns a impressão de faltar ao livro uma espinha dorsal. Para evitá-lo, o segundo volume contém um posfácio, onde se busca uma reflexão crítica abrangente dos temas percorridos pela obra.

Rio, novembro de 1981

D. O *NEW CRITICISM*

CAPÍTULO 17

O *New Criticism* nos Estados Unidos

KEITH COHEN

Traduzido do francês "*Le New criticism aux États-unis* (1935-1950), *in* Poétique, 10, Seuil, Paris, 1972.

Por convicção doutrinária, o *New Criticism* recusa-se a limitar, com rigor, períodos históricos dogmaticamente definidos, no domínio da crítica literária. Conseqüentemente, os autores associados ao que aqui chamaremos de "movimento", sob a designação de *New Criticism*, não estão, em geral, de acordo quando se trata de apontar quem tomou parte no movimento e quais as preocupações essenciais do mesmo. Isto posto, pode-se, entretanto, adiantar que o *New Criticism* surgiu no decorrer dos anos 30, no Sul dos Estados Unidos, para em seguida passar a ocupar uma posição preponderante nos estudos literários realizados entre 1940 e 1950. Se bem que o termo tenha sido empregado já em 1910 por Joel Spingarn para designar a crítica "humanista" de Irving Babbit e Paul Elmer More, restringe-se agora, quase que exclusivamente, a um grupo de críticos orientados no início por John Crowe Ransom, que batizou oficialmente o movimento em 1941, quando deu a um de seus livros o título: *The New Criticism*. As primeiras atividades literárias e extraliterárias de Ransom o haviam posto em contato com dois homens que cedo vieram a ocupar o centro do movimento. Na Vanderbilt University, onde ensinava, Ransom contava com Allen Tate entre seus colaboradores na redação da revista de poesia *The Fugitive* (1922-1925). Alguns anos mais tarde, ainda na Vanderbilt, Ransom teve como aluno Cleanth Brooks, que viria a tornar-se um dos mais entusiásticos e sinceros propugnadores do *New Criticism*.

Em 1937, Ransom propunha uma nova crítica, uma crítica "profissional" (adjetivo que, para ele, derivava de "professor" universitário), que se preocuparia mais com as técnicas da poesia do que com a erudição histórica.[1] Esse apelo a uma crítica formalista radicalmente nova lhe fora provocado por uma aprendizagem anteriormente adquirida entre os *Southern Agrarians*, movimento ideologicamente conservador. Desde *I'll take my stand: the south and the agrarian tradition* (1930), coletânea assinada por

Ransom, Tate e mais dez outros autores, até sua colaboração em *The American Review* (1933-1937), onde se desenvolviam abertamente os temas principais do fascismo, os *Agrarians* sustentaram com firmeza uma política veemente hostil ao desenvolvimento industrial e a qualquer evolução social de caráter progressista.[2] É bem verdade que se os *Southern Agrarians* não tinham, por assim dizer, partidários e não possuíam nenhum programa político de caráter nacional, seus confrades, contudo, seguindo o caminho traçado por J. de Maistre e Maurras — no qual, no dizer de Eliot e Hulme, se tinham envolvido —, pressentiram uma tendência "contra-revolucionária" no domínio da crítica teórica.[3] É assim ainda mais significativo o fato de ter o *New Criticism* tomado impulso no final dos anos 30, num momento em que a crítica marxista, até então muito influente, encontrava-se desacreditada e posta de lado.

Além de Ransom, Tate e Brooks, que formavam inegavelmente o centro do movimento, torna-se desde já necessário citar o nome de colaboradores, colegas e outras figuras que, sem pertencerem ao movimento, a ele se ligaram.[4] Robert Penn Warren, amigo e companheiro de Brooks, com quem assinou vários manuais universitários célebres, escreveu ensaios, como "Pure and impure poetry" (*Kenyon Review* — primavera de 1943), que se ligavam mais à análise do ato poético que à do ato crítico. Yvor Winters, cujo nome é freqüentemente relacionado ao *New Criticism* — ao qual na verdade se opunha em muitos de seus pontos fundamentais[5] —, elaborou uma teoria crítica moralizante que nada tem de comum — a não ser a intransigência — com o movimento de que tratamos. Kenneth Burke e R. P. Blackmur situam-se ao mesmo tempo dentro e fora do movimento. Burke, partindo de uma crítica marxista adaptada às suas necessidades pessoais, constrói um amplo sistema da ação do símbolo. Trata-se de um teórico eclético que conseguiu realizar a síntese de diversas correntes. Os conceitos críticos que utiliza, bem como suas análises de textos, transgridem freqüentemente as normas impostas pelos *New Critics*. Blackmur, cuja introdução para *The Art of the novel*, de Henry James, influenciou bastante os estudos sobre o romance, é alguém em que podemos reconhecer o predecessor dos métodos do *New Cristicism*, embora se interessasse mais pelas denotações do que pelo movimento e pelas ambigüidades do poema.

Austin Warren ficou na periferia do movimento, apesar de aprovar-lhe as principais tendências (sobretudo em *Theory of literature* [1949]), sem contudo deixar de dar precedência às suas próprias preocupações, como a responsabilidade do professor universitário e a confluência das diversas disciplinas da pesquisa literária. Finalmente, R. W. Stallman e William K. Wimsatt Jr. tiveram sua importância nos últimos anos do movimento. O primeiro, pela compilação de antologias de grande utilidade, bem como pelo inventário dos escritos do *New Criticism*; o segundo, por ter fornecido uma síntese pessoal desse material, modificando-o algumas vezes. Considerando o fato de que grande parte do pensamento do *New Criticism* foi por ele codificada, a continuação do presente artigo fundamentar-se-á, muitas vezes, em seu trabalho.

A novidade do *New Criticism* residia numa abordagem intrínseca do objeto literário. Assim sendo, eram abolidos nítida e deliberadamente os traços das abordagens "extrínsecas", históricas, biográficas e sociológicas que proliferavam na época. O que não significa, contudo, que as idéias defendidas pelo *New Criticism* fossem inéditas no domínio da literatura. Deixando de lado os trabalhos das escolas formalistas européias, cuja possível influência é sujeita a debate,[6] citaremos certos teóricos britânicos e americanos que forneceram aos *New Critics* grande número de seus conceitos básicos. Dentre os mais importantes, podemos citar T. E. Hulme, T. S. Eliot, Ezra Pound, I. A. Richards e William Empson. Não seria irrelevante um breve exame de tais fontes, antes de tentarmos expor as teorias do *New Criticism*.

Eliot fala de um período inicial de sua carreira (anterior a 1923) durante o qual tendia a adotar a posição extremista de pensar que "só merecem ser lidos os críticos que praticam, e praticam bem, a arte de que tratam".[7] Mesmo tendo sido obrigado a mudar de opinião, essa sua posição extremista, além do precedente que oferece aos poetas-críticos do Sul, como Ransom, Tate e R. P. Warren, realça ainda seu próprio *status* de poeta crítico, bem como os de Hulme e Pound. Tem-se a impressão de que as declarações desses três arautos de uma nova era sobre a arte da poesia e a arte da crítica são o produto da experiência, o resultado de uma "prática" correta. E Eliot acrescentaria que tal prática implica a leitura e a integração de uma certa tradição literária — o significado de tal tradição tendo sido provavelmente definido pela primeira vez por Hulme, no "Romanticism and classicism". A nova poesia (e, parece que por extensão, também a nova crítica) devia ser tomada como reação contra a moda do romantismo; devia caracterizar-se pela exatidão, a precisão e a clareza na descrição — resultados de um "tremendo combate com a linguagem".[8] Foi essa precisão na descrição que Hulme procurou alcançar em sua poesia e que Pound indiscutivelmente conseguiu obter na sua. É ainda essa precisão que, segundo Pound, era indispensável para que a imagem se tornasse "um complexo intelectual e emocional".[9] E é essa mesma precisão — ou, quando nada, algo muito próximo — que condiciona a abordagem do objeto literário pelo *New Criticism*.

Os ensaios de Eliot tiveram a máxima influência sobre os *New Critics*. Se Eliot deixa de exigir que o crítico seja poeta, não é senão para exigir dele "um sentido altamente desenvolvido dos fatos", o que contitui ainda uma pedra no jardim romântico: os verdadeiros corruptores do gosto — diz Eliot — são aqueles que se afastam dos fatos e só têm "opiniões subjetivas ou imaginação; Goethe e Coleridge não são inocentes. O que vem a ser o *Hamlet* de Coleridge? Uma pesquisa honesta em relação aos dados ou o próprio Coleridge exibindo-se em sedutoras roupagens?"[10] O descrédito lançado contra a opinião subjetiva e a importância atribuída aos "dados" deviam conduzir o *New Criticism* a postular com firmeza uma exigência de objetividade no tratamento da obra literária. Insistir demais sobre os fatos — concede Eliot — pode, na pior das hipóteses, suscitar interesse apenas pela história e pela biografia. A tendência para a história e para a biografia foi constantemente desacreditada pelos *New Critics* e a tendência antibiográfica deve, certamente, sua origem a Eliot que escreveu: "A crítica honesta e a sensibilidade literária não se interessam pelo poeta, e sim pela poesia."[11]

A negação da história literária e da biografia no sentido tradicional não impediu Eliot de desenvolver as noções de tradição e de continuidade enquanto noções não históricas. A tradição constitui uma "ordem simultânea" fixa da qual fazem parte todas as grandes obras. Sua famosa teoria da "dissociação da sensibilidade", no século XVII baseava-se na convicção de que, desde os poetas elisabetanos até os metafísicos, há uma continuidade até então não percebida integralmente. A dissociação sobrevinda depois dos metafísicos pode ser resumidamente definida como dissociação entre pensamento e sensação. Se, a partir de meados do século XVII, os poetas não perderam a faculdade de "sentir", em contrapartida, o mecanismo do pensamento deformou-se. Sob a influência de Milton e de Dryden, os poetas enfrentaram dificuldades cada vez maiores ao procurarem associar pensamento e sensação numa língua adequadamente sensual. "Rebelaram-se contra a especulação intelectual, a descrição; pensavam e sentiam por acessos, em desequilíbrio; eles raciocinavam."[12] Para empregar uma outra expressão bastante conhecida de autoria de Eliot, o que quase sempre faltava a esses poetas era um "correlato objetivo", produto lingüístico que, adequado às sensações desses poetas, teria sido capaz de causar sobre o leitor o efeito correspondente. Os *New Critics*, por um lado, utilizaram essa reinterpretação da poesia do século XVII como exemplo para uma reformulação da história literária em geral; por outro lado, empregaram a noção de "correlato objetivo" na exegese de poemas particulares, bem como na análise teórica de outros gêneros que não a poesia lírica.[13]

I. A. Richards e seu discípulo W. Empson são talvez os autores aos quais os *New Critics* consagraram os mais aprofundados estudos (embora não os mais favoráveis). Suas relações com o grupo de críticos britânicos que, ao lado de Richards, se concentrava no estudo dos automatismos, são muito complexas, não somente pelo fato de serem muitas vezes confundidos uns com os outros sob a etiqueta "*Anglo-Saxon New Criticism*", mas também porque a evolução do pensamento de Richards libertou-o de algumas de suas primeiras concepções, levando-o a posições capazes de justificar a etiqueta de que falamos. Seja como for, os críticos americanos sempre consideraram com grande respeito o movimento representado por Richards.[14] Se faziam restrições quanto aos pressupostos do método, isto não os impediu de adotar algumas das técnicas críticas de Richards e Empson.

O ponto de vista de Richards, tal como é definido nos seus *Principles of literary criticism*, e desenvolvido em seguida numa longa série de trabalhos, é fundado sobre a análise das reações do leitor individual ante o objeto literário, ou o poema, proposto a título de simples exemplo. Tal reação é dividida em seis operações que se processam no espírito do leitor durante a leitura do poema.[15] Segundo tal sistema, a emoção resulta do estímulo de impulsos (impulsos que fazem parte do leitor) através das "*tied images*", imagens auditivas cuja existência pertence ao poema. Essa concentração sobre o mecanismo das reações do leitor poderia ser relacionada à noção de *Einfühlung* (empatia) de Theodor Lipps. Richards, no entanto, não supõe nenhuma projeção do "eu" do leitor no poema. Pelo contrário: acredita que do poema partam linhas de força que se transformam no que ele chama de *sinestesia* — "harmonia e equilíbrio dos impulsos". Assim, o que *no* poema determina uma reação emocional, permanece intacto, separado da reação que provoca, e podendo ser analisado em si mesmo.

Se os *New Critics* não hesitavam em destacar a ilusão afetiva (*affective fallacy*, cf. o que segue) implícita em qualquer teoria que valorize a este ponto a reação do leitor, isso não os impediu de perceber as possibilidades que oferecia essa abordagem ao deixar intacto o poema. Chegaram a afirmar que se o "equilíbrio perfeito" (sinestesia) reside na reação e não na estrutura do objeto estimulante, o trabalho de análise do poema não tem mais razão de ser.[16] Por outro lado, perceberam também que Richards "observou, algumas vezes em oposição às suas mais extravagantes teorias, a importância da estrutura orgânica do poema".[17] Não obstante, a distinção feita por Richards entre as funções emotiva e referencial da linguagem continuou a influenciar suas análises de textos particulares, sendo preciso esperar até 1936 e até *Philosophy of rhetoric* para vê-lo desenvolver uma teoria mais objetiva, a teoria "contextual" da significação. Essa nova abordagem, que possivelmente deve algo às análises da ambigüidade realizadas por Empson, tenta solucionar o problema fundamental da apreensão do sentido do poema analisando o encadeamento das palavras, o efeito de uma palavra sobre a outra de acordo com suas posições relativas, bem como sua polissemia.[18] A ênfase dada aos elementos orgânicos da análise semântica, característica dos métodos mais recentemente desenvolvidos por Richards, é inseparável dessa tendência da crítica moderna que se dedica à leitura microscópica (*close reading*)[19] dos textos, mostrando finalmente que Richards repudiou seus antigos princípios "psicológicos". Os *New Critics* se comprazem em acentuar essa evolução do pensamento de Richards, aproximando-a de sua própria posição.

Os estudos de Empson se inserem mais ou menos diretamente na trilha de Richards e no interesse que este sempre manifestou pelas estruturas verbais complexas, ainda que Empson se refira de igual maneira a Robert Graves e ao *English prose style* de Herbert Read. Ao mesmo tempo em que ainda se interessa pelo mecanismo psicológico que determina a reação do leitor e em que procura definir as funções dos processos estético e científico respectivamente (tranqüilizadores por proporem técnicas de análise), Empson critica a divisão efetuada por Richards entre função emotiva e função referencial da linguagem — divisão esta que "leva o leitor a aprender separadamente duas coisas que deveriam, na verdade, ser captadas numa só unidade."[20] A análise minuciosa realizada por Empson sobre o funcionamento da ambigüidade, cujas maquinações formam uma das "raízes da poesia",[21] utiliza com maestria certos termos essenciais do vocabulário do *New Criticism*: "ironia", "tensão" e "dramático", em sua aplicação ao poema lírico. Sob certos aspectos, o estudo da ambigüidade levado a efeito por Empson, sua análise da polissemia e dos diferentes níveis de significação abriram caminho a um bom número de estudos posteriores sobre a metáfora.

Se deixarmos de lado as correntes formalistas européias, cuja influência foi quando muito indireta, e a teoria do romance tal como reformulada por Percy Lubbock a partir de Henry James (*The craft of fiction*, 1921) — que trata de um gênero pelo qual os *New Critics* só se interessariam tardiamente (após as *Techniques of fiction* [1944] de Tate) —, as outras influências sofridas pelos *New Critics* foram sobretudo negativas. Os *New Critics* lutaram vigorosamente contra o desenvolvimento da sociologia e da antropologia cultural e, mais particularmente, contra o impacto destas disciplinas sobre "as Letras". Para eles, a aplicação de tais ciências ao estudo da literatura não poderia senão ressuscitar o gosto pela *Geistesgeschichte*, levando diretamente a um "relativismo crítico" que se recusa a tratar as obras de um período a não ser segundo os critérios desse mesmo período. Para os *New Critics* a invasão dessas disciplinas "científicas" e aparentemente objetivas, acolhidas por um número crescente de "literatos", só podia impedir esses mesmos literatos de formular julgamentos "normativos".[22]

Os valores absolutos, incessantemente procurados pelos *New Critics*, eram constantemente postos em questão por diferentes formas de positivismo (para eles, um verdadeiro monstro). Donde o hábito de acentuarem as diferenças entre poesia e ciência. Tinham por principais alvos o "freudismo" e tudo o que na psicologia behaviorista e na psicologia do inconsciente pudesse ser aplicado à literatura. (As teorias de Richards quanto às reações do leitor eram acusadas de behavioristas, defeito compensado, entretanto, pela qualidade de suas análises.) Segundo Tate, essa invasão positivista remonta à distinção feita por Mathew Arnold entre o tema do poema e a língua em que é escrito, considerada mais veículo do que corporificação.[23] Quanto à crítica marxista, esta reduzia a literatura a um conjunto de normas sociológicas e políticas, constituindo assim o exemplo máximo de um método que relaciona o conteúdo de uma obra a uma causa que lhe é externa.

Muitas das teorias do *New Criticism* devem ser recolocadas dentro deste contexto de influências e de controvérsias. A denúncia das quatro "ilusões" começa por advertir o neófito dos perigos da crítica extrínseca. A "ilusão intencional" (*intentional fallacy*) e a "ilusão afetiva" (*affective fallacy*), duas faces de uma mesma medalha, são claramente resumidas por W. K. Wimsatt: "A falácia intencional confunde o poema com suas origens; é um caso particular daquilo que se conhece em filosofia pelo nome de ilusão genética. Começa-se por tentar definir os critérios da crítica a partir das causas psicológicas do poema e acaba-se na biografia e no relativismo. A ilusão afetiva mistura o poema e seu impacto sobre o leitor (o que *é*, e o que *provoca*); é um caso particular de ceticismo epistemológico, ainda que, de modo geral, se admita que existam melhores justificativas do que as formas de ceticismo global. Começa-se por tentar basear os critérios da crítica nos efeitos psicológicos do poema e acaba-se no impressionismo e no relativismo. Em conseqüência dessas duas ilusões — a falácia intencional e a afetiva —, o próprio poema, enquanto objeto de apreciação especificamente crítica, tende a desaparecer."[24]

Wimsatt remonta a falácia intencional a Longino, através de Croce e Goethe, e destaca as características românticas de qualquer tentativa de reconstituir a situação e o estado de espírito do autor no momento de escrever. Pretende assim distinguir o estudo psicológico dos autores — pesquisa válida quando considera a história —, que pode conduzir a uma caracterologia, dos estudos poéticos, cujo interesse se concentra no próprio poema: "Considerando o significado de um poema, há uma diferença entre a prova interna e a externa. E afirmar que (1) a prova interna também é pública constitui um paradoxo apenas verbal e de superfície: a prova interna é descoberta através da semântica e da sintaxe de um poema, através de nosso conhecimento habitual da linguagem, através das gramáticas, dos dicionários, de toda a literatura que é a fonte dos dicionários, através, em geral, de tudo que forma a linguagem e a cultura; enquanto isso, (2) a prova externa é privada ou idiossincrática, não pertence à obra como fato lingüístico, mas sim consiste em revelações (por exemplo, em diários, cartas ou conversas) sobre como ou por que o poeta escreveu o poema, para que senhora, enquanto estava sentado em que gramado ou na ocasião da morte de que amigo ou irmão. Há (3) uma espécie intermédia de prova que diz respeito à personalidade do autor ou aos significados privados ou semiprivados que se ligam a palavras ou temas de um autor ou da sociedade de que fazia parte. O significado de uma palavra é a história desta palavra, e a biografia de um autor, a maneira como usa a palavra; as associações que a palavra assume para ele fazem parte da história e do significado da palavra."[25]

Torna-se, pois, muito difícil determinar limites precisos para a utilização da biografia nos estudos estritamente poéticos, e não é indubitável que um autor como Brooks, por exemplo, consentiria em lhe dar um lugar de tanto destaque. Wimsatt explica que o incessante apelo feito pelas críticas modernas à intenção do autor foi encorajado pelo didatismo alusivo de poetas como Eliot. Assim sendo, as notas acrescentadas ao *Waste land*, que têm por modelo as notas à margem de *The ancient mariner* de Coleridge, procuram facilitar a compreensão do poema, esclarecendo certos aspectos das intenções de Eliot. Para Wimsatt, essas notas devem ser consideradas como elementos — talvez não integrantes — do conjunto do poema. Tentar determinar a totalidade de intenções do autor leva, seja qual for o caso, ao afastamento da composição interna do poema.

Enquanto a falácia intencional se perde na psicologia do autor, a ilusão afetiva se perde na psicologia do leitor. Para os *New Critics*, os perigos acarretados por esta segunda ilusão são os de uma crítica extremamente subjetiva e impressionista. A ironia está em que as disciplinas que apelam para essa ilusão — como, por exemplo, a semântica e a antropologia — fundamentam-se, de maneira geral, em tentativas objetivas, ou até mesmo científicas, de determinar mais rigorosamente as variáveis que entram na reação estética. Se levarmos muito a sério essas variáveis, chegaremos à declaração: *de gustibus non est disputandum*, atingindo um relativismo total que, segundo o *New Criticism*, rouba à crítica toda a sua razão de ser. Wimsatt distingue duas formas principais de relativismo psicologista. A semântica dá origem ao primeiro tipo: "pessoal". No sistema proposto por C. L. Stevenson em *Ethics and language* (New Haven, 1944), que parece inspirar-se nos primeiros trabalhos de Richards, a ausência de regra lingüística capaz de determinar as diferentes reações aos aspectos "emotivos" de palavras descritivamente idênticas (que descrevem e designam o mesmo referente, como, por exemplo, "liberdade" e "licença") faz, finalmente, com que a reação do leitor dependa de suas disposições em determinados momentos. O segundo tipo — cultural ou histórico —, baseado na antropologia cultural, toma como medida de valor poético o grau de emoção experimentado pelos leitores de uma época determinada. Formulado teórica ou cientificamente, tal relativismo seduz o estudioso de história da literatura ou o biógrafo. A isso se acrescentam formas secundárias de relativismo psicologista: o "psicologismo" e a "teoria da alucinação". O primeiro supõe uma reação física ante o objeto estético (teoria de Edmund Burke, para quem a beleza provoca um relaxamento do corpo). Para a segunda, uma espécie de ilusão mental é necessária ao prazer estético (como a "suspensão voluntária da descrença" de Coleridge). Essas formas secundárias não são importantes e perigosas senão na medida em que se introduzem nos manuais e nas páginas literárias dos jornais de grande tiragem. Os *New Critics* sempre se preocuparam com o modo pelo qual o estudante universitário e o leitor de jornais não especializados tratam da poesia.

A terceira ilusão — do "mimetismo e da expressividade da forma" — impregna menos a crítica que os próprios poetas. Foi provavelmente Yvor Winters quem primeiro empregou o termo para caracterizar o movimento "modernista" em poesia e a sua tendência em apresentar, por exemplo, uma experiência caótica numa linguagem caótica. "A forma, quando se esforça por imitar o informe, destrói-se a si mesma." A poesia que sucumbe a essa ilusão deriva da crença de "que se algo é sentido com bastante intensidade, basta deixar que se exprima por palavras para que encontre uma forma satisfatória (...) (de) que, uma vez postos em palavras, os elementos encontram sua melhor forma".[26] Donde o preceito crítico que se recusa a considerar o poema como a imitação direta ou concreta de um fenômeno, de um objeto ou de uma experiência. O poema não é a transcrição de uma experiência do poeta, mas uma transformação dessa experiência; por conseguinte, experiência nova, irredutível.

Última ilusão: a que diz respeito à mensagem (*fallacy of communication*, na terminologia de Tate). Trata-se da idéia de que a poesia serve de veículo a doutrinas particulares que o crítico deve discernir e desprender do texto. É pela formulação de sua teoria da "tensão" poética que Tate relaciona esta última ilusão à prática da poesia e à crítica que a acompanhava no século XIX, quando os poetas tentavam exprimir pelo verso idéias e sentimentos que, acreditavam intimamente, seriam melhor traduzidos pela ciência (ver a *Defence* de Shelley) ou pelo que se considerava como uma expressão significativamente má: "as Ciências Sociais".[27] A linguagem da ciência é a linguagem de comunicação e suas proposições, seja qual for a forma lingüística de que se revestem, supõem uma correspondência unívoca entre significante e significado. Mas a língua poética não é comunicativa; pelo menos, não tão diretamente. Suas proposições têm significações polivalentes e não demonstram, de maneira alguma, um objeto singular ou uma doutrina que fossem exteriores ao poema. Cleanth Brooks tem em mente essa mesma ilusão da mensagem quando denuncia a "heresia da paráfrase". Para Brooks, não existe conteúdo de paráfrase no poema. A descrição dos efeitos gerais do poema, aquilo que forma o seu tema é perfeitamente exeqüível, mas não necessariamente interessante, já que "a paráfrase não constitui o verdadeiro núcleo de significação em que se situa a essência do poema".[28] Donde o preceito incansavelmente repetido em todos os artigos dos *New Critics* e formulado em verso por Archibald McLeash:

Um poema não deveria significar
Mas ser.

Poderia parecer à primeira vista que, pelas suas aplicações, a denúncia dessa ilusão tem raízes na teoria de Richards, para quem a poesia é feita de "pseudoproposições" (*pseudo-statements*). Os *New Critics*, porém, não aceitam a distinção demasiado simplista de Richards entre linguagem emotiva (poética) e linguagem referencial (científica). Brooks, por exemplo, confina os estudos poéticos entre o Caribde do impressionismo e o Cila da paráfrase. Em sua resposta ao ataque lançado por W. M. Urban (*Language and reality*, Londres, 1939) contra a teoria da linguagem comprometida pelo "positivismo nominalista" de Richards e outros, Brooks declara que a linguagem "tem também uma função representativa (intuitiva e simbólica), função tão necessária quanto as outras, pois a linguagem deve significar. A poesia não é simplesmente emoção; exerce também uma função de reconhecimento".[29] Voltaremos mais adiante a essa idéia favorita dos *New Critics*, lançada primeiramente por Ransom, segundo a qual a poesia é meio de conhecimento, mesmo se não é feita de proposições predicativas. No momento, convém mostrar de que modo os *New Critics*, falando de "ilusão da mensagem" e de "heresia da paráfrase", contribuíram para abolir a distinção tradicional entre fundo e forma.

Os *New Critics* tiveram sempre e intensamente presente ao espírito a tradição neoclássica do século XVIII que distingue conteúdo — proposição geral ou doutrina contida no poema — e forma — veículo particular dessa proposição. Os dois domínios permaneciam separados. A poesia era como um perfume dentro do vaporizador, e a leitura, a maneira pela qual se desprendia a essência. Contra tal teoria, os *New Critics* não encontraram nenhum apoio por parte dos teóricos românticos em quem censuravam o fato de terem abandonado a objetividade dos neoclássicos. (Coleridge, no entanto, de maneira quase sempre inconfessada, deu origem a muitas das teorias dos próprios *New Critics*). Quanto ao formalismo extremo de Croce, para quem a própria expressão já é uma espécie de intuição, uma vez que se baseia na sensação refletida e não na sensação empírica, valorizava demasiado o aspecto subjetivo do processo criativo para poder permitir a definição de critérios críticos. Brooks ainda se refere a Urban, que só aparentemente elucida o problema: "O princípio geral da indivisibilidade da intuição é particularmente válido no que se refere à intuição estética. Neste caso, forma e conteúdo, ou conteúdo e linguagem (*medium*) são inseparáveis. O artista não apreende primeiro e intuitivamente seu objeto para, em seguida, encontrar a linguagem que lhe é adequada. É antes no interior dessa linguagem e através dela que apreende intuitivamente o seu objeto".[30]

Mas essa simples fusão de fundo e forma depende da identificação, à qual Croce não pode escapar, entre intuição e expressão. Solução inaceitável para Brooks, ainda que insista claramente sobre a necessidade de não situar a poesia de um lado (fundo) ou de outro (forma). (Acontece-lhe, no entanto, ver a "poesia" num elemento puramente formal extraído da totalidade do poema.) Seria preciso, a um só tempo, desintegrar e refundir os velhos conceitos de fundo e de forma, inventar um instrumento — semelhante ao dos formalistas russos — para separar os elementos lingüísticos comuns ao fundo e à forma de qualidades menos tangíveis, menos materiais.

Wimsatt vai além e propõe o meio de forjar um tal instrumento: "A 'forma' abrange e penetra a mensagem, constituindo uma significação que tem mais profundidade e densidade que a mensagem abstrata ou o ornamento separado. A dimensão científica ou abstrata e a dimensão prática ou retórica contêm ambas a mensagem e o meio de comunicação que lhes é próprio; mas a dimensão poética está justamente na unidade dramática de um significado que coincida com a forma."[31]

Essa formulação é, entretanto, algo confusa. Reencontramos, no princípio da segunda frase, por detrás das expressões "dimensão científica ou abstrata" e "dimensão prática ou retórica", as antigas categorias de Richards: funções referencial e emotiva da linguagem. Em Wimsatt, há um avanço em relação à estética primária de Richards na medida em que o primeiro encontra nas duas categorias lingüísticas, ao mesmo tempo, a mensagem e seus meios. O fim da frase, entretanto, o traz de volta à distinção forma/conteúdo, se devemos entender por dimensão poética a união das dimensões abstratas e retóricas. Essa confusão generalizada — num domínio, entretanto, onde os *New Critics* conseguiram remover muitos empecilhos — provavelmente se origina de uma análise inadequada da natureza da linguagem. Apesar de terem reconhecido, com um faro incomum, as ambigüidades das palavras e expressões dos textos, não chegaram jamais a levar a termo a realização de um instrumento aplicável universalmente e capaz de suprimir a separação tradicional entre fundo e forma. René Wellek, um dos mais importantes teóricos da literatura na América (não só naquela época como também mais tarde), indicou um caminho mais seguro: "... mesmo na linguagem habitualmente considerada como parte da forma, é preciso distinguir as palavras em si mesmas, esteticamente neutras, da maneira pela qual as palavras singulares se combinam para formar unidades de sentido e de som que possuem uma marca estética. Seria preferível rebatizar todos os elementos esteticamente neutros, chamando-os de 'componentes' e chamar de 'estrutura' o modo pelo qual assumem força estética. Não se deve pensar que, sob novas denominações, se esconda o mesmo velho 'duo' da forma e do fundo. Essa distinção corta transversalmente as fronteiras tradicionais. Dentre os 'componentes', certos elementos eram outrora classificados como parte do fundo, e outros, da forma. A noção de 'estrutura' abrange a um só tempo fundo e forma, na medida em que são organizados para finalidades estéticas. A obra é, dentro desta perspectiva, considerada como um sistema global de sinais, uma estrutura semiótica a serviço de um propósito especificamente estético."[32]

Wellek dá à sua argumentação uma orientação semiótica, ainda que as expressões "esteticamente neutras", "esteticamente marcadas" e "fins estéticos" permaneçam vagas. A partir dessa posição, é possível (sem distorção, esperamos) definir melhor o formalismo do *New Criticism* e, mais particularmente, sua noção de estrutura. Examinemos a título de exemplo Cleanth Brooks, já que suas posições, por serem muito coerentes, são em geral bastante significativas. Nas dez análises que formam o essencial de *The well wrought urn*, o que o autor assinala com insistência é a primazia do esquema (*pattern*) subjacente a qualquer poema, ou seja, sua estrutura. Como a "imagem no tapete" de James, tal esquema (ou estrutura) é perfeitamente discernível dos componentes que a formam e sua beleza é independente da beleza (ou da ausência de beleza) intrínseca dos componentes. Entretanto, "estrutura", declara Brooks, "não é de modo algum um termo inteiramente satisfatório", por ser passível de reduzir-se a esquemas de versificação, de imagens ou de sonoridades. "Indiscutivelmente, a estrutura é sempre condicionada pela natureza do componente do poema".[33] Deste modo, Brooks procura definir uma relação dinâmica entre estrutura e componente, idêntica à que foi estabelecida por Wellek. Baseando-se no exemplo de *The rape of the lock*, cuja estrutura não está inteiramente condicionada nem pela "estrofe heróica", nem pelas convenções da paródia épica, Brooks chega à seguinte definição: "A estrutura, tal como é considerada aqui, é uma estrutura de significação, de apreciação e de interpretação; e o princípio de unidade de que está impregnada consiste, ao que parece, no estabelecimento de um equilíbrio e de uma harmonia entre conotações, pontos de vista e significações. (...) Tal unidade não é uma unidade a que se chegaria por redução e simplificação como numa fórmula algébrica. Trata-se de uma unidade positiva e não negativa: representa não um resíduo, mas sim uma harmonia acabada" (p. 195).

Ainda que pareça, à primeira vista, que estamos diante de uma abordagem valorativa, a terminologia empregada, reposta em seu contexto, designa na realidade estruturas verbais e dá corpo à noção de estrutura, transformando-a em algo além de um simples esqueleto ou de um mero arcabouço da obra. Os termos "conotações", "pontos de vista" (*attitudes*) e "significações" são fundamentais. Sem trair Brooks, podemos articulá-los dizendo que as conotações das palavras utilizadas pelo poeta definem os pontos de vista inscritos no poema e que a significação resulta de "complexos de pontos de vista" (*complexes of attitudes* — expressão que volta e meia aparece no livro de Brooks). Richards utilizara o termo *attitude* em seus *Principles* para designar a última das seis operações que constituem a leitura. Muito próximo da emoção (5.ª operação), o ponto de vista é o conjunto das impressões claras produzidas pelo poema sobre o espírito do leitor — impressões que podem modificar de maneira definitiva toda a estrutura do espírito.[34] A partir de então, Richards utilizou "ponto de vista" para designar um elemento da textura do próprio poema: elemento resultante da tonalidade (*tone*), a terceira de suas "quatro categorias de significação".[35] Nesse sentido, o termo se aproxima do emprego que Brooks dele faz. É interessante assinalar que Richards menciona, à guisa de apêndice, "a exceção que constitui a dissimulação, ou os casos em que o locutor deixa escapar um ponto de vista que não desejaria, conscientemente, exprimir". É justamente nesses "casos excepcionais" que Brooks, insistindo menos sobre sua produção inconsciente, vê o cerne da poesia inglesa.

Os "pontos de vista" de Brooks são mais complexos que os de Richards. Ele distingue pontos de vista superficiais e pontos de vista subjacentes nos poemas que analisa (de Shakespeare a Yeats). Em nível de superfície, na "Canonization" de Donne, o ponto de vista do locutor é duplo: parodia o cristianismo e pilheria seus próprios propósitos amorosos. Mas se essas duas possibilidades existem inegavelmente na superfície e não devem ser ignoradas, o ponto de vista subjacente se revela como sendo o de um homem que se curva ante o amor e a religião. A preponderância de um ponto de vista sobre outro depende de relações correspondentes nas conotações e outros elementos lingüísticos do poema. Brooks imagina o locutor do poema de Donne, e de qualquer poema lírico, numa situação dramática — de acordo com o modelo da *persona* de Pound. A estrutura de um poema — semelhante à de uma obra arquitetônica ou pictórica, na medida em que constitui um esquema de tensões solucionadas (*a pattern of resolved stresses*) — parece-se antes de tudo com a estrutura dramática, na qual se resolve uma série de conflitos agudos. No poema os conflitos se devem à ambivalência da linguagem, cujas diversas manifestações suscitam complexos de pontos de vista. Conseqüentemente, a solução dos conflitos, a unificação dos pontos de vista sucessivos devem ser realizadas não de maneira lógica ou predicativa, mas dramaticamente, segundo um princípio análogo aos da dramaturgia. Assim, o final da ode de Wordsworth, "Intimations of immortality", não é satisfatório, pois a passagem sem interrupção da criança ao homem é ali contada, ao invés de ser dramatizada.

Conseqüentemente, um dos principais objetivos da leitura microscópica (*close reading*, cf. nota 19) preconizada pelo *New Criticism* consiste em ajustar as técnicas poéticas graças às quais o locutor aparece subitamente sob uma luz dramática. Se a significação de um poema reside nos complexos de pontos de vista, torna-se muito importante descobrir quais as tonalidades particulares que definem esses pontos de vista. A tonalidade, por sua vez, deriva da exploração, por parte do poeta, da polivalência das palavras e das associações às quais se prestam, bem como da posição do locutor em relação a cada um dos diferentes níveis de significação. O indispensável efeito dramático, no sistema de Brooks, provém geralmente da confusão, da não-congruência ou da interpenetração de dois ou de vários níveis de significação. Donde a "ironia" — "termo mais geral entre os que servem para indicar a percepção de uma não-congruência —, ironia que, ainda uma vez, impregna o conjunto da poesia mais amplamente do que a crítica convencional até hoje admitiu". Brooks descobre ironia em praticamente todos os poemas de que trata. Representando um reforço à ironia, surgem a *ambigüidade* e o *paradoxo*. A primeira é inerente ao emprego, feito pelo poeta, de uma linguagem conotativa. O paradoxo se situa entre os meios gerais que servem de sustentáculo a uma espécie de tensão[36] dialética ao longo de todo um poema (assim, por exemplo, a tensão paradoxal entre impertinência e reverência em relação ao amor e à religião em "*The canonization*"). É preciso acrescentar que os *jogos de palavras* têm sua eficácia e seu papel na dramatização do poema (exemplo: o jogo sobre o verbo "morrer" em "*The canonization*"). E enfim, outro processo geral funcionando ao longo do poema: o emprego dos símbolos (exemplo: a luz em "L'Allegro — Il Penseroso" de Milton). A oscilação entre "seqüências de imagens" e "símbolos", como se os dois termos fossem substituíveis entre si, é característica da terminologia do *New Criticism*. O emprego do verbo "simbolizar" parece atualmente um tanto ingênuo e nos predispõe contra qualquer enunciado onde aparece, mesmo quando a observação é justa, como, por exemplo, quando Brooks declara que a imagem do *naked babe* numa passagem de Macbeth "simboliza todos os objetivos remotos que dão um sentido à vida". No final de seu livro, entretanto, Brooks examina o símbolo literário de um ponto de vista mais geral e reconhece, como Urban e Richards, a necessidade de atualizar uma nova Metafísica que seria, segundo a expressão de Urban, a "linguagem das linguagens" e serviria de intérprete e de código entre os outros simbolismos (como a arte).

O desejo sempre presente nos *New Critics* de dispor de uma espécie de instrumento lingüístico fundamental — instrumento este que tornaria possível analisar o símbolo sem necessidade de desenvolvê-lo em paráfrase — teve como constante obstáculo a profunda desconfiança dos organizadores do movimento em relação à ciência. Não utilizaram senão a lingüística mais elementar, recusando-se a penetrar numa disciplina potencialmente positivista. Quando Brooks declara que "se pode discernir, incorporadas à linguagem, uma maneira de apreensão da realidade, uma filosofia, uma visão do mundo", reconhece-se a validade de seu objetivo; mas, em que pese ao valor de seu sistema, é evidente a inexistência de meios capazes de realizá-lo. Tate, logo após ter recusado energicamente a teoria dos sinais formulada por Charles W. Morris (em *The international encyclopedia of unified science*, vol. 1, n.º 2) lança a seguinte advertência: "Evitemos substituir o poema pela crítica e não nos entreguemos a uma ignorância erudita. É preciso sempre voltar ao próprio poema, não abandoná-lo nunca. Seu 'interesse' reside em seu valor cognitivo; é suficiente que do poema retiremos o conhecimento de um objeto. (...) A honra da poesia é o conhecimento total, a experiência indivisa a que nos dá acesso."[37]

Mas a passagem da análise da estrutura do "próprio poema" para a apreensão do "conhecimento total" contido no poema é estritamente *intuitiva*. Quando Wimsatt diz que "a crítica que se funda na estrutura e faz uso dos julgamentos de valor é uma crítica objetiva (...), objetiva e absoluta", pode-se certamente prestigiar tudo aquilo que em seu trabalho e no de seus colegas permitiu chegar a observações formais sobre a poesia; observações a um só tempo precisas e acertadas. Permanece-se, no entanto, em dúvida quanto à objetividade de seus "valores", sobretudo se estes devem ser absolutos.[38] Wimsatt acrescenta imediatamente que "a função da crítica objetiva — feita através de descrições tão aproximadas quanto possível dos poemas ou por diversas apresentações de sua significação — é a de auxiliar os leitores a atingir uma compreensão *intuitiva* e completa dos poemas e, conseqüentemente, a de reconhecer os bons poemas, discernindo-os daqueles que não o são"[39] (grifo meu). A partir disso, não nos espantaremos de vê-lo citar na frase seguinte o nome de Croce — grande mestre da intuição-expressão. O surpreendente é que Wimsatt possa estabelecer tais afirmações sem demonstrá-las, e, sobretudo, que possa apoiar-se no sistema de Croce, que diz ser "o apogeu e o coroamento filosófico do romantismo" e para quem "o fato estético reside na intuição ou parte privada da arte, enquanto que o *medium* — a parte pública — nada tem a ver com aquilo de que trata a estética".[40] Talvez se possa solucionar intuitivamente tais contradições. Mas, até que isto aconteça, elas não deixam de representar um obstáculo à convicção e ao conhecimento. Conclui-se que o "conhecimento total", proposto pelos *New Critics* como fruto final da literatura, é antes ilusório do que proibido.

Apesar de atentos ao efeitos da conotação e da polissemia, os *New Critics* não foram capazes de responder satisfatoriamente à questão da revelação da significação geral do texto. Unidos por seu absolutismo doutrinal, formularam constantemente para si mesmos a pergunta: "É possível existir uma crítica objetiva e convincente que, abordando a obra literária pela análise do estilo, possa atingir seus aspectos mais gerais?"[41] Brooks aceita as conseqüências de seu método quando declara: "Os julgamentos não são formulados segundo os critérios de um período histórico passado, nem simplesmente segundo os critérios do nosso tempo; os julgamentos são feitos naturalmente, como se possuíssem valor universal."[42]

Mas não é tanto a universalidade desses juízos quanto a rigidez dos absolutos postos em jogo que alarmava Herbert J. Muller no debate com Brooks, travado nas páginas de *The Sewanee Review* (verão de 1949). A contradição mais significativa apontada por Muller (num sistema prejudicado por contradições e paradoxos) reside no desejo de Brooks de estabelecer critérios absolutos de julgamento crítico, mediante um método que tende a deixar de lado as idéias universais contidas na obra literária, para se concentrar nos elementos do poema, que são na verdade contingentes.

Seguindo René Wellek, não se dirá que os *New Critics* se perdem na fenomenologia pura como Roman Ingarden, "que tenta analisar a obra de arte sem referência aos valores". Ao contrário, existe neles uma tendência nítida para dissociar valores e estruturas e supor, como Ingarden, que os valores são sobrepostos à estrutura, quer se situem sobre, quer no interior da mesma.[43]

Fora do perspectivismo de Wellek e Warren (escala de valores flexível e maleável), a fim de suprimir a distância entre o absolutismo e o relativismo, tentou-se explorar a noção hegeliana do "universal concreto". Ransom utilizava esse conceito nos seus dois primeiros livros para designar os pontos comuns da estrutura lógica (universal) e da "textura local" (concreta). Nessa teoria do efeito poético, no entanto, não existe síntese completa das duas coisas. Cabe ao crítico mediador evidenciar as relações entre concreto e universal.[44] Mais tarde (1947-1948), Ransom procurou em Freud o fundamento dessa divisão da expressão poética entre dois pólos; a estrutura lógica torna-se a ordem reconhecida pelo *ego*, enquanto os dados concretos e contingentes se originam da procura da desordem pelo *id*.[45]

Wimsatt aperfeiçoou uma teoria segundo a qual o "universal concreto" designa uma síntese completa dos dois pólos. A teoria de Ransom, já criticada por Winters (cf. nota 5) por sua tendência a separar textura contingente e substrato racional, é criticada por Wimsatt, que parte de um ponto de vista oposto. Uma vez que "analogia e metáfora não somente formam o princípio mesmo da poesia, falando de modo geral, como também são inevitáveis na crítica", parece-lhe que com sua teoria Ransom tenta simplesmente contornar a metáfora, considerando-a como um elemento idioletal indispensável ao desenvolvimento, de resto, lógico do poema.[46] Em seu ensaio sobre "The concrete universal", Wimsatt traça a evolução da questão do particular e do geral, partindo dos filósofos "clássicos e escolásticos" até chegar ao emprego, por J. Stuart Mill, de "denotaçao" e "conotação" para designar categorias lógicas e sua utilização na semântica moderna. Os sistemas modernos "cometem o erro de prestigiar as diferenças entre indivíduos, a perpétua mobilidade de cada um de acordo com o espaço, o tempo e sua estrutura cinética, e, baseados nisso, supõem uma universalidade de significação simplesmente aproximativa ou normal, vendo no emprego de termos gerais uma comodidade mais do que uma verdade". Wimsatt procurava uma maneira de dar conta da poesia na qual os detalhes conservassem sua integridade de idioleto sem serem integrados em categorias mais amplas. "O caráter poético dos detalhes não consiste no que dizem direta e explicitamente (como se as rosas e o luar fossem poéticos), mas naquilo que, pela sua organização, *mostram* implicitamente." É a metáfora que encarna o universal concreto sob sua forma mais concentrada e suficiente para uma síntese total: "Pois, por detrás da metáfora, existe a semelhança entre duas classes e, conseqüentemente, uma terceira classe mais geral. Esta não possui nome e, na maioria dos casos, permanecerá sem nome, a fim de que seja apreendida somente através da metáfora. Tal classe forma uma noção nova que não encontra outra expressão."

Um dos aspectos mais interessantes do *New Criticism* reside no fato de orientar a teoria poética para o estudo da metáfora — "essência da poesia" —, o que impede o teórico de cair num microscopismo irrelevante ou num didatismo vazio.[47] A análise da metáfora lançou o *New Criticism* em duas direções de grande importância para o desenvolvimento ulterior da teoria crítica, sem que em nenhum dos dois casos a pesquisa tenha sido levada até o fim. O primeiro caminho era o da *metapoesia* — noção bastante difundida durante os anos cinqüenta —, que designa o processo poético pelo qual o poeta fala do próprio ato de escrever. Vista sob esse aspecto, a metáfora aparece como o meio de estabelecer uma relação dinâmica entre duas classes ou domínios separados — relação que passa a ser uma versão em miniatura do ato de escrever. Tanto Brooks quanto Tate analisaram o fenômeno. O primeiro, nos clássicos da língua inglesa de que trata em *The well wrought urn*; o outro, na poesia americana do século XX, principalmente em Wallace Stevens. Mas nenhum dos dois ultrapassa o estágio de uma simples "parábola da poesia".[48]

O outro domínio ao qual conduzia o estudo da metáfora, que a bem dizer já constituía o centro de uma grande parte das preocupações dos *New Critics*, é a própria análise da linguagem. Infelizmente, conforme foi observado, o monumental trabalho exigido pela análise da linguagem como encarnação de "um modo de apreensão da realidade, uma filosofia e uma visão do mundo", assim como a constituição de uma "linguagem das linguagens", que se saiba, nunca foi realizado pelos *New Critics*. Eles desejavam dispor de um instrumental crítico objetivo e até mesmo científico, mas lhes repugnava apelar para a ciência. Ativeram-se a uma distinção, correta mas superficial, entre linguagem poética e linguagem científica e, em conseqüência, passaram a considerar qualquer discurso científico como tabu. Temendo que a ciência reduzisse o objeto literário por um sistema dogmático que tocasse somente o referente ou se contentasse com paráfrase, recusaram-se sempre a acreditar que ela pudesse fornecer a mais ínfima contribuição às técnicas de análise.[49] Longe de representar um antídoto para a versão falsificada do pensamento de Matthew Arnold que grassava nas universidades, sobre esse ponto único mas de importância capital, o *New Criticism* representa uma volta à desconfiança arnoldiana diante da ciência — o que representava uma herança de um movimento tão desvalorizado aos olhos dos *New Ctitics*: o romantismo.

Ainda que não constitua propriamente uma teoria da literatura viável, o *New Criticism* teve, pelo menos, uma profunda e eficaz influência devida à sua maneira de abordar o objeto literário. Seus seguidores dedicaram-se a difundir o método o mais amplamente possível. Foi certamente nas universidades e mesmo nas escolas de 2.º grau que o movimento mais se propagou: nelas foram utilizados, desde o final dos anos trinta, os manuais de Brooks e Warren destinados a melhorar o nível geral do ensino literário nas universidades. É interessante observar que, no caso de Brooks, os manuais destinados a tal fim apareceram antes de uma pesquisa teórica mais ampla ou de estudos de textos mais especializados. Esses novos métodos de ensino e essas novas abordagens críticas espalharam-se rapidamente no sistema universitário pelo fato de que antes de se tornarem alvo de interesse especial, os *New Critics* já ocupavam cargos de ensino.

Os resultados desses novos métodos, que punham de lado as abordagens históricas e biográficas já tão gastas, foram positivos e trouxeram uma nova contribuição a respeito das próprias obras. Seu grande inconveniente, entretanto, apontado pelos educadores a partir de 1950, foi o fato de que o método podia ser aplicado mecanicamente pelos estudantes — tal qual as equações químicas — sobretudo sobre as obras modernas, desprezando totalmente o contexto cultural e intelectual onde tais obras se formavam. Era a conseqüência de uma inflação metodológica que levava ao que Tate denominou "crítica autotélica".[50] "Esta produziu artigos — cuja irrelevância Eliot havia apontado desde 1923 — onde se contam quantas vezes as girafas são mencionadas no romance inglês."[51] Artigos cuja existência é, hoje, indiscutível. Qualquer método exegético minucioso corre sempre o risco de que se tomem os instrumentos do método, destacados de seus fundamentos, como se fossem o próprio método.

Os autores, que eram freqüentemente publicados nas revistas do *New Criticism*, tentaram muitas vezes reagir contra a cisão que, a partir dos anos quarenta, trouxe a separação entre críticos e professores. Austin Warren, cuja simpatia estava em favor do *New Criticism*, e que, durante muito tempo, dedicou-se a analisar a responsabilidade crítica do corpo docente, indigna-se contra a solução que consiste, "para qualquer departamento de estudos ingleses" que se respeite, em possuir um "crítico" para manter sua boa consciência. "Todo professor de literatura deveria ser um crítico, e um bom crítico, quaisquer que fossem suas outras pretensões."[52]

Os poetas de *Southern vanguard* (Ransom, Tate, R. P. Warren),[53] bem como os críticos teóricos (Wimsatt, Burke, Wellek), esforçaram-se por ampliar o papel do crítico, libertando-o de uma função específica, insistindo sobre a primazia do ato crítico em todos os ramos dos "estudos literários" e definindo para a crítica um só caminho com múltiplos campos de aplicação.

Se acrescentarmos um determinado número de declarações explícitas às implicações de uma grande parte do trabalho dos *New Critics*, torna-se claro que, no horizonte de sua pesquisa, havia uma refundição geral da história literária. Depois de Eliot, os participantes do movimento foram responsáveis, nos círculos universitários, por uma das mais importantes reabilitações de que o século XX tem o mérito: analisaram profundamente os poetas metafísicos, devolvendo-lhes a honra que mereciam. Tarefa levada a efeito pela exploração em profundidade do método indicado por Eliot em 1921, que considerava que esses poetas da primeira metade do século XVII representavam "o desenvolvimento direto e normal do período precedente".[54] Isto significava o rompimento com a idéia de Johnson — que durante todo o século XIX jamais havia sido questionada —, para quem os metafísicos haviam a tal ponto distendido e desfigurado a língua, que caíram no sem-sentido. Eliot, aliás, indicava uma via de acesso não somente ao século XVII, mas também à sua própria poesia e à poesia contemporânea. Noções como as de *conceits* telescopados ou de concatenação de imagens (*concentration of imagery*), aplicadas a princípio a Donne e a seus seguidores, ajudaram os *New Critics* a explicar a nova literatura do princípio do século. A associação, muitas vezes implícita mas ainda assim inegável, entre os metafísicos e os modernos acarretou algumas aberrações temporárias; assim, por exemplo, a grande admiração suscitada por Donne e sua visão condenou a um relativo esquecimento a poesia escrita entre Donne e Eliot, a tal ponto que Brooks praticamente exclui os românticos da "Tradição" (*Modern poetry and the tradition*, 1939). Essa lacuna, que encontrava sua justificativa na teoria da "dissociação da sensibilidade" de Eliot, foi em parte preenchida mais tarde por estudos do próprio Brooks e de outros sobre a poesia neoclássica e sobre os românticos. Mas, principalmente nos primeiros anos do movimento, Donne havia sido colocado tão alto que Ransom era capaz, comparando as imagens de um e outro, de colocá-lo acima de Shakespeare.[55] É possível que tais exageros fossem necessários à demonstração de certos pontos; no entanto, quando, por volta de 1950, o *New Criticism* começou o seu declínio, a nova história da literatura não estava nem mesmo esboçada.

Aliás, não se tratava tanto de reexaminar a história literária quanto de conciliar a análise propriamente literária dos textos com a história. Desde 1938, Brooks e Warren haviam feito uma tentativa nesse sentido pela escolha e apresentação da antologia *Understanding poetry*. Ao invés de disporem os textos na ordem cronológica tradicional, preferiram agrupá-los sob títulos que designavam problemas críticos: Metro, Tonalidade e Ponto de vista, as Imagens... O método empregado por Brooks em *The well wrought urn* faz crer na possibilidade de apreender-se uma continuidade da literatura estudando-se poemas tomados de épocas bem diferentes da literatura inglesa, e considerando-os como microcosmos. Um método como esse, capaz de levar à descoberta de estruturas normativas permanentes e observáveis ao longo da poesia inglesa, indica o caminho que leva a uma história orgânica, uma história da poesia enquanto arte.[56] O inconveniente reside no fato de que as estruturas assim descobertas dependem demasiado do instrumental crítico (ironia, ambigüidade etc.) utilizado para determiná-las.

O "declínio" do *New Criticism* foi marcado por uma série de controvérsias tanto no centro como fora do movimento. O *New Criticism* foi acusado de negligenciar a história. Tal acusação, freqüentemente repetida, foi formulada de forma mais convincente por R. H. Pearce em "Historicism once more" (*Kenyon Review*, outono de 1958). O movimento foi acusado de procurar a complexidade pelo prazer da complexidade, acusação levada ao extremo numa obra que se dizia marxista (E. B. Burgum, "The cult of the complex in poetry", *Science & Society*, inverno de 1951). De todos os lados partiram acusações contra o fato de ter o movimento colocado um método perigoso em mãos inexperientes, mal preparadas para o estudo do contexto da obra, e encorajadas a mergulhar no estudo das imagens e dos temas sem qualquer compreensão do gênero e do período aos quais a obra pertencia. Tais ataques tinham por objetivo não somente legitimar as pesquisas eruditas, como também corrigir um certo esnobismo do "gosto" propagado pelo *New Criticism*. Os gêneros "subliterários", como o romance popular, haviam sido eliminados do cânone da mesma forma pela qual o Romantismo havia sido excluído da Tradição.

A Escola de Chicago mostrou-se vigorosamente contrária à recusa dos *New Critics* de levar em consideração as distinções de gêneros. Essa escola, cujo líder era Ronald S. Crane, constituiu-se no fim dos anos trinta na Universidade de Chicago, onde seus membros ensinavam em vários departamentos (Inglês, Filosofia, Línguas Românicas). No princípio, seu objetivo, tal como o dos *New Critics*, era antipositivista, anti-histórico e sinceramente pedagógico (cf. Crane, "History versus criticism in the University study of literature", *English Journal*, outubro de 1935). Naquela época, Ransom aprovava inteiramente a nova orientação que Crane dava aos estudos literários universitários, destacando-os da história e orientando-os em direção à crítica propriamente dita.[57] Os críticos de Chicago esperaram até 1942 para propor uma radical reorganização dos estudos críticos, proposições acompanhadas de dois estudos particulares apresentados como exemplo.[58] No final dos anos quarenta, entraram em polêmica contra um certo número de *New Critics*, na *Modern philology*.[59] Crane, que dirigia a revista, reuniu vários desses artigos, aos quais vieram-se acrescentar outros trabalhos da Escola de Chicago, em *Critics and criticism: ancient and modern* (Chicago, 1951). A "nova" crítica se baseava inteiramente numa reabilitação da *Poética* de Aristóteles e prestigiava a noção de unidade da obra (o *synolon* de Aristóteles), de modo a evitar as fragmentações equívocas de uma abordagem textual. Em Aristóteles encontra-se ainda o meio de diferençar várias espécies ou gêneros, definidos pela disposição dos *synolons*. Este método, ao mesmo tempo genérico e orgânico, devia, segundo a introdução de Crane a *Critics and criticism*, remediar a tendência do *New Criticism* em ler todos os poemas da mesma maneira, como se todos tivessem o mesmo modo de funcionamento. Devia ainda remediar a "confusão (...) entre formas miméticas e formas didáticas, e o tratamento uniforme da poesia lírica, do romance, da tragédia e do ensaio".[60]

A acusação levantada por Crane contra o *New Criticism*, ainda que exagerada, não deixa de ter um ponto interessante: denuncia o hábito que tinham os *New Critics*, quando começou o movimento, de restringir suas análises a poemas líricos curtos, aos quais reuniam, às vezes, gêneros poéticos mais amplos (como, por exemplo, a análise de Brooks e Warren sobre passagens do *Paradise lost*). Pouco mais tarde, entretanto, certos discípulos adaptaram o método à análise das técnicas do romance (cf. Mark Schorer, "Technique as discovery", *Hudson Review*, 1948). Por outro lado, as críticas da Escola de Chicago apontam uma falha importante na teoria da estrutura do *New Criticism*. Por uma "redução monista dos conceitos críticos",[61] observável na utilização da *ironia* e do *paradoxo* como valores poéticos últimos em Brooks, na noção de *tensão* em Tate, e na teoria da *textura local contingente* em Ransom, todas as obras poéticas acabam por apresentar, como diz o próprio Brooks, o "mesmo tipo particular de estrutura".[62]

A importância da Escola de Chicago se prende ao fato de ter denunciado o simplismo de certos axiomas do *New Criticism*, como, por exemplo, a definição da linguagem poética por simples oposição à da ciência. Infelizmente, afora sua noção mal definida de "pluralismo", não tinham nenhuma outra coisa a opor ao "monismo materialista" de Brooks. Ao que parece, contentaram-se em empregar toda a sua força no sentido de que caísse no descrédito a importante contribuição de William Empson e dos *New Critics* americanos à análise lingüística. Donde, finalmente, um ataque generalizado contra o *status* concedido à linguagem em poesia: sob certo aspecto, as palavras são bastante importantes, pois que são necessárias à compreensão elementar do poema, mas, sob outro ponto de vista, "as palavras são sem importância, pois são governadas e determinadas por cada um dos outros elementos do poema".[63] Esses outros elementos são a "seleção", o personagem", o "pensamento" (joga-se com as categorias de Aristóteles). Assim sendo, do mesmo modo que a teoria de Empson, sem perguntar "por qual motivo o personagem se exprime por jogos de palavras e ambigüidades", trata apenas de um único aspecto da poesia, "o menos importante poeticamente",[64] também o sistema de Brooks (menos rico do que o de Coleridge, do qual deriva) sustenta-se inteiramente na "simples regra gramatical que pretende que as palavras ou grupos de palavras sejam modificados pela sua justaposição a outras palavras ou grupos de palavras no discurso".[65] Esse trabalho de destruição empreendido pela Escola de Chicago culmina desastrosamente numa doutrina de "clareza da linguagem", rejeitando todas as *nuances* verbais que precedem o aflorar de um sentido à consciência: a clareza da linguagem é "inversamente proporcional ao número de operações mentais necessárias à apreensão de um sentido, seja qual for o número de operações mentais que tal sentido, uma vez apreendido, pode suscitar".[66]

O estandarte do *New Criticism* foi o antipositivismo. Este é um ponto no qual podemos nos deter antes de acabar nossa exposição. Tal posição, além de suas determinações históricas e culturais, tem ainda sua determinação política: consistia em participar da reação contra as pretensões científicas do marxismo. O *American Scholar Forum*, reunido em 1950 para responder ao "The New Criticism and the democratic tradition", de R. G. Davis, permite elucidar as conseqüências de uma tal posição.[67] Reunido para discutir fundamentos do *New Criticism* e suas implicações sociais definidas por Davis, o *Forum* mostrou a dificuldade, para não dizer a impossibilidade, que existe em separar análise literária e ideologia política. O erro de Davis, se levamos em conta a opinião de Tate, consistia em aplicar sem distinção o adjetivo "reacionário" no que dizia respeito tanto às posições literárias como às posições políticas. No entanto, o erro mais fundamental de Davis era ignorar a convergência sobre certos pontos entre os *Southern Agrarians* e grupos de esquerda. O interesse manifestado pelos conservadores em favor da descentralização, sua hostilidade ao intervencionismo estatal, sua análise da sociedade americana enquanto dissociada do homem comum, coincidiam com certos temas marxistas. Davis, sob a influência de certas formas extremistas de anti-stanilismo e da caça às bruxas que se seguiu à Segunda Guerra Mundial, atenuou a tese já liberal que dirigia contra Tate e os *New Critics*. Denunciava neles uma contradição entre o vocabulário que empregavam em público e as posições adotadas na vida privada, pois "os *New Critics*, de que tratava nesse artigo (escrito antes do *Forum*, cf. nota 3), falam como tradicionalistas ortodoxos e dogmáticos, enquanto vivem e agem de acordo com a tradição igualitarista americana, o que parece (a Davis) fundamentalmente incompatível".

Os *New Critics* nessa época podiam, sem esforço, adotar posições aparentemente igualitaristas (cf. a tentativa de objetividade esclarecida por parte de R. P. Warren em *Segregation*, Nova York, 1956) pelo fato de que direita e esquerda estavam sendo atraídas juntas, para o centro, em conseqüência do movimento de reunião nacional provocado pelo esforço da guerra. No entanto, aquilo que podia parecer uma contradição entre posições públicas e posições privadas pode, hoje, com a perspectiva do tempo, não mais parecer contraditório. Queremos com isso dizer que, nos anos cinqüenta, não se podia mais exprimir abertamente o racismo declarado de Tate quando, em 1935, falava de "The Profession of letters in the south":

> "É bem verdade que se atribui à falta de uma capital cultural no Sul a causa da degenerescência das artes naquela região; causa talvez real, não só outrora como ainda hoje. Mas isso não justifica o indefinido e a mediocridade da produção literária. O branco nada tirou do negro, nenhuma imagem de si enraizada na terra.
>
> Imagino que nesta época de ciências sociais o termo *imagem* não seja muito claro, porque em tal época desaparece a relação profunda que une o homem à sua implantação local. Um meio ambiente é uma abstração, não um lugar. A diferença aparecerá claramente para aqueles que possuem a força moral de percebê-la. O cidadão de Natchez tinha um lugar onde morava, mas não lhe era possível aprofundar o conhecimento desse lugar, pois se interpunha toda a hierarquia de seus dependentes entre ele e sua terra. Podia

> pedir a seu corretor que lhe comprasse belos móveis Império, mas permanecia um colono. Em compensação, o negro, por quem era responsável, recebeu tudo deste. A história da cultura francesa é, certamente, diferente. As belas-artes lá foram enxertadas num tronco campestre. Mas nada de vivo podia ser enxertado sobre o negro; era demasiado estrangeiro; demasiado diferente.
>
> (...) Não é que a escravidão tenha sido corrupção moral. As sociedades podem ser incrivelmente corruptas e ainda assim produzir elevadas culturas. A escravidão do negro impedia o branco de aprofundar sua própria imagem."[68]

Mas, se a tolerância do intelectual médio em relação ao racismo e ao anticomunismo diminuiu durante os anos cinqüenta, por outro lado, as idéias reacionárias assumiram formas mais insidiosas. A mais sedutora para os universitários dessa época era um elitismo, herdado de Eliot, literário e universitário. Elitismo não proclamado do alto de uma torre de marfim, mas revestido das respeitáveis vestes do liberalismo. Kenneth Burke esclarece esse equívoco ideológico, durante o *Forum*, quando observa que Davis se sente mais constrangido pelas reações dogmáticas provocadas pelos termos "hierarquia" e "autoridade", do que pelo conteúdo dogmático das próprias palavras. "Penso que tais termos permitem compreender melhor os objetivos de uma sociedade do que termos aparentemente mais igualitaristas, contudo impotentes, para descrever o que se passa na realidade" (pág. 223). Tal apropriação de uma terminologia liberal caracteriza os discípulos espirituais e profissionais do *New Criticism* durante os anos cinqüenta. Para enfrentar o ativismo radical que se desenvolvia nas universidades (desde as campanhas pelos Direitos Civis dos anos cinqüenta até o radicalismo mais geral dos anos sessenta), era preciso um novo liberalismo esclarecido. A herança do *New Criticism* formou um núcleo conservador que foi envolvido por várias camadas de liberalismo e acompanhado de um mecanismo regulador que permitia a qualquer um esconder suas verdadeiras cores. Donde um conluio das tendências conservadoras e das tendências pretensamente liberais no professor esclarecido, que podia, daí por diante, libertar-se dos reacionários sulistas para quem o homem de letras era o herói encarregado de esmagar os dois demônios que impedem o advento de uma sociedade cristã: a política utópica e o "maniqueísmo ou sociedade comunista".[69] O universitário moderno não possuía papel social (a não ser, é claro, o de perpetuar tacitamente a ideologia burguesa).

O *New Criticism* permanece certamente a mais importante "revolução" crítica ocorrida na universidade norte-americana durante o século XX. Poder-se-á produzir de novo um fenômeno análogo, que aceite e procure a ajuda de todos os métodos científicos, do marxismo ao positivismo lógico, sem se acompanhar de efeitos contra-revolucionários?

Esses são, a nosso ver, os termos de um imenso desafio ideológico que deverá, dentro em breve, ser enfrentado em todas as universidades norte-americanas.

Tradução
ÂNGELA CARNEIRO

Revisão
FERNANDO AUGUSTO DA ROCHA RODRIGUES

Notas

1. "Criticism, Inc.", *The Virginia Quarterly Review* (outono de 1937), pp. 588 e 600. Retomado em Ransom, *The world's body*, Nova York, 1938.
2. Ver Walter Sutton, *Modern American criticism* (Englewood Cliffs. N. J. 1936), pp. 108-110 e, para maiores detalhes, A. E. Stone, Jr., "Seward Collins and the *American Review*: experiment in pro-fascism, 1933-1937", *American Quarterly*, primavera de 1960. Notar que os *Agrarians* deixaram a revista antes de seu período mais fascista (por volta da primavera de 1936).
3. R. G. Davis, "The New Criticism and the democratic tradition", *The American Scholar*, inverno, 1949-1950, pp. 9-19. As implicações ideológicas desse artigo, que deu origem no ano seguinte ao pouco concludente *American Scholar Forum*, serão analisadas no final deste ensaio.
4. Como foi declarado desde a introdução, é difícil, de qualquer maneira, definir o *New Criticism* por um conjunto fixo de teorias. Existem divergências gritantes até mesmo entre os três críticos que estão no centro desta análise.
5. Ver particularmente seu raciocínio contra a dicotomia formulada por Ransom entre estrutura lógica e textura local contingente, no "John Crowe Ransom: Or thunder without God", *In defense of reason* (Chicago, 1947; Londres, 1960).
6. René Wellek, em *Theory of literature*, escrita em colaboração com Austin Warren, Nova York, 1949, nota que os métodos europeus começavam justamente a interessar os críticos norte-americanos. Trata-se de uma das primeiras obras em inglês que se ocupam dos métodos expostos pelos formalistas russos e por seus sucessores tchecos e poloneses, e principalmente pelo *Círculo Lingüístico de Praga*. (O *Russian formalism* de Victor Erlich só foi publicado em 1955.) O método francês de "*explicação de texto*", segundo a bibliografia de Wellek e Warren, era conhecido nos Estados Unidos desde pelo menos 1928, onde sua grande aplicação teve um grande impacto nos métodos de ensino nas classes a partir do ginásio. Declarou-se que o método do *New Criticism* baseava-se precisamente num modelo semelhante ao da explicação de texto; seja qual for a influência que tal modelo possa ter tido, dirigiu-se certamente nos dois sentidos, os *New Critics* endossaram o método francês, ultrapassando-o.

7. "The function of criticism", *in Selected essays*. Londres, 1932, p. 31.
8. *Speculations*, Londres, 1924 e 1960, p. 132.
9. *Literary essays of Ezra Pound*, ed. T. S. Eliot, Nova York, 1954, p. 4; o original em *Poetry* (março de 1913). Notar a recorrência da palavra "complexo" nos trabalhos dos *New Critics*: *"o complex of attitudes"* de Brooks, por exemplo.
10. *"The function of criticism", Selected essays*, p. 33.
11. "Tradition and the individual talent", *ibid.*, p. 17.
12. "The metaphysical poets", *ibid.*, pp. 287-288.
13. Por exemplo, Allen Tate identifica a descrição do ruído da banda de Binet em *Madame Bovary* com uma espécie de "correlato-objetivo" (emprega somente o termo "correlato") para a vertigem que atrai Emma (em "Techniques of fictions", *Essays of four decades*, Chicago 1959, p. 140).
14. Cleanth Brooks, por exemplo, leu os *Seven types of ambiguity* de Empson "doze ou treze vezes" (relatado por Austin Warren em "The Achievement of some recent critics", *Poetry*, janeiro de 1951, p. 239).
15. *Principles of literary criticism*, Londres, 1924, pp. 117-131.
16. Ransom, *The New Criticism*, Norfolk, 1941, citado em Brooks e Wimsatt (ver nota seguinte), p. 620.
17. Cleanth Brooks, *Literary Criticism, A short history* (em colaboração com William K. Wimsatt, Jr.), Nova York, 1957, p. 632.
18. *Philosophy of rhetoric*, Nova York e Londres, 1936, em particular pp. 47-66.
19. Cleanth Brooks, *Literary criticism*, p. 643. A evolução de Richards é examinada por Allen Tate em "Literature as knowledge", *Essays of four decades*, pp. 99-101.
20. *Seven types of ambiguity*, Londres, 1936; 1.ª ed.: 1930, pp. 247, 255 e 238.
21. *Seven types of ambiguity*, p. 3.
22. Cleanth Brooks, "Criticism, history and critical relativism", *The well wrought urn*, Nova York, 1947, p. 235.
23. "Literature as knowledge", *op. cit.*, pp. 76-77. "Arnold", explica Tate em 1941, "é ainda o crítico de maior influência nas universidades e não seria supervalorizar sua influência dizer que uma forma falsificada do pensamento de Arnold representa a corrente principal da apreciação popular da poesia".
24. *"The affective fallacy"* (assim como *"The intentional fallacy"* escrito em colaboração com M. C. Beardsley), *The Verbal icon, studies in the meaning of poetry*, Nova York, 1958; ed. orig.: Lexington, Kentucky, 1954, p. 21. Esses dois artigos foram anteriormente publicados em *The Sewanee Review*, verão de 1946 e inverno de 1949.
25. A nota que Wimsatt acrescenta a essa última frase é crucial para sua distinção entre a psicologia e a história semântica: "A história das palavras *depois* que um poema foi escrito pode trazer significações que, no caso de serem aplicáveis ao esquema original, não deveriam ser ignoradas por escrúpulos quanto à intenção."

26. A primeira frase é de Winters, a segunda, de R. P. Blackmur, citadas por William Elton em "A Glossary of New Criticism", *Poetry*, dezembro de 1948, p. 161. Deve-se notar que, no caso de Winters (*Primitivism and decadence*), Nova York, 1937, bem como no caso dos primeiros trabalhos de Ransom (*The fugitive*, 1922-1925), tais observações, que de outra maneira seriam corretas, conduzem a um repúdio filisteu do verso livre e a enaltecer as formas métricas fechadas, já tradicionais. Brooks e Tate, que apreciavam Eliot e Pound, contribuíram a trazer as coisas a seu devido lugar.
27. "Tension in poetry", *op. cit.*, p. 58. Tate cita uma outra ilusão, a da simples denotação, necessária somente para a demonstração no contexto particular de seu ensaio.
28. "The Heresy of paraphrase", *op. cit.*, p. 197.
29. "The problem of belief and the problem of cognition", *ibid.*, p. 259. Brooks fala deste problema referindo-se a um exemplo concreto, "Corinnas going a-Maying" de Herrick, em "What does poetry communicate", *ibid.*, em particular, p. 74.
30. Citação de *Language and reality* de Urban em "The Heresy of paraphrase", *ibid.*, p. 199.
31. Literary criticism (com Cleanth Brooks), (cf. nota 17), p. 747. Os prefácios a este livro e ao livro citado na nota seguinte fazem com que seja possível saber a qual dos dois autores remonta cada capítulo.
32. *Theory of literature* (cf. nota 6), p. 195. Wellek, ainda que se tenha mantido sempre à distância das disputas críticas (a não ser as mais importantes), mostra, neste livro, uma predisposição a apoiar, de maneira bastante conseqüente, as posições defendidas pelos *New Critics* (recém-formuladas na época). É interessante notar que Brooks utilizou o livro desde seu aparecimento para sustentar suas próprias posições, acrescentando: "estaria sendo pouco sincero, apesar de tudo, se não declarasse que o livro deles representa, de maneira geral, meu próprio ponto de vista" (*Sewanee Review*, verão de 1949, p. 376).
33. "The Heresy of paraphrase", *op. cit.*, p. 194.
34. *Principles of literary criticism* (ver nota 15), p. 131.
35. *Pratical criticism*, Londres, 1929, p. 182.
36. Tate usa a palavra *tension* para descrever a combinação de *extension* e *intension* (termos de lógica) na poesia: "Tension in poetry", *op. cit.*, p. 64. Sendo a terminologia aparente e desnecessariamente obscura, e uma vez que os dois termos antitéticos não são mais que literal/figurado ou denotação/conotação, a formulação não é particularmente feliz.
37. "Literature as knowledge", *op. cit.*, pp. 104-105.
38. Os *New Critics* interrogaram-se muitas vezes sobre uma questão que nada tem de retórica: "Existe valor na literatura?" e tiveram o mérito de não responder de maneira simplista. Mas o que prejudica suas discussões sobre o valor é a tendência a transpor, da religião para a literatura, uma estrutura ou hierarquia que pode deturpar a natureza do julgamento avaliativo.

39. "The concrete universal", *The verbal icon* (ver nota 24, pp. 82-83. Publicado primeiramente na PMLA, março de 1947. A aplicação — de outra maneira correta — do "universal concreto" na poesia é discutida abaixo.
40. "The intentional fallacy", *ibid.*, p. 6.
41. Tate "Longinus and the New Criticism", *Essays of four decades*, p. 476. Conferência, abril de 1949, publicada em *Lectures in criticism*, The Johns Hopkins University, Nova York, 1949.
42. "Criticism, history and critical relativism", *op. cit.*, p. 217.
43. *Theory of literature* (cf. nota 6). Wellek não cita os *New Critics.*
44. "Criticism as pure speculation" em *The intent of the critics*, ed. D. A. Stauffer, Princeton, 1941, p. 110.
45. Brooks, *Literary criticism* (ver nota 17), p. 630.
46. "The Chicago critics" e "The concrete universal", *op. cit.*, pp. 49 e 76.
47. Brooks, "Criticism, history and critical relativism", *op. cit.*, p. 248 e Wimsatt, *Literary criticism*, pp. 752-753.
48. Brooks, "The Heresy of paraphrase", *op. cit.*, p. 214; Tate, "Modern poetry" *in Essays of four decades*, p. 123.
49. Vide "The new encyclopedists: A symposium" e o editorial de Ransom, "The arts and the philosophers" em *The Kenyon Review*, primavera de 1939, pp. 159-182 e 194-199, para as reações contemporâneas a favor e contra os primeiros volumes de *The international encyclopedia of unified science.*
50. "A note on critical 'autotelism'", em "The critic's business", *The Kenyon Review*, inverno de 1949, pp. 13-16. Retomada em *Essays of four decades.*
51. "The function of criticism", 1923, *op. cit.*, (cf. nota 7), p. 33.
52. "The achievement of some recent critics" (cf. nota 14), pp. 239-240. Ver igualmente a opinião de Warren em "My credo; a symposium of critics", *The Kenyon Review*, inverno de 1951.
53. Apesar do efeito estimulante que teve esse grupo nos círculos de críticos, seu efeito na poesia norte-americana foi muito menos benéfico. O prestígio dos *"New"* poetas-críticos, dentre os quais a maior parte rejeitava, por exemplo, a tradição de Walt Whitman, suscitou nas universidades uma grande curiosidade pela poesia, não conseguindo, entretanto, satisfazê-la. Se é verdade que, mediante seus trabalhos, fizeram aumentar o prestígio de Hart Crane, W. C. Williams e Wallace Stevens, não é menos verdadeiro que, em sua própria poesia, tenham dado o modelo de uma tal destilação "metafísica" de conceitos tão insípidos, que se tornou necessário esperar por movimentos tão variados quanto os *Beats* e a *New York School* a fim de fazer voltar a razão a língua dos norte-americanos.
54. *"The metaphysical poets"*, *op. cit.*, p. 285.
55. "Shakespeare at sonnets", *Southern Review*, 3, 3, 1938.
56. Cf. "A história literária", de René Wellek *in Theory of literature.*

57. "Criticism, Inc.", *The Virginia Quarterly Review*, outono de 1937, p. 588. Ransom devia mudar de opinião mais tarde, em "Humanism at Chicago", *The Kenyon Review*, outono de 1952, retomado em *Poems and essays*, Nova York, 1955.
58. Norman Maclean, "An Analysis of a lyric poem" ("It is a beauteous evening" de Wordsworth), e Elder Olson, "'Sailing to Byzantium'. Prolegomena to a poetics of the lyric", inverno de 1942, pp. 202-209 e 209-219.
59. Por exemplo: R. S. Cranc, "Clcanth Brooks, or the bankruptcy of critical monism", 1948, pp. 226-245; Elder Olson, "A Symbolic reading of the *ancient mariner*" (contra R. P. Warren) 1948, pp. 275-279; W. R. Keast, "The New Criticism and *King Lear*" (contra R. B. Heilman), 1949, pp. 45-64.
60. Citado em Walter Sutton, *Modern american criticism* (cf. nota 2), p. 155.
61. Crane, "Cleanth Brooks...", *loc. cit.*, p. 227.
62. *The well wrought urn* (ver nota 22), p. 191; ver igualmente p. 218. Pode-se notar que Ransom foi um dos primeiros críticos que atacaram o estatismo dos termos "paradoxo" e "ironia" em Brooks (*Kenyon Review*, 1947).
63. Elder Olson, "An outline of poetic theory" in *Critics and criticism*, abreviada, Chicago, 1957, pp. 21-22. Esta edição, reduzida à metade da original, só contém oito dos vinte ensaios; os ensaios de tendência polêmica foram deixados de lado. Contém, entretanto, uma bibliografia útil dos trabalhos dos Chicago Critics.
64. Olson, "William Empson, contemporary criticism and poetic diction", *ibid.*, pp. 34-35. Publicado primeiramente em *Modern Philology*, maio de 1950.
65. Crane, "Cleanth Brooks...", *loc. cit.*, p. 234.
66. Olson, "William Empson...", *loc. cit.*, p. 55. Para uma análise profunda de como os *Chicago Critics* advertem contra a *affective fallacy*", apesar de se deixarem levar pela mesma ilusão, vide Wimsatt, "The Chicago Critics", *The verbal icon*, publicado primeiramente em *Comparative literature*, inverno de 1953.
67. *The American Scholar*, inverno de 1950-51 e primavera de 1951, pp. 86-104 e 218-231. Tal debate, realizado em 22 de agosto de 1959, reuniu Allen Tate, Kenneth Burke, Robert Gorham Davis, Malcolm Cowley, William Barrett e Hiram Haydn.
68. *Essays of four decades*, pp. 525-526. Publicado primeiramente em *The Virginia Quarterly Review*, abril de 1953, sob forma abreviada.
69. "Christ and the unicorn", conferência pronunciada por Tate no *Terceiro Congresso Internacional pela Paz e pela Civilização Cristã*, Florença, 1954, e publicada em *The Sewanee Review*, inverno de 1955, pp. 177-178.

CAPÍTULO 18

Alice no País das maravilhas. A criança como zagal

WILLIAM EMPSON

"Alice in wonderland. *The child as swain*", cap. de *Some versions of pastoral* (1935). Edição utilizada: *New Directions Paperback*, New York, 1960.

Há de parecer curioso que tenha havido tão pouca crítica séria às Alices e que tantos críticos, com um ar de bom gosto tão militante e zeloso, tenham confessado que não pretendiam empreendê-la. Mesmo o livro de De La Mare, certeiro em muitos pontos, guarda um tom singularmente evasivo. Há, ao que parece, a impressão de que a verdadeira crítica implicaria a psicanálise, e que os resultados seriam tão indecorosos que destruiriam por completo a atmosfera dos dois livros. Dodgson era um escritor por demais consciente, para se deixar apanhar com tanta facilidade. Por exemplo, é uma interpretação óbvia dizer que a Rainha de Copas é um símbolo da "paixão animal desenfreada" vista pelos olhos límpidos, mas inexpressivos, da assexualidade; óbvia, e o tipo que os críticos estão hoje seguros de que seria de mau gosto; disse-o o próprio Dodgson à atriz que interpretou o papel quando a obra foi encenada. Os dois livros tratam tão abertamente do crescimento, que não representa grande descoberta traduzi-los em termos freudianos; parece, simplesmente, a exegese própria de um clássico, até mesmo ali onde seria um choque para o autor. De maneira geral, os resultados da análise, quando expressos em linguagem de salão, são opiniões conscientes do autor; e, se não havia outro escoadouro satisfatório para seus sentimentos, senão a saída especial fixada em seus livros, a mesma coisa se diz, em certa medida, de todo artista original. Empregarei a psicanálise onde parecer pertinente, e acho melhor começar por dizer o que será esse emprego. Sua função aqui não é descobrir uma neurose peculiar a Dodgson. A idéia fundamental em que assentam os dois livros é uma transposição para a criança, coisa que Dodgson não inventou, da obscura tradição pastoral. A fórmula é agora "*criança*-tornada-juiz", e se Dodgson se identifica com a criança, o mesmo faz o autor do tipo primitivo de pastoral com sua versão magnificada do zagal. (Dodgson tirou uma excelente fotografia, muito admirada por

Tennyson, de Alice Liddell como esfarrapada menina-mendiga — fotografia esta que parece uma espécie de exemplo da analogia.) Eu diria mesmo que essa versão estava mais sujeita à neurose do que as mais antigas; é menos confiante e mais um retorno à própria individualidade. Compete à análise mostrar como isso opera em geral. Mas há outras coisas a dizer de tal versão da pastoral; seu emprego do procedimento (*device*) em precedência à ironia, permite-lhe emitir opiniões camufladas sobre qualquer assunto em que o autor estivesse interessado.

Uma, extremamente espinhosa, diz respeito ao darwinismo. O primeiro crânio de Neandertal foi encontrado em 1856. *A origem das espécies* (1859) saiu seis anos antes do *País das maravilhas*, três antes de sua concepção, e o assunto andava no ar, difuso e de penetrante mau cheiro. É difícil dizer até que ponto Dodgson, sob o disfarce do *nonsense*, utilizava idéias condenadas na sua roda; ele escreveu alguns trechos histéricos contra a vivissecção e tem um curioso comentário, assinalando que seria melhor que os professores de química não dispusessem de laboratórios; mas era aberto a idéias novas e duvidava da eternidade do inferno. A sessão de 1860 da Associação Britânica, na qual Huxley iniciou sua carreira de publicista e passou aquele retumbante pito no Bispo Wilberforce, realizou-se em Oxford, onde Dodgson já era residente. Conhecera Tennyson em 56, e ouvimos falar deste a instruí-lo mais tarde sobre a semelhança do crânio dos macacos com o dos homens.

A única passagem que me dá certeza de pressupor a evolução ocorre no começo do *País das maravilhas* (a parte mais espontânea e "subconsciente" dos dois livros), quando Alice sai do banho de lágrimas que a libertou magicamente da sala subterrânea; torna-se claro (acerca de balneários, por exemplo) que a água salgada é o mar do qual a vida emergiu; como produto do corpo, é também o líquido amniótico (há outras forças em ação aqui); a ontogênese, portanto, imita a filogênese, e toda uma Arca de Noé sai do mar com Alice. Na própria ilustração de Dodgson, assim como na de Tenniel, vê-se a perturbadora cabeça de um macaco, e no texto, há um pássaro extinto. Nossas mentes tendo sido forçadas a recuar até a história das espécies, há uma leitura da História desde o período em que o Rato "veio para cá" com o Conquistador; as questões de linhagem convertem-se nas questões de educação, em que Dodgson estava mais francamente interessado, e há vagas censuras às pessoas que se gabam de seus antepassados. Temos, a seguir, a Corrida do *Caucus* (a palavra tinha para Dodgson associações com política local; diz ele em alguma parte: "Nunca vou a um *Caucus* sem relutância"), em que se começa a correr quando se quer e se sai da corrida quando se quer, e todos vencem. A sutileza disto reside em que apóia a Seleção Natural (de modo agressivo, como o fazia o século XIX) a fim de expor o absurdo da democracia, e apóia a democracia (ou a liberdade, ao menos) para mostrar o absurdo da Seleção Natural. A corrida não é para os velozes, porque o idealismo não lhe permite ser para os velozes, e porque a vida, como nos diz o poema final, é ao acaso e um sonho. Mas não há enfraquecimento de valores humanos nessa generosidade; todos os animais vencem, e Alice, porque é Homem, tem portanto de lhes dar bombons. Contudo, embora façam essa exigência, não deixam de reconhecer que ela é superior. Presenteiam-na com o gracioso dedal que já era dela, como símbolo do seu esforço, porque também ela venceu, e porque o mais eminente dentre vós há de ser o servo de todos. Eis uma sólida amostra de simbolismo: os cientistas politizados que pregam o progresso por via da "seleção" e do *laissez-faire* defrontam-se com a plena anarquia de Cristo. E a máscara de infantilismo faculta certa honestidade implacável; Alice está um pouco ridícula e embaraçada, ainda que aparentemente deliciada, e preferiria um sistema mais aristocrático.

Também no *Espelho*, se encontram idéias sobre o progresso numa etapa inicial da jornada do crescimento. Alice atravessa rapidamente de trem o primeiro quadrado, num vagão cheio de animais entusiasmados com o progresso dos negócios e das máquinas; o único homem é Disraeli vestido com jornais — o homem novo que faz carreira à custa da autopublicidade, o homem nutrido pela imprensa e que acredita no progresso, possivelmente a veste racional do futuro.

> "(...) Para grande surpresa sua, todos eles *pensavam* em coro (espero que vocês compreendam o que *pensar em coro* significa — porque devo confessar que *eu* não): — É melhor não dizer coisa alguma. A linguagem vale mil libras por palavra.
>
> 'Vou sonhar com mil libras esta noite, sei que vou', pensou Alice.
>
> Todo esse tempo o Guarda a examinava, primeiro através dum telescópio, depois através dum microscópio e finalmente, através dum binóculo de teatro. Por fim disse: — Você pegou o trem errado — e fechando a janela, desapareceu."

Isso parece ser uma profecia; Huxley, na conferência "Romanes" de 1893, e menos claramente em data anterior, afirmou que toca ao senso humano de justiça julgar e, freqüentemente, opor-se ao progresso imposto pela Natureza, mas, por essa época, olhava ainda através dos óculos.

> "Mas o cavalheiro vestido de papel branco inclinou-se e murmurou-lhe ao ouvido: — Não faça caso do que estão dizendo, minha filha, mas compre um bilhete de ida-e-volta toda vez que o trem parar."

Em 1861, "muitos tóris achavam que o primeiro-ministro era melhor representante das opiniões conservadoras que o líder da oposição" (*D. N. B.*). Parece ser esta a dupla visão do conservadorismo de Disraeli, demasiado sutil para inspirar ação. Penso que ele reaparece como o Unicórnio, quando este e o Leão estão lutando pela Coroa; os dois provocam grande poeirada e amolação, tomam a ajuizada Alice por um ser inteiramente mitológico e mostram-se deveras ameaçadores ao pobre rei, a quem a Coroa realmente pertence.

> "— Pois sim! — disse Alice com impaciência. — Não sou deste trem, não sou! Eu estava numa floresta ainda há pouco... e só queria poder voltar pra lá!"

Quando volta para a floresta, é diferente; é a natureza bruta, sem nomes, e que a amedronta. Ainda assim, acha que os animais têm razão de permanecer lá; mesmo quando sabem seu nomes, "não responderiam, se fossem espertos". (Talvez fizessem bem em escrever livros de *nonsense* sob pseudônimo e em negar-se a responder até mesmo quando chamados por esse nome.) Tudo isso é um exemplo de simbolismo bem kafkiano, menos à vontade que o precedente; o *País das maravilhas* é um sonho, mas o Espelho é autoconsciência. Contudo, ambos são alusivos; chamar o resultado de alegoria ou "*nonsense* puro" depende de idéias a respeito de progresso e industrialização, e há margem para exegese sobre o assunto.

Pode-se situar o início da moderna atitude para com a criança na quase desconhecida edição de *Mother goose's melodies* (John Newbury, 1760), com "máximas" provavelmente da autoria de Goldsmith. O importante não são os versos (Boston orgulha-se de uma edição de 1719 — minha impressão é que melhoraram com o passar do tempo), e sim as máximas apensas, que provocam um prazer sofisticado. Na maioria, são provérbios judiciosos que, afinal, convinha à criança conhecer; seu atrativo (sobretudo para o adulto) provém da inesperada visão da história que temos de adotar, para que não se tornem despropositados.

Canção de Eurídice (de Anfião)

Não serei curinga do papai
Não serei bonequinha do papai
Não serei a Mulher do Rabequista,
E música terei quando quiser.

A outra toadinha,
A outra toadinha,
Toca pra mim, toca
A outra toadinha.

MÁXIMA. — As artes, quanto maior a utilidade, mais valiosas são.

Parece tratar-se do rabequista cuja arte foi útil para dominar a mulher, mas também ela pode ter descoberto a arte de engabelar o rabequista. A grandiloqüência da máxima e a puerilidade dos versos redundam num conjunto pseudopastoril. Aqui, o prazer encontrado nas crianças é, obviamente, um derivativo do prazer encontrado em Macheath; meninos são "pequenos patifes".

Uau au au
És o cão de quem?
O cão do Latoeiro Tom.
Uau au au.

O Cão do Latoeiro Tom é um ótimo Cão; e um Cão mais honesto do que o Dono.

Honesto ("isento de hipocrisia" ou o tom indulgente com um inferior social) e *cão* ("você, seu cachorrinho") têm aqui seus toques de *Beggar's Opera*; não está sequer claro se Tom é um jovem vagabundo ou um menino.

Este é um exemplo satisfatório porque se pode remontar à origem da pergunta. Pope gravou um dístico "na coleira de um cão que dei a Sua

Alteza Real" — um ato amistoso como de um cavalheiro a outro residente no bairro.

> Eu sou o cão de Sua Alteza em Kew.
> Dize-me, amigo: cão de quem és tu?

Presumivelmente, o próprio Frederico seria o primeiro a ler o dístico. A pilhéria contém certo elogio ao pobre-diabo; o ponto essencial não é serem os homens escravos, mas acharem que isso lhes convém e continuarem bem-humorados. O cão está orgulhoso de ser o cão do príncipe e espera que ninguém se ofenda com a pergunta. Há, também, uma sincera independência em sua falta de respeito pelo inquiridor. Pope colheu isto em Sir William Temple, onde um bobo dá esta resposta a um nobre: "Eu sou o bobo do Camareiro-mor. E o senhor, de quem?" É um caso claro da lenta transferência dessa atitude, do bobo para o patife e daí para a criança.

Alice, penso eu, tem mais do "pequeno patife" do que geralmente se diz, ou do que julgava o próprio Dodgson anos mais tarde:

> "afetuosa como um cão (...) e meiga como uma corça; e amável — amável com *todos*, grandes ou pequenos, ilustres ou grotescos, Rei ou Lagarta (...) confiante, de uma confiança absoluta..."

e assim por diante. Tudo depende do que se espera de uma criança de sete anos.

> "(...) ela teve uma longa discussão com o Papagaio que por fim, já amuado, limitava-se a dizer: — Sou mais velho do que você e devo estar mais bem informado; e isto Alice não admitiria enquanto não soubesse que idade ele tinha, e, como o Papagaio se negasse terminantemente a declarar a idade, não houve mais nada a dizer."

Era preciso obrigar Alice a falar, a fim de fazer ressaltar os pontos principais: aqui, o importante é um certo senso da singularidade da vida conferido pelo fato de que diferentes animais se tornam adultos em idades diferentes; mas, ainda que se aceite o Papagaio como um adulto, este é antes uma criança petulante. É quase sempre o pobre-diabo desabafando para si mesmo.

Um sentimento bem distinto acerca das crianças, o qual está ainda no fundo dessa petulância e nas máximas de Goldsmith (já que é necessário para que a petulância tenha encanto), poderá ser visto em sua mais límpida forma em Wordsworth e Coleridge; é tudo o que importa na *Ode to intimations* e mesmo em *We are seven*. A criança ainda não foi corrompida pela civilização, e todos os adultos já o foram. Bem pode ser verdade que Dodgson invejava a criança porque ela era assexuada, e que Wordsworth o fazia porque tinha consciência de estar destruindo sua poesia inata com a fatuidade de sua vida; mas nenhuma das duas teorias explica por que esse sentimento em relação à criança surgiu quando surgiu e se tornou tão generalizado. Há muito dele em Vaughan depois da Guerra Civil, mas, como tendência geral, apareceu quando o entendimento do século XVIII começara a parecer insuficiente e inevitável; poder-se-ia associá-lo ao fim da instituição do duelo; também quando a verdade de cunho científico passara a ser aceita por todos como a mais importante e real. Fortaleceu-se no momento em que a aristocracia se tornou mais puritana. Está subordinado à impressão, seja o que for que por sua vez a tenha causado, de que nenhum modo de formar o caráter, nenhum sistema intelectual, pode expressar tudo o que é inerente ao espírito humano, e, portanto, de que há mais coisa na criança do que qualquer homem pôde conservar. (A criança é um microcosmo semelhante ao mundo de Donne, e Alice também é uma estóica.) Isto impregna toda a literatura vitoriana e romântica; o mundo dos adultos tornou difícil ser um artista, e eles conservaram uma espécie de raiz principal mergulhada em sua experiência do tempo de criança. Artistas como Wordsworth e Coleridge, que aceitaram esse fato e dele se utilizaram, chegam a parecer os escritores mais interessantes e, de certo modo, os mais sinceros desse período. A idéia que fazem da criança — isto é, que ela está na relação certa com a Natureza, não dividindo o que deve ser unificado, que o seu julgamento intuitivo contém o que a poesia e a filosofia precisam empregar tempo e esforços para recuperar — foi aceita por Dodgson e constituiu-se numa parte importante do seu sentimento. Ele cita Wordsworth sobre este ponto na "Saudação de Páscoa": a criança sente sua vida em todos os membros; Dodgson aconselha-a, com uma lamentável lembrança do poema original, a prestar atenção à morte de tempos em tempos. Que os livros de sonhos são

> Como as murchas grinaldas de flores do Peregrino
> Colhidas numa terra distante

é uma bela expressão da percepção, por Wordsworth, não só da poesia da infância como da crescente esterilidade que o dominava. E o momento em que ela dá consigo a dançar com Tweedledum e Tweedledee, o que a deixa em dificuldade para apresentar-se depois, é uma feliz interpolação de sentimento wordsworthiano no estilo normal de Dodgson.

> "(...) ela agarrou, ao mesmo tempo, as mãos dos dois; ato contínuo estavam dançando em círculo. Isto lhe pareceu perfeitamente natural (recordou ela depois), e nem sequer se surpreendeu de ouvir tocar música, vinda por certo da árvore sob a qual dançavam e produzida (tanto quanto podia entender) pelo roçar dos galhos uns nos outros, como os arcos nos violinos. (...) — Não sei quando comecei a cantar, mas a verdade é que tinha a impressão de estar cantando há muito, muito tempo."

Isto é apresentado à maneira do comportamento grotesco de objetos cômicos, tais como terrinas de sopa, mas é uma versão mais direta da idéia da união da criança com a natureza. Ela esteve cantando muito, muito tempo, porque cantava sem limitações temporais naquele palácio imperial de onde vinha. Entretanto, é o franco egoísmo dos dois irmãos — os quais por serem rapazinhos são desagradáveis, são transformados em sátira à guerra, e só lhe estendem as mãos depois que ambos estão abraçados — que a força a entrar com eles na roda que produz eternidade. Mesmo aqui, isto introduz uma dúvida sutil nas eternidades acessíveis à criança.

Pois Dodgson aceita apenas pela metade a idéia da união da criança com a natureza, e reserva outra finalidade para sua heroína: ela é o espírito livre e independente. Não que isso seja contraditório; já que está certa em relação à vida, é ela independente de todos os outros personagens que estão errados. Mas, para ele, é importante, porque lhe permite fazer colidir os sentimentos wordsworthianos com a outra importante tradição entroncada na associação entre criança e patife. (Em ambos os casos, foi-lhe necessário retroceder um pouco; a atitude interventiva para com as crianças proclama que o importante é reprimir-lhes o Pecado Original, e suponho que, embora a idéia não fosse muito do seu agrado, ele mesmo figurou entre as obscuras influências que culminaram no culto dos jogos nos internatos ingleses.)

Poder-se-ia dizer que as Alices diferem de outras versões de pastoral porque carecem do senso da glória. Normalmente, a idéia de conter toda espécie de gente em mim mesmo introduz uma vontade de me reconciliar com a natureza e assim alcançar poder sobre ela. As Alices são mais autoprotetoras; o sonho cancela o mundo real e sente-se que a delicadeza da atmosfera cancela as classes inferiores. Isso é verdade, mas, quando Humpty Dumpty declara que a glória significa um argumento arrasador e agradável, não está longe do sentimento fundamental do livro. Há uma sensação real de isolamento e, no entanto, isso mesmo é considerado como a fonte do poder.

A paródia evidente de Wordsworth é o poema do Cavaleiro Branco (*White Knight*), importante figura em favor de quem Dodgson está disposto a converter a linguagem do humor na linguagem do sentimento. Arremeda *Resolution and independence*, autêntico poema pastoril, como os que mais o forem; a tenacidade do coletor de sanguessugas dá a Wordsworth força para enfrentar a dor do mundo. Dodgson gostava de dizer que só se parodiavam os melhores poemas, ou, em todo caso, que a paródia não revelava falta de admiração sendo-lhe inerente uma certa amargura; se o sentido não é "Este poema é absurdo", deve ser "Em meu atual estado de esterilidade emocional o poema não atuará, ou tenho medo de o deixar atuar, sobre *mim*". Aqui, a paródia nada tem a ver com a dignidade do coletor de sanguessugas, mas a finalidade é tornar mais absurdo o devaneio extraterreno do Cavaleiro; talvez haja até uma censura a Wordsworth na falta de ponderação que o leve a repetir a mesma pergunta. Sente-se que o Cavaleiro provavelmente imaginou a maioria das respostas do velho, ou afinal de contas, que o velho estava encorajando o bobo que o interrogava. Seja como for, há um total deslocamento de interesse, das virtudes do coletor de sanguessugas para as infantis, mas profundas, virtudes do seu inquiridor.

A base principal da brincadeira é a idéia de absurdas invenções de novos alimentos. Dodgson era bem informado acerca de comida, mantinha-se fiel a seus velhos cardápios e era provador de vinhos do College; mas comia muito pouco, suspeitava que a Mesa de Honra comia demais, e não via razão alguma para negar que associava a glutoneria a outras formas de sensualidade. Um dos motivos da importância atribuída aqui à comida farta é ser ela o símbolo, para a criança, de todos os luxos reservados aos adultos. Presumo que a fascinação da Sopa e da Falsa Tartaruga que a celebra numa canção decorria de ser a sopa tomada principalmente no jantar, emocionante refeição que os adultos tomam depois que a criança já foi para a cama. Quando fala do seu jantar, é provável que Alice queira dizer almoço, e decerto é por gabolice que diz já ter visto pescada. Na canção e na conversa do Cavaleiro Branco esses gracejos, baseados no temor da sensualidade, têm outra serventia; ele se torna o cientista, o inventor, cujo cérebro está nobre, mas absurdamente, desligado de qualquer interesse pelos prazeres dos sentidos e até do "bom senso".

> "— Como *pode* continuar falando aí tranqüilamente, de cabeça pra baixo? — perguntou Alice enquanto o puxava pelo pé e o colocava numa elevação da margem.
>
> O Cavaleiro mostrou-se surpreendido com a pergunta. — Que importa onde possa estar o meu corpo? — disse ele. — Meu cérebro continua a trabalhar do mesmo jeito. Na verdade, quanto mais fico de cabeça pra baixo, mais coisas novas vou inventando.
>
> — Olhe, a coisa mais brilhante que eu já fiz — continuou ele após uma pausa — foi inventar um novo pudim enquanto serviam a carne."

Isto exigia extremo distanciamento; a palavra "brilhante" tornou-se um sinal de que o cérebro está sendo admirado por tal razão. Quanto mais absurdos os postulados da reflexão, os do materialismo científico por exemplo, mais vigoroso o pensamento baseado neles. "A vida é tão estranha que os resultados obtidos por ele têm mais probabilidade de serem valiosos porque seus pressupostos são absurdos, mas não devemos esquecer que o são." Isso realmente está tão perto da verdade quanto se precisa chegar, no tocante ao determinismo científico.

Uma das razões da grandeza moral do Cavaleiro, portanto, é ser ele representante do cientista vitoriano, que se supunha ter inventado uma nova espécie de virtude romana; cauteloso, diligente, perseverante (irritava Samuel Butler ver essas palavras aplicadas continuamente aos cientistas), despido de sensualidade, de egoísmo, sem pretender mais do que uma fração de conhecimento, continua ele a trabalhar em suas absurdas, mas fecundas, concepções. Contudo, a paródia também o faz simbolizar o poeta, e Wordsworth teria ficado satisfeito com isso; para ele, o poeta era, em essência, aquele que revivificava nossa compreensão dos fatos originais da natureza e devia utilizar idéias científicas onde pudesse; a poesia era a expressão apaixonada da face de toda a ciência; Wordsworth alcançou igual êxito em insuflar vida nos vocábulos abstratos da ciência e "na linguagem natural dos homens", e muitas das Baladas Líricas são melhor compreendidas como notas psicológicas escritas numa forma que nos impede de esquecer sua realidade. O Cavaleiro tem disposição para aceitar novas idéias e estilos de vida, como as ciências impunham, sem deixar de ser bom e sensato a seu modo — disposição esta que a própria Alice revela, por exemplo, quando ao despencar na toca do coelho planeja uma entrada bem-educada na região dos Antípodas e tem o cuidado de não deixar cair a geléia de laranja em cima dos habitantes. A infantilidade do Cavaleiro é que lhe permite combinar as virtudes do poeta e do cientista, e é de esperar que um ser tão admiravelmente talhado para a vida seja absurdo, porquanto a própria vida é absurda.

A convenção dos animais falantes e as mudanças de tamanho relativo aparecem num livro infantil tão diferente como *Gulliver*; evidentemente, exercem alguma atração direta sobre a criança, por mais refinadas que sejam as idéias de que se revestem. As crianças se sentem à vontade com animais concebidos como seres humanos; o animal pode tornar-se afetuoso sem lhes fazer sérias exigências emocionais, não pretende educá-las, é pelo menos inconvencional, no sentido de que não impõe suas convenções, e não faz segredo dos processos da natureza. Assim, os animais falantes constituem aqui um mundo infantil; a norma a respeito deles é serem sempre amistosos, embora puerilmente francos, com Alice quando ela está pequena, e sempre opostos a ela, ou contestados por ela, ou as duas coisas, quando ela está grande (sugerindo adulta). Mas na literatura infantil os animais falantes vêm sendo usados para fins didáticos desde o tempo de Esopo; o tom professoral em que os animais conversam disparates com Alice é, em parte, uma paródia: eles são, de fato, infantis, mas procuram não parecê-lo. Por outro lado, o tom é a tal ponto reforçado pelo jeito como lhe dão ordens, pela maneira firme e surpreendente como o cérebro deles trabalha, pelos tópicos abstratos que abordam, pelas regras inúteis que aceitam com tanta convicção, que os tomamos por verdadeiros adultos em contraste com a infância ingênua. "O mundo adulto é tão estranho quanto o mundo infantil, e ambos são um sonho." Esta ambivalência parece corresponder à própria atitude de Dodgson para com as crianças; ele, como Alice, queria gozar das vantagens de ser menino e adulto a um só tempo. Na vida real, isto parece ter pelo menos desvantagens ocasionais em ambos os casos; basta recordar a garotinha que desatou a chorar pedindo que a tirassem da mesa do almoço, porque sabia que não podia resolver os enigmas propostos por ele (não, segundo parece, uma reação habitual, mas, dir-se-ia, natural ao modo de abordagem por ele empregado) — ela, evidentemente, julgava-o demasiado adulto; ao passo que nas cenas de ciúme com os pais de suas menininhas, os adultos hão de tê-lo julgado bastante infantil. Ele fez desse processo um êxito, e parece claro que não causou mal algum a nenhuma das meninas, mas é impossível não olhar maliciosamente para esse modo de viver.

As mudanças de tamanho são mais complexas. Em *Gulliver*, são o olho impessoal; mudar só de tamanho nos faz sentir que "isso nos leva a ver as coisas como são em si mesmas". Provoca admiração, mas de índole científica. Swift valeu-se disso para satirizar a ciência ou movido por um aterrorizado interesse por ela, e para conferir uma espécie de peso científico a suas deduções, a saber, que os homens vistos em tamanho pequeno são espiritualmente insignificantes e, em tamanho grande, fisicamente repulsivos. E o pequeno observador, à semelhança do menino, é quem menos faz para alterar o que vê e, portanto, é quem vê com mais verdade. (A definição de potencial, em quase todos os mais rigorosos compêndios de eletricidade, contenta-se em falar da energia presente numa carga *pequena* que não altera *muito* o indutor. Objetar que a pequena alteração no indutor poderia ser proporcional à pouca energia, não ocorre prontamente ao leitor.) Mesclar isso com uma espécie de piedosa admiração infantil fazia a ciência parecer menos irreligiosa e dava a qualquer um a impressão de estar sendo bom porque educava uma criança; as lições de Faraday para crianças sobre a história química de uma vela foram publicadas em 1861, assim, o método andava no ar. Mas estes são empregos especiais de um material em si mesmo rico. As crianças gostam de pensar em ser tão pequenas, que possam esconder-se dos adultos, e tão grandes, que possam governá-los; e pensá-lo dramatiza o grande tópico do crescimento, a que estão firmemente presas as duas Alices. Da mesma forma, o fascínio de Jabberwocky reside em ser uma linguagem cifrada, a linguagem em que os adultos ocultam coisas das vistas das crianças ou as crianças das vistas dos adultos. Além disso, as palavras são gestos linguais tão bons, como diz Sir Richard Paget, que parecem veicular seu próprio sentido; isto contém um vestígio do paradoxo que diz que as convenções são naturais.

Ambos os livros também se prendem ao tópico da morte — as duas primeiras pilhérias sobre a morte no *País das maravilhas* ocorrem nas páginas 3 e 4 — e, para a criança, isto pode ser um nexo natural; lembrome de acreditar que tinha de morrer antes que crescesse, e achar essa perspectiva desagradabilíssima. Parece haver na mente de Dodgson uma conexão entre a morte da infância e o desenvolvimento do sexo, o que poderia ser investigado em muitos detalhes dos dois livros. Alice morrerá se o Rei Negro despertar, em parte, porque ela é um produto de sonho do autor e, em parte, porque o peão é reposto na caixa ao término do jogo. Ele é o distraído marido da Rainha Negra que é governanta, e o livro chega ao final quando Alice derrota a Rainha Negra e dá xeque-mate no Rei. Tudo parece se dissolver porque ela alcança uma parcela de conhecimento, ou seja, que todos os poemas versam sobre peixes. Eu diria que essa idéia estava presente também, de uma forma ou de outra, no final do *País das maravilhas*. O julgamento é projetado para ser um mistério; Alice recebe ordem de sair do tribunal, como se uma criança não devesse ouvir os depoimentos, e, no entanto, esperam que ela mesma preste depoimento.

> "— Que sabe você a respeito desse caso? — perguntou o Rei a Alice.
> — Nada — respondeu Alice.
> — Nada *mesmo*? — insistiu o Rei.
> — Nada, nada — repetiu Alice.
> — Isso é sumamente importante — disse o Rei, voltando-se para os jurados. Eles iam começando a escrever essas palavras nas suas lousas quando o Coelho Branco interveio: — *Des*importante, Vossa Majestade quer dizer, é claro — disse ele num tom muito respeitoso, mas franzindo a testa e fazendo caretas enquanto falava.
> — *Des*importante, é claro, foi o que eu quis dizer — apressou-se o Rei a emendar, e continuou para si mesmo a meia-voz: — importante, desimportante; desimportante, importante — como se estivesse querendo saber que palavra soava melhor."

Não há nessa passagem aquela ênfase capaz de nos fazer suspeitar de alguma coisa por trás dela e, por certo, é bastante engraçada tal como está. Mas, a meu ver, Dodgson sentia que era importante que Alice fosse inocente de todo conhecimento daquilo que o Valete de Copas (flamante galã na estampa) provavelmente andou fazendo, e importante também que não lhe digam que é inocente. Por isso é que o Rei, sempre um homem bem-intencionado, fica embaraçado. Ao mesmo tempo, Dodgson acha que Alice tem razão de pensar que "não faz diferença" a palavra que os jurados possam escrever; ela é estável demais em seu distanciamento para ficar embaraçada, essas coisas não lhe interessam e, de certo modo, ela inclui a todos eles em si mesma. E é a recusa em deixá-la ficar que a faz revoltar-se e interrompe o sonho. Somos tentados a descobrir um exemplo dessa idéia no poema que serve de introdução ao *Espelho*:

> Vamos, escuta, antes que a voz do terror,
> Repleta de ásperos convites,
> Convoque a indesejável leito
> Uma donzela melancólica.

De resto, o leito nupcial seria mais provavelmente o fim da donzela do que o túmulo, e a metáfora firmemente implícita trata-os como se fossem idênticos.

O último exemplo é obviamente mais um gracejo contra Dodgson do que outra coisa, e, embora a relação entre morte e desenvolvimento do sexo esteja, no meu entender, em atividade, não é o ponto principal do conflito em torno do crescimento. Um domínio mágico sobre seu crescimento é concedido a Alice pela tradicionalmente simbólica lagarta, criatura que tem de passar por uma espécie de morte para se tornar adulta e que depois parece um ser mais espiritual. Ela se nega a convir com Alice que esse processo seja peculiar e, evidentemente, a vida mesma de Alice de certa maneira se lhe assemelhará, mas a idéia fundamental não é o desenvolvimento do sexo. A borboleta virtual pode ser a menina quando "desabrocha" ou sua alma quando no céu, do qual ela está agora mais perto do que estará quando "desabrochar"; deverá aproximar-se dele à medida que o for ultrapassando. Alice conhece várias razões para não querer crescer, e não lhe agrada ser um anjo notório, uma cabeça desconectada do corpo que precisa descer do céu e é confundida com a serpente paradisíaca do conhecimento do bem e do mal, e com a pomba da Anunciação também. Mas ela só se faz menor por diplomacia ou proporção; o desfecho triunfal do *País das maravilhas* reside em ter ela deixado para trás suas fantasias e poder dar-se ao luxo de acordar e desprezá-las. O *Espelho* é menos produto de sonho, está menos concentrado na situação da criança e (uma vez iniciado) menos repleto de mudanças de tamanho, mas tem o mesmo fim; a governanta vira uma gatinha, no momento em que Alice se transmuda de peão em rainha e pode sacudi-la. Ambas as transformações representam, indiscutivelmente, a chegada à vida adulta e, ainda assim, constituem em parte uma revolta contra o comportamento adulto; registra-se a mesma ambivalência que em relação aos animais falantes. Saber se as crianças acham sempre este simbolismo tão interessante, como o achava Carroll, é outra história; conhecem-se casos de lágrimas ante esta traição à realidade da história. Lembro-me de ter tido a impressão de que os finais dos dois livros eram uma espécie de afirmação inevitável de que o mundo adulto era no fim de contas o correto; a gente não se opunha a isso em princípio, mas não voltava de preferência àquelas partes, mais do que à "Saudação Pascal a Todas as Crianças que Amam Alice" (em gótico).

Para fazer com que a história onírica, a partir da qual se elaborou o *País das maravilhas*, pareça freudiana, basta contá-la. Uma queda num buraco fundo até atingir os segredos da Mãe Terra produz uma nova alma enclausurada a se perguntar quem é, qual será sua posição no mundo e como encontrar uma saída. Isto se passa num comprido e baixo vestíbulo, parte do palácio da Rainha de Copas (um toque de bom gosto), do qual ela só pode sair para o ar puro e para as fontes através de um buraco assustadoramente pequeno. Estranhas mudanças, causadas pelo modo como ela se alimenta ali, acontecem-lhe nesse lugar; mas, sempre que está grande, não pode sair e, sempre que está pequena, não lhe dão permissão, pois, sendo uma menina pequena, não tem chave. O tema pesadelar do trauma do nascimento, a saber, que ela se torna grande demais para o lugar e é quase triturada por ele, é não apenas utilizado aqui, como repetido mais dolorosamente depois que ela parece ter saído; o coelho, inflexível, manda-a para a casa dele e lá a comida a faz crescer outra vez. No desenho que o próprio Dodgson fez de Alice comprimida na sala com um pé enfiado na chaminé, empurrando a coisa odienta que ameaça desabar (ela lhe tira o lápis quando ele é um dos jurados), Alice está mais visivelmente na posição fetal do que no desenho de Tenniel. O Coelho Branco é Mr. Spooner (a que, aconteciam os *spoonerisms**), estudante universitário em 1862, mas sua função aqui é de animal de estimação que as crianças têm licença de criar. Não que a nitidez do arcabouço simplifique a interpretação; Alice, espiando pelo buraco o jardim, pode estar desejando tanto sair do ventre, quanto retornar a ele; ela gosta, diz-nos o livro, de examinar os dois lados de um argumento quando fala consigo mesma, e o livro inteiro oscila entre o exuberante mundo absurdo da fantasia e o irônico mundo absurdo da realidade.

Eu disse que o mar de lágrimas em que ela nada era o líquido amniótico, o que é demasiado simplista. Podem tomá-lo pelo Letes, em que as almas se

**Spoonerism* — troca involuntária de sons, normalmente no começo das palavras. Espécie de *lapsus linguae*.

banhavam antes de renascer (e é formado pelas lágrimas delas; as almas esquecem, como nós esquecemos nossa infância, graças à repressão à dor) ou pela "solução" de uma contradição intelectual por via da Intuição e por um retorno ao Inconsciente. De qualquer modo, é uma imagem sórdida tornada bela; não é necessário ler as estrofes satíricas de Dodgson contra os bebês para ver quanto lhe desagradava uma criança nadando em lágrimas na vida real. O gosto das meninas pequenas por fazer isso há de ser enfrentado cedo na tentativa de preferi-las, possivelmente, aos meninos pequenos e, certamente, aos adultos; para um homem que idealiza as crianças considerando-as isentas da falsidade de uma vida emocional rica, suas exibições de emoção devem ser particularmente desconcertantes. O celibatário talvez seja obrigado a observá-las no piso de um vagão de passageiros, após um acesso de fúria, encharcando-se no seu pranto; dissimuladamente, enroscando-se na mãe enquanto cada um finge ignorar o outro. O prazer simbólico do choro parece baseado na idéia de que o próprio líquido é o mau humor do qual se livraram por meio do acesso e ao qual, no entanto, ainda se apegam, ou na idéia de que não são de todo impotentes, uma vez que pelo menos enfrentaram a situação daquele modo. A qualidade corrosiva do estilo mostra que a Dodgson não agradava inteiramente a idéia de amar criaturas cujo narcisismo assume esta forma; contudo, não quer simplesmente esquecê-las, porquanto também ele gostaria de se aliviar do "mau humor"; assim, esteriliza-as desde o princípio, dando-lhes um mito encantador. O amor pelos narcisistas parece fundamentado, principalmente, num desejo de conservar-se a uma distância segura, que é aqui a noção essencial.

A meu ver, a completude simbólica da experiência de Alice é importante. Ela percorre toda a gama; é um pai ao descer o buraco, um feto ao chegar ao fundo, e só pode nascer tornando-se mãe e produzindo o líquido amniótico próprio. Tenha ou não a mente de Dodgson pregado a peça de pôr essa coisa na história, o fato é que ele tem os sentimentos que corresponderiam a isso. O desejo de incluir toda a sexualidade na menina, de todos os seres humanos o menos visivelmente sexuado, aquele que mantém o sexo no lugar mais seguro, era parte importante do fascínio que exerciam sobre ele. Dodgson se vê em parte como sendo a menina (com essas características confortadoras), em parte como pai dela (essas características em conjunto fazem da criança um pai), em parte como amante dela — assim ela poderia ser uma mãe —, mas, nesse caso, naturalmente, ela é bastante hábil e independente para fazer tudo por si mesma. Ele contou a uma de suas meninas uma história a respeito de gatos que usavam luvas nas patas: "Pois vejam bem, 'luvas' (*gloves*) têm 'amor' (*love*) dentro delas; não há nenhuma fora, compreendem?" Assim, o importante não é a dependência, e sim a independência da criança, e o tema subjacente a isso é a vida emocional egocêntrica imposta pela inteligência distanciada.

O célebre gato é um símbolo imediato desse ideal de distanciamento intelectual; todos os gatos são distanciados, e desde que este sorri, é um observador divertido. Pode desaparecer, porque pode alhear-se do seu meio e refugiar-se num mundo interior mais interessante; aparece somente como uma cabeça, porque é quase uma inteligência desencarnada, e apenas como um sorriso, porque é capaz de impor uma atmosfera sem estar presente. Ao assustar o Rei com o ato admissível de encará-lo, manifesta a energia anímica de Gandhi; é indecapitável, porque sua alma não pode ser assassinada; e sua influência concede breve anistia à natureza dividida da Rainha e Duquesa. Sua sagacidade o torna formidável — possui longuíssimas patas e uma profusão de dentes —, mas Alice está particularmente à vontade com ele; ela é do mesmo calibre.

O Mosquito oferece uma imagem mais tocante de Dodgson, que em nenhuma outra parte trata mais diretamente de suas verdadeiras relações com a menina. Dodgson sabe que é capaz de importuná-la, como o faria o mosquito, e este, sendo o próprio Dodgson, vem a ser, como amigo, alarmantemente grande para a menina, mas a princípio, pelos sons que emite, parece diminuto, porque significa muito pouco para ela. Tenta diverti-la com histórias um tanto assustadoras de outros insetos perigosos, outros adultos. É dilacerado pela melancolia de suas próprias pilhérias, que normalmente não agüenta concluir; só se Alice as fizesse, como não pára de instigá-la a fazer, seriam elas interessantes. Isto, ao menos, mostraria que a criança prestara alguma atenção, e ele poderia repeti-la a outras pessoas. O desejo de ouvir piadas o tempo todo, acha Dodgson, é uma penosa e flagrante confissão de desconforto espiritual, e a imunidade de Alice a tal sentimento torna-a inacessível.

> "— Não seja tão insistente — disse Alice, olhando inutilmente em volta para ver de onde vinha a voz. — Se faz tanta questão de piadas, por que você mesmo não faz uma?"

A vozinha soltou um suspiro fundo, *muito* infeliz, evidentemente, e Alice teria dito alguma coisa carinhosa para consolá-lo, "se pelo menos ele suspirasse como outras pessoas!", pensou ela. Mas o suspiro era tão incrivelmente fraco, que ela não o escutaria se não soasse, como soou, *bem* pertinho do seu ouvido, fazendo tanta cócega que afugentou seus pensamentos para longe da infelicidade do bichinho.

> "— *Sei que você é minha amiga* — continuou a vozinha — *uma amiga querida e uma velha amiga, que não me fará mal, mesmo sendo eu um inseto.*
>
> — Que tipo de inseto? — perguntou Alice um pouco aflita. O que ela queria mesmo saber era se ele podia dar ferroada ou não, mas achou que não seria delicado fazer uma pergunta dessas.
>
> — *O quê? Então você não...* — começou a dizer a vozinha..."

"Não sabe quem sou! Será que alguém não sabe quem eu sou?" Ele receia que até um amor tão inocente como o seu, à semelhança de todo amor, possa ser cruel e, no entanto, ela é quem pode feri-lo, quando nada através da vaidade dele. As implicações dessas poucas páginas são tão dolorosas que a calma irônica do final, quando ela o mata, parece deliciosamente divertida e forte. O Mosquito está insinuando que ela gostaria de continuar a ser simplesmente uma criatura da Natureza e permanecer na floresta onde não há nomes.

> "— ... É uma piada. Gostaria que tivesse sido feita por *você*.
>
> — Por que por *mim*? — perguntou Alice. — É péssima."
>
> Mas o Mosquito apenas suspirou fundo, enquanto duas grossas lágrimas rolavam-lhe pelas faces.
>
> — Você não devia fazer piadas — disse Alice — já que isso o torna tão infeliz.
>
> Ouviu-se então outro daqueles melancólicos suspiros, e tão fraquinho que desta vez o pobre Mosquito parece ter-se esvaído nele, tanto que, ao levantar a vista, Alice não viu mais coisa alguma, e, como já começasse a sentir frio por ter passado tanto tempo sentada, levantou-se e foi embora.

A pontuação excessiva e a prosaica assonância "*long-on* (... *as she was getting quite chilly with sitting so* long, *she got up and walked* on)" aumentam o efeito. Há algo de encantadoramente afetado e bem-intencionado no modo como ela afasta os sentimentos com que não pode lutar. Não é necessário supor que Dodgson tenha vivido esta cena, que ele imagina com tanta nitidez, mas há aqui demasiada autognose para dar ao jogo da psicanálise a aparência de simples divertimento.

A cena em que a Duquesa se torna amiga de Alice na festa ao ar livre mostra que Alice não está mais desligada do seu criador; é claro que Dodgson ficaria tão irritado como ela com o incidente, e se coloca no lugar dela. A maneira óbvia de interpretar o episódio é como se se tratasse da mulher de meia-idade que procura flertar com o rapazinho casto.

> "— O jogo parece estar indo bem melhor agora — disse ela.
>
> — Está, sim — disse a Duquesa. — E a moral que se tira disso é: 'Oh, é o amor, o amor, que faz o mundo girar!'
>
> — Disse alguém — sussurrou Alice — que o que o faz girar é cada um cuidar de sua vida!
>
> — Ah, bom! Dá no mesmo — disse a Duquesa, enterrando o queixinho pontiagudo no ombro de Alice enquanto acrescentava: — e a moral *disso* é: 'Cuida do sentido, que os sons cuidarão deles próprios.'
>
> 'Como ela gosta de tirar moral de tudo', pensou Alice."

Ambas estão certas, porque as formas generosas e egoístas do amor têm o mesmo nome; a Duquesa parece adotar o ponto de vista dos economistas políticos, para quem o maior bem público é produto do maior egoísmo privado. Toda essa conversa sobre "moral" deixa Alice desconfiada; além disso, está carregando um flamingo, pássaro avermelhado e de pescoço comprido. "A principal dificuldade que Alice encontrou no começo foi em segurar seu flamingo (...) ele se virava completamente e olhava-a cara a cara."

> "— Provavelmente você quer saber por que não passo meu braço em torno da sua cintura — disse a Duquesa após uma pausa. — É que não tenho confiança no gênio do seu flamingo. Quer que eu experimente?
>
> — Ele pode dar bicadas — respondeu cautelosamente Alice, sem nenhuma vontade de ver realizada a experiência.
>
> — Isso mesmo — disse a Duquesa. — Flamingos e mostarda, os dois picam. E a moral disso é: 'Pássaros da mesma plumagem voam juntos'."

A mostarda pode ser incluída na mesma classe da pimenta que ela se fartou de comer na sopa e que a pôs de "mau humor", de modo que flamingos e mostarda se tornam os desejos dos dois sexos. Sem dúvida, Dodgson ficaria indignado se visse esse significado atribuído aos seus símbolos, mas tal significado, se o próprio Dodgson houvesse pretendido falar do assunto, é exatamente o que ele gostaria de expressar.

A Duquesa pula então para outro aspecto do egoísmo da nossa natureza.

> "— Acho que é um mineral — disse Alice.
>
> — Claro que é — falou a Duquesa, que parecia disposta a concordar com tudo quanto Alice dissesse. — Há uma grande mina de mostarda perto daqui. E a moral disto é: 'Mina, quanto maior a minha, menor a tua.'"

Mais uma vez podia-se atribuir o mesmo significado, mas um novo desponta: "O industrialismo é, como o sexo, simplesmente insaciável; tudo o que dele obtemos é uma distinção mais acentuada entre ricos e pobres." Em seguida, elas se emaranham em enigmas acerca da sinceridade e de como se pode chegar a ser o que se parece ser.

Essa espécie de "análise" é uma olhadela na maquinaria; para a crítica, a questão é saber o que se faz com a máquina. A finalidade do sonho na teoria freudiana é unicamente manter a pessoa em estado de tranqüilidade, a fim de que possa continuar dormindo; no decorrer desse trabalho prático pode a pessoa produzir alguma coisa de valor mais geral, mas não de um único tipo. Consta que Alice passou a ser padroeira dos surrealistas, mas eles não cultivam a Afetação Cômica, espécie de reserva de força, que é o maior encanto de Alice. Wyndham Lewis evitou colocá-la ao lado de Proust e Lorelei para ser embalada como um debilitador culto à infância (embora ela também tenha um pouco do pragmatista); é mais provável que o leitor atual lamente a fatuidade dela. Nesse tipo de culto à infância, a criança, embora seja um meio de fuga imaginativa, torna-se o crítico; Alice é a pessoa mais razoável e responsável do livro. Isto pretende ser encantadoramente patético em relação a ela, ao mesmo tempo que uma sátira aos mais velhos; infere-se daí também que o homem lúcido não pode adotar uma visão do mundo, mesmo para dominá-lo, diversa da adotada pela criança; mas isto se mantém a boa distância do infantilismo sentimental. Resta sempre alguma dúvida acerca da intenção do homem que proclama que quer ser como uma criança, porque talvez queira ser como ela em ter sensações e percepções puras e vívidas, em não conhecer, esperar ou desejar o mal, em não ter espírito analítico, em não ter apetites sexuais reconhecidos como tais, ou então por desejo de contar com a proteção materna e furtar-se à responsabilidade. Em geral, ele mistura tudo isso — o elogio de Cristo às crianças, feito talvez por motivos que não enumerei, fez disso uma coisa que se ouve dizer com respeito, e é repetido freqüentemente e de maneira bastante vaga —, mas mistura-o a seu modo; a invectiva de Lewis não chega a revelar qual é o alvo do seu ataque. O elogio da infância nas Alices está subordinado, principalmente, à aversão não só pela sexualidade, mas por todas as distorções de visão que acompanham uma vida emocional rica; e idéia contrária precisa ser contraposta a esta, a saber, que só podemos entender as pessoas ou mesmo as coisas, tendo tal vida dentro de nós mesmos para lhes servir de espelho; mas a idéia em si mesma é respeitável. Na medida em que isso é típico do cientista, os dois livros são uma expressão da atitude científica (*e. g.*, a borboleta) ou uma espécie de sátira a ela, considerando-a inevitável.

O aspecto mais óbvio da fatuidade é o esnobismo. É evidente que Alice é não só uma menininha bem-nascida, mas também rica; se se transforma em Mabel, de modo que tem de ir viver naquela casinha acanhada quase vazia de brinquedos, recusa-se a sair da sua toca de coelho. O que nos surpreende é que lhe permitam conhecer Mabel. Do princípio ao fim dos dois livros, curiosos objetos de luxo são vistos mais ou menos como Wordsworth via as montanhas: inexpressivos, mas esplêndidos e inamovíveis, objetos de mito. A pescada, a perna falante de carneiro, a terrina de sopa, a bandeja de chá no céu, são exemplos óbvios. O afastamento da idéia da união da criança com a natureza é divertidamente completo; uma simples alteração nos objetos vistos coloca-a em harmonia com as convenções. Mas isso ainda não está longe de Wordsworth, que converteu suas montanhas em símbolos da sociedade estável e moral vivendo no meio delas. Em parte, a brincadeira representa a sinceridade da criança que critica a asneira da convenção, mas Alice tem muito respeito pelas convenções e interesse em aprender novas; na verdade, as discussões em torno das regras do jogo da conversação, aqueles comentários severos sobre o isolamento da humanidade, falam tão alto em favor das convenções que chegamos a sentir que não existe mais nada no mundo. Há sobre esse tema um estranho conflito acerca das três irmãzinhas discutidas no Chá Louco, que viviam de melado. "Não pode ser", objetou Alice com bons modos, "pois assim haviam de ficar doentes." "E ficaram", disse o Rato do Mato, "*muito* doentes." Os bichos são sempre egocêntricos e argumentadores, para simbolizar o distanciamento do intelecto em relação à emoção, que lhe é necessária e, no entanto, o torna pueril. Nesse caso, o comentário representa a um só tempo o perigo de tomar como guias os desejos naturais ("isso é o tipo de coisa que as meninas pequenas fariam se as deixássemos sozinhas") e um exemplo patético de martírio para as convenções; às meninas pouco se lhes dava que tivessem adoecido por viverem de melado, porque isso era norma entre elas e sabiam que era isso que delas se esperava. (Que são meninas refinadas fica evidenciado pelo fato de fazerem pecinhas alegóricas.) Há aqui uma obscura ligação com a crença da época, segundo a qual uma menina realmente bonita é "delicada" (as frases profundas sugeridas pela combinação de sentidos presentes nesta palavra são: (*a*) "não podemos conceber uma mulher refinada a menos que a imaginemos doente"; e mais sombriamente: (*b*) "ela é desejável porque cadavérica"); era sempre um choque para Dodgson descobrir que suas amiguinhas tinham apetites, pois isso as fazia parecer menos puras. A passagem acerca da borboleta mostra-o de maneira mais indisfarçada, com algo da propositada ferocidade de Webster. Era uma criatura tão requintada que só podia alimentar-se de chá fraco com creme (chá sendo o que se oferece às visitas, sagrado para as belas, sem nada de grosseiro).

Uma nova dificuldade vem à mente de Alice.

> "— E se não encontrasse chá? — insinuou ela.
>
> — Nesse caso morreria, é claro.
>
> — Mas isso deve acontecer com muita freqüência — observou Alice pensativa.
>
> — Sim, acontece sempre — confirmou o Mosquito.
>
> Depois disso, Alice ficou alguns momentos em silêncio, meditando."

Não é preciso exultar aqui com a inocência da criança, como em Barrie; qualquer um poderia meditar. Alice acaba de lembrar que as mariposas se deixam queimar na luz até morrer, e tudo pela ambição, semelhante à dos mártires, de se transformarem em libélulas. A conversa passa a girar depois em torno da perda do nome, que é a etapa seguinte da jornada de Alice, e traz liberdade, mas é como a morte; a menina pode perder a personalidade ao ingressar adulta na vida das convenções, e a virgindade (como o sobrenome) quando casar; ou poderá perder seu "bom nome", quando perder as convenções "nos bosques": ali, os animais etc., não têm nomes, porque estão fora do alcance da razão controladora; quando o sexo se manifestar, ela não deverá entender nem nomear suas sensações. O Mosquito está chorando e Alice tem medo do bosque, mas está decidida a prosseguir. "Morre sempre de sede" ou "morre sempre no fim, como todos nós morremos"; "a vida mais requintada é a mais mortal, porém, a que outro alvo se há de visar quando a vida é tão breve e quando tão pouca coisa nela tem qualquer valor?". Um certo vampirismo presente nessa atmosfera, do qual o espartilhamento talvez tenha sido produto ou causa parcial,* aparece com bastante vigor em Henry James; os decadentes apoderaram-se dele para seus próprios fins, mas não puderam recheá-lo de mais anseios funéreos do que já haviam feito esses respeitáveis.

A mistura de culto da infância e esnobismo, que Alice partilha com Oscar Wilde, é realmente muito mais forte e animada; o tema aqui é que é próprio da mocinha bem-intencionada e inocente ser mundana, porque ela, tal qual o mundo, deve conhecer o valor de sua condição. "Quando éramos garotas fomos criadas para não saber nada, e era muito interessante"; "mamãe, cujas idéias sobre educação primam pela severidade, criou-me para ser extremamente míope; assim, você se importa se eu olhar através dos meus óculos?" Essa piada parece ter entrado na moda com os dramaturgos da Restauração, quando a inocência recuperou seu valor social; há vestígios em Farquhar e está presente na *Beggar's opera*. Sheridan domina-a inteiramente pela boca da Sra. Malaprop.

> "Não creio que tanta cultura fique bem numa jovem (...). Mas, Sir Anthony, eu a mandaria, aos nove anos, para um internato, a fim de aprender um pouco de ingenuidade e artifício. Depois, meu senhor, ela devia adquirir um conhecimento superciliar de escrituração mercenária; e, quando crescesse, eu a mandava instruir em geometria para que aprendesse alguma coisa sobre os países confiscantes; mas, acima de tudo, Sir Anthony, ela devia ser verdadeira mestra de ortodoxia, para que não soletrasse nem pronunciasse vergonhosamente mal as palavras como fazem as moças; e também para que repreendesse o verdadeiro sentido do que diz."

A imitação que Dodgson fez disto aí poderá mostrar, o que muitos de seus apreciadores parecem ansiosos por negar, que mesmo o *País das maravilhas* contém sátira pura e simples. A Falsa Tartaruga aprendeu na escola

> "Primeiras Tretas, é claro, para começar, e depois as diversas partes da Aritmética: Ambição, Distração, Ogrificação e Derrisão. (...) Escória, antiga e moderna, e Céuografia. Tínhamos ainda um mestre-desgrenhista que vinha uma vez por semana e ensinava a gente a desgrenhar, repuxar e pichar a óleo."

As crianças apreciarão as brincadeiras, julgando-as dirigidas contra a educação, os adultos julgando-as dirigidas contra uma educação requin-

*Estava piorando quando as Alices foram escritas. Nos "fatais anos 50", como lhes chama Hugh Kingsmill, as saias eram tão grandes que não havia necessidade de cintura pequena para contrastar, de modo que isso pode ser responsabilizado pelas obras literárias daquela década.

tada e por demais dispendiosa. Alice não figurava entre os arrivistas educados desse modo e observa categoricamente em outra passagem que não se aprendem boas maneiras nas aulas. Mas recebe de bom grado conselhos de sociabilidade, como "fazer uma mesura enquanto se pensa no que dizer, poupa tempo"; e o preceito que manda tomar distância de uma rainha se se quiser realmente conhecê-la tem mais cabimento quando aplicado à avidez do arrivista do que à curiosidade desinteressada da menina. Ou se aplica a ambos, dando ao arrivista uma sensação de pureza e simplicidade; a meu ver, isto era uma fonte de encantamento, entrasse ou não nas cogitações de Dodgson. As pretensões sociais da própria Alice são mais sutis e difusas; ela parece elevar sempre o tom do grupo social em que entra, e acha isso ainda mais fácil porque as criaturas lhe parecem muito toscas. Aqui, a idéia fundamental é admitir que a perfeita dama pode gozar de todas as vantagens do desdém sem se rebaixar a expressá-lo ou sequer senti-lo.

> "Desta vez, não havia equívoco possível; era nem mais nem menos que um porco, e ela achou que seria totalmente absurdo continuar a carregá-lo. Assim, largou no chão o animalzinho e sentiu-se aliviada ao vê-lo sair trotando tranqüilamente para o bosque. 'Se tivesse crescido gente', disse consigo, 'seria um menino danado de feio, mas como porquinho até que é bonito.' E pôs-se a pensar em outros meninos conhecidos seus, que ficariam bem como porquinhos, e ia dizendo para si mesma 'ah, se a gente soubesse como transformá-los...' quando tomou um susto ao ver o Gato de Cheshire no galho de uma árvore a alguns metros de distância.
>
> O Gato apenas sorriu quando viu Alice. Parecia bonachão, pensou ela; mas tinha unhas bem compridas e boa quantidade de dentes, de modo que ela sentiu que devia tratá-lo com respeito."

O efeito acariciante dessas expressões joviais e dúbias — "boa quantidade", "ficariam bem como" —, cuja vagueza pode transmitir uma ironia tão sugestiva e um distanciamento tão completo, enquanto dá a nítida impressão de mostrar encantadora boa vontade, está muito próximo do da comédia de Wilde. Como está também a insinuação de um divertido servilismo por trás da afetação, e contrastando com a ironia, da última frase. (Mas aí Dodgson acha que o gato merece respeito, por ser a inteligência distanciada — deleita-se com a idéia de que Alice e outras figuras sociais têm de respeitar Dodgson.) Penso que há uma impressão de que o aristocrata é essencialmente semelhante à criança porque lhe cabe exigir, antecipadamente, o reconhecimento de seus méritos pessoais imediatos; a criança não é ainda bastante forte, e o aristocrata só o é como parte de um sistema; o máximo que pode fazer quando realmente lhe pedem as credenciais, uma vez que seria indecente exibir o *pedigree*, é mostrar-se encantador e esperar que isso pareça inconsciente, como faz a boa menina. A versão wildiana disto deixa certo mau gosto na boca, porque é servil; tem algo do esnobismo ingênuo do criado de alta classe. Foi isto que Whistler quis dizer com o mais chocante dos seus insultos — "Oscar apresenta-se agora desmascarado como seu próprio '*gentleman*'" — quando Wilde procurou fugir a uma acusação de plágio, abrigando-se atrás da alegação de que um *gentleman* não dá ouvidos a calúnias grosseiras.

Servis, porque estavam sempre fazendo malabarismo entre o que eles mesmos consideravam imoral e o que a sociedade a que se dirigiam considerava imoral, falando em pecado quando queriam dizer escândalo. O emocionante de *Pen, pencil and poison* está na velada comparação entre o próprio Wilde e o envenenador, e por certo Wilde não considera seus hábitos sexuais tão imorais como matar um amigo para irritar uma companhia de seguros. Com as insinuações de que mereciam atenção como pecadores, fingiam aceitar todas as idéias morais da sociedade, porque queriam vencer nela; no entanto, a sociedade só os levava a sério porque estavam ligados a um movimento intelectual que se recusava a acatar algumas daquelas idéias. O tema byroniano do homem incapaz de aceitar as idéias morais de sua sociedade e, ainda assim, dilacerado por seus sentimentos a respeito delas, é real e permanente; mas baseá-lo na desonestidade intelectual é pô-lo em curto-circuito, levando a uma afirmação de que se deve permitir à vida do mais alto refinamento uma certa petulância ávida e infantil.

Alice não é uma escrava desse gênero; está quase segura demais de que é boa e honesta. O adulto é incitado a imitá-la, não como um decadente privilegiado, mas como um excêntrico privilegiado, uma figura vitoriana cuja perda devemos lamentar. O excêntrico, embora bondoso e nobre, seria alarmante por força de suas virtudes se fosse menos engraçado; Dodgson tomou providências para que essa impressão subjacente em torno de seus monstros fosse posta resolutamente em relevo por Tenniel, que se exercitara em desenhar coisas bastante sérias, como o Leão Britânico derramando lágrimas por Gordon, para *Punch*. A maciça e romântica nobreza deles é, parece-me, um elemento importante no efeito; Dodgson não a conseguiu em seus próprios desenhos (nem, aliás, deu a todos os rapazes pernas eunucóides), mas, sem dúvida, o teria feito se fosse capaz. Eu associaria esse pesado fundo de cena ao tom de mundana benevolência, de caridade ilimitada mas não obtusa, dos comentários de Alice a respeito do porco: "Farei o possível até mesmo por você; naturalmente a gente sofrerá, porque você não merece os esforços feitos em seu benefício; mas não tenho vontade nenhuma de ser descaridosa com você, pois estou tão acima de você que não preciso colocá-lo no seu devido lugar" — isso é o que seria o desdobramento natural da sua maneira de falar: uma autêntica disposição para o sacrifício pessoal e um senso de poder ainda mais autêntico.

As características mantidas numa tão sutil suspensão em Alice revelam-se em pleno funcionamento nas duas rainhas. É claro que essa espécie de superioridade moral subentende um penoso isolamento, semelhante ao implícito no estilo intelectual de vida e na vida de castidade, que aqui lhe estão associados. A referência a *Maud* (1855) faz ressaltar este ponto. Era um livro chocante; o escárnio era merecido; e sua inadequada liberdade foi parodiada pelas flores no início do *Espelho*. Um laivo de espalhafato paira sobre esse gênero de ensaio. Mas presumia-se que as paródias fossem óbvias (as crianças que não são obrigadas a ler Dr. Watts não sentem nas paródias que dele se fazem a mesma emoção que sentiam as crianças da época), e mesmo esta paródia não é tão óbvia como era. Não há dúvida que as flores são muito mais engraçadas quando as comparamos com seus indestrutíveis originais.

quando o vento de março suspira
Põe a preciosa marca dos teus pés
Em violetas azuis como os teus olhos...
a pimpinela adormeceu no prado;
Mas por ti a rosa passou a noite acordada,
Sabendo da promessa que me fizeste;
Os lírios e rosas estavam todos acordados...
Rainha rosa do jardim das moças em botão...

Caiu uma esplêndida lágrima
Da flor-da-paixão junto à cancela.
Ela vem vindo, a minha pomba, a minha querida;
Ela vem vindo, a minha vida, o meu destino;
Grita a rosa vermelha: "Ela está perto, está perto";
E chora a rosa branca: "Está tardando";
A esporinha: "Aqui! Eu a estou ouvindo!"
E o lírio murmura: "Eu espero."

"— Não é de bom tom falarmos primeiro — disse a Rosa — e eu já estava querendo saber por que você não puxava conversa. (...) — Mas como vocês todos falam bem! — disse Alice na esperança de que o elogio acalmasse os ânimos. (...) — Na maior parte dos jardins — explicou o Lírio Tigrino — os canteiros costumam ser macios demais. Por isso as flores estão sempre dormindo. — A razão pareceu excelente a Alice, que ficou contente de conhecê-la. — Nunca pensei nisso antes! — disse ela. — Minha opinião é que você não pensa *nunca* — disse a Rosa num tom bastante severo. — Nunca vi ninguém com um ar mais bobo — disse uma Violeta tão de chofre que Alice deu um salto. (...) — Lá vem ela! — gritou a Esporinha. — Estou ouvindo o croque-croque das passadas dela no cascalho! — Alice olhou em volta, curiosa, e viu que era a Rainha Negra..."

a essência concentrada, explicaria Dodgson, de todas as governantas. O Lírio Tigrino era a princípio uma Flor-da-Paixão, mas explicaram em tempo a Dodgson que a paixão aludida não era a do desejo sexual (que ele relaciona com o mau humor), mas de Cristo; brilhante recuperação ocorreu após o choque causado por isto, pois *Lírio Tigrino* inclui a alarmante fúria da paixão ideal (casta até agora) e o mau humor da vida virtuosa e abnegada tipificada pela governanta (sempre casta). De sorte que ele abarca todas as flores que Tennyson mencionou. O pé de salgueiro que dizia Bough-Wough não entra no poema, porém é de qualquer modo um símbolo de amor sem esperança. As margaridas vermelhas ficam brancas de medo, assim como no poema as brancas ficam vermelhas de admiração. Não sei até onde cabe fazer caso da observação acerca dos canteiros, a qual implica que devem ser duros, porque mesmo a paixão exige as virtudes do ascetismo (eles são também os leitos de terra do túmulo); tal observação harmoniza-se perfeitamente com as idéias em presença, mas não parece uma coisa que Dodgson teria dito em linguagem mais clara.

Mas, embora ele evitasse a associação cristã na complexa idéia implícita em "Flor-da-Paixão", as flores fazem indiscutivelmente uma outra.

> "— Mas a culpa não é *sua* — acrescentou a Rosa, amável. — Você está começando a murchar... e nesse caso é inevitável que as pétalas fiquem um pouco soltas. — Alice não gostou nem um pouco dessa idéia; assim, para mudar de assunto, perguntou: — Ela costuma vir aqui? — Acho que daqui a pouco você vai vê-la — disse a Rosa. — Ela é do tipo espinhento. — Onde usa os espinhos? — perguntou Alice com certa curiosidade. — Ora, em volta da cabeça, é claro — respondeu a Rosa. — Me admira que você não tenha alguns também. Eu pensava que essa era a regra geral."

A morte nunca está de todo ausente nos dois livros. A Rosa inevitavelmente simboliza o desejo, mas aqui seus espinhos representam o mau humor não tanto da paixão quanto da castidade, a da governanta ou a implícita no amor ideal. Assim, os espinhos em volta da cabeça da Rainha, a "regra geral" para a humanidade sofredora, ainda não admitida pela criança, representam a Paixão, a abnegação do amor mais ideal e mais generoso, que produz fealdade e mau humor.

A brincadeira de ridicularizar o amor romântico aplicando-o a indesejadas mulheres da meia-idade merece menos respeito do que a pilhéria do desespero do idealismo. W. S. Gilbert vale-se dela para a mesma facécia tímida, mas de maneira mais ofensiva. Esta zombaria, talvez típica do século XIX, é dirigida contra todas as mulheres nos dois livros: a Feia Duquesa que tomou o afrodisíaco na sopa (pimenta, como salientou Alice, produz "mau humor") era a mesma pessoa que a Rainha, no primeiro rascunho ("Rainha de Copas e Marquesa das Tartarugas Falsas"), de modo que a sentença imposta a ela pela Rainha é o suicídio da paixão despedaçadora. A Falsa Tartaruga, que é metade boi na ilustração, com um casco fendido, sofre com o namorico da rolinha; estudou numa escola ruim e só pensa em dançar. (Também chora sua infância perdida, com o que Dodgson se solidarizava embora censurasse o exagero, e o que Alice julgou muito esquisito; isto evita que o tópico seja sátira direta.) Assim, o amor também é ridículo nos rapazes; sente-se que esses dois casos cobrem todo o assunto (Dodgson andava então pelos trinta anos), de modo que, admitidos esses pontos, o mundo não oferece perigo para a castidade. O perigo vinha das mulheres de meia-idade, porquanto as mocinhas podiam ser consideradas tão puras como Alice. Nem é isto mera convenção; Gilbert confiava numa das mais permanentes peças pregadas pela natureza na civilização, isto é, que a menos que se empreguem métodos um tanto primitivos, os desejos específicos das mulheres refinadas poderão aparecer demasiado tarde. Na medida em que o homem casto utilize esse fato, e o fato de que os homens se prejudicam menos do que as mulheres com a castidade permanente, para insultar as mulheres, nenhum barulho que ele faça a respeito de garotinhas há de enobrecê-lo. Dodgson sustenta o tema de maneira bastante amena, vinculando-o ao tema bem mais geral da abnegação — que pode ser inútil ou prejudicial, mesmo quando espontânea ou como parte de uma convenção aceitável, o que então torna o abnegado ridículo e inválido, mas que mesmo assim o faz merecedor de respeito e pode dar-lhe inesperadas fontes de poder. O homem que brinca de cultuar a criança chega aqui à Guerra Sexual (como de hábito desde então, mas o cômico Lear não chegou), mas não até a morte nem com todas as armas.

As mesmas idéias respaldam a Rainha Branca, a idealista emocional em contraposição à idealista prática. Parece que a *Apologia* (1864) está visível quando ela acredita no impossível durante meia hora antes do café da manhã, para se exercitar; eu interpretaria os dois exemplos que ela dá como imortalidade e atraso do relógio da História, assim como a Missa se realiza antes do café. Em todo o capítulo sobre a Lã e a Água (leite e água mas não nutritivos e que para os dentes sabem a areia) ela é Oxford: a vida do saber e não da religião dogmática. Todo mundo reconhece a loja local, as lutas simuladas, a regata, a velha ovelha acadêmica e o modo desdenhoso como ela ri ao ver que Alice não conhece o jargão técnico do esporte do remo; e há algumas reflexões gerais sobre educação. Propositadamente, o professor coloca o ovo muito distante, para que você mesmo tenha de ir procurá-lo, e nesse ínterim o ovo se transforma em outra coisa; e depois que você "pagou pela" educação, os efeitos dela, conhecidos então pela primeira vez, devem ser aceitos como parte de você, sejam bons ou maus. Oxford, como produto de sonho, pode ser metade sátira e metade aceitação do brilhante fragmento de Arnold sobre o "adorável sonhador" (1865).

Uma vez pelo menos em cada livro um grito de solidão escapa de Alice ante a estranheza, para além de toda a afinidade e comunicação, do mundo em que ela entrou — seja aquele em que a criança está encerrada por fraqueza, seja aquele em que o adulto está encerrado por ter feito as renúncias exigidas tanto pelo ideal, quanto pelo estilo mundano de vida (a força do esnobismo está em dar a entender que ambos são o mesmo). Parece singularmente terrível que as respostas da Rainha Branca, na segunda dessas ocasiões, tenham de ser tão incontestáveis.

> "A essa altura começava a clarear. — Acho que o corvo deve ter ido embora — disse Alice. — Que bom que tenha ido. Como estou alegre! Pensei que estava anoitecendo."

Mesmo na cantiga, o corvo pode ser o medo da morte. As cantigas, como aqueles outros elementos estruturais relevantes, xadrez e cartas de baralho, são úteis porque, sendo fixos, triviais, insólitos e estimulantes para a imaginação, afetam a gente como convenções do mundo do sonho, e isto determina o estado de espírito acerca das convenções.

> "Ah, quem me dera que eu pudesse ficar alegre! — exclamou a Rainha. — Mas eu nunca consigo me lembrar da regra. Você deve ser muito feliz, vivendo neste bosque e alegrando-se sempre que tem vontade."

Assim, outra floresta vem a ser a Natureza. Esse uso de "isso é uma regra" é de Sheridan em *The Critic*; o *pathos* de sua inutilidade está em que é uma tentativa da razão de fazer o trabalho da emoção e fugir aos perigos do enfoque emocional da vida. Pode haver uma alusão ao Movimento e ao dogma de Oxford. Talvez principalmente uma sátira à fatuidade da moda de visitar bairros pobres, o comentário parece desdobrar-se e atingir toda a beleza e o *pathos* das idéias de pastoral; através de sua própria universalidade, a vaga simpatia da Rainha se torna uma obscura tolerância para com os próprios desejos.

> "— Mas como é ermo aqui! — disse Alice num tom melancólico; e ao pensamento de sua solidão duas grossas lágrimas escorreram-lhe pelo rosto.
>
> — Ah, não fique assim — pediu a pobre Rainha, torcendo as mãos em desespero. — Pense na menina formidável que você é. Pense na longa caminhada que fez hoje. Pense em que horas são agora. Pense em qualquer coisa, contanto que não chore!

> Mesmo em pleno choro, Alice não pôde deixar de rir. — Será que se pára de chorar só porque se começa a pensar em coisas?
>
> — Assim é que se faz — afirmou a Rainha com grande decisão. — Ninguém pode fazer duas coisas ao mesmo tempo. Para começar, consideremos a sua idade... quantos anos tem?"

Voltamos de imediato ao tópico crucial da idade e do medo da morte, e passamos à eficácia do exercício de ajudar alguém a acreditar no impossível: por exemplo, que a Rainha está tão velha que já estaria morta. A impotência do intelecto, que pretende governar tanto, é admitida sob o disfarce da contra-alegação de que como ele nos torna impessoais, podemos esquecer com isso o sofrimento; não acreditamos nisso em relação à Rainha, principalmente porque ela não tem bastante compreensão de outras pessoas. O abalo do retorno à questão da velhice e o pressuposto de que este é um campo propício à mentira polida fazem do trabalho do intelecto o mero jogo da conversação. Humpty Dumpty usa o mesmo truque embaraçoso para anular com argumentos um indício de solidão. Na verdade, em torno de todo o racionalismo de Alice e seus companheiros, paira a impressão de que há no fim de contas questões de pensamento puro, pensamento universitário, cujo altruísmo é reconhecido e custeado, pensamento reservado apenas às classes superiores, para quem as convenções são em todo caso hábito natural; como aquela impressão de que o cientista é por certo um *gentleman* e conta com bastante espaço, o que constitui o fascínio de Kew Gardens.

A Rainha é uma figura das mais abrangentes. "Olhando à frente e atrás" com o tom queixoso do altruísmo ilimitado, vive ela principalmente para trás, na História; a treva inevitável do crescimento, os mistérios da autognose, as contradições internas da vontade, as antinomias da filosofia, o próprio Espelho, fazem tal imposição; nem é simples fraqueza tentar resolvê-los exclusivamente no impulso direto da criança. Quanto mais ímpetos de sonho acumula, mais ilimitado se torna seu amor pela humanidade, e mais ela mesma se assemelha a um porco-espinho. Tricotando com um número cada vez maior de agulhas, tenta ela controlar a vida por meio de um aparelho intelectual cada vez mais complexo: o "progresso" de Herbert Spencer; qualquer prateleira da loja está vazia, mas há sempre alguma coisa muito interessante — a "atmosfera" do lugar é tão interessante — que vai subindo de prateleira em prateleira à medida que a olhamos; só há acumulação no futuro e em nosso passado tradicional, e o teste feito por Alice, que fez o valor atravessar o teto como se estivesse habituado a isso, mostra que o progresso jamais pode alcançar o valor, porque sua morada e nome é céu. O plano de reforma social da Rainha — punir os que não são respeitáveis antes que seus crimes sejam cometidos — parece ser outra dessas pilhérias sobre o progresso.

> "— Mas se você não os houvesse cometido — disse a Rainha — teria sido muito melhor. Melhor, melhor e melhor! — Sua voz foi se elevando a cada 'melhor' até soar finalmente como um verdadeiro guincho."

Há idêntico ataque em "A Morsa e o Carpinteiro" que, deprimidos com o espetáculo da falta de aperfeiçoamento da natureza, empenham-se numa ação filantrópica entre as ostras. O Carpinteiro é uma Torre e a Morsa, que podia comer tantas mais porque chorava atrás do seu lenço, era um Bispo, no esquema do começo do livro. Mas, ao dizer-se isto, fica-se impressionado com a profundidade em que se oculta a sátira; a singularidade do episódio e dos personagens assume uma grandeza e uma aridez wordsworthianas, e a paisagem definida pelos estratagemas da facécia adquire a beleza distante e aterradora das idéias dos loucos. É curioso notar que Tenniel, em seguida, ilustrou Poe de maneira análoga. Dodgson faz, freqüentemente, o que Poe queria fazer, e o faz tanto mais facilmente, porque pode sem perigo introduzir o absurdo. O Menino Idiota de Wordsworth é uma criatura luarenta demasiado tímida para estar à vontade com a Natureza deplorada pelo Carpinteiro, e boa parte da técnica da rudeza do Chapeleiro Maluco foi aprendida com Hamlet. É o baixo obstinado desse parentesco com a insânia, penso eu, que deixa perfeitamente claro que os dois livros não são frívolos, e a fria coragem com que Alice aceita os loucos é que lhes dá sua força.

Essa conversa a respeito do esnobismo das Alices pode parecer um simples ataque, mas um pouco de ácido talvez ajude a remover o lodo em que estão incrustadas. As duas principais idéias latentes no esnobismo — a saber, que a virtude e a inteligência são igualmente solitárias, e que as boas maneiras são, pois, importantes, ainda que uma absurda confissão das limitações humanas — não dependem de um sistema de classes local; seriam reconhecidas em certo grau por qualquer sociedade aceitável. E se em certo grau também se hão de reconhecer seus contrários, eles estão aqui; há afirmações bastante sólidas das imposturas do altruísmo e da convenção e de seus horrores quando verdadeiros; as forças desse conflito é que produzem uma colisão bastante violenta para liquidar com ambos os sonhos. No *País das maravilhas* isto se mescla misteriosamente com o julgamento do Valete de Copas, o ladrão do amor, mas, no fim do segundo livro, o simbolismo é mais indisfarçado e mais simples. Ela é uma rainha adulta e adquiriu as dignidades convencionais de seu mundo insano; de repente, ela lhes reconhece a insânia, recusa-se a ser uma rainha adulta e as destrói.

> "— Não suporto mais isto! — gritou ela, agarrando a toalha da mesa com as duas mãos; um bom puxão, e pratos, travessas, convidados e velas rolaram da mesa aos trambolhões, formando uma pilha no chão."

Os convidados são inanimados e o abjeto maquinismo imbecilizante do luxo adquiriu hedionda vida própria. É na Mesa de Honra do *Christ Church* que devemos pensar aqui. O *gentleman* não é escravo de suas convenções, porque em caso de necessidade poderia destruí-las; e, contudo, mesmo que o fizesse, e tanto mais porque não o faz, deve adotar para com elas, embora desprezando-as, a atitude da criança.

Tradução
JOSÉ LAURÊNIO DE MELO

Revisão
HELOÍSA BEATRIZ SANTOS ROCHA

CAPÍTULO 19

A tensão na poesia

ALLEN TATE

Publicado originalmente *in On The Limits of poetry* (1948). A presente tradução foi feita a partir da reedição do ensaio *in The Man of letters in the modern world* (*Selected essay*: 1928-1955), Nepidiah Books, Londres, 1957.

Muitos poemas que geralmente temos em conta de boa poesia — e alguns, ademais, que negligenciamos — têm certos aspectos em comum que nos permitirão inventar, para uma percepção mais aguda deles, o nome de uma qualidade singular. A esta chamarei de tensão. No caso da linguagem abstrata, uma obra poética tem como qualidade distintiva ser o efeito definitivo do todo, e este todo é o "resultado" de uma configuração de significado, devendo o crítico examiná-lo e avaliá-lo. Ao expor este dever como o procedimento que adotei, tento ampliar uma abordagem crítica que já empreguei noutras ocasiões, sem abrir mão inteiramente do método anterior, que descreveria como a separação das idéias gerais implícitas na obra poética.

Ao final deste ensaio darei exemplos de "tensão", mas não diria que exemplifiquem apenas a tensão ou que outras qualidades deveriam ser ignoradas. Há todos os tipos de poesia, tantos quanto bons poetas, e mesmo tantos quanto bons poemas, porquanto se pode esperar que os poetas escrevem mais de um tipo de poesia; e nenhuma percepção (*insight*) crítica isolada pode atribuir validade exclusiva a apenas um tipo. Em todas as épocas há escolas exigindo que apenas um tipo seja escrito — o da sua escolha: seja poesia política, em favor de uma causa; seja poesia pitoresca, por sua cidade natal; seja poesia didática, em favor de sua paróquia; e até mesmo uma poesia pessoal genérica para a tranqüilidade e segurança das massas. Creio que esta última é a variedade mais comum, o lirismo anônimo através do qual a personalidade vulgar exibe sua trivialidade, sua excentricidade modesta mas contudo estandardizada, em uma linguagem que parece estar sempre prestes a deteriorar-se; de modo que hoje muitos poetas são levados a inventar linguagens pessoais, ou extremamente limitadas, uma vez que a fala pública se tornou tão compactamente massificada.

A linguagem de massa é o meio da "comunicação", e seus usuários estão mais interessados em despertar o que hoje se chama de "estado afetivo" do que em lhe dar uma organização formal.

"Tendo-se afirmado que tudo está no Uno, é óbvio que a literatura equivale à propaganda; tendo-se afirmado que não se pode conhecer verdade alguma independentemente do processo imediato da história, é obvio que todos os artistas contemporâneos criarão o mesmo estereótipo da moda. É claro também que o Uno é limitado tanto no espaço como no tempo e que os fascistas não menos hegelianos têm razão em dizer que toda arte é patriótica."

O que William Empson chama de poesia patriótica não proclama apenas o Estado; poderia ser facilmente encontrada na lírica de requintes femininos e em grande parte na poesia política de nossa época. É a poesia da linguagem de massa, muito diferente da "linguagem do povo", pela qual se interessava o poeta W. B. Yeats da última fase. Por exemplo:

What from the splendid dead
We have inherited —
Furrows sweet to the grain, and the weed subdued —
See now the slug and the mildew plunder.
Evil does overwhelm
The larkspur and the corn;
We have seem them go under[1]

Desta estrofe de Edna St. Millay, inferimos que seus esplêndidos ancestrais tornaram a terra um bom lugar que de alguma forma piorou — e se percebe o motivo pelo título: "Justice denied in Massachusetts" ("Negada justiça em Massachusetts"). Como Massachusetts poderia causar uma seca generalizada, e de que forma (segundo somos informados em nota de pé de página do poema) a execução de Sacco e Vanzetti poderia ter qualquer coisa a ver com o apodrecimento das colheitas, nunca foi esclarecido. Estes versos constituem uma linguagem de massa: despertam um estado afetivo em um conjunto de termos, e repentinamente um objeto bastante sem relação com esses termos se beneficia disso; e este efeito que geralmente é obtido sem esforço consciente, como creio ser aqui o caso, é o sentimentalismo. O poema de Edna St. Millay foi admirado quando surgiu, há aproximadamente dez anos, e sem dúvida ainda é admirado por pessoas a quem comunica certos sentimentos de justiça social, e para quem os versos são uma oportunidade de compartilhar sentimentos entre elas e o poeta. Mas, se deles não se compartilha, como ocorre comigo, nestas imagens de natureza ressequida, e até o poema inteiro, tornam-se impenetravelmente obscuros.

Estou atacando aqui a falácia da comunicação em poesia. (E não atacando a justiça social.) Ela é tão falsa em poesia quanto na teoria crítica. A doutrina crítica se torna pior à medida que a aplicamos mais para trás; suponho que se possa dizer — no caso de se querer um ponto de referência — que ela começou a prosperar depois de 1798; pois, de modo geral, o verso inglês do século XIX é constituído de poesia de comunicação. Os poetas tentavam usar o verso para transmitir idéias e sentimentos que secretamente pensavam poder ser melhor transmitidos pela ciência (consulte-se a *Defense* de Shelley), ou por aquilo que hoje denominamos, com uma expressão significativamente pouco poética, de Ciências Sociais. Entretanto, possivelmente porque os poetas consideravam os cientistas rígidos, e se uniam aos cientistas ao considerarem os poetas ternos, estes se apegaram ao verso. Dificilmente se poderia afirmar que mudaríamos esta tradição de futilidade poética se lhe déssemos um novo nome: Poesia Social. Poderá o poeta esperar tratar de modo mais adequado a sociologia que a física? Se ele conseguir apreender qualquer delas no nível de procedimento científico, não terá abdicado de sua posição de poeta?

Num nível de consciência histórica mais baixo do que demonstrado pelos últimos heróis de Edmund Wilson da escola simbolista, encontramos o tipo de verso a que me referia, versos há muito intimidados pelo pseudo-racionalismo das ciências sociais. Esta timidez sentimental foi tão completa que, por mais fácil que o verso parecesse na página, abdicava de todo apelo ao sentido. (Estou presumindo aqui o que não poderei demonstrar, que o poema da Srta. Millay é confuso, mas que "Second anniversary" [Segundo aniversário], de Donne, não o é.) Como outro exemplo desta espécie de confusão, selecionei ao acaso um poema lírico do século XIX, "The vine" ("A videira"), de James Thomson:

The wine of love is music,
And the feast of love is song;
When love sits down to banquet,
Love sits long:

Sits long and rises drunken,
But not with the feast and wine;
He reeleth with his own heart,
That great rich Vine[2]

A linguagem aqui apela para um estado afetivo existente; não tem sentido coerente, quer literariamente ou em termos de ambigüidade ou implicação;

pode ser totalmente substituído por qualquer de suas várias paráfrases, que já estão latentes em nosso pensamento. Uma delas é a imagem confusa de um homem de sociedade se auto-embriagando. Ora, a boa poesia pode resistir ao mais minucioso exame literal de cada expressão, constituindo-se na própria garantia contra a nossa ironia. Mas, quanto mais de perto examinarmos este poema lírico, mais obscuro ele se torna; quanto mais demarcarmos as implicações das imagens, maior a confusão. As imagens nada acrescentam à idéia geral que buscam sustentar; chegam mesmo a despojar aquela idéia da dignidade que adquiriram no decorrer de uma longa sucessão de melhores poetas, retrocedendo, suponho, até Guinizelli:

Al cor gentil ripara sempre Amore
Come alla selva augello in la verdura[3]

O que desejo esclarecer é o tipo particular de fracasso, e não o grau, de um certo tipo de poesia. Se estivéssemos interessados em graus, poderíamos consolar-nos com o século XIX, citando versos de John Cleveland ou Abraham Cowley, maus versos líricos, e não melhores que "The vine" ("A videira"), escrito em uma época que produziu parte da melhor poesia inglesa. Aqui estão algumas linhas de "Hymn: to light" ("Hino: à luz"), de Cowley, um inventário de cem linhas sobre alguns dos serviços realizados por este indivíduo em um universo que parece ainda ser, de modo geral, ptolomaico; não gostaria de imaginar o comprimento que o poema alcançaria no sistema copernicano. Aqui está uma das interessantes incumbências da luz:

Nor amidst all these Triumphs does thou scorn
The humble glow-worm to adorn,
And with those living spangles gild,
(O Greatness without Pride!) the Bushes of the Field

E novamente:

The Violet, springs little Infant, stands,
Girt in thy purple Swadling-bands:
On the fair Tulip thou dost dote;
Thou cloath'st in a gay and party-colour'd Coat[4]

Esta é, sem dúvida, uma poesia metafísica; por piores que sejam os versos — e são bastante ruins —, não têm quaisquer qualidades, boas ou más, em comum com "The vine". John Growe Ransom deu-nos, em um memorável ensaio, "Shakespeare at sonnets" (*in The world's body*, 1938), uma descrição excelente deste tipo de poesia: "O impulso para a poesia metafísica (...) consiste em restringir os sentimentos em pauta (...) à sua determinação dentro da figura escolhida." Ou seja, na poesia metafísica, a ordem lógica é explícita; deve ser coerente; as imagens, pelas quais se tornam sensualmente concretizadas, devem ter ao menos a aparência de um determinismo lógico: talvez, apenas a aparência, porque as variedades de ambigüidades e contradições possíveis sob a superfície lógica são infinitas, como William Empson demonstrou em sua elucidação a "The garden" ("O jardim"), de Marvell. Basta-nos mencionar aqui que o desenvolvimento das imagens por extensão, sendo suas determinantes lógicas um fio de Ariadne que o poeta não nos permitirá perder, é o principal aspecto da chamada poesia metafísica.

Mas reconhecê-lo não é analisá-lo; e eu presumo que Ransom estava nos fornecendo uma verdadeira definição aristotélica de um *gênero* no qual a identificação de um tipo não nos compele a discernir os valores implicados. A extensão lógica das imagens é, sem dúvida, a chave para o significado de "Valediction: forbidding mourning" ("Adeus: proibido lamentar"), de Donne; daí também se pode igualmente começar a analisar o cômico fracasso do "Hymn: to light", ao qual volto neste momento.

Enquanto "The vine" e "Hymn: to light" me parecem igualmente má poesia, o fracasso de Cowley é de algum modo preferível; sua superioridade negativa apóia-se num uso mais firme da linguagem. Não lança mão de um estado afetivo; a afirmação fundamental pode ser perfeitamente explicitada: Deus é luz, e a luz é vida. O poema é uma proposta analítica exibindo as propriedades inerentes ao termo principal; isto é, exibindo tudo que Cowley poderia captar do universo antes que se exaurisse sua extensão lógica. Mas creio ser possível inferir que se poderia ter escrito boa poesia na linguagem de Cowley; e sabemos que o foi. Cada termo, mesmo com os verbos convertidos em substantivos, denota um objeto, e nas mãos de um bom poeta seriam suscetíveis de distorções bem controladas da representação literal. Mas aqui as distorções não são controláveis. Tudo reside na linguagem de que um poeta necessita, exceto a poesia, ou a imaginação, ou aquilo que logo ilustrarei pela idéia de tensão.

Chamei "Hymn: to light" de proposta analítica. Esta é a forma na qual o tema deve ter aparecido na mente de Cowley; isto quer dizer, a análise simples do termo *Deus* lhe ofereceu, como a todos os outros cristãos, a proposição: Deus é luz. (Talvez sob a influência neoplatônica, o primeiro símbolo cristão, como o professor Fletcher e outros nos mostraram ao reduzir a suas fontes os poderes das Três Madonas Abençoadas da *Divina Comédia*.) Mas, para escrever seu poema, Cowley teve que ampliar o símbolo por acréscimo sintético, somando às propriedades da luz outras não inerentes a uma análise simples desta:

The Violet, springs little Infant, stands,
Girt in thy purple Swadling-bands...

A imagem, como se apresenta, é um acréscimo à figura central da luz, uma afirmação de uma relação até então não percebida entre os objetos: a luz, os cueiros e as violetas — miscelânea que recomendo à consideração de e. e. cummings, que poderia captar dela algo que Cowley não pretendia deixar transparecer. Se pensarmos novamente em "The vine", observaremos que Thomson permite, em sentido oposto, uma liberdade semelhante a esta com os objetos denotados por suas imagens, com os resultados infelizes que já vimos.

"The vine" é um fracasso na denotação. "Hymn: to light" é um fracasso na conotação. A linguagem de "The vine" carece de conteúdo objetivo. Tomem-se "música" e "canção" nos dois primeiros versos; o contexto não nos permite apreender os termos em extensão; isto é, não há qualquer referência a objetos que possamos distinguir como "música" ou "canção"; o vinho do amor bem poderia passar por canção, ou música de deleite. Em "Hymn: to light", uma redução às conotações dos termos *"violet", "swadling-bands" e "light"* (sendo a última representada pelo pronome *"thou"*) produz um tumulto de imagens que somente poderiam ser unificadas se esquecêssemos as claras denotações dos termos. Se tomamos como válida a infância da violeta, temos que ignorar a metáfora que a produz, pois ela torna a violeta absurda; a ignorar o cueiro e os dois termos a ele associados, deixamos de ler a passagem, e começamos a construir por nós mesmos denotações aceitáveis para os termos da metáfora.

Absurdo: mas não posso afirmar como um princípio com a base em que me fundamento ao chamar esses poemas de absurdo. Apelarei para a experiência do leitor e o convidarei a julgar por si próprio. É muito fácil dizer, como direi detalhadamente dentro em pouco, que a boa poesia é uma unidade de todos os significados nos maiores extremos de in-tensão e extensão. Contudo, nosso reconhecimento da ação deste significado unificado é uma dádiva da experiência, da cultura, ou, se quiserem, do humanismo. Nossos poderes de discriminação não são poderes dedutivos, embora possam ser ajudados por eles; antes, esperam que sejam cultivados nossos poderes humanos totais, e representam uma aplicação especial daqueles a um único meio da experiência — a poesia.

Referi-me a um determinado tipo de poesia como a encarnação da falácia da comunicação: é uma poesia que comunica o estado afetivo, o qual (em termos de linguagem) resulta das denotações irresponsáveis das palavras. Há uma vaga apreensão do mundo "real". A história desta falácia, que é tão antiga como a poesia, mas que perto do final do século XVIII começou a dominar não apenas a poesia, mas também as outras artes — esta história provavelmente mostraria como os poetas abdicaram da linguagem da denotação em favor dos cientistas, guardando para si mesmos um fluxo cada vez menor de conotações periféricas. A companheira falácia, à qual posso dar apenas seu nome literal, a falácia de mera denotação, também a ilustrei com Cowley: esta é a poesia que contradiz nossas percepções (*insights*) humanas mais aperfeiçoadas, à medida que deixa de usar e dirigir a rica conotação da linguagem enriquecida pela experiência.

II

Voltamos à indagação do início desta discussão: descobrir se não há em poesia uma realização mais central do que o representado pelos exemplos extremos que consideramos. Propus o termo *tensão* como um meio descritivo desta realização. Estou empregando o termo não como uma metáfora genérica, mas sim especial, derivada do corte dos prefixos dos termos lógicos *ex*-tensão e *in*-tensão. O que estou afirmando, claro, é que o significado da poesia é a sua "tensão", o corpo plenamente organizado de toda a extensão e intensão que nela podemos encontrar.

O significado figurativo mais remoto que possamos inferir não invalida as extensões da afirmação literal. Poderíamos até mesmo começar com a afirmação literal e desenvolver por etapas as complicações da metáfora, detendo-nos a cada estágio para declarar que significado estamos apreendendo, de modo que a cada um destes estágios o significado seria coerente.

Os significados que selecionamos em pontos diferentes ao longo da linha infinita entre a in-tensão extrema e a extrema extensão variarão de acordo com nossa "tendência", "interesse" ou "abordagem" pessoais: o platônico tenderá a se aproximar bastante do final da linha em que a extensão, e a simples abstração do objeto em um universal seja mais fácil, pois ele é um fanático da ética ou de certos tipos de ações e insistirá no caminho mais curto que leve ao desaparecimento das ambigüidades discordantes, encontradas no final intensivo da escala. O platônico (não diria que o seu oponente seja o aristotélico) poderia concluir que "To his coy mistress" ("À sua pudica amante"), de Marvell, recomenda um comportamento imoral aos jovens, em virtude do que ele tentaria suprir o poema. Este seria, certamente, um significado "verdadeiro" de "To his coy mistress", mas é um significado que a tensão total do poema não nos permitirá manter exclusivamente. Pois nos sentimos compelidos, uma vez que isso também se encontra no texto, a dar peso equivalente a um significado intensivo tão rico que, sem contradizer a afirmativa literal da convenção amante-amada, substitui esta convenção por uma fase da condição humana: o conflito da sensualidade com o ascetismo.

Gostaria então de citar uma estrofe, não de Marvell, mas de Donne, que espero venha a servir de reforço ao que acabei de afirmar, ligando-o a alguns comentários anteriores:

Our two soules therefore, which are one,
Though I must goe, endure not vet
A breach, but an expansion,
Like gold to aiery thinnesse beate[5]

Donne reúne aqui as imagens desdobradas de vinte versos sob a proposta implícita: a unidade de duas almas de amantes é uma entidade abstrata, sendo portanto indivisível. Isto, acredito, é o que John Crowe Ransom consideraria lógica da passagem: é a forma abstrata do seu significado extensivo. Ora, o aspecto interessante aqui é a contradição lógica do encarnar a alma unitária e abstrata em uma imagem concreta: o ouro maleável é um plano cuja superfície pode ser sempre matematicamente ampliada pela metade, até o infinito; as almas são este infinito. A imagem finita do ouro, em extensão, contradiz logicamente o significado intensivo (infinito) que ela transmite; mas não invalida este significado. Vimos como Cowley nos compeliu a ignorar o *diaper* (cueiro) denotado, a fim de que pudéssemos assumir seriamente a violeta que fingia enfaixar. Mas em "Valediction: forbidding mourning", de Donne, a clara denotação do ouro contém, por in-tensão, o significado pleno da passagem. Se rejeitarmos o ouro, também rejeitamos o significado, pois este é totalmente absorvido na imagem do ouro. A in-tensão e a extensão aqui são uma só, e mutuamente se enriquecem.

Antes de abandonar este belo tema, gostaria de apontar para dois aspectos acidentais em uma prova mais ampla da maestria de Donne. A "expansão" — termo que denota uma propriedade comum a muitos objetos, talvez aqui apenas uma propriedade do gás — fez expandir, visivelmente, a qualidade do ouro batido:

> *... endure not yet*
> *a breach...*[6]

Mas, se as almas dos amantes são aquela entidade formidável, inumana, que vimos, não seriam superiores à contingência de um rompimento? Sim e não: ambas as respostas são verdadeiras; porque através do ardiloso "ainda", Donne se resguarda sutilmente contra nossa ironia que, caso contrário, rapidamente perscrutaria este caso extremo de metáfora. Os amantes não suportaram um rompimento, mas são seres humanos simples, infelizes, e podem brigar de um dia para o outro.

Ora, todo este significado e outros que representam um único sentido, estão engastados nesta estrofe: digo outros porque não exauri a pequena fração de significados que meus limitados poderes me permitiram ver. Por exemplo, não discuti o ritmo, que é de significação essencial; isolei, violentamente, quatro versos do significado de todo o poema. Contudo, belo como é, não creio que este poema seja da melhor poesia; talvez muito pouco de Donne alcance este grau, ou mesmo de qualquer outro autor. Donne oferece muitos exemplos de tensão nas imagens, mais simples para o expositor que a maior parte das passagens de Shakespeare.

Entretanto, a conveniência na elucidação não é um cânone da crítica. Gostaria de introduzir agora outros tipos de exemplos, e de mantê-los para nós como uma espécie de pedras de toque arnoldianas quanto à perfeição que a afirmação poética já chegou a alcançar. Não sei que relação podem ter meus comentários, ou meus critérios, com os amplos efeitos da poesia ou com os poemas longos. O poema longo constitui um problema parcialmente diferente. Tive necessidade de restringir tanto os comentários quanto a ilustração aos efeitos mais sutis, que me pareceram corresponder a certas qualidades imediatas da linguagem. Pois, afinal de contas, qualquer que seja a "filosofia" do poeta, por mais ampla que seja a extensão do seu significado — como o universo ptolomaico de Milton no qual ele não acreditava — é através da sua linguagem que ele será reconhecido; a qualidade da linguagem do poeta é o limite válido do que ele tem a dizer.

Não busquei as citações que se seguem: elas formam imediatamente a documentação e implicam a limitação pessoal da qual partiu esta pesquisa. Apenas alguns versos serão identificados com a técnica metafísica, ou, na bela expressão de Ransom, com a estratégia metafísica. A estratégia indicaria aqui o ponto na escala intensiva-extensiva no qual o poeta desenvolve seus recursos de significado. O poeta metafísico, como racionalista, começa no final ou perto do final da linha extensiva ou denotativa; o poeta romântico ou simbolista, na extremidade oposta, intensiva; e cada qual, pelo esforço da imaginação, tenta impulsionar seus significados tanto quanto possa em direção ao extremo oposto, de modo a preencher toda a escala. Apresentei um bom e um mau exemplo da estratégia metafísica, mas apenas exemplos falhos do simbolista, que citei como sendo falácias da linguagem de massa: Thomson empregava a linguagem no seu nível de massa, infeliz e ignorante da necessidade de incorporar suas conotações numa ordem racional de pensamento. (Estou me referindo aqui, também, e num sentido bastante literal, à infelicidade pessoal de Thomson, assim como ao excessivo pessimismo e excessivo otimismo de outros poetas da sua época.) Os grandes poetas simbolistas, de Rimbaud a Yeats, se preocuparam com esta necessidade de racionalidade. Seria uma tarefa árdua escolher uma das duas estratégias, a simbolista ou a metafísica; ambas são, nos seus melhores momentos, grandiosas, e ambas são incompletas.

Segundo creio, estas pedras de toque não constituem poesia dos extremos, mas poesia do centro — poesia de tensão, na qual a "estratégia" está diluída dentro do efeito unitário.

Ask me no more whither doth hast
The Nightingale when May is past:
For in your sweet dividing throat
She winters, and keeps warm her note.

O thou Steeled Cognizance whose leap commits
The agile precincts of the lark's return...

That time of year thou mayst in me behold
When yellow leaves, or none, or few do hang
Upon those boughs which shake against the cold,
Bare ruined choirs where late sweet birds sang.

Beauty is but a flower
Which wrinkles will devour;
Brightness falls from the air,

Queens have died young and fair,
Dust hath closed Helen's eye.
I am sick, I must die.
Lord, have mercy upon us!

And then may chance thee to repent
The time that thou hast lost and spent
To cause thy lovers sigh and swoon;
Then shalt thou know beauty but lent,
And wish and want as I have done.

We have lingered in the chambers of the sea
By seagirls wreathed with seaweed read and brown
Till human voices wake us and we drown.

I am of Ireland
And the Holy Land of Ireland
And time runs on, cried she.
Come out of charity
And dance with me in Ireland.

And my poor fool is hanged! No, no, no life!
Why should a dog, a horse, a rat, have life
And thou no breath at all? Tou'lt come no more,
Never, never, never, never, never! —
Pray you undo this button; thank you, sir. —
Do you see this? Look on her, — look, — her lips, —
Look there, look there!

'Tis madness to resist or blame
The force of angry heavens flame:
And, if we would speak true,
Much to the Man is due,
Who, from his private Gardens, where
He liv'd reserved and austere,
As if his highest plot

To plant the Bergamot,
Could by industrious Valour climbe
To ruin the great Work of Time,
And cast the Kingdome old
Into another Mold.

Cover the face; mine eyes dazzle; she died young.[7]

III

Há mais três versos que eu gostaria de considerar — trata-se de um terceto da *Divina Comédia*. Conheço pouco Dante ou sua língua; escolhi contudo como meu último exemplo de tensão — o próprio exemplo me libertará da responsabilidade do termo — não uma passagem famosa e difícil, mas tão-só uma delicada e perfeita. Pertence ela a uma cena que sempre deliciou o leitor de Dante; com menos conhecimento, podemos saber mais sobre ela do que sobre qualquer outra, talvez, do poema. Os danados do Segundo Círculo são equivocamente condenados: Paolo e Francesca eram amantes ilícitos, mas seu crime foi a incontinência, não o adultério nem a alcoviteirice, os dois crimes sexuais para os quais Dante parece encontrar uma real reprovação teológica, por serem cometidos com a intenção da injúria.

Será fácil lembrar que, quando Dante vê os amantes pela primeira vez, estão rodopiando em um vendaval, símbolo aí da luxúria. Quando a conversa de Francesca com o poema se inicia, o vento esmorece, e ela declara onde nasceu, com estes versos:

Sieda la terra dove nata fui
Sulla marina dove il Po discende
Per aver pace co'sequaci sui

Courtney Landon traduz o terceto assim:

The town where I was born sits on the shore,
Whither the Po descends to be at peace
Together with the streams that follow him[8]

Esta perde muito; perde a força dos *sequaci*, ao torná-lo verbo. O professor Grangent assim traduz a terceira linha: "To have piece with its pursuers" ("Para ter paz com seus seguidores"), e comenta. "Os afluentes são concebidos como perseguindo o Pó até o mar." Precisamente; pois se os *sequaci* forem meramente seguidores, e não perseguidores também, a densidade maravilhosamente ordenada desta passagem simples fica diretamente sacrificada. Pois, embora Francesca tenha dito a Dante onde mora, na linguagem mais diretamente descritiva possível, ela lhe disse mais que isso. Sem a mínima imposição de ênfase sobre a frase natural denotada, Francesca se funde ao rio Pó perto do qual nasceu. Por uma sutil mudança de foco, vemos o rio perseguido, assim como Francesca no Inferno: os afluentes perseguidores são uma nova imagem visual para os ventos persecutórios da luxúria. Um olhar mais prolongado revela ainda mais: como os ventos, também os afluentes perseguem imediatamente e se tornam um só com os perseguidos; isto quer dizer, Francesca absorveu completamente a substância de seu pecado — ela é o pecado; como creio que se diz, os condenados do Inferno são plenas encarnações do pecado que ali os colocou. Os afluentes do Pó não são apenas os ventos da luxúria por uma analogia de imagens visuais; tornam-se identificados por meio do som:

"*.... discende*
Per aver pace co'sequaci sui

As sibilantes dominam o verso, são o sussurrar do vento. Mas no último verso do terceto anterior, Francesca ficara agradecida por terem os ventos diminuído, de modo que ela pudesse ser ouvida:

Mentre che il vento, come fa, si tace[9]

Depois que o vento esmoreceu, então, ouvimos o silêncio, pela primeira vez, seu sussurrar, no sibilar do Pó que desce. O rio é assim tanto uma imagem visual quanto auditiva, e uma vez que Francesca é o seu pecado e seu pecado é encarnado nesta imagem, temos o direito de afirmar que é um pecado que podemos tanto ouvir quanto enxergar.

Tradução e revisão
LUIZA LOBO

Notas da tradutora

1. *O que herdamos / Dos mortos esplêndidos — / Sulcos doces para o grão, e a semente cultivada / Vede agora a lesma e o bolor se alastrando. / O mal domina completamente / A consolida e o milho; / A tudo vimos sucumbir.*
2. *O vinho do amor é a música, / E a festa do amor a canção: / Quando o amor toma assento ao banquete, / Permanece por tempo longo: / Permanece por longo tempo e se ergue bêbado, / Mas não com o festim e o vinho. / Enrola com seu próprio coração, / Aquela grandiosa e rica Videira.*
3. *No coração gentil o Amor sempre o abriga / Como os pássaros na sombra do arvoredo.*
4. *Nem em meio a todos esses Triunfos escarneces / Do mísero vaga-lume adornar; / E domada com estas lantejoulas vivas / (Oh Imponência sem Orgulho!) os Arbustos do Campo. / A Violeta, salta pequeno Infante, ergue-te, / Cingido em teus purpúreos Cueiros: / A bela Tulipa idolatras; / E a vestes com um alegre Casaco multicor.*
5. *Nossas duas almas, portanto, que são uma, / Embora tenha que me ir, não resistem ainda / A uma separação, mas devem expandir-se, / Como ouro batido de encontro ao ar diáfano.*
6. *... não resistem ainda / A uma separação...*
7. *Não mais me perguntes onde encontras / O Rouxinol quando Maio passou: / Pois em sua doce garganta melodiosa / Ele inverna, e mantém cálido o tom.*

   Oh, tu, Conhecimento acerado cujo salto submete / Os ágeis arredores do retorno da cotovia...

   Aquela época do ano podes em mim contemplar / Quando folhas amarelas, ou nenhuma, ou poucas, pendem / Sobre aqueles ramos que se agitam ao frio, / Despidos coros arruinados onde tarde os doces pássaros cantam.

   A beleza não passa de uma flor / Que rugas vão devorar; / O brilho tomba do ar, / Rainhas faleceram jovens e belas, / pó fechou os olhos de Helena. / Adoeci, devo morrer. / Senhor, tende piedade de nós!

   E então que te ocorra poder arrepender-te / Do tempo que perdeste e gastaste / Causando a teus amados suspiros e desmaios: / Então conhecerás a beleza, mas emprestada / E desejarás e quererás como sucedeu comigo.

   Nós perambulamos pelas câmaras do mar / Próximos a jovens marinhas coroadas com algas vermelhas e marrons / Até que vozes humanas nos acordaram e nos afogamos.

Venho da Irlanda / E a Terra Sagrada da Irlanda / E o tempo passa, exclamou ela. / Sai, por caridade / E dança comigo na Irlanda.

E meu pobre bobo foi enforcado! Não, nenhuma, nenhuma vida! Como podem um cão, um cavalo, um rato viver / E tu não respirares de todo? Tu não mais retornarás, / Nunca, nunca, nunca, nunca, nunca! — / Peço-te abrir este botão; obrigado, senhor. — / Vês isto? Observa-a, — olha — seus lábios, — / Olha ali, olha ali!

É loucura resistir ou culpar / A força da chama de céus irados: / E, se falássemos a verdade / Muito ao Homem se deve. / Que, de seus Jardins privativos, onde / Ele vivia reservado e austero, / Como se a sua mais alta terra / Para plantar a bergamota, / Pudesse por laborioso Valor alçar-se / Para arruinar a grande obra do tempo, / E lançar o velho Reino / Em outro molde.

Cobre a Tua face; meus olhos se ofuscam; jovem ela morreu.

8. *A cidade onde nasci fica / Na praia onde desce o Pó / Para ter paz com os seus afluentes.*
9. *Enquanto o vento, como faz, se cala.*

CAPÍTULO 20

A falácia intencional

W. K. WIMSATT E M. C. BEARDSLEY

Do original "The Intentional fallacy", *in The Verbal icon, studies in the meaning of poetry* (1954), de W. K. Wimsatt Jr. The Noonday Press, Nova York, 1966.

O direito da "intenção" do autor sobre o julgamento do crítico tem sido considerado em uma série de discussões recentes, em especial no debate intitulado *The Personal heresy*, entre os professores Lewis e Tillyard. É, entretanto, duvidoso que este direito e a maior parte de seus corolários românticos estejam por ora sujeitos a qualquer questionamento mais difundido. Os presentes escritores, em curto artigo intitulado "Intention" para um *Dicionário*[1] de crítica literária, levantaram a questão, mas foram incapazes de desenvolver suas implicações na devida extensão. Argumentamos que o desígnio ou a intenção do autor não é nem acessível nem desejável como padrão para julgar-se o êxito de uma obra de arte literária e nos parece que este princípio penetra em certas desavenças na história das atitudes críticas. É um princípio que, aceitado ou rejeitado, aponta para os pares opostos da "imitação" clássica e da expressão romântica. Ela acarreta algumas afirmações específicas sobre a inspiração, a autenticidade, a biografia, a história literária e a erudição, bem como certas tendências da poesia moderna, especialmente sobre seu caráter alusivo. É difícil haver um problema de crítica literária em que a abordagem do crítico não seja qualificada por suas idéias acerca da "intenção".

Como entenderemos o termo, "intenção" corresponde a *aquilo que se pretendeu*, a empregar uma fórmula que, de modo mais ou menos explícito, tem tido ampla aceitação. "Para julgarmos a realização do poeta, devemos conhecer *o que ele tencionava*". A intenção é o desígnio ou o plano na mente do autor. A intenção tem afinidades óbvias com a atitude do autor quanto à sua obra, o modo como sentia, o que o fez escrever.

Começamos nossa discussão com uma série de proposições esquematizadas e abstratizadas a um tal grau que nos parecem axiomáticas.

1. Um poema não passa a existir por acaso. As palavras de um poema, como observou o prof. Stoll, não surgem de uma cartola mas de uma cabeça. Insistir, contudo, no intelecto designante como causa de um poema não significa conceder ao desígnio ou intenção o papel de um *padrão* pelo qual o crítico pode julgar o valor da realização do poeta.

2. Devemo-nos indagar como o crítico espera alcançar uma resposta à pergunta sobre a intenção. Como deve descobrir o que o poeta procurou fazer? Se o poeta teve exito em realizá-lo, então o próprio poema mostrará o que ele tentava realizar. E, se o poeta não foi bem-sucedido, então o poema não é uma prova adequada e o crítico deve extrapolar o poema, na busca de evidenciar uma intenção que não se efetivou no poema. "Devemos apenas manter uma *cautela*", diz um eminente intencionalista[2] no momento em que sua teoria repudia a si próprio; "o objetivo do poeta deve ser julgado no momento do ato criador, ou seja, pela arte do próprio poema".

3. Julgar um poema é como julgar um pudim ou uma máquina. Exige-se que ele funcione. Só inferimos a intenção do artesão porque seu produto funciona. "Um poema não deve significar, mas ser." Um poema pode *ser* apenas através de seu *significado* — já que seu meio são as palavras — e, contudo, ele *é*, simplesmente *é*, no sentido de que não temos desculpa alguma para nos indagarmos que parte é intencional ou pretendida. A poesia é uma operação do estilo pela qual um complexo de significado é apreendido de um só golpe. A poesia triunfa porque tudo ou quase tudo que nela se diz ou se encontra implícito é relevante; o que não importa foi excluído, como os caroços de um pudim ou os enguiços de uma máquina. A este respeito, a poesia difere das mensagens práticas, que são bem-sucedidas se e apenas se inferimos corretamente sua intenção. Por isso elas são mais abstratas que a poesia.

4. O significado de um poema por certo pode ser pessoal, no sentido de que um poema expressa uma personalidade ou estado de alma e não um objeto físico, como uma maçã. Mas, até mesmo um poema lírico curto é dramático, sendo a resposta de um falante (por mais abstrata que se lhe conceba) a uma situação (por mais universal que seja). Devemos atribuir os pensamentos e atitudes do poema de imediato ao *falante* dramático e, se de algum modo ao autor, apenas por um ato de inferência biográfica.

5. Tem sentido a afirmação de que o autor, por meio da revisão de sua obra, pode melhor captar sua intenção original. Mas é um sentido muito abstrato. Ele pretendia escrever uma obra melhor, ou melhor de certo tipo, e agora o alcançou. Mas ocorre que sua concreta intenção inicial não era sua intenção. "É o homem que procurávamos, é verdade", diz o rústico delegado de polícia de Thomas Hardy, "contudo não é o homem que procurávamos. Pois o homem que procurávamos não era o homem que queríamos."

"O crítico", pergunta o professor Stoll, "não é um juiz que não explora sua própria consciência, mas determina o significado ou intenção do autor, como se o poema fosse um testamento, um contrato ou a constituição? O poema não pertence ao crítico." O autor diagnosticou com agudeza duas formas de irresponsabilidade, uma das quais é de sua preferência. Nossa opinião é, contudo, diferente. O poema não pertence nem ao crítico, nem ao autor (desliga-se do autor ao nascer e percorre o mundo subtraindo-se ao poder ou ao controle do criador sobre ele). O poema pertence ao público. Corporifica-se na linguagem, posse peculiar do público, e trata do ser humano, objeto de conhecimento público. O que se diz sobre o poema é sujeito à mesma indagação que qualquer afirmativa em lingüística ou na ciência geral da psicologia.

Um crítico de nosso artigo no *Dictionary*, Ananda K. Coomaraswamy, argumentou[3] haver dois tipos de questionamento da obra de arte: (1) se o artista realizou suas intenções; (2) se a obra de arte "deveria ter sido de todo empreendida" e, portanto, "se vale a pena preservá-la". Coomaraswamy sustenta que o questionamento (2) não é "a crítica de uma obra de arte como obra de arte", mas uma crítica de ordem ética; é o questionamento (1) que constitui a crítica artística. Mas sustentamos que (2) não precisa ser crítica moral: há um outro modo de decidir se as obras de arte merecem ser preservadas e se, em um certo sentido, "devem" ser empreendidas, e é esta forma da crítica objetiva das obras de arte como tais a que nos permite distinguir entre um assassínio engenhoso e um engenhoso poema. Um assassínio engenhoso é um exemplo que Coomaraswamy emprega e, em seu sistema, a diferença entre o assassínio e o poema é simplesmente "moral", não "artística", pois cada um, executado de acordo com o plano, é "artisticamente" bem-sucedido. Sustentamos que (2) é um questionamento de mais valia que (1) e, uma vez que (2) e não (1) é capaz de distinguir a poesia do assassínio, o nome "crítica artística" é adequadamente concedido a (2).

II

Não é tanto uma afirmativa histórica quanto uma definição dizer que a falácia intencional é romântica. Quando um retórico do século I escreve: "O sublime é o eco de uma grande alma" ou quando nos diz que "Homero entra nas ações sublimes de seus heróis" e "compartilha a plena inspiração do combate", não nos surpreenderemos em encontrar este retórico considerado um precursor distante do romantismo e aclamado nos termos mais calorosos por Saintsbury. Pode-se discutir se Longino deveria ser chamado romântico, mas dificilmente se poderia duvidar que em certo sentido o é.

As três questões levantadas por Goethe para a "crítica construtiva" são: "O que o autor se propôs fazer? Seu plano foi razoável e sensato e até que ponto conseguiu realizá-lo?" Se abandonamos a pergunta intermediária, tem-se com efeito o sistema de Croce — o auge e coroamento da expressão filosófica do romantismo. O belo é a intuição-expressão bem-sucedida e o feio é o malsucedido; a intuição ou parte privada da arte é o fato estético, enquanto o meio ou parte pública não é objeto da estética.

A Madonna de Cimabue ainda se encontra na Igreja de Santa Maria Novella; mas continuará falando ao visitante de hoje como aos florentinos do século XIII?

"A *interpretação histórica* luta (...) por reintegrar em nós as condições psicológicas que mudaram no decurso da história. Ela (...) nos possibilita ver uma obra de arte (um objeto físico) como seu *autor a viu* no momento de sua produção."[4]

O primeiro grifo é de Croce, o segundo é nosso. O sistema de Croce leva a uma ênfase ambígua na história. Tomando tais passagens como ponto de partida, um crítico pode escrever uma bela análise do significado ou "espírito" de uma peça de Shakespeare ou Corneille — processo que envolve um rigoroso exame histórico mas permanece crítica estética — ou pode, com a mesma plausibilidade, escrever um ensaio sociológico, biográfico ou doutro tipo de história não-estética.

III

"Fui aos poetas; trágicos, ditirâmbicos e de todos os tipos. (...) Tomei algumas das passagens mais elaboradas de suas obras e perguntei-me sobre seu significado. (...) Vocês me acreditariam? (...) É difícil que um dos presentes não falasse melhor sobre a poesia deles do que eles próprios o fizeram. Então percebi que não é por sua sabedoria que os poetas compõem suas obras, mas por uma espécie de gênio e inspiração."

Esta reiterada desconfiança quanto aos poetas, que recebemos de Sócrates, pode ter sido parte de uma visão rigorosamente ascética da qual é muito difícil que queiramos participar, muito embora o Sócrates de Platão tenha captado uma verdade sobre a mente poética que o mundo já não percebe comumente, depois de tanta crítica e da espécie mais inspirada e mais passionalmente lembrada, procedente dos próprios poetas.

Por certo os poetas tinham algo a dizer que o crítico e o professor não podiam; sua mensagem era mais empolgante: que a poesia deveria vir tão naturalmente quanto as folhas a uma árvore, que a poesia é a lava da imaginação ou que é emoção relembrada na tranqüilidade. Mas é necessário que percebamos o caráter e a autoridade de um tal testemunho. Há apenas uma fina sombra de diferença entre estas expressões e uma espécie de conselho zeloso que os autores oferecem com freqüência. É o que se verifica com Edward Young, Carlyle, Walter Pater: "Conheço duas regras de ouro da *ética*, não menos preciosas na *Composition* do que na vida. 1. *Conhece-te a ti mesmo*; 2. *Reverencia a ti próprio*". "Este é o grande segredo para encontrar leitores e retê-los: faça com que aquele que emocionaria e convenceria a outros seja o primeiro a ser emocionado e convencido. A regra de Horácio, *Si vis me flere*, é aplicável em um sentido mais amplo que o literal. Para cada poeta, para cada escritor, poderíamos dizer: se queres ser acreditado, sejas verdadeiro." "Verdade! Nenhum mérito pode haver nem arte alguma sem ela. Além disso, toda beleza é, a longo prazo, apenas o *refinamento* da verdade ou, o que chamamos de expressão, a mais aguda adequação da fala à visão interior."

O pequeno manual de Housman sobre a mente poética fornece esta ilustração: "Depois de beber uma caneca de cerveja no almoço — cerveja é um sedativo para o cérebro e minhas tardes são a parte menos intelectual de minha vida —, saía para um passeio de duas ou três horas. Enquanto caminhava, sem pensar em nada em particular, apenas olhando para as coisas a meu redor e acompanhando a mudança das estações, fluíam em minha mente, com repentina e indescritível emoção, às vezes uma ou duas linhas de verso, às vezes toda uma estrofe de uma só vez."

Este é o término lógico da série já citada. Deparamo-nos aqui com uma confissão de como os poemas eram escritos, que define exatamente a poesia como uma "emoção relembrada na tranqüilidade" — podendo o jovem poeta de igual decorá-la como uma regra prática. Beber uma caneca de cerveja, relaxar, ir andando, pensar em nada em particular, olhar as coisas, entregar-se a si mesmo, procurar a verdade em sua própria alma, ouvir o som de sua voz interior, descobrir e expressar a *vraie vérité*.

Provavelmente é verdade que tudo isso representa um excelente conselho para os poetas. A imaginação jovem, inflamada por Wordsworth e Carlyle, provavelmente está mais próxima do ato de produzir um poema do que a mente do estudante que se fez sóbria pela leitura de Aristóteles ou Richards. A arte de inspirar poetas, pelo menos de incitar algo parecido à poesia nos jovens, sem dúvida avançou mais em nossos dias do que nunca. Livros sobre escrita criadora, como os produzidos pela Lincoln School, são uma prova interessante do que uma criança pode fazer.[5] Tudo isso, entretanto, parece pertencer a uma arte separada da crítica — a uma disciplina psicológica, a um sistema de auto-aperfeiçoamento, a uma ioga, que talvez faça bem ao poeta jovem observar, mas que é um tanto diferente da capacidade pública de avaliar poemas.

Coleridge e Arnold foram melhores críticos que a maioria dos poetas e, se a tendência crítica ressecou a poesia em Arnold e talvez em Coleridge, isso não é incongruente com nosso argumento de que o julgamento dos poemas é distinto da arte de escrevê-los. Coleridge nos deu a clássica história "anódina" e conta o que pode acerca da gênese de um poema, coisa a que chama de "curiosidade psicológica". Mas suas definições da poesia e da qualidade poética da "imaginação" devem ser encontradas noutra parte e em termos bem diversos.

Seria conveniente que as senhas da escola intencional, "sinceridade", "fidelidade", "espontaneidade", "autenticidade", "genuinidade", "originalidade", pudessem ser equiparadas a termos como "integridade", "relevância", "unidade", "função", "maturidade", "sutileza", "adequação" e outros mais precisos, se é que "expressão" sempre tem o significado de realização estética. Mas isso não é verdade.

A arte "estética" — diz o professor Curt Ducasse, um engenhoso teórico da expressão — é a objetivação consciente dos sentimentos, tendo o momento crítico como uma de suas partes intrínsecas. O artista corrige a objetivação quando esta não é adequada. Mas isto pode significar que a tentativa anterior não fora bem-sucedida em objetivar o eu ou "também significar que era uma objetivação bem-sucedida de um eu que, ao nos confrontarmos claramente com ele, repudiávamos e renegávamos em favor de outro".[6] Qual o padrão pelo qual renegamos ou aceitamos o eu? O professor Ducasse não o diz. Qualquer que seja este padrão, entretanto, é ele um elemento na definição da arte que não se reduzirá a termos de objetivação. A avaliação da obra de arte permanece pública; a obra é medida em relação a algo externo ao autor.

IV

Há crítica de poesia e psicologia do autor. Esta, aplicada ao presente ou ao futuro, toma a forma de uma promoção inspiracional; mas a psicologia do autor também pode ser histórica e então temos a biografia literária, um estudo legítimo e atraente em si mesmo, constituindo uma abordagem, como diria o professor Tillyard, da personalidade e que subordina o poema a uma abordagem apenas paralela. Não precisamos, por certo, ter uma intenção depreciativa ao afirmarmos serem os estudos biográficos distintos dos poéticos, dentro da especialização literária. Há, entretanto, o risco de se confundirem os estudos biográficos e os poéticos, havendo ainda o perigo de tomar-se o biográfico pelo poético.

Considerando o significado de um poema, há uma distinção entre a prova interna e a externa. E afirmar que o que é (1) interno é também público, constitui um paradoxo apenas verbal e de superfície, porquanto a prova interna é descoberta através da semântica e da sintaxe de um poema, através de nosso conhecimento habitual da linguagem, através das gramáticas, dos dicionários, de toda a literatura que é a fonte dos dicionários, através, em geral, de tudo que forma a linguagem e a cultura; enquanto o que é (2) externo é particular ou idiossincrático, não uma parte da obra enquanto fato lingüístico, consiste em revelações (por exemplo, em diários, cartas ou conversa) sobre como ou por que o poeta escreveu o poema, a que dama, enquanto sentado em que gramado ou na ocasião da morte de qual amigo ou irmão. Há (3) uma espécie intermédia de prova sobre o caráter do autor ou sobre os significados privados ou semiprivados, que se ligam a palavras ou temas de um autor do círculo a que pertencia. O significado de uma palavra é a história desta palavra e a biografia de um autor, a maneira como usava a palavra. As associações que a palavra assumia para *ele* participam da história e do significado da palavra.[7] Mas os três tipos de prova, especialmente (2) e (3), se ocultam um no outro tão sutilmente que nem sempre é fácil traçar uma linha entre os exemplos. Daí surge a dificuldade da crítica. O emprego da prova biográfica não precisa envolver a intencionalidade, porque, enquanto pode evidenciar aquilo que o autor pretendia, também pode evidenciar o significado de suas palavras e o caráter dramático de uma elocução. Por outro lado, pode não ser tudo isso. E um crítico que se preocupa com a prova do tipo (1) e, moderadamente, com a do tipo (3) fará a longo prazo uma espécie diferente de comentário do que o crítico que se preocupa com (2) e com (3), quando esta se oculta sob (2).

Toda a brilhante exibição de *Road to Xanadu* do professor R. Lowes, por exemplo, fica na fronteira entre os tipos (2) e (3) ou atravessa valentemente a região romântica de (2). "Kubla Khan", diz o professor Lowes, "é entrelaçar-se de uma visão, mas cada imagem que surgia em sua tessitura já passara antes por aquele caminho. E pareceria que não há nada de fortuito ou casual neste retorno." Isso não é bastante claro, nem mesmo quando o professor Lowes explica que havia aglomerados de associações, como átomos enlaçados, que foram levados a uma complexa relação com outros aglomerados no poço profundo da memória de Coleridge e que se amalgamaram então e irromperam como poemas. Se não existia nada "casual ou fortuito" na maneira como as imagens retornaram à superfície, isso pode significar (1) que Coleridge não podia criar aquilo que não possuía, que era limitado em sua criação por aquilo que lera ou de algum modo experimentara ou (2) que, tendo recebido certos feixes de associações, se inclinava a fazê-las retornar exatamente pelo mesmo caminho que empreendera e que o valor do poema pode ser descrito em termos das experiências em que ele teria de se haurir. Este último par de proposições (uma espécie de associacionismo hartleyano que o próprio Coleridge repudiou na *Biographia*) pode ser refutado. Haveria, por certo, outras combinações, outros poemas, piores ou melhores, que poderiam ter sido escritos por homens que leram Bartram, Purchas, Burce e Milton. E isso será verdadeiro, não importa quantas vezes possamos repetir o brilhante complexo das leituras de Coleridge. Em certos torneios, como o da sentença que citamos, e nos títulos de capítulos como "The Shaping spirit", "The Magical synthesis", "Imagination creatrix", pode ocorrer que o professor Lowes pretenda dizer mais sobre os presentes poemas do que o faça. Há uma certa variedade enganosa nestes caprichosos títulos de capítulos; espera-se passar a um novo estágio na discussão e nos deparamos com mais fontes, com mais dados sobre "a contínua natureza da associação".[8]

Wohin der Weg? (Para onde leva o caminho?) — cita o professor Lowes, como epígrafe de seu livro. *Kein Weg! Ins Unbetretene* (Não há caminho! Para o intrilhável). Precisamente, porque o caminho é *unbetreten* (intrilhável) deveríamos dizer: leva para longe do poema. O *Travels* de Bartram contém muito da história de certas palavras e de certos conceitos românticos rebuscados que aparecem no "Kubla Khan". E muito desta história passara e estava passando para o interior de nossa linguagem. Talvez uma pessoa que tenha lido Bartram aprecie o poema mais do que quem não o tenha feito. Ou, ao olhar o vocabulário de "Kubla Khan", no *Oxford english dictionary*, ou ao ler algo doutros livros ali citados, possa melhor conhecer o poema. Mas teria pouca relação com o poema saber que Coleridge lera Bartram. Há um amplo *corpus* de vida, de experiência mental e sensorial subjacentes a cada poema e que, em certo sentido, o provoca. Mas ele nunca pode e não precisa ser conhecido na composição verbal e portanto intelectual que constitui o poema. Para todos os objetos de nossa múltipla experiência, para cada unidade, há uma ação da mente que arranca as raízes e dissolve o contexto. Do contrário, nunca teríamos objetos ou idéias ou qualquer outra coisa sobre o que falar.

É provável que não haja nada no vasto livro do professor Lowes que pudesse desacreditar a apreciação de qualquer pessoa quer de *The Ancient mariner*, quer do "Kubla Khan". Apresentaremos, em seguida, um caso em que a preocupação com a prova de tipo (3) foi ao ponto de distorcer a visão do crítico sobre certo poema (embora não seja um caso tão óbvio quanto os que proliferam em nossas revistas críticas).

Em um conhecido poema de John Donne, aparece este quarteto:

Moving of th'earth harmes and feares,
Men reckon what it did and meant,
But trepidation of the spheares,
*Though greater farre, is innocent**

Um crítico, que oferece recentemente um tratamento elaborado à erudição de Donne, escreveu o seguinte sobre os citados versos: "Ele toca a pulsação emocional da situação por uma habilidosa alusão à astronomia nova e antiga. (...) Da nova astronomia, o 'movimento da terra' é o princípio mais radical; da antiga, a 'trepidação das esferas' é a moção de maior complexidade. (...) O poeta deve exortar seu amor pela calma e imobilidade no momento de sua partida; e com este propósito a figura baseada no último movimento (trepidação), há muito incorporada na astronomia tradicional, adequadamente sugere a tensão do momento, sem despertar os 'males e terrores' implícitos na figura da terra movente."[9]

O argumento é plausível e se apóia numa tese bem sedimentada de que Donne era profundamente interessado na nova astronomia e em suas repercussões no campo teológico. Em várias obras, Donne revela sua familiaridade

*O movimento da terra causa males e terrores / Os homens estimam o que fez e indicou, / Mas a trepidação das esferas, / Embora em grau muito maior, é inocente. (*N. da T.*)

com *De stella nova*, de Kepler, com *Siderius nuncius*, de Galileu, com *De magnete*, de William Gilbert e com o comentário de Clavius sobre *De Sphaera*, de Sacrobosco. Refere-se à nova ciência no seu Sermão em "Paul's cross" e em uma carta dirigida a Sir Henry Goodyer. Em *The First anniversary*, declara que "a nova filosofia põe tudo em dúvida". Em "Elegy on prince Henry", afirma que o "mínimo movimento do centro" faz "o mundo tremer".

É difícil contestar um argumento como este e impossível respondê-lo com uma prova de natureza semelhante. Não há motivo por que Donne não houvesse escrito uma estrofe onde os dois tipos de movimento celestial representassem duas espécies de emoção na despedida. E, se nos enchemos de idéias astronômicas e vemos Donne apenas em relação ao conhecimento da nova ciência, podemos acreditar que ele o possuía. Mas o próprio texto permanece ali para ser tratado, o veículo analisável de uma complicada metáfora. E pode-se notar: (1) que o movimento da terra, de acordo com a teoria copernicana, é um movimento celestial, suave e regular e, embora pudesse causar temores religiosos ou filosóficos, não podia se associar à crueza e à terrenalidade do tipo de emoção que o falante deseja desencorajar no poema; (2) que há um outro movimento da terra, um terremoto, que tem exatamente estas qualidades e deve ser associado às torrentes de lágrimas e tempestades de suspiros da segunda estrofe do poema; (3) que a "trepidação" é um contrário adequado para terremoto, porque ambas são um movimento de tremor ou de vibração; e a "trepidação das esferas" é de "grau maior" que um terremoto, mas não muito maior (se estes dois movimentos puderem ser comparados quanto à grandeza) que o movimento anual da Terra; (4) que a avaliação do que "fez e indicou" mostra que o acontecimento passara, como um terremoto, não como o incessante movimento celestial da Terra. Talvez o conhecimento do interesse de Donne pela nova ciência possa acrescentar mais uma nuança de significado, um sobretom à estrofe em questão, conquanto esta afirmação contradiga as palavras. Tornar a antítese geocêntrica e heliocêntrica o âmago da metáfora é desconsiderar a língua inglesa, é preferir a prova particular à pública, a externa à interna.

V

Se a distinção entre os tipos de prova tem implicações para a crítica histórica, não as tem em menor grau para o poeta contemporâneo e seu crítico.

Ou, uma vez que cada regra para o poeta não passa do reverso de um julgamento por um crítico, e uma vez que o passado é o reino do estudioso e do crítico, enquanto o futuro e o presente é o do poeta e dos críticos que lideram o gosto, poderíamos então dizer que os problemas que surgem na erudição literária, a partir da falácia intencional, se assemelham a outros que surgem no campo da experimentação progressiva.

A questão da alusividade, por exemplo, como perspicazmente posta pela poesia de Eliot, é do tipo que leva a um julgamento falso a envolver uma falácia intencional. A freqüência e a profundidade das alusões literárias na poesia de Eliot e de outros têm conduzido muitos a perseguirem significados absolutos no *Golden bough*, de Frazer, e no drama elisabetano. Isso chegou a tal ponto que já se tornou uma espécie de lugar-comum supor que não sabemos o que um poeta quer dizer a menos que o reconstituamos em sua leitura — suposição por certo impregnada de implicações intencionais. A posição assumida por F. O. Mathiessen é elogiável e elimina parcialmente o problema: — "Se lemos estes versos escutando-os com atenção e mostrando-nos sensíveis a suas repentinas mudanças de ritmo, o contraste entre o Tâmisa real e sua visão idealizada em uma época em que ainda não atravessava uma megalópole, nos é fortemente transmitido por seu próprio ritmo, quer reconheçamos ou não ser o estribilho da autoria de Spencer".

As alusões de Eliot funcionam quando as conhecemos e, em grande parte, até mesmo quando não as conhecemos, através do poder de sugestão que contêm.

Mas por vezes encontramos alusões apoiadas por notas. É uma questão pertinente indagar se estas são como guias que nos conduzem para onde possamos ser educados ou se operam como indicações auto-suficientes sobre o caráter das alusões. "Quase tudo que tem importância (...) para uma apreciação de *The Waste land*", escreve Mathiessen sobre o livro de Jessie Weston, "foi incorporado à estrutura do próprio poema ou às notas de Eliot." E, admitindo-se isso, pode-se começar a ver que não importa muito se Eliot inventou suas fontes (do mesmo modo como Sir Walter Scott inventou epígrafes de capítulos a partir de "antigas peças teatrais" e autores "anônimos" e do mesmo modo como Coleridge escreveu glosas à margem de *The Ancient mariner*). Alusões a Dante, Webster, Marvell ou Baudelaire sem dúvida tiram proveito do fato de que estes escritores existiram, mas é duvidoso que se possa dizer o mesmo a respeito de uma alusão a um obscuro elisabetano:

The sound of horns and motors, which shall bring
*Sweeney to Mrs. Porter in the spring**

"Cf. Day, Parliament of bees": diz Eliot

When of a sudden, listening, you shall hear,
A noise of horns and hunting which shall bring
Actaeon to Diana in the spring,
*Where all shall see her naked skin***

A ironia é completada pela própria citação; se Eliot, como é concebível, compõe esses versos para mostrar sua própria erudição, não haveria qualquer perda de validade. A convicção pode aumentar ao lermos a próxima nota de Eliot: "Desconheço a origem da balada de que esses versos derivam; sua informação vem-me de Sydney, Austrália." A palavra importante nesta nota — sobre a senhora Porter e sua filha que lavavam os pés com água de soda é 'balada'. E, se percebermos sua qualidade de 'balada' pelos próprios versos, a nota será ociosa. Em última análise, a investigação deve-se concentrar na integridade destas notas como partes do poema, pois, quando constituem uma informação especial sobre o significado de frases do poema, devem ser objeto da mesma indagação a que se sujeitam quaisquer outras palavras que o compõem. Mathiessen crê que as notas foram o preço que Eliot "teve de pagar a fim de evitar que se dissesse que abafara a energia de seu poema pelas extensas ligações dentro do mesmo". Pode-se contudo contestar que as notas e a necessidade delas são igualmente sufocantes. De maneira plausível, F. W. Bateson argumentou que "The Sailor boy" (O menino marinheiro) de Tennyson, seria melhor se metade da estrofe fosse omitida e as melhores versões de baladas, como "Sir Patrick Spens", devem sua força exatamente à audácia com que o menestrel supunha conhecida a história que comentava. Que ocorre então se um poeta achar que não pode supor como evidente muita coisa em um contexto menos conhecido e, em vez de escrever de

*O som das buzinas e motores, que trarão / Sweeney para a senhora Porter na primavera. (*N. da T.*)
**Quando, de repente, ouvindo, ouvirão / Um som de trompas e caçadas que trarão / Acteon a Diana na primavera, / Onde todos verão sua pele nua. (*N. da T.*)

modo informativo, fornecer notas? Deve-se dizer em favor deste que pelo menos as notas não fingem ser dramáticas, como seriam se escritas em verso. Por outro lado, as notas podem parecer um material não assimilado, que permanece supérfluo ao lado do poema, necessário para o significado do símbolo verbal, mas não integrado, de modo que o símbolo fica incompleto.

Sugerimos por esta análise que, embora notas tendam a justificar a si mesmas como índices externos à *intenção* do autor, devem, não obstante, ser julgadas como qualquer outra parte da composição (o arranjo verbal específico a um contexto particularizado) e que, quando são assim julgadas, a sua realidade como partes do poema ou sua integração imaginativa com o resto do poema pode ser questionada. Mathiessen, por exemplo, encara os títulos de poemas de Eliot e suas epígrafes como um aparato informativo à semelhança de notas. Mas, enquanto se preocupa com algumas das notas e pensa que Eliot "parece estar zombando de si mesmo ao escrever a nota, ao mesmo tempo que deseja transmitir algo com ela", Mathiessen crê que o "estratagema" das epígrafes "de modo algum dá lugar à objeção de não ser suficientemente estrutural". Acrescenta ele, "a intenção é possibilitar ao poeta garantir uma expressão condensada dentro do próprio poema". Em cada caso, a epígrafe *tem o propósito* de constituir-se em parte integrante do efeito do poema. E o próprio Eliot, em suas notas, justificou sua prática em termos de intenção: "O *enforcado*, membro do baralho tradicional, serve a meu propósito de duas maneiras: porque em minha mente se associa ao Deus enforcado de Frazer, e porque o associo à figura disfarçada na passagem dos discípulos de Emaús na parte V. (...) O homem com três pentagramas (um membro autêntico do baralho Tarot) associo-o, com bastante arbitrariedade, ao próprio Rei pastor."

Talvez o poeta deva ser aqui tomado mais a sério, mostrando-se assim desarmado numa nota, do que deveria ser em suas *Norton lectures* (Conferências de Norton), ao comentar sobre a dificuldade de dizer o que significa um poema, jocosamente acrescentando que pensa pôr como introdução à segunda edição de *Ahs Wednesday* alguns versos de *Don Juan*:

I don't pretend that I quite understand
My own meaning when I would be very *fine;*
But the fact is that I have nothing planned
*Unless it were to be a moment merry**

*Não finjo que entendo bem / Meu próprio significado quando estou muito bem, / Mas o fato é que não tenho nada planejado / A menos que fosse uma alegria passageira. (*N. da T.*)

Se Eliot e outros poetas contemporâneos têm alguma falha característica esta bem pode ser a de *planejar* demais.

A alusividade na poesia é um dos grandes problemas críticos que usei para ilustrar o tema mais abstrato da intencionalidade, mas pode servir, nos dias que correm, como sua ilustração primordial. Como prática poética, a alusividade chega a me parecer, em certos poemas recentes, um corolário extremo da pressuposição intencionalista romântica e, como problema crítico, ela desafia e faz ressurgir de modo especial a premissa básica da intencionalidade. O seguinte exemplo da poesia de Eliot pode servir para resumir as implicações práticas do que afirmamos. Em "The Love song of J. Alfred Prufrock", próximo ao final, surge o verso.

*I have heard the mermaids singing, each to each**

Isso apresenta uma certa semelhança com um verso de uma canção de John Donne:

Teach me to heare Mermaids singing

Deste modo, para o leitor até certo ponto familiarizado com a poesia de Donne, surge uma questão crítica: o verso de Eliot é uma alusão ao de Donne? Estará Prufrock pensando em Donne? Estará Eliot pensando em Donne? Sugerimos que há duas maneiras radicalmente diversas de buscar uma resposta a esta pergunta. Há (1) o modo da análise poética e da exegese, que se indaga se faz algum sentido o fato de Eliot-Prufrock estar pensando em Donne. Numa parte anterior do poema, quando Prufrock pergunta:

Would it have been worth while,
(...)
*To have squeezed the universe into a ball***

suas palavras extraem parte de sua tristeza e ironia de certos versos enérgicos e apaixonados de Marvell, em "To his coy mistress" (À sua pudica amante). Mas o exegeta pode-se indagar se o fato de as sereias consideradas como

*Ouvi as sereias cantando, uma para outra. (*N. da T.*)
**Teria valido a pena (...) amassar o universo em uma bola. (*N. da T.*)

"estranhas visões" (ouvi-las é, no poema de Donne, análogo ao fato de a mulher ficar grávida com o poder da semente da mandrágora) tem muita relação com as sereias de Prufrock, que parecem ser os símbolos do romance do dinamismo e que, incidentalmente, recebem uma autenticação literária, se esta for necessária, em um verso de um soneto de Gérard de Nerval. Este método de indagação pode levar à conclusão de que a suposta semelhança de Eliot com Donne não tem importância e que melhor seria nela não cogitar ou de que o método pode apresentar a desvantagem de não fornecer ao certo nenhuma conclusão. Sugerimos contudo que esta é a forma de crítica verdadeira e objetiva, considerando a grande incerteza que a exegese poderia levar a um segundo tipo de crítica: (2) trata-se da indagação de tipo genético ou biográfico. Dentro desta, aproveitando do fato de Eliot ainda estar vivo, o crítico, com o espírito de um homem que faz uma aposta, escreveria para Eliot e lhe perguntaria o que pretendia dizer ou se estava pensando em Donne. Não poderemos aqui afirmar quais seriam as probabilidades — se Eliot responderia que não quis revelar nada, que não tinha nada em mente, resposta que seria bem apropriada, ou se, em um momento desprevenido, forneceria uma resposta clara e, dentro de seus limites, irrefutável. Nossa opinião é que a resposta para uma tal pergunta nada tem a ver com o poema "Prufrock"; pois esta não seria uma pergunta crítica. As perguntas críticas, contrariamente às apostas, não são respondidas desta maneira. Não são resolvidas pela consulta a um oráculo.

Tradução e revisão
LUIZA LOBO

Notas

1. *Dictionary of world literature*, Joseph T. Shipley (org.), Nova York, 1942, pp. 326-9.
2. J. E. Spingarn, "The New criticism", *in Criticism in America*, Nova York, 1924, pp. 24-5.
3. Ananda K. Coomaraswamy, "Intention", *in American bookman*, 1 (1944), pp. 41-48.
4. É verdade que o próprio Croce, em seu *Ariosto, Shakespeare and Corneille*, Londres, 1920, cap. VII, "The Practical personality and the poetical personality", e em seu *Defence of poetry*, Oxford, 1933, p. 24 e noutros lugares, cedo e tarde atacou com eficácia o geneticismo emocional. Mas a principal inclinação da *Aesthetic*, é, sem dúvida, em favor da intencionalidade cognitiva.
5. Ver Hughes Mearns, *Creative youth*, Garden City 1925, esp. 10, pp. 27-29. A técnica de poemas por inspiração foi, aparentemente, há pouco superada pelo estudo da inspiração em poetas e outros artistas bem-sucedidos. Ver, por exemplo, Rosamond E. M. Harding, *An Anatomy of inspiration*, Cambridge, 1940; Julius Portnoy, *A psychology of art creation*, Filadélfia, 1942; Rudolf Arnheim e outros, *Poets at work*, Nova York, 1974; Pryllis Bartlett, *Poems in process*, Nova York, 1951; Brewster Chiselin (org.), *The Creative process: a symposium*, Berkeley e Los Angeles, 1952.
6. Curt Ducasse, *The Philosophy of art*, Nova York, 1929, p. 116.
7. E a história da palavra, depois de um poema ser escrito, pode contribuir com significados que, embora importantes à matriz original, não deveriam ser eliminados por um escrúpulo quanto à intenção.
8. Os caps. VII, "The Pattern" e XVI, "The Known and familiar landscape", serão considerados de máxima ajuda para o estudioso do poema.
9. Charles M. Coffin, *John Donne and the new philosophy*, Nova York, 1927, pp. 97-98.

E. A ANÁLISE SOCIOLÓGICA

CAPÍTULO 21

A análise sociológica da literatura

LUIZ COSTA LIMA

Que especificidade teria a análise sociológica da literatura? A tentativa de resposta a esta pergunta mostra a diferença desta seção quanto às outras componentes desta obra. Ao passo que a estilística, o formalismo russo, por extensão eslavo, o *new criticism*, o estruturalismo, as estéticas da recepção e do efeito — nasceram do esforço de compreender a produção discursiva e, com exceção do estruturalismo, da produção discursiva da literatura em particular, a análise sociológica da literatura (e da arte) subordina seu objeto ao propósito de entendimento dos mecanismos em operação na sociedade, potencialmente capazes de caracterizá-la. Noutras palavras, enquanto as demais seções tratam de teorias — o estruturalismo, as estéticas da recepção e do efeito — ou de métodos, extraídos de um quadro teórico latente, acerca de um objeto preciso, o objeto literário — com a já assinalada exceção do estruturalismo, cujos melhores frutos não se dão nesta área —, a análise sociológica se volta para a área dos discursos e, dentro dela, aponta para a da literatura, freqüentemente com o propósito de ilustrar, exemplificar ou comprovar uma interpretação de caráter bem mais abrangente: a interpretação de certa sociedade. Isso já para não falar de autores como Bielinski, Tchernichevski, Dobroliubov, Pisarev, Plekhanov, cujas considerações sobre a literatura eram de imediato marcadas por um propósito ético-político de transformação da sociedade russa.

A alegada diferença de postura da análise sociológica apresenta tanto desvantagens quanto vantagens. Poderíamos mesmo dizer: desvantagens imediatas, vantagens mediatizáveis. As desvantagens resultam de o seu praticante não ter, enquanto analista *da* literatura, uma concepção específica de seu objeto. Se o seu propósito é ético-político, sua valorização tende mesmo a se contrapor, senão a hostilizar aquela que se funda numa reflexão sobre o estatuto próprio da literatura. Se o seu propósito se manifesta dominantemente em favor de uma compreensão da sociedade, sua tendência será a de ver as obras literárias e artísticas como epifenômenos do tecido social, como "documentos" da "realidade", capazes por si de dizerem desta. Assim o analista esquece que o documento não tem um significado natural, mas que só se torna documento em função da interpretação que o elege; esquece ademais que a sua própria concepção da realidade social tampouco é um insofismável dado natural, algo que se impõe *aos olhos*, mas também produto de uma interpretação histórico-socialmente condicionada. Desta maneira, a análise sociológica se converte em freqüente bumerangue, fazendo o analista ver apenas o que sua teoria lhe faz querer ver, impedindo-o ademais de reconhecer a resistência do objeto à teorização proposta. Este o edifício que atravessa obras como a pioneira *Florentine painting and its social background* de Frederick Antal (Antal, F.: 1948) e *A Social history of art* de Arnold Hauser (Hauser, A.: 1951).

Por outro lado, esta subordinação da análise de produtos culturais a um alvo mais amplo oferece a seu praticante uma vantagem mediata: a de lhe permitir melhor declinar a articulação das teorias sobre o discurso literário com o solo social, a classe, o grupo, o estamento, em que foram concebidas. Pois se o horizonte do grupo de referência da obra estudada não explica o seu *alcance literário*, o alcance, em troca, é motivado e refratado a partir do solo em que se engendra.

Pela nomeação destas vantagens e desvantagens se verifica que o ideal será conjugar a informação sociológica sobre o contexto histórico com um conhecimento preciso do estatuto do discurso analisado, para que assim se escape quer da tendência de ver a obra como "ilustração" de certa força social, quer da tendência estetizante oposta, na qual vigora um hiato hierarquizante entre o contexto, elemento da ambiência da obra, e o texto, a ser imanentemente indagado. Por este motivo cabe de início distinguir-se entre a sociologia da literatura e a análise sociológica do discurso literário.

Normalmente, quando a questão é posta, diferenciam-se os dois campos declarando-se que o segundo é habitado pelo problema do *valor*, que não é da competência do primeiro. Embora haja uma certa verdade na distinção, ela se torna inadequada pela maneira como se efetiva a prática sociológica: usualmente, o sociólogo se defronta com a obra literária (ou artística) sem se preocupar com sua qualificação estética. Como, entretanto, o faz forçosamente a partir doutros valores — oriundos de seu grupo social de referência, de suas opiniões políticas, de sua metodologia ou, mais genericamente, de sua concepção da linguagem — a tendência será moldar seu objeto de acordo com tais outros valores. Em conseqüência, a diferença inicial perde efeito, com freqüência em detrimento da apreensão da própria literatura, então convertida em "ilustrativa" doutros campos de força. Este resultado liga-se diretamente à concepção da linguagem de que os sociólogos, com raras exceções, permanecem depositários. A linguagem se mantém presa a uma concepção *instrumentalista*. Isto é, a linguagem é um meio portátil que serve para transmitir alguma coisa "objetiva", uma informação, ou "subjetiva", uma emoção. A linguagem é, pois, o *revestimento* codificado desta "coisa" anterior. Analisar internamente a linguagem, verificar os recursos retóricos e/ou estéticos que nela sobressaem aparece normalmente ao sociólogo como perda de tempo com os "ornatos"; daí como esteticismo, "formalismo", designações que apenas encobrem a preguiça, a incompetência, a mera concepção de que a linguagem está sempre noutro lugar, devendo seu estudioso revelá-lo. Desta maneira, o sociólogo (mais extensamente, o mesmo caberia para os outros cientistas sociais, para o filósofo e para o psicanalista) lança mão do texto para um rendimento não em favor da *discursividade*; ao invés, o texto é tomado como *indicador*, *documento* do que se passa na sociedade. Por certo, o texto sempre aponta para fora de si, seja no momento de sua produção, seja no de sua recepção, mas não é transparente a esta matéria externa, caso em que poderia ser a ela superposta, explicando-se por esta superposição.

A razão mais forte em não nos contentarmos com o critério acima formulado assim se enuncia: além de insuficiente em si mesma, a diferença proposta sufoca o possível plano de contato entre as duas atividades. Este deverá ser assim primeiro fixado para que só se estabeleça a distinção entre as duas atividades. Ensaiemos, pois, o que apareça como a primeira tarefa.

Tanto a sociologia da literatura quanto a análise sociológica do discurso literário estudam as condições pelas quais se opera a transformação do fato literário em fato social. A imediatidade da formulação, entretanto, cria problemas que anulam seu conforto, pois dá a entender que, antes da intervenção da análise, o fato literário não seria social, mas individual. Ora, esta segregação do individual é apenas ilusória e mesmo um gênero tão "privado" quanto a lírica supõe uma atitude frente à sociedade. Torna-se então necessária uma segunda formulação: a análise sociológica em geral se caracteriza pela abordagem das condições que mostram como o fato literário se constitui em instituição social, i. e., como uma modalidade discursiva diante da qual a comunidade de leitores se posta com um conjunto determinado — homogêneo ou heterogêneo — de expectativas.

Nenhum analista, independentemente de nível ou linha, negará que o contexto social interfere na realização textual. O problema, portanto, não é de saber se é aceitável ou não que o social partilha da obra, mas sim o de como verificar esta participação, sem com isso incluirmos a obra em um generalizador caráter social. "O paradoxo do romance é o de toda obra de arte: ela é irredutível a uma realidade que entretanto traduz" (M. Zéraffa: 1971, 13). Ora, para que se mostre tal realidade sem que se recaia em um reducionismo sociologizante, há de se levantar a questão dos níveis de determinação dos fenômenos. Associando este problema com a crítica anterior à concepção instrumentalista da linguagem, devemos dizer que tal concepção abafa a possibilidade e mesmo a necessidade dos referidos níveis por ver a linguagem como expressão — algo que formula noutro meio o que já é — e não como produção — algo em que a matéria-prima aparece transformada. A linguagem é uma produção por certo conectada, mas dotada de regras de funcionamento próprio, que são da competência do lingüista. Sobre estas regras gerais se acrescentam regras outras, já não de ordem lingüística, que dizem respeito ao funcionamento dos discursos e dos gêneros. Não levar em conta a existência desta dupla ordem de regras levará ao reducionismo sociologizante ou, caso só a primeira ordem seja ressaltada, ao reducionismo formalizante.

A partir deste terreno comum, procuremos pensar a diferença entre as duas atividades. Enquanto a sociologia da literatura procura desentranhar as condições sociais que presidem o reconhecimento de um discurso como literário, acentuando inclusive as condições que presidem o estabelecimento do próprio conceito de literatura, a análise sociológica do discurso literário busca estabelecer o que, dentro destas coordenadas, dá especificidade a essa modalidade de discurso. A diferença entre os dois campos, portanto, é de grau e não de natureza. Ou seja, seria errôneo repetir que a sociologia da literatura não se preocupa com seu valor como literatura, pois esta sua isenção apenas a deixa mais submissa a pré-noções sobre o papel da literatura que o analista virá então a endossar. Tanto a sociologia da literatura quanto a análise sociológica do discurso literário tratam de valores; apenas eles são diferentemente referenciados. Para o sociólogo *stricto sensu*, o valor da literatura é idêntico ao de qualquer outra instituição social, o trabalho de seus agentes é considerado como o trabalho de qualquer outro formador do "campo intelectual". A literatura ali está para mostrar o peso, a presença, as características de alguma outra coisa. Por exemplo, se o especialista estuda a importância da epistolografia na literatura do século XVIII, com razão pode aí ver o resultado de um processo social onde os iluministas apareciam como os agentes de maior importância: "Indo além da informação suplementar ligada ao autor, à obra e ao tempo, a correspondência epistolar se emancipa das condições históricas e se transforma em um gênero para si, que implica um modo de conexão de sentido (*Sinnzusammenhang*) e de campo de significação (*Bedeutungsfeld*) encerrado em si, com conseqüências teóricas e práticas no campo dos efeitos literário-ideológicos. Desta maneira, os iluministas construíam uma frente de luta literária interna, uma rede de comunicação, que tinha por função primeira a informação imediata e recíproca, a troca de idéias e de experiências, destinada à formação da opinião e do julgamento, para o esclarecimento de certas posições básicas comuns, na busca de formas do necessário e possível trabalho em conjunto, de métodos e táticas na polêmica contra o antiiluminismo" (Reichardt, R.: 1981, 21). A pregnância desta observação se convertia contudo em erro grosseiro se tratasse então de exportar seus resultados à análise de, por ex., *Les Liaisons dangereuses*. As cartas ficcionais que formam o romance de Laclos têm as cartas reais como seu fundo de horizonte; neste fundo localiza-se a própria sociedade, aquelas entretanto não são transparentes a estas. Do mesmo modo é sugestiva a hipótese lançada por Sérgio Micelli sobre o êxito entre nós do romance nos anos 30 deste século: "O primeiro posto da literatura de ficção e, nessa categoria, a predominância dos romances de amor, de histórias policiais e de livros de aventuras, deve-se em ampla medida à expansão da parcela do público de leitores recrutada nas novas camadas médias que redundou no aumento da demanda por obras de mero entretenimento" (Micelli, S.: 1979, 87). Mas a explicação já fracassaria se, a partir dela, se procurasse explicar o êxito do romance realista e de costumes, em detrimento do romance "gótico", no estilo de *Fronteira*, ou, posteriormente, sobre o romance intimista e de pesadelo, como *A menina morta*. No caso, à análise do circuito de comercialização deveria se acrescentar a análise da própria expectativa do leitor brasileiro quanto ao discurso literário. O êxito do romance realista e de costumes não tem a ver com o "veto à ficção" que parece ainda hoje pesar na cultura brasileira? (Para uma primeira formulação do problema, cf. L. C. L.: 1981, 30-54.)*

Em contraparte, ao analista do discurso literário a apreciação sociológica não pode vir em primeiro plano, pois este há de ser ocupado pelo entendi-

*Formulava-se aqui o esboço intuitivo do que será a hipótese do *controle do imaginário*. (*N. do Org.*)

mento da raiz ficcional, literariamente realizada. O ficcional não é por certo uma entidade meta-histórica, a não ser talvez em sua caracterização mínima: ficcional é o que não se deixa governar pelo critério válido para os discursos da realidade, o critério de verdadeiro/falso. Para entender-se concretamente o ficcional, é preciso uma reconstituição histórica do que em uma época ou período preciso se tomava como "realidade", conseqüentemente o que se tinha como potencialmente verdadeiro ou falso. Mas não é ainda suficiente tomar-se o ficcional por sua ausência de realidade, i. e., pelo fato de ele não ser governado pela referencialidade. O ficcional implica menos tal perda do que a sua neutralização. Isto é, não se pode julgar um discurso ficcional verdadeiro/falso porque não contenha referências fidedignas ao real, mas porque *neutraliza* nosso modo habitual de tematizar a realidade. Usualmente, a tematizamos em termos de percepção — de repente suponho que a mulher morena e de rosto anguloso é certa mulher que não poderia estar naquela cidade e o engano perceptual me frustra ao passo que o ficcional o tematiza em termos de negação neutralizadora, i. e., em termos de imaginação (cf. Sartre, J.-P.: 1948). Ora, este estatuto, hoje de bom grado concedido à literatura, não apenas não é atemporal, quanto mesmo é de vigência histórica relativamente recente — os teóricos renascentistas o ignoravam, identificando o poético com o *finto, favoloso*.

O estabelecimento desta distinção não tem o propósito de estabelecer cânones que cada uma das duas áreas deveria seguir, mas apenas tentar criar condições para sua recíproca fecundação. Acrescente-se ainda que a sociologia da literatura não se afasta forçosamente da questão do estatuto próprio a seu objeto discursivo. Enquanto o trabalho de um R. Escarpit se quer fora da questão, seja por não aprofundar a análise do discurso, seja por manter uma concepção tradicional da literatura, o ensaio de W. Benjamin aqui incluído se coloca na fronteira entre o próprio da sociologia da literatura — estabelecimento da constelação de elementos que forma o "espírito" de Paris na época — e da análise do discurso literário: a obra de Baudelaire não como reflexo, mas parte na produção daquele "espírito", do qual recebe a experiência da *vivência de choque* e passa a elaborar uma poesia distinta da lírica habitual. Habitar tal fronteira significa reconhecer que a especificidade do discurso literário tem como *indicador visível a forma*, i. e., não o que se diz mas como se diz o que se diz. Mas o conceito de forma não é inequívoco. Por isso, se negarmos haver uma diferença radical entre sociologia da literatura e análise sociológica do discurso literário, haverá na crítica sociológica, mesmo a sensível à questão da especificidade de seu objeto, tantas orientações quantas sejam as concepções de forma e de sua articulação com a sociedade. Acrescentamos daí que o problema básico com que se depara a análise sociológica do discurso impõe, para seu melhor encaminhamento, a colaboração com o teórico da literatura, que deverá ser mais apto que o puro sociólogo em detectar a concepção da especificidade do objeto que está sendo empregada. A abordagem destas concepções de literatura, utilizadas pelos sociólogos, daria lugar a uma exposição histórica que aqui não caberia. Na sua falta, nos propomos acompanhar uma das classificações propostas quanto aos níveis da abordagem sociológica, precisando-os, ademais, face à distinção entre pura sociologia da literatura e análise sociológica do discurso literário.

Há muitos anos, o suíço Pierre Furter propôs o seguinte escalonamento: (a) análise da posição social do poeta no tempo e no espaço: (b) estudo da significação social da obra; (c) determinação da imagem que a obra oferece de uma sociedade; (d) relações entre formas poéticas e estruturas sociais; (e) análise da poesia como a refração individual que transpõe para o plano do imaginário o instrumento social por excelência que é a linguagem (Furter, P.: 1962, 6).

Em termos mais abrangentes, reformulamos o primeiro declarando-o tratar do condicionamento socioepocal do escritor e, em geral, da *intelligentsia*. São agrupáveis assim dentro desta modalidade de indagação os diversos estudos que têm mais recentemente abordado a formação da intelectualidade em diversos países europeus. Referindo-nos apenas a alguns dos mais renomados, parece-nos possível distinguir entre dois casos a serem tomados como paradigmáticos: o francês e o alemão. Caracteriza a situação da *intelligentsia*, a partir da segunda metade do século XVII, a progressiva aproximação de interesses e gosto de certo setor da aristocracia e da burguesia ascendente. O estudo pioneiro está aqui incluído, "La Cour et la ville" de Erich Auerbach. Por efeito desta fusão, tem-se atualmente mostrado como era simplista afirmar que a burguesia atingiu o poder com a revolução de 1789. A revolução sela sim, e desde ela não sem interrupções, seu domínio da instância política. Mas econômica e intelectualmente desde antes ela já partilhava do poder (cf. Goubert, P.: 1969, 1974 e L. C. L.: 1980, cap. II). Do ponto de vista intelectual, o papel decisivo foi desempenhado pela difusão do pensamento iluminista. Se bem que não se possa falar do iluminismo como um bloco homogêneo — "Embora a corrente revolucionária 'proletária' das *Lumières* então alcançasse uma grande radicalidade, o iluminismo tardio não era em geral um movimento antiabsolutista"(Reichardt, R.: 1981, 10) —, seria falso ainda supor que seus pensadores e defensores se agrupassem apenas no lado burguês, tendo por adversários os diversos escalões da nobreza. Uma pesquisa particularizadora como a de R. Darnton mostra que as primeiras edições da *Encyclopédie*, não atingindo, em virtude de seu custo, as camadas financeiramente menos favorecidas, tinham como compradores "o círculo restrito dos cortesãos, das celebridades de salão e os *parlamentaires* progressistas que constituíam a vanguarda cultural", penetrando "muito além da elite da corte e do capital" "nos escalões superiores do *Ancien régime*" (Darnton, R.: 1973, 1347 e 1352).[1] Além do mais, como ainda mostra a pesquisa do historiador norte-americano, a própria permissão de sua circulação em território francês revela que o espírito iluminista permeara a censura do absolutismo, tornando-o quando nada flexível à difusão do ideário iluminista. Por conta dessa permeabilização, indicadora de o iluminismo encontrar defensores e simpatizantes dentro da própria ordem dominante, continuadora de uma tendência já manifesta na soldagem de *la cour et la ville*, o intelectual francês contou com um *public* que, potencialmente, preparou e permitiu a transformação da ordem político-econômica. (Isso entretanto não quer dizer que tal fator funcionou como causa do efeito inevitável que teria sido a queda da monarquia!)

Em contraposição à situação francesa, mostra-se o caso alemão. Aqui, o intelectual não contava com a possibilidade de um espaço público formado por setores das classes dominante e ascendente. O intelectual alemão ou se punha em uma terra de ninguém e desenvolvia um pensamento sem vinculação imediata com os interesses sociais em choque — daí o peso que o idealismo terá em sua formação — ou criava um sistema mental justificador da superioridade da burguesia culta, afastando-a quer do povo, quer dos padrões da corte. É a propósito estimulante a interpretação que Bourdieu oferece da ética e estética kantianas. Sua formulação da experiência estética como uma finalidade sem fim, como um interesse desinteressado, aponta para o único setor capaz de ser seu agente, a burguesia culta, por esta eleição ainda convertida em símbolo da ascese e da humanidade: "Prazer ascético, prazer vão que se encerra em si mesmo a renúncia ao prazer, prazer depurado do prazer, o prazer puro é predisposto a tornar-se um símbolo de excelência moral e a obra de arte, um teste de superioridade ética, uma medida indiscutível da capacidade de sublimação que define o homem *verdadeiramente humano*: a entrada em cena do discurso estético e da imposição *de uma definição do propriamente humano* que ele visa realizar não é, em definitivo, senão o *monopólio da humanidade*. (...) A negação do gozo inferior, grosseiro, vulgar, mercenário, venal, servil, em uma só palavra natural, encerra a afirmação da sublimidade dos que sabem se satisfazer com os prazeres sublimados, refinados, distinguidos, desinteressados, gratuitos, livres" (Bourdieu, P.: 1979, 573).[2] Estética que implica uma ética, que implica tanto o elogio dos detentores da *Bildung*, quanto mascara seu afastamento quer do povo concupiscente, quer da nobreza consumista: "Esta estética pura é bem a racionalização de um *ethos*: tão distanciada da concupiscência quanto da *conspicuous consumption*, o prazer puro, ou seja, totalmente depurado de todo interesse sensível ou sensual ao mesmo tempo que perfeitamente liberado de todo interesse social e mundano, opõe-se tanto ao gozo refinado e altruísta do homem da corte, quanto ao gozo bruto e grosseiro do povo" (Bourdieu, P.: idem, 576).

Na verdade, essa caracterização do intelectual alemão e sua oposição ao francês já eram ressaltadas em texto tão antigo quanto o *De L'Allemagne* (1813) da Mme. de Staël. Limitando-nos a umas poucas passagens: "Um autor alemão forma seu público; na França, o público comanda os autores. Como se encontra na França um número muito maior de pessoas de espírito do que na Alemanha, o público é aí muito mais imponente, enquanto os escritores alemães, eminentemente postos acima de seus juízes, os governam, em vez de deles receberem a lei. (...) Na França, quase que só se lê para que se fale do que se leu; na Alemanha, onde se vive quase só, deseja-se que a obra seja a sua companhia. (...) A prosa dos alemães é com freqüência muito negligente. Dá-se muito mais importância ao estilo na França do que na Alemanha; é uma conseqüência natural do interesse concedido à palavra e do preço que ela deve ter em um país em que a sociedade domina" (Staël, Mme. de: 1813, 110-3, cap. I da segunda parte).

Tomados como *Idealtypen* (tipos ideais), os casos francês e alemão atraem para sua órbita os exemplos da *intelligentsia* inglesa, por um lado, e russa e austríaca, por outro. Quanto ao primeiro, parece sintomático que, embora o utilitarismo e as correntes religiosas englobadas pelo nome de evangelismo, estabelecessem para o intelectual um padrão duplamente rígido — contra a especulação e contra o que não fosse estritamente moral —; na prática, contudo, favoreceram o hábito da leitura popular e, assim, favoreceram uma linguagem que se propunha potencialmente acessível a todo interessado. Deste modo, se para os puritanos o teatro era uma perdição, seus pregadores logo compreenderam que a dramatização do pecado, embora fosse um recurso ficcional, era religiosamente justificado: "Assim começaram a descrever a luta do espírito, a retratar o drama da vida interior, a expor a psicologia do pecado e da redenção" (Haller, W., *apud* Altick, R. D.: 1957, 28). Mais radicalmente, a própria proibição das *play-houses* teve o efeito contraditório de estimular a leitura como ocupação das horas ociosas: "(...) boicotando o teatro, os evangélicos efetivamente removeram uma fonte de competição para o livro. Pela necessidade de ocuparem seus fins de dia, [as pessoas] começaram a ficar em casa e a ocupar suas horas ociosas com a leitura" (Altick, R. D.: 1957, 115). O romance, principalmente em sua vertente sentimental e de heróis em demanda de instaurar o bem, será o grande agente de democratização da leitura. Na passagem para o século XIX, segundo o testemunho de Trollope, o veto evangélico já tem menos força que o hábito da leitura: "As famílias em que havia uma permissão absoluta para a leitura de romances eram muito poucas e em muitas a proibição era total. (...) Hoje em dia (...) já não há tal embargo. Os romances são agora lidos em várias direções, no quarto dos senhores e dos criados, nas residências e nos curatos rurais, por jovens condessas e por filhas de fazendeiros, por velhos advogados e por moços estudantes" (Trollope, *apud* Altick, R. D.; 1957, 124-5).

Luta semelhante se passará no terreno do utilitarismo, chegando-se afinal a uma solução de compromisso: a leitura, mesmo a da poesia, torna-se aceitável porque se mostrara que *"had utility after all"* (Altick, idem 136).

Embora estas observações sejam muito superficiais e necessitem ser suplementadas por um conhecimento especializado, parecem-nos por ora suficientes para que o caso inglês seja diferenciado do protótipo alemão. (Neste sentido, ganha mais força a paródia do *Herr Professor* elaborada por Carlyle em seu *Sartor resartus*.)

No campo oposto ao *Idealtyp* francês e com traços de semelhança com o paradigma alemão, aparecem as formações do intelectual russo e austríaco. Como mostra a história do pensamento revolucionário russo, o intelectual aí nunca usufruiu da existência de um público que, semelhante ao francês ou ao inglês, lhe permitisse liberar-se economicamente da tutela oficial. "Antes da liberação dos servos, [a *intelligentsia*] provinha das classes privilegiadas e refletia portanto seus interesses e suas preocupações. Mas a partir de agora derivava de uma 'outra classe de pessoas (...) intermediária entre as que têm uma sólida base econômica e as que não possuem absolutamente nada'. Estes novos intelectuais assim se encontraram em uma situação incerta; suas possibilidades de trabalho eram restritas e instáveis em virtude do pequeno desenvolvimento da vida econômica de toda a Rússia; enfim sua posição social os obrigava a viver unicamente de seu trabalho, sem poderem encontrar aí garantia alguma" (Venturi, F.: 1952, II, 696). Assim, quando se afastam do poder autocrático, os intelectuais não encontram a possibilidade de aliança social, suas tentativas de se impor como segmento reconhecido fracassam e, por isso, tentam a via populista: "Cada tentativa de se impor, de tornar-se indispensável não leva senão ao naufrágio. *Hic Rhodus, hic salta.* Efetivamente, após haver esgotado as tentativas de salvar-se sozinha, de pensar-se como classe dirigente, de definir-se como elite, o 'proletariado do pensamento' acaba, no início dos anos 70, por 'ir ao povo'" (Venturi, F.: 1952, I, 80). O fracasso desta via os empurrará seja ao terrorismo, seja à crença de que só uma forma de ditadura seria capaz de derrubar a aristocracia, seja à prática das sociedades secretas, clandestinas, rigidamente hierarquizadas, para cujo detalhamento a obra de Franco Venturi é de consulta imprescindível. Muito esquematicamente, poderíamos dizer que ao intelectual russo estava aberta apenas a estreita opção de ou apagar-se na ética do funcionalismo público, obrigando-se mesmo a ser censor de seus pares, como foi o destino do romancista Gontcharov, ou tomar-se a si e a seus poucos pares como mentor do processo revolucionário. Neste caso, seu destino freqüente era o exílio, os canais clandestinos de comunicação, a formação de quadros secretos. Sua atividade tendia forçosamente a assumir um direto caráter político e, dentro deste, de vanguarda liderante. Assim o intelectual russo assumiu o papel de líder da razão, proposto pelos iluministas, mas, sem dispor da possibilidade do debate público, teve de combinar o legado iluminista com o segregacionismo do intelectual alemão. Em função destes dois elementos contraditórios, sua reflexão contraiu uma forma empenhada e pragmática que se lhe tornou distintiva.

Por maior que seja a diferença quanto à *intelligentsia* austríaca do século XIX, tanto esta quanto a russa são declináveis dentro do padrão alemão. Como na Rússia, tampouco na Áustria se efetivou uma fusão entre as mentalidades aristocrática e burguesa que tivesse permitido ao intelectual servir de elo fecundador para uma situação transformadora. A burguesia encontrava no destaque da cultura, da educação (*Bildung*) uma maneira de compensar sua inferioridade de *status*. A *Bildung* então aparecia como coroamento de sua riqueza material. Mais inequivocamente que na Alemanha, na Áustria a "*Bildung* está fundada no *Besitz* (patrimônio)" (Schorske, C. E.: 1967, 1296). Noutras palavras, na Áustria a burguesia nunca conseguiu, ao contrário do que se dera na França (cf. Auerbach aqui incluído), impor seus valores à ordem aristocrática. A devoção à cultura, em particular às artes, caracterizava uma elite burguesa requintada e, ao mesmo tempo, alienada do poder político e da sociedade. Daí sua singularidade na cena européia, nela se entrelaçando, como serpente fascinante e destruidora, brilho e tédio, extrema curiosidade investigadora e atração pela loucura e pelo suicídio: "A devoção às artes implantada no jovem austríaco em casa era reforçada pelo grupo de amigos no *Gymnasium* e na universidade. Os círculos literários e as amizades estéticas formadas nos anos de escola freqüentemente determinavam as orientações de vida de seus membros. Tais influências apenas se somaram ao desenvolvimento, por volta de 1890, de uma alta burguesia única na Europa por seu requinte estético, seu refinamento pessoal e sua sensibilidade psicológica. (...) O esteticismo, que em toda a restante Europa assumiu a forma de protesto contra a civilização burguesa, tornou-se na Áustria uma expressão daquela civilização, afirmação de uma atitude frente à vida, na qual nem ideais éticos nem sociais desempenhavam uma parte significativa" (Schorske, C. E.: 1967, 1300).[3]

Caberia então nos perguntar se os dois paradigmas contrapostos acima referidos seriam de utilidade para a caracterização do caso brasileiro. Embora ainda não haja um estudo exaustivo a respeito,[4] é de se supor que temos mais a ver com o tipo da formação alemã do que com a francesa. Contudo as diferenças são assinaláveis. Desde logo, nunca tivemos a possibilidade de uma formação específica de quadros intelectuais, mesmo que segregada, a exemplo do que se deu a partir das universidades alemãs. Em relação com esta carência, tampouco se desenvolveu entre nós um pensamento de ordem especulativa ou uma organização argumentativa em nossos escritos que só se imporia se houvesse um espaço efetivo de trocas e discussões intelectuais. Muito mais do que segregado, o intelectual no Brasil tem sido uma figura ornamental, alguns dentre eles se destacando como "mitos", normalmente de pés de barro, que legitimam menos sua atividade do que as instituições a que pertençam. Por essas razões é possível que, dentro do padrão intelectual-no-gueto, nos aproximemos de sua variante, a variante russa, com sua alternativa de escritor-funcionário ou escritor-líder de povos. É além do mais de se assinalar o peso entre nós desempenhado pelo colonialismo também cultural. A partir dele, se entende a importância da observação desenvolvida por Roberto Schwarz a propósito de romancistas nossos do século XIX; porque tomavam por modelo os padrões europeus quer de filosofia política, quer de filosofia de vida, e porque a efetiva cena político-social brasileira não se ajustava àqueles, passavam a desenvolver uma ideologia "de segundo grau" e desenvolviam uma atitude de verdadeiro torcicolo cultural (cf. Schwarz, R,: 1977). A observação é ampliável além do quadro para o qual foi concebida, pois, entre nós, o estatuto colonial tende tanto mais a se prolongar quanto mais rarefeita é a existência de um espaço institucional a ser preenchido pela *intelligentsia*. Em sua falta, continua dominante a cultura ornamental, antes fundada no *charme* e na capacidade sentimental-persuasiva do agente do que na teoria da argumentação por seus textos desenvolvida.

O segundo nível da classificação proposta por Pierre Furter supõe o estudo da significação social da obra. Ele tanto abrange um ensaio em que é dominante a preocupação ético-política, como a *Breve história da literatura alemã* de Lukács, quanto a análise de Kenneth Burke sobre a retórica do *Mein Kampf*. Em ambos os casos, os autores procuram explicar a razão do impacto causado por certas obras. No primeiro, entretanto, o autor denuncia o conformismo, o culto à irracionalidade derivada do idealismo, que teriam conduzido a intelectualidade alemã a sucumbir, quando não a endossar, o nazismo. No segundo, Burke se acerca mais propriamente da constituição da obra, mostrando o quanto a sua repercussão política fora preparada pelo arsenal simbólico de que lançava mão, onde se combinavam temas de extração religiosa, como o da dignidade inata, "a unificação 'curativa' por uma função-diabo fictícia" (Burke, K.: 1957, 187), com procedimentos da técnica de propaganda e com o emprego de mecanismos psicológicos como o da projeção sobre um bode expiatório, o judeu, considerado causa de todos os males da Alemanha.

No mesmo nível ainda se incluem as pesquisas realizadas em data mais recente pela equipe dirigida por R. Escarpit, centradas na idéia de ser a literatura um aparelho, que "compreende uma *produção*, um *mercado* e um *consumo*" (Escarpit, R.: 1970, 32). Trata-se, por conseguinte, de, deixando para os críticos a questão de o que é literatura, centrar-se nos mecanismos "objetivos" da circulação literária, destacando fatores como os de vendagem, do *best-seller* e do êxito, em suma, de constituir uma sociologia do leitor.

Se a solução de Escarpit é, do ponto de vista de uma concepção sociológica do fenômeno 'literatura', demasiado restrita, pelo menos não pretende nem oferecer uma visão da obra literária, nem excluir outros modos de abordagem sociológica. Todo o oposto do que se sucede com o terceiro plano da análise, o de determinação da imagem que a obra oferece de uma sociedade, para o qual convergem tanto uma visão da literatura quanto o propósito de se ter *a* abordagem correta da questão. Assim sucede porque este plano supõe ser todo conhecimento reflexo de uma realidade material. A literatura, por conseqüência, é basicamente um documento confirmador da existência de algo a ela prévio, seja, por exemplo, de uma dita "via popular" que se teria entranhado na sociedade e assim marcado a sua literatura, seja de uma via dita "prussiana", que impediria certa literatura de tornar-se autenticamente "realista" (para a defesa desta posição entre nós, cf. Coutinho, C. N.: 1974, 1-56). À medida, pois, que os especialistas reconhecem os danos do reducionismo explicitado pela posição, a possibilidade de rendimento positivo desse nível passa a estar na dependência de o seu aplicador reconhecer que sua procura da imagem da sociedade, que seria fornecida pela literatura e, ao mesmo tempo, a qualificaria, é uma mera escolha estratégica, que não visa apreender a especificidade do discurso literário. Reconhecê-lo entretanto já não seria privar-se desse tipo de indagação? Assim só se dará caso o pesquisador recuse o primado do reflexo que tem orientado esse plano de análise. Ou seja, caso o pesquisador reconheça que as obras literárias (a) não são a imagem da sociedade, mas apenas também a contém; (b) que seu estudo coloca entre parêntesis a questão axiológica dos objetos considerados e os aborda apenas como instrumento de compreensão da sociedade. Dadas estas duas ressalvas, o nível readquire sua funcionalidade para a prática analítica. É o que sucede, por exemplo, com o ensaio de Carl E. Schorske já citado, ou, entre nós, com o *Machado de Assis: a pirâmide e o trapézio* (1974) de Raymundo Faoro.

É a partir do quarto nível que a sociologia da literatura e a análise sociológica do discurso literário tendem a se confundir. É dentro deste plano, portanto, que podemos localizar as questões mais relevantes da abordagem sociológica. Por essa razão, trataremos englobadamente os níveis quatro e cinco, pois o tratamento pertinente a um o será também ao outro. Aqui se dispõem o legado de Lukács, sua modificação relativa pela obra de L. Goldmann e as contribuições de E. Auerbach e R. Girard. Destacaremos os pontos principais destas abordagens.

Em *Mensonge romantique et vérité romanesque* (1961), Girard demonstra como é impossível tratar do romance sem se localizar uma figura constante, a do *triângulo do desejo*. Ou seja, o personagem não consegue interessar-se pelo *outro* senão a partir de uma terceira figura, tomada como padrão ou modelo. O exemplo típico é fornecido pelo Quixote, que se lança para o *outro*, o mundo, palco de suas (des)venturas, a partir de sua identificação com os heróis de cavalaria. No caso de Cervantes, o mediador é externo, conforme ainda se dá com Emma Bovary e Julien Sorel. Na história do romance, contudo, a distância entre o personagem e o seu ideal cada vez mais diminui, a ponto de terminar se confundindo com um projeto que *ele cria para si próprio*. Trata-se da mediação interna, que o autor revela em Proust, com o círculo dos esnobes e dos ciumentos, e em Dostoievski, com a sua comunidade de "loucos". O triângulo do desejo, constante enquanto reajustável, é o pano de fundo sobre o qual o romance se afirma ou fracassa. Seu êxito é função de um combate, pelo qual o personagem percebe o fantasma que o obseda e com ele rompe, seja exilando-se do mundo, seja devotando-se aos outros homens. O êxito romanesco contra a "mentira romântica" é função, pois, de um desgarre, através do qual o personagem abandona o solo da mediania e se localiza em um dos extremos, o do isolamento ou o da dedicação.

Para Girard, este padrão se verifica no interior de uma situação social precisa, começando com a nobreza, expandindo-se com o advento da burguesia, hipertrofiando-se desde o fim do século passado.

Pela forma como resumimos a sua tese, não teremos feito justiça a toda a qualidade do livro. Isso, entretanto, não nos impede de fazer alguns reparos. Enquanto análise sociológica, a obra de Girard apresenta o defeito de cobrir um tempo social demasiado vasto com referências demasiado estreitas. Poder-se-ia, por certo, relacionar o fenômeno destacado com o crescimento do processo anômico — desintegração dos laços de solidariedade entre o indivíduo e seu grupo — que, para Durkheim, caracterizava a sociedade atual. O autor, entretanto, não esteve interessado neste tipo de justificativa ou desenvolvimento. Daí acrescentarmos que sua obra é fundamental do ponto de vista da apreensão dos mecanismos com os quais se desenvolve o romance, mas que o mesmo não poderá ser dito de um ponto de vista da demonstração sociológica.

O mesmo tipo de deficiência quanto ao aspecto sociológico do problema considerado encontra-se no *Mimesis* (1946) de Auerbach. Mostrando as diferenças pelas quais o realismo tem passado de Homero a Virginia Woolf, em função da diversidade dos condicionamentos sociais, Auerbach nos legou o que continua sendo a obra-prima da análise literária contemporânea. "Auerbach mostra como estes textos, por sua escrita, seu agenciamento e sobretudo pela posição que aí ocupa um narrador, tanto se afirmando como autor onisciente, quanto, ao contrário, dissimulando-se atrás dos seres e das coisas, traduzem os modos sucessivos das relações sociais e culturais no devir de uma civilização" (Zéraffa: 1971, 71).[5]

Aos grandes momentos sócio-históricos corresponde, pois, um reagenciamento das figuras da composição e a procura de uma nova *mimesis*. A obra literária é o produto da combinação de dois elementos: a) da expressão constante da matéria do real, i. e., a obra é plasmada a partir dos elementos que lhe são oferecidos pela ordem do real; b) o elemento anterior é continuamente retrabalhado de acordo com as condições sociais dentro das quais vive o autor. Pela interação dos elementos citados, a obra é sempre mimética e "realista". Sem repetirmos exame feito anteriormente (L. C. L.: 1974, 31-33), basta-nos aqui observar que o *Mimesis* não nos afasta da embaraçosa situação de não conseguirmos ver como Auerbach se libertaria da presença de um condicionamento linear. A *mimesis* resultaria de ser inata ao homem a vontade de imitar (Aristóteles), sujeitando-se contudo à metamorfose do que seria "imitável". Para afastar o embaraço acima referido, teria sido necessário que Auerbach tomasse vários representantes de um mesmo período, analisando-os como "variantes" que convergiriam e/ou divergiriam entre si. Através desta exploração, ter-se-ia a vantagem de um método que já não trabalharia com a dicotomia interno/externo à obra, sem o dano de comprometer todo o trabalho por uma visão próxima do reducionismo ao social.

O mesmo poderia ser dito da obra de L. Goldmann, muito embora não tenha a importância que reconhecemos em Girard e Auerbach. Considerando seu trabalho "de campo" sobre Pascal e Racine em *Le Dieu caché* (1955) e sua reflexão teórica, principalmente em *Recherches dialectiques* (1959) e no ensaio recapitulativo "Le Structuralisme génétique en sociologie de la littérature" (1967), poderemos resumir suas proposições básicas aos seguintes itens: a) os verdadeiros sujeitos da criação cultural são os grupos sociais. Caberá ao sociólogo da literatura estabelecer a homologia entre a ideologia do grupo a que pertence o autor e o pensamento formulado por sua obra (relações entre consciência real e consciência possível). A ligação entre os dois pólos é fornecida pela *visão de mundo*, definida em *Le Dieu caché* como "um conjunto coerente de problemas e de respostas que se exprime, no plano literário, pela criação, com a ajuda de palavras, de um universo concreto de seres e de coisas"; b) a identidade descoberta pelas homologias não é de ordem temática, mas sim de estruturas, as quais Goldmann define como "as regularidades que fazem que, em um conjunto, a transformação de um elemento implique necessariamente certas transformações complementares dos outros elementos de maneira a conservar uma significação global" (Goldmann: 1967, 87); c) a consciência expressa pela obra criadora não se confunde com a consciência do grupo a que pertence; explorando as possibilidades de coerência desta, a consciência real, a consciência possível da obra ilumina e não apenas repete os contornos daquela (o leitor encontrará em *Le Dieu caché*, notadamente na análise de Pascal e no jansenismo uma concretização suficiente da idéia); d) as estruturas categoriais que regem a obra não são nem conscientes, nem inconscientes, mas sim "processos não conscientes", porquanto, conforme a leitura de Freud endossada por Goldmann, o inconsciente é produto das repressões.

Reconhecido como o pensador contemporâneo que mais contribuiu para a sistematização da sociologia da literatura, a concepção de Goldmann tem sido, no entanto, objeto de cerrados ataques. A propósito do conceito de visão de mundo, Barthes fala em "mascaramento do velho esquema determinista" (Barthes: 1964, 268). A razão para o fato, quando o próprio Goldmann estivera tão alerta em não recair no erro comum na análise sociológica, se encontrará talvez no reparo que lhe é feito por um discípulo fiel: Goldmann não conseguiu "a análise rigorosa produtora da conceitualização necessária para promover uma relação científica entre dois tipos de estruturas" (Ch. Bouazis: 1970, 82). De maneira mais explícita, Goldmann se propôs a registrar a totalidade estrutural da sociedade, reconhecendo que a principal dificuldade a vencer estava na heterogeneidade dos diversos níveis de estrutura. Ora, através dos conceitos de homologia e de visão de mundo, a heterogeneidade é menos articulada que triturada, estabelecendo-se a unidade esquemática, monista, que desde o princípio se tratava de evitar. Por outro lado, Goldmann não ultrapassou a concepção grosseira que seu mestre Lukács tinha da linguagem, forma antes passiva diante do sujeito social (os grupos, as classes) que ativa, de reflexão sobre a matéria social. Daí tampouco haver se afastado da tradição sociológica privilegiadora de temas e constantes, a qual se choca com a evidente preocupação com os processos de estruturação e desestruturação. Daí o desconhecimento que sua obra manifesta quanto ao fenômeno da poesia.

O legado de Goldmann se estabeleceu por meio de uma espécie de diálogo com a obra de Lukács jovem. Destaquemos do pensamento de Lukács algumas das proposições fundamentais.

Já em 1905, Lukács observava que se dedicava "a esclarecer o problema de fundo de uma sociologia das formas literárias" (1905, 295). E, malgrado as reviravoltas de seu pensamento, impostas ou assumidas, o único que não se pode dizer de sua imensa obra é que ela tenha abandonado esta preocupação. Deste modo, mesmo se Lukács não fez a análise sociológica ultrapassar seus mais graves problemas, teve o mérito de torná-los bem claros. Talvez mesmo seja pela nitidez com que nele surgem estas questões que se mostram tão apaixonadas as posições a seu respeito, seja de absoluto repúdio, seja de aceitação unânime. É certo que seu melhor discípulo, L. Goldmann, procura retificá-lo. Não a ponto contudo de transpor os obstáculos que Lukács não resolveu.

Opondo-se à tradição mecanista do marxismo, que encontrara em Plekhanov seu porta-voz mais conhecido, Lukács se recusa a estabelecer uma relação direta, transparente entre a base econômica de uma sociedade e sua produção literária (isso não o impediu, contudo, de muitas vezes retornar ao "pecado original" do marxismo, coisa que se torna usual entre seus inúmeros discípulos). A relação entre texto e contexto, pelos menos como concebida nas declarações teóricas, é uma relação de implicitude. Assim, na *Teoria do romance* (1920), obra que permanece sendo a maior contribuição do pensador húngaro à análise sociológica da literatura, põe em paralelo os valores implícitos que constituem o universo do personagem do romance e os da sociedade em que ele se encontra. Entre os dois planos, Lukács percebe uma relação "degradada", que converte o personagem do romance em um "herói problemático". Assim, o romance se torna "a epopéia de uma época para a qual já não é mais dada, de maneira imediata, a totalidade extensiva da vida (...)" (Lukács: 1920, 49). Como, entretanto, se processaria esta relação de implicitude que Goldmann viria a desenvolver sob o nome de homologia? A dificuldade não encontra melhor solução em Lukács. Por ele sabemos que o romance expressa a situação social da época "por uma representação crítica" (Lukács *et alii*: 1972, 12). Mas o que torna crítica a representação? Não seria o caso de aplicar a Lukács o que Bouazis dissera sobre Goldmann: "É preciso que não imputemos a Goldmann não haver pensado uma relação que não é pensável em conceitos." (Bouazis: 1970, 84)? Mas a resposta não é tranqüilizadora, nem a respeito da representação crítica para Lukács, nem para o caso das relações de homologia para Goldmann, a que se aplicavam as palavras de Bouazis. Muito ao contrário, encontramos aí a raiz da debilidade da crítica lukacsiana, convertida em dogmatismo por seus discípulos. Na falta de uma conceitualização suficiente, "representação crítica" e "realismo crítico" são resultantes de a obra apresentar uma visão que, para o analista, coincide com os interesses dos setores progressistas da sociedade. Daí, Thomas Mann seria um realista crítico, ao contrário de um Joyce... Pela designação, absolvemos ou condenamos os autores, mas o que dizemos sobre sua obra? A debilidade declarada, que só não existirá para os "fiéis", contrasta, entretanto, com o lado positivo de sua contribuição. Ao recusar o determinismo grosseiro de Plekhanov — e seria preciso acrescentar que ele continua dominante nas análises ditas marxistas? —, Lukács ressalta o papel desempenhado pela forma. Sua passagem é tão decisiva que não podemos deixar de transcrevê-la: "O elemento social da literatura é ao invés a *forma*. A forma faz com que a experiência vivida do poeta se comunique aos outros, ao público; e só através dessa comunicação 'formada' e, daí, através da possibilidade de exercer uma influência e da influência efetiva que realiza esta possibilidade, a arte assume um significado social. Na prática, naturalmente, as coisas não são tão simples: a forma, de fato, nunca chega a ser conscientemente experimentada e vivida por quem a recebe e tampouco por quem a cria. O primeiro acreditará estar sendo influenciado pelos conteúdos e não perceberá que estes lhe chegam somente com o auxílio da forma: que o tempo, o ritmo, os destaques e o segundo plano, o jogo de luzes e sombras, não passam de *forma* ou de parte da forma; vias que conduzem à forma — seu centro invisível. Aquilo que ele sente como efeito do conteúdo é assim apenas numa proporção mínima, porque na arte nada existe que seja informe; mesmo o mais intenso efeito de conteúdo deve a própria intensidade à forma e só através desta se realiza toda a eficácia da matéria artística. Raramente o artista é consciente da forma. Ele vive as próprias experiências; está por completo absorvido pelos problemas técnicos; deve lutar para alcançar a imediatitude expressiva. Seus problemas estão sempre aquém ou além da forma. Inclusive, nesta luta, ele não chega a se dar conta de que as soluções técnicas são apenas vias rumo à forma. E muito menos sabe que nunca é independente da forma aquilo que define ora como 'experiência vivida', ora como 'vida' — vida, como matéria da própria poesia. A visão formal de um artista não é uma manifestação espiritual isolada que principia a agir apenas no momento em que é formulada; é antes um fator de sua vida espiritual que opera de contínuo, com força maior ou menor e que constantemente influi sobre a perspectiva em que ele se dispõe frente às coisas da vida. Qualquer experiência já é vivida, senão em um certo grau, *sub speciae formae* e os conteúdos da memória, observação, a construção psicológica, que seriam matéria imediata da criação, ainda se vinculam muito estreitamente à possibilidade da representação formal. A forma autêntica de um artista autêntico é *a priori*: é uma forma constante face às coisas, é uma condição necessária para que as próprias coisas possam ser percebidas pelo artista" (Lukács: 1909, 76-77). Para aqueles que pensem ser esta uma colocação do Lukács "idealista", lembremos que já no fim da vida ele declarava: "A tarefa do artista é descobrir o problema [da alienação] por meio da forma artística" (Lukács *et alii*: 1972, 10). Sem esta, dizia anteriormente, a obra artística é ultrapassada por um bom trabalho sociológico. Da colocação inicial, resultava afirmação de mesma lucidez: "(...) a componente sociológica da forma dramática determina apenas a *possibilidade de realização* do valor estético, não o próprio valor estético" (Lukács: 1909, 296). O profundo acerto da diferença entre os dois níveis dá lugar à dificuldade de estabelecerem-se as passagens entre os mesmos. Ora, esta dificuldade apenas se acentuou com a adesão de Lukács ao marxismo, nas condições históricas em que o fez. O pragmatismo da época stalinista não permitiria a manutenção de dúvidas. Em vez de serem tomadas como normais a todo pensamento em criação, eram concebidas como indecisão política. Independentemente deste fator, contudo, é possível que a tarefa lukacsiana tenha sido prejudicada pela idéia de totalidade da vida social, que nunca abandonou. Não há de se negar que a sociedade possa ser um todo formado por diversos níveis, nem tampouco se há de dizer que Lukács houvesse passado a afirmar que eles fossem entre si transparentes. Mas o fato é que Lukács crê em uma totalidade historicamente fechada, fechada no sentido de que qualquer "ruído" na sala econômica repercute por todos os outros vãos, especialmente no que lhe importa, a literatura. Teria sido mais prudente começar por destacar a "série literária" (Tinianov), verificar suas vicissitudes internas, para só então, progressivamente, aproximá-la doutras séries. Noutras palavras, uma indagação da totalidade do social deveria "discernir níveis que sejam comparáveis e assim se tornem significativos" (Lévi-Strauss: 1958, 100). Esta a lição que deriva principalmente de E. Panofsky. Ora, por manter a idéia de integralidade da totalização social, por professar um marxismo insuficientemente afastado da tradição hegeliana, Lukács ficou sem condições de elaborar uma análise sociológica das formas. Só estas condições operacionais — forjadas a partir do princípio de que a determinação do fato social não é equivalente para qualquer produto social, i. e., que a sociedade é atravessada por linhas de determinação diversas —, pelo rigor demonstrativo que exigem, pela resistência que oferecem aos valores do analista, mostrando que certa interpretação não se sustenta, podem *diminuir* o risco do conteudismo, ou seja, de fazermos a obra em consideração se amoldar à nossa própria visão de mundo. Tal conteudismo, contrafação do legado positivo do autor, bem se mostra no polêmico *A significação presente do realismo crítico* (1958), onde Lukács, embora admirando Joyce e Kafka, os coloca como vítimas do desenvolvimento capitalista, do qual entretanto se liberaria Thomas Mann. O importante a considerar não é a condenação ou a valorização. Ambas se sujeitam ao mesmo defeito metodológico: os juízos são feitos a partir da leitura "orientada".

Da maneira como a expusemos, portanto, a crítica a Lukács tem um alcance muito maior que apenas à sua obra. Na verdade, é atacada toda a análise sociológica enquanto fundada na leitura da cena explícita, sintagmática. O defeito por certo não é apenas da análise sociológica (veja-se o exemplo da estilística; bastante ilustrativos a respeito os textos 7 e 8). Ele, entretanto, aqui acresce porque, como vimos, o sociólogo tende a tomar o dito, já em si insuficiente, como a projeção de um pré-dito, encontrável nas relações sociais. Ora, como já notou Zéraffa — embora a partir de caminho diverso —, toda interpretação sociológica permite uma contra-interpretação. Seja o exemplo de Kafka. De acordo com uma primeira interpretação, *O processo* aparecerá como "uma revolta legítima, mas simbólica". Joseph K. se opõe à burocracia, supondo poder contar com o apoio da sociedade. Mas a sociedade sofre de um conformismo tácito. O poder transformará o erro de cálculo do personagem em sua falta, tornando-o culpado. Esta interpretação, contudo, pode ser refutada pela oposta: "sendo impotente e esmagado a ponto de não antever outra saída senão a morte (ou a resignação, o que dá no mesmo) o homem de *O processo* é o ser não revolucionário por excelência. Não é capaz de nada porque a sociedade capitalista o atrai para um Nada que o fascina" (Zéraffa: 1971, 53-4). Ante as duas interpretações, a escolha fica por conta do leitor. E, por certo, aparecerá um terceiro explicando a divergência por efeito da "polissemia" da obra de arte... Haveria no caso polissemia ou um método deficiente de análise? Ante dificuldades tais, o analista costuma se encolher, recorrer ao dado sociológico ou psicológico quando lhe parece oportuno, encarar com desconfiança toda interferência "não estética". Assim sucedeu com a estilística, com o *New Criticism*, com o formalismo e assim volta a suceder com o estruturalismo aplicado à literatura. Encarado, com efeito, como a busca de algo estático, a estrutura virtual do texto, se conhecemos do estruturalismo apenas os seus praticantes "literários", chegaremos à conclusão de que ele apenas repete, sob distinta terminologia, o que há décadas passadas já fizera o *New Criticism*. Talvez por isso ainda leve tempo até compreendermos que as operações de revelação da declarada estrutura têm a finalidade de: a) oferecer um conjunto operacional pelo qual, pela comparação de um texto com outros, tomados como suas variantes, se possa ter um procedimento analítico que ponha à prova a própria "intenção" de que partiu o analista; b) de mostrar que a estrutura não é atemporal, a-histórica, mas sim o efeito de uma combinatória em que entram em cena os mecanismos lógicos humanos de estabelecimento de significação — o que chamamos noutra obra de *primeira contrainte*, cf. L. C. L.: 1973, 268 ss —, pressionados e não simplesmente se impondo sobre a matéria contextual — a *segunda contrainte*, cf. L. C. L.: 1973, 278 ss. A favor desta interpretação, note-se a coincidência entre o que Lukács dissera sobre a forma — cf. cit. atrás — e o que Lévi-Strauss declara sobre a estrutura: "o conteúdo tira sua realidade de sua estrutura e o que se chama forma é a estruturação ('*mise en structure*') das estruturas locais, em que consiste o conteúdo" (Lévi-Strauss: 1960, 21-2).

Resta, entretanto, uma última questão para a qual a possível contribuição do estruturalismo para os dilemas com que se depara a análise sociológica e, em geral, toda a moderna análise do discurso literário, nos parece problemática. Ela é a outra face do problema da mediação entre os níveis social e literário. Tentemos assim formulá-la: numa sociedade de classes, o autor é sempre objeto da ideologia de sua classe. Se afirmamos que a literatura não é um mero produto ideológico — e os ensaios de Badiou e P. Macherey têm pelo menos este mérito —, como entretanto o texto se desliga da ideologia, que, através do autor, o nutriu? Uma passagem de M. Zéraffa nos oferece o ponto de partida da resposta. Referindo-se a *La recherche*, Zéraffa observa que, na obra proustiana, Swann e Charlus procuram se destacar do grupo social a que pertencem pela "estetização da vida". Com isso, não evitam as decepções e os sofrimentos, sendo apenas tolerados pela sociedade que os desdenha. São eles vítimas da "*mensonge romantique*", diríamos empregando a terminologia de R. Girard, enquanto à "*vérité romanesque*" acede apenas o Narrador: "O próprio Narrador sofre no mundo os mesmos dissabores que Swann e Charlus, mas se cura do constante mal-entendido entre sua pessoa e a sociedade elaborando uma obra de arte, cujas formas (estilo, técnica de composição) constituem o 'instrumento ótico' pelo qual são revelados e denunciados os objetos sociais que sem cessar o feriram enquanto sujeito desejante e pensante" (M. Zéraffa: 1971, 76).

A obra literária é o "instrumento ótico", construído pelos elementos técnicos da forma, através do qual o autor formula além do que percebe, além de suas próprias crenças. Não será, entretanto, em virtude destes instrumentos técnicos, que tal química se cumpre. Sem oferecermos o aprofundamento necessário, que exigiria uma maior quantidade de páginas, apenas notemos: por que tais técnicas, com todas as dificuldades ligadas ao fazer da ficção, seriam procuradas se o autor simplesmente aderisse aos valores da ideologia de sua classe? Queremos dizer: a vontade da forma já supõe a atitude de exame, de levar — ou ser levado? — a linguagem ao infinito de sua possibilidade; ao que, por conseguinte, é absurdo seja do ponto de vista de seu uso normal, seja do ponto de vista de seus "conteúdos" normais (i. e., aceitos, praticados e não cogitados). Esta atitude não se confunde com a do cientista, pois este, exercitando-se no plano consciente dos conceitos, parte de uma barreira: apenas o pensável, i. e., o que é possível de se atualizar por conceitos, categorias e demonstrações, lhe é permitido. Interdita-se-lhe o imaginário, campo através do qual os demônios e os fantasmas se tornam re-presentáveis. Como entretanto esta porta se abre ao poeta? Acreditamos que por um mecanismo semelhante ao do sonho. Neste, a censura se debilita porque se encontra relativamente adormecida. Mas o poeta funciona em vigília, ao contrário do que pensavam os românticos e hoje pratica o *underground*; por isso ele há de dispor de outro mecanismo contra a censura. Não será ele o *fingimento* caracterizado pelo "Autopsicografia" de Fernando Pessoa?

O poeta é um fingidor.
Finge tão completamente
Que chega a fingir que é dor
A dor que deveras sente.

Finjo que o que faço é literatura, finjo que minha preocupação é com ritmos e histórias inventadas, aprendi na escola que no poema não há afirmações falsas ou verdadeiras. Com isso, me dou condições de fazer sistematicamente o que o chiste, o esquecimento ou a troca de nomes me permitem no seu raro instante: trazer à consciência da letra o que estivera perdido no mar profundo do inconsciente. E, sendo o inconsciente desejo e a ideologia, defesa, a fala organizada do inconsciente é um ataque, se bem que anárquico, à ideologia. Contra a ideologia, inclusive do próprio sujeito que se deixou falar por sua palavra. Tal fala ultrapassa portanto o poeta e se faz no texto, tornando-se o desafio para o analista que não se queira deixar mergulhado no cinturão ideológico.

* * *

Como o último desenvolvimento apresentado deriva de uma reflexão sobre o estruturalismo lévi-straussiano, deve-se ainda acrescentar que o subsídio oferecido pelo estruturalismo à análise sociológica do discurso literário é, na verdade, muito parco. Assim sucede porque, se Lévi-Strauss teve o mérito de criticar a concepção cronológica da história e de mostrar, contra seu privilégio ingênuo habitual, que ela é tão governada por códigos quanto qualquer outra atividade científica, por outro lado, entretanto, pretendeu ultrapassar esta concepção defasada de história pela adoção de uma prática simplesmente a-histórica e acrônica, a prática dos modelos. Contra o modelo acrônico adotado pelo estruturalismo, a contribuição efetiva ao desenvolvimento da análise sociológica do discurso literário só pode advir de uma nova concepção de história, e não de seu mero abandono. Pois à renúncia à história corresponde a renúncia ao pólo receptor e a conseqüente concentração do analista seja nos recursos construtivos do texto (os métodos de *close reading*), seja, por oposição, apenas na resposta do leitor ou no condicionamento social da obra (as habituais indagações sociológicas).

1.ª versão: Rio, out. 1974
2.ª versão: Rio, dez. 1981

Notas

1. Este destaque da força de penetração do ideário iluminista para a determinação do lugar que a *intelligentsia* ocupa na sociedade francesa deve, entretanto, ser conjugada com os sinais de mudança de sensibilidade que transparecem nas três décadas anteriores à revolução de 89. Como mostra Michel Vovelle, o pensamento iluminista é contemporâneo doutras variantes indicadoras da mudança de sensibilidade. Se estas variantes, tais como a mudança de atitude perante à morte, à família, à criança, aos métodos anticoncepcionais, não têm o mesmo ritmo, tampouco, entretanto, devem ser vistas como totalmente autônomas umas em relação às outras. Há ao contrário uma *ponta articuladora* ou uma variante saliente. Para Vovelle esta é desempenhada pelo iluminismo, ao menos por seu papel quanto à imprensa, que assim se vê como o meio que permite que um arsenal de idéias vindo da elite permeie a formação da nova sensibilidade. Isso se mostra particularizadamente na conversão do pânico social — cujas raízes são anteriores à nova sensibilidade — em demonstração organizada, prova da existência de uma opinião pública, em cuja formação o iluminismo teve papel decisivo: "*Throughout the revolutionary days studied by Rudé, there developed the gradual formation of a politicized and mature public opinion, and bursts of panic gave way to organized demonstrations. Far from constituting what may appear to be an incongruous resurgence of the past, these manifestations of revolutionary* sensibilité *revealed the impact of those changes noted in the previous half-century, and gave them a definite shape*" (Vovelle, M.: 1977, 626).
2. Outros elementos sobre a formação da idéia de interesse desinteressado são estudados por Jerome Stolnitz (1961, 131-143) e M. H. Abrams (1972, espec. 42-6).
3. No mesmo sentido: "*Traditionally, the bourgeois had found in art an instrument of instruction in metaphysical and moral truth. During the* Gründerzeit, *this notion was so far extended that man's aesthetic taste was a barometer of his social and economic* status" (Janik, A. & St. Toulmin: 1973, 45).
4. Entre os autores mais recentes, indicações preciosas são encontradas em Antonio Candido (1956, 157-171, 1972, 335-353) e José Guilherme Merquior (1972, 372-388).
5. Cf. ainda a introdução de Aurelio Roncaglia à tradução italiana do *Mimesis* de Auerbach, Einaudi, Milão, 1956.

Referências bibliográficas

Abrams, M. H., 1972: "What's the use of theorizing about the arts?", in *In Search of literary theory*, org. por M. W. Bloomfield, Cornell University Press, Ithaca e Londres.

Altick, R. D., 1957: *The English common reader. A social history of the mass reading public, 1800-1900*. Ed. cit.: The University of Chicago Press, Chicago e Londres, 1963.

Antal, F., 1948: *Florentine painting and its social background*, Kegan Paul, Londres.

Auerbach, E., 1946: *Mimesis. Dargestellte Wirklichkeit in der Abdendlandischen Literatur*. Trad. cit.: *Mimesis: a representação da realidade na literatura ocidental*, Perspectiva, S. Paulo, 1971.

Barthes, R., 1964: *Essais critiques*, Seuil, Paris.

Bouazis, Ch., 1970: "La Théorie des structures d'oeuvres: problèmes de l'analyse du système et de la causalité sociologique", in *Le Littéraire et le social*, org. por R. Escarpit, Flammarion, Paris.

Bourdieu, P., 1979: "Éléments pour une critique 'vulgaire' des critiques 'pures'", *in La Distinction. Critique social du jugement*, Minuit, Paris.

Burke, K., 1957: "The Rhetoric of Hitler's 'battle'", *in The Philosophy of literary form*, A Vintage book, Nova York.

Candido, A, 1956: "O escritor e o público", *in A Literatura no Brasil*, I, 1, org. por A. Coutinho. Reeditado *in Literatura e sociedade*, Cia. Editora Nacional, S. Paulo, 1972.

——. 1972: "Literatura y subdesarrollo", *in América Latina en su literatura*, org. por Cesar Fernandez Moreno, Siglo veinteuno editores, México.

Costa Lima, L., 1973: *Estruturalismo e teoria da literatura*, Vozes, Petrópolis.

——. 1974: *A metamorfose do silêncio*, Eldorado, Rio.

——. 1980: *Mimesis e modernidade. Formas das sombras*, Graal, Rio.

——. 1981: *Dispersa demanda*, Francisco Alves, Rio.

Darnton, R., 1973: "The *Encyclopédie* wars of prerevolutionary France", *in American historical review*, 78, 5, dezembro.

Escarpit, R., 1970: "Le Littéraire et le social", *in Le Littéraire et le social*, op. cit.

Furter, P., 1962: "Poésie et société", *in Estudos universitários*, Rev. de cultura da Universidade do Recife, Recife.

Girard, R., 1961: *Mensonge romantique et vérité romanesque*, Grasset, Paris.

Goldmann, L., 1955: *Le Dieu caché*, Gallimard, Paris.

Goldmann, L., 1959: *Recherches dialectiques*, Gallimard, Paris.

——. 1967: "Le Structuralisme génétique en sociologie de la littérature", *in Littérature et société,* Université libre de Bruxelles, Bruxelas.

Goubert, P., 1969: *L'Ancien régime*, 1: *La société*, A. Collin, Paris.

——. 1973: *L'Ancien régime*, 2: *les pouvoirs*, A. Collin, Paris.

Hauser, A., 1951: *A Social history of art*, 2 vols. Routledge and Kegan Paul, Londres.

Janik, A. & St. Toulmin, 1973: *Wittgentein's Vienna*, Simon and Schuster, Nova York.

Lévi-Strauss, Cl., 1958: *Anthropologie structurale*, Plon, Paris.

——. 1960: "La Structure et la forme", *in* Cahiers de l'I. S. E. A., 99, Paris, março.

Lukàcs, G. 1905: "Zur Soziologie der modernen Dramas", *in Schriften zur Literatursoziologie* (1961). Trad. cit.: *Scritti di sociologia della letteratura*, Sugar Editore, Milão.

——. 1909: "A Modern drama feilodésének torténete". Trad. cit.: *in Scritti*, op. cit.

——. 1920: *Die Theorie des Romans*. Trad. cit.: *La Théorie du roman*, Gonthier, Lausanne, 1963.

——. 1958: *Die Gegenwartsbedeutung des kritischen Realismus*. Trad. cit.: *La Signification présente du réalisme critique*, Gallimard, Paris, 1960.

——. 1972: "Realismo: experiência socialista o naturalismo burocrático", *in Polemica sobre el realismo*, Tiempo contemporáneo, Buenos Aires.

Merquior, J. G., 1972: "Situación del escritor", *in América Latina en su literatura*, op. cit.

Reichardt, R., 1981: "Grundzüge einer Synthese und Perspektive der Forschung", parte I da introdução a *Sozialgeschichte der Aufklärung in Frankreich*, org. por H. U. Gumbrecht, R. Reichardt e Th. Schleich, I, Oldenbourg Verlag, Munique.

Sartre, J.-P., 1948: *L'Imaginaire*, Gallimard, Paris.

Schwarz, R., 1977: *Ao vencedor as batatas*, Duas Cidades, S. Paulo, 1977.

Schorske, C. E., 1967: "The Transformation of the garden: ideal and society in Austrian literature", *in American historical review*, 72, 4.

Staël, Mme. de, 1813: *De L'Allemagne*. Ed. cit.: Imprimérie Viéville et Capiomont, Paris, s/d.

Stolnitz, 1961: "On the originis of 'aesthetic desinterestedness'", *in The Journal of aesthetics and art criticism*, XX, 2, inverno de 1961.

Toulmin, St.: cf. Janik, A.

Venturi, F., 1952: *Il Populismo russo*. Trad. cit.: *Les Intellectuels, le peuple et la révolution. Histoire du populisme russe au XIXe siècle*, 2 vols., Gallimard, Paris, 1972.

Vovelle, M., 1977: "Le Tournant des mentalités en France 1750-1789: la 'sensibilité' pré-révolutionnaire", *in Social history*, 5, maio de 1977.

Zéraffa, M., 1971: *Roman et société*, PUF, Paris.

CAPÍTULO 22

Paris, capital do século XIX

WALTER BENJAMIN

"Les eaux sont bleues et les plantes roses; le soir est doux à contempler; on se promène. Les grandes dames se promènent; derrière elles vont et viennent les petites dames"[1]

NGUYEN—TRONG—HIEP, Paris capitale de la France (1897).

Tradução feita a partir da versão francesa, "Paris, capitale du XIX siècle", de Maurice Gandillac, incluída *in Poésie et révolution*. Les Lettres Nouvelles, Paris, 1971. O original, "Paris, die Hauptstadt der XIX. Jahrhundert" (1935), foi republicado in *Schriften*, I, Suhrkamp Verlag, Berlim, 1955. (Para a 3.ª edição da presente obra, cotejamos a versão anterior com o texto original republicado em *Gesammelte Schriften* vol. V-1, pp. 45-77, R. Tiedemann (ed.), Suhrkamp, Frankfurt a.M., 1982).

Paris, capital do século [illegible]

WALTER BENJAMIN

I. FOURIER OU AS PASSAGENS

De ces palais les colonnes magiques
A l'amateur montrent de toutes parts,
Dans les objets qu'étalent leurs portiques,
Que l'industrie est rivale des arts[2]

Nouveaux tableaux de Paris,
Paris, 1828, I, pág. 27

Nos quinze anos que se seguiram a 1822, as passagens parisienses multiplicaram-se. A primeira condição de seu aparecimento é a alta repentina do comércio de tecidos. Começam a surgir as lojas de novidades, os primeiros estabelecimentos onde ficam armazenadas maiores quantidades de mercadorias. É a época em que Balzac escrevia: "O grande poema da exposição canta suas estrofes de cores desde a Madeleine até a Porte Saint-Denis." As passagens são um centro para o comércio de luxo. Em suas vitrinas, a arte põe-se a serviço do comerciante. Os contemporâneos não se cansam de admirá-las. Elas serão ainda por muito tempo um ponto de atração para os estrangeiros. Um *Guide illustré de Paris* declara: "Estas passagens, última invenção do luxo industrial, são galerias envidraçadas, revestidas de mármore, que atravessam blocos inteiros de casas, cujos proprietários se uniram para estas especulações. Dos dois lados dessas galerias, iluminadas de cima, alinham-se as lojas mais elegantes, de modo que uma galeria como esta torna-se uma cidade, ou mesmo um mundo em miniatura." As passagens são o palco da primeira iluminação a gás.

O surgimento das passagens está também ligado ao início da arquitetura do ferro. O Império via nesta técnica uma contribuição para a renovação arquitetônica, entendida no sentido da Grécia antiga. O teórico da arquitetura Boetticher traduz a opinião geral ao dizer que "no que toca às formas artísticas do novo sistema o princípio formal da maneira helênica" deveria entrar em vigor. O Império é o estilo do terrorismo revolucionário, para o qual o Estado é o seu próprio fim. Assim como Napoleão não reconheceu a natureza funcional do Estado como instrumento de domínio de classe burguesa, também os construtores de sua época não reconheceram a natureza funcional do ferro, com a qual o princípio construtivo começou seu domínio da arquitetura. Estes construtores copiam a vigota, tomando como modelo a coluna pompeana; suas usinas parecem moradias, do mesmo modo que, mais tarde, as estações ferroviárias terão a aparência de chalés. "A construção assume o papel do subconsciente." No entanto, a noção de engenheiro, oriunda das guerras revolucionárias, começa a se impor; é o começo das lutas entre construtor e decorador, entre a École Polytechnique e a École des Beaux-Arts.

Com o ferro, pela primeira vez na história da arquitetura, intervém um material artificial. Ele está subjacente a uma revolução, cujo ritmo vai se acelerar ao longo do século. Recebe um impulso decisivo quando se torna evidente que a locomotiva, cujos primeiros ensaios foram feitos nos anos anteriores a 1830, só pode circular sobre trilhos de ferro. O trilho é o primeiro elemento em ferro passível de ser montado, o precursor da vigota. O ferro não é aceito para as moradias, mas é aplicado nas passagens, nas galerias de exposições, nas estações ferroviárias — nos edifícios que servem a finalidades transitórias. Ao mesmo tempo, o campo de aplicação do vidro na arquitetura é ampliado. Entretanto, as condições sociais necessárias para que seja mais amplamente empregado só se realizarão um século depois. Em "A arquitetura do vidro" (*Glasarchitektur*) de Scheerbart (1914), ele ainda pertence à utopia.

Chaque époque rêve la suivante[3]
MICHELET, *Avenir! Avenir!*

Na consciência coletiva, à forma de um novo meio de produção, no começo ainda dominado pelo antigo (Marx), correspondem imagens em que se interpenetram o novo e o antigo. Estas imagens são imagens de desejo e, nelas, o coletivo procura ao mesmo tempo suprimir e transformar o inacabamento do produto social, assim como a ausência de uma ordem social na produção. Por outro lado, intervém nestas imagens de desejo a aspiração insistente de distanciar-se quanto ao que envelheceu — isto é, aqui o passado mais recente. Estas tendências remetem a imaginação visual, sob o impulso do novo, ao passado mais remoto. Na fantasia em que cada época imagina a época seguinte esta aparece misturada a elementos vividos da história primitiva, isto é, de uma sociedade sem classes. Depositadas no inconsciente coletivo, as experiências desta sociedade, em ligação recíproca com o novo, dão lugar à utopia, de que ficam indícios em mil figuras da vida, dos edifícios duráveis às modas passageiras.

Estas relações são discerníveis na utopia de Fourier, cujo primeiro impulso vem da aparição das máquinas. Mas este aspecto não está diretamente expresso nos seus textos; estes têm como ponto de partida o caráter imoral da atividade comercial e da falsa moral que é posta a serviço desta atividade.

O falanstério deve trazer o homem de volta a relações em que a moralidade é supérflua. Sua organização, extremamente complexa, aparece como uma maquinaria. As engrenagens de paixões, a cooperação complicada das paixões mecanicistas com a paixão cabalista são construções obtidas por analogia com a estrutura da máquina, por intermédio de materiais psicológicos. Esta maquinaria humana produz o país de leite e mel, o primeiro símbolo do desejo a que a utopia de Fourier dá uma nova vida.

Fourier viu nas passagens o cânone arquitetônico do falanstério. É característica a transformação reacionária a que as submeteu; embora servissem a fins originariamente sociais, tornam-se com ele lugares de morar. Com o falanstério, a passagem torna-se cidade. No mundo rigoroso das formas que caracteriza o Império, Fourier introduz o idílio colorido do Biedermeier. Atenuado, ele terá vigência até o tempo de Zola. No seu *Travail*, Zola retoma as idéias de Fourier do mesmo modo que, no *Thérèse Raquin*, se despede das passagens. Em oposição a Carl Grün, Marx colocou-se como defensor de Fourier e chamou a atenção para sua "visão gigantesca do homem". Interessou-se também pelo humor de Fourier. De fato, Jean Paul em seu *Levana* tem a mesma afinidade com o pedagogo Fourier que Scheerbart, em sua "Arquitetura do vidro", com o utopista Fourier.

II. DAGUERRE OU OS PANORAMAS

> *Soleil, prends gard à toi!*[4]
> A. J. WIERTZ, *Oeuvres littéraires*, Paris 1870, p. 324

Do mesmo modo que a arquitetura, com a construção em ferro, começou a escapar da arte, também a pintura, de sua parte, passou a viver, com os panoramas, a mesma situação. O auge na preparação dos panoramas coincide com o aparecimento das passagens. Por meio de artifícios técnicos, tentou-se incansavelmente tornar os panoramas imitações perfeitas da natureza. Tentava-se representar a mudança das paisagens conforme as horas do dia, o nascer da lua, o murmúrio das cascatas. David aconselha seus alunos a desenharem os panoramas conforme a natureza. Ao utilizarem deste modo a ilusão para representar estas mudanças naturais, além da fotografia, os panoramas anunciam o filme e o filme sonoro.

Com os panoramas desenvolveu-se toda uma literatura panorâmica, a que pertencem *Le livre des cent-et-un, Les Français peints par eux-mêmes, Le Diable à Paris, La grande ville.* Nestes livros é preparado o trabalho literário coletivo para o qual, depois de 1830, Girardin ia garantir um lugar no folhetim. Eles se compõem de uma série de esboços, cujo revestimento anedótico corresponde às figuras plásticas situadas no primeiro plano dos panoramas, sendo seu fundo informativo equivalente aos panos de fundo pintados. Mesmo do ponto de vista social esta literatura é panorâmica. É a última vez que o trabalhador nela aparece, fora de sua classe, como cenário de um idílio.

Os panoramas anunciam uma evolução da arte rumo à técnica, mas traduzem, ao mesmo tempo, um novo modo de sentir a vida. O citadino, cuja superioridade política sobre o camponês se exprime de várias maneiras ao longo do século, tenta incorporar o campo à vida. Nos panoramas, a cidade é ampliada em paisagem, do modo como ela vai se tornar, mais tarde e de forma mais sutil, para o *flâneur*. Daguerre é aluno de Prévost, pintor de panoramas cujo estabelecimento está instalado na passagem dos Panoramas. Descrição dos panoramas de Prévost e de Daguerre.[5] Em 1839, um incêndio destrói o panorama de Daguerre. No mesmo ano, ele divulga a invenção do daguerreótipo.

Arago apresenta a fotografia em um discurso na Câmara. Prenuncia seu lugar na história da técnica. Profetiza suas aplicações científicas. Os artistas, ao contrário, começam a debater seu valor artístico. A fotografia traz como conseqüência a ruína da importante corporação dos miniaturistas. Isso sucede não só por motivos econômicos. No plano artístico, a fotografia, em seus primórdios, levava vantagem sobre a miniatura. Por uma razão de ordem técnica, ou seja, porque o longo tempo de pose exige do modelo muita concentração. E, por uma razão de ordem social: o fato de os fotógrafos pertencerem à vanguarda, de que vinha também a maior parte de sua clientela. O que caracteriza o avanço de Nadar em relação a seus confrades é ter tido a iniciativa de fixar em placas o sistema parisiense de canais. Pela primeira vez é atribuído à objetiva um papel de descoberta. Sua importância aumenta sobretudo porque se percebe melhor o caráter subjetivo da informação pictural e gráfica em relação à nova realidade técnica e social.

A Exposição universal de 1855 dedica pela primeira vez um *stand* especial à fotografia. No mesmo ano, Wiertz publica o grande artigo em que atribui à fotografia a missão de elucidar filosoficamente a pintura. Seus próprios quadros mostram que ele entendia esta elucidação num sentido político. Pode-se considerá-lo como o primeiro que, se não previu, pelo menos exigiu a montagem como aproveitamento propagandístico da fotografia. À medida que se desenvolvem os meios de comunicação, a pintura perde sua importância no nível informativo. Como reação contra a fotografia, ela começa a enfatizar os elementos coloridos da imagem. Passando do impressionismo ao cubismo, vai depois criar para si um novo domínio em que a fotografia é, de início, incapaz de segui-la. Por seu lado, desde a metade do século, a fotografia amplia consideravelmente o círculo do comércio de bens, lançando no mercado uma quantidade imensa de figuras, de paisagens, de acontecimentos, que são ou desprovidos de qualquer valor informativo ou sem outro papel além do de ilustrar a informação. Para aumentar a vendagem, ela renova seus objetos com as mutações sucessivas da técnica da tomada de cena, que determinam a história da fotografia.

III. GRANDVILLE OU AS EXPOSIÇÕES UNIVERSAIS

Oui, quand le monde entier, de Paris jusqu'en Chine,
O divin Saint-Simon, sera dans ta doctrine,
L'âge d'or doit renaître avec tout son éclat,
Les fleuves rouleront du thé, du chocolat;
Les moutons tout rôtis bondiront dans la plaine,
Et les brochets au bleu nageront dans la Seine;
Les épinards viendront au monde fricassés,
Avec des croûtons frits tout autour concassés;
Les arbres produiront des pommes en compotes
Et l'on moissonnera des carricks et des bottes;
Il neigera du vin, il pleuvra des poulets,
Et du ciel les canards tomberont aux navets.[6]

LAUGLÉ et VANDERBURCH,
*Louis-Branze et le Saint-Simonien (*Théâtre du Palais-Royal, 27 février 1832*)*

Para a mercadoria fetiche, as Exposições universais são lugares de peregrinação. Taine escreve em 1855: "A Europa deslocou-se para ver mercadorias". Antes das Exposições universais, houve exposições industriais nacionais.

A primeira realizou-se em 1798, no Campo de Marte. Seus promotores queriam "divertir as classes trabalhadoras" e torná-la uma "festa de emancipação" para elas. Tinha-se em vista principalmente a clientela "operária". O espaço para uma indústria do divertimento ainda não estava constituído; seu lugar era ocupado pela festa popular. Chaptal inaugurou esta exposição com um discurso sobre a indústria. — Os adeptos de Saint-Simon, que projetam industrializar a Terra, acolhem a idéia de Exposições universais. Chevalier, a primeira autoridade neste domínio, é discípulo de Enfantin e é ele que edita o jornal saint-simoniano *Le Globe*. Os adeptos de Saint-Simon previram o desenvolvimento da indústria mundial, mas não a luta de classes. Contribuíram para os empreendimentos industriais e comerciais da metade do século, mas se embalharam nas questões que concernem ao proletariado.

As Exposições universais transfiguram o valor de troca das mercadorias. Criam uma situação em que o valor de uso passa para o segundo plano. Inauguram uma fantasmagoria a que o homem se abandona para se distrair. No que a indústria do divertimento vem em seu auxílio, à medida que eleva o povo ao nível de mercadoria. Ela o entrega a suas manipulações ao lhe permitir gozar sua alienação de si mesmo e dos outros.

A entronização da mercadoria e a aura divertida que a envolve, eis o tema secreto da arte de Grandville, a que corresponde a discrepância entre o que ela tem de utópico e o que tem de cínico. A argúcia com que ele representa objetos mortos corresponde ao que Marx chama os "caprichos teológicos" da mercadoria. Eles se manifestam claramente na "especialidade" — uma característica da mercadoria que, nesta época, aparece na indústria de luxo; sob o lápis de Grandville, toda a natureza se transforma em especialidades. Ele as apresenta com o mesmo espírito com que o reclame (*Reklame*) — outra palavra que então está nascendo — começa a apresentar seus artigos. Ele termina no delírio.

> *Moda: Madama Morte! Madama Morte!*[7]
> LEOPARDI, *Dialogo della moda e della morte.*

As Exposições universais constroem o universo das mercadorias. A imaginação de Grandville transfere para o universo o caráter de mercadoria e o moderniza. O anel de Saturno torna-se um terraço metálico em que, à noite, os habitantes de Saturno tomam ar. Os livros do naturalista fourieriano Toussenael correspondem no plano literário a esta utopia gráfica.

A moda prescreve o ritual segundo o qual a mercadoria fetiche exige ser venerada; Grandville estende a pretensão deste ídolo tanto aos objetos de uso quotidiano quanto ao próprio cosmo. Ao levar ambos ao extremo, ele descobre sua natureza. Ela está em conflito com o orgânico. Vincula o corpo vivo ao mundo inorgânico. No ser vivo percebe os direitos do cadáver. Seu nervo vital é o fetichismo subjacente ao *sex appeal* do inorgânico. O culto à mercadoria o põe a seu serviço.

Para a Exposição universal de 1867, Victor Hugo dirige um manifesto "aos povos da Europa". Antigamente, e de modo menos equívoco, os interesses destes povos tinham sido representados pela delegação dos trabalhadores franceses; a primeira, na Exposição de Londres em 1851, a segunda, composta de 750 delegados na de 1852, e que contribuiu indiretamente para que Marx fundasse a Associação Internacional de Trabalhadores (*Internationalen Arbeiter Association*). É durante a Exposição universal de 1867 que a fantasmagoria da civilização capitalista atinge o seu desenvolvimento máximo. O Império está no auge de seu poder. Paris se afirma como a capital do luxo e da moda. Offenbach impõe seu ritmo à vida parisiense. A opereta é a irônica utopia de um domínio duradouro do capital.*

IV. LUÍS FELIPE OU O INTERIOR

> *La tête...*
> *Sur la table de nuit, comme un renoncule, repose.*[8]
> BAUDELAIRE, "*Un martyre*".

Sob Luís Felipe, o homem privado sobe ao palco da história. A extensão do aparelho democrático através de um novo direito de voto coincide com a corrupção parlamentar organizada por Guizot. Protegida por ela, a classe dominante faz a história fazendo seus negócios. Favorece a construção das estradas de ferro para aumentar seu capital de ações. Saúda o reino de Luís Felipe como sendo o do homem de negócios privado. Com a Revolução de Julho, a burguesia realizou os objetivos de 1789 (Marx).

*Entre "capital do luxo e da moda" e "domínio duradouro do capital", Benjamin faz um jogo de palavras mais eficaz em alemão. Ao passo que *Hauptstadt* seria o termo visual para 'a capital', ele usa Kapitale, como se fosse feminino de *das Kapital*. (*N. do Org.*).

Pela primeira vez o espaço vital do homem privado opõe-se aos locais de seu trabalho. O primeiro se constitui no interior e o balcão é seu complemento. No seu balcão, o homem privado leva em consideração o real; a seu interior, ele pede que o mantenha em suas ilusões. Esta necessidade é tanto mais premente na medida em que não lhe ocorre absolutamente a idéia de ampliar sua reflexão de homem de negócios no nível social. Nascem assim as fantasmagorias do interior. Para o homem privado este interior representa o universo. Aí ele reúne o longínquo e o passado. Seu salão é um camarote no teatro do mundo.

Digressão sobre o *modern style* (*Jugendstil*). Com ele realiza-se, em torno do fim do século, o choque que transtorna o interior. Em todo caso, devido a sua ideologia, o *modern style* parece ter como conseqüência a consumação do interior. A transfiguração da alma solitária surge como seu objetivo. O individualismo é sua teoria. Em Van de Velde, a casa é apresentada como expressão da personalidade. A ornamentação é para a casa o que a assinatura é para o quadro. Mas a verdadeira significação do *modern style* não se exprime nesta ideologia. Ele representa a derradeira tentativa da arte, assediada pela técnica, de escapar de sua torre de marfim. Ele mobiliza todas as reservas da interioridade. Estas encontram sua expressão na linguagem mediúnica das linhas, na flor como símbolo da natureza vegetal em sua nudez, em oposição a um mundo ambiente munido das armas da técnica. Ele se interessa pelos novos elementos da arquitetura do ferro, pelas formas das vigotas. Tenta, por meio da ornamentação, recuperar estas formas em benefício da arte. O cimento armado lhe fornece novas perspectivas arquiteturais de formação plástica. Nesta época, o escritório torna-se o verdadeiro centro de gravidade do domínio vital. O homem desrealizado cria para si mesmo um refúgio a domicílio. A suma do *modern style* é o "construtor Solness": a tentativa do indivíduo de competir com a técnica em nome de sua interioridade conduz à sua ruína.

> *Je crois... à mon âme: la Chose.*[9]
> LÉON DEUBEL, *Oeuvres*, Paris 1929, p. 193

O interior é o lugar de refúgio da arte. O colecionador é o verdadeiro ocupante do interior. Ele transfigura os objetos para torná-los coisa sua. Seu papel é o de Sísifo: ao possuir as coisas, deve despojá-las de seu caráter de mercadorias. Mas, em lugar de valor de uso, só lhes confere o valor de amador. O colecionador se imagina não só num mundo longínquo ou passado, mas, ao mesmo tempo, num mundo melhor, onde, sem dúvida, assim como no mundo de todos os dias, os homens não estão desprovidos do que utilizam, mas onde as coisas estão dispensadas da sobrecarga de serem úteis.

O interior é não só o universo, mas também o estojo do homem privado. Habitar significa deixar suas marcas. No interior, a ênfase é posta nelas. Colchas e fronhas, cintas e estojos, em que os objetos de uso diário imprimem sua marca, são imaginados em massa. E também, as marcas do habitante ficam impressas em seu interior. Daí nasce o romance policial que está à caça destas marcas. Em Poe, a filosofia do mobiliário tanto quanto as novelas policiais revelam o primeiro fisionomista do interior. Os criminosos dos primeiros romances policiais não são nem *gentlemen* nem apaches, mas homens privados pertencentes à burguesia.

V. BAUDELAIRE OU AS RUAS DE PARIS

Tout pour moi devient allégorie[10]
BAUDELAIRE, "*Le Cygne*".

O engenho de Baudelaire, que se nutre de melancolia, é um engenho alegórico. Com Baudelaire, pela primeira vez, Paris torna-se objeto de poesia lírica. Esta poesia não é uma arte local, mas, ante o olhar do alegorista que toca a cidade, o olhar do estranho. É o olhar do *flâneur* cuja forma de vida ainda envolve com um brilho reconciliador a do citadino da grande cidade, logo destinada a não mais conseguir consolação alguma. O *flâneur* permanece ainda no limiar da grande cidade, como também no limiar da classe burguesa. Nenhuma das duas o subjugou ainda. Não está à vontade nem numa nem noutra. Procura um asilo na multidão. Em Engels e em Poe encontram-se as primeiras contribuições para uma fisionomia da multidão. A multidão é o véu através do qual a cidade habitada faz um sinal para o *flâneur* com o olhar, como uma fantasmagoria. Na multidão, a cidade é ora paisagem, ora loja. Depois, ambas vêm a constituir o armazém com o qual a própria *flânerie* torna-se utilizável para a troca das mercadorias. O armazém é o último lugar onde vai o *flâneur*. Na pessoa do *flâneur* a inteligência vai às compras. Segundo sua intenção, apenas para ver as mercadorias; na verdade, já para aí encontrar um comprador. Neste estágio intermediário, em que ainda tem mecenas mas já começa a se habituar às compras, ela aparece como boêmia. Ao caráter indeciso desta situação corresponde o caráter indeciso de sua função política. Que aparece da maneira mais evidente nos conspiradores profissionais, que muitas vezes pertencem à boêmia. Seu campo de ação é inicialmente o exército, depois a pequena burguesia, ocasionalmente o proletariado. Entretanto, esta camada social encontra seus adversários entre os verdadeiros chefes do proletariado. O *Manifesto Comunista* põe fim à sua existência política. A poesia baudelairiana retira sua força do *pathos* de revolta própria desta camada social. Esta se alinha do lado dos associais e sua única comunidade sexual se realizava com uma prostituta.

Faciliis descensus Averni[11]
VIRGÍLIO, *"Eneida"*.

O que é único no gênero na poesia de Baudelaire deve-se ao fato de que, nele, a imagem da mulher e a morte unem-se intimamente numa terceira imagem, a de Paris. A Paris de seus poemas é uma cidade que submergiu, mais submarina que subterrânea. Neles estão bem evidentes os elementos atônicos da cidade — sua formação topográfica, o velho leito abandonado do Sena. Entretanto, o decisivo em Baudelaire é, no "mortal idílico" da cidade, um substrato social, um substrato moderno. O moderno é um tom capital de sua poesia. Apresentando-a como *spleen*, dá um golpe de morte no ideal. Mas justamente a história moderna cita sempre a história das origens. Aqui, graças à ambigüidade que caracteriza as relações e os acontecimentos sociais desta época. A ambigüidade é a imagem visível da dialética, a lei da dialética em repouso. Este repouso é utopia, e a imagem dialética, conseqüentemente, uma imagem de sonho. Uma imagem como esta coloca a mercadoria na sua pura e simples realidade, como fetiche. É a imagem produzida pelas passagens, tanto casas quanto praças. É a imagem produzida também pela prostituta, ao mesmo tempo cliente e mercadoria.

Je voyage pour connaître ma géographie.[12]
(Marcel Réja: L'art chez les fous, Paris, 1907, p. 131

O último poema das *Flores do mal*: "Le Voyage". "O mort, vieux capitaine, il est temps, levons l'ancre".[13] A última viagem do *flâneur*: a morte. Seu objetivo: o novo. "Au fond de l'inconnu pour trouver du nouveau".[14] O novo é uma qualidade independente do valor de uso da mercadoria. É a origem da falsa aparência que pertence de modo inalienável às imagens produzidas pelo inconsciente coletivo. A quintessência da falsa consciência, de que a moda se faz o agente incansável. Como um espelho dentro de outro, esta falsa aparência do novo se reflete na do sempre igual. O produto desta reflexão é a fantasmagoria desta "história da civilização" em que a burguesia degusta as delícias de sua falsa consciência. A arte, que começa a duvidar de seu papel e deixa de ser "inseparável da utilidade" (Baudelaire), não pode deixar de fazer do novo seu maior valor. Para ela, o *arbiter novarum rerum*[15] torna-se o esnobe. O esnobe é para a arte o que o *dandy* é para a moda.

— No século XVIII a alegoria tinha-se tornado o cânone das imagens dialéticas; no século XIX, a novidade exerce o mesmo papel. Ao lado das lojas de novidades surgem os jornais. A imprensa organiza o mercado dos valores espirituais que, já de início, provoca sua alta. Os não-conformistas protestam contra a entrega da arte ao mercado. Juntam-se sob a bandeira da "arte pela arte". Desta palavra de ordem nasce a concepção da obra de arte total, que tenta proteger a arte da invasão da técnica. Os ritos de iniciação com que este culto é celebrado correspondem à distração que transfigura a mercadoria. Aqui e ali, abstrai-se a existência social do homem. Baudelaire sucumbe à sedução de Wagner.

VI. HAUSSMANN OU AS BARRICADAS

J'ai le culte du Beau, du Bien, des grandes choses,
De la belle nature inspirant le grand art,
Qu'il enchante l'oreille ou charme le regard;
J'ai l'amour du printemps en fleurs: femmes et roses.[16]
BARON HAUSSMANN, *Confession d'un lion devenu vieux.*

Das Blüthenreich der Dekorationen,
Der Reiz der Landschaft, der Architektur
Und aller Szenerie-Effekt beruhen
Auf dem Gesetz der Perspektive Nur.
FRANZ BÖHLE, *Theater-Katechismus*, Munique, pág. 74[17]

O ideal do urbanismo haussmanniano: vistas perspectivas através de grandes aberturas. Este ideal corresponde à tendência que aparece durante todo o século XIX; enobrecer necessidades técnicas por meio de finalidades artísticas. Transpostas para o traçado das avenidas é que as instituições deviam encontrar sua apoteose, nelas se afirmando, secular e espiritual, o reino da burguesia. Antes de inauguradas, eram cobertas com um pano de tabernáculo e descobertas como monumentos comemorativos.

— A atividade de Haussmann se adapta ao idealismo napoleônico. Que favorece o capital financeiro. Paris vive as mais belas horas da especulação. O jogo da Bolsa herda da sociedade feudal as formas do jogo de azar. Às fantasmagorias do espaço, a que se abandona o *flâneur*, correspondem as fantasmagorias do tempo, a que se agarra o jogador. O jogador faz do tempo um álcool. Lafargue vê nisto uma imitação, em forma reduzida, dos mistérios da conjuntura. As expropriações de Haussmann dão vida a uma especulação enganosa. Inspiradas pela oposição burguesa e orleanista, as prisões da Corte de cassação aumentam o risco financeiro da haussmannização." Haussmann tenta sustentar sua ditadura e submete Paris a um regime de exceção. Em um discurso diante do corpo legislativo, em 1864, exprime seu ódio contra a população desenraizada da grande cidade. Esta população que seus próprios empreendimentos não deixam de fazer crescer. O encarecimento dos aluguéis expulsa o proletariado para os subúrbios. Os bairros de Paris perdem assim sua fisionomia própria. Nasce o cinturão vermelho. Haussmann qualificou a si mesmo de "*artiste démolisseur*". Sentia-se destinado por vocação à sua obra e insiste nisto em suas *Mémoires*. Entretanto, ele torna Paris uma cidade estrangeira para seus próprios habitantes. Nela, não se sentem mais em seu lar, começam a tomar consciência do caráter inumano da grande cidade. Desta consciência, nasce a obra monumental de Maxime du Camp, Paris. As *Jérémiades d'un haussmannisé* dão-lhe a forma de uma lamentação bíblica.

O verdadeiro objetivo dos trabalhos de Haussmann era a proteção da cidade contra a guerra civil. Queria tornar definitivamente impossível o levantamento de barricadas em Paris. Era com a mesma intenção que Luís Felipe já havia introduzido o calçamento de madeira. No entanto, as barricadas tinham desempenhado uma função na Revolução de Fevereiro. Engels tinha se interessado pela técnica das barricadas. Haussmann pretende impedi-las de duas maneiras. O tamanho das avenidas deve impedir sua construção e novas aberturas devem diminuir a distância entre as casernas e os bairros operários. Os contemporâneos batizam o empreendimento de "L'embellissement stratégique".

Fais voir, en déjouant la ruse,
O République, à ces pervers
Ta grande face de Méduse
Au milieu de rouges éclairs.[18]
"Chanson d'ouvriers vers 1850."

Com a Comuna a barricada reaparece, mais forte e mais segura que nunca. Ela atravessa as Grandes Avenidas, atinge muitas vezes a altura do primeiro andar e cobre verdadeiras trincheiras. A Comuna põe fim à fantasmagoria que pesa sobre a liberdade do proletariado, do mesmo modo que o *Manifesto Comunista* termina o período dos conspiradores profissionais. Destrói a ilusão de que a revolução proletária, de mãos dadas com a burguesia, deveria concluir a obra de 1789. Esta falsa aparência domina o período de 1831 a 1871, da insurreição lionesa à Comuna. A burguesia nunca compartilhou deste erro. Sua luta contra os direitos sociais do proletariado começa desde a Revolução, coincide com o movimento filantrópico que a dissimula e conhece com Napoleão III seu desenvolvimento mais significativo. A este movimento pertence a obra monumental *Les Ouvriers européens* de Le Play, onde é indicada sua orientação. Ao lado da luta escondida que a filantropia representa, a burguesia nunca interrompeu a luta aberta de classe. Desde 1831, pode-se percebê-la nesta frase do *Journal des débats*: "Todo fabricante vive em sua fábrica como o fazendeiro entre seus escravos." Se a maldição das antigas revoltas operárias foi a de não terem tido nenhuma teoria revolucionária que lhes mostrasse o caminho, ela é, por outro lado, a condição da força imediata e do entusiasmo com que empreendem o estabelecimento de uma nova sociedade. Este entusiasmo, que atinge seu ápice com a Comuna, atrai às vezes para o campo dos trabalhadores os melhores elementos da burguesia, porém é a seus piores elementos que, no final, o entrega. Rimbaud e Courbet tomam o partido da Comuna. O incêndio de Paris coroa dignamente a obra destruidora de Haussmann.

"Mein guter Vater war in Paris gewesen"[19]
KARL OUTRKOW, *Briefe aus Paris* (1842).

Balzac foi o primeiro a falar das ruínas da burguesia. Mas o surrealismo é o primeiro a considerá-las com um olhar livre. O desenvolvimento das forças produtivas tinha arruinado os sonhos e ideais configurantes do século anterior, bem antes que caíssem os monumentos que os representavam. No século XIX, a revolução emancipou as formas do jugo da arte, assim como, no século XVI, as ciências tinham se libertado da filosofia. A arquitetura mostra o caminho tornando-se construção do engenheiro. Em seguida, vem a fotografia como reprodução da natureza. A criação imaginativa prepara-se, com o gráfico publicitário, para tornar-se prática. No folhetim, a literatura se submete à montagem. Todos estes produtos destinam-se a se apresentar no mercado a título de mercadorias. Mas ainda hesitam no seu limiar. Datam desta época passagens e interiores, saguões de exposição e panoramas. São as réplicas de um mundo sonhado. A utilização dos elementos oníricos, quando despertamos, é o subterfúgio do pensamento dialético. É por isso que o pensamento dialético é o órgão do despertar histórico. Cada época não se limita a sonhar com a próxima, sonhando ela se esforça em despertar. Ela traz em si seu próprio fim e — como Hegel já havia percebido — desenvolve este fim por meio da astúcia. Com a crise da economia mercantil, começamos a reconhecer os monumentos da burguesia como ruínas, antes mesmo que eles caiam.

Tradução
MARIA CECILIA LONDRES

Revisão (para a 3.ª edição)
LUIZ COSTA LIMA

Notas do tradutor

1. As águas são azuis e as plantas rosadas
   É doce contemplar a tarde;
   Passeia-se. As grandes damas passeiam, atrás delas vão e vêm as pequenas damas.
2. Destes palácios as colunas mágicas
   Ao amador mostram de todos os lados
   Em todos os objetos que seus pórticos expõem
   Que a indústria é rival das artes.
3. Cada época sonha com a seguinte.
4. Sol, cuide-se!
5. Este texto de 1935 permanece, como se vê, um esboço; na intenção do autor ele deveria ser bastante desenvolvido.
6. Sim, quando o mundo inteiro, de Paris à China,
   Ó divino Saint-Simon, estiver sob tua doutrina,
   A idade de ouro deve renascer em todo o seu esplendor.
   Nos rios correrão chá, chocolate;
   Os carneiros bem assados rolarão na planície,
   E os espetos cozidos nadarão no Sena;
   O espinafre virá ao mundo refogado,
   Com pedacinhos de pão fritos e moídos em volta;
   As árvores produzirão maçãs em compotas
   E serão colhidos carriques e botas
   Vai nevar vinho, vão chover frangos,
   E do céu cairão patos com nabos.
7. Moda: Senhora Morte! Senhora Morte!
8. Uma cabeça, sobre a mesa de cabeceira, repousa como um rainúnculo.
9. Creio... em minh'alma: a Coisa.
10. Tudo para mim se torna alegoria.
11. A fácil descida do Averno.
12. A viagem para conhecer minha geografia.
13. Ó morte, velha capitã, está na hora, levantemos a âncora.
14. Ao fundo do desconhecido para encontrar o novo.

15. O arbítrio do novo.
16. Eu cultuo o Belo, o Bem, as grandes coisas,
A bela natureza que inspira a grande arte,
Que encanta o ouvido ou agrada o olhar,
Eu amo a primavera em flor: mulheres e rosas.
17. O império florido das decorações,
O encanto da paisagem, da arquitetura
E todo efeito cênico repousam
Apenas na lei da perspectiva.
18. Mostre, frustrando a astúcia,
Ó república, a estes perversos
Tua grande face de Medusa
No meio de raios vermelhos.
19. Meu bom pai tinha estado em Paris.

CAPÍTULO 23

"La cour et la ville"

ERICH AUERBACH

Originalmente publicado em 1930, depois capítulo de *Vier Untersuchungen zur Geschichte der französischen Bildung*, Berna, 1951. Esta tradução é feita em cotejo com a versão de R. Mannheim, *in Scenes from the drama of european literature*, Meridian Books, Nova York, 1959

Ao lado de termos gerais como *lecteur*, *spectateur*, *auditeur*, *assemblée*, nas fontes do século XVII encontram-se duas novas designações para a camada a que as obras literárias e, acima de tudo, dramáticas se dirigem. Estes novos termos são *le public* e *la cour et la ville*.

Originalmente, *le public*, quando usado como substantivo, significava o corpo político, o Estado. Corneille usa a expressão neste sentido em *Horace* (linha 443: *"mais vouloir au public immoler ce qu'on aime"* — "mas querer imolar ao público a que se ama") e em *Oedipe* (linha 730: *"vivez pour le public comme je meurs pour lui"* — "vivei para o público como morro por ele"); é empregada no mesmo sentido por Retz, La Fontaine (*"O vous dont le public emporte tous les soins, magistrats, princes et ministres..."* — "Oh vós, magistrados, príncipes e ministros que ao público dedicais todos os vossos cuidados...", *Fables* XII, 28) e por La Bruyère, em que, muitas vezes, é difícil distinguir entre o velho e o novo sentido da palavra.[1] O dicionário de Littré poderia nos levar a supor que o novo significado — "uma platéia" — só se desenvolveu na segunda metade do século XVII; seus mais antigos exemplos ocorrem em 1668, em passagens das cartas de Madame de Sévigné; mas tal inferência seria falsa. Exemplos isolados podem ser encontrados na literatura do século anterior:[2] Racan empresta a palavra a Malherbe e ela ocorre em Théophile;[3] no sentido de uma platéia de teatro aparece em 1629, na *Requête des comédiens de la troupe royale*:[4] "*... depuis qu'il auroit plu au feu Roy, que Dieu absolve, et à vous, Sire, les retenir pour leur répresenter, et au Public, la Comédie...*" ("... desde que teria agradado ao finado Rei, que Deus o absolva, e que vos agrade, Senhor, a comprometê-los a representar para eles, e para o Público, a Comédia..."); este é o exemplo mais antigo que conheço. Aqui ainda podia haver um certo sentido de "em público"; mas na *Épître* a *La suivante* (1634) de Corneille, o significado é bem claro: *"Je traite toujours mon sujet le moins mal qu'il m'est possible, et après avoir corrigé ce qu'on m'y fait connoitre d'inexcusable, je l'abandonne au public"* ("Sempre trato meu tema o menos mal possível e depois de haver corrigido o que me parece imperdoável, o abandono ao público"). Outra vez, aqui encontramos o sentido de "tornar público", porém de maneira mais nítida que no primeiro exemplo; a referência é a uma platéia definida de teatro, que está pronta para receber a peça.[5] Assim, o sentido de "platéia" se desenvolveu aos poucos, primeiro paralelamente ao significado original derivado de *res publica*, depois gradualmente o substituindo. Mas, em si mesmo, este uso da palavra não define um grupo sociológico; sua mera ocorrência não implica uma platéia educada e abastada, como hoje sugere a palavra *Publikum* em alemão. Na melhor das hipóteses, podia indicar que se sentia a palavra *peuple* inadequada. Mas *peuple* continuou a se usar para as pessoas sem nobreza da platéia. Em si mesma, a palavra *public* ainda não tinha muita significação sociológica; seu uso no século XVII exige análise e interpretação.[6]

La cour et la ville a este respeito vale muito mais. Na medida do que sei, a expressão aparece no século XVII; os exemplos mais remotos que fui capaz de encontrar datam aproximadamente de 1650:[7] Boisrobert (in *Parfaict*, VII, 313) fala em 1651 de *toute la ville et toute la cour*, Scarron, em 1654, de *la cour et la ville* (*Parfaict*, VIII, 104); mas, no mesmo período, ainda encontramos combinações como *le peuple et la cour, le courtisan et le bourgeois, Paris et la cour.* Gradualmente palavras como *peuple* e *bourgeois* se tornaram menos freqüentes neste contexto, dando lugar para *la cour et la ville*; em Boileau e La Bruyère, por exemplo, este se tornou o termo padrão para a sociedade e para o público literário.

O significado de *la cour* nesta combinação é relativamente fácil de ser determinado; é a corte, o grupo, que cercava o rei. Não seria, porém, de todo correto identificar *la cour* com a aristocracia inteira, embora, algumas vezes, seja compreendida neste sentido; também havia pessoas influentes na corte cuja origem e cujas atitudes eram as da grande burguesia; e, além do mais, como veremos, a atitude estética da corte era, em certas ocasiões, muito diversa da de grande parte da aristocracia. Foi apenas aos poucos que a corte se tornou o repositório do gosto literário. Vaugelas, que é o primeiro a invocar sua autoridade em matéria literária, ainda é muito cauteloso. Fala de "a parte mais judiciosa da corte" e acrescenta uma definição: "Quando falo da corte, tenho em mente tanto mulheres quanto homens e um certo número de pessoas da cidade em que reside o príncipe, que, em virtude de sua comunicação com as pessoas da corte, partilham de seu refinamento."[8] Aqui já vemos *cour* e *ville* fundindo-se em uma unidade, na qual nem a *cour* nem a *ville* é totalmente incluída, mas apenas uma elite de cada parte. Depois, sob

Luís XIV, toda a corte tornou-se uma unidade cultural. Mas o que se dirá da *ville*? É toda a população de Paris, outra palavra para *le peuple* ou *le bourgeois* ou se refere à elite que Vaugelas tem em mente?

Sem dúvida, é uma parte especial da população da cidade e isso é o que torna interessante observar-se como *la ville* gradualmente substituiu os termos mais velhos, *peuple* e *bourgeois*, porquanto um conhecimento deste processo nos habilitará a interpretar a importância crescente de *le public*. A palavra *ville*, no sentido de uma elite — o desenvolvimento é muito semelhante ao que se dá em latim entre *urbs*, *urbanus*, *urbanistas* —, aparece em fontes mais antigas que a fórmula *la cour et la ville*. Quando Maturin Régnier, em sua nona sátira, ironicamente assume o tom de Malherbe e escreve:

> "*Belleau ne parle pas comme on parle à la ville*" ("Belleau não fala como se fala na cidade"),

de fato, como mostram as referências seguintes a *peuple* e *crocheteurs à Saint-Jean* (ladrões de São João), está-se referindo ao povo comum de Paris; mas aqui vemos como a noção de uma elite urbana e polida era capaz de se desenvolver a partir do espírito de Malherbe, que buscou as raízes de sua obra no solo popular, mas podou e desbastou consideravelmente sua árvore. Quando Corneille, em cuja obra ainda é rara a locução *la cour et la ville*, falou de si mesmo como um jovem:

> "*bon galant au théâtre et fort mauvais en ville*" ("muito galante no teatro e uma triste figura na cidade"),[9]

não há dúvida que por *ville* entendia os salões. E, quando a fórmula se tornou fixa, em Molière, Ménage, Boileau, tornou-se evidente o significado de *ville*: queria dizer a sociedade de Paris. Poder-se-ia muito bem criar uns poucos exemplos em que o significado é particularmente claro, em Boileau:

> "*Entre nous, verras-tu d'un esprit bien tranquille*
> *Chez ta femme aborder et la cour et la ville?*"
> ("Satire" 10, 186)

> ("Entre nós, verias com espírito tranqüilo / a corte e a cidade freqüentarem a casa de tua mulher?")

> *'Étudiez la cour et connaissez la ville;*
> *L'une et l'autre est toujours en modeles fertile.*
> *C'est par lá que Molière, illustrant ses écrits,*
> *Peut-être de son art eut remporté le prix,*
> *Si moins ami du peuple, en ses doctes peintures*
> *Il n'eut point fait souvent grimacer ses figures"*
> (Art poétique, III, 394)
>
> ("Estudai a corte e conhecei a cidade; / ambas são férteis de modelos. / Teria sido por aí que Molière, ilustrando seus escritos, / talvez de sua arte tivesse alcançado a recompensa, / se menos amigo do povo, em suas doutas pinturas, / não houvesse muitas vezes exagerado suas figuras").

No caso, ademais, *ville* é contrastada com *peuple*; para Boileau a gente comum só podia ser grotesca.

Quando em *Le misanthrope* (I, I), de Molière, Alceste, o jovem aristocrata, diz:

> *"la cour et la ville*
> *Ne m'offrent rien qu'objets à m'échauffer la bille"*
>
> ("a corte e a cidade / só me oferecem objetos que me estimulam a bílis")

as palavras simplesmente definem seu meio social.

E, por fim, Ménage no capítulo 19 de suas *Observations*: *"C'est ainsi que parlent les dames de la cour et de la ville qui parlent le mieux"* ("É assim que falam as damas da corte e da cidade que melhor falam").[10]

Antes de entrarmos mais profundamente no material e na estrutura moral de *cour* e *ville*, examinemos as relações entre as duas. Evidentemente, formaram ou vieram a formar uma unidade cultural. Cada parte desta unidade manteve sua independência ou a corte exerceu uma liderança intelectual acompanhando sua posição social? Taine assume o segundo ponto de vista quando, em seu ensaio sobre Racine como um reflexo da maneira de sua época,[11] descreve a sociedade do século XVII como monárquica e aristocrática. Tal inferência poderia parecer justificada por La Bruyère, mas La

Bruyère escreveu na década de 1680, quando o teatro já passara por sua idade de ouro e, além do mais, ele não é um escritor fácil de ser compreendido; pois não tinha nenhuma finalidade sistemática e estava longe de organizar seu material como gostaríamos que o tivesse feito. De seu capítulo "De la ville", pode-se inferir o que já sabemos, que o termo se referia a um círculo puramente social, cujos principais motivos de ação eram a vaidade e um desejo geral de impressionar; ademais, que esta sociedade consistia em funcionários intitulados (*robe*) e na burguesia enriquecida. Deve ser aqui notado que os dois grupos eram intimamente relacionados, pois as posições oficiais eram adquiríveis e hereditárias, tendo a burguesia as utilizado para melhorar sua posição social; detalharemos este aspecto depois. La Bruyère nada diz a respeito. Fala da estupidez desta classe, refletida em sua imitação das maneiras aristocráticas e nas fabulosas somas de dinheiro que esbanjavam com sua vaidade. Em uns poucos retratos, descreve sua falta de coração e sua distância quanto ao povo e quanto à natureza. Por contraste, encontra mesmo algumas palavras bondosas para com a corte; e, desde que, em geral, vê as loucuras da "cidade" como uma caricatura da corte (*"Paris, pour ordinaire le singe de la cour"*), ao lê-lo, podia-se ser tentado a aceitar a conclusão de Taine de que a corte era o elemento dominante na cultura do século XVII, particularmente em sua segunda metade, e que tudo mais era a simples emanação da corte.

Mas na primeira metade do século, esta, por certo, não era a verdade. Neste período, as forças culturais não emanavam da corte — ou do povo comum; mas sim da classe que depois veio a ser conhecida como *la ville*. As cortes de Henrique IV, Luís XIII e Ana da Áustria pouco contribuíram para o movimento clássico que então tomava forma, e mesmo o patrocínio de Richelieu e seu encorajamento da vida cultural eram muito caprichosos e arbitrários para que tivessem uma marca decisiva. Malherbe, Hardy, Balzac, Corneille e os eruditos de Port-Royal foram educados e escreveram suas obras longe da corte; suas relações com ela variaram, mas nenhum deles foi decisivamente influenciado por ela. *Le Cid* triunfou a despeito de Richelieu; a Academia surgiu independentemente e, a princípio, aceitou sua proteção com relutância; Mme. de Rambouillet e seu grupo, os criadores da *Préciosité*, se afastaram da corte como maneira de prudência. Homens como Descartes, Pascal e o círculo dos matemáticos e cientistas do qual provieram, pertenciam à *grande bourgeoisie* (que forneceu a maioria das grandes mentes do século) e não tinham laços estreitos com a corte. A influência da corte não se tornou predominante senão depois de 1660, quando Mazarin estava morto e Luís XIV começara a governar por si mesmo. Foi este o princípio verdadeiro do "século de Luís XIV", e ele não começou sem luta. Foi nos conflitos intelectuais dos primeiros anos de poder de Luís XIV que *le public* e *la cour et la ville* finalmente se corporificaram e, para compreendermos a natureza e a composição do *public*, devemos estudar estes conflitos.

A controvérsia sobre Molière nos oferece a mais nítida idéia sobre os mesmos. Molière, que acabara de alcançar seus primeiros triunfos em Paris, tornou-se o *protégé*, podia-se quase dizer, o amigo do rei, que era, então, um jovem de vinte anos. A polêmica sobre Molière reflete uma luta entre as duas gerações que separam o século em dois segmentos distintos. No primeiro período, o racionalismo, a *Préciosité*, o heroísmo romântico e *a tendresse* viveram lado a lado e em misturas instáveis; era um período atravessado de partidarismo político e religioso. Na segunda parte, todas estas correntes foram dominadas e sintetizadas, de modo a formar uma cultura homogênea. Através da polêmica sobre Molière nos anos de 1660, podemos acompanhar a ofensiva dos novos grupos e a última resistência do velho; em seus anos de luta em Paris, Molière, portanto, nos diz muito do que queremos saber.

Desde o princípio, Molière teve a corte e o "público" de seu lado; a ele se opunham apenas alguns grupos e facções isolados, alguns deles, entretanto, ainda muito poderosos. Muitos de seus detratores eram apenas invejosos — atores de outros teatros e uns poucos dramaturgos; várias pessoas que sentiam ser o alvo de suas sátiras. Mas, de regra, estes motivos pessoais escondiam uma hostilidade mais profunda. Desconsideraremos, aqui, todas as polêmicas pessoais decorrentes de despeito e inveja e procuraremos vislumbrar as posições fundamentais.

Primeiro eram os salões dos *précieux*, os *ruelles*. Satirizados em *Les Précieuses ridicules*, reaparecem na cena de abertura de *Les fâcheux* e são extensamente tratados em *La critique de l'école des femmes*; reaparecem para ser de novo ridicularizados em *L'impromptu de Versailles*, onde é observado que o *marquis ridicule* tornou-se um dos pilares da comédia, tomando o lugar antes ocupado pelo *valet bouffon*. Como vemos, os preciosos eram predominantemente nobres, embora muitos burgueses os macaqueassem por esnobismo. Os "*marquis*", na apresentação de Molière, levam a moda ao excesso e falam um jargão próprio dos preciosos, cheio de figuras tolas e de trocadilhos deploráveis; não sabem de nada mas opinam sobre tudo; monstros de arrogância e vaidade, se viam a si próprios como os senhores do teatro, ameaçando o espetáculo com seus grosseiros clamores. Consideravam-se como os árbitros do êxito ou fracasso de uma peça, se encaravam como juízes natos e se comportavam como se os dramaturgos fossem seus criados. Um deles se gabava de que meia dúzia de *beaux-esprits* esperava seu *lever* (chegada); outro que Corneille (o poeta representativo da geração mais velha) lia para ele tudo que escrevia. No cume de tudo isso, as senhoras do grupo afetavam uma absurda seriedade. No todo, esta crítica é assestada contra a sociedade dos preciosos, que já estava em declínio. Contra ela, Molière advoga a naturalidade, o senso comum e a contenção. Isso é confirmado por sua crítica dos atores do Hôtel de Bourgogne, especialmente Montfleury, cujo *pathos* trágico ("*faire ronfler les vers*" — "fazer estrondar os versos") era muito admirado pelo *marquis*. A sátira de Molière era particularmente engenhosa nesta esfera, e embora não alcançasse um efeito duradouro — o Hôtel de Bourgogne continuou o principal teatro — percebemos aqui um elemento importante de sua influência geral. A passagem de *L'impromptu* em que os reis são ridicularizados no estilo de Montfleury: "O senhor não é sério? Um rei deve ser tão grande e gordo como quatro homens..." por certo despertou uma tempestade de risos no esbelto e formoso rei, que tinha, então, vinte e quatro anos; e esta cena testemunha o sentimento de solidariedade baseado em sua juventude comum, que naquele tempo unia Molière, Racine, La Fontaine e Boileau, sentimento que em certas ocasiões permitiu a Molière estabelecer uma espécie de cumplicidade com o rei.[12]

A situação se mostra mais claramente em *La critique de l'école des femmes*. No debate, o cômico Marquis e Lysidas, o poeta pedante, representam os oponentes preciosos de Molière; Dorante fala pelo próprio autor. Os *marquis* preciosos já se encontram na minoria, mas só manifestam desdém por seus adversários, os admiradores de Molière. Mas quem são estes admiradores desprezados pelo *précieux*? Antes de tudo, o público geral aparece em *La critique de l'école des femmes* como o *parterre*.[13] O *marquis* da *Critique* menospreza o *parterre*, e Dorante, que vem em sua defesa e fala por Molière, podia parecer estar defendendo o bom senso do povo comum contra a preciosidade da aristocracia; mas isso tudo não é tão simples. Pois Dorante, que é um *chevalier*, esclarece que ataca apenas uma certa parte da nobreza; tem em mente apenas "um punhado de cavalheiros que desonram a corte por suas maneiras extravagantes e levam o povo a acreditar que todos nós somos assim". Em breve, teremos a confirmação deste ponto de vista. Pois, em réplica a Lysidas — o pedante invejoso que está ligado ao Marquês e deseja aniquilar Molière, seu exitoso rival, com a ajuda das leis —, Dorante cita a recepção favorável de *L'école des femmes* na corte; e então se mostra claro que Lysidas despreza a corte do mesmo modo que seu aliado, o Marquês, despreza o *parterre* — bem no estilo da antiga geração do "precioso" Hôtel de Rambouillet, que, de maneira perfeitamente justificada, deixara de seguir a liderança da corte rude e deseducada de seus dias. Mas a situação mudara: agora os verdadeiros conhecedores, eruditos e homens de trato se encontravam na corte; era aí que se concentravam os homens de melhor gosto e discernimento, e Dorante defendia a corte contra o pedante Lysidas de maneira tão calorosa quanto defendera o *parterre* contra o Marquês; em *Les femmes savantes* (IV, 3), escrito poucos anos depois, Clitandre fala a Trissotin nos mesmos termos. Eis, portanto, a situação como Molière a descreve: *bon sens*, *naturel* e *bon gout* encontram-se tanto no *parterre* quanto na corte. O artista deve procurar agradar a ambos; em matéria de julgamento natural e bem fundado, os dois setores se aliam, embora as opiniões do *parterre* sejam mais diretas e menos sutis que as da corte; os inimigos dos julgamentos válidos são o *marquis* precioso e os pedantes, que menosprezam tanto a corte quanto o *parterre*. Boileau nos oferece uma impressão semelhante, só que substitui a sociedade de Paris, *la ville*, pelo *parterre*. Voltaremos à questão do caráter e da composição do *parterre*, pois ela nos pode levar a rever, em uma medida considerável, a descrição conjectural do público do teatro derivada de nossa análise de *la cour et la ville*. Basta-nos, aqui, dizer que a unidade cultural que apareceu nos anos de 1660 e que permitiu o estabelecimento da grande época clássica resultou da aliança, se não de um íntimo parentesco, entre o rei e os que o cercavam, de um lado, e de certos estratos da população urbana, cuja posição sociológica ainda precisa ser definida, do outro; que esta aliança se voltava contra a preciosidade e o pedantismo; que o grito de guerra comum, quer ou não justificado, era *bon sens* e *naturel*. Fora de dúvida, o rei e a corte eram os representantes evidentes, os líderes sociais desta aliança; mas isso não nos diz quem deu a substância das novas atitudes; não esclarece suas origens sociais. De qualquer modo, seremos capazes de identificá-los com a aristocracia da corte, apenas se tivermos em mente que esta classe sofrera grandes mudanças desde o século passado. Mesmo assim, entretanto, a corte tinha mais a ver com o desenvolvimento do que com a criação de novas idéias. O rei adotou-as porque se ajustavam com a originalidade e exuberância de seu espírito, assim como com sua política antiaristocrática. Em virtude de seu poder extraordinário, sofreram uma mudança;

a princípio, o rei era o patrono e o protetor delas, depois tornou-se seu centro e sua meta. Mas, em princípio, estas idéias permaneceram não de todo populares, mas sim burguesas, sendo basicamente uma reivindicação do bom senso e da naturalidade contra a afetação aristocrática. Mas o exame da situação se torna muito difícil porque ambas as partes em conflito se expressavam por meio de um estilo barroco tardio, que, enquanto todo, nos soa como amaneirado e cortesão. Contudo, o que a fórmula *la cour et la ville* expressa é uma aliança real, um retorno a Malherbe contra Vaugelas e os *précieux*. É, por exemplo, característico que a mesma anedota possa se relacionar tanto com Malherbe, quanto com Molière:[14] de ambos se diz que liam seus escritos aos criados ou às crianças para testar seu efeito. Ao mesmo tempo, a fórmula é uma lembrança, sobre o plano estético, da velha aliança entre o rei e a burguesia que forjara a unidade da França. Desta aliança, como mostraremos em detalhe, o "povo" real estava radicalmente excluído.

Outro grupo de adversários de Molière aparece no *Tartuffe*; é o *cable des dévots* contra facção, contudo, muito mais poderosa e segura do que os preciosos remanescentes. Molière triunfou sobre eles com grande dificuldade; se teve êxito, foi apenas porque o humor do rei e o senso comum "popular" de muito ultrapassaram sua percepção da amarga realidade espiritual da época. Pois a peça, de fato, minava a única forma de cristianismo então possível. Aqueles que, como os adversários de Tartuffe, sucumbiram ante os caminhos naturais, se perderam como cristãos; pois já não era um mundo de cristãos pecadores, mas sim um mundo de não-cristãos. Quando, certa vez, ao curso da longa batalha, Molière apelou para o Senhor de Lamoignon, presidente do Parlamento de Paris, que, como representante do rei ausente, proibira a encenação do *Tartuffe* (o rei o aprovara antes de partir), o presidente lhe respondeu: "Estou convencido de que ela (sua comédia) é muito fina e instrutiva; mas não cabe aos comediantes instruir os homens em matéria de moralidade cristã e de religião; não cabe ao teatro pregar o evangelho."[15] A sentença é notável por sua arrogância devota, sua hipócrita polidez e sua autoconfiança. Mas seria impossível em um mundo cristão. Duzentos anos antes, ninguém teria contestado o direito do teatro em pregar o evangelho e a moralidade cristã. Molière, contudo, ficou confundido e não encontrou resposta. Fabricou uma resposta alguns anos depois no prefácio à edição impressa do *Tartuffe*; mas, então, perdera sua importância; e, além do mais, não se justificava que Molière a desse. Pois ele não pregava o cristianismo em seu teatro e seu auditório dele não esperava nada desse gênero.

Com a ajuda do rei, contudo, Molière venceu os *dévots*. Por mais poderoso que tenha sido este grupo e por mais importantes que fossem os problemas que o envolviam, não é ele propriamente pertinente para o presente estudo, pois, pelo menos enquanto grupo, não fazia parte da platéia teatral. Aqui o mencionamos apenas porque a controvérsia acerca do *Tartuffe* esclarece a atitude do rei e do *público* real. Quando o rei finalmente aprovou as apresentações públicas da peça, contra a oposição dos *dévots*, não estava pondo em prática os princípios de uma política cultural monárquica, mas sim se pondo de acordo com o espírito da platéia teatral de Paris.[16] As considerações políticas fizeram-no hesitar, esperar por um momento favorável; quando este momento se apresentou depois da *paix de l'église* de 1669, o rei realizou sua inclinação natural e agradou os parisienses, Molière e a si mesmo, autorizando a apresentação pública da peça: aos parisienses concedeu o prazer que ele próprio tivera com o *Tartuffe*; a Molière permitiu o êxito e amplas receitas; e a si mesmo deu a satisfação de colocar alguém acima dos *dévots*, que estavam sempre procurando interferir em seus prazeres — inclusive aqueles de natureza mais pessoal. Por certo, a monarquia fez o seu próprio uso do espírito de *bon sens* de que a peça estava imbuída; mas, em sua origem e natureza, este estava longe de ser um espírito autoritário e monárquico; era, sim, o espírito da classe média emancipada. Poucas décadas depois, nos dias de Madame de Maintenon, o rei teria agido de forma muito diferente. Então, ele se tornara um puro monarca autoritário, mesmo em sua política cultural. Mas nos primeiros anos de seu reinado — e estes foram os grandes dias de Molière, La Fontaine, Boileau e Racine —, sentia e agia com o espírito do público de Paris, em oposição aos círculos dos preciosos, dos piedosos e, em larga parte, aristocratas, que procuravam resistir ao novo espírito da corte e da cidade.

Assim, o espírito da grande época clássica não foi simplesmente modelado pela corte e pela aristocracia; nem, de maneira alguma, era o que podíamos chamar popular, como aprendemos por nossa análise de *la cour et la ville*.

Mas falamos um pouco atrás do *parterre*, a cujo julgamento Molière dava tanta importância. Qual a relação do *parterre* com a *ville*? Por outro lado, ainda cabe perguntar: o termo se refere ao povo comum? Quase parece ser assim, pois na passagem acima mencionada de *La critique de l'école des femmes*, Dorante, o porta-voz do *parterre*, declara "que o bom senso não tem lugar marcado na casa; que a diferença entre meio luís de ouro e quinze *sous* não tem efeito algum quanto ao bom gosto; que, de pé ou sentado, pode-se exprimir um juízo pobre; e que, falando genericamente, eu daria considerável importância à aprovação do *parterre*, pois entre os que o compõem há muito poucas pessoas capazes de julgar uma peça pelas regras, enquanto o resto julga do modo certo, que é o de se deixar cativar, de fugir da oposição cega, da aprovação afetada ou da delicadeza exagerada". A passagem sugeriria que o *parterre* era ocupado pelo "povo comum e não educado" e por um punhado de conhecedores sem dinheiro. De forma a esclarecermos sua posição e significado, deveremos olhar mais profundamente as fontes à disposição.

O *parterre* era, de longe, a parte mais barata do teatro; nele as pessoas ficavam de pé; para as apresentações comuns os lugares custavam 15 *sous*,[17] como sabemos não só de *La critique de l'école de femmes*, como também de algumas linhas bem conhecidas da nona sátira de Boileau, que ainda nos diz algo sobre seus freqüentadores:

> *"Un clerc, pour quinze sous, sans craindre la holà,*
> *Peut aller au parterre attaquer Attila."*

> ("Por quinze *sous*, sem temer interferência, um funcionário pode ir ao *parterre* atacar Attila.")

Aqui, os jovens funcionários (*clercs*) das cortes de justiça e dos escritórios administrativos são representados como os membros típicos da platéia do *parterre*. Em seu dicionário, que apareceu no fim do século, escreve Furetière: "*Parterre* também significa o térreo de uma sala de espetáculos, onde fica o povo" e acrescenta: "Seria o melhor lugar onde assistir a uma peça se não fossem os arruaceiros que aí se encontram e as brigas que ocorrem."

Ambos os testemunhos indicam que o *parterre* devia ser um lugar turbulento e isso é confirmado por todas as outras referências do século XVII que fui capaz de descobrir. No fim do século XVI e entrando pelo século XVII, o Hôtel de Bourgogne era um lugar de reputação duvidosa, no qual não iria nenhum cidadão respeitável e, acima de tudo, nenhuma mulher das classes mais favorecidas.[18] Um prólogo publicado em 1610 pelo comediante burlesco Bruscambille nos dá uma idéia do tratamento ao qual a platéia era sujeita e da atmosfera geral dos teatros deste remoto período.[19] Em seu *Prologue sur l'impatience des spectateurs*, escreve: "... tão logo se entra neste lugar de divertimento e, já na própria soleira, se grita a todos pulmões: 'começa, começa...' tá na hora — tivemos a paciência de lhe esperar sem falta, de lhe pagar na porta pelo menos com tanta boa vontade quanto a que você pediu... Mas é muito pior depois de a peça começar: um tosse, o outro cospe; um peida, o outro ri; um coça o traseiro; ora, os próprios pajens e lacaios apareceram: uma vez se esmurrando, outras vezes jogando coisas naqueles que não podem retrucar... Quanto a esta classe de pessoas, remeto-as para os seus senhores que, ao voltarem, sem dúvida aplicarão um cataplasma de loro em suas parte ocultas e domarão o ardor de sua insolência. ... Seria aconselhável passar a administrar uma correção a certos peripatéticos que andam para cima e para baixo durante o espetáculo, o que não deixa de ser tão absurdo quanto cantar na cama ou assoviar na mesa. Cada coisa tem seu lugar, cada ação deve-se ajustar a seu motivo. A cama para dormir, a mesa para beber, o Hôtel de Bourgogne para se ver e ouvir, sentado ou de pé, tão quieto quanto uma esposa recém-casada..."

Claramente, a platéia de Bruscambille incluía uma forte proporção do que chamamos a multidão citadina. Pela influência de Alexandre Hardy e de seus sucessores imediatos, esta situação foi gradualmente remediada. Mas o processo era muito lento e o *parterre* muito difícil de ser educado. Quando um teatro se mudou para as vizinhanças em 1633, os residentes das ruas Michel-le-Comte e Grenier-Saint-Lazare conseguiram mantê-lo fechado — sua petição se referia à obstrução do tráfego nas ruas estreitas "habitadas por várias pessoas de qualidade e funcionários de cortes soberanas" e se queixava dos roubos e atos de violência resultantes da presença de tal estabelecimento.[20] Esta atitude se modificou ao curso do tempo, amplamente graças a Corneille — cujo *Polyeucte* foi particularmente influente a respeito — e devido ao patrocínio de Richelieu, que tomou medidas para reabilitar o teatro e elevar seu tom. Um decreto de 1641 proibiu os comediantes, que já incluíam artistas bem conhecidos como Mondory e Bellerose, de usar objetos e palavras obscenas e, ao mesmo tempo, lhes concedeu direitos civis completos.[21] Esta foi a primeira de uma longa série de medidas, que se estenderam por todo o século, cuja principal finalidade era educar o público. As autoridades foram compelidas a tomar repetidas medidas contra o turbulento *parterre*, contra os pajens e lacaios, contra os turbulentos soldados, contra os não-qualificados. Encontramos numerosas referências a brigas e tumultos nos teatros, a indivíduos e grupos quebrando os portões, a porteiros feridos e chacinados. Parfaict chega mesmo a falar de um autor que se vangloriava de quatro porteiros terem sido mortos na estréia de sua peça — podia-se conceber maior sucesso?[22] É verdade que Chappuzeau, em 1674, escreve como se tudo isso fosse coisa do passado: "Os porteiros... de mesmo número que os introdutores e nas mesmas portas, são comissionados para impedir possíveis desordens e, com este fim, ante a ordem do rei proibindo estritamente a entrada sem pagamento, o indivíduo escolhido era um sujeito robusto que bem conhecia como distinguir as pessoas reputáveis das de diferente aspecto. Paravam aqueles que queriam passar sem pagar... O Hôtel de Bourgogne não mais os usa, exceto no portão principal e, em virtude da declaração do rei, empregam tantos soldados de seu regimento de Guardas quantos são necessários; e a outra tropa,[23] que tem porteiros, pode fazer o mesmo, quando necessário. Deste modo, todas as desordens foram banidas e o burguês pode visitar a Comédia com deleite."[24]

Mas o decreto do rei a que Chappuzeau se refere[25] fora promulgado apenas um pouco antes e sua consideração mostra o quanto a medida foi necessária; além do mais, como podemos ver pela passagem acima citada de Furetière[26] e por fontes posteriores semelhantes, ela não trouxe um efeito duradouro. Em data tão posterior quanto a de 1687, os atores da *Comédie Française* (fundada em 1680), foram escorraçados de seu teatro e tiveram as maiores dificuldades de encontrar um novo. Em cada quarteirão conveniente, se deparavam com protestos por parte da população e, particularmente, por parte do clero.[27]

Contudo, a prestação de contas de Chappuzeau mostra que o *parterre* ainda incluía outra classe da população, que requeria proteção contra a turba indisciplinada, ou seja, a burguesia. A velha platéia de lacaios, soldados, pajens, jovens *clercs* e não-qualificados, sempre inclinada a tumultos, foi gradualmente excluída pela média burguesia. Mas nunca desapareceu por completo e ainda fornece à atmosfera dos teatros franceses uma espécie de tempero; à medida que se comporta dentro de certos limites, ganha com freqüência a simpatia e a aprovação prazenteira do burguês bizarro (*malin*). Mas a partir de então, a burguesia se converteu no elemento predominante no *parterre*, que também era freqüentado pelos críticos e escritores ou, pelo menos, por aqueles que não tinham alcançado muita proeminência. É, sem dúvida, no julgamento desta platéia amplamente burguesa, com sua parcela de literatos, em que Dorante — e com ele Molière — confia. Mas não foi ele o primeiro a esposar este ponto de vista. O *parterre* é louvado de maneira parecida em um livro de Charles Sorel, que apareceu em 1642, no apogeu do êxito de Corneille:[28] por certo, é muitas vezes um lugar aborrecido com seu "enxame de patifes misturado às pessoas respeitáveis" e com a barulhada que fazem; mas mesmo assim, não deixe que isso lhe impeça de freqüentar o *parterre*, pois é a melhor parte do teatro para se ver e ouvir, melhor do que a maioria dos camarotes; e não há necessidade de virar o nariz pois "algumas vezes aí se encontram pessoas de alta reputação e, de fato, a maioria de nossos poetas, que são as pessoas melhor habilitadas para julgar as peças, nunca se encontram noutro lugar". Vinte anos depois, tais julgamentos favoráveis são freqüentes. Um defensor de *Le cocu imaginaire* (*Sganarelle*) de Molière, que fora violentamente atacado, declara que as comédias de Molière eram excelentes, "pois não só a corte as aprovara, como também o povo, que em Paris é perfeitamente capaz de julgar esta variedade de obra" e continua dizendo que o êxito de *Sganarelle* era tanto mais de estimar quanto a peça fora apresentada no verão e durante a celebração das bodas do rei, quando quase todas as "pessoas de qualidade" estavam ausentes de Paris: "e não obstante havia bastantes pessoas de qualidade para encher os camarotes e o teatro do Petit-Bourbon quarenta vezes, e bastantes burgueses para encher o *parterre* outras tantas ocasiões".[29] Aqui, como em muitos documentos desta época, o *parterre* é definitivamente identificado com a burguesia e nenhuma distinção é feita entre *bourgeois* e *peuple*; ambos são contrastados com as *personnes de qualité*. Não encontramos nenhuma evidência de que o gosto do burguês diferisse consistente e fundamentalmente do gosto dos espectadores nobres; inclino-me a pensar que não diferia. No curso dos anos de 1640 várias testemunhas notam que o burguês encontrava dificuldades em se acostumar com a tragédia "clássica" e suas regras, preferindo mudanças de cena, aventuras românticas e conjuntos elaborados. O mesmo, contudo, era verdade quanto a muitos nobres. Um pouco depois, a moda deu lugar a expedientes mecânicos, *pièces à machines*. Em sua *Muse historique* de 1661, Loret fala das "mudanças de cena, amadas pelo burguês"; mas os gostos da corte não eram diferentes. E a respeito da burguesia escreveu La Fontaine:

"Des machines d'abord le surprenant spetacle
Eblouit le bourgeois et fit crier miracle;
Mais la seconde fois il ne s'y pressa plus,
Il aima mieux le Cid, Horace, Héraclius"[30]

("A princípio o surpreendente espetáculo das máquinas / deslumbra o burguês, que grita como se presenciasse um milagre; / mas na segunda vez já não se apressa, / antes preferindo o Cid, Horácio, Heráclito").

Se também consideramos o entusiasmo crescente do rei por balés, óperas e préstitos, somos levados a concluir que não havia diferenças fundamentais entre o gosto da burguesia e da aristocracia. De qualquer modo, não se pode sustentar que o burguês preferia os gêneros mais baixos e que era repelido pelo estilo nobre. Corneille e Racine gozaram da admiração do burguês. Quando, em 1666 o Hôtel de Bourgogne ofereceu um espetáculo grátis para celebrar a paz de São João da Luz, a peça escolhida foi uma tragédia clássica, o *Stilicon* de Thomas Corneille, que é descrita como *contribuant de bonne grâce, au plaisir de la populace*.[31]

Mas o que era exatamente um burguês no século XVII francês? Encontramos poucos representantes desta classe nas comédias de Molière. Gorgibus em *Les précieuses ridicules*, Monsieur Jourdain em *Le bourgeois gentilhomme*, Chrysale em *Les femmes savantes* são burgueses; são burguesas as famílias em *L'avare* e em *Le malade imaginaire*. Todos são membros de casas burguesas prósperas e há muito estabelecidas. Mas sabemos pouco sobre suas bases econômicas reais — sobre o que teremos mais a dizer adiante; nem sequer sabemos se podemos olhá-los como freqüentadores típicos do teatro. Temos, contudo, ampla evidência que aponta para um grupo definido de burgueses parisienses como freqüentadores característicos, quase proverbiais do *parterre*; são os *marchands de la rue Saint-Denis*. De acordo com uma anedota registrada por Marmontel,[32] mesmo um dramaturgo tão do começo como Corneille aspirava um *parterre composé de marchands de la rue Saint-Denis*. Para o período posterior há inumeráveis documentos. Em 1662, por exemplo, D'Aubignac escreveu uma polêmica em resposta ao mais jovem Corneille, que sugerira a seus detratores escreverem peças melhores antes de criticarem o seu *Persée et Démétrius*. "Ele gostaria", escreveu D'Aubignac, "de deixar sua reputação em suspenso até que todos os *marchands de la rue Saint-Denis* tivessem tido tempo de escrever comédias melhores que a sua?"[33] E a *Zélinde* de Visé, uma comédia que ataca *L'école des femmes*, tem lugar na casa de um "mercador de rendas da rua Saint-Denis", que se revela um freqüentador usual do *parterre*; ele fala de "quinze ou dezesseis negociantes desta rua que... nos últimos trinta anos... têm assistido a todas as comédias que foram exibidas; e... os mais ilustres burgueses da cidade de Paris citam as opiniões destes cavalheiros".[34] Talvez mais interessante é uma passagem de Boursault, na qual fala da primeira apresentação do *Britannicus* (1669) de Racine e nota que o *parterre* não estivera tão cheio quanto temera. Felizmente, outro acontecimento teatral "atraíra todos aqueles negociantes da rua Saint-Denis que vão regularmente ao Hôtel de Bourgogne para a estréia de todas as obras aí apresentadas; em conseqüência, fiquei muito confortável...".[35] Outra vez aqui, os negociantes da rua Saint-Denis são apresentados como assíduos freqüentadores do *parterre*.

Não parece ser muito arriscado considerar este ocupante proverbial do *parterre* como típico. Era o "povo" o que ia ao teatro? Não no sentido medieval cristão, nem tampouco nas acepções modernas da palavra, pois não era nem o "proletariado" nem a "nação". Não era a "burguesia" ou sequer a "pequena burguesia" da luta de classes marxista,[36] mas sim apenas um grupo pequeno e claramente circunscrito, a saber, os lojistas, os *boutiquiers* e, mais especificamente, os negociantes de artigos de luxo e de moda. No século XVII, o *quartier* Saint-Denis era aproximadamente o que é hoje a rue de la Paix, ou pelo menos, o que era até há pouco. Era a localidade dos alfaiates, dos peleteiros, dos joalheiros e dos negociantes de rendas; era também aí que se encontravam os mais celebrados comerciantes de instrumentos óticos, de instrumentos musicais e de artigos finos de vidro; a rua podia se vangloriar da presença de um *fabricant de mouches* e do mestre Jean Bourgeois, *épinglier de Sa Majesté la Reine*.[37] Era esta, pois, uma seção da grande burguesia, cuja prosperidade dependia dos consumidores dos artigos de luxo, ou seja, da "sociedade". Como tal, pertencia à classe que lamentou a partida da corte durante a Fronda e ajudou apreciavelmente a paralisar o poder de resistência da cidade. Ela gozava de considerável influência. Quando os transportes coletivos sugeridos por Pascal foram introduzidos em Paris, foram os comerciantes de Saint-Denis os primeiros a solicitar uma linha que atravessasse o lugar.[38] A despeito de sua riqueza, estes negociantes raramente se expunham ao gasto de um camarote — e então, como sabemos por meio de *Zélinde*, assim o faziam principalmente para resguardar suas mulheres da vizinhança entupida, bulhenta e indesejável. De sua parte, preferiam o *parterre*. Tinha-se uma boa visão do palco e era barato.[39] Nisso eram motivados pela parcimônia burguesa e, sem dúvida, por uma certa desconfiança (igualmente burguesa). O domínio aberto e descarado dos negociantes de êxito só se deu muito mais tarde; os melhores camarotes, já para não falar dos lugares no palco, ainda eram olhados como prerrogativas da aristocracia e da *robe* superior.

O que esta investigação do *parterre* nos diz? Diz-nos que o *parterre não representava* "o povo", pelo menos não no sentido em que viemos a usar a palavra, mas sim uma classe eminentemente ajustada em fundir a sua vida íntima com a da corte, em seguir a sua liderança e, fora do esnobismo e ambição, em adotar as suas atitudes. E até agora nem sequer consideramos o ponto de ligação, a classe largamente ramificada de funcionários (*robe*), cujas fileiras inferior e média pertenciam ao *parterre*, enquanto os escalões mais altos se contavam entre as *gens de condition*. Apenas de nosso estudo da *bonne bourgeoisie*, a classe mais alta dos negociantes, vimos que, sociologicamente, o *parterre* era um apêndice da sociedade da corte, que *la cour et la ville* formavam uma unidade integrada. O burguês, no *parterre*, tinha apenas um sentido negativo e formal de sua própria classe — sabia suas limitações, as barreiras sociais com que se defrontava — *il se connait*, como, às vezes, diziam. Mas pensava em uníssono com a corte e isso tornou possível a extraordinária unidade de gosto e estilo que caracterizou o grande século. Parecemos aqui estar voltando à tese de Taine segundo a qual a corte era a força verdadeiramente dominante na cultura clássica francesa. Mas, pelo que segue, tornar-se-á claro não ser esta a nossa opinião. Antes acreditamos que o espírito dominante se desenvolveu espontaneamente de ambas as classes, não podendo ser identificado com nenhuma das duas. Mas, primeiro, devemos apresentar a evidência interna do que procuramos mostrar em termos sociológicos, ou seja, que o *parterre* estava muito distante do povo comum e não representava uma classe independente.

Se o *parterre* fosse o povo comum, teria rejeitado a temática do teatro clássico. Pois ela não tinha nada a ver com a sua vida: nem refletia suas preocupações diárias, nem um mito vivo, nem a história de seu país.[40] Tipos populares aparecem em algumas das comédias, mas em papéis burlescos, que claramente visavam agradar a seus superiores sociais; não eram retratados seriamente. As comédias mais refinadas e todas as tragédias lidavam com assuntos que não tinham significação para o povo comum. Pressupunham em sua platéia um estado de mente que começava a ser relativamente divulgado, mas apenas entre as classes superiores — hoje as chamaríamos "cultivadas" ou "cultas". A opinião crítica era formada por esta "cultura" e não temos evidências de que o *parterre* houvesse se rebelado contra ela. Não havia uma palavra especial para "culto"; palavras como *poli, galant, bel-esprit, honnête* dela se aproximam de diferentes ângulos, mas nunca em exata correspondência. Com freqüência, a noção era expressa pela palavra *savant*, que implicava o conhecimento ser o fundamento do bom gosto. Mas este conhecimento não se limitava aos eruditos; de fato, a erudição parecia, tantas vezes sim como não, manter-se em seu lugar — como podemos ver em *Les femmes savantes*, particularmente no diálogo entre Clitandre e Trissotin (IV, 3). Em *Le misanthrope* (III, 1), Molière graceja com o marquês, que podia fazer tudo sem haver aprendido nada, que opinava sobre todos os assuntos que nunca considerara seriamente:

> *"Pour de l'esprit, j'en ai, sans doute, et du bon gout*
> *A juger sans étude et raisonner de tout;*
> *A faire aux nouveautés, dont je suis idolâtre,*
> *Figure de savant sur les bancs du théatre..."*

> ("Sem dúvida, tenho muito espírito e bom gosto / Para julgar sem estudo e falar de tudo; / Para, diante das novidades, de que sou um idólatra / fazer figura de sábio sobre os bancos do teatro...")

Porém, fundamentalmente o marquês estava certo. O julgamento necessário era conferido pelo espírito do século, que também abrangia o conhecimento necessário. Espírito e conhecimento eram inculcados nas pessoas pelas escolas dos jesuítas, pelos tutores e preceptores e, acima de tudo, pelas relações sociais. Certas noções de mitologia clássica e de história, que, no século XVI, podiam passar como aprendidas, haviam-se tornado, no século XVII, propriedade comum de toda a sociedade polida. Graças aos "purificadores", de Malherbe a Vaugelas e aos salões das *précieuses*, o uso correto da linguagem se tornara o apanágio de toda a boa sociedade — os especialistas na linguagem se sujeitavam a estabelecer *le bon usage*, outra vez uma prerrogativa da sociedade polida. Desde a metade do século, ademais, os critérios pelos quais era julgada a obra de arte, a ação e os personagens de uma peça, os sentimentos e idéias nela expressos, tinham passado de um pequeno grupo de homens instruídos para toda a sociedade cultivada. Isso se realizara pelas traduções e paráfrases dos mais importantes textos críticos da antigüidade e, concomitantemente, pelas próprias obras de arte assim como pelas discussões públicas entre homens de letras e conhecedores, no curso das quais as sábias regras da estética humanista foram adaptadas às necessidades da sociedade cultivada. O conflito entre a espontaneidade popular e os princípios estabelecidos da arte, que ainda prevalecia no século XVI, desapareceu; ambos sumiram quase por completo, substituídos por uma frente quase sólida da opinião pública cultivada. Mesmo os conflitos dentro desta, violentos como eram com freqüência, se mantinham dentro de um fundamento comum que excluía os "não-cultos". A conseqüência foi uma crítica estética culta; precisa-se apenas considerar seus lemas mais significativos e mais geralmente aceitos, *vraisemblance* e *bienséance*, para se reconhecer como estão afastados de "povo".

A *vraisemblance*, sobre a qual estava essencialmente baseado o novo argumento em favor das "unidades", marca um modo de pensar que julgava a mudança de cena improvável e por isso condenável, porque o palco era pequeno e nunca podia haver outra coisa senão o mesmo palco, e rejeitava a extensão do tempo por causa da brevidade do espetáculo. Esta noção de *vraisemblance* é típica da sociedade cultivada. Combina o racionalismo arrogante que recusa ser enganado pela ilusão imaginativa com o desdém pelo *indocte et stupide vulgaire*, plenamente à vontade em ser levado por ela. A terceira unidade, a unidade racional da ação, apresenta um problema mais fundamental. Não havia necessidade de pensá-la em relação com o drama medieval sério, pois ela aí estava implícita. A unidade era encarnada na história do mundo e da salvação, de Adão até Jesus e até o julgamento final. Estava sempre presente na mente do espectador e, além do mais, lhe era freqüentemente sugerida pela disposição da cena. Cada lugar, cada tempo, cada objeto, cada nível de estilo se ajustavam dentro desta moldura inclusiva. Apenas quando a moldura se perdeu, quando deixou de haver um povo cristão e uma visão de mundo cristã e homogênea, tornou-se necessária a preocupação com a unidade. O drama medieval e toda a arte medieval podia tratar de qualquer coisa que desejasse com grande liberdade. Dentro da referida moldura não havia barreiras; o tempo e a unidade podiam variar à vontade; todas as espécies de acontecimentos podiam-se dar lado a lado, graças a seu quadro de referência comum. E acima de tudo, ninguém levantava objeções à comédia baixa da vida diária no meio da tragédia solene. Tudo estava em relação com o todo e nele encontrava o seu lugar. E isso nos traz ao segundo critério, *bienséance* (bom tom).

A noção de *bienséance* compreende uma mistura de considerações éticas e estéticas, aglutinadas por um sentido de tato sutilmente desenvolvido. Nela, dificilmente se distinguem as regras de conduta social e as medidas estéticas. A moralidade prática, a moralidade que lida com o comportamento ético e não-ético é, de qualquer modo, o elemento mais débil da *bienséance*, enquanto o mais forte é uma pudicícia puramente social, em larga parte exercida quanto ao vocabulário. Discernimos isso em *La critique de l'école des femmes* e, de maneira mais séria, em umas poucas palavras memoráveis de Corneille. O fracasso de seu *Théodore* foi em parte atribuído à ameaça de prostituição que pesava sobre Theodora. "Nesta catástrofe", escreveu Corneille em seu *Examen*,[41] "posso apenas me congratular com nosso palco por sua pureza, quando observo que um conto, que é o mais belo ornamento do segundo livro de Santo Ambrósio, é muito licencioso para ser tolerado. O que teriam dito se, como o grande doutor da Igreja, tivesse eu exibido a virgem naquele lugar infame..."

Este aspecto moral da crítica nunca teve muito êxito quando dizia respeito a uma obra importante, pois a ele se opunha o culto das paixões. Os críticos, que procuraram estigmatizar o amor de Chimène ou a declaração de Fedra a Hipólito, fundados na *bienséance*, logo foram reduzidos ao silêncio. Pois, como critério de crítica, muito mais influente foi outro componente da *bienséance*, a adequação. Um rei era visto com maus olhos por não se comportar de modo bastante ajustado, uma princesa por ser muito íntima com seus familiares e assim por diante; isso levou a absurdos, como por exemplo, quando se argumentou que, sendo Oreste, em *Andromaque*, um filho do rei, não era apropriado para ele aparecer como um simples emissário. Contudo, a exigência mais séria da *bienséance* era a de que nenhuma indicação física da fragilidade humana e da mortalidade devia ser mostrada no teatro trágico; apenas na comédia, enquanto elementos cômicos e dentro dos limites da decência, tais coisas podiam ser toleradas. A morte de Fedra no palco — ela já aparece moribunda de modo a fazer sua confissão — estava muito próxima do limite do aceitável. Sob nenhuma circunstância um herói trágico podia aparecer fisicamente degradado, velho, doente, frágil — este teatro não admitia nenhum Lear ou Édipo; se tais personagens apareciam, tinham de ser remodelados de acordo com os princípios da *bienséance*. A separação dos gêneros foi levada muito mais adiante que no teatro antigo, que em tantos outros pontos servia de modelo. "Não pude deixar de tremer", diz Corneille no prefácio de seu *Oedipe*, ao falar do *Édipo* de Sófocles,[42] "quando o considerei intimamente e com um pouco mais de vagar do que o fizera ao selecioná-lo. Reconheci que o que passara por miraculoso naqueles séculos remotos podia ser nos nossos um objeto de horror, que a narração eloqüente e curiosa de como o infortunado príncipe furou seus olhos e o espetáculo do sangue jorrando sobre sua face daqueles mesmos olhos — que tudo isso, que atravessa todo o quinto ato do incomparável original, ofenderia a delicadeza de nossas damas... Procurei remediar estas desordens..."

Porquanto as tragédias grega e francesa se exibiam para platéias radicalmente diversas, diferiam radicalmente em sua estrutura. A despeito das muitas diferenças entre eles, os teatros grego e medievalmente cristão se aparentam entre si e constrastam com a tragédia francesa, por efeito de sua franca representação da fragilidade humana. Torna-se perfeitamente claro que a platéia do teatro francês não podia ser "o povo", mas apenas a sociedade polida, *la cour et la ville.*

Uma olhada em qualquer *préface* ou em qualquer polêmica da época basta para mostrar que os assuntos discutidos, embora tratados de um modo facilmente inteligível e bastante superficial, apenas se dirigiam à sociedade cultivada. Esta crítica estética, que se espalhou por toda a Europa, e que, embora suas regras estejam muito abaladas, ainda se faz sentir, apareceu com o classicismo francês — ao mesmo tempo que o novo senhor do teatro, *le public.*

E agora perguntemos: Qual era a base da unidade inerente deste "público"; como se tornou uma unidade integrada? E como chegou à sua cultura característica? De modo a responder a estas questões devemos outra vez examinar os dois componentes, *la cour* e *la ville*, e procurar determinar como cada um deles entrou na cultura comum.

A corte de Luís XIV consistia quase inteiramente em nobres. O poder político efetivo, por certo, estava nas mãos de uns poucos funcionários de ampla extração burguesa; mas a atmofera social da corte era criada pela nobreza. A história desta classe, que se desenvolveu a partir do regime militar e da ordem econômica do feudalismo, foi várias vezes contada. Ao curso das convulsões econômicas e militares da Idade Média tardia e do Renascimento, gradualmente perdeu sua função de governar e proteger "o povo". Na França, a unidade do Estado se estabelecera em oposição aos nobres. Estes tinham preservado um prestígio tradicional, amplamente psicológico: os postos mais importantes no esquema militar e importantes privilégios de classe, de natureza fiscal e administrativa; mas tinham perdido as bases reais do poder. Tinham-se mostrado incapazes de manter o caráter exclusivo de sua casta — muitos membros da burguesia nela tinham entrado pela compra de propriedades nobres, por casamento, por decreto real e pela completa usurpação. Os limites inferiores permaneciam fluidos. Com seu poder e funções, os nobres também perderam as bases de sua riqueza; muitos estavam empobrecidos e profundamente endividados e, malgrado ainda tivessem suficiente prestígio para conseguir ajuda em caso de necessidade, esta já não advinha de seu próprio poder, mas de favores de outros, mormente do rei. Sua autonomia de classe estava irrevogavelmente perdida; o rei, de cujo favor dependia em larga medida seu bem-estar material, não dava à aristocracia, enquanto classe, nenhum poder real. Este desenvolvimento começara muito antes da ascensão de Luís XIV; é discernível já no século XIV e o papel da nobreza feudal nas guerras religiosas e na Fronda foi uma tentativa de resistência, por fim inútil e atabalhoada. Richelieu declarara, particularmente em seu *Testament politique*, que a nobreza devia ser salva; mas não cogitava de restaurar seu antigo poder feudal. Ao contrário, desejava transformá-la em uma casta de elite a serviço do rei. Mas este plano estava condenado a fracassar. A nobreza permaneceu impedida de qualquer função básica no Estado; não se tornou, como na Prússia, a classe administrativa orgânica — pela venalidade dos funcionários e pelo poder há muito consolidado da burguesia de *robe*, que impedia os nobres de obter o monopólio das posições administrativas. Luís XIV completou esta mudança, destruindo o poder provincial da nobreza por sua indicação de intendentes e por compelir os nobres a viverem na corte, que era o único lugar onde os membros desta classe, anteriormente independente e hostil ao poder central, agora podiam encontrar riqueza, estima e emprego — de natureza militar ou decorativa, ou as duas coisas. Na corte, os nobres mostravam sua capacidade de formar uma sociedade — mas eram incapazes de dar a esta sociedade um caráter definidamente aristocrático, pois eles mesmos deixaram de ser aristocratas em qualquer outra coisa senão no sentido negativo e formal.

Paralelamente ao desenvolvimento econômico e político, embora de maneira mais lenta, se cumprira uma mudança cultural dentro da nobreza. A cultura das cortes medievais há muito se desintegrara, enquanto a cultura humanista fora incapaz de conquistar a nobreza francesa. No princípio do século XVII, o nobres — a julgar por grande número de suas declarações que a nós chegaram — eram profundamente avessos à educação, sustentando que um *gentilhomme* não necessitava conhecer mais que o trato das armas.[43] Mas isso teve de mudar ao longo do século. A idéia, efetiva na Itália desde o Renascimento, de uma aristocracia "natural" baseada no refinamento e na dignidade inerente, teoricamente não ligada ao nascimento embora mais prontamente acessível aos bem-nascidos, para os quais representava uma obrigação, agora chegou à França, mas em uma forma tardia que mais enfatizava a perfeição social do que a individual. Esta noção de uma aristocracia natural efetivamente apareceu na França um século antes; tinha sido muito viva no círculo de Margarida de Navarra. Mas a agitação e o fanatismo das guerras religiosas, o caráter peculiar dos filhos de Henrique II, a vitória final do rústico Henrique de Navarra — em suma, a ausência de uma classe que pudesse ter dirigido e sustentado esta atitude, impediu-a de amadurecer antes do princípio do século XVII. Esta mudança social se deu no salão de Madame de Rambouillet e foi daí que irradiou sua primeira influência. Madame de Rambouillet era neta da grande casa romana de Savelli e suas aptidões sociais eram, sem dúvida, uma herança da tradição renascentista italiana. Mas ela era ou se tornou uma francesa; a forma de sociedade que criou era genuinamente francesa e muito distante da renascentista. Em lugar do grande vestíbulo dos príncipes seculares e espirituais, os magníficos patronos de artistas e poetas, criou o *salon*:[44] um lugar em que um grupo de homens e mulheres, essencialmente iguais e não tendo entre eles quaisquer laços de dependência econômica, se encontravam em termos de familiaridade social. Seu círculo compreendia membros da mais alta aristocracia e os líderes representativos da vida cultural; era *le rendez-vous de ce qu'il y avait de plus galant à la cour et de plus poli parmi les beaux-esprits du siècle*.[45] Embora os *beaux-esprits* pudessem ter recebido certas vantagens indiretas de freqüentarem o *salon*, estavam longe da dependência econômica característica da Renascença italiana — basta-nos pensar na corte da casa de Este; realmente, a sua maioria era de homens de meios independentes.[46]

Assim, o Hôtel de Rambouillet foi a primeira casa cuja atmosfera os estrangeiros, de então até nosso século, consideraram como típica da sociedade francesa, uma atmosfera composta de refinamento, igualdade, calor social e sossego, de adaptação da vida interna do indivíduo à socialmente apropriada, com a dissimulação de todas as obscuridades inconvenientes. O *salon* Rambouillet se considerava aristocrático e o era; era um poder independente, distinto da corte e dos grupos sociais inferiores, e este poder em grande parte se sustentava nos grandes nomes que o freqüentavam. Mas nenhum destes grandes nomes manifestava o desprezo soberbo de seus antepassados feudais. Em suas relações com seus amigos burgueses refinados, o sentimento de hierarquia de classe se diluía em um manter a distância apenas perceptível, cuidadosamente cultivado por ambos os lados. O que mantinha este *salon* unido não era, entretanto, a sua cultura — o que seria um ponto de vista muito moderno e unilateral —, mas sim a muito discutida e definida noção de *honnêteté*. Esta não era um ideal de classe, pois essencialmente não dependia do nascimento ou da maneira de viver de alguma casta em particular. Frases como *un honnête homme aux Indes* ou *les honnêtes gens de l'antiquité*[47] mostram que a palavra se referia a um ideal meramente pessoal. Ao curso do século, veio a ser aplicado a membros de uma seção cada vez mais ampla da sociedade. Com efeito, o conceito de *honnêteté* nada tinha a ver com posição econômica ou de classe. Qualquer um podia tornar-se uma *honnête personne* desejosa e capaz de aprimorar sua vida interna e externa, de acordo com o espírito da época. O produto era um homem purificado de todas as qualidades particulares, não mais o membro de uma classe, de uma profissão, de uma religião, mas precisamente *un honnête homme*. Por certo isso implicava um reconhecimento e uma observância das distâncias; de um *honnête homme* se esperava que se conhecesse, *se connaitre*, e isso significava conhecer a sua posição na sociedade; para o *honnête homme* burguês este autoconhecimento era essencial; mas, se o possuía, era aceito como um igual na confraternidade dos *honnêtes hommes. Rien du poète dans son commerce, et tout de l'honnête homme*, diz Saint-Simon, que era um bom juiz, em louvor de Racine,[48] querendo dizer que este poeta de origem burguesa se adaptou perfeitamente à sociedade, conhecia seu lugar nela e era, por isso, um igual entre iguais. Aqui, então, havia um ideal absoluto que diretamente concernia à pessoa humana. Na verdade, aplicava-se em primeiro lugar às relações entre as pessoas humanas; mas não se restringia a nenhuma classe. Quando Luís XIV começou a governar, encontrou esta nobreza que perdera seus instintos de classe feudal e apenas preservara o senso de seu prestígio formal e prático. Isso é esclarecido pelo auto-retrato do jovem Marquês Acaste em *Le misanthrope* (III, 1), parte do qual citei acima por diferentes razões:

> *"Parbleu, je ne vois pas, lorsque je m'examine*
> *Où prendre aucun sujet d'avoir l'âme chagrine.*
> *J'ai du bien, je suis jeune, et sors d'une maison*
> *Qui se peut dire noble avec quelque raison;*
> *Et je crois, par le rang que me donne ma race,*
> *Qu'il est fort peu d'emplois dont je ne sois en passe;*
> *Pour le coeur, dont surtout nous devon faire cas,*
> *On sait, sans vanité, que je n'en manque pas..."*

> ("Com efeito, quando me examino não vejo / onde descobrir uma razão para ter a alma melancólica. / Tenho bens, sou jovem e saio de uma casa / Que se pode dizer nobre com alguma razão; / E creio, pela posição que me concede minha linhagem, / Que não há muitos empregos fora de meu alcance; / Quanto ao coração, que é o que mais devemos apreciar, / Posso dizer, sem vaidade, que ele está em seu lugar...")

O que nos chama aqui a atenção não é tanto a vaidade (perdoável, talvez, em um jovem beneficiado por uma boa fortuna), quanto a total falta de seriedade, pois se tal qualidade estivesse presente, por certo se mostraria em um auto-retrato desta natureza. Esta falta de seriedade não é um traço pessoal; pertence a Acaste como membro de sua classe. Não é sério porque não tem nenhuma vocação vinculada à sua classe, nenhuma função na vida, embora também, por certo, em virtude de não ser capaz de remediar a sua deficiência. Não tem consciência dela. É bastante bem-nascido para reclamar qualquer posição. Conta com o favor do rei que lhe dará um posto em que o sinta adequado. No momento, Acaste vive desocupado e gasta seus poderes no jogo. Está disponível para tudo; o único valor a que está ligado é a *bienséance* sem conteúdo. É membro de sua classe e isso se gruda a ele como uma insígnia, sem sentido, sem base econômica ou política ou de qualquer outra espécie, mas reconhecida por todos. Como sua classe, não tem função, estando preparado para servir, ou seja, para ocupar qualquer posição decorativa "de acordo com seu lugar", que o rei escolha para lhe conferir. A nobreza é uma classe sem função, mas reconhecida como uma classe privilegiada e ante a aparência externa ocupante de uma posição de real poder. Isso resulta da tendência do século de obscurecer as realidades orgânicas e funcionais de seu pendor pelo exibitório e decorativo. A mesma tendência vale para o ponto de vista prevalecente do poder como legítimo apenas porque estabelecido — um ponto de vista que, houvesse alguma unidade discernível entre função e poder, nunca poderia ter surgido na forma radical representada, por exemplo, por Pascal. A mesma concepção é básica noutros moralistas, como La Bruyère, e subjaz à imagem geralmente aceita dos grandes deste mundo, tais como as tragédias os apresentam. Mas isso nos leva além do que queremos chegar no presente. Notemos simplesmente que a nobreza era uma classe que não tinha função, mas trazia a insígnia do poder. O mesmo para *la cour*.[49]

Uma análise de *la ville* é muito mais difícil. Já estabelecemos que ela não se confundia com o povo comum. O povo se mantinha calado neste século,[50] sua voz só voltaria a ser ouvida muito tempo depois. Também mostramos que mesmo o *parterre* não era o povo comum. Nem tampouco pela descrição do *parterre* e dos negociantes burgueses tentamos retratar o equivalente a *la ville*, que é um conceito muito mais amplo. *La ville* era a *grande bourgeoisie*, as pessoas refinadas que não se intitulavam a ser recebidas na corte por efeito de seu mero nascimento. Mas apenas uma parte da *grande bourgeoisie* ainda estava ligada à indústria e ao comércio, sendo a outra parte mais importante. Não é fácil chegar-se a alguma informação concreta sobre este outro grupo, *la robe*, pois os estudos históricos e sociológicos a respeito não nos dizem o que queremos saber. Os historiadores e estudiosos do governo fornecem um quadro geral das classes, de sua estrutura e hierarquia, mas nos dizem pouco acerca dos fatos de suas vidas; os economistas falam de colbertismo, de relações de produção e da administração das finanças, mas tudo isso em termos tão gerais que não descobrimos como o povo realmente vivia. E atenção relativamente pequena foi concedida à fina crosta superior da burguesia que constituía o *public* urbano e formava o elemento dominante de *la ville*. O bem documentado *Les origines de la France bourgeoisie* de Groethuysen começa pelas condições do século XVIII; apresenta uma burguesia ativa na indústria e no comércio, tomando consciência de sua importância econômica e moral e sobre seu modo de se tornar a classe dominante da sociedade. Mas era completamente diferente no século XVII, quando, no melhor dos casos, podemos discernir os furtivos princípios do poder burguês, embora, naturalmente, como foi muitas vezes mostrado (Wolters, Bergstrasser), a política econômica absolutista de Colbert no século XVII fosse a base do futuro desenvolvimento. De qualquer modo, a seção dominante da *grande bourgeoisie* no período clássico não consistia nos negociantes autoconfiantes que, um século depois, levaram a sua classe à hegemonia política e cultural. Muito ao contrário. O aspecto estritamente funcional da burguesia — seu caráter econômico, que ela defendera com moderação nos períodos anteriores da história da França, e sobre o qual veio depois a insistir como a fonte de seu poder — foi, o quanto possível, esquecido ou encoberto no século XVII.

A este respeito é esclarecedor notar as origens sociais dos líderes de então. Desde que o clericato não mais era o repositório da vida cultural e os líderes intelectuais tinham de ser recrutados entre o público culto, nossas descobertas se limitam a trazer alguma luz sobre a estrutura social de *la ville*.

Encontramos relativamente poucos que, de maneira definida, pertencessem à velha aristocracia feudal e a sua maioria, assim como suas idéias e atitudes, pertenciam a um período anterior; são: La Rochefoucauld, Bussy-Rabutin, Saint-Evremond, Madame de Sévigné, Balzac, Méré, Racan, Tristan l'Hermite, La Calprenède, Scudéry e Saint-Cyran; a única figura posterior em que posso pensar é Fénelon, que é pós-clássico. A maioria esmagadora é de origem burguesa; sua maior parte, em troca, descendia da *robe* e muitos, de fato, desempenhavam posições identificadas com ela. Nesta compilação, liguei — espero que corretamente — menos importância ao fato de se o indivíduo trazia um título de nobreza ou se sua família reivindicava descendência nobre do que seu *status* presente no período que nos concerne. Também devemos ter em mente que aos olhos de seus contemporâneos este grupo estava longe de parecer monolítico; havia diferentes classes de *robe (grande, moyenne, petite)* e várias gradações dentro de cada classe; em certos lugares de Paris, como o Marais, ficavam as habitações da *grande robe*, outros se associavam à *petite robe* (Place Maubert); e não estou mesmo certo de que fosse correto designar todas as pessoas que tinham posições no aparelho administrativo ou judiciário como membros da *robe*. Vauban, em *La dime royale*, distingue entre *Gens de robe* (que são)... *Officiers de Justice, de Finance et de Police* e *Bourgeois... vivans de leurs Charges*. De qualquer modo, como mostraremos depois, o grupo tinha um certo caráter homogêneo quanto à nossa finalidade.

Eis os nomes em ordem alfabética: Arnauld (aristocracia administrativa de Auvergne, de uma família prolífica e altamente respeitada, de grande vitalidade, conhecida desde o princípio do século XVI); Boileau (pai *greffier de la Grand' Chambre au Parlement de Paris*); Bossuet (aristocracia administrativa da Borgúndia); Bourdaloue (pai *conseiller garde-notes*); Conrart (pai, um calvinista estrito; não fui capaz de descobrir sua ocupação, mas originalmente destinou seu filho a uma posição nas finanças); Corneille (família de funcionários de Rouen); Descartes (parece ter possuído um título de nobreza, mas de acordo com Nicéron,[51] seu pai era *conseiller au Parlement de Bretagne*, daí, presumivelmente *grande robe*); Furetière (começou como advogado); Gombertville (pai, *boursier* — uma espécie de notário — *de la Chambre des Comptes)*; La Bruyère (pai, secretário do rei, velha família de funcionários; ele mesmo era *trésorier du roi* em Caen, depois tutor na casa de Condé); La Fontaine (pai, *maitre particulier des eaux et forêts* em Château-Thierry); Le Maistre e seu irmão De Saci (pai, *maitre de comptes*; o próprio Le Maistre era advogado); Malebranche (pai, *sécretaire du roi et trésorier des cinq grosses fermes* sob Richelieu, um posto muito alto e bem remunerado na administração financeira); Malherbe (parece que sua família pertenceu originalmente à aristocracia feudal, mas seu pai era *conseiller au présidial* de Caen; sua esposa era viúva de um *conseiller* e filha de um *président*); Massilon (pai, um notário de Hyères); Maynard (pai *conseiller au Parlement de Toulouse*); Ménage (pai, *avocat du roi* em Angers); La Mothe le Vayer (de acordo com

Nicéron, veio de uma família de Le Mans que, por muitos anos, forneceu membros respeitáveis da *robe*); Nicole (pai, um advogado de Chartres); Pascal (seu pai e Périer, seu cunhado, eram membros da *grande robe*); Guy Patin (família de advogados, notários e *conseillers*); Patru (advogado); Perrault (pai, *avocat au parlement*; ele e seu irmão tinham altas posições nas finanças); Racine (a posição de *contrôleur du grenier à sel* — um funcionário na administração do monopólio do sal — em La Ferté-Milon era hereditária em sua família); Rotrou (família de funcionários da Normandia, seu pai era um *rentier*); Scarron (pai, *conseiller au parlement*); Sorel (pai *procureur au parlement*); Vaugelas (família enobrecida; seu pai era o celebrado jurista Favre). Um último grupo, extremamente pequeno, por fim compreendia homens cujos pais ainda estavam metidos em ocupações burguesas. Eram estes Fléchier (família de pequenos negociantes); Molière (seu pai, um *marchand-tapissier*, comprou o posto de *valet de chambre du roi*); Quinault (pai, padeiro) e Voiture (cujo pai era um rico mercador de vinhos).

Podemos aqui desconsiderar o punhado de nobres. A vasta maioria dos outros descendia das várias categorias de *robe*. Para se compreender por que era assim, lembremo-nos que a maior parte das posições oficiais eram adquiríveis e podiam ser hereditárias mediante o pagamento de certas taxas. Esta prática começara por volta do fim da Idade Média; depois de muitas lutas, prevaleceu no século XVI quando a burguesia administrativa alcançou peso político, moral e social; foi definitivamente legitimada e organizada pelo *édit de la Paulette* de 1604.[52] Por motivos fiscais e políticos, a monarquia encorajou este desenvolvimento a despeito de suas sérias desvantagens e perigos,[53] e, porquanto a demanda de posições sempre era muito grande, novas foram sempre sendo criadas. Os compradores provinham da burguesia, que alcançara uma prosperidade sem precedentes, através do vasto aumento da circulação do dinheiro e pelo estímulo conseqüente da produção. Estes burgueses, como os de muitos outros períodos e países, se caracterizavam pela vontade de fugir de sua classe e de estabelecer a sua riqueza. Queriam que seus filhos usufruíssem de um nível social mais alto e de ocupações mais decantadas que as suas. Queriam impedir que arriscassem suas fortunas em novas aventuras comerciais; o Estado começava a emitir empréstimos a um nível fixo de juros e o tipo do *rentier* começava a aparecer. Expandindo-se ao lado da prosperidade, o humanismo e o seu ideal do *otium cum dignitate* também encorajava o burguês a fugir de sua classe. O sistema de *survivances* deu origem a dinastias oficiais, ao nepotismo, a uma nova consciência de classe. A premência dos procuradores de cargos tornou-se tamanha que dificilmente o estado seria capaz de cobrir a demanda. Ele criou postos que requeriam pouca ou nenhuma atividade; junto a encargos que importavam em uma profissão real, havia designações meramente decorativas, que deixavam os seus ocupantes no mais absoluto ócio — como fora o caso com muitas posições na Igreja e na corte. Além do mais, a situação econômica de muitas famílias mudara. A partilha de propriedade entre muitos herdeiros, o tratamento caprichoso dos *rentiers* pela administração financeira estatal e outras circunstâncias reduziram a riqueza de certas famílias da *grande bourgeoisie*, embora na maior parte dos casos isso apenas significasse que suas rendas já não correspondiam a seu padrão de vida. Mas então, estes *grands bourgeois* haviam-se tornado *honnêtes gens*, para os quais nem mesmo ocorria reparar as suas fortunas pela atividade comercial; ao invés, procuravam a ajuda do rei ou dos que o cercavam, por meio de posições mais lucrativas, pensões, sinecuras. Haviam-se transformado em totais parasitas.

Este fenômeno de debandada geral da vida econômica nos mostra um novo aspecto de *la ville*, que explica o que tinha em comum com *la cour*. Outra vez, aqui, temos uma separação quanto à base da classe, quanto à função orgânica do grupo econômico. O ideal do *honnête homme*, ao qual a alta burguesia também veio a aspirar, era um ideal de universalidade, hostil a qualquer ocupação específica. Naturalmente, estas observações não são pertinentes para a *robe* inteira; a situação não era tão clara e simples. Ainda havia grupos e famílias inteiras que mantinham uma tradição ligada a seu trabalho e à sua classe e que forneciam excelentes funcionários para o aparelho administrativo e judiciário; e, na verdade, eram eles que calmamente conduziam os interesses do Estado. Mas eram poucos, tornaram-se mais e mais isoladas à medida que o século progredia e não se destacavam no quadro social geral. O homem que estava interessado em sua ocupação e sabia algo dela veio a ser olhado cada vez mais como um excêntrico, um tolo, um inferior e mesmo como uma espécie de criatura desprezível. Quando um juiz, um advogado ou um médico aparecia no palco era sempre em um papel cômico e repugnante. Se Dandin, o juiz cômico em *Les plaideurs* de Racine — que, diga-se de passagem, ainda tinha o desdém da consciência de classe da *robe* pela aristocracia parasita: *Qu'est-ce qu'un gentilhomme? Un pilier d'antichambre...* —, se Dandin fosse uma exceção, se em qualquer obra da literatura da época um homem devotado a sua ocupação fosse tomado seriamente, não seria justificado considerar Dandin como um exemplo. Mas ele é apenas um retrato particularmente de êxito dentro de uma galeria inteira de figuras semelhantes. É correto dizer-se que o espírito da época desprezava a atividade prática da vida profissional; que de um *honnête homme* se esperava que a disfarçasse e a reduzisse ao mínimo, e que um comportamento do qual estivesse excluído o menor traço de vida profissional constituía uma grande vantagem pessoal — *rien du poète, tout de l'honnête homme.*[54] A passagem da atividade produtiva para o funcionalismo era apenas uma expressão desta atitude; na maioria dos casos, o burguês escolhia uma posição porque ela oferecia vantagens sociais em companhia com sua riqueza, e não porque estivesse adequado a ela ou nela interessado.[55]

Nossa fonte de informação mais acessível sobre as atitudes da alta burguesia é Molière. As suas peças que definitivamente se passam neste meio são: *L'avare, Le bourgeois gentilhomme, Les femmes savantes* e *Le malade imaginaire.*[56] Todas estas famílias estão em ótima situação e nenhuma diz uma palavra sequer sobre a atividade econômica produtiva, pois a usura de Harpagon é a ocupação de um *rentier.* Nunca sabemos qual a ocupação de qualquer uma destas famílias burguesas — parece correto dizer que não têm mais nenhuma. A fonte original da riqueza de uma família é outra vez discutida em *Le bourgeois gentilhomme*, em que Madame Jourdain lembra a seu esnobe marido: "Cada um de nós descendeu inteiramente da *bonne bourgeoisie*?... Seu pai não era um negociante como o meu...?" E na presença de sua filha: "... os seus dois avós venderam roupas na Porte Saint-Innocent." Monsieur Jourdain recusa-se a ouvir; está inclinado a casar sua filha com um nobre a qualquer custo e fica supercontente quando lhe dizem que seu pai era um *gentilhomme* que obtinha roupas para seus amigos — contra pagamento — para fazer favor. Monsieur Jourdain é um completo tolo, uma caricatura, de modo algum típico do *honnête homme bourgeois* — em sua paixão pela nobreza, esquece seus limites, *il se méconnaît.*[57] Entretanto, mesmo Madame Jourdain, com todas as suas resolutas qualidades burguesas, não quer que sua filha volte à classe dos mercadores; quer que seu genro seja o burguês Cléonte, que, em contraste com Monsieur Jourdain, representa o saudável senso comum. Cléonte, contudo, está longe de praticar negócios. Quando Monsieur Jourdain lhe indaga se é um *gentilhomme*, responde: "Senhor, muitos homens não hesitam muito tempo quando perguntados a respeito; respondem prontamente Sim. As pessoas não têm escrúpulos em aceitar este título e o uso que dele hoje se faz parece autorizar o seu furto. De minha parte, devo-lhe confessar que meus sentimentos a respeito são um pouco mais cansativos. Acredito que a impostura de qualquer espécie é indigna de um *honnête homme* e que é covardia disfarçar a condição em que Deus nos trouxe ao mundo, adornar-se aos olhos do mundo com um título surrupiado, tentar passar pelo que não se é. Seguramente, nasci de pais que tinham cargos honráveis; tive a honra de seis anos de serviço nas armas e tive a fortuna bastante para me dar um nível passável na sociedade; mas, com tudo isso, não me desejo conceder um título que, outros em meu lugar, considerariam justificado proclamar; e assim, lhe digo francamente que não sou um *gentilhomme*."

Este jovem burguês conhecia a sua classe, era *un honnête homme qui se connait*. Rejeitava a ascensão social de adventícios como Monsieur Jourdain (a segunda geração enriquecida cujos pais ainda eram negociantes de fazenda). Mas estava, igualmente, longe do povo, dos que trabalhavam para viver, assim como estava longe de qualquer ocupação concreta. Não nos diz que sua família é respeitada na indústria da seda ou no negócio de vinhos; não, *ils ont tenu des charges honorables*; ele próprio serviu durante seis anos como oficial; e tem suficiente riqueza *pour tenir dans le monde un rang assez passable*. É um neto típico; com um pouco de cuidado, pode-se transpor o tipo social que representa para a Alemanha, antes da Primeira Grande Guerra. Salvo que na Alemanha este tipo não era a regra; a atividade econômica ganhara, lançando os jovens da *grande bourgeoisie* de volta para tal atividade e para as atitudes correspondentes. Na França, mais de um século antes da Revolução, era de outro modo; a regra era a fuga da vida econômica. Qualquer pensamento relativo à atividade econômica concreta, qualquer sugestão de uma atitude burguesa é inconcebível neste jovem. Sua classe, como a nobreza de Acaste em *Le misanthrope*, é *un rang ou on tient dans le monde*. Como seus pais, comprará ou herdará um *charge honorable*. O comportamento do jovem Cléonte em *L'avare* é também esclarecedor a respeito: que faz para se livrar da opressão de seu pai avarento? Pede emprestado aos agiotas em nome de seu pai, *pour donner furieusement dans le marquis*. Nas abastadas famílias burguesas de Molière, a atividade econômica, o trabalhar para viver são enumerados como algo baixo de que não se deve falar. Apenas aparecem em *Harpagon*, em uma forma ilegítima e completamente repelente; a riqueza é algo estático, algo fixo e imutável que acontece estar aí. O único modo que os jovens, em Molière, conhecem para ganhar dinheiro é pela trapaça contra seus pais.

Mas a educação permanece em alta consideração. Não nos devemos enganar pelas lições grotescas de Monsieur Jourdain; ele é um novo-rico que desconhece como um *honnête homme* de seus dias adquire educação. A essência do assunto é revelada em *Les femmes savantes*, e, outra vez, aqui não devemos ser enganados pela famosa explosão de Chrysale. Com seu baixo egoísmo — *ma viande, mon pot, mon rôt, mês rabats* —, é tão cômico quanto Trissotin, é a exclamação de Philaminte: *Quelle bassesse, o ciel, et d'âme et de langage* é perfeitamente adequada ao espírito do tempo. Como sempre, o ponto de vista de Molière está no meio. Henriette e Clitandre o representam e Clitandre o expressa várias vezes (I, 3 e acima de tudo em seu debate com Trissotin, IV, 3). Este ideal de refinamento e de bom gosto resultou da imersão na cultura humanista que se desenvolvera com a expansão da prosperidade, tomando conta da nobreza como da alta burguesia, enquanto o próprio humanismo se voltava da erudição para a educação. Na França, este desenvolvimento parece ter começado com o *Plutarco* de Amyot — "graças a ele, hoje não tememos falar e escrever; as damas nele instruem os mestres; é o nosso breviário", escreveu Montaigne.[58] Sob a influência do cartesianismo, a nova cultura veio incluir um certo conhecimento de física e mesmo de filosofia; a linha divisória entre os padrões de pensamento da aristocracia educada e da classe média foi paulatinamente quebrada; o povo estava calado e uma sociedade refinada de nobres e de abastados burgueses, havendo modelado o ensino para sua própria vantagem, tornou-se o único repositório da vida cultural: era isso *la cour et la ville*.

Em seu *Roman bourgeois*, Furetière nos dá um outro retrato da burguesia parasita; sem dúvida, o temperamento mesquinho e rancoroso do autor desempenha uma parte, mas, de qualquer modo, o retrato dificilmente é atrativo. Furetière nos introduz em um círculo de pequenos-burgueses vis, ávidos, grosseiramente materialistas. Aqui, por certo, o dinheiro é "ganho", mas não por um esforço honesto e produtivo, não pela indústria e comércio, mas sim pela astúcia parasítica e pela chicana. Os personagens são advogados que enriquecem à custa dos clientes; são todos por completo inescrupulosos e a muitos falta a mais leve habilitação ou aptidão para sua tarefa. As manobras pelas quais atingem suas posições, os negócios sujos e as baixas intrigas podem ser distorcidos e exagerados; mas deve haver alguma verdade no retrato, pois mesmo o exagero exige um certo fundamento de autenticidade. Umas poucas passagens iluminam consideravelmente a questão que aqui nos interessa. No começo do livro, encontramos uma escala de dotes: *Tariffe ou évaluation des partis sortables pour faire facilement des mariages* — indicando que espécie de casamento pode esperar uma jovem situada em cada uma das nove classes de dote. Os negociantes aparecem apenas nas duas classes inferiores e, mesmo então, competem com as classes inferiores da *robe*; para as categorias superiores são considerados próprios apenas membros da *robe*. A lista nos dá uma idéia do prestígio relativo ligado aos vários *Charges*.[59] Esta relação plenamente sustenta nossa pesquisa das ocupações das famílias dos escritores. Apenas os funcionários contavam como *bourgeoisie*, como *ville*; os ligados às ocupações produtivas eram desclassificados. Mesmo assim, não tenho dúvidas de que o *"public"* incluía muitos que estavam ligados à vida econômica, como por exemplo, os *marchands de la rue Saint-Denis*; mas estes não tinham consciência de sua classe. Olhavam para cima e, desde que possível, compravam um *charge honorable* para seus filhos. Os membros da burguesia que figuravam no *"public"* eram parasíticos e sem função — pelo menos enquanto vontade e ideal e, muitas vezes, de fato. A diferença entre a burguesia e a nobreza, entre *gens du commun* e *gens du bel air*, é freqüentemente realçada no *Roman bourgeois*, mas apenas no sentido de que os personagens pequeno-burgueses do livro não dominam o tom elevado nas relações sociais e as formas galantes do jogo de amor, que vieram a ser tomadas como implícitas nas esferas mais altas; seu caráter de classe é indicado apenas negativamente. Neste livro não há indício de qualquer autoconsciência burguesa positiva e ponderada que se pudesse contrastar com o tom elegante, a munificência, a galanteria, a frivolidade dos nobres. Ao contrário, os jovens desta classe média sucumbem, sem resistência, aos ideais que olham como aristocráticos, embora, então, estes ideais tenham deixado de ser nobres e se tornado apenas sociais: o interesse nas sutilezas da moda, o gosto por versos galantes e, acima de tudo, o amor na maneira dos preciosos. Um cavalheiro dá um exemplar de *Astrée* a uma moça jovem e inexperiente que tinha sido até agora protegida de toda a vida social e, em um piscar de olhos, sua vida se transforma; ela se torna Astrée, enquanto o seu cavalheiro exerce o papel de Céladon. As novelas preciosas eram da maior importância na formação da burguesia refinada; por meio destes idílios bucólicos, os jovens burgueses aprendiam a ponderar e viver com seus próprios sentimentos, a deles retirar um sentido de dignidade, e a desejar uma vida completamente afastada e dedicada apenas ao amor. Também elas ajudaram a criar o estado de mente que desdenha a realidade concreta como indigna para um homem de nobres sentimentos, mas que, de todo modo, aspira à riqueza e à vida nos altos escalões, onde apenas o paraíso do amor sublime parecia de alcance possível.

Sumarizamos. *La cour et la ville* eram uma unidade que tomou forma ao curso do século e que já pode ser chamada "público", no sentido moderno do termo. As duas partes desta unidade eram, por certo, distintas em nível formal, mas a linha divisória entre elas era repetidamente atravessada e, acima de tudo, cada parte perdera suas bases autênticas. A nobreza como tal perdera sua função e deixara de ser algo mais que o meio que cercava o rei; a burguesia, ou pelo menos a sua parte que pode ser chamada *ville*, também se afastara de sua função original como classe econômica. Com sua ausência parasitária de função e seu ideal cultural comum, *la cour et la ville* se fundiram em uma sociedade una e homogênea.

Tradução
LUIZ COSTA LIMA

Revisão
HELOÍSA BATISTA SANTOS ROCHA

Notas

1. "*Je rends au public ce qu'il m'a prêté*" ("Devolvo ao público o que ele me emprestou", introdução a *Les caractères*) e "*Il se trouve des maux dont chaque particulier gémit et qui deviennent néamoins un bien public, quoique le public ne soit autre chose que tous les particuliers*" ("Há males de que se queixam todos e que, entretanto, se tornam um bem público, embora o público não passe da soma de todos os indivíduos"), *Du souverain et de la république*, parte 7.
2. Henri Estienne, *Apologie pour Hérodote* (1566, reimpresso em Paris, 1879), vol. 1, p. 35: "*le public j'entends la communauté des amateurs des lettres*" (...) ("O público quero dizer a comunidade dos amantes das letras"). Noutras palavras, ele acha necessário definir a palavra neste sentido. Com este fim, Montaigne ainda emprega "*le peuple*" (*Essai* III, 2, começo). Cf. também Larivey segundo Lintilhac, *Histoire générale du théâtre français*, II, 352.
3. *Lettre à Balzac*.
4. Segundo Parfaict, *Histoire du théâtre français*, vol. III, p. 226.
5. Exemplos anteriores adicionais: Scudéry in *Parfaict*, IV, 442 (1629), na dedicatória de Médée de Corneille ao Senhor P. T. N. G. (1639) e na polêmica sobre *Le Cid*.
6. Ao longo do século, *le public* é algumas vezes idêntico à segunda parte da combinação *la cour et la ville*. Cf. Molière, *Le malade imaginaire*, II, 6, onde *les grands* são contrastados com o *public*; ou Baillet, *Jugemens des savans* (1685), IV, 385: "[*Britannicus*] *est maintenant de toutes ses pièces celle que la Cour et le Public revoient le plus volontiers*" ("[*Britannicus*] é de todas as suas peças aquela que hoje mais agrada à Corte e ao Público").
7. Como me informa o artigo de Schalk, já ocorre nas *Mémoires de Sully* (c. *Volkstum und Kultur der Romanen, VII, I*).
8. Prefácio a *Remarques sur la langue française*.
9. Presumivelmente antes de 1640. Cf. a carta de Corneille a Pellisson (*Oeuvres*, ed. Marty-Laveaux, p. 447).
10. A expressão e o ponto de vista da sociedade com ela ligada se espalhou amplamente e teve uma longa existência. Congratulando Karl Zelter pelo casamento de seu filho, Goethe escreveu em 1.º de janeiro de 1817: "A corte e a cidade aprovam a união, que será o fundamento de esplêndidas relações sociais." Veja também a carta de Goethe a Carus em 10 de outubro de 1824.

11. *Nouveaux essais de critique et d'histoire.*
12. Há uma anedota segundo a qual o rei inspirou a cena do caçador em *Les fâcheux (Ménagiana*, III, 24; Grimarest, *Vie de Molière*, ed. Liseux, p. 22).
13. O *parterre* corresponde topograficamente, embora não sociologicamente, à nossa platéia; era a parte mais barata da casa e nele as pessoas ficavam sempre de pé. Teremos mais o que dizer adiante.
14. Cf. Boileau, *Réflexion première sur quelques passages de Longin.*
15. Citado de Michaut, *Les luttes de Molière* (Paris, 1925), p. 49. Veja também as observações de Ménage in *Parfaict*, X, 395a ou *Ménagiana*, I, p. 144. Altamente característica é a irônica declaração feita por Saint-Evremond depois de ler o *Tartuffe*: "Acabei de ler o *Tartuffe*; é a obra-prima de Molière; não entendo por que manobraram para impedir sua exibição por tanto tempo; se estou salvo, é a ele que deverei a minha salvação. A devoção é tão sensata na boca de Cléante que me leva a renunciar a toda a minha filosofia (...)" (De uma carta ao Senhor d'Hervart. Citada em P. Mélèse, *Le théâtre et le public à Paris sous Louis XIV*, Paris, 1934, 332).
16. Ainda há um certo fator político a ser considerado, ou seja, a antipatia do rei pelos grupos secretos, que procuravam escapar de sua influência.
17. Trinta *sous* por uma apresentação. Para maiores detalhes, ver Despois, *Le théâtre français sous Louis XIV*, Paris, 1874, pp. 105 ss.
18. Esta era a situação mesmo nos últimos anos da *confrèrie de la passion.* Cf. *Parfaict*, op. cit., vol. 3, pp. 224 ss., p. 237, nota a; e Eugène Rigal, *Alexandre Hardy*, Paris, 1889, cap. 2.
19. *Prologues tant sérieux que facétieux.* Bruscambille era o nome artístico; seu nome real era Deslauriers. Não fui capaz de encontrar o próprio livro, li apenas excertos in *Parfaict*, op. cit. IV, pp. 138 ss; in J.-A. Dulaure, *Histoire civile, physique et morale de Paris*, 3.ª ed., Paris, 1825, vol. 6, pp. 86 ss; e finalmente em Rigal, op. cit., p. 145. Cf. também a bibliografia de Rigal. Os diálogos de Bruscambille também são interessantes em mostrarem o aparecimento da metáfora grotesca na linguagem da farsa popular, por ex.: "(...) *je vous conjure* (...) *de recevoir un clystère d'excuses aux intestins de votre mécontentement* (...)".
20. *Parfaict*, op. cit., V, 50.
21. *Parfaict*, VI, 131. Cf. Lyonnet, *Les premières de Corneille,* Paris, 1923, pp. 94 ss. Sobre a posição dos músicos e dos cantores, ver Mélèse, op. cit., pp. 382 e 417.
22. *Parfaict*, VI, 150. Cf. também os dois *filous* na cena da *Comédie de la comédie* de Derimon (1661), in *Parfaict*, IX, 31. Sobre as desordens dos anos sessenta e setenta, cf. Moland, *Vie de Molière*, p. 230. Sobre o êxito do protesto de Molière contra o direito dos *officiers de la Maison du Roi* de assistirem aos espetáculos sem pagar e sobre as desordens relacionadas ao ponto, ver *Parfaict*, X, 94, nota. Um incidente semelhante que envolve o embaixador de Savóia é descrito em Mélèse, op. cit., p. 63. Outras desordens e incidentes, ibidem, pp. 215 ss.

23. A referência diz respeito ao teatro recentemente fundado no Hôtel Guénegaud, resultante da fusão do Marais com os remanescentes da *troupe* de Molière.
24. Samuel Chappuzeau, *Le théâtre français*, ed. Monval, Paris, 1875, p. 147. Os decretos acima mencionados são citados na p. 153.
25. Reproduzido in Mélèse, op. cit., p. 419.
26. Ver atrás, p. 733.
27. Carta de Racine a Boileau, 8 de agosto de 1687.
28. *La Maison des jeux*, citado in *Parfaict*, VI, pp. 128 ss., também in Lyonnet, op. cit., 92 ss. Não encontrei o próprio livro; cf. as indicações bibliográficas no índice, no começo do livro de Rigal sobre Hardy, Paris, 1889.
29. *Parfaict*, VIII, p. 391. Sobre o respeito de Regnard pelo *parterre*, cf. Mélèse, *Théâtre*, pp. 210 ss e *Répertoire*, pp. 335 ss.
30. La Fontaine, *Epitres*, XII, 11, pp. 11 ss. Cf. também o resto da *Epitre* e Despois, *Le théâtre français sous Louis XIV*, Paris, 1874, pp. 335 ss.
31. *Muse historique* de 21 de julho de 1660. Cf. *Parfaict*, VIII, 366. Por certo, era parte do repertório usual.
32. Littré sobre a palavra "*parterre*", segundo Marmontel, *Oeuvres*, vol. VI, p. 327.
33. *Parfaict*, IX, 183.
34. Cf. Michaud, *Les débuts de Molière à Paris*, Paris, 1923, pp. 229 ss. Pode-se encontrar uma reedição de *Zélinde in Molière und seine Bühne*, Molière Museum, ed. Dr. H. Schweitzer, com introdução e notas de H. Fritsche, Wiesbaden, 1881, pp. 19-68.
35. *Parfaict*, X, 430. Cf. também a passagem do *Parnasse réformé* (1669) de Guéret, citada por Mélèse, in *Théâtre*, p. 133. Infelizmente não me foi possível encontrar a comédia de um ato de Champmeslé, *La Rue Saint-Denis* (1669).
36. Contudo já se estabelecera um desenvolvimento nesta direção. Minha edição do dicionário de Furetière (1727) traz o seguinte sob a rubrica "*bourgeois*": "*Les ouvriers appellent aussi bourgeois celui pour lequel ils travaillent*". Exemplos: "*Il faut servir le bourgeois. Le maçon, l'artisan tâchent toujours à tromper le bourgeois*".
37. Devo estes detalhes às investigações que Albert-Marie Schmidt teve a bondade de empreender, ante a minha solicitação. Entre outras coisas, ele se refere ao fato de que a loja de rendas mais conhecida empregava cerca de cinqüenta rendeiros de Bruges e Veneza.
38. Carta de Gilberte Périer in *Lettres, opuscules et mémoires de Mme. Périer et de Jacqueline* (...), ed. Faugère (1845), p. 83; reproduzida na pequena edição de Brunschvicg das *Pensées et opuscule* de Pascal, p. 247.
39. Lugares de preço médio também se encontravam: ao que parece, os assentos na rampa inclinada atrás do *parterre* (*amphithéâtre*) eram comumente ocupados pela burguesia, embora algumas vezes fossem reservados pelos príncipes da família real, quando

apareciam com um grande séquito. E ainda havia os camarotes superiores. A respeito dos preços e do número de lugares do último teatro de Molière, o reconstruído Palais Royal, cf. William Leonard Schwartz, "Molière's theatre in 1672-1673", *Publications of the modern language association*, LVI (1941), pp. 395 ss.

40. Veja Rousseau, *La nouvelle Héloïse*, parte II, carta 17.
41. *Oeuvres*, ed. Marty-Laveaux, vol. V, p. 11.
42. *Oeuvres*, vol. VI, p. 126. Corneille não aceitou esta tendência de seu tempo sem certa resistência. Em *Le Cid*, Don Diègue aparece, pelo menos por um momento, como um velho alquebrado. Cf. também a hemorragia nasal de Attila, da qual ele morre.
43. Cf. carta de Saint-Evremond ao conde d'Olonne, não datada, mas definidamente escrita nos últimos anos da década de 1650, in *Oeuvres mêllées*, Amsterdã, 1706, vol. I, p. 118, republicada in Lanson, *Choix de lettres du 17e siècle*, Paris, 1913, p. 448.
44. O termo é moderno — naqueles dias se empregava *ruelle*, *alcôve*, *réduit*, *cercle*, *cabinet* —, ao passo que *salon* tinha o significado italiano de um vestíbulo amplo e suntuoso.
45. Tallement des Réaux, *Historiettes*, ed. Monmerqué, vol. II, p. 214.
46. À medida que o século avançava, o sustento econômico da arte cada vez mais cabia exclusivamente ao rei e a *le public* — mas o rei era o Estado, de cuja proteção dependiam todas as classes e profissões.
47. Madame de Rambouillet é referida como tendo usado a primeira frase, Tallement, op. cit., p. 215; a segunda frase se encontra em Jean de Balzac, *Lettres familières à M. de Chapelain*, Leiden, 1656, p. 105: "*... puisque j'entre dans la confidence de Lucrèce, d'Horace et des autres honnestes gens de l'antiquité.* (...) O termo latino *honestus* era usado no mesmo sentido que na idade imperial (em Petrônio ou Sêneca, por exemplo).
48. *Mémoires*, para 1699. Cf. Pascal, *Pensées*, 38 (ed. Brunschvig). De interesse em conexão com Racine são ainda as observações de Spanheim, embaixador de Brandemburgo (*Relation de la cour de Louis XIV en 1690*, Paris, 1900, reproduzido em Mélèse, *Théâtre*, p. 85).
49. Não temos aqui necessidade de falar da pequena nobreza, muito empobrecida e vivendo permanentemente nas províncias. Cf. os primeiros capítulos de *L'Ancien Régime* de Taine. Um retrato da vida social nas províncias é encontrado na deliciosa peça de Molière, *La comtesse d'Escarbagnas*.
50. Pelo que sei, La Bruyère é o único autor que ocasionalmente mostra consciência disso.
51. *Mémoires pour servir à l'histoire des hommes illustres de la république des lettres* (...), Paris, 1727-45, 43 vols. O restante de nossos dados são tomados ou de biografias individuais ou das amplas coleções biográficas francesas de Michaud e Hoefer (*Biographie universelle* e *Nouvelle biographie universelle*).

52. Este é um sumário muito aproximado de um desenvolvimento bastante complexo e embaraçante. Cf. Holtsmann, *Französische Verfassungsgeschichte*, Munique, 1910, Bellow-Meinecke, *Handbuch der mittelalterlichen und neuren Geschichte*, vol II, 4 e Paul Viollet, *Droit public*, vol. IV: *Le roi et ses ministres*, Paris, 1912.
53. Richelieu escreveu em seu *Testament politique* (cap. IV, seção I): "Em uma república recém-estabelecida seria um grave erro não extinguir a venalidade, pois, neste caso, a razão exige o estabelecimento das leis mais perfeitas que a sociedade humana pode suportar. Mas a prudência impede a mesma política em uma velha monarquia, cujas imperfeições tornaram-se um hábito e cuja desordem (não sem utilidade) faz parte da ordem do Estado."
54. Cf. as observações de Méré quanto ao fato de *métier* e *honnêteté* serem opostos irreconciliáveis (cf. Pascal, *Pensées et opuscules*, pequena edição de Brunschvicg, 116). A "naturalidade" do *honnête homme* precisamente consistia em sua habilidade em estar bem em qualquer lugar.
55. Charles Normand, *La bourgeoisie française em le 17e siècle*, Paris, 1908.
56. *Le misanthrope* tem lugar na sociedade da corte e a família de Orgon no *Tartuffe* deve pertencer ou à nobreza ou às categorias mais altas da burguesia.
57. Um *honnête homme* não deve procurar erguer-se acima de seu nível e, antes de tudo, não deve procurar ser original. Em uma obra tão no começo quanto *L'Astrée* parte I, livro X (edição da *Bibliotheca romanica*, pp. 560-1), lemos a seguinte passagem: "*L'ambition que chacun doit avoir est de bien faire tout ce qu'il doit faire et en cela être le premier de sa condition.* (...) *Toutes choses devant se contenir dans les termes où la nature les a mises; et comme il n'y a pas apparence qu'un rubis pour beau et parfait qu'il soit puisse devenir un diamant, ainsi celui qui espère de s'élever plus haut, ou pour mieux dire de changer de nature et se rendre autre chose qu'il était, perd en vain le temps et la peine.* (...)" ("A ambição de cada um deve ser a de bem realizar tudo o que deve fazer e ser nisso o primeiro de sua condição. (...) Desde que todas as coisas devem permanecer dentro dos limites em que a natureza as deixou; e desde que não é plausível que um rubi, por mais belo e perfeito que seja, possa se tornar um diamante, assim também aquele que espera se elevar mais alto ou, melhor dizendo, mudar de natureza e tornar-se coisa diversa do que era, fatiga-se e perde o tempo em vão (...).")
58. *Essais*, II, 4.
59. "*Un marchand du palais, ou un petit commis, sargent ou solliciteur de procez;* 2. *un marchand de soye, drappier, moleur de bois, procureur de Chastelet, maitre d'hôtel et secrétaire de grand seigneur;* 3. *un procureur en Parlement, huissier, notaire ou greffier;* 4. *un avocat, conseiller du Trésor ou des Eauxes et Forests, substitut du Parquet et général des Monnoyes;* 5. *un auditeur des Comptes, trésorier de France ou payeur des Rentes;* 6. *un conseiller de la cour des Ayres ou conseiller du Grand Conseil;* 7. *un conseiller au Parlement ou un maitre des Comptes;* 8. *un maistre des Requetes, intendant des Finances, greffier et sécretaire du Conseil, président aux Enquestes;* 9. *un président au Mortier, vray marquis, sur-intendant, duc et pair.*"

CAPÍTULO 24

Dom Quixote e o problema da realidade

ALFRED SCHÜTZ

In SCHÜTZ, A. *Collected papers*, Martinus Nijhoff, The Hague, 1967, vol. II, pp. 135-158.

"Sob que circunstâncias consideramos as coisas como sendo reais?" — pergunta William James em um dos capítulos mais importantes do seu livro *Princípios de psicologia*,[1] passando a desenvolver, a partir daí, sua teoria das diversas ordens da realidade. Ele considera que qualquer objeto que não for refutado é, *ipso facto*, uma realidade em que acreditamos e que pressupomos como absoluta. E não se pode contradizer uma coisa pensada a partir de outra a menos que esta dê início à disputa afirmando algo inaceitável sobre aquela. Se for este o caso, então o pensador deve escolher a qual dos objetos quer se ater. Pode-se acreditar nas proposições, sejam atributivas ou existenciais, exatamente na medida em que são concebidas — a menos que conflituem com outras proposições nas quais acreditamos concomitantemente —, afirmando-se que seus termos são os mesmos dessas outras proposições. Toda a distinção entre real e irreal, toda a psicologia da crença, do ceticismo e da dúvida sempre se baseia, de acordo com William James, em dois fatos mentais: primeiro, que somos propícios a pensar de modo diferente sobre o mesmo objeto; e segundo, que, quando o fazemos, podemos escolher qual o modo de pensar a que queremos aderir e qual ignorar. A origem e a fonte de toda realidade, seja de um ponto de vista absoluto, seja prático, sempre está, portanto, em nós mesmos. Conseqüentemente, existe um número considerável, provavelmente mesmo infinito, de diferentes ordens da realidade, cada uma das quais com seu estilo peculiar de existência e separada das outras — às quais William James chama de "subuniversos". Entre eles, encontra-se o mundo dos sentidos ou das "coisas físicas", que são experimentadas pelo senso comum, constituindo a realidade preponderante; o mundo da ciência; o mundo das relações ideais; o mundo "dos ídolos da tribo"; os mundos sobrenaturais, tais como o céu e o inferno cristãos; os numerosos mundos da opinião individual, e finalmente os mundos da pura ociosidade e loucura, que são também infinitamente numerosos. Todo objeto em que pensamos se refere pelo menos a um dos mundos desta lista ou de outra semelhante. Cada um desses mundos, enquanto desperta nossa atenção, é real a seu próprio modo, e qualquer que seja a sua relação com nossa mente, se não houver uma relação mais forte com a qual se conflitue, bastará para tornar este objeto real.

Até agora consideramos William James. Este não é o lugar indicado para investigar as formas que a mente emprega para conferir valor de realidade a um desses universos em detrimento dos outros; nem como ocorre a transição de um campo da realidade para outro; nem, finalmente, que aspectos da consciência caracterizam as diversas províncias ou subuniversos da realidade.[2] As poucas frases citadas de William James delimitam nosso objetivo, que é analisar o problema da realidade no *Dom Quixote*, de Cervantes. Desejamos apresentar aqui a tese de que o romance de Cervantes trata sistemática e exatamente do problema das múltiplas realidades, afirmado por William James, e que as diversas fases das aventuras do *Dom Quixote* são variações cuidadosamente elaboradas do tema principal, ou seja, de que forma experimentamos a realidade. Este problema tem muitos aspectos, dialeticamente interligados. Há o mundo da loucura de Dom Quixote, o fundo da cavalaria, um subuniverso da realidade incompatível com a realidade preponderante da vida quotidiana, na qual o barbeiro, o padre, a dona-de-casa e a sobrinha simplesmente levam a vida assumindo-a sem questioná-la. Como se explica que Dom Quixote possa continuar conferindo valor de realidade a seu subuniverso de fantasia, se isto conflitua com a realidade preponderante, na qual não existem castelos, exércitos nem gigantes, mas tão-somente estalagens, rebanhos de carneiros e moinhos de vento? Como é possível que o mundo particular de Dom Quixote deixe de ser solipsístico, que haja outros mundos dentro desta realidade, não meramente como objetos da experiência de Dom Quixote, mas compartilhando com ele, pelo menos até certo ponto, a crença na realidade, real ou potencial? E, finalmente, nem o subuniverso da loucura de Dom Quixote, nem a realidade preponderante dos sentidos, como é chamada por William James, na qual nós, Sanchos Panças, vivemos nossas vidas quotidianas, se revelam tão monolíticos como parecem. Ambos contêm, por assim dizer, enclaves de experiência que transcendem os subuniversos assumidos quer por Dom Quixote, quer por Sancho Pança, e relativos a outros campos da realidade incompatíveis com qualquer deles. Há ruídos noturnos assustadores e enigmáticos, morte e sonhos, visões e arte, profecias e ciência. Como Dom Quixote, como nós, Sanchos Panças, conseguimos manter nossa crença na realidade do subuniverso fechado que escolhemos uma vez como nossa base doméstica, apesar das inúmeras irrupções de experiências que o transcendem?

Examinemos inicialmente o mundo da cavalaria e Dom Quixote. Este é, indubitavelmente, um subuniverso fechado, e certamente é sobre este que ele confere o valor da realidade. Repetidamente o engenhoso cavaleiro refuta qualquer dúvida de estranhos a respeito das vidas ou aventuras descritas nos livros de cavalaria sobre seus heróis. E dispõe de bons argumentos para tal. A instituição dos cavaleiros errantes, segundo ele explica ao cônego de Toledo,[3] é universalmente reconhecida, sendo portanto autêntica. A história de Ferrabrás aconteceu na época de Carlos Magno; os feitos do rei Artur estão registrados nas histórias e crônicas da Inglaterra; até hoje se vê a trompa de Rolando na Armaria do Rei, em Madri. Além disso, os livros que tratam da vida e da história dos cavaleiros descrevem, com todo o detalhe, a família, a época, a ação deste ou daquele cavaleiro no seu dia-a-dia. Baseando-se nesses relatos, Dom Quixote consegue descrever Amadis de Gaula em todas as suas características, traços e ações, a ponto de poder afirmar que o vira com seus próprios olhos. Chama a isso de "prova infalível" da sua existência.[4] Ademais, seria concebível que livros impressos com permissão real mentissem? E como se poderia chegar a duvidar da existência real de gigantes? Na ilha da Sicília, descobriram-se maxilares e clavículas de um tamanho que demonstra que seus possuidores eram gigantes altos como torres. Também as Sagradas Escrituras, que não podem se afastar da verdade em um centímetro, mencionam gigantes tais como Golias.[5] Se examinarmos por que, dentro da realidade de nossa atitude natural, acreditamos em fatos históricos, só poderemos pensar em argumentos semelhantes aos de Dom Quixote: documentos, monumentos, relatos autenticados por testemunhas e pela tradição contínua. Além disso, podem ocorrer discussões bem fundamentadas entre os historiadores do mundo de Dom Quixote, tais como a controvérsia com o louco Cardênio sobre se o Mestre Elisabat era o amante da Rainha Madasima ou não.[6]

A cavalaria andante é, em primeiro lugar, um modo de vida. Preenche uma missão celestial. Os cavaleiros andantes são "os ministros de Deus na terra, e as armas pelas quais Sua Justiça é aqui executada".[7] Nesta idade do ferro, faz parte da sua profissão percorrer o mundo, corrigindo os erros e mitigando as injustiças.[8] Mas a cavalaria não é simplesmente um modo de vida, é uma ciência — mais, a rainha de todas as ciências, que compreende todas ou a maior parte das ciências do mundo. Aquele que professa a cavalaria andante deve ser um jurisconsulto e conhecer as leis privadas e públicas; deve ser um teólogo, de modo a justificar as razões para as regras cristãs que professa; um médico e, especialmente, um ervário para poder preparar um frasco de bálsamo de Ferrabrás, do qual apenas algumas gotas curam um cavaleiro cortado ao meio, contanto que as partes sejam ligadas antes que o sangue coagule;[9] um astrônomo, para saber pelas estrelas quantas horas se passaram à noite e em que parte do mundo se encontra deve saber ferrar um cavalo, consertar uma sela e nadar. E, acima de tudo, deve ser um defensor da verdade, embora ao fazê-lo possa perder a vida.[10]

Este mundo da cavalaria tem um sistema legal e econômico próprio. Os cavaleiros andantes são isentos de qualquer jurisdição; sua lei é sua espada, seu título, sua coragem, seus estatutos, sua própria vontade.[11] Onde já se ouviu falar de um cavaleiro andante ser levado diante de um juiz, por mais homicídios que tenha praticado? Que cavaleiro andante alguma vez pagou impostos, alfândega ou pedágio?[12] Que alfaiate já foi pago por algum costume? Que governador que o tenha recebido em seu castelo alguma vez o fez pagar sua conta?[13] E, com toda a certeza, os cavaleiros não pagavam salários a seus escudeiros. Faziam-nos governadores de algumas ilhas ou governantes de algum dos reinos que conquistavam.[14]

Este subuniverso se caracteriza por modificações peculiares de categorias básicas de pensamento, em especial o espaço, o tempo e a causalidade. O reino de Micomina, na Etiópia,[15] o Império de Trapezunt[16] são conceitos geográficos bem definidos; ficam bem estabelecidas pela física celeste a segunda região do ar, donde surgem a neve e o granizo, e a terceira, do fogo, onde se formam os raios e os trovões.[17] E todos esses lugares podem ser aproximados com facilidade: o sábio, o nigromante ou o mágico — que cuida dos assuntos do cavaleiro, e certamente todo cavaleiro, para o ser verdadeiramente, tem um amigo desses[18] — suspende-o de seu leito e no dia seguinte ele estará a milhares de quilômetros de sua casa; ou lhe envia uma carruagem de fogo ou um hipogrifo ou um Clavileño, o cavalo de pau, ou um barco encantado. De outro modo, seria impossível que um cavaleiro guerreando nas montanhas armênias fosse salvo no último momento por um amigo que há apenas um minuto estava na Inglaterra.[19] Dom Quixote passa quatro noites na gruta de Montesinos, embora os que o esperam à entrada desta afirmem que só se havia afastado por pouco mais de uma hora[20] — problema semelhante ao analisado por Bergson em nossos dias ao discutir sobre o conceito de tempo na teoria da relatividade de Einstein.[21] Tudo isso se deve ao trabalho dos encantadores, quer amigáveis quer hostis, que preenchem o papel de causalidade e motivação no subuniverso de Dom Quixote. Sua atividade é a categoria básica da interpretação do mundo do cavaleiro. Sua função é traduzir a ordem do reino da fantasia no reinos da experiência do senso comum, transformar os gigantes reais atacados por Dom Quixote em fantasmas de moinhos de vento, por exemplo. Os encantadores, segundo aprendemos, podem transformar todas as coisas e mudar suas formas naturais. Mas, estritamente falando, o que eles mudam é o esquema de interpretação que prevalece em um subuniverso no esquema de interpretação válido em outro. Ambos se referem à mesma coisa, que é, nos termos do subuniverso particular de Dom Quixote, o escudo miraculoso de Mambrino, e, em termos da realidade preponderante da vida quotidiana de Sancho Pança, uma bacia comum de barbeiro. Assim, a função das atividades dos encantadores é garantir a coexistência e a compatibilidade de diversos subuniversos de significado ao se referir às mesmas coisas, e garantir a manutenção do valor de realidade conferido a algum desses universos. Nada permanece inexplicado, paradoxal ou contraditório, assim que as atividades do encantador são reconhecidas como elemento constitutivo do mundo. Mas, para Dom Quixote, a existência de encantadores é muito mais do que simplesmente uma hipótese. É um fato histórico, provado por todos os livros de fonte sagrada relativos a assuntos de cavalaria. Claro que este fato não é verificável pelos meios comuns da percepção sensorial. Pois os mágicos nunca se deixam ver,[22] e é claro que o axioma do encantamento, que reconcilia o subuniverso da fantasia e o da realidade preponderante possível, não pode ser ele mesmo submetido a um teste originado dentro de um desses subuniversos.

Nossa era iluminada certamente não está preparada para aceitar a ação de encantadores invisíveis como um princípio de explicação para as ocorrências e fatos na estrutura causal do mundo. Com efeito, reconhecemos a existência de vírus ou de neutrinos invisíveis, ou de um "id", no sentido psicanalítico, como fonte causal de fenômenos observados. Mas quem ousaria comparar esses achados de nossos cientistas às atividades dos encantadores do louco Dom Quixote? Contudo, nesta última teoria, a atividade dos encantadores invisíveis tem uma grande vantagem sobre os princípios explanatórios da ciência moderna que acaba de ser mencionada: os próprios encantadores têm seus motivos para agir como o fazem e esses motivos são incompreensíveis para nós, seres humanos. Alguns deles guardam rancor ao cavaleiro, porque sabem, através da sua arte e das suas magias, que, na plenitude do tempo, Dom Quixote vencerá em combate algum de seus cavaleiros favoritos e eles não serão capazes de contradizer ou evitar o que o Céu decretou.[23] Mas os encantadores amistosos também interferem: o sábio que está ao lado de Dom Quixote mostra uma rara antevisão ao fazer com que o escudo de Mambrino, este objeto de imenso valor, pareça a todos uma bacia de barbeiro, protegendo assim seu possuidor da perseguição de todos aqueles que compreendem seu verdadeiro significado.[24] Ocorre também, por exemplo, na aventura miraculosa com o barco encantado, que aqueles poderosos encantadores se encontram em oposição, cada um deles frustrando o objetivo do outro.[25] Temos aqui todos os elementos da teologia grega à época de Homero: a inveja dos deuses, a intervenção em favor dos seus protegidos, sua luta pelo poder, sua sujeição a um destino inevitável. Com efeito, se introduzirmos os encantadores na cadeia causal, não poderemos resolver a dúvida cartesiana quanto ao mundo ser governado por um gênio do mal ou por Deus. Mas poderemos ter a certeza de que, não importa o que aconteça, acontecerá racionalmente, isto é, dentro da motivação dos encantadores. Poderemos nos sentir tentados a falar de uma dialética não-hegeliana do mesmo modo em que falamos de uma geometria não-euclidiana.

São esses os traços principais do subuniverso fechado de Dom Quixote, sobre os quais ele conferiu valor de realidade, a base doméstica a partir da qual ele interpreta todas as províncias da realidade. Mas este seu mundo próprio entra em contato com o mundo dos seus companheiros, e todos eles, Dom Quixote e os outros, têm de enfrentar os conflitos que surgem dos esquemas díspares de interpretação que prevalecem em cada uma delas. Na descrição das diversas aventuras que Dom Quixote encontra nas suas três expedições, Cervantes mostra de forma altamente sistemática as soluções típicas para este problema, e seria um teste bastante tentador analisá-las passo a passo. Não se pode atingir este objetivo dentro dos limites deste ensaio. Temos de nos restringir a um levantamento geral e à análise de umas poucas aventuras.

O mundo social que Dom Quixote encontra em cada uma das suas três expedições oferece uma atitude radicalmente diferente diante do seu mundo particular de fantasia, que, para ele, é extremamente significativo, mas que representa para seus semelhantes um mundo de loucura. Na sua primeira expedição curta, Dom Quixote está sozinho. Está envolvido meramente num diálogo interior com o sábio desconhecido, quem quer que seja, o qual transmitirá seus feitos às gerações futuras. Exceto nisso, Dom Quixote permaneceria o mestre imperturbado de seu subuniverso; nenhum comportamento de seus semelhantes que, como afirma Cervantes, "caem no seu gosto"[26] o contradizem. Para Dom Quixote, existe realmente uma fortaleza com torres de prata brilhante, uma trombeta de anão anunciando o cavaleiro que se aproxima, formosas donzelas arejando ao portão do castelo e um castelão. Somente para o observador se apresentam uma estalagem, um porqueiro tocando o chifre, duas mulheres de vida fácil e um estalajadeiro. Nada ou ninguém, entretanto — para voltar à citação de William James mencionada no início —, começa a discussão afirmando algo que contradiga a experiência que Dom Quixote vive como verdadeira. O estalajadeiro recebe-o de forma apropriada a um cavaleiro, permite-lhe que observe os brasões, realiza a cerimônia de armá-lo cavaleiro; e nem os vendedores de seda, montados a cavalo, ou o muleiro, que relutam em reconhecer sem alguma prova que Dulcinéia é a mais bela dama do mundo, se comportam de forma incompatível com a forma de interpretação assumida no mundo da cavalaria. Assim, as ações de Dom Quixote permanecem plausíveis dentro da realidade preponderante da vida quotidiana, apesar de suas motivações fantásticas, e nenhum encantador é necessário para reconciliar os esquemas díspares de interpretação.

A atividade dos encantadores surge pela primeira vez durante o intervalo entre a primeira e a segunda expedição, quando o padre e o barbeiro tentam curar Dom Quixote queimando seus livros e emparedando sua biblioteca. Este evento é explicado como sendo ato do mágico Freston, o arquiinimigo de Dom Quixote, e o cavaleiro o compreende perfeitamente, interpretando-o como um acontecimento real. Dali por diante ele utiliza o fato do encantamento a fim de manter o valor de realidade no seu subuniverso particular de cavalaria se este mundo contradissesse a realidade preponderante dos seus semelhantes que entrassem em contato ou em conflito com ele. Pois nessa segunda expedição, Dom Quixote já não se encontra sozinho. Tem de estabelecer um "discurso de subuniverso" com os companheiros com os quais compartilha uma relação direta no mundo do senso comum. Isto diz respeito primeiramente a Sancho Pança, seu escudeiro, o representante do pensamento quotidiano que sempre domina um manancial de provérbios, para poder explicar tudo em termos do conhecimento apenas assumido como verdadeiro. Mas, se fatos e acontecimentos experimentados por ambos são interpretados de acordo com esquemas diferentes de interpretação, constituirão ainda assim experiências *comuns* dos *mesmos* objetos? Nossa relação com o mundo social se baseia na pressuposição de que, apesar de todas as variações individuais, os mesmos objetos são experimentados por nossos semelhantes substancialmente da mesma forma como nós mesmos o fazemos e vice-versa, e também que tanto o nosso esquema de interpretação quanto o deles mostra a mesma estrutura típica de pertinência. Se esta crença na identidade substancial da experiência intersubjetiva do mundo se rompe, então a própria possibilidade de estabelecer comunicação com nossos semelhantes fica destruída. Numa situação de crise como a descrita agora, ficamos convencidos de que cada um de nós vive numa concha impenetrável de sua própria prisão solipsística, e os Outros se tornam apenas miragens para nós, e nós para os Outros, e nós também para nós mesmos. Há duas possibilidades: ou as experiências do mundo objetivo se mostram meras ilusões (e na terminologia de Dom Quixote isso significa que o encantador transformou o mundo objetivo); ou eu mesmo transformei minha identidade (e isto significa que eu mesmo me encantei). Por outro lado, é exatamente a atividade presumível dos encantadores, que mudam e alteram todos os nossos fatos, transformando-os a seu bel-prazer, que leva ao efeito daquilo que parece a Dom Quixote o escudo de Mambrino parecer a Sancho uma bacia de barbeiro e a outro ainda alguma outra coisa.[27] Isso não agrada a Sancho. Para ele, empírico neopositivista, as dores que sente em seus ombros, na estalagem, pelo torcimento dos cobertores, votam a favor da realidade de seus torturadores, os estalajadeiros e o muleiro, e ele se recusa a aceitar a explicação de Dom Quixote de que eles eram fantasmas num castelo encantado. Quando você consegue reconhecer pessoas que têm nomes, não pode existir encantamento — diz ele. Mas lentamente Sancho aceita o esquema de interpretação do cavaleiro. O encantamento é, para Sancho, ao menos plausível, e, ao final da segunda parte, depois que Dom Quixote foi vencido pelo Cavalheiro da Lua, torna-se fato concreto. "Pois todo este episódio lhe pareceu um acontecimento num sonho e todo o ocorrido apenas um assunto de encantamento."[28] Com grande habilidade, Cervantes mostra esta transição e os artifícios pelos quais um subuniverso de discurso comum se estabelece entre cavalheiro e escudeiro. Ambos têm bons argumentos para afastar as discrepâncias. Dom Quixote admite que Sancho não é um cavaleiro, e, portanto, está isento das leis que se aplicam aos outros;[29] talvez seu medo o impeça de ver e ouvir corretamente;[30] se Sancho Pança tivesse seguido furtivamente os dois rebanhos de ovelhas por algum tempo, teria descoberto que foram retransformados em dois exércitos, segundo a descrição de Dom Quixote.[31] Por outro lado, Sancho se sente inclinado a acreditar que os infortúnios do Cavaleiro se devem ao fato de ele ter quebrado um juramento solene;[32] ou talvez por ter algum poder sobre gigantes reais, mas nenhum poder sobre assombrações.[33] E depois de descobrir que ele tem de aceitar o encantamento como um esquema de interpretação, se quiser estabelecer um universo de discurso com Dom Quixote, Sancho aprende a se expressar como um seguidor dos filósofos céticos gregos. Por diversas vezes, Sancho corrige sua afirmação inicial de que o que Dom Quixote declara como sendo o escudo de Mambrino não passa de uma bacia de barbeiro, e que vale tanto quanto um tostão se valer um *real*. Nada se parece mais com uma bacia de barbeiro. É exatamente igual.[34] E, depois,[35] chega a falar numa "bacia-escudo". Mais para o final da primeira parte,[36] a história desta aventura é utilizada para desenvolver, como na parte acelerada de uma fuga complicada, o tema principal da realidade intersubjetiva em novas elaborações. Na estalagem — que a Dom Quixote parece um palácio encantado —, todos os atores principais da história se reuniram. O barbeiro, o proprietário anterior da bacia-escudo, que Dom Quixote obteve em devido combate, aparece e reclama sua propriedade e também a albarda que Sancho acabara de tirar de sua mula naquele momento. O grupo da estalagem decide levar a brincadeira adiante e confirma, para desespero do proprietário roubado, que o objeto em questão é, como sustenta Dom Quixote, um escudo e não uma bacia de barbeiro. Uma opinião de especialista, fornecida por mestre Nicholas, o amigo barbeiro de Dom Quixote, corrobora esta descoberta. O proprietário anterior não consegue entender por que tantos cavalheiros honrados podem dizer que aquilo não é uma bacia, e sim um escudo. Mas se isto for correto — argumenta —, então a albarda da sua mula deve ser um arreio de cavalo, uma vez que Dom Quixote insiste que o encontrou montado num corcel prateado. Em termos de lógica formal, este argumento está perfeitamente correto. Dom Quixote se recusa a interferir no assunto da albarda, porque isto não diz respeito à questão da cavalaria, e ele, sendo um cavaleiro, poderia estar sujeito aos encantos desse castelo enfeitiçado. Admite que a coisa lhe parece bastante com uma albarda, mas deixa a decisão para os outros, porque assim a compreensão deles ficará livre e serão capazes de julgar os assuntos deste castelo como realmente são, e não como eles parecem a ele, Dom Quixote. Os envolvidos na trama afirmam, por voto secreto, que o objeto não é uma albarda de mula, mas o arreio de um cavalo. O proprietário anterior, a cujos olhos os objetos se transformaram num escudo e num arreio de cavalo, está mais do que perplexo, mas, como bom democrata, submete-se ao voto da maioria, e afirma: "A força é o direito." Um observador, assumindo o papel de cientista, não se dá por satisfeito, entretanto. Se isto não for a mais completa pilhéria, ele não pode entender como homens tão inteligentes podem insistir que tais coisas não sejam uma bacia e uma albarda. Tal afirmativa contradiz a verdade e o bom senso óbvios, e ninguém o poderá convencer do contrário. Como método saudável para decidir essa discussão, inicia-se uma batalha generalizada entre os grupos. "Finalmente" — comenta Cervantes — "a algazarra diminuiu por algum tempo, e a albarda continuou como um arreio até o dia do Juízo Final, e na imaginação de Dom Quixote a bacia permaneceu um escudo e a estalagem, um castelo."[37] O abismo entre os dois subuniversos não pode ser superado, seja pela lógica formal, seja pelo consenso da maioria, seja pela vitória militar.

A segunda parte da novela, escrita dez anos depois, transpõe a dialética da intersubjetividade numa nova dimensão. Se durante as duas primeiras expedições Dom Quixote encontrou semelhantes, ele o fez numa relação direta, e nenhuma das duas partes conhecia a outra anteriormente. Mas antes que Dom Quixote partisse para sua terceira expedição, a história de suas aventuras anteriores foi descrita num livro lido por grande parte das pessoas que ele deveria encontrar. Este público anônimo de leitores se imaginara um tipo idealizado de Dom Quixote, de sua personalidade, suas formas de agir e reagir; esperava dele um certo tipo de comportamento, inclusive suas expectativas quanto às reações dos outros, e se sentia preparado para orientar seu próprio comportamento para com o cavaleiro de modo a que este o interpretasse como uma reação adequada a suas próprias ações. A fim de satisfazê-lo e estabelecer com ele um universo de discurso, o público constrói dentro da realidade do universo de sua vida quotidiana um mundo de jogos, de pilhérias, de faz-de-conta e de "vamos fingir", que, assim espera, será tomado como verdadeiro por Dom Quixote em termos do seu subuniverso particular. Mas já que nunca confere a esse seu mundo de faz-de-conta valor de realidade, não consegue estabelecer um universo de discurso com Dom Quixote e, conseqüentemente, entrar numa relação social verdadeira com ele. Isto leva, como veremos, à tragédia pessoal e à queda do cavaleiro.

Sua tragédia pessoal se deve, inicialmente, ao enfraquecimento de sua fé na realidade de Dulcinéia. Quando Sancho descobre que a dama do cavaleiro,

Dulcinéia del Toboso, não passa da filha do fazendeiro, Aldonza Lorenzo, duvida de tudo que o cavaleiro enamorado afirmava sobre ela: "— Você acredita, Sancho — responde o cavaleiro — que todas as Amarises, Filícias, Sílvias... e tudo o mais que os livros contam — eram damas reais em carne e osso, e amantes dos escritores que escreveram sobre elas? De modo algum. A maioria delas foi inventada para servir de tema para versos. Sinto-me muito feliz, portanto, ao imaginar e acreditar que a boa Aldonza Lorenza é adorável e virtuosa e, de minha parte, penso nela como a maior princesa do mundo."[38] E aqui Dom Quixote faz uma afirmativa que está no âmago de nosso problema, e que ultrapassa, na sua ousada lógica, todos os paradoxos da teoria das classes de Russell, que também se pode encontrar no romance de Cervantes[39] — como Herman Weyil já afirmou. *Para pôr fim a este assunto, imagino que tudo o que eu digo é verdadeiro, nem mais, nem menos.* Este é o axioma básico que identifica a verdade à existência no subuniverso particular sobre o qual se conferiu valor de realidade.

Na segunda parte do romance, a duquesa recebe Dom Quixote no mundo do "faz-de-conta" que ela cuidadosamente inventou para ele. Refere-se à afirmativa citada acima, que o cavaleiro leu na primeira parte já publicada, bem como no fato de que Dom Quixote nunca encontrou Dulcinéia, e expressa dúvida quanto à existência real dela. "— Só Deus sabe — responde Dom Quixote — se Dulcinéia existe na terra, ou não; se ela é fantástica ou não. *Estes são assuntos cuja verificação não se pode levar até as últimas conseqüências.* Eu não engendrei nem criei minha dama, embora a contemple na sua forma ideal, com todas as qualidades necessárias para granjear fama a uma dama, em todos os cantos do mundo."[40] Somente os mercadores de Toledo, que vão a Marcia comprar seda, querem que o cavaleiro lhes mostre Dulcinéia, ou pelo menos um retrato dela, antes de admitirem que ela é a mais bela dama.[41] Somente Sancho ousa admitir a Dom Quixote, na terceira expedição, quando procuram em vão pelo palácio de Dulcinéia em Toboso, que ele também nunca viu a incomparável dama e que apenas inventara tê-la visto, bem como à resposta que lhe trouxera dela. Mas isso não basta. Três moças campesinas num burro se aproximam na estrada, e Sancho as descreve a Dom Quixote como a princesa Dulcinéia em toda a sua glória, acompanhada por suas damas de companhia, andando em dóceis cavalos leves como a neve. Mas Dom Quixote, para seu desespero, só consegue ver moças do vilarejo andando de burro — ou pelo menos assim elas lhes pareceram[42] — e ele próprio tende a duvidar da sua experiência imediata. Com toda a certeza os encantadores colocaram nuvens e cataratas em seus olhos e *somente para eles e para ninguém mais* transmudaram Dulcinéia numa pobre moça camponesa. Contudo, há ainda uma outra possibilidade mais horrenda. Talvez o encantador tenha transformado Dom Quixote na aparência de algum espectro para torná-lo abominável à visão de Dulcinéia.[43] Este é o mesmo problema tratado por Kafka na sua novela *A metamorfose*, na qual um homem se descobre, certa manhã, transformado num enorme inseto. Dom Quixote começa a duvidar da própria identidade. A situação se torna mais complexa pelo fato de, quando mais tarde, na gruta de Montesinos, ele tem uma visão de Dulcinéia e ela lhe parece transformada em camponesa, ele chegar à conclusão de que ela deve estar enfeitiçada, metamorfoseada não apenas para ele mas também para Sancho e todos os demais.[44] Entretanto, sente dúvidas e permanece incerto quanto à sua visão de se o que viu na gruta de Montesinos era a realidade, o sonho ou a pura ficção a partir de sua própria imaginação. Pergunta ao macaco profeta de mestre Pedro[45] e depois à cabeça encantada[46] se o relato que fez da sua experiência na gruta era verdadeiro ou sonho, imaginação ou realidade, e por duas vezes recebe a resposta de que era uma mistura de ambos. Pois mesmo dentro do subuniverso do mundo particular de Dom Quixote, há a possibilidade de sonho e imaginação, um mundo de fantasia dentro do mundo da fantasia; mesmo neste subuniverso, as fronteiras da realidade são deslizantes, mesmo ali há enclaves de outros subuniversos refletidos naquele como num espelho.

Para Sancho, que sabe que toda a história do primeiro e do segundo encontro com Dulcinéia não passa de sua própria invenção, a situação parece perfeitamente clara, e o relato de Dom Quixote da sua visão na gruta de Montesinos enfim o convence plenamente de que seu mestre estava fora de seu juízo perfeito e, sob todos os aspectos, louco.[47] Mas sua íntegra convicção se perturba quando mais tarde confessa[48] à duquesa que apenas fizera Dom Quixote acreditar nos seus encontros com Dulcinéia e que o enfeitiçamento dela é tão verdadeiro quanto a lua ser cor de queijo verde. A duquesa responde que, em sua opinião, o plano engenhoso de Sancho foi invenção dos encantadores, que a camponesa é realmente, sem dúvida nenhuma, Dulcinéia, e que o bom Sancho é que estava sendo enganado, embora ele pudesse pensar ser ele próprio o enganador. A duquesa assume, com isso, o ponto de vista hegeliano do "engano da Razão", que torna o homem inconscientemente e contra a sua vontade um instrumento de um objetivo mais elevado daquela. Sancho tem de admitir esta possibilidade, e também que, se a duquesa está certa, tem de acreditar no que Dom Quixote sustenta ter visto dentro da gruta. Mas — diz Sancho — deve ter ocorrido o contrário do que a duquesa afirmava. Não seria plausível que ele, Sancho, pudesse ter inventado instantaneamente um truque tão arguto com sua pouca inteligência, e seu senhor não poderia ser tão louco a ponto de aceitar algo tão fora de qualquer probabilidade a partir de uma persuasão tão frágil. A verdade poderia ser que fora mesmo uma camponesa o que ele vira, tornando-a exatamente como tal. E uma camponesa ele a julgava. Mas se era Dulcinéia, isto não poderia atribuir a ele, mas apenas àquele ativíssimo e extremamente intrometido encantador que atuava.[49] O fato de Sancho admitir a possibilidade de que aquela camponesa empírica, que ele transformara na Dulcinéia fictícia, fosse talvez, na realidade, a Dulcinéia noumenal, completa a dialética da experiência intersubjetiva da realidade.

Já mencionamos anteriormente que o mundo da fantasia não é um reino único, que há fantasias dentro de fantasias, subuniversos dentro de subuniversos, os quais podem conflituar entre si, e com a realidade da vida quotidiana. Um exemplo desta situação pode ser encontrado em um dos capítulos mais profundos da obra de Cervantes, no qual Dom Quixote assiste à *A libertação de Melissandra*, no teatro de fantoches de Mestre Pedro. Dom Quixote sabe, através de seus livros de cavalaria, de todos os pormenores da história sobre como Dom Gaiferos liberta a senhora Melissandra da escravidão dos mouros — o que para ele constitui um fato histórico. Ao começar o teatro de fantoches, critica certos pormenores da apresentação, como contrários ao fato, por exemplo que o rei mouro dê sinais de alarme para a perseguição dos fugitivos tocando sinos em todas as torres das mesquitas, quando, na realidade, os mouros usavam trombetas e tímpanos para este fim. Mas logo a peça se apodera de Dom Quixote, despertando-lhe medo, e compaixão, na velha fórmula aristotélica. O que ele conhecia como fatos históricos através de seus livros ocorre nesse momento, diante de seus olhos, na representação dos fantoches de Mestre Pedro, no presente vívido. Enquanto está ocorrendo, o curso dos acontecimentos ainda é incerto e pode ser influenciado pela sua interferência. Vendo o grupo de mouros perseguindo os fugitivos, ele pensa que é seu dever ajudar um rei tão famoso e uma dama tão adorável. Desembainha a espada e desfecha golpes furiosos sobre o grupo de fantoches pagão, sem atentar para as exortações do desesperado Mestre Pedro para que refletisse que aqueles não eram mouros de verdade mas apenas bonecos de papelão. Afinal, quando Mestre Pedro exige pagamento pelo estrago feito em seus fantoches, Dom Quixote lhe assegura[50] que tudo o que se passara lhe parecera um acontecimento real. Melissandra *era* Melissandra, Gaiferos, Gaiferos, Carlos Magno, Carlos Magno. Portanto, sentiu-se exaltado e consciente da sua missão, como cavaleiro andante, de que deveria prestar ajuda e proteção às pessoas perseguidas.

Dom Quixote toca aqui no profundo problema não solucionado da realidade da obra de arte, especialmente no teatro. Também nós, Sanchos Panças do mundo do senso comum, ao nos sentarmos na platéia, desejamos transpor o valor de realidade do mundo da vida quotidiana que nos circunda para o mundo do palco, assim que a cortina se levanta. Nós também vivemos num reino diferente da realidade, enquanto prossegue a representação daquilo que vivemos durante o intervalo. Também para nós o Rei Lear é o Rei Lear, Regan, Regan, Kent, Kent. Mas esta realidade dos acontecimentos no palco é de natureza inteiramente diferente da de nossa vida quotidiana. Esta se passa no único subuniverso no qual podemos dirigir nossas ações, o qual podemos transformar e mudar através delas e dentro do qual podemos estabelecer comunicação com nossos semelhantes. Esta característica fundamental da realidade de nossa vida quotidiana — ou é este meramente um axioma do fato de conferirmos valor de realidade sobre ela? — é precisamente a razão pela qual este subuniverso é experimentado por nós como a realidade preponderante de circunstâncias e do ambiente que temos de enfrentar. Nós, da platéia, os observadores, somos impotentes com relação à realidade da obra de arte ou do teatro; como observadores, temos de suportá-la ou apreciá-la, mas não estamos em situação de interferir nela, mudá-la através de nossas ações. Aqui está talvez uma das raízes da estrutura fenomenológica específica da experiência estética. Mas levar adiante esta idéia seria irmos longe demais. De qualquer forma, Dom Quixote, que assume outro subuniverso que não o da realidade preponderante da vida quotidiana como sua base doméstica, não pode "perceber" que o mundo do teatro é separado do seu subuniverso particular de fantasia. Melissandra e sua libertação são circunstâncias ambientais também no seu mundo de cavalaria. Estritamente falando, encontramos em sua aventura com o teatro de fantoches a ruptura entre três reinos da realidade: o do mundo fantástico da cavalaria, no qual um cavaleiro tem de interferir a fim de ajudar uma bela dama; o do teatro, no qual tudo é apenas representado, sob a forma do faz-de-conta por atores vivos ou fantoches, sem se admitir qualquer interferência por parte da platéia; e em terceiro lugar, a triste realidade da vida quotidiana, na qual figuras de papelão podem ser esmigalhadas e na qual o dono do *show* apresenta uma conta pelo prejuízo que a intromissão de nossos sonhos neste mundo real lhe causa.

Outra aventura, a do barco encantado, mostra a ruptura entre três outros reinos da realidade: o mundo da cavalaria, do senso comum e da ciência. Dom Quixote e Sancho, cavalgando pelo rio Ebro, encontram um barquinho sem remos, amarrado firmemente ao tronco de uma árvore. Dom Quixote pensa que este barco, "sem qualquer possibilidade de erro"[51], o convida a embarcar nele e viajar num piscar de olhos por seis ou sete mil milhas a fim de socorrer alguma nobre pessoa aflita. Eles amarram a uma árvore Rocinante e Malhado, o burro de Sancho, embarcam e levantam âncora. Enquanto Sancho sente medo e desespero porque ouve Malhado zurrando ansiosamente, Dom Quixote pensa que já viajaram duas mil milhas ou até mais, ou então que já atravessaram ou estão para atravessar a linha do Equador, a qual, de acordo com Ptolomeu, o maior cosmógrafo conhecido, divide e corta os pólos opostos da terra a igual distância. Para se certificar disso, Dom Quixote se volta para os métodos exatos das ciências naturais. O primeiro destes seria realizar a medição com auxílio de um astrolábio, mas não dispõe deste instrumento. O segundo método é um experimento baseado numa lei empírica que, até aquele momento, parecia ter resistido ao teste e — como diríamos na nossa linguagem moderna — fora incluída, conseqüentemente, no *corpus* da ciência geográfica. A lei, descoberta e testada pelos "espanhóis e por todos que embarcam em Cádiz rumo às Índias Orientais", afirma "que assim que se atravessar a linha equinocial, os piolhos morrem sobre todas as pessoas que estiverem a bordo". Sancho só precisa realizar esta experiência científica. Se ele passar a mão na coxa e agarrar alguma coisa com vida, eles não terão qualquer dúvida a respeito; caso contrário, terão atravessado o Equador. Contudo, Sancho, pensando em termos do senso comum, protesta vigorosamente. Não há necessidade de fazer tal experiência, pois ele pode ver com seus próprios olhos que não se afastaram mais do que duas jardas de onde Malhado e Rocinante estão. Dom Quixote, diante desta objeção altamente pouco científica, assume a postura de um cientista empírico rigoroso que, entrincheirado no seu subuniverso de realidade científica, exige verificação de qualquer afirmativa empirica: "— Faça a investigação que lhe peço, Sancho, e não se preocupe com os outros, pois você não sabe nada sobre coluros, linhas, paralelas, zodíacos, elípticas, pólos, solstícios, equinócios, planetas... que são as medidas que compõem as esferas celestiais e terrestres.

Mas se conhecesse isso ou parte disso, veria claramente quantas paralelas cortamos, quantos signos vimos e quais constelações deixamos para trás e quais as que estamos passando agora mesmo. Peço-lhe mais uma vez, sinta e cate! — Sancho obedece, levanta a cabeça, olha para seu senhor e diz: — Ou o teste é falso ou então não chegamos onde Vossa Excelência diz."[52]

Evidentemente, o subuniverso de interpretação científica do mundo se choca aqui com o do senso comum. Mas nós precisamos da atividade dos encantadores para reconciliá-los. Permanece ainda a possibilidade apontada pelo grande metodologista Sancho: o teste pode ser falso. Se a teoria de que todos os piolhos vivem quando o navio cruza a linha equinocial é uma lei empírica, e se afinal, apesar de este ter cruzado a linha, os piolhos permanecerem, então a lei foi invalidada por este único fato contraditório e deve ser eliminada do *corpus* da ciência e ser substituída por outra melhor. Isto se dá porque o subuniverso fechado da realidade científica, embora seja necessariamente diferente do senso comum, é também, necessariamente, ligado ao processo de verificação empírica dentro do mundo do senso comum no qual vivemos e o qual assumimos como sendo a realidade preponderante. Por outro lado, ver com nossos próprios olhos Rocinante e Malhado não é uma objeção para a exigência científica de nos certificarmos sobre nossa localização no universo em termos das realidades científicas dos coluros, linhas, elípticas etc. E se afinal ver Rocinante se revelar como apenas uma ilusão, mera aparência ou fantasma, então a explicação científica, a fim de ser válida e real em termos do subuniverso da ciência, tem de se manter aberta, ou então explicar a *possibilidade* de tal ilusão dentro da realidade preponderante do senso comum. Mas ainda mais interessante é a percepção de que também o subuniverso ficcional de Dom Quixote compreende "fatos" e crenças, permitindo uma análise controlada e uma verificação empírica e que seja compatível ou incompatível com o subuniverso da ciência, do mesmo modo que nosso mundo do senso comum. Com efeito, em termos desses últimos "fatos" do mundo do espaço fictício de Dom Quixote, no qual viajamos diversos milhares de quilômetros num piscar de olhos, ainda é um local dentro do universo preponderante, o mesmo universo que pode ser descrito em termos do sistema científico de coluros, linhas, elípticas etc.

Pode-se encontrar a análise mais penetrante do problema da ilusão e da percepção e da intersubjetividade como elemento constitutivo da realidade no capítulo que descreve a viagem de Dom Quixote e de Sancho Pança em Clavileño, o cavalo de pau. Infelizmente, nosso espaço aqui não permite uma descrição pormenorizada dos eventos ocorridos na corte do duque e da duquesa, que, ao estabelecerem um mundo de "faz-de-conta", preparam cuidadosamente esta aventura extraordinária que, em minha opinião, constitui o clímax da saga de Dom Quixote. Este é avisado de que o cavalo de pau Clavileño, fora enviado por um mágico a fim de levar o cavaleiro e seu escudeiro pelos ares ao distante reino onde uma dama aflita deve ser restituída ao poder. Dom Quixote e Sancho são colocados no cavalo e seus olhos vendados. De acordo com as instruções, o cavaleiro vira a cavilha de madeira que supostamente põe o cavalo em movimento, e a viagem começa. De forma extremamente refinada, preparam-se recursos que tornam a ilusão do vôo plausível a nossos viajantes, que, evidentemente, não saem do chão. As pessoas gritam: "— Agora vocês estão começando a subir e planar para a surpresa máxima de todos nós aqui embaixo! Agora vocês já estão no ar, cortando-o mais rápido que um raio!"[53] — Sancho, ainda pensando em termos de senso comum, se pergunta: — "Como podem dizer que estamos voando tão alto se suas vozes chegam até nós, e parecem estar falando bem ao nosso lado?" — ao que Dom Quixote responde: "— Não preste atenção nisso, pois como esses assuntos de voar estão fora do curso comum das coisas, você verá e ouvirá o que quiser a milhares de quilômetros de distância." — Dom Quixote enfatiza corretamente que, em termos da realidade do senso comum, o esquema de interpretação não é mais aplicável a situações que, ao transcenderem esta realidade, esvaziam os fundamentos axiomáticos de todas as explicações possíveis, válidas dentro do subuniverso deixado para trás. Cegos ou de olhos vendados como quando entramos no reino do transcendental, não podemos comprovar o testemunho de nossos semelhantes através de nossas percepções sensoriais. É o mesmo problema que, quase ao mesmo tempo que Cervantes, Shakespeare tratou na grandiosa cena do *Rei Lear*, quando Edgar induz Gloucester, vendado, a acreditar que pulara do penhasco de Dover para pôr fim a sua vida, mas sobrevivera.[54]

Dom Quixote sente, em seu cavalo imóvel, uma brisa que o balança, provocada pelos foles que os criados do duque acionam, sente calor, graças a pedaços de estopa que facilmente se acendem. Aplicando seu conhecimento científico para explicar essas impressões sensoriais em termos do reino do fantástico, Dom Quixote diz a Sancho que concluíra terem alcançado a terceira região aérea, a do fogo, onde os raios e trovões se formam. Sancho resolve tirar a venda que cobre os seus olhos, quando ocorre uma explosão, depois da qual os viajantes se encontram novamente no ponto de partida. O duque e a duquesa haviam acompanhado deleitosamente o diálogo dos viajantes durante a sua viagem e estão ansiosos por saber, agora que esta terminou, o que eles experimentaram no seu decorrer, cavalgando Clavileño. Estão exatamente na posição de um psicólogo moderno que experimenta seus pacientes no laboratório, utilizando o chamado fenômeno autocinético. O famoso psicólogo Muzafer Sherif, por exemplo, afirma a seus pacientes que no interior do laboratório escuro uma luz (que estará, é claro, fisicamente parada) se moverá para a direita ou para a esquerda, conforme o caso; dali por diante testará a resposta dada pelo indivíduo e finalmente repetirá a mesma experiência em situações de grupo, nas quais cada indivíduo relata seu julgamenteo em voz alta, influenciando assim as afirmativas dos outros e sendo influenciado por estas. Em primeiro lugar, Sancho tem de relatar, e sua história se assemelha muito a uma estranha história de ficção científica de nosso tempo. Afirma, entre outras coisas, que eles atingiram a constelação celestial de Capricórnio e que ele brincou por uma hora com as "sete cabras" que a compõem, enquanto Clavileño esperava por ele etc. Mas Dom Quixote estava com ele. Como na experiência do professor Sherif, ouviu o relato de Sancho. Poderia confirmá-lo? "— Como todos esses assuntos e acontecimentos estão fora da ordem da natureza, não é surpreendente o que Sancho diz — afirmou — só posso responder por mim mesmo."[55] A fim de atingir a contelação celestial, teriam de ultrapassar a região ígnea. Podem tê-la alcançado, mas é inacreditável que tivessem passado por ela. Isto não poderia ter acontecido sem terem se queimado. "— Assim, vendo que não estamos queimados — conclui Dom Quixote —, ou Sancho está mentindo ou Sancho está sonhando." É muito interessante que Dom Quixote, que está plenamente consciente de que toda a aventura está fora da ordem da natureza, se refira a esta própria ordem da natureza para estabelecer as premissas da sua conclusão perfeitamente lógica. Não seria possível que os magos que construíram Clavileño permitissem que se atravessasse a região ígnea sem se queimarem? Este é um ponto muito importante: a fim de explicar os paradoxos entre dois subuniversos, temos de lançar mão de regras de interpretação constitutivas de uma terceira, embora saibamos muito bem que ambos os reinos estão separados entre si e irredutíveis ao terceiro. Mas Dom Quixote ainda deixa em aberto a possibilidade de que Sancho poderia ter sonhado. Sabe por sua própria visão na gruta de Montesinos como é difícil estabelecer a linha divisória entre realidade e ficção. Aproxima-se de Sancho e lhe sussurra ao ouvido: "— Sancho, se você quiser que eu acredite no que você viu no céu, quero que você aceite meu relato do que vi na gruta de Montesinos. Não digo mais nada."[56]

Miguel de Unamuno, em seu belo comentário sobre Dom Quixote, interpreta esta afirmativa do cavaleiro como a expressão de maior magnanimidade da sua alma cândida, já que Dom Quixote está plenamente convencido de que aquilo que experimentou na gruta de Montesinos era verdadeiro, e que aquilo que Sancho conta não pode ser verdade. Mas outra interpretação é possível. Dom Quixote está convencido de que apenas o eu experienciador pode julgar qual o subuniverso ao qual conferiu valor de realidade. Uma experiência, uma comunicação intersubjetiva, o compartilhar de algo em comum pressupõem, portanto, em última análise, fé na veracidade do Outro, a fé animal do sentido de Santayana; pressupõem que eu assuma como verdadeira a possibilidade de o Outro conferir valor de realidade a um dos inúmeros subuniversos e, por outro lado, que ele, o Outro, assuma como verdadeiro que eu também tenha amplas possibilidades de definir o que é meu sonho, minha fantasia, minha vida real. Esta, me parece, é a última percepção na dialética intersubjetiva da realidade, e portanto o clímax da análise deste problema na obra de Cervantes.

Este é também o ponto crucial na tragédia pessoal de Dom Quixote. Com a explosão de Clavileño — ou melhor, com a impossibilidade de estabelecer intercomunicação no subuniverso da fantasia — ele perde seu poder mágico de auto-encantamento. Diante das mentiras de Sancho, Dom Quixote sente a *hibris* que empenhou ao misturar realidade e fantasia no relato de suas aventuras na gruta — empregando-se aqui termos de "realidade" e "fantasia" do ponto de vista da realidade do mundo particular de Dom Quixote. Sente que transgrediu as fronteiras da realidade de seu domínio particular auto-estabelecidas e que ele condescendeu com seus limites no interior da fronteira dos sonhos, misturando assim dois domínios da realidade e pecando contra o espírito da verdade, cuja defesa é a primeira tarefa do cavaleiro errante. Quando voltou da gruta de Montesinos, Dom Quixote falou como seu jovem irmão Segismundo no *La vida es sueño*, de Calderón: "— Deus os perdoe, meus amigos, pois vocês me arrancaram da mais doce existência e deleitosa visão que qualquer ser humano já experimentou ou observou. Agora, sem dúvida nenhuma, sei, positivamente, que os prazeres dessa vida passam como uma sombra e um sonho."[57] Contudo, a experiência transcendental de que esta vida pode ser um sonho não questiona a realidade quotidiana do senso comum, mas qualquer subuniverso assumido como verdadeiro até o momento. A verdadeira tragédia para Dom Quixote é sua descoberta de que até mesmo seu subuniverso é particular, que o reino da cavalaria poderia passar de um sonho e que seus prazeres passam como sombras. Isto cria não apenas um conflito de conscientização que a torna, assim, "infeliz", nas palavras de Hegel, mas também um conflito de consciência, principalmente quando a aventura de Clavileño prova que até mesmo os Sanchos são capazes de misturar elementos de sonho com sua realidade da vida quotidiana. A percepção de Dom Quixote de que apenas a fé mútua nos termos de realidade do Outro garante a intercomunicação, seu apelo de que Sancho acreditasse nas suas visões se desejasse que ele acreditasse nas suas próprias visões, é um tipo de declaração de queda; e as palavras finais do cavaleiro nesta ocasião: "— Nada mais direi" — aumentam a tragédia desta conscientização e consciência. É a sua má consciência que, nos últimos capítulos, leva à sua queda e à destruição do seu subuniverso. Ele se torna atento à realidade da vida quotidiana, e nenhum encantador o ajuda a transformá-la. Sua capacidade de interpretar a realidade do senso comum em termos de seu universo particular é rompida. Enquanto fracassa o desencantamento de Dom Quixote, o dele tem completo êxito. O grande processo de desencantamento consiste em se retirar do valor da realidade deste subuniverso particular o mundo da cavalaria. Este mundo — para voltar à afirmativa de William James do início deste estudo — se chocou finalmente com a realidade da vida quotidiana a um tal ponto que sua mente teve de escolher com qual deles ficar. Depois de substituir vigorosamente sua escolha inicial através de todas as suas aventuras, depois de ter desenvolvido um sistema científico — ou talvez mesmo uma espécie de teologia — das atividades mágicas dos encantadores, cuja missão é reconciliar os esquemas de interpretação contraditórios, perde sua fé neste princípio fundamental da sua metafísica e cosmogonia. Encontra-se ao final como alguém que volta ao lar, num mundo a que não pertence, fechado na realidade quotidiana como numa prisão, e torturado pelo mais cruel carcereiro: a razão do senso comum, que é consciente de seus próprios limites. A intromissão do transcendental neste mundo da vida quotidiana é negada ou dissimulada pela razão comum. Mas isto mostra sua força invencível na experiência de todos nós que o mundo da vida quotidiana, com suas coisas e ocorrências, suas relações causais de leis naturais, seus fatos sociais e instituições, é somente imposto sobre nós, que nós podemos compreendê-lo e dominá-lo apenas a um nível muito limitado, que o futuro permanece aberto, não revelado e indiscernível, e que nossa única esperança e orientação é a crença de que só poderemos chegar a um acordo com este mundo, apesar de todos os objetivos práticos e bons, se nos comportarmos como os outros, se assumirmos que o que os outros acreditam está além de qualquer questionamento. Tudo isso pressupõe nossa fé de que as coisas continuarão a ser o que foram até agora e de que nossa experiência delas continuará a servir de teste no futuro. Tendo perdido em sua cavalaria andante sua missão celestial, Dom Quixote tem de se preparar, depois de sua morte espiritual, para seu fim físico. E assim, ele morre, não mais como Dom Quixote de la Mancha, mas como Alonso Quixano, o Bom, um homem que se considera de juízo perfeito, liberto das sombras confusas da ignorância com que sua permanência no reino da fantasia o haviam obscurecido.[58] Sansón Carrasco, no seu epitáfio, afirma que ele vivera como um tolo, mas morrera sábio. O significado de tolice e sabedoria não depende apenas do subuniverso no qual essas medidas são válidas? Que é tolice, que é sabedoria em todo o universo, que por sua vez é a soma total de todos os nossos subuniversos? "— Nós só precisamos nos encomendar a Deus e deixar que a sorte tome o rumo que tiver de tomar" — diz Sancho[59] — que, apesar de todas as tentações do transcendental, permanece profundamente enraizado na herança do senso comum.

Tradução de
LUIZA LOBO

Notas

1. Vol. II, p. 287 ss.
2. Uma primeira tentativa de analisar esses problemas foi realizada no meu ensaio "Sobre as múltiplas realidades", *in Collected papers I, The problem of social reality, phaenomenologica.* The Hague, 1962, pp. 229-34.
3. Pp. 436-40. Todas as citações referem-se à tradução de J. M. Cohen, publicada por Penguin Books, Middlessex, 1950.
4. *Ibid.*, p. 478.
5. *Ibid.*, p. 479.
6. *Op. cit.*, p. 198.
7. *Ibid.*, p. 98.
8. *Ibid.*, p. 158
9. *Ibid.*, p. 80.
10. *Ibid.*, pp. 282 ss.
11. *Ibid.*, p. 410.
12. *Ibid.*, p. 80.
13. *Ibid.*, p. 410.
14. *Ibid.*, p. 511.
15. *Ibid.*, p. 252.
16. *Ibid.*, p. 33.
17. *Ibid.*, p. 731.
18. *Ibid.*, p. 270.
19. *Ibid.*, p. 271
20. *Ibid.*, p. 620.
21. Cf. o diálogo entre Pierre, no míssil voador, e Paul, esperando próximo ao canhão, em *Durée et simultanéité*, Paris, 1922.
22. *Dom Quixote*, p. 126.
23. *Op. cit.*, p. 65.
24. *Ibid.*, p. 204.
25. *Ibid.*, p. 661.
26. *Op. cit.*, p. 25.

27. *Op. cit.*, p. 204.
28. *Ibid.*, p. 980.
29. *Ibid.*, p. 128.
30. *Ibid.*, p. 137.
31. *Ibid.*, p. 138.
32. *Ibid.*, p. 142.
33. *Op. cit.*, p. 252.
34. *Ibid.*, p. 162.
35. *Ibid.*, p. 395.
36. *Ibid.*, pp. 404 ss.
37. *Op. cit.*, p. 408.
38. *Op. cit., p. 210.*
39. *Ibid.*, p. 798 ss.
40. *Ibid.*, p. 680, o grifo é meu.
41. *Op. cit.*, p. 50.
42. *Ibid.*, p. 529.
43. *Ibid.*, p. 530.
44. *Ibid.*, p. 522.
45. *Op. cit.*, p. 637.
46. *Ibid.*, p. 874.
47. *Ibid.*, p. 621.
48. *Ibid.*, p. 689.
49. *Op. cit.*, p. 690.
50. *Op. cit.*, p. 643.
51. *Op. cit.*, p. 656.
52. *Op. cit.*, p. 659.
53. *Op. cit.*, p. 730.
54. Vol. IV, p. 6.
55. *Op. cit.*, p. 733.
56. *Op. cit.*, p. 735.
57. *Op. cit.*, p. 614.
58. *Op. cit.*, p. 936.
59. *Ibid.*, p. 169.

F. O ESTRUTURALISMO

CAPÍTULO 25

Estruturalismo e crítica literária

LUIZ COSTA LIMA

> If there is a crisis in literary criticism it is no doubt because few of the many who write about literature have the desire or arguments to defend their activity (J. Culler: 1975, VII).

Originalmente, conferência pronunciada no *XII Congresso brasileiro de língua e literatura* (UERJ, julho 1980), este texto foi publicado, junto com os de seus debatedores, professores Antonio Sérgio de Mendonça e Maria do Carmo Pandolfo, *in Revisão do estruturalismo* (Antares, Rio 1981). A presente reedição incorpora pequenas correções (sobretudo à tradução das passagens de Schleiermacher) e esclarecimentos.

1. O que veio a ser chamado de pensamento estruturalista encontrou sua formulação inicial no *Cours de linguistique générale*, obra póstuma do genebrino Ferdinand de Saussure, publicada em 1916 por seus ex-alunos Bally e Sechehaye, que se encarregaram de dar forma unitária às anotações de três cursos do mestre (1906-7, 1908-9, 1910-1).[1] A expansão das idéias ali expressas verificou-se em Praga, 1929, com as teses que o *Círculo Lingüístico de Praga* — formado tanto por russos, como Trubetzkoy e Jakobson, quanto por tchecos, como Mathesius e Mukařovský — apresentou ao *1.º Congresso de filólogos eslavos* (Praga, outubro 1929). Muito embora algumas destas teses se referissem especificamente à linguagem poética (§§ 3.2.b — 3.6), muito embora o Círculo de Praga fosse para um Jakobson a continuação de um pensamento que, a partir de Moscou, 1914, esteve voltado para questões também de poética, os frutos imediatos do estruturalismo se deram na lingüística, mas precisamente na fonologia, com o aparecimento em 1939, dos *Grandzüge der Phonologie* de Trubetzkoy e dos trabalhos sucessivos de Jakobson.[2] Foi pelo contato e pelos ensinamentos deste que o estruturalismo abriu caminho para outras ciências sociais, por seu encontro, nos anos 40, em Nova York, com outro exilado, o antropólogo Claude Lévi-Strauss.[3] Será da reconhecida influência de Jakobson que Lévi-Strauss começará a refletir sobre o peso decisivo da "revolução fonológica" em seu direcionamento antropológico. O impacto da fonologia apresenta-se na obra capital do antropólogo francês, *Les Structures élémentaires de la parenté* (1949). Tratava-se aí de mostrar que o casamento há de ser concebido como uma forma de comunicação, a maneira de validar um sistema de trocas e de alianças, onde a mulher funciona como um signo, sendo, portanto, passível de submeter-se a regras passíveis de serem apreendidas, à semelhança do que já se fizera no campo da fonologia. Em lugar, pois, de ver os sistemas de parentesco dos povos iletrados como uma mistura caótica de preceitos arbitrários, o espelho da lingüística oferecia a Lévi-Strauss fosse a possibilidade de interpretar

a interdição do incesto em termos não biológicos, mas culturais, fosse a possibilidade de mostrar a complicada arquitetura lógica de um sistema como o australiano. A fonologia ensinava ao antropólogo que a lógica não é privilégio de uma sociedade ou de uma cultura, que assim se habilitaria a traçar linhas de evolução que a fariam sentir-se tanto afastada quanto "preparada" pelas sociedades ou culturas menos "lógicas". Assim como toda língua ou dialeto possui um sistema fonológico simples e inequívoco, os sistemas de parentesco não ocidentais só pareceriam arbitrários sob o ponto de vista de um "falante" de outro sistema.

Ao lado desta primeira fecundidade, Lévi-Strauss veio a desenvolver outra: a resultante de pensar o inconsciente fora dos parâmetros de uma biografia pessoal. Pela importância que neste ensaio assumirá a questão do inconsciente em Lévi-Strauss, vejamos duas passagens onde ela se põe. Na primeira, o autor discute as relações entre o pensamento infantil e o pensamento do adulto, visando tanto a contrapor-se ao inconsciente coletivo de Jung, quanto à identificação entre pensamento infantil e pensamento do adulto primitivo: "(...) O pensamento do adulto se constrói em torno de um certo número de estruturas — que ele precisa, organiza e desenvolve pelo simples fato dessa especialização —, que constituem uma fração apenas das que são inicialmente dadas, de modo ainda sumário e indiferenciado, no pensamento da criança. (...) Cada criança traz ao nascer, e sob a forma de estruturas mentais esboçadas, a integralidade dos meios de que a humanidade dispõe desde sempre para definir suas relações com o Mundo e suas relações com o Outro. Mas estas estruturas são exclusivas. Cada uma não pode integrar senão certos elementos, entre os que são oferecidos. (...) Em relação ao pensamento do adulto, que escolheu e rejeitou de acordo com as exigências do grupo, o pensamento da criança constitui, portanto, uma espécie de substrato universal, em cujo estágio as cristalizações ainda não se produziram e em que a comunicação ainda permanece possível entre formas incompletamente solidificadas" (Lévi-Strauss, C.: 1949, 108-9).

A segunda passagem reafirma a mesma universalidade constitutiva do inconsciente. Discutindo a razão do casamento preferencial entre primos cruzados, o antropólogo extrapola o campo estritamente técnico e nota que sua reflexão ultrapassa, não sendo entretanto o primeiro a fazê-lo, uma antiga dicotomia assentada nas ciências do homem, da segunda metade do século XIX e da primeira do século XX: "Uma instituição humana só pode provir de duas fontes: ou de uma origem histórica e irracional, ou do propósito deliberado, portanto de um cálculo do legislador; ou seja, ou do acontecimento, ou da intenção" (Lévi-Strauss, C.: idem, 116). A antinomia entretanto se desfaz desde que se revela que mesmo a galinha é capaz de apreender relações. Outra vez aqui intervém a fonologia que mostrara a "imanência da relação", i. e., que um fonema só é capaz de ser entendido se, no sistema do falante, ele estiver em relação com outro fonema, do qual se diferencie ao menos por um traço distintivo. A partir deste raciocínio, o autor coloca sobre a antiga dicotomia um novo termo, o princípio regulador da estrutura: "Este princípio regulador pode possuir um valor racional, sem ser concebido racionalmente; pode exprimir-se em fórmulas arbitrárias, sem que ele mesmo seja privado de significação" (idem, 117).

Não está em minha competência analisar a relevância de *Les Structures élémentaires* do ponto de vista da antropologia. Interessa-me sim assinalar que Lévi-Strauss encontrou na lingüística estrutural o caminho para, vindo aquém da história e do papel do consciente individual, mostrar como antes deste e movendo aquela não há um vazio irracional ou a mera presença de sentimentos e emoções. Ao invés desta *tabula rasa* ou emotiva, o antropólogo localiza o trabalho de uma lógica inconsciente, de uma "infra-estrutura formal", como diria Merleau-Ponty em luminosa passagem: "Assim aparece no fundo dos sistemas sociais uma infra-estrutura formal, se é tentado a dizer um pensamento inconsciente, uma antecipação do espírito humano, como se nossa ciência já estivesse feita nas coisas e como se a ordem humana da cultura fosse uma segunda ordem natural, dominada por outros invariantes" (Merleau-Ponty, M.: 1960, 149). Pois, nos trabalhos de Jakobson, Trubetzkoy, retrospectivamente no do próprio Saussure, impressiona ao antropólogo menos a descoberta de um novo objeto do que as condições que o presidem: a relacionalidade interna de que este novo objeto depende. O *primado da relação* leva-o a pensar que o inconsciente não se confunde com o produto de repressões e recalques sofridos pelo indivíduo, porquanto, muito mais abrangente, o inconsciente se identificaria com uma armadura *lógica* e *natural*, sobre a qual serão fundadas as instituições humanas. O alcance desta afirmação haveria de soar extremamente polêmico, fosse aos filósofos que, desde Descartes, identificavam o sujeito com a *res cogitans*, fosse aos historiadores e aos psicanalistas que liam em Freud a dominância dos afetos sobre a razão. Apesar da extensão dos atingidos, contudo, a obra lévi-straussiana não ultrapassou, de imediato, os arraiais da antropologia. Fora dela, a única repercussão saliente se deve a G. Bataille, em *L'Érotisme* (1957). Mas, nesta data, já estava próxima a irradiação do estruturalismo ao terreno da análise da literatura. Com efeito, se o *Sur Racine* (1960) de Barthes hoje pode ser visto como ainda uma aproximação da problemática estrutural, o mesmo não poderia ser dito de artigos seus como "Les Deux critiques" e "L'Activité structuraliste", ambos de 1963 (republicados *in Essais critiques*, 1964), onde é saliente o tom de adesão e de vigorosa polêmica. Os campos conflitantes se declaram, cabendo a Raymond Picard a defesa do conservadorismo atacado. A propósito do *Sur Racine*, das obras de Charles Mauron, J.-P. Weber e J.-P. Richard, o autor acusa o seu caráter de "crítica metafórica", o "patológico" de sua linguagem, a "empresa de destruição da literatura como realidade original", o circuito formado entre imprudência e impudência (Picard, R.: 1965). A polêmica, poderíamos pensar, era do interesse exclusivo dos nela diretamente envolvidos ou por ela beneficiados, editores que assim lucravam, autores que se faziam conhecidos, leitores que encontravam um novo assunto. Mas esta era apenas a dimensão mais superficial da moda. E, se o estruturalismo foi de fato uma moda, cabe-nos perguntar a que necessidade respondeu. Doubrovsky, no calor mesmo da polêmica, dava uma resposta a ser considerada: "Definir a literatura é para a sociedade e para os homens que a compõem a ocasião de se julgar" (Doubrovsky, Serge: 1966, 2). Ou seja, para que o estruturalismo fosse convertido em moda era preciso que (a) apresentasse uma resposta à literatura, adversa à usual e (b) que a resposta vigente já não satisfizesse. Não se cogita, pois, negar a incidência do aspecto de *merchandising* na moda do estruturalismo, que afinal incidirá em qualquer fenômeno presente na indústria cultural de hoje. Trata-se sim de nos perguntarmos que outros fatores levaram a este *desideratum*. Comecemos pois pelo elemento (b) e, por ele, venhamos a (a).

Não é estranho que o bastião da crítica estruturalista haja se montado em Paris. Malgrado o "Qu'est-ce que la littérature?" de Sartre (*in Situations II*, 1948) e a importante obra ensaística de Maurice Blanchot, a crítica francesa se manteve aferrada ao enfoque positivista de Lanson e ao método tradicional da *explication de texte*. Assim os *sorbonnards* se mantiveram alheios fosse à estilística de L. Spitzer e ao historismo filológico de E. Auerbach, fosse ao *new criticism* anglo-saxão (não falamos do formalismo russo e do estruturalismo tcheco porque eram então, em comum, ignorados no Ocidente). Seu tradicionalismo assim os incapacitava a rever o passado literário e a enfrentar as novas formas literárias. Contra essa modorra, a "*nouvelle critique*" francesa atacava nada menos que a própria concepção de literatura em vigência. Claramente o mostra Picard, para quem o movimento é contraditório, pois "se quer estruturalista; contudo não se trata das estruturas literárias (que ela destrói ou ignora), mas de estruturas psíquicas, sociológicas, metafísicas etc." (Picard R.: op. cit., 121). Assim entendida, a corrente é tomada como continuadora de uma direção nascida com Rimbaud, continuada com dadá e o surrealismo: tentativa "de desacreditar a atividade literária como tal e de apelar para o inconsciente, para o espontâneo, para o imediato" (op. cit., 139). Ou seja, a *nouvelle critique* desacreditaria na caracterização da literatura em termos de consciente. Além do mais, privilegiando questões de método, deixava em segundo plano a diferença das vocações e das aptidões pessoais (cf. op. cit. 146). Afetava, pois, o culto do consciente e a atenção por seu sacerdote, o indivíduo. O texto de Picard, muitas vezes pertinente nas apreciações particulares que contém, é assim um verdadeiro *documento* do que representou, para os especialistas conservadores, a prática estrutural.

Saindo da França, o estruturalismo se irradiou pela Itália e pela Península Ibérica, encontrou a resistência alemã, propagou-se pela América Latina e, com certo atraso, pelos Estados Unidos. Da situação italiana não trato porque desconheço o estado de sua crítica nas décadas de 50 e 60. Da espanhola, tampouco, porque, em termos de obras, o estruturalismo não ameaçou a hegemonia do epigonismo em que a estilística se convertera com os discípulos de Dámaso Alonso; situação não muito diversa do que se deu em Portugal. Quanto aos Estados Unidos, a importância do estruturalismo esteve mais na divulgação dos críticos franceses que na constituição de uma reflexão própria, como testemunham *The Prison-house of language* (1972) de F. Jameson e *Structuralism in literature* (1974) de R. Scholes. Isso se deveu ao hiato cavado entre a relativa fecundidade propiciada pelo *new criticism*, nas décadas de 30 e 40, e sua estagnação nos anos 50 e seguintes excetuando-se os notáveis *Anatomy of criticism* (1957) de N. Frye e *The Rhetoric of fiction* (1961) de W. C. Booth, bem como a obra menos inovadora de M. H. Abrams. Ainda aí portanto o estruturalismo vinha cobrir uma lacuna: em lugar da interpretação cerrada dos textos e reduzida a seus limites, o estruturalismo de Barthes e mesmo de uma figura menor como T. Todorov acenava com a possibilidade de uma gramática geral na narrativa. Situação bem diversa da que se dará na Alemanha. Ainda aí se mostrava um vazio; os efeitos da guerra se faziam sentir pela ausência de pesquisadores que continuassem a grande geração dos M. Kommerell, K. Reinhardt, E. R. Curtius, L. Spitzer, E. Auerbach. Ante aqueles que atingiam a cátedra nos anos 60, o estruturalismo então aparecia como um desafio a enfrentar; desafio à grande tradição filológica e histórica dos estudos literários alemães. Desconheço se, na Alemanha, o estruturalismo provocou alguma obra de relevo, embora creia que se lhe deva, indiretamente, o ressurgimento do interesse pelo livro de André Jolles, *Einfache Formen* (1930). O papel do estruturalismo antes foi o de oferecer uma rama contra a qual H. R. Jauss, desde sua aula inaugural em Konstanz (1967), começou a criar a hoje conhecida estética da recepção. Sua leitura mostra-nos, de um lado, o esforço de salvar a tradição estética, por sua renovação — "Uma renovação da história da literatura requer a demolição dos preconceitos do objetivismo histórico e fundir a estética tradicional da produção e da representação com uma estética da recepção e do efeito" (Jauss, H. R. 1967, 171) — de outro, uma compreensão primária do estruturalismo — "À medida que ele [o estruturalismo] explica os resultados da lingüística e da ciência da literatura estruturais como constantes antropológicas arcaicas, disfarçadas no mito literário (...), reduz, por um lado, a existência histórica a estruturas de uma natureza social primitiva, por outro, a poesia à expressão mítica ou simbólica destas estruturas" (idem, 200).

O propósito, então, apenas reformista, e a simplificação das teses opostas não impedem, contudo, que o ensaio de Jauss tenha tido mérito saliente de assinalar o que não podia ser sistematizado pela abordagem estruturalista: a historicidade, presente sob a forma de "horizonte de expectativas", entranhada quer na produção, quer na recepção da obra (cf. Jauss: op. cit., 183). Não é por acaso que as estéticas da recepção e do efeito, originadas respectivamente de Jauss e W. Iser, aparecerão mais recentemente como direções capazes de ultrapassar o funil em que se punha a crítica estruturalista: ou seja, à renúncia à história como ciência *princeps* correspondia o realce da construção dos modelos a-históricos. De qualquer modo, assim como seria leviandade interpretar-se o êxito do estruturalismo na França e nos Estados Unidos como simples modismo, tampouco se poderia interpretar a resistência alemã por simples questão de mera rivalidade nacional. Quer a aceitação, quer a resistência decorriam de necessidades sociais quanto à maneira de receber o discurso literário. O mesmo, contudo, poderia ser declarado em relação a nós, da América Latina? De tal modo estamos acostumados a receber influências que logo passam, como se houvessem escrito na areia, que nos é difícil conceber que o estruturalismo tenha sido mais que um modismo. No entanto a mesma regra se impõe: a moda responde a uma necessidade que não se capta como o conhecimento do modismo. Resumindo-me ao

Brasil, note-se, em primeiro lugar, que o estruturalismo não foi, em geral, adotado ou sequer estudado pelos críticos e ensaístas já estabelecidos. Foram estudantes e jovens professores de então que por ele se interessaram. Para muitos, sem dúvida, o estruturalismo funcionou como uma forma de escapismo. Ante a paranóia que se apossou do país, onde a tortura, a delação e a insegurança se tornavam as constantes de nosso quotidiano, o estruturalismo, enfatizando a necessidade de conhecer a máquina do texto, suas combinações e transformações, serviu de pretexto para o apoliticismo de muitos de seus praticantes. Mesmo para os que tinham consciência da esterilidade daí resultante, aparecia outra dificuldade: em seu combate à história linear e factual, o estruturalismo não fornecia, nem na vertente lévi-straussiana, nem na dos críticos mais popularizados (Barthes, Genette, Todorov), uma alternativa para a consideração da história. Daí a importância que ressaltávamos ter a obra de J. Tinianov, do ponto de vista de estabelecimento de uma história da literatura, "pelo fato de o estruturalismo não apresentar abertura semelhante para o trato da questão" (L. C. L.: 1973, 204). Contudo, sua idéia da série literária, em inter-relação com outras séries sociais, sem que *a priori* se privilegiasse uma destas, antes funcionou como repulsa aos modelos causalistas, de que a versão usual do marxismo é a mais popular, do que provocou uma alternativa satisfatória. Nossa falta de tradição teórica, junto com a ausência de um intercâmbio efetivo de pontos de vista diversos, fez com que se repetisse, no Brasil, o estrangulamento que as idéias de Tinianov sofreram na União Soviética. Ante esta falta, a necessidade que impulsionara, além do modismo, o estruturalismo no Brasil — oferecer uma resposta mais pregnante ao fenômeno literário e não só permitir um disfarce a pessoas ameaçadas pela repressão — tendeu a se estiolar. Tendência que se repetirá, qualquer que seja a corrente, se continuarem, como continuam, as condições que presidem a nossa vida intelectual: tanto a dificuldade material de sobrevivermos com uma atividade intelectual, quanto o estrelismo que nos persegue (ou melhor, que perseguimos), incapacitando-nos de aprender com nossos interlocutores. De qualquer maneira, seria injusto dizer que o estruturalismo foi, entre nós, apenas um modo menos desonrante de salvar a pele. (Quem tenha tido a experiência de ser levado aos órgãos de segurança, depois de 1964 até os primeiros anos da década seguinte, saberá que para nossos carcereiros o estruturalismo não servia de álibi.) Sendo uma forma de defesa, o estruturalismo era também, ao menos para os mais conseqüentes, um jogo perigoso. Se a esquerda lhe tinha ódio, os conservadores e a direita tampouco o tinham em boa conta. E todos tinham razão. A esquerda porque a crítica estruturalista, centrada na obra, minimizava o papel social e rara vez alcançava a articulação da base social com a produção textual, a exemplo do que Lévi-Strauss conseguira em "La Geste d'Asdiwal" (1958) (hoje *in Anthropologie structurale deux*). Os conservadores, de sua parte, acusavam os praticantes do estruturalismo de esmagar o prazer da leitura por demonstrações complicadas e por substituir a intuição pessoalizada por um jargão para iniciados. A direita, enfim, porque o estruturalismo sufocaria o homem, sua espiritualidade, enfatizando as formações sistêmicas em que o indivíduo perde o rosto. Qualquer pesquisa nos grandes jornais da época mostrará essa unanimidade. Contra a preocupação estruturalista com a linguagem, a esquerda propunha o autor de denúncias, de palavra sentimental ou inflamada, exorcizando toda discussão sobre a construção do texto como fruto da praga do formalismo. A direita, de posse dos cargos e dos meios de promoção, propunha a figura do intelectual tradicional, fiel a um historismo anódino, a inflar o peito com palavras de prestígio assegurado: a estética, o belo, o bem escrito, o Homem. Mas tampouco seria justo acusar estes críticos pela debilidade de seus argumentos; a debilidade dos aparatos teóricos não lhes era exclusiva. Ela era mesmo inevitável em um país que não prima pela qualidade da reflexão filosófica. Não acusemos tampouco os eventuais oportunistas, algumas vezes de talento, que salvaram suas carreiras e seus belos postos por panfletos acusatórios ao estruturalismo, panfletos que se convertiam nos aplausos indiscriminados, senão unânimes, da esquerda, do centro e da direita. Lamentável apenas o estrago de seus talentos. Acusá-los, nomeá-los, teria só o efeito de dar oportunidade a novas pirotecnias. Tentemos sim ver adiante: se o estruturalismo foi neutralizado pela própria falta de discussão teórica de sua proposta, que permanece atual de seu legado? Não nos indagamos, pois, se o programa estruturalista deve ser mantido — o que é uma decisão individual — mas sim se continua atual o alvo contra que se erguera. Para tanto, localizemos com maior precisão seus adversários. Eles tanto dizem respeito a uma tradição intelectual mais ampla que a mera prática da crítica literária — ou de problemas particulares à antropologia — quanto ao modo de vigência daquela prática. Quanto ao primeiro ponto, o estruturalismo atacava a história como ciência *princeps* e a hermenêutica como maneira adequada de interpretação dos textos. Quanto ao segundo, atacava-se a empiricidade dos procedimentos de crítica literária, i. e., a crença difundida de que cada texto impõe um método próprio de abordagem, ou seja, que é o objeto que determina o modo de interpretá-lo. Tal crença funcionava (e funciona) como premissa articulada a outra: a função básica do analista seria interpretar textos, não buscar o desenvolvimento de um quadro teórico capaz, idealmente, de abranger o que se entende por fenômeno literário. Nas mãos dos franceses, a crítica estruturalista nunca chegou a postular esta tarefa, em termos nítidos ou eficazes. Em certa fase de suas carreiras, Barthes e Todorov postularam como meta a descoberta da gramática geral da narrativa. Ou, como continuou a fazer Greimas, o desenvolvimento de um modelo capaz de, *a priori*, dar conta da articulação dos actantes em um texto-objeto. Tarefa ineficaz por seu próprio pressuposto: a narrativa seria uma *langue* internacional, a que as realizações particulares se subordinariam como *paroles*. Mas que haveria no ato da narrativa a possibilitar esta configuração sua como *langue* única? Muito mais que Lévi-Strauss, sobre este estruturalismo pesava a influência de V. Propp, com seu quadro das funções desempenhadas no conto de fadas. Propp, contudo, nunca pensara em aplicar suas categorias a quadro tão amplo. A extensão, portanto, pretendida deveria dar lugar a uma reflexão teórica sobre a própria natureza da narrativa, que justificasse a pretensão de uma gramática geral. Isso, contudo, nunca se deu. Desta maneira, o empirismo da crítica literária era mantido e a necessidade de seu respaldo teórico ofuscado por indagações no máximo metodológicas, operacionais, a exemplo da que Greimas oferecia em sua *Sémantique structurale* (1966). Assim, se o advento do estruturalismo correspondeu à consciência da precariedade dos métodos de abordagem do literário — seja em sua adaptação francesa ou americana, seja na reação alemã — a inexistência de uma teorização conseqüente por seus praticantes logo contribuiu para sua saída de cena. Mas, se sua resposta mostrou-se insuficiente, a questão do método crítico não pode ser simultaneamente abandonada. O reconhecimento de sua precariedade, ao invés, declara com maior clareza do que antes que é a própria função da literatura que se modificou, exigindo de seus analistas outro comportamento. Apenas retornando a um problema já mais longamente tratado (cf. LCL: 1980, 1-17), a teorização antes não era imprescindível, e o crítico podia deixá-la a cargo do filósofo da arte, porque a sociedade burguesa, desde o século XVIII, assegurava previamente um lugar para o discurso literário. *Bildung macht frei*, a educação (ou a formação individual) torna-nos livres e a educação literária era tanto uma condição para o bom conhecimento da língua e da cultura nacionais, quanto considerada um instrumento para que as pessoas dignamente se comunicassem por cima das fronteiras de suas especialidades. No caso especificamente brasileiro, a literatura era um meio de tornar aceitável a atividade de pessoas que, ainda não vinculadas ao mercado de trabalho, ali encontravam o meio onde canalizar sua agressividade e sua rebeldia. O Estado-mecenas, os padrinhos, a promoção na carreira de funcionário público ou a possibilidade de uma cátedra logo vinham socializar o rebelde. A aceitação da literatura pela classe dominante exigia a neutralização de sua agressividade. Cultor da língua e formulador dos sentimentos nacionais, o poeta — e não só entre nós — era o habitante de um zoológico especial, aquele em que se desenrolava a festa da linguagem. Fosse pelo prazer desinteressado a que sua tarefa era associada, desde a (pouco entendida) estética de Kant, fosse por sua mitificação — o poeta da raça, o que soube glorificar a pátria mesmo quando injustiçado — o artista era uma figura útil à burguesia. A racionalização da sociedade capitalista e a sua valorização mais extrema do tempo tornaram inúteis e desnecessárias essas justificativas.

A literatura torna-se no máximo um instrumento como outro qualquer, em que sentimos ou não prazer, sem que alguma obrigação "cultural" imponha seu contato. A esta perda de prestígio passa a corresponder a necessidade de ela sustentar-se com as próprias pernas, i. e., de entender sua função *contra* as funções que a sociedade capitalista legitima. Daí a importância que atualmente assume a categoria da negatividade. Limitar-se a ela, no entanto, nos conduz a um elogio do ascetismo do intelectual, que leva ao desprezo das questões relativas à circulação e recepção da obra literária, tendência de que o estruturalismo foi parceiro e que encontrou na *Ästhetische Theorie* (1973) de Adorno seu máximo representante. Em síntese, *o favor que o estruturalismo em literatura recebeu está ligado ao desaparecimento da função que a burguesia assegurava ao objeto literário*. A este desaparecimento passa a corresponder a urgência de melhor conhecer o objeto literário, porque este já não conta com a predisposição positiva da sociedade. Prova correlata do que dizemos: a proliferação de teorizações qualificadas que se dão ou antecipatoriamente ao estruturalismo propriamente dito (Mukařovský), ou saindo dele (J. Culler), ou por caminho que o considera mas está longe de adotá-lo (W. Iser). A carência da base de reconhecimento social da literatura força então o seu analista a já não ser um puro intérprete de obras, como ainda há pouco era o excelente Hugo Friedrich, mas a se dobrar também em teórico, mesmo quando sua abordagem não seja estritamente teórica, como é o caso de Yurij Lotman, em *A estrutura do texto artístico* (1970). Se esta falta de respaldo social cria, portanto, mais dificuldades e exige a mudança radical da formação do futuro especialista em questões literárias, determina, por outro lado, uma necessidade que julgo muito positiva. Quando a sociedade não justifica ou favorece uma escolha profissional, esta precisa se apoiar em sua própria força argumentativa. E, assim, teorizar sobre a literatura se torna também um exercício político, uma maneira de forçar-se a pensar sobre sua própria sociedade. Neste sentido, pois, o impasse a que o estruturalismo chegou em crítica literária exige não o seu apagamento, mas a maior clareza da demanda que o motivara. Esta maior clareza ainda mais se impõe se consideramos o questionamento, atrás aludido, da história e da hermenêutica pelo estruturalismo.

2. Ainda em 1949, Lévi-Strauss definia as relações entre história e etnologia como relações de oposição, embora matizadas por certa complementaridade. Oposição de objeto, a história visando apreender como os homens — ou certa classe de homens — viveram e pensaram certos acontecimentos, a etnologia visando alcançar os processos inconscientes presentes em fenômenos sociais, como as relações de parentesco e os mitos (cf. Lévi-Strauss: 1958, 25). "Neste sentido, a célebre fórmula de Marx: 'Os homens fazem a sua própria história, mas não sabem que a fazem', justifica, em seu primeiro termo, a história, e em seu segundo, a etnologia. Ao mesmo tempo, ela mostra que os dois procedimentos são indissociáveis" (Lévi-Strauss: idem, 31). Oposição matizada por uma complementaridade: "(...) Em sua marcha progressiva para reunir e explicar o que apareceu aos homens como a conseqüência de suas representações e de seus atos (ou das representações e dos atos de alguns deles), o historiador sabe bem, e de maneira crescente, que deve socorrer-se de todo o aparelho das elaborações inconscientes. (...) A história econômica é, em ampla medida, a história das operações inconscientes" (idem, ibidem). Inversamente, a afirmação das raízes inconscientes das representações sempre passa pelas informações contextuais, pelo valor que o nativo concede a certos termos etc. Poderíamos então melhor dizer: história e etnologia são complementares com dominantes opostos. Mas a paridade assim concedida não capta com perfeição o pensamento do autor, pois sua comparação tem o fim implícito de criticar o privilégio da história, entre as ciências sociais. Isto já é sugerido, no texto que citamos, pela referência à Revolução Francesa. Dela, há tantas histórias quantos foram os grupos que distintamente a vivenciaram: "A Revolução de 1789 vivida por um aristocrata não é o mesmo fenômeno que a Revolução de 1789 vivida por um *sans*

culotte e nem um nem outro jamais poderia corresponder à Revolução de 1789 pensada por um Michelet ou por um Taine" (Lévi-Strauss: 1958, 23). A história, portanto, concerne à maneira como um *processo foi vivido*, enquanto a etnologia visa à observação de uma estrutura (cf. Lévi-Strauss: 1962). A distinção aí formulada afasta-se do equilíbrio complementar que o ensaio de 1949 postulava e encaminha para a discussão contundente do último capítulo de *La Pensée sauvage*. Aí, as observações sobre a história, talvez mesmo porque se contrapusessem à sua idolatria por Sartre, chegam à beira da hostilidade. Repugna ao antropólogo o prestígio de que usufrui a dimensão temporal, "como se a diacronia fundasse um tipo de inteligibilidade, não apenas superior ao que traz a sincronia, mas sobretudo de origem mais especificamente humana" (Lévi-Strauss, C.: 1962 b, 339). Ora, a verdade da história é uma verdade "de situação", i. e., se dela nos distanciamos "o que aparece como verdade vivida começará de início a se embaralhar e terminará por desaparecer" (idem, 337). Originando-se dentro de um processo, a consciência histórica, por conseguinte, é sempre dimensionada pela posição do sujeito que a usufrui. Donde dissipa-se ainda a pretensa objetividade do *fato histórico*: "(...) Por hipótese, o fato histórico é o que realmente se passou; mas onde se passou alguma coisa? Cada episódio de uma revolução ou de uma guerra se resolve em uma multiplicidade de movimentos psíquicos e individuais. (...) Por conseguinte, o fato histórico não é mais *dado* que os outros; é o historiador, ou o agente do devir histórico, que o constitui por abstração, e como sob a ameaça de uma regressão ao infinito" (Lévi-Strauss, C.: 1962 b, 340). O fato não é um fato, é uma seleção, uma ordenação e uma classificação e, como tal, não tem um estatuto diferente de qualquer outro fato científico ou interpretativo. O fato histórico é dependente do ponto que seu intérprete ocupa no espaço social, conforme já indicava a experiência de Il Marchesino em *La Chartreuse de Parme*. A história não opera com a pureza da objetividade, pois é o produto de uma classificação dirigida por um ponto de vista: "O que torna a história possível é que um subconjunto de eventos se encontra, para um período dado, investido aproximadamente da mesma significação para um contingente de indivíduos que não viveram necessariamente estes eventos, e que podem mesmo considerá-los a vários séculos de distância" (idem, 341). Estas afirmações, é justo ponderar, não diminuirão a história senão para os que a concebem como ciência positiva e superior, nem eram absolutamente inéditas no campo da teoria da história, a exemplo do que mostra o *Methodik* (1857), de G. Droysen. É esta a concepção de história que o antropólogo ataca, acusando o elogio da história de conter larvarmente "um humanismo transcendental", "como se, sob a condição apenas de renunciar aos seus eus por demasiado desprovidos de consistência, os homens pudessem reencontrar, no plano do nós, a ilusão da liberdade" (ibidem, 347). O ataque à história, por conseguinte, tem por alvo o transcendentalismo larvar, a divinização do homem, a crença de que, através da história, experimentaríamos a própria totalidade das mudanças. Retirada desta ideologização, como sua verdade é sempre dependente da situação do intérprete, a história não se despoja da condição de mito: "Uma história clarividente deverá confessar que nunca escapa completamente da natureza do mito" (Lévi-Strauss, C.: 1964, 21). O que não significa ela confundir-se com um resto ilusório: "Basta portanto que a história se distancie de nós na duração, ou que nós nos distanciemos dela pelo pensamento, para que deixe de ser interiorizável e perca sua inteligibilidade, ilusão que se liga a uma interioridade provisória. Mas que não se nos faça dizer que o homem pode ou deve se descartar desta interioridade. Não está em seu poder fazê-lo, e a sabedoria consiste para ele em se olhar a vivê-la, sabendo (mas em um outro registro) que o que vive tão completa e intensamente é um mito (...)" (Lévi-Strauss, C.: 1962 b, 338).

Toda a crítica é procedente, sob uma única ressalva: desmistifica-se o centro "religioso", i. e., o caráter teleológico da história, contrapondo-se-lhe, contudo, outro centro, a estrutura, algo que não seria também uma "verdade de situação", algo sobre que, por hipótese, não interferiria o observador. A crítica à concepção antropocêntrica da história não impede Lévi-Strauss de professar ainda um centro, a estrutura. Caso ele a tomasse como uma construção do analista, algo através de que se reúnem propriedades do objeto e pré-orientações do sujeito, a crítica ao antropocentrismo, refugiado no culto à história, assumiria outro relevo. Deixando, contudo, o argumento para desenvolvimento posterior, sigamos a ordem imposta a este item, pela abordagem da crítica à hermenêutica.

Embora não se refira ao termo, é evidente ser contra ela que se dirige o projeto da antropologia estrutural. Prova-o a procura de Paul Ricoeur de limitar o alcance das pesquisas mitológicas do autor: "Sucede que uma parte da civilização, aquela precisamente de onde nossa cultura não procede, presta-se melhor que nenhuma outra à aplicação do método estrutural transposto da lingüística. Mas isso não prova que a compreensão das estruturas seja tão esclarecedora alhures e, sobretudo, que se baste tanto a si mesma"

(Ricoeur, P.: 1963, 608). A proposta estruturalista, que opta "pela sintaxe contra a semântica" (idem, 607), funcionaria com perfeição na área totêmica, "onde os arranjos importam mais que os conteúdos", sem que se prove que "o fundo mítico a que estamos ligados — fundo semítico (egípcio, babilônico, aramaico, hebreu), fundo helênico, fundo indo-europeu — se preste tão facilmente à mesma operação" (idem, ibidem).

Para começo da discussão, procuremos pensar o que significa esta aludida escolha em favor da sintaxe. Seria falso pensar que se trata de uma oposição simples — a sintaxe em detrimento da semântica. Por mais superficial que seja a leitura das *Mythologiques*, iniciadas em 1964, a que, portanto, Ricoeur não tivera acesso, ela mostrará que a análise não se descarta da dimensão semântica. O significado do mito apenas não é dado por sua leitura isolada ou dependente da mera compreensão de seu encadeamento sintagmático. O significado não é um efeito resultante da pura decodificação da mensagem da narrativa. Anos atrás, em ensaio já aqui citado, Merleau-Ponty o compreendia com lucidez: "Querer entender o mito como uma proposição, pelo que ele diz, é aplicar a uma língua estrangeira nossa gramática, nosso vocabulário" (Merleau-Ponty, M.: 1960, 151). Onde pois a subalternidade do semântico? Mas, não sendo Ricoeur um pensador medíocre, por que sentiria a hermenêutica atingida, pelo esforço em primeiro compreender a sintaxe do mito? Não seria pelo menosprezo assim implícito às "intenções de sentido", "a reanimá-las por um ato histórico de interpretação, ele próprio inscrito em uma tradição contínua" (Ricoeur, P.: idem, 607)? Em suma, porque era assim atingido o papel do sujeito humano, em sua capacidade de penetrar no corpo outro do texto alheio? Se nossa suspeita for correta, a crítica à hermenêutica por Lévi-Strauss parte da mesma base da que operara contra a história. Para verificá-lo, recordem-se as proposições do fundador da hermenêutica moderna.

A leitura da *Hermeneutik* de Schleiermacher nos desvela uma das fontes mais prestigiadas do transcendentalismo humanista. Para efeito de uma breve informação, contentar-nos-emos em compulsar "Die Kompendienartige Darstellung von 1819". Como é sabido, Schleiermacher considerava que o objeto da hermenêutica — apreender "a idéia da obra, pela qual se revela a finalidade (*Wille*) fundamental do autor" — impunha a divisão básica entre interpretação gramatical e interpretação técnica (ou psicológica). Ambas visam reconstituir totalidades. A primeira, a partir da obra, a totalidade da língua; a segunda, o "modo individual" que se apropriou daquela totalidade: "(...)

Cada homem é, por um lado, um lugar em que uma certa língua se forma de um modo peculiar e, por outro, seu discurso há de ser compreendido a partir da totalidade da língua" (Schleiermacher, Fr. D. E.: 1819, 77.) A hermenêutica, portanto, esforça-se em captar duas totalidades, a da língua e a da natureza individual. Enquanto a lingüística da época ainda se recusava a considerar o papel do indivíduo (cf. Terracini: 1966, cap. 2), no filósofo alemão, ao contrário, a individualidade humana e, dentro dela, o escritor excepcional constituem a pedra de toque da ciência da interpretação: "O conhecimento da natureza humana é aqui o superior entre os elementos subjetivos na combinação do pensamento" (idem, 78). "Quando o aspecto gramatical predomina em uma obra, e é o menos repetitivo, chamamo-la clássica. Quando predomina o aspecto psicológico, chamamo-la original" (id., 79). Para que estas metas se cumprissem, era necessário estabelecer os critérios corretos de reconstrução (*Nachkonstruiren*) de um dado discurso. A reconstrução pode ser objetiva ou subjetiva, histórica ou divinatória. "A reconstrução 'histórica objetiva' considera como o discurso se comporta na totalidade da língua e o conhecimento nele contido como um produto da língua. A reconstrução 'objetiva divinatória' avalia como o próprio discurso desenvolveu a língua. (...) A reconstrução 'histórica subjetiva' considera como o discurso realizou-se no espírito (*wie die Rede als Thatsache im Gemüth geworden ist*); a 'divinatória subjetiva' avalia como os pensamentos aí contidos afetam o processo da escrita" (Schleiermacher: idem, 83). Cada uma destas modalidades, ademais, supõe o emprego do "círculo hermenêutico", i. e., a compreensão do todo pelas partes e vice-versa.

Detenhamo-nos na modalidade divinatória. Trata-se por ela de penetrar de imediato nos pensamentos do outro, o escritor do texto abordado, de efetivar uma doação de sentido. Como Spitzer viria a dizer, a circularidade aí se exerce pela "adivinhação da psicologia do autor" (Spitzer, L.: 1948, 40, nota 10). Adivinhação tão profunda que se poderia pensar numa migração das almas, o intérprete "possuído" pelo autor: "Usando o divinatório, procura-se compreender intimamente o autor, a ponto de transformarmo-nos no outro" (idem, 14). E, se nos indagarmos de onde advém tal potência, Schleiermacher nos responderá que de uma universalidade que a todos nós atravessa: "Isso parece depender de que cada homem, além de sua própria peculiaridade, apresenta uma suscetibilidade para com todos os outros; a adivinhação é por conseguinte excitada por meio da comparação consigo mesmo" (ibidem, 105).

A hermenêutica laiciza o pensamento religioso e desloca o exercício do sacerdócio: o sacerdote agora é o intérprete e o texto sagrado, o discurso sobre que se debruça. E, sendo humana a autoria deste, o hermeneuta se converte em sacerdote do humanismo. Além do mais, o elogio "religioso" do homem assim alcançado se condensa no louvor da obra literária, onde predomina o aspecto psicológico. Está é, com efeito, a lição que Dilthey extraía daquele a quem chamava de o criador da "hermenêutica efetiva": "Sua mais alta expressão (da individualidade) é a forma externa e interna de uma obra literária. Tal obra satisfaz o desejo insaciável (do leitor) em suplementar sua própria individualidade pela contemplação da de outros" (Dilthey, W.: 1900, 257).

Em suma, o projeto hermenêutico supõe originalmente um parentesco com a mentação religiosa, com o mesmo destaque do divinatório, com a substituição do centro do sagrado, vindo o homem, nestes tempos leigos, substituir Deus. Dentro deste circuito, a semântica tem, sem dúvida, a primazia. Mas uma semântica fundada na *Einfühlung*, na empatia que se justifica como doação amorosa, certeira em seu alvo pela universalidade inata que a nós todos cobriria. Ora, não seria preciso esperar pelo estruturalismo para conhecer-se a arbitrariedade da operação. Já no *Humano, demasiado humano,* Nietzsche escrevia que o "pecado original dos filósofos" consiste em conhecer o homem como *aeterna veritas*: "Toda a teologia é construída em cima de que se fale dos homens dos quatro últimos milênios como de um homem *eterno,* do qual todas as coisas do mundo têm uma direção natural, desde seu começo" (Nietzsche, F.: 1878, 448).

Estes esclarecimentos foram necessários para situarmos o contexto do conflito entre interpretação hermenêutica e interpretação estrutural. Por detrás dele, lê-se o conflito entre o papel constitutivo do sujeito individual e sua dissipação em favor de uma potência impessoal, estruturante da conduta individualizada: o inconsciente. Posto nestes termos, entende-se com nitidez o ataque que F. Koppe renova contra Lévi-Strauss. Ele se funda estritamente no caráter extra-hermenêutico a que conduz a reflexão do antropólogo acerca da fonologia estrutural: "(...) Para o fenômeno cultural de excelência, a língua é revelada uma estrutura 'objetiva', extra-hermenêutica, que valeria como paradigma para a revolução 'estruturalista' das ciências da cultura" (Koppe, F.: 1978, 371). Para Koppe, tal base "objetiva" é uma falácia: "(...) A construção de uma ordenação estrutural não é possível de se fundar extra-hermeneuticamente porque então os critérios da análise segmatizante, bem como a síntese hierarquizante se fazem arbitrárias, pois são multiplicáveis *ad libitum*; a isso ainda acresce a delimitação do campo do objeto — numa obra isolada hermeneuticamente óbvia — que, como por exemplo já mostram as estruturas dos mitos, não é passível de solução extra-hermenêutica" (Koppe, F.: idem, 389).

A crítica aponta para um dado de extrema importância. De fato, o ponto de vista hermenêutico tem a vantagem de não criar problemas quanto às fronteiras do texto sob análise, pois ele remete a um autor que o diferencia, ao passo que a delimitação do campo do objeto se torna questão candente no estruturalismo, sem que ele haja conseguido uma resposta satisfatória. Para Lévi-Strauss, com efeito, as versões míticas se tornam variantes — i. e., membros de um mesmo conjunto — à medida que, desde logo, pertençam à mesma comunidade ou a comunidades vizinhas, quando então o exame das diferenças contextuais entre as comunidades vizinhas servirá de base para a análise das torções e das transformações a que o relato mítico se submeteu, de maneira a ajustar-se à nova situação social (como exemplo, consulte-se, entre muitos outros, Lévi-Strauss: 1973, 175-233). Contudo, a progressiva ampliação da análise — basta que nos lembremos que, ao longo dos quatro volumes das *Mythologiques*, a versão bororo termina por remeter a um conjunto de mitos norte-americanos — torna questionáveis os critérios de transformação que sedimentam estas passagens. É como se espaço e tempo fossem abolidos ante a máquina sempre certeira do mito; ou melhor, que o analista os abolisse.

A crítica de Koppe é ainda muito mais pertinente quanto ao Barthes da "Introduction à l'analyse structurale des récits" (Barthes, R.: 1966, 1-27) e às tentativas similares de Todorov, cuja generalidade pretendida se faz em desrespeito às peculiaridades das produções particulares. Se concordamos com essa refutação, estranhamos, contudo, o ponto que lhe serve de apoio. Que significa dizer que é hermeneuticamente evidente a delimitação da obra isolada senão que a hermenêutica pensada pelo autor é aquela presa ao primado do sujeito individual? A problematicidade em que Koppe se funda, portanto, se sustenta à custa de manter-se a primazia do sujeito empírico individual. Em suma, o dilema oriundo da crítica de Koppe suscita soluções igualmente insuficientes: se o estruturalismo falha por unificar as obras em nome de um inconsciente universal, redução que força as diferenças particularizadas a receberem segmentações e hierarquizações, em cuja feitura o analista é muito menos um observador que um construtor interessado, passível portanto de introduzir transformações ao sabor da causa, a hermenêutica, em troca, desconhece essa dificuldade para recair noutra: as fronteiras da obra são asseguradas pelo prévio conhecimento de sua autoria. Inconsciente generalizador ou individualizado, eis a base da insatisfatória alternativa. Ora, a leitura de reflexões mais recentes sobre os fundamentos da hermenêutica nos mostra a debilidade da base clássica desta. É o que se infere do importante ensaio de G. Buck, "A Estrutura da experiência hermenêutica". Dele aqui nos interessa a discussão que empreende sobre a idéias de Habermas (*in Erkenntnis und Interesse* [1968] e *Zur Logik der Sozialwissenschaften* [1979]), acerca da atuação de uma hermenêutica purificada. Tal hermenêutica distinguir-se-ia da habitual porque percebe que o horizonte de expectativas do intérprete é marcado pela força ideológica presa à linguagem. Esta força afasta da explicitação do objeto motivos que foram recalcados pelo intérprete ou que estavam reprimidos pelo horizonte de expectativas de sua classe ou cultura. Assim, segundo Habermas, em vez de reafirmar o poder da tradição a hermenêutica deveria se abrir à crítica da mesma. Daí a importância que concede ao instrumental psicanalítico. Só assim a experiência hermenêutica se converteria numa "crítica da ideologia". Buck, contudo, discorda da argumentação de Habermas: um motivo inconsciente é um motivo contingencialmente afastado da consciência, sendo, pois, passível de ser daí retirado por uma erradicação terapeuticamente operada. Em contraposição à contingencialidade individual provocadora do motivo inconsciente, "a natureza inexplícita do significado que é abertamente formulado quando enunciados verbais ou padrões de comportamento são interpretados não é (...) uma matéria contingente mas *essencial*" (Buck, G.: 1978, 44). "O inexplícito aqui não poderia originalmente ter sido igualmente explícito (...)" (idem, ibidem). "Cada explicitação — cada 'ato de consciência' — contém por natureza um elemento irredutível de inexplicitude em si mesmo, que não pode ser capturado por nenhum comportamento, por mais reflexivo que seja" (idem, ibidem). Por conseguinte, a experiência hermenêutica não visaria desvendar a dimensão recalcada ou reprimida do objeto, mas encontraria sua meta naquilo que é, essencialmente, inexplícito. Este é, pois, para o filósofo alemão, o território legítimo da hermenêutica.

Aparentemente, a rejeição da proposta de Habermas mantém a hermenêutica em consonância com sua tradição. Mas será bem assim? Tomar como seu objeto o desvendamento do essencialmente inexplícito não implica retirar a hermenêutica do mapa consciente do sujeito criador? Responda-se que, para o próprio Schleiermacher, a finalidade da ciência da interpretação é "compreender o discurso tão bem e *mesmo melhor* que seu criador" (op. cit., 183, grifo meu). E o que seria esse compreender melhor senão realçar o inexplícito ao autor? Este, então, seria o fio a enlaçar a posição de Schleiermacher com a posição atual de G. Buck. Mas a tradição não é assim assegurada. Em primeiro lugar, porque a parte da frase que destacamos não é consoante com a centralidade ocupada pelo indivíduo criador, no conjunto das páginas da "Exposição de 1819". Em segundo, para que a discrepância entre o afirmado na frase e o conjunto do texto não se converta em contradição é preciso que essa "compreensão melhor" seja conquistada por outro autor, por outro indivíduo. A explicitação, em suma, haveria de ser sempre atribuída a sujeitos individuais. Ora, o peso que Buck concede ao inexplícito faz com que ele não possa ser concebido como uma espécie de halo invisível que circundasse a testa do indivíduo criador. E o que então seria esse inexplícito irredutível senão o conjunto de regras que guia a própria produção dos criadores, sem que delas tenham consciência? Não lidamos por certo com a concepção freudiana do inconsciente. No entanto, que coisa poderia ser essa inexplicitude radical senão inconsciente? Não importa que Buck não concordasse com esta tese, por defender, como parece, uma psicologia intelectualista ou por não dar a perceber, em seu ensaio, a *historicidade* da inexplicitude ressaltada. O fato é que o destaque desta se associa ao que, em *Les mots et les choses*, Foucault chamava de *episteme*. O próprio desta é ser inexplícita em toda uma época, guiando inconscientemente as produções aí realizadas. O que Foucault então revela é o "*inconsciente positivo* do conhecimento: um nível que se esquiva da consciência do cientista e, contudo, é parte do discurso científico" (Foucault, M.: 1970, XI). Se este inconsciente tem em comum com o lévi-straussiano não derivar dos acidentes de uma biografia personalizada, dele se distingue por não se estabelecer em independência dos eventos, da historicidade. Ao invés, ele é a rede dentro da qual se realizam as marcações individuais: "(...) Se interrogamos o pensamento clássico no nível do que arqueologicamente o tornou possível, percebemos que a dissociação entre signo e a semelhança, no início do século XVII, fez aparecer estas figuras novas que são a probabilidade, a análise, a combinatória, o sistema e a língua universal, não como temas sucessivos, engendrando-se ou se expulsando uns aos outros, mas como uma rede única de necessidades. *E é ela que tornou possíveis estas individualidades que chamamos Hobbes ou Berkeley ou Hume ou Condillac*" (Foucault, M.: 1966, 77, grifo nosso).

Em síntese, o privilégio que a indagação de Lévi-Strauss concede à sintaxe não coloca a semântica entre os resíduos inúteis, *senão aquela privilegiada em nome da doação de sentido, empírica e individualmente operada*. A análise da rede sintática analiticamente produzida conduz a uma interpretação semântica, sem dúvida radicalmente distinta da que se apreenderia pelo exame de sua organização sintagmática. Esta semântica segunda, em princípio, é alheia à intenção autoral e estranha ao receptor que supõe revivificar o propósito do autor. Assim considerando, por certo que a empresa é extra-hermenêutica.

Daí, entretanto, não concluímos que o debate se encerra com a vitória dos propósitos do antropólogo. Destacar a inexplicitude, como Günther Buck, joga por terra o primado da consciência individual, sem que, como vimos, outra consciência individual possa salvar o primado clássico do consciente. Mas, ao demonstrá-lo, não foi ao entendimento lévi-straussiano do inconsciente que recorremos, mas sim à reflexão historicizada de Foucault. Lévi-Strauss se coloca, por assim dizer, entre o inconsciente freudiano, cuja suficiência recusa, e o "inconsciente positivo", em cuja definição a história, a dimensão temporal têm um papel decisivo. À medida, pois, que não proclamamos um dos contendores vitoriosos, necessitamos dar continuidade à indagação. É o que faremos pela análise dos pontos capitais e problemáticos do pensamento de Lévi-Strauss.

3. Saussure concebera a lingüística como parte de uma ciência geral, a semiologia, ainda a constituir: "Pode-se pois conceber *uma ciência que estude a vida dos signos no seio da vida social*; ela formaria uma parte da psicologia social e, por conseguinte, da psicologia geral; a chamaremos semiologia (do grego *semeion*, 'signo'). Ela nos ensinaria em que consistem os signos, que leis os regem. Porque ela não existe ainda, não se pode dizer o que será; mas tem direito à existência, seu lugar está de antemão determinado. A lingüística não é senão uma parte desta ciência geral, as leis que descobrirá a semiologia serão aplicáveis à lingüística e esta se encontrará assim subordinada a um domínio bem definido no conjunto dos fatos humanos" (Saussure, F. de: 1916, 33).

Em janeiro de 1960, proferindo a aula inaugural do curso de antropologia social, no *Collège de France*, Lévi-Strauss remetia ao projeto saussuriano, associando a antropologia social à semiologia. Estabelecia assim a homologia básica para seu próprio percurso: do mesmo modo que o objeto da lingüística é o signo verbal, cujo funcionamento supõe um código, a *langue*, atualizado sob a forma de *parole*, assim também o objeto da antropologia é a circulação dos signos, sejam os extraverbais, como os que constituem um ritual, sejam os verbais, desde que se apresentem em uma formação discursiva que os torne inexauríveis pela indagação lingüística: o discurso do mito (sobre a natureza do mito e a posse por ele de um nível não redutível à dicotomia *langue/parole*, cf. Lévi-Strauss: 1958, 230 ss). Situar, deste modo, a antropologia no seio da semiologia (cf. Lévi-Strauss, C.: 1960, 52 s), tomando o procedimento lingüístico como homologia básica, significa então identificar seu objeto como signo, i. e., elemento pelo qual se transmite uma informação aos membros de uma sociedade e, conseqüentemente, partir à procura dos códigos a que ele pertence. Esta será a demanda de Lévi-Strauss: revelar os códigos presentes nas trocas sociais, sejam os que regem os sistemas de parentesco, sejam os diferenciados que presidem a mensagem dos mitos. Mas a homologia ainda tem um passo: tais códigos são inconscientes aos que os atualizam e sua constituição, ao mesmo tempo, nos remete e nos desvela a lógica pela qual opera o inconsciente. É, por conseguinte, a vocação semiológica da antropologia lévi-straussiana que conduz o autor a, desidentificando o objeto produzido da intenção consciente de seu produtor ou de seu destinatário, encontrar o prêmio por seu trabalho na formalização dos circuitos inconscientes que subjazem aos objetos. É aqui que entrará o elemento mais problemático da empresa: se, para Lévi-Strauss, a fonologia estrutural representou uma revolução, foi por ser capaz de desvelar o mecanismo do inconsciente, tal como se apresenta no recorte do fonema. Ora, de acordo com o desenvolvimento que Jakobson dera à fonologia estrutural, tal mecanismo sempre operaria sobre uma base binária, sendo possível, a partir daí, estabelecer-se o número reduzido de oposições que regem todas as línguas do mundo: "Os traços distintivos inerentes que se descobriram até esta data nas línguas do mundo e que, junto com os prosódicos, regem a totalidade do repertório léxico e morfológico daquelas, reduzem-se a doze oposições, dentre as quais cada língua escolhe as suas" (Jakobson, R. e M. Halle: 1965, 40). Assim concebido, o inconsciente é um mecanismo lógico, sobre o qual se edificará a função simbólica. O que vale dizer, ele é da ordem da natureza e se expressa pela afirmação de cunho saussuriano: um termo qualquer, seja um fonema ou um semantema, só significa através da relação em que se encaixa. Ou ainda o valor de um termo é um valor de relação, sendo a relação, a indicar a presença/ausência de um traço significativo, a primária e fundamental. Por esta concepção, o inconsciente de Lévi-Strauss não se conforma nem à descrição jungiana, onde o valor de um termo é constante e decorrente de si mesmo (o arquétipo), nem à freudiana, onde o inconsciente é produzido por vicissitudes individuais: "O inconsciente deixa de ser o inefável refúgio das particularidades individuais, o depositário de uma história única, que faz de cada um de nós um ser insubstituível. Reduz-se a um termo pelo qual designamos uma função: a função simbólica, especificamente humana, sem dúvida, mas que, em todos os homens, se exerce segundo as mesmas leis; que se resume, de fato, ao conjunto destas leis" (Lévi-Strauss, C.: 1958, 224). A história individual se inscreveria no subconsciente, "reservatório das lembranças e das imagens", enquanto "o inconsciente é sempre vazio; ou, mais exatamente, é tão estranho às imagens quanto o estômago aos alimentos que o atravessam" (idem, ibidem).

Lévi-Strauss não se afastará basicamente desta idéia do inconsciente, muito embora os volumes das *Mythologiques* retifiquem a imagem do estômago vazio: os mitos muitas vezes se distinguem entre si tão-só pelo privilégio a um código diverso — como o visual em lugar do táctil ou do olfativo. Assim, menos que um órgão indiferente ao que o toca, o inconsciente trabalha com as sensações; melhor, trabalha as sensações, pelos códigos dos cinco sentidos. Mas essa mudança não interfere no fundamento da concepção: o inconsciente é lógico e dizer de seu funcionamento é apresentar as relações que privilegia. Assim, a indagação do mito é muito mais que a tentativa de compreender um discurso que, filosófica e antropologicamente, permanecera obscuro: "O problema da gênese do mito se confunde então com a do próprio pensamento, cuja experiência constitutiva não é a de uma oposição entre o eu e o outro, mas do outro, apreendido como oposição. Na falta desta propriedade intrínseca — a única, na verdade, que é absolutamente *dada* —, nenhuma tomada de consciência constitutiva do eu seria possível. Não sendo apreensível como relação, o ser equivaleria ao nada" (Lévi-Strauss, C.: 1971, 540-1).

A passagem é suficientemente séria para que não nos detenhamos. Resumamos nossas inquietações a duas questões. Primeiro, se a questão da gênese do mito se confunde com a do próprio pensamento, então o que vale para um vale para o outro. Ora, discutindo no item anterior a questão do papel da semântica na análise estrutural, vimos que, de um privilégio primeiro à organização sintática, o analista do mito chegava à apreensão de uma dimensão semântica do significado do mito, o qual, naturalmente, não se confunde com o significado do que a mensagem da narrativa aparentava dizer. Projetando esse resultado sobre a frase anterior, deveremos então inferir que também o pensamento tem um subsolo semântico, i. e., que carrega significados, embora radicalmente diversos dos que aparentaria? Mas que subsolo semântico poderia ser este, se, de acordo com a homologia básica com a lingüística, o subsolo da *langue* é formado por unidades não semânticas, os fonemas? Aparentemente, chegamos a uma contradição. Passagem de obra anterior, contudo, nos mostra que a hipótese do subsolo semântico era insuficiente. Na primeira das *Mythologiques*, se lia: "A verdade do mito não está em um conteúdo privilegiado. Ela consiste em relações lógicas desprovidas de conteúdo, ou, mais exatamente, cujas propriedades invariantes esgotam o valor operatório, porquanto relações comparáveis podem-se estabelecer entre os elementos de um grande número de conteúdos diferentes" (Lévi-Strauss, C.: 1964, 246.) Conjugando as duas passagens: se é correto que a análise estrutural visa apreender uma semanticidade não captável ao nível da mensagem (da cadeia sintagmática), esta semanticidade não constitui "a verdade do mito", porquanto muitos e diversos conteúdos podem *parasitar* sobre uma mesma relação. Portanto, o mesmo mito pode suscitar uma pluralidade de interpretações, i. e., privilegiar significados múltiplos, sem que daí se infira apenas uma ser legítima. Donde, se a análise estrutural deve captar o significado do mito analisado, este não é imanente, pois a imanência está "em relações lógicas desprovidas de conteúdo". Mas isso não significa dizer que, ao invés do afirmado no início deste ensaio, a razão estava com Ricoeur, ao declarar o projeto lévi-straussiano anti-semântico? Não, pois Ricoeur, como agora o reafirmamos, pensava na semântica enquanto doação de sentido, pela qual era responsável um sujeito "criador".

Tendo em conta estes parâmetros, entende-se como a equiparação da gênese do mito com a gênese do pensamento não é contraditória com a primacialidade concedida à fonologia. Daí se entende melhor por que o antropólogo se recusa a definir as fronteiras do discurso mítico, pois se interessa por ele menos como mitólogo, do que como alguém que nele vê o campo privilegiado para vislumbrar o mecanismo da mente. Aí se depositaria o único *dado* passível de ser atingido nas ciências sociais. Daí que sua própria obra não se desligaria da condição de mito: "De algum modo, o mito da mitologia" (Lévi-Strauss, C.: 1964, 20), cuja possível cientificidade, ousamos dizer, estaria na fixação das relações e dos códigos empregados pelo material estudado, e não na interpretação que deles oferece, por esta ser necessariamente plural, variável. Só o imanente, o que não depende do sujeito para ser constituído, seria passível de cientificidade.

Passemos à segunda questão: se as leis que regem o mito são as mesmas que regem o pensamento, então com maior razão pode-se dizer que a estrutura da mente é idêntica à estrutura do cérebro. Daí não repugnar a Lévi-Strauss comparar as dificuldades do antropólogo com as que enfrenta quem estuda os cristais: "A cristalografia não existe menos, e as chances da análise estrutural dos mitos não são comprometidas, por saber que ela não pode plenamente se exercer senão sobre certos aspectos favoráveis de seus objetos" (Lévi-Strauss, C.: 1971, 567.) E que reitere, no final de *L'Homme nu*, a esperança de que seu esforço venha a aproximar sua ciência da objetividade das ciências físicas: "Ao contrário de uma filosofia que confina a dialética à história humana e a interdita de fixar-se na ordem natural, o estruturalismo admite de bom grado que as idéias que formula em termos psicológicos podem não ser senão aproximações tateantes de verdades orgânicas e mesmo físicas" (Lévi-Strauss, C.: 1971, 616).

Em resumo, Lévi-Strauss não se limita a estabelecer uma homologia entre atividades lingüística e antropológica, englobáveis em uma ordem semiológica. Se esta homologia tem por fundamento a lógica do inconsciente, a generalidade deste derivaria de ele ser natural. Através do inconsciente, a natureza penetra na cultura. Tratar desta ponta de natureza exige a apreensão da lógica com que ela opera, a qual, para o autor, se confunde com a operação binária.

Este breve resumo tem a finalidade de acentuar por que, à recusa dos argumentos hermenêuticos de Koppe, não se segue minha adesão integral à concepção de Lévi-Strauss. Aceitamos como passo decisivo o descentramento realizado quanto ao significado das mensagens, resultante da recusa de privilegiar a intencionalidade dos que lidam com elas, sejam seus autores, sejam seus destinatários. Tomamos como coroação deste esforço a verificação de um "inconsciente positivo", onde as mensagens historicamente deitam raízes. Mas recusamos como conseqüência daí inevitável ser o inconsciente naturalmente armado de um dispositivo formal, de ordem binária. Sabemos que Lévi-Strauss deriva essa conclusão da fonologia de Jakobson. Contudo, dentro da própria fonologia, a universalidade do binarismo é contestada: "Não se trata de discutir a possibilidade de interpretar a linguagem como um código de distinções binárias. Isso precisamente parece evidente. Trata-se em troca, de saber se, com efeito, o mecanismo perceptivo humano quando atua no processo da comunicação se ajusta efetivamente a esta análise, ou em que medida o faz, e se, portanto, qualquer paradigma de expressão que se estabeleça na descrição lingüística de uma língua determinada tem que estar baseado no princípio binário. E isso é o que antes parece duvidoso" (Malmberg, B.: 1967, 195).

Conjugando concordância e discordância: foi uma conquista importante da obra de Lévi-Strauss saber ler, sob Freud e a partir de Trubetzkoy, a generalidade do inconsciente, como infra-estrutura lógica. Este alcance, entretanto, é comprometido pela admissão precipitada de que tal máquina teria sempre um mesmo modo de atuação, o relacionamento binário, que, discutível na própria fonologia, termina por anular a possibilidade de atuações diversas do inconsciente — i. e., que seu trabalho seja demonstrável por lógicas mais complexas. A generalidade do inconsciente em Lévi-Strauss, ademais, parte do princípio de que não há regiões discursivas diferenciadas, o que determina um reducionismo limitativo, cujas conseqüências negativas se apresentam em sua aplicação ao campo poético.

Prendendo a generalidade do inconsciente a um conteúdo formal que lhe seria inerente, Lévi-Strauss eliminava distinção passível de ser notada dentro de suas próprias *Mythologiques*: em *Du miel aux cendres* (1967), o próprio autor observa (cf. Lévi-Strauss, C.: 1967, 362) que a passagem da indagação sobre o papel do fogo doméstico, necessário à cozinha, para o do mel, corresponde à mudança do tipo de estrutura. A primeira, objeto da análise de *Le Cru et le cuit*, obriga a presença de um mediador. Antes, o jaguar tinha carne cozida, enquanto o homem se limitava à carne crua. As propriedades depois se invertem. Em ambos os casos, o fogo de cozinha é o mediador indispensável para a posse de um bem. Assim definido, o mediador é o instaurador da assimetria: ser mestre do fogo, antes o animal, depois o homem, é estar de posse de um bem cultural, em detrimento do agente oposto. Ora, em *Du miel* entram mitos que tratam da regulação da noite e do dia, distinguindo-se duas soluções assimétricas e insatisfatórias — só dia e não noite, só noite e não dia — e uma simétrica final — a alternância regular entre dia e noite. Esta estrutura distingue-se da anterior por postular então um resultado simétrico como o satisfatório. Transcrevo o resultado desta reflexão, tal como o apresentávamos anos atrás: "Note-se agora que esta diferença está correlacionada ao tipo de bem que os mitos tematizam. Ele é de espécie cultural e natural, respectivamente. Daí podemos eventualmente inferir que as estruturas simbólicas apresentam tensão e assimetria quando pensam a cultura e resultado simétrico, equilibrado, quando pensam a natureza" (L.C.L.: 1973, 226).

Embora a conclusão hoje me pareça postular um determinismo ingênuo — o tipo de objeto a tematizar, cultural ou natural, imporia a forma assimétrica ou simétrica de abordá-lo — continuo a ter como importante a distinção entre caráter lógico-relacional do inconsciente e a afirmação apriorística de que ele sempre trabalharia com uma lógica binária. A indistinção destes dois aspectos provoca críticas que terminam por impugnar o todo da obra lévi-straussiana. Não dizemos que, aceita a distinção, passemos a navegar em águas tranqüilas. Apenas nos sentimos mais à vontade para aperfeiçoar a problemática levantada pela antropologia estrutural. Assim, por exemplo, a verificar a que exigências corresponde a indistinção entre inconsciente generalizado e binarismo. Verificá-las naturalmente para as ultrapassar.

Tal indistintividade resultava da própria concepção lévi-straussiana sobre as relações entre ciência e realidade. Antes, contudo, de abordá-la, vejamos uma conseqüência importante da concepção levi-straussiana de estrutura quanto à análise da literatura. Esta o leva a eliminar a importância do destinatário. A alternativa em que nos põe é ou considerar o ponto de vista do destinatário e então subordinar a interpretação dos produtos discursivos ao "modelo consciente" — i. e., ao modo como a sociedade recebe estes produtos, empobrecendo-os, ideologizando-os — ou seguir a *démarche* do analista, que procura chegar a uma rede de invariantes, independente, ao mesmo tempo, "do observador e de seu objeto" (Lévi-Strauss: 1958, 397). Só aparentemente esta alternativa reproduz a que se apresenta ao lingüista, que ou se contentaria com a descrição das normas gramaticais (o modelo consciente, normativo de uso da língua) ou buscaria as regras que, em níveis diversos, configuram a *langue*. A homologia é falsa porque o que se diga da *langue* será comparável não pela configuração mesmo dos atos da fala, pelo julgamento dos resultados do lingüista, pela *competência* do falante nativo, ao passo que, em Lévi-Strauss, o que o indígena pense de seus mitos é considerado como o que os homens pensam de seus mitos e não o que os mitos pensam malgrado os homens (cf. Lévi-Strauss, C.: 1964, 20). Em decorrência, a única prova do acerto de uma interpretação estrutural estaria no exame de sua própria demonstração; e, por cima dessa, da concepção epistemológica que preside às relações entre atividade científica e concepção da realidade. A eliminação do destinatário, portanto, também é solidária de uma posição epistemológica, que precisa ser determinada. É o que então faremos.

Pelo que já escrevemos sobre o caráter do inconsciente em Lévi-Strauss, é fácil inferir que, sendo imanente a estrutura, o que o analista faz é reapresentá-la. Reapresentação que se faria cabalmente pela formulação do modelo estrutural. Assim pensando, Lévi-Strauss se torna um tardio caudatário de uma "filosofia da representação", sendo o modelo uma "imitação" ou um simulacro imitativo do real: "Para a epistemologia dos modelos, a ciência não é um processo de transformação prática do real, mas a fabricação de uma imagem plausível" (Badiou, A: 1969, 20). O que vale dizer, sua concepção de realidade permanece de tipo substancialista: "Aquilo que torna possível toda a tarefa de uma análise comparativa estrutural da cultura é a ação essencialista efetiva do inconsciente como sua origem estruturante: as diversas regiões culturais são, em princípio, fenômenos desta mesma essência original, *a priori*" (Jenkins, Alan: 1979, 20). Ressalvo apenas contra Jenkins que seu essencialismo não está na admissão do inconsciente como estruturante, mas sim na idéia de que sempre atue de um modo. Despojar o inconsciente de um modo obrigatório de atuação implica afastar-se do essencialismo porquanto, entendido apenas como meio relacionante, introdutor da descontinuidade necessária para que as coisas signifiquem, o inconsciente passa a não ser um centro, mas uma ordem plasmática, que se organizará diversamente de acordo com a região temporal (o momento histórico) e espacial (o campo discursivo, gerador de pressões diversas) onde seja indagada. Em conseqüência, para que o estruturalismo seja meritório não basta o aperfeiçoamento de seus métodos de indagação. É preciso compreender que sua concepção de realidade e, conseqüentemente, do papel a ser desempenhado pelos modelos, é "uma variante específica do empirismo clássico" (Jenkins, A.: 1979, 38).

Por mais drásticas que sejam estas objeções, que em mim cresceram com o correr dos anos, elas não me impedem de declarar que o seu interesse resulta da própria importância que reconhecia e reconheço na obra do antropólogo francês. Importância da maneira extremamente nova de ver os objetos socioculturais. Maneira nova, quer por nos tornar atentos a fenômenos na aparência insignificantes, como as designações que damos aos animais domésticos e aos cavalos de corrida (Lévi-Strauss, C.: 272 b ss), quer àqueles como os mitos, dignificados pela tradição filosófica, mas através de interpretações abusivamente alegóricas. Em relação a uns e a outros, Lévi-Strauss veio-nos ensinar uma forma de pensamento que não busca prender seus objetos numa mera rede conceitual, que indicaria seus lugares humildes ou prestigiosos, mas sim intenta revelar, na bela formulação de Bento Prado Jr., a "costura entre o sensível e o inteligível" (Prado Jr., B,: 1967, 173), ou seja, a lógica escrita no corpo do objeto e não aquela a serviço da idéia, que trabalha pela eliminação do corpo-invólucro. Ora, este projeto particularmente interessaria ao estudo das artes e da literatura porque, implicitamente, transtorna as fronteiras há muito estabelecidas entre as atividades presididas pelo controle mental e as comandadas pela sensibilidade. A primeira área é propriedade da filosofia e das ciências, à segunda reserva-se o universo artístico.[4] A separação dá assim fundamento à oposição entre espírito, intelecto, abstração, de um lado; corpo, sensibilidade, concreção, do outro. Negando a existência de uma razão substancial a separar estes campos, Lévi-Strauss transtornava o hábito que dizia qual a atitude correta perante a ciência e a arte. Há séculos se diz que o próprio da arte é liberar as emoções, provocar a catarse e que é propriedade da ciência promover o conhecimento, expandir a *mathesis*. Não espanta, por isso, que as acusações a ele dirigidas ora lhe incriminassem de uma estetização do mundo do conhecimento, ora, ao contrário, de sufocar a faculdade estética, quando, na verdade, o que resulta de suas obras é a quebra da identificação do estético com o afetivo. Quebra de identificação, correlata à anulação da diferença entre os hemisférios da ciência e da arte, pela amostragem de que a construção lógica não é privilégio do objeto científico. Falar em uma lógica do sensível é um absurdo tanto para os estetas quanto para os cientistas. Mas é verdade que o antropólogo francês empreendeu esse baralhamento dos hemisférios do saber na esperança de constituir uma antropologia afinal científica. Daí a orientação que marcou a antropologia estrutural, a se propor "reintegrar a cultura na natureza e, finalmente, a vida no conjunto de suas condições físico-químicas" (Lévi-Strauss: 1962 b, 327). Como se a porta de salvação do conhecimento fosse entregue apenas pelo retorno à natureza. Por esta deriva, o primado da lingüística se, de um lado, foi extremamente fecundo no desbravamento de uma nova *mathesis*, de outro, apresenta o estigma de propor o que, no fundo, surge como um neocientificismo. Prova indireta, contudo, de como sua lição pode ser absorvida positivamente nos oferecem os trabalhos dos helenistas J.-P. Vernant e M. Détienne, assim como a pesquisa, dignificante de situações normalmente desprezadas pelos sociólogos, de um E. Goffman.[5] Nos casos citados, mostra-se em ação a mesma lógica do concreto, seja em relação ao mundo do mito e da tragédia gregos, seja quanto aos microrrituais que, sem saber, cumprimos em nosso cotidiano de civilizados. Nos três casos, em comum ainda, nota-se o afastamento da pretensão lévi-straussiana em centrar-se numa estrutura formulada em um modelo, assim como em entender a apreensão das relações inconscientes como ultrapasse da história, em favor de condições físico-químicas. Talvez assim se dê porque os autores referidos não se deixaram marcar pela oposição a uma concepção espiritualista como a de um Bergson, que F. Remotti localiza como polemizada e reptada pelo pensamento lévi-straussiano.[6]

Foi por esta promessa de subverter a maneira de lidar com objetos da sensibilidade, como o objeto literário, que Lévi-Strauss tem estado fortemente em minhas cogitações. Talvez só hoje veja com mais clareza os limites de seu projeto ou a contradição que apresenta quanto ao motivo que me atraía. Supondo que essa clareza não seja ilusória, seria então o caso de renegar sua influência ou, ao contrário, de tentar o ultrapasse do que julgo um estrangulamento? Escolho o segundo caminho, buscando reabrir a porta que fora fechada, com a expulsão da figura do destinatário.

Dissemos atrás que o pensamento lévi-straussiano tornava a sua função desnecessária: a maneira como o "falante" de um mito o interpretaria, caso fosse possível escutá-lo, apenas diria do modelo consciente, das normas com que a sua sociedade se interditava de penetrar no magma mítico. Se isso é verdade, a conseqüência daí extraída obriga o analista a confiar exclusivamente no rigor e na veracidade de seu método. Ora, se no caso do antropólogo, o recurso é validação da análise, pelo testemunho do informante, é sempre problemático, senão mesmo impossível, no caso da literatura, o efeito de contraste entre a visão do analista e a do leitor é não só possível, como imprescindível. O leitor é, por assim dizer, um sintoma de como a obra foi recebida em certa época e dentro de certa situação social. A consideração do leitor veio assim a me aparecer como o modo de controlar — não digo de subordinar — uma interpretação e, desta forma, de evitar o culto do método e o poder autoritário do analista. Tratava-se portanto de substituir o *primado da leitura* pelo *primado da comunicação*, visada pela entrada em cena do receptor. Durante alguns anos, hesitei nesta passagem, achando possível opor ao autoritarismo fomentado pelo prestígio do nome do intérprete, da instituição a que pertença ou à opção ideológica que o acompanha, a ênfase no rigor da demonstração analítica (cf. L.C.L.: 1975, cap. V). Hoje, embora considere essa providência importante para dar lugar ao outro — a demonstração explicitada oferecendo a possibilidade de o leitor melhor localizar as falhas ou lapsos de sua construção —, sei que é uma providência ainda parcial, por si incapaz de cumprir seu propósito antiautoritário. Para esta passagem foi-me decisivo o contato com representantes alemães das hoje conhecidas estéticas da recepção e do efeito. Conheci-os apenas a partir de fins de 1974, graças à simpatia do lingüista Wolf-Dieter Stempel e, depois, pelas discussões fraternas com Hans Ulrich Gumbrecht. Hoje, contudo, sou obrigado a verificar que esta inflexão podia ser praticada a partir de uma reflexão crítica diretamente derivada da obra dos críticos estruturalistas franceses, com os quais nunca tive particular afinidade. É o que mostra a obra de J. Culler, *Structuralist poetics*, que, independente da influência dos autores, precisou o ponto-limite do estruturalismo em sua impossibilidade teórica de abarcar o ponto de vista do destinatário. Cito-o expressamente pois, para que se compreenda como a problemática estruturalista aí encontra seu calcanhar de Aquiles e, a seguir, como é possível ultrapassá-lo sem a recusa do que a análise do discurso deve ao estruturalismo. A questão que Culler enfatiza é justamente a do critério de validação da análise estruturalmente concebida: "Este é o problema continuamente posto pelas análises de Lévi-Strauss: se dois mitos de algum modo se correspondem — se têm o mesmo significado ou desempenham a mesma função — então quaisquer similaridades formais que podem ser descobertas são provavelmente pertinentes; mas, se não se correspondem, a análise permanece extremamente questionável. Dois itens podem ser comparados por várias razões; que razões produzirão relações pertinentes?" (Culler, J.: 1975, 45-6). Esta dificuldade não pode ser vencida pelo mero conhecimento das restrições à maneira extremamente ampla como Lévi-Strauss usa as regras de transformação (Petit, Ph.: 1975, 90). Em vez do desenvolvimento técnico dos procedimentos analíticos, o que se impõe é a própria mudança da base teórica. Desde logo, de sua fundamentação lingüística: "A análise lingüística não fornece um método pelo qual o significado de um texto possa ser deduzido a partir do significado de seus componentes. (...) A dificuldade está (...) em que o contexto que determina o significado de uma sentença é mais do que as outras sentenças do texto; é um complexo de conhecimento e de expectativas de graus variados de especificidade, uma espécie de competência interpretativa que, em princípio, poderia ser descrita mas que, na prática, se mostra extremamente refratária. Pois consiste, de um lado, em várias suposições concernentes à coerência e a modelos gerais de organização semântica e, de outro, em expectativas concernentes a tipos particulares de textos e à espécie de interpretação que eles requerem" (Culler, J.: 1974, 95). A lingüística não pode ser a ciência pivô para o intérprete de textos literários, porque interpretar não é apenas codificar uma informação, mas *recebê-la* junto com as *convenções* com que a *esperamos*. "(...) Tanto o autor quanto o leitor trazem para o texto mais do que um conhecimento da língua e essa experiência adicional — expectativa acerca das formas de organização literária, modelos implícitos de estruturas literárias, prática na formação e no teste de hipóteses sobre obras literárias — é o que guia alguém na percepção de construção de padrões (*patterns*) relevantes" (Culler, J., idem, ibidem). Interpretar torna-se uma experiência semiológica, mesmo se o texto é verbalmente formulado, pois implica o conhecimento de um saber social que tanto o autor quanto o receptor alocam no texto poético. Há, sem dúvida, alguma semelhança entre o que escrevemos e o que se infere do que Lévi-Strauss escrevia sobre o mito. Como já aqui mesmo foi referido, para o antropólogo o mito contém os níveis lingüísticos da *parole* e da *langue* e ainda um terceiro, que o torna comparável à obra musical (cf. Lévi-Strauss, C.: 1958, 230 ss). Embora dotado de material lingüístico, o mito descola da abordagem lingüística. Mas a semelhança entre os dois raciocínios não revela sua diferença: a reflexão de Lévi-Strauss o conduz ao semiológico enquanto sistema formalizável, ao passo que o alvo a que apontamos não remete de imediato a alguma formalização, mas a um saber que temos de recolher na história. Ou seja, se a consideração das convenções que presidem a leitura dos textos, poéticos e não poéticos, passa a fazer parte da tarefa do intérprete, o que assim se realizará não será uma semiologia preocupada com a eficácia de seus modelos, mas uma atividade fundamentalmente voltada para a apreensão de um material — as convenções e os horizontes de expectativa presentes na recepção, em certa época, de certa obra. Esta é a conseqüência que retiramos da ponte que Culler soube lançar, a partir da prática estrurural: "Qual é o papel de uma poética estruturalista? Em um certo sentido, sua tarefa é modesta: tornar tão explícito quanto possível o que é implicitamente conhecido por todos aqueles que, ligados na literatura, se interessam pela poética. Vista desta maneira, não é hermenêutica; não propõe interpretações surpreendentes, nem resolve debates literários; *é a teoria da prática da leitura*" (Culler, J.: 1974, 258-9, grifo nosso).

Ressaltamos a reflexão de Culler pelo caráter projetivo que dá à empresa estruturalista. Isso não impede que o papel substancial do destinatário ainda precise ser teoricamente aprofundado. Este é o veio que, fora do estruturalismo, nos oferece principalmente a obra de Wolfgang Iser. Resumindo-me a indicação ultra-sumária: o leitor tem um papel fundamental quanto ao texto literário — e ficcional — porque este texto se distingue do conceitualmente auto-suficiente — o filosófico e o científico — e do pragmático que trazem consigo seu quadro de referências, i. e., as indicações pelas quais hão de ser lidos. O texto literário, ao invés, contém apenas um *esquema* para sua ·eitura e, por isso, exige a participação ativa do leitor que, entre perspectivas entre si contraditórias, precisa *suplementar* a informação textualmente produzida. A leitura do texto ficcional, portanto, não é um adendo de que analiticamente se poderia prescindir; ela é consubstancial ao próprio texto. Através desta sua entrada, o leitor mostra não que a estrutura inexista no texto, mas que os constituintes fundamentais ao discurso literário são sua estrutura e o efeito que ela provoca: "Na separação do sujeito (i. e., o leitor) de si mesmo, a mobilização operante da (sua) espontaneidade é modelada não apenas pelo texto, mas é também transformada pelas condições do texto em uma consciência real" (Iser, W.: 1976, 254). Donde saem de foco questões como o que é a *literalidade* e todas as tentativas de definição imanente da literatura. Seu fracasso resultaria de procurarem no puro da textualidade o que só se produz mediante uma interação: "(...) O leitor não mais pode ser ensinado, pela interpretação, sobre o sentido do texto, pois este não existe em tal forma sem contexto" (Iser, W.: 1976, 36).

Se o meu leitor concordar com o avanço que representam a reflexão projetiva de Culler e a teorização de Iser, talvez não se desaponte se agora acrescentar que elas, entretanto, não dissipam questões cruciais. Estas apenas reaparecem noutro ponto. Formulando a mais incisiva: se a caracterização da literatura deixa de ser imanente para tornar-se uma realidade comunicacional, deixa com isso de haver a leitura ideal e a interpretação correta. Com seu desaparecimento, não passa a vigorar uma espécie de vale-tudo interpretativo. Muito embora qualquer resposta seja historicamente válida, enquanto prova do modo de recepção realizada em certo período, a obra, contudo, possui uma estrutura que não é captada por uma leitura qualquer. Assim tampouco ela pode ser elidida. Ora, se não se concebem as estruturas como imanentes, naturalmente dadas, se tampouco qualquer efeito é tomado como válido — a não ser como mero sintoma de uma disposição histórica — de certo modo não retorna a figura do leitor ideal? Tal idealidade é, ademais, reforçada pelo efeito que Iser privilegia: o efeito de contestação aos sistemas dominantes. "Através dele (do texto literário) não se dá a reprodução dos sistemas de sentido dominantes, ao contrário, o texto se relaciona com o que, nos correspondentes sistemas de sentido dominantes, é virtualizado, negado e, por conseguinte, excluído" (Iser, W.: 1976, 120). A literatura assim, na grande maioria dos casos, aparece como o discurso contestatário por excelência, não no sentido de incorporado forçosamente à oposição ao *establishment*, mas no de apresentar perguntas irrespondíveis pelo sistema dominante. É bastante provável que esta seja a experiência apropriada quanto às obras da modernidade. Iser, contudo, não estabelece limites históricos para o efeito que privilegia. O fato já foi bem notado por H. U. Gumbrecht: "(...) É impossível a especificação de um modelo de leitor, transcendentemente intencionado, a ponto de se poder derivar, de sua aplicação aos textos, constantes meta-históricas de doação de sentido" (Gumbrecht, H. U.: 1977, 532).

Podemos ademais perguntar se a absolutidade do efeito contestatário da literatura não faz parte de seu sistema inconsciente de defesa. É no instante em que a sociedade burguesa não mais endossa e privilegia a prática literária que seu especialista realça a sua função de não-endosso. Mas sua negatividade não abala o sistema que nega. O sistema capitalista só é ameaçado por suas próprias contradições. Por enquanto, ele tem conseguido absorvê-las ou adiá-las.

Notas

1. "(...) Il testo dell'opera è stato costruito da Bally e Sechehaye fondendo in una redazione che si propone come unitaria gli appunti presi dagli alunni durante i tre corsi di linguistica generale tenuti da Saussure e le rare note autografe reperite tra le carte del maestro dopo la sua morte. I singoli frammenti del pensiero saussuriano (salvo rari casi di fraintendimento) sono in genere felicemente intesi e fedelmente riportati. Il Cours è quindi la più completa *summa* delle dotrine di Saussure e tale probabilmente è destinato a restare. Il nostro debito verso Bally e Sechehaye è perciò grande ed evidente. Ma tradirebbe quel che essi hanno compiuto per diffondere le teorie del maestro chi si nascondesse che il *Cours*, fedele nel riprodurre le singole parti della dottrina linguistica di Saussure, non lo è altrettanto nel riprodurre l'ordine complessivo delle parti" Tullio De Mauro, "Introduzione" à sua trad. para o italiano do *Cours*, p. IX, Laterza, Bari, 1972.
2. Sobre sua contribuição à fonologia, ver *Fonema e fonologia* (sel., trad. e notas, com um estudo sobre o autor por Mattoso Câmara Jr.), Livraria Acadêmica, Rio de Janeiro, 1967.
3. Embora sem a mesma importância para a história do pensamento, não se deve esquecer que é de um terceiro emigrado, também nos Estados Unidos, Ernst Cassirer, a primeira reflexão filosófica importante sobre o estruturalismo: "Structuralism in modern linguistics", in *World*, I, Nova York, 1945.
4. Sobre a caracterização da arte como gratuita ou desinteressada, leiam-se as oportunas observações de Abrams: "This critical vocabulary had its specific origins in the eighteenth century, in a particular social and intellectual milieu, and as part of a newly emerging mode of lie. In western Europe at a time of expanding wealth and a rapidly growing middle class, there was an immense spread of a leisure-time pursuit hitherto confined to the life style of some members of the aristocracy. This pursuit was connoisseurship, the development of 'taste' in a variety of experiences that were pursued primarily for pleasure. The market for poetry and 'belles-lettres' expanded; there developed great public colletions of paintings and sculpture; the audiences for theatre, concerts, opera grew apace; tours were organized to visit and admire architectural monuments, including the great private mansions and their landscapes settings. A consequence of this social phenomenon was the natural

assumption that these objects — literature, painting, sculpture, music, landscape-gardening, architecture — despite their patent differences in media and other features, have something in common that makes them eligible for the common experience of connoisseurship. Another consequence was a theoretical interest in a mode of activity that was patently not moral or utilitarian, since it was an escape, a holiday from everyday moral and utilitarian concerns; with this was often associated a demand for practical guidance in developing a 'good taste' that would serve not only to enhance the pleasures of connoisseurship, but also as a sign of social status", M. H. Abrams: "What's the use of theorizing about the arts?", in *Search of literary theory*, pp. 42-3, organ. por Morton W. Bloomfield, Cornell University Press, Ithaca e Londres, 1972.

5. Desconheço se Lévi-Strauss teve influência direta sobre a obra de Goffman. Mas não é casual que sua pesquisa pode ser considerada de tipo semiológico, sem o aparato formalizante oriundo da lingüística. Cf. especialmente sua obra de síntese e teorização, *Frame analysis*, Harper & Row, Nova York, 1974.
6. "Questa illustrazione del propositi e delle pretese della conoscenza storica, nella misura in cui vienne privilegiata rispetto alle altre scienze umane, è molto importante, in quanto consente di determinare un objettivo polemico che è un po' alla base dello struturalismo di Lévi-Strauss: si tratta della concezione spiritualistica di Bergson, che l'antropologo francese vede probabilmente riaffiorare nel privilegiamento della storia", Francesco Remotti, *Lévi-Strauss. Struttura e estoria*, p. 204, Einaudi, Turim, 1971.

Referências bibliográficas

Badiou, Alain. *Le concept de modèle*. Paris, Maspero, 1969.

Barthes, Roland. Introduction à l'analyse structurale des récits. *Comunications, 8*, Paris, Seuil, 1966.

Buck, Günther. The structure of hermeneutic experience. *New Literary, History, 10 (1)*, oct. 1978.

Culler, Jonathan. *Structuralist poetics: structuralism linguistics and the study of Literature*. Londres, Routledge & Kegan Paul, 1975.

Dilthey, Wilhelm, Die Entstehung der Hermeneutik [1900] Trad. cit. in Dilthey, W. *Selected writings*. Org., trad. e introd. H. P. Rickman. Cambridge University Press, 1976.

Doubrovsky, Serge. *Pourquoi la nouvelle critique*. Paris, Mercure de France, 1966.

Foucault, Michel. *Les mots et les choses*. Paris, Gallimard, 1966.

——. The order of things. Londres, Tavistock, 1970, prefácio à ed. ingl.

Gumbrecht, Hans Ulrich. Wolfgang Iser: *Der Akt des Lesens*; Theorie "ästhetischer Wirkung", *Poetica, 9*. Amsterdam, Verlag B. R. Grüner, 1977.

Iser, Wolfgang. *Der Akt des Lesens*; Theorie ästhetischer Wirkung, W. Fink Verlag, 1976.

Jakobson, Roman & Halle, Morris. *Fundamentals of language/1965/*. Trad. cit. *Fundamentos del lenguaje*. Madrid, Ciência Nueva, 1967.

Jauss, Hans Robert. Literaturgeschichte als Provokation der Literaturwissenschaft /1967/ In: *Literaturgeschichte als Provokation*. Frankfurt a. M., 1974.

Jenkins, Alan. *The Social theory of Claude Lévi-Strauss*. Londres, Macmillan, 1979.

Koppe, Franz. Die Literaturtheorestischen Haupttrichtungen und ihr Ertrag für Gegenstandbestimmung der Literaturwissenschaft, in *Zeitschrift für allegemeine Wissenschaftstheorie*, Wiesbaden, 9 (2), 1978.

Lévi-Strauss, Claude. *Les structures élementaires de la parenté /1949/*. Paris, Mouton, 1967.

——. Introducton: histoire et ethnologie /1949/. In: *Anthropologie structurale*. Paris, Plon, 1958.

——. Leçon inaugurale /1960/. Trad. cit. in *O Estruturalismo de Lévi-Strauss*. Org. L. Costa Lima. Petrópolis, Vozes, 1968.

——, "Les limites de la notion de structure en ethnologie." In: *Sens et usages du terme structure*. Org. R. Bastilde. Gravenhague, Mouton, 162a.

——. *La pensée sauvage*. Paris, Plon, 62b.

——. *Du miel aux cendres*, Paris Plon, 1967.

——. *Le cru et cuit*. Paris, Plon, 1964.

——. *L'homme nu*. Paris, Plon, 1970.

——. "La geste d'Asdiwal"/ 1958/. In: *Anthropologie structurale deux*. Paris, Plon, 1973.

Lima, L. Costa. *Estruturalismo e teoria da literatura*. Petrópolis, Vozes, 1973.

——. O buriti entre os homens ou o exílio da utopia. *In*: *A metamorfose do silêncio*. Rio de Janeiro, Eldorado, 1974.

——. *Mimesis e modernidade*. Rio de Janeiro, Graal, 1980.

Malmberg, Bertil. *Structural lingistics and human communication* /1967/. Trad. cit.: *Lingüística estructural y comunicación humana*. Madri, Gredos, 1969.

Merleau-Ponty, Maurice. "De Mauss a Lévi-Strauss", in: *Signes*. Paris, Gallimard, 1960.

Nietzsche, Friedrich. *Menschliches, Allmenschliches* (1878). Ed. cit. Werke Ed. org. K. Schlechta. Ullstein Beich, Frankfurt a. M., 1976.

Petit, Philip. *The concept of structuralism*; a critical analysis. Berkeley, University of California Press, 1975.

Picard, Raymond. *Nouvelle critique ou nouvelle imposture*. Paris, J. J. Pauvert, 1965.

Prado Jr., Bento. "Filosofia, música e botânica: de Rousseau a Lévi-Strauss.", *Tempo Brasileiro*, Rio de Janeiro, 15/16. 1967.

Ricoeur, Paul. Structure et herméneutique. *Esprit*, Paris, nov., 1963.

Saussure, Ferdinand de. *Cours de linguistique générale /1916/*. Ed. cit.: Paris, Payot, 1965.

Schleiermacher, Fr. D. E.: "Die Kompendiernartige Darstellung von 1819" *in Hermeneutik*, org. por Heinz Kimmerle, Carl Winter, Heidelberg, 1974.

Spitzer, Leo. *Linguistics and literay history /1948/*. Trad. cit.: Lingüística e história literária. Madri, Gredos, 1955.

Terracini, Benvenuto. *Analisi stilistica*; *teoria, storia, problemi*. Milão, Feltrinelli, 1966.

CAPÍTULO 26

Quatro mitos winnebago

CLAUDE LÉVI-STRAUSS

Traduzido a partir da versão francesa "Quatre mythes Winnebago", publicada em *Anthropologie structurale deux*, Plon, Paris 1973, pp. 235-249, do original inglês: "Four Winnebago myths, a structural sketch", *in Culture in history, essays in honor of Paul Radin*, Columbia University Press, Nova York, 1960, pp. 351-362, sob a direção do prof. Stanley Diamond.

Dentre os muitos talentos que o tornaram um dos grandes etnólogos de nosso tempo, Paul Radin possui um, raro em nossa profissão, que confere à sua obra uma qualidade singular: é o que se costuma chamar de "faro" (*flair*), um dom, de ordem estética, de ir direto aos fatos, observações e documentos particularmente ricos de sentido. Algumas vezes dissimulado nos recantos de seus livros, este sentido se desvenda progressivamente, sempre que nos dedicamos a isto com suficiente aplicação. Uma colheita efetuada por Paul Radin, mesmo quando ele não decidiu moê-la, propicia um alimento substancial a muitas gerações de pesquisadores. Por tudo isto, eu gostaria agora de prestar homenagem à obra de Radin estudando quatro mitos publicados por ele sob o título: *The Culture of the Winnebago: as described by themselves*,[1] cujo prefácio diz: "Ao publicar estes textos, só tenho em vista um objetivo, que é o de pôr à disposição dos pesquisadores materiais autênticos, de possível serventia para o estudo da cultura dos Winnebago." Apesar dessa declaração modesta e embora os quatro mitos tenham sido obtidos de informantes diferentes, há bons motivos para que fossem agrupados numa mesma publicação. De um ponto de vista estrutural, os quatro mitos ocultam uma unidade profunda, apesar do fato — sublinhado por Radin na introdução e nas notas — de um deles aparentemente diferir muito dos outros por seu conteúdo, estilo e estrutura. Tentarei, não obstante, apreender as relações que se estabelecem entre os quatro mitos, mostrando que é possível reuni-los não apenas como documentos lingüísticos e etnográficos sobre uma tribo particular, mas, indo além da intenção de Radin, porque todos os quatro pertencem ao mesmo gênero e suas respectivas mensagens se completam.

O título do primeiro mito é "Os dois amigos que reencarnaram ou a origem da vigília das quatro noites". Ele conta como o filho de um chefe e seu melhor amigo realizaram o projeto de sacrificar suas vidas pelo bem da comunidade. Após morrerem, sofreram uma série de provações no outro mundo, chegando finalmente à morada do Criador (*Earthmaker*), que, por uma graça especial, mandou-os de volta ao mundo dos vivos onde retomaram seu lugar entre parentes e companheiros.

Como Radin esclarece em seu comentário,[2] a narrativa se refere implicitamente a uma teoria indígena: cada pessoa tem direito a uma determinada quota de anos de vida e de experiências terrenas; se um indivíduo morre antes de sua hora, seus parentes podem solicitar aos espíritos que repartam entre eles o pedaço de vida não consumido pelo defunto. Mas a teoria vai bem mais além; pois se esta parcela de vida, a que o herói renuncia deixando-se matar pelos inimigos, deve aumentar o capital de vida acumulado em benefício do grupo, tal ato de devotamento não é inteiramente despido de vantagens pessoais: ao se tornar um herói, um indivíduo faz uma escolha, trocando uma vida inteira por uma vida abreviada, mas, enquanto a primeira parcela é única e definitiva, a parcela reduzida aparece como sendo a causa jurídica de uma espécie de arrendamento renovável tomado sobre a eternidade. Dito de outro modo: ao se renunciar a uma vida completa, ganha-se o direito a uma série limitada de vidas breves. E, como os anos sacrificados pelo herói irão aumentar a expectativa de vida dos indivíduos comuns, todo mundo ganha na troca: os indivíduos comuns, cuja expectativa média de vida aumentará lenta mas seguramente ao longo das gerações, e os guerreiros, cuja duração de vida será abreviada, mas indefinidamente renovável, na medida em que neles persista a vontade de abnegação.

Não estamos certos, porém, de que Radin faça plena justiça a seu informante, ao qualificar de "interpretação secundária" a indicação de que os dois heróis teriam empreendido sua expedição como demonstração de reconhecimento pelos benefícios recebidos de seus compatriotas.[3] A análise que precede parece demonstrar, ao contrário, a grande importância deste motivo. Ademais, o mito não fala de uma, mas de duas campanhas guerreiras. A primeira se desenrola na época da adolescência dos dois heróis, que, por isso, não são convidados a participar. Ninguém nem mesmo lhes informa, eles sabem dela por boatos[4] e resolvem intervir por iniciativa própria. Por conseguinte, não são responsáveis pela aventura em que se distinguem: outros a conceberam e a empreenderam. E os heróis tampouco são responsáveis pela segunda campanha, durante a qual perecem, pois a iniciativa das operações cabe agora aos inimigos, que as desencadearam em represália à guerra anterior.

A idéia inicial é clara: os dois amigos fizeram bons casamentos e tiveram êxito em sua vida social,[5] sentindo-se assim devedores de seus compatriotas.[6] O mito explica que eles partem para a aventura com a intenção de se sacrificar durante alguma ação útil, e é então que tombam vítimas de uma emboscada armada pelos inimigos desejosos de vingar sua derrota anterior. Os dois heróis procuraram, portanto, a morte pelo bem de seu povo, e essa morte alcançou-os, embora fossem inocentes dos atos de hostilidade que a causou, e cuja responsabilidade é inteiramente de seus compatriotas. Contudo, esses compatriotas herdarão as quotas de vida a que os heróis renunciaram em seu favor. Mas, como os heróis ressuscitarão e voltarão à terra, certamente para tomar a mesma atitude, o ciclo de transferências de vida recomeçará, e assim por diante, indefinidamente. Indicações fornecidas por Radin parecem confirmar nossa interpretação: após a morte, uma velha sobrenatural submete as almas a provas, no fim das quais as liberta da lembrança de sua vida terrena. Mas as almas só têm êxito nas provas se pensarem não em sua própria salvação, mas na de seus compatriotas que ainda vivem.

Na raiz do mito observa-se, portanto, como diriam os lingüistas, uma dupla oposição. Primeiramente, entre *destino comum* e *destino heróico*, o primeiro lançando mão do direito a uma vida plena e inteira, mas não-renovável, o outro arriscando-a em benefício do grupo. A segunda oposição se estabelece entre dois tipos de morte, uma definitiva e, por assim dizer, uniforme, embora supondo uma promessa de imortalidade no Além; a outra periódica, marcada por idas e vindas entre este mundo e o outro. A imagem desta dualidade de destinos talvez se repita no símbolo winnebago da escada do outro mundo, tal como descrita pelo *Medicine rite*. Uma subida é "como uma pata de rã: retorcida, e malhada (*dappled*) de luz e vida (*light-and-life*). A outra subida é como um cedro vermelho enegrecido pelo uso, tornado polido e luzente".[7]

Resumamos a mensagem do mito tal como se depreende das análises precedentes. Todo aquele que aspira a uma vida completa sofrerá uma morte igualmente completa; mas, aquele que renuncia de boa vontade à vida, e busca a morte, obterá duas recompensas: por um lado, aumentará a duração da vida completa concedida aos membros de sua tribo; por outro lado, acederá a uma condição caracterizada por uma alternância indefinida de vidas parciais e de mortes parciais. Seja, então, um sistema triangular:

reencarnação
(vida parcial, morte parcial)

vida total — morte total

Intitulado "O homem que resgatou sua mulher do mundo dos espíritos", o segundo mito propõe uma variação sobre o mesmo tema, mas com uma diferença importante. Também aqui um herói (no caso, o marido) se dispõe a sacrificar o tempo de vida que lhe resta; entretanto, tal sacrifício é aceito não pelo bem do grupo como no primeiro mito, mas pelo bem de uma só pessoa: a esposa ternamente amada, que acaba de ser arrebatada de seus braços. Na verdade, o herói não imagina no início que, buscando a morte, obterá um novo arrendamento de vida não só para sua mulher, mas para si próprio também. Se ele o soubesse — e isto se aplica igualmente aos protagonistas do mito anterior — o elemento de sacrifício, essencial para o desenrolar da trama, estaria ausente da narrativa. Mas o resultado permanece o mesmo em ambos os casos: aquele que perde a vida num grande impulso de altruísmo ganha-a de volta, para si próprio e para a(s) pessoa(s) por quem se sacrificou.

O terceiro mito — "Viagem da alma ao mundo dos espíritos, tal como narrada pelo *Medicine rite*" — pertence, como indica seu título, a uma confraria religiosa. Ele relata as provas a que seus adeptos devem submeter-se no Além (como os protagonistas dos outros mitos), e explica que, em caso de triunfo, eles conquistam o direito à reencarnação.

À primeira vista, a situação difere das precedentes, pois aqui ninguém sacrifica sua vida. Sabemos, contudo, que os membros do *Medicine rite* praticavam regularmente uma espécie de sacrifício simbólico. Como observou Radin em *The road of life and death* e alhures, o ritual seguia um modelo corrente na América do Norte, segundo o qual os adeptos deixavam-se alternadamente "matar" e "ressuscitar". O terceiro mito, portanto, afasta-se dos dois primeiros apenas porque em vez de se disporem a morrer de uma vez por todas, seus heróis — isto é, os adeptos do rito — dedicam-se regularmente ao mesmo sacrifício, repetindo-o em várias ocasiões ao longo de suas existências, mas de modo simbólico. De certa forma, eles se imunizam progressivamente contra a morte verdadeira, ao renunciar simbolicamente à vida plena e contínua, que o ritual substitui por uma sucessão de vidas parciais e de mortes parciais, durante toda a duração daquela. Também neste caso, por conseguinte, os elementos constitutivos do mito permanecem os mesmos, se bem que cada sujeito — e não um terceiro ou o grupo em seu conjunto — seja o beneficiário do sacrifício realizado.

Passemos agora ao quarto mito: "Como um órfão devolveu à vida a filha do chefe" que, aos olhos de Radin, oferece várias dificuldades. Com efeito, observa Radin, esse mito não é apenas diferente dos outros três: ele ocupa um lugar à parte na mitologia winnebago. Na época em que escrevia seu livro *Method and theory of ethnology*,[8] Radin considerava que ele poderia ser uma versão alterada, a ponto de ter ficado irreconhecível, de uma espécie que identificou como mito de fundação de aldeia; contudo, em *The Culture of the Winnebago*,[9] diz por que abandonou tal explicação.

Sigamos de perto a argumentação de Radin. Ele começa resumindo a trama — tão simples, acrescenta, que semelhante cuidado pode parecer supérfulo: "A filha de um chefe de tribo se apaixona por um órfão, morre de mal de amor e é trazida de volta à vida pelo próprio órfão, que deve passar por diversas provas, não no mundo dos espíritos, mas aqui na terra, na própria tenda em que a jovem deu seu último suspiro."[10]

Se a trama é "a própria simplicidade", onde estão os pontos problemáticos? Radin enumera três, contra os quais qualquer winnebago contemporâneo se levantaria, diz ele: 1) o mito aparentemente se refere a uma sociedade fortemente estratificada; 2) para que o enredo seja plausível, seria preciso admitir que, nesta sociedade, as mulheres ocupavam uma posição superior, e talvez mesmo que a regra de descendência fosse matrilinear; 3) as provações, que a mitologia winnebago geralmente situa no Além, aqui se desenrolam na terra.

Radin adianta, então, duas explicações possíveis, para logo se afastar. Não acredita que o mito seja resultado de um empréstimo ao folclore europeu, nem que seja obra de algum pensador de mentalidade avançada (*some Winnebago radical*). Prefere concluir que o mito remonta a um período muito antigo da história winnebago. Duas formas distintas de tradição literária, contos divinos e contos humanos, ter-se-iam fundido com elementos arcaicos, e o produto teria sido remanejado para harmonizar esses dados dissonantes.

Longe de nós discutir esta elegante reconstrução, baseada em um conhecimento incomparável da cultura, da língua e da história dos winnebago. A análise que se segue não pretende substituir a de Radin, mas apenas completá-la. Ela se coloca, aliás, num plano lógico, não histórico, tomando como contexto os três mitos já comentados, mais que a cultura antiga ou recente de seus narradores. Tratar-se-á, para nós, de procurar saber se existem relações estruturais entre os quatro mitos e, no caso afirmativo, explicitá-las.

Comecemos recolocando um problema teórico. Desde que Boas publicou sua *Tsimshian mythology*, os etnólogos têm freqüentemente considerado ponto pacífico que existe uma correlação regular entre a cultura de uma sociedade e seus mitos. Mas o próprio Boas parece que não foi tão longe. A obra que acabamos de citar não afirma que os mitos refletem automaticamente a cultura, como, desde então, alguns parecem postular. Mais modestamente, ela se pergunta até que ponto e em que medida o espelho dos mitos reflete a imagem da cultura, mostrando que alguma coisa da cultura passa efetivamente para os mitos. Daí não se deduz que, cada vez que um mito menciona uma forma de vida social, esta deva corresponder a alguma realidade objetiva que, se o estudo das condições presentes não conseguiu detectar, deverá então ter existido no passado.

Deve existir, e existe de fato, uma correspondência entre a mensagem inconsciente de um mito — o problema que ele procura resolver — e o conteúdo consciente, isto é, a trama que ele elabora para chegar a este resultado. Mas tal correspondência não é necessariamente uma reprodução literal, ela pode também ter o aspecto de uma transformação lógica. Se um mito coloca seu problema de modo direto, quer dizer, nos termos em que a sociedade donde provém o percebe e procura resolvê-lo, o enredo, conteúdo patente do mito, pode tirar diretamente seus motivos da própria vida social. Mas, se o mito formula o problema pelo avesso e procura resolvê-lo *ab absurdo*, podemos esperar que o conteúdo patente seja então modificado, oferecendo a imagem invertida da realidade social empiricamente dada, tal como ela se apresenta à consciência dos membros da sociedade.

Em tal eventualidade, a hipótese de Radin, segundo a qual as formas de vida social ilustrada pelo quarto mito remeteriam a um período antigo da história winnebago, não seria absolutamente necessária. Pois é possível que essas formas ofereçam a imagem de uma sociedade sem existência real, presente ou passada, e até contrária ao modelo winnebago tradicional, simplesmente porque a estrutura deste mito particular inverte a dos outros mitos, cujo conteúdo patente recorre ao modelo tradicional. Em outras palavras: se, admitindo-se uma correspondência entre A e B, substitui-se A por -A, então é preciso que -B substitua B; mas daí não se segue que, só por que B corresponde a um objeto real, um outro objeto real, ao qual possa corresponder -B, deva existir em algum lugar: em outra sociedade a que teria sido tomado de empréstimo, ou, como sobrevivência, no passado da sociedade considerada inicialmente.

Evidentemente, está de pé o problema de saber por que temos três mitos do tipo A e um mito do tipo -A. Talvez porque o tipo -A seja mais antigo, mas talvez também porque -A pertence a A como uma transformação A_4 dentro de um mesmo grupo, onde os três primeiros mitos A_1, A_2, A_3 ilustram outros estados.

Já foi estabelecido que esse grupo de três mitos repousa sobre uma oposição fundamental entre, por um lado, a vida dos indivíduos comuns que perecem de morte natural e cuja alma leva uma existência banal numa das aldeias do Além, e por outro lado, a vida dos heróis, voluntariamente abreviada, mas cuja parcela de vida não consumida vai aumentar a parcela concedida aos outros membros do grupo e propiciar um novo arrendamento de vida ao herói. Os três primeiros mitos que consideramos não abordam o primeiro termo da alternativa, retendo exclusivamente o segundo. Mas, entre todos os três, aparece uma diferença subsidiária que permite classificá-los em função do fim particular pelo qual os heróis se sacrificam: o bem do grupo no primeiro mito, o bem de outro indivíduo (a esposa) no segundo, e, no terceiro mito, o bem da própria vítima.

Como fica agora o quarto mito? Concordaremos com Radin em reconhecer nele traços "inabituais"; entretanto, essas diferenças pertencem à lógica tanto quanto, e sem dúvida mais que, à sociologia e à história, pois elas parecem dever-se ao fato de que uma nova oposição se introduz no nível da primeira dicotomia (entre vida ordinária e vida extraordinária). Com efeito, um fenômeno pode ser qualificado de extraordinário de dois modos: por excesso ou por carência, como acréscimo ou como falta. Assim, se os heróis dos três primeiros mitos possuem dons que os colocam acima do normal — seja o devotamento à coisa pública, amor conjugal ou fervor místico —, os heróis do quarto mito se situam abaixo da média, pelo menos sob um certo aspecto, que não é o mesmo para ambos.

A filha do chefe ocupa uma alta posição social; tão alta, na verdade, que ela se acha separada do resto do grupo e se vê, de certo modo, paralisada pela incapacidade de expressar seus sentimentos. Sua posição elevada faz dela um ser humano diminuído, a quem falta um atributo essencial da vida afetiva. O herói está igualmente diminuído, mas do ponto de vista social: pobre e órfão. Cabe afirmar, então, que o mito reflete a imagem de uma sociedade estratificada? Isto seria desconhecer a notável simetria que reina entre os dois heróis, dos quais seria falso afirmar simplesmente que um está "no alto" e o outro "embaixo". Na verdade, cada um é alto, de um certo ponto de vista, e baixo, de outro; semelhante par de estruturas simétricas e invertidas pertence mais ao domínio das construções ideológicas, que ao dos sistemas sociais empiricamente observáveis. Acabamos de constatar que a moça ocupa uma posição social superior, mas que, enquanto criatura viva, isto é, do ponto de vista natural, está situada num lugar inferior. Quanto ao rapaz, ele incontestavelmente se coloca muito baixo na escala social; mas, em contrapartida, é um caçador miraculosamente dotado, que mantém, portanto, relações privilegiadas com o mundo dos animais, isto é, o mundo natural. O mito insiste neste último tema.[11]

Portanto, a armadura de nosso mito configura um sistema polar que ao mesmo tempo aproxima e opõe dois indivíduos, um masculino, outro feminino, notáveis no sentido de que cada um é excepcionalmente dotado sob um aspecto (+), excepcionalmente desprovido (–) sob um outro:

	Natureza	Cultura
Rapaz	+	–
Moça	–	+

Em seu desenvolvimento, a trama leva este desequilíbrio a seu ponto extremo: a jovem perece de morte *natural*, o rapaz fica completamente só, sofrendo assim uma morte *social*. Enquanto a moça, durante todo o tempo de sua vida comum, estava ostensivamente em posição superior, e o rapaz em posição inferior, agora que eles se acham separados (ela dos vivos, ele da sociedade) suas posições respectivas se invertem: embaixo (em seu túmulo) para a primeira, em cima (sobre o solo da tenda) para o segundo. Um detalhe que intrigou Radin poderia ter a função de tornar essa reviravolta manifesta: "Sobre o túmulo, eles amontoaram terra solta (*loose dirt*) para que nada pudesse passar através (*seep through*)".[12] Radin comenta: "Não compreendo como o fato de amontoar terra sem socá-la (*piling the dirt loosely*) poderia tornar o túmulo estanque (*would prevent seepage*). Deve haver algo que não foi mencionado."[13] Mas, talvez seja preciso correlacionar este incidente com um outro, que se teria produzido quando da construção da tenda do rapaz: "... foi amontoada sobre o solo uma grande quantidade de terra, para que, deste modo, o calor se conserve."[14] Poderia tratar-se aqui, não de uma evocação de costumes recentes ou antigos, mas de uma tentativa um pouco desajeitada de sublinhar que, em relação à superfície do solo, o rapaz está agora em cima e a moça embaixo.[15]

Entretanto, esse novo estado de equilíbrio será tão precário quanto o outro. *Aquela que foi incapaz de viver não consegue morrer*, e seu fantasma "permanece sobre a terra". Sob essa forma, ela consegue afinal que o rapaz empreenda a luta contra os espíritos do outro mundo para trazê-la de volta ao mundo dos vivos. Por um admirável efeito de simetria, o rapaz conhecerá mais tarde um destino similar, embora invertido: "Ainda não estou velho, ele dirá à moça que se tornou sua mulher, e, contudo, fiquei na terra tanto tempo quanto podia."[16] Por conseguinte, *aquele que conseguiu vencer a morte é incapaz de viver*. Essa antítese recorrente poderia prosseguir indefinidamente; tal possibilidade é pelo menos assinalada pela narrativa, ao dar ao herói um filho único, cedo órfão como ele, e, como ele, bom caçador. Mas a trama evolui para uma conclusão diferente. Os dois heróis, igualmente incapazes de viver e de morrer, assumem uma condição intermediária, a de criaturas crepusculares que residem sob a terra, mas que podem eventualmente ascender; nem humanos nem divinos, mas transformados em lobos, quer dizer, em espíritos ambíguos em que traços positivos e negativos se combinam. Este é o fim do mito.

Se a análise que precede é correta, duas conclusões podem ser extraídas. Em primeiro lugar, o mito forma um todo coerente cujos menores detalhes se ajustam e se comunicam; em segundo lugar, os três problemas levantados por Radin remetem diretamente à estrutura do mito, e, para lhes achar uma solução, não é preciso recorrer a uma história da sociedade winnebago que, aliás, não poderia deixar de ser conjetural.

Tentemos, então, resolver estes três problemas, seguindo os termos de nossa análise.

1) A sociedade evocada pelo mito só aparece como sendo estratificada porque os heróis são representados sob a forma de um par de oposições; mas sua oposição se manifesta, ao mesmo tempo, sob o ângulo da natureza e sob o da cultura. Portanto, a pretensa estratificação não constitui um vestígio histórico. Ela resulta da projeção, sobre uma ordem social imaginária, de uma estrutura lógica em que todos os elementos são dados em correlação e oposição.

2) Pode-se resolver do mesmo modo a segunda dificuldade, que diz respeito à posição superior aparentemente atribuída às mulheres. Com efeito, toda a nossa argumentação pode ser resumida dizendo-se que os quatro mitos aqui considerados formulam três proposições, a primeira de modo implícito, a segunda de modo explícito nos mitos 1, 2, 3, e a terceira também de modo explícito, mas apenas no mito 4. A saber:

a. Os indivíduos comuns vivem (uma vida completa) e morrem (de forma definitiva).

b. Os indivíduos extraordinários por atributos positivos morrem (mais jovens) e vivem (novamente).

c. Os indivíduos extraordinários por atributos negativos são igualmente incapazes de viver e de morrer.

Está claro que a proposição *c* deriva *a contrario* das proposições *a* e *b*. Ela tem, então, que forjar um enredo em que os protagonistas (aqui, um homem e uma mulher) ocupem no início posições invertidas, para que cada um possa assumir uma metade da demonstração, simétrica à outra metade, que cabe a seu par. Isto nos leva a estabelecer que um enredo e cada elemento seu não podem nunca ser interpretados em si mesmos nem em função de dados exteriores ao domínio do mito, mas sim como substituições que fazem parte integrante de um grupo de mitos e que só são interpretáveis em relação a ele.

3) Podemos agora abordar o último dos problemas colocados por Radin, e que concerne ao quarto mito: por que a luta contra os fantasmas ocorre sobre a terra e não, como seria normal, no Além? Este problema requer o mesmo tipo de solução que os outros, pois é precisamente porque os dois heróis são *subviventes* (um do ponto de vista da natureza, o outro da cultura) que os fantasmas com quem eles se medem devem se comportar como *supermortos* na narrativa. Recordemos, com efeito, que a intriga do mito se situa e se resolve num terreno equívoco, em que os humanos se transformam em animais ctônicos e as almas não se decidem a deixar a terra. O mito põe em cena personagens que são, desde o começo, meio-vivos e meio-mortos; opõe-se assim aos mitos precedentes, onde a antítese entre a vida e a morte, vigorosamente marcada no início, só é resolvida no final. Portanto, a mensagem global dos quatro mitos tomados em seu conjunto significa que, para que se possa superar a oposição entre a vida e a morte, é preciso antes reconhecê-la como tal; caso contrário, a ambigüidade que se deixou introduzir persistirá indefinidamente.

Espero ter mostrado que os quatro mitos pertencem a um mesmo grupo de transformação, e que Radin tinha melhores motivos do que imaginava para reuni-los numa mesma publicação. Em primeiro lugar, todos estes mitos tratam de destinos extraordinários opostos a destinos vulgares. É certo que esses últimos não são evocados expressamente; no sistema formado pelos quatro mitos, constituem uma classe vazia, o que não quer dizer que ela não possa ser preenchida alhures. Em segundo lugar, encontramos uma oposição entre dois tipos de destino extraordinário: um por excesso, outro por carência. Esta segunda dicotomia permite distinguir o mito 4 dos mitos 1, 2, 3; equivale, então, no plano lógico, à mesma distinção feita por Radin por motivos psicológicos, sociológicos e históricos. Finalmente, podemos classificar os mitos 2 e 3 de acordo com a função diferencial que cada um atribui ao sacrifício realizado pelo(s) herói(s).

Portanto, os mitos se organizam em um sistema dicotômico de vários estágios, em cujo interior vigoram relações de correlação e de oposição. Mas podemos ir mais além, e tentar ordená-los sobre uma escala comum segundo a curiosa gradação que se observa de um mito a outro quando se procura definir o gênero de prova a que os espíritos ou fantasmas submetem os heróis. No mito 3, os espíritos não impõem nenhuma prova, limitando-se ao papel de companheiros de viagens, testemunhas indiferentes dos esforços desenvolvidos pelo herói para superar os obstáculos materiais que se erguem em seu caminho. No mito 1, os espíritos já não são indiferentes, mas ainda não se mostram hostis; pelo contrário, pois o herói deve resistir à sua familiaridade, não cedendo nem aos convites dos espíritos femininos, nem à alegria comunicativa dos espíritos masculinos que, para melhor enganá-lo, desempenham o papel de alegres pândegos. Assim, de *companheiros* no mito 3, os espíritos dos mortos se transformam em *sedutores* no mito 1; no mito 2 eles ainda agem à moda dos humanos, mas como *agressores* que se entregam a todo tipo de brutalidade; característica que se afirma ainda mais nitidamente no mito 4, onde os espíritos perdem toda aparência humana, pois somos informados, no final, que eram eles que perseguiam o herói sob a forma de insetos pululantes. De um mito a outro, portanto, observa-se uma dupla progressão: de uma conduta pacífica a uma conduta agressiva, e de um comportamento humano a um comportamento não-humano.

Isto não é tudo, pois é possível também correlacionar essa dupla progressão com o vínculo que os heróis mantêm com seu grupo social.

O herói do mito 3 faz parte de uma confraria religiosa; assume, indubitavelmente, seu destino privilegiado como membro do grupo, em cujo seio age e de acordo com ele. Quanto aos heróis do mito 1, se decidiram separar-se do grupo, foi para achar uma ocasião — o texto afirma isso várias vezes — de realizar uma ação meritória que pudesse beneficiar seus compatriotas; portanto, eles agem em favor do grupo, e por ele. Em contrapartida, apenas o amor que sente por sua mulher inspira o herói do mito 2; nenhuma referência ao grupo social. O herói empreende sua ação como indivíduo e pelo bem somente de outro indivíduo. Por fim, no mito 4, os dois heróis manifestam uma atitude francamente negativa em relação ao grupo: a moça morre por sua incapacidade de se comunicar, preferindo morrer a se expressar, exilando-se — acredita que definitivamente — na morte. Por seu lado, o rapaz recusa-se a seguir os aldeães, quando estes decidem emigrar e abandonar o túmulo. Ambos os protagonistas escolheram a segregação, e suas atividades respectivas se fazem contra o grupo:

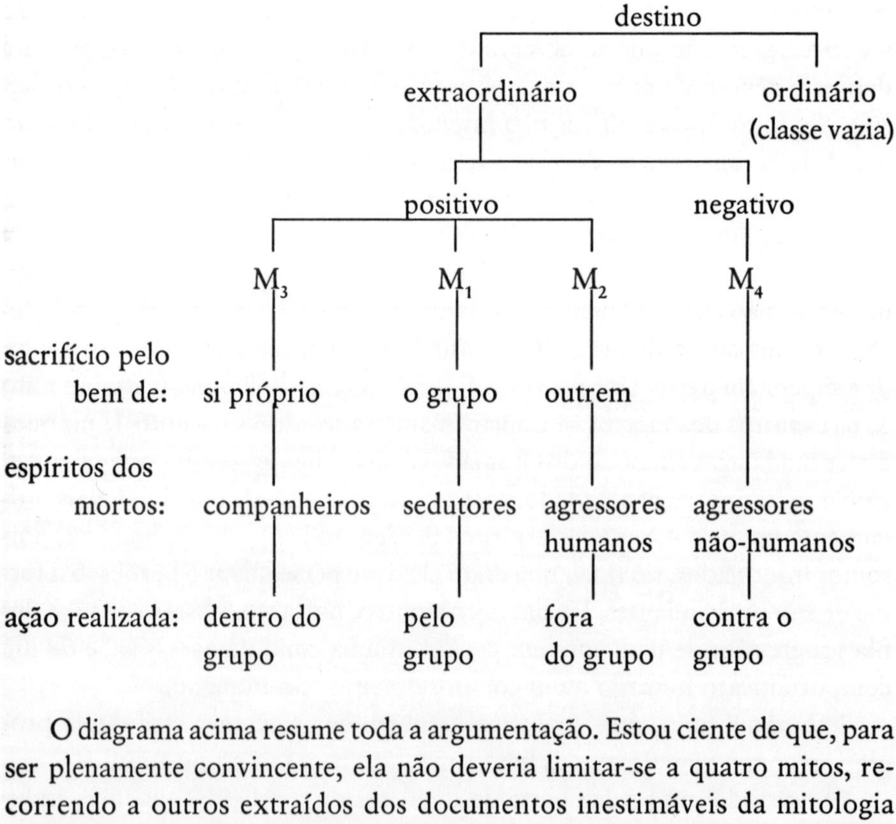

O diagrama acima resume toda a argumentação. Estou ciente de que, para ser plenamente convincente, ela não deveria limitar-se a quatro mitos, recorrendo a outros extraídos dos documentos inestimáveis da mitologia winnebago deixados por Radin. Confio, entretanto, que, ao se integrarem materiais suplementares, a estrutura de base aqui esboçada se tornará mais rica e mais complexa, mas não será infirmada. Ao comentar um pequeno livro que seu autor sem dúvida considera uma obra menor, quis apenas sublinhar, através de um exemplo, a fecundidade do método seguido por Radin, e o interesse permanente dos problemas que ele soube colocar.

Tradução
EDUARDO VIVEIROS DE CASTRO

Notas

1. Paul Radin, *The culture of the Winnebago: as described by themselves*, Special Publications of the Bollingen Foundation (também editado como Memoir 2 do *International journal of american linguistics*), Baltimore, 1949.
2. *Idem*, p. 41, § 32.
3. *Ibidem*, p. 37, § 2.
4. *Ibidem*, § 11-14.
5. *Ibidem*, § 66-70.
6. *Ibidem*, § 72.
7. *Ibidem*, p. 71 § 91-93; cf. Paul Radin, "The road of life and death", *Bollingen series, vol. V*, Nova York, 1945, especialmente os instrutivos comentários das pp. 63-65.
8. Paul Radin, *Method and theory of ethnology*, Nova York 1933, pp. 238-245.
9. Radin, *The culture of the Winnebago*, p. 74 ss.
10. *Idem*, p. 74.
11. *Ibidem*, cf. § 10-14, 17-18, 59-60, 77-90.
12. *Ibidem*, p. 87, § 52.
13. *Ibidem*, p. 100, n. 40.
14. *Ibidem*, p. 87, § 74.
15. A interpretação é, com efeito, plausível neste contexto. Mas não faltam exemplos, tanto na América do Norte como na América do Sul, de ritos funerários em cujo decorrer amontoam-se pedras pesadas sobre o túmulo, para que o fantasma perigoso do morto não possa evadir-se; ou, ao contrário, em que o solo é amolecido para que se mantenha a comunicação entre o morto e os vivos. A dificuldade está em que este último procedimento parece aqui destinar-se a obter o resultado que seria de se esperar mais do primeiro.
16. *Ibidem*, p. 94, § 341.

CAPÍTULO 27

"Les Chats" de Charles Baudelaire

ROMAN JAKOBSON

L'homme, II (1962) pp. 5-21. Escrito em colaboração com Claude Lévi-Strauss. Republicado em Roman Jakobson, *Questions de poétique*, Seuil, Paris, 1973, pp. 401-419.

Les amoureux fervents et les savants austères
Aiment également dans leur mure saison,
Les chats puissants et doux, orgueil de la maison,
Qui comme eux sont frileux et comme eux sédentaires.

Amis de la science et de la volupté,
Ils cherchent le silence et l'horreur des ténèbres;
L'Érèbe les eut pris pour ses coursiers funèbres,
S'ils pouvaient au servage incliner leur fierté.

Ils prennent en songeant les nobles attitudes
Des grands sphinx allongés au fond des solitudes,
Qui semblent s'endormir dans un rêve sans fin;

Leurs reins féconds sont pleins d'étincelles magiques,
Et des parcelles d'or, ainsi qu'un sable fin,
Étoilent vaguement leurs prunelles mystiques.[1]

[Os fervorosos amantes e os sábios austeros/Amam igualmente, em sua madurez/Os gatos possantes e meigos, orgulho da casa,/ Que como eles são friorentos e sedentários.

Amigos da ciência e da volúpia,/ Buscam o silêncio e o horror das trevas;/ O Érebo os tomaria por seus corcéis fúnebres,/ Se pudessem mudar em servilismo seu orgulho.

Assumem a sonhar as nobres atitudes/ das grandes esfinges estendidas no fundo das solidões,/ Que parecem dormir em um sonho sem fim;

Seu rins fecundos têm mágicas chispas,/ E partículas de ouro, como fina areia,/ Estrelam vagamente suas místicas pupilas.]

A crer no folhetim *Le chat Trott* de Champfleury, este soneto de Baudelaire ao ser publicado pela primeira vez (*Le Corsaire*, edição de 14 de novembro de 1847) já estaria escrito desde março de 1840, e — contrariamente às afirmações de alguns exegetas — os textos do *Corsaire* e o das *Fleurs du mal* coincidem palavra por palavra.

Na repartição das rimas, o poeta segue o esquema *aBBa CddC eeFgFg* (onde os versos de rima masculina são representados por maiúsculas e os versos de rima feminina por minúsculas). Esta cadeia de rimas se divide em três grupos de versos, a saber: dois quartetos e um sexteto composto de dois tercetos, mas que formam uma certa unidade, posto que a disposição das rimas é regida nos sonetos, assim como observou Grammont, "pelas mesmas regras que em toda estrofe de seis versos".[2]

O agrupamento das rimas — isto é, o soneto citado é o corolário de três leis dissímiles: 1) duas rimas emparelhadas não se podem seguir; 2) se dois versos contíguos possuem duas rimas diferentes, uma delas deve ser feminina e a outra masculina; 3) no fim de estrofes contíguas os versos femininos e masculinos se alternam "$_4$*sédentaires* — $_8$*fierté* — $_{14}$*mystiques*. Segundo o modelo clássico, as rimas ditas femininas terminam sempre por uma sílaba muda e as rimas masculinas por uma sílaba forte, mas a diferença entre os dois tipos de rima persiste igualmente na pronúncia corrente, que suprime o *e* mudo da sílaba final, a última vogal forte seguindo-se de consoantes em todas as rimas femininas do soneto (*austères* — *sédentaires, ténèbres* — *funèbres, attitudes* — *solitudes, magiques* — *mystiques*), enquanto todas as suas rimas masculinas terminam em vogal (*saison* — *maison, volupté* — *fierté, fin* —*fin*).

A íntima relação entre a disposição das rimas e a escolha das categorias gramaticais põe em relevo o papel importante desempenhado tanto pela gramática quanto pela rima na estrutura deste soneto.

Todos os versos terminam em nomes, sejam substantivos (8), sejam adjetivos (6). Todos estes substantivos estão no feminino. O nome final está no plural nos oito versos de rima feminina, todos os quais são mais longos, ou por uma sílaba na norma tradicional, ou por uma consoante pós-vocálica na pronúncia atual, enquanto os versos mais breves, os de rima masculina, terminam nos seis casos por um nome no singular.

Nos dois quartetos, as rimas masculinas são formadas por substantivos e as rimas femininas por adjetivos, com exceção da palavra-chave $_6$*ténèbres* rimando com $_7$*funèbres*. Voltaremos adiante ao problema geral da relação entre os dois versos em questão. Quanto aos tercetos, todos os três versos do primeiro terminam por substantivos, e os do segundo por adjetivos. Assim, a rima que liga os dois tercetos, a única rima homônima $_{11}$*sans fin* — $_{13}$*sable fin*, opõe ao substantivo do gênero feminino um adjetivo do gênero masculino que, das rimas masculinas do soneto, é o único adjetivo e o único exemplo do gênero masculino.

O soneto compreende três frases complexas delimitadas por um ponto, a saber: cada um dos dois quartetos e o conjunto dos dois tercetos. Segundo o número das orações independentes e das formas verbais pessoais, as três frases apresentam uma progressão aritmética; 1) um só verbo conjugado (*aiment*); 2) dois (*cherchent, eut pris*); 3) três (*prennent, sont, étoilent*). Por outro lado, em suas orações subordinadas, cada uma das três frases só tem um único verso conjugado: 1) *qui... sont*; 2) *s'ils pouvaient*; 3) *qui semblent*.

A divisão ternária do soneto implica uma antinomia entre as unidades estróficas de duas rimas e de três rimas. Ela é contrabalançada por uma dicotomia que divide a peça em duas parelhas de estrofes, isto é, em um par de quartetos e em um par de tercetos. Este princípio binário, sustentado, por sua vez, pela organização gramatical do texto, vai implicar também uma antinomia, agora entre a primeira seção de quatro rimas e a segunda de três, e entre as duas primeiras subdivisões ou estrofes de quatro versos e as duas últimas estrofes de três versos. É sobre a tensão entre estes dois modos de agenciamento e entre seus elementos simétricos e dissimétricos que se baseia a composição de toda a peça.

Pode-se observar um paralelismo sintático nítido entre a parelha dos quartetos, por um lado, e a dos tercetos, por outro. Tanto o primeiro quarteto como o primeiro terceto comportam duas orações, das quais a segunda — relativa, e introduzida nos dois casos pelo mesmo pronome *qui* — abarca o último verso da estrofe e se liga a um substantivo masculino no plural, o qual serve de complemento da oração principal ($_{3}$*Les chats*, $_{19}$*Des... sphinx*). O segundo quarteto e o segundo terceto contêm cada um duas orações coordenadas, sendo que a segunda, complexa, toma os dois últimos versos da estrofe (7-8 e 13-14) e comporta uma oração subordinada, ligada à principal por uma conjunção. No quarteto, esta oração é condicional ($_{8}$*S'ils pouvaient*); a do terceto é comparativa ($_{13}$*ainsi qu'un*). A primeira é posposta, enquanto a segunda, incompleta, é uma intercalada.

No texto do *Corsaire* (1847), a pontuação do soneto corresponde a esta divisão. O primeiro terceto termina com um ponto, assim como o primeiro quarteto. No segundo terceto e no segundo quarteto os dois últimos versos são precedidos por um ponto-e-vírgula.

O aspecto semântico dos sujeitos gramaticais reforça este paralelismo entre os dois quartetos, por um lado, e entre os dois tercetos, por outro.

I) *Quartetos*	II) *Tercetos*
1. primeiro	1. primeiro
2. segundo	2. segundo

Os sujeitos do primeiro quarteto e do primeiro terceto designam somente seres animados, ao passo que um dos dois sujeitos do segundo quarteto e todos os sujeitos gramaticais do segundo terceto são substantivos inanimados: $_7$*L'Érèbe,* $_{12}$*Leurs reins,* $_{13}$*des parcelles,* $_{13}$*un sable.* Além destas correspondências por assim dizer horizontais, observa-se uma correspondência que se poderia chamar vertical, e que opõe o conjunto dos dois quartetos ao conjunto dos dois tercetos. Enquanto todos os objetos diretos nos dois tercetos são substantivos inanimados ($_9$*les nobles attitudes,* $_{14}$*leurs prunelles*), o único objeto direto do primeiro quarteto é um substantivo animado ($_3$*Les chats*) e os objetos do segundo quarteto compreendem, ao lado dos substantivos inanimados ($_6$*le silence et l'horreur*), o pronome *les*, que se refere aos gatos da frase precedente. Do ponto de vista da relação entre o sujeito e o objeto, o soneto apresenta duas correspondências que poderíamos chamar de diagonais: uma diagonal descendente une as duas estrofes exteriores (o quarteto inicial e o terceto final), opondo-as à diagonal ascendente que liga as duas estrofes interiores.

Nas estrofes exteriores, o objeto faz parte da mesma classe semântica do sujeito: são animados no primeiro quarteto (*amoureux, savants — chats*) e inanimados no segundo terceto (*reins, parcelles — prunelles*). Em contrapartida, nas estrofes interiores o objeto pertence a uma classe oposta à do sujeito: no primeiro terceto o objeto inanimado se opõe ao sujeito animado (*ils* [= gatos] — *attitudes*), enquanto que no segundo quarteto a mesma relação (*ils* [= gatos] — *silence, horreur*) se alterna com a do objeto animado e do sujeito inanimado (*Érèbe — les* [= gatos]).

Assim, cada uma das quatro estrofes mantém sua individualidade: o gênero animado, comum ao sujeito e ao objeto no primeiro quarteto, pertence exclusivamente ao sujeito no primeiro terceto; no segundo quarteto este gênero vai caracterizar ou o sujeito ou o objeto; e, no segundo terceto, nem um nem outro.

O começo e o fim do soneto oferecem várias correspondências marcantes em sua estrutura gramatical. Tanto no fim quanto no começo, mas em nenhum outro lugar, encontramos dois sujeitos com um só predicado e um só objeto direto. Cada um destes sujeitos, bem como o objeto, possui um determinante (*Les amoureux fervents, les savants austères — Les chats puissants et doux; des parcelles d'or, un sable fin — leurs prunelles mystiques*) e os dois predicados, o primeiro e o último no soneto, são os únicos a serem acompanhados de advérbios, todos os dois tirados de adjetivos e ligados entre si por uma rima assonante: $_{2}$*Aim*ent *également* — $_{14}$*Étoil*ent *vaguement*. O segundo predicado do soneto e o penúltimo são os únicos a terem um verbo e um atributo, e, nos dois casos, este atributo é acentuado por uma rima interna: $_{4}$*Qui comme* eux *sont fril*eux; $_{12}$*Leurs* reins *féconds sont* pleins. De modo geral, as duas estrofes exteriores são as únicas ricas em adjetivos: nove no quarteto e cinco no terceto, ao passo que as duas estrofes interiores possuem ao todo apenas três adjetivos.

Como já notamos, é apenas no início e no fim do poema que os sujeitos fazem parte da mesma classe que o objeto: ambos pertencem ao gênero animado no primeiro quarteto e ao gênero inanimado no segundo terceto. Os seres animados, suas funções e atividades dominam a estrofe inicial. A primeira linha só contém adjetivos. Dentre estes adjetivos, as duas formas substantivadas que servem de sujeito — *les amoureux* et *les savants* — deixam entrever raízes verbais: o texto é inaugurado por "aqueles que amam" e "aqueles que sabem". Na última linha da composição dá-se o contrário; o verbo transitivo *Étoilent*, que serve de predicado, é derivado de um substantivo. Este último é aparentado com a série dos substantivos comuns inanimados e concretos que dominam este terceto e o distinguem das estrofes anteriores. Observar-se-á uma nítida homofonia entre este verbo e os membros da série em questão: *etɛ̃sɛlə* / - / e de pars*ɛlə* / - / *et*wal*ə* /.

Por fim, ambas as orações subordinadas, que as duas estrofes contêm respectivamente em seus últimos versos, encerram um infinitivo adverbial (*infinitif adverbal*), e esses dois complementos de objeto são os únicos infinitivos de todo o poema: $_{8}$*S'ils pouvaient... incliner*, $_{11}$*Qui semblent s'endormir*.

Como vimos, nem a cisão dicotômica do soneto nem a divisão em três estrofes leva a um equilíbrio das partes isométricas. Mas, se os quatorze versos fossem divididos em duas partes iguais, o sétimo verso terminaria a primeira metade da composição, e o oitavo marcaria o início da segunda. E é significativo que sejam esses dois versos medianos os que mais nitidamente se distinguem, por sua construção gramatical, de todo o resto do poema.

Assim, sob vários aspectos, o poema se divide em três partes: a parelha mediana e os dois grupos isométricos, isto é, os seis versos que precedem e os seis que seguem a parelha. Temos, portanto, uma espécie de dístico inserido entre dois sextetos.

Todas as formas pessoais dos verbos e dos pronomes e todos os sujeitos das orações verbais estão no plural em todo o soneto, exceto no sétimo verso — *L'Érèbe les eut pris pour ses coursiers funèbres* —, que contém o único nome próprio do poema e o único caso em que o verbo conjugado e seu sujeito estão, ambos, no singular. Além disso, é o único verso onde o pronome possessivo (*ses*) remete ao singular.

A terceira pessoa é a única pessoa corrente no soneto. O único tempo verbal é o presente, exceto no sétimo e oitavo versos, onde o poeta visualiza uma ação imaginada ($_7$*eut pris*) decorrente de uma premissa irreal ($_8$*S'ils pouvaient*).

O soneto manifesta uma tendência pronunciada a prover cada verbo e cada substantivo de um determinante. Toda a forma verbal é acompanhada de um termo regido (substantivo, pronome, infinitivo), ou então de um atributo. Todos os verbos transitivos regem apenas substantivos ($_{2\text{-}3}$*Aiment... Les chats;* $_6$*cherchent le silence et l'horreur*; $_9$*prennent... les... attitudes;* $_{14}$*Étoilent... leurs prunelles*). O pronome que serve de objeto no sétimo verso é a única exceção: *les eut pris.*

Excetuando-se os complementos adnominais,* que nunca estão acompanhados de qualquer determinante no soneto, os substantivos (inclusive os adjetivos substantivados) são sempre determinados por adjuntos adnominais (p. ex. $_3$*chats puissants et doux*) ou por complementos nominais ($_5$*Amis de la science et de la volupté*). É ainda no sétimo verso que se acha a única exceção: *L'Érèbe les eut pris.*

*Procuramos estabelecer a correspondência entre a terminologia gramatical usada por Jakobson e a nossa. No caso de *complements adnominaux*, não sendo possível a correspondência, a expressão foi literalmente traduzida. (*N. do T.*)

Todos os cinco adjuntos adnominais do primeiro quarteto ($_1$*fervents*, $_1$*austères*, $_2$*mure*, $_3$*puissants*, $_3$*doux*) e todos os seis dos dois tercetos ($_9$*nobles*, $_{10}$*grands*, $_{12}$*féconds*, $_{12}$*magiques*, $_{13}$*fin*, $_{14}$*mystiques*) são adjetivos qualificativos, ao passo que o segundo quarteto não possui outros adjetivos senão o adjunto adnominal do sétimo verso (*coursiers funèbres*).

É igualmente este verso que inverte a ordem animado-inanimado que rege a relação entre o sujeito e o objeto em todos os outros versos deste quarteto, sendo, em todo o soneto, o único a adotar a ordem inanimado-animado.

Percebe-se que várias particularidades notáveis distinguem o sétimo verso somente, ou somente os dois últimos versos do segundo quarteto. Contudo, é preciso dizer que a tendência a acentuar o dístico mediano do soneto choca-se com o princípio da tricotomia assimétrica — que opõe o segundo quarteto inteiro ao primeiro quarteto, por um lado, e ao sexteto final, por outro, criando desta forma uma estrofe central, distinta sob vários pontos de vista das estrofes marginais. Assim, sublinhamos que o sétimo verso é o único a pôr o sujeito e o predicado no singular; mas esta observação pode ser ampliada: os versos do segundo quarteto são os únicos que põem no singular ou o sujeito ou o objeto; e se, no sétimo verso, o singular do sujeito (*L'Érèbe*) se opõe ao plural do objeto (*les*), os versos vizinhos invertem esta relação, empregando o plural para o sujeito e o singular para o objeto ($_6$*Ils cherchent le silence et l'horreur*; $_8$*S'ils pouvaient... incliner leur fierté*). Nas outras estrofes o sujeito e o objeto estão ambos no plural ($_{1\text{-}3}$*Les amoureux... et les savants... Aiment... les chats*; $_9$*Ils prennent... les... attitudes*; $_{13\text{-}14}$*Et des parceles... Étoilent... leurs prunelles*). Pode-se observar que, no segundo quarteto, o singular do sujeito e do objeto coincidem com o inanimado e o plural com o animado. A importância dos números gramaticais, para Baudelaire, torna-se particularmente notável devido ao papel que sua oposição desempenha nas rimas do soneto.

Acrescentemos que as rimas do segundo quarteto se distinguem, por sua estrutura, de todas as outras rimas da composição. Das rimas femininas, a do segundo quarteto, *ténèbres* — *funèbres*, é a única que confronta duas partes diferentes do discurso. Além disso, todas as rimas do soneto, exceto as do quarteto em questão, apresentam um ou vários fonemas idênticos que precedem, imediatamente ou a certa distância, a sílaba tônica, normalmente munida de uma consoante de apoio: $_1$*sa*vants *aus*tères — $_4$*séden*taires, $_2$*mure* saison — $_3$maison, $_9$*atti*tudes — $_{10}$*soli*tudes, $_{11}$un *réve* sans *fin* — $_{13}$un *sable* fin, $_{12}$*étin*celles *magi*ques — $_{14}$*prune*lles mys*ti*ques. No segundo quarteto, nem a parelha $_5$*volup*té — $_8$*fier*té nem $_6$*té*nèbres — $_7$*funèbres* oferece qualquer recorrência nas sílabas anteriores à rima. Por outro lado, as palavras finais do sétimo e do oitavo verso aliteram: $_7$*funèbres* — $_8$*fierté*, e o sexto verso se acha ligado ao quinto: $_6$*ténèbres* repete a última sílaba de $_5$*volupté*, e uma rima interna — $_5$*science* — $_6$*silence* — reforça a afinidade entre os dois versos. Desse modo, as próprias rimas atestam uma certa distensão do elo entre as duas metades do segundo quarteto.

As vogais nasais são as que desempenham um papel saliente na textura fônica do soneto. Essas vogais "como que veladas pela nasalidade", segundo a feliz expressão de Grammont,[3] são de uma alta freqüência no primeiro quarteto (nove nasais, de duas a três por linha), e sobretudo no terceto final (21 nasais, com uma tendência ascendente ao longo do primeiro terceto — $_9$3 — $_{10}$4 — $_{11}$6: *Qui* sem*blent* s'en*dormir* dans un *rêve* sans *fin* — e com uma tendência descendente ao longo do segundo — $_{12}$5 — $_{13}$3 — $_{14}$1). Em contrapartida, o segundo quarteto não possui mais que três: uma por verso, exceto no sétimo, único verso do soneto sem vogais nasais; e esse quarteto é a única estrofe onde a rima masculina não tem vogal nasal. Por outro lado, no segundo quarteto o papel de dominante fônica passa das vogais para os fonemas consonantais, em particular para os líquidos. Só o segundo quarteto mostra um excedente de fonemas líquidos, a saber: 23, contra 15 no primeiro quarteto, 11 no primeiro terceto e 14 no segundo. O número dos /r/ é ligeiramente superior ao dos /l/ nos quartetos, ligeiramente inferior nos tercetos. O sétimo verso, que só tem dois /l/, contém cinco /r/, quer dizer, mais do que qualquer outro verso do soneto: *L'Érèbe les eut pris pour ses coursiers funèbres*. Recordaremos que, segundo Grammont, é por oposição a /r/ que /l/ "dá a impressão de um som que não é rangente, nem rascante, nem áspero, mas que, ao contrário, se evola, que flui, [...] que é limpo".[4]

O caráter abrupto de todo /r/, e particularmente do /r/ francês, comparado ao *glissando* do /1/ ressalta claramente da análise acústica destes fonemas no recente estudo de Mille Durant,[5] e o recuo dos /r/ diante dos /1/ acompanha eloqüentemente a passagem do felino empírico às suas transfigurações fabulosas.

Os seis primeiros versos do soneto estão unidos por um traço reiterativo: um par simétrico de termos coordenados, ligados pela mesma conjunção *et:* $_1$*Les amoureux fervents et les savants austères;* $_3$*Les chats puissants et doux;* $_4$*Qui comme eux sont frileux et comme eux sédentaires;* $_5$*Amis de la science et de la volupté*, binarismo dos determinantes, formando um quiasmo com o binarismo dos determinados no verso seguinte — $_{6}$*le silence et l'horreur des ténèbres* — que encerra estas construções binárias. Essa construção comum a quase todos os versos deste "sexteto" não mais reaparece na continuação. Os justapostos sem conjunção são uma variação sobre o mesmo esquema: $_{2}$*Aiment également, dans leur mure saison* (adjuntos adverbiais paralelos); $_{3}$*Les chats... orgueil...* (substantivo aposto a outro).

Tais pares de termos coordenados e as rimas (não só exteriores e sublinhando relações semânticas, como $_{1}$*austères* — $_{4}$*sédentaires*, $_{2}$*saison* — $_{3}$*maison*, mas também e principalmente interiores) servem para cimentar os versos desta introdução: $_{1}$*amoureux* — $_{4}$*comme eux frileux;* $_{1}$*fervents* $_{1}$*savants* — $_{2}$*également* — $_{2}$*dans* — $_{3}$*puissants;* $_{5}$*sciense* — $_{6}$*silence.* Desse modo, todos os adjetivos que caracterizam os personagens do primeiro quarteto se tornam palavras rimantes, com uma só exceção: $_{3}$*doux.* Uma dupla figura etimológica, ligando os inícios de três versos — $_{1}$*Les amoureux* — $_{2}$*Aiment* — $_{5}$*Amis* —, concorre para a unificação desta "similistrofe" de seis versos, que começa e termina por uma parelha de versos cujos primeiros hemistíquios rimam entre si: $_{1}$*fervents* — $_{2}$*également;* $_{5}$*science* — $_{6}$*silence.*

$_{3}$*Les chats*, objeto direto da oração que abarca os três primeiros versos do soneto, passa a ser o sujeito oculto nas orações dos três versos seguintes ($_{4}$*Qui comme eux sont frileux;* $_{6}$*Ils cherchent le silence*), deixando-nos ver o esboço de uma divisão deste quase-sexteto em dois quase-tercetos. O "dístico" mediano recapitula a metamorfose dos gatos: de objeto (aqui oculto) no sétimo verso (*L'Érebe les eut pris*) em sujeito gramatical, também subentendido, no oitavo verso (*S'ils pouvaient*). Sob este aspecto o oitavo verso está ligado à frase seguinte ($_{9}$*Ils prennent*).

De modo geral, as orações subordinadas pospostas formam uma espécie de transição entre a oração subordinante e a frase que se segue. Assim, o sujeito oculto "gatos" do nono e décimo versos dá lugar a uma remissão à metáfora "esfinges" na oração relativa do décimo primeiro verso (*Qui semblent s'endormir dans un rêve sans fin*) e, por conseguinte, aproxima este verso dos tropos que servem de sujeitos gramaticais no terceto final. O artigo indefinido, completamente estranho aos dez primeiros versos, que possuem quatorze artigos definidos, é o único admitido nos quatro últimos versos do soneto.

Portanto, graças às remissões ambíguas das duas orações relativas (a do décimo primeiro e a do décimo quarto versos), os quatro versos de encerramento nos permitem entrever os contornos de um quarteto imaginário que "finge" corresponder ao verdadeiro quarteto inicial do soneto. Por outro lado, o terceto final tem uma estrutura formal que parece refletida nas três primeiras linhas do soneto.

O sujeito animado não é nunca expresso por um substantivo, mas sim por adjetivos substantivados na primeira linha do soneto (*Les amoureux, les savants*) e por pronomes pessoais ou relativos nas orações ulteriores. Os seres humanos só aparecem na primeira oração, onde o duplo sujeito os designa por meio dos adjetivos verbais substantivados.

Os gatos, nomeados no título do soneto, figuram nominalmente no texto apenas uma vez — na primeira oração, onde servem de objeto direto: $_1$*Les amoureux... et les savants...* $_2$*Aiment...* $_3$*Les chats*. Não só a palavra "gatos" não reaparece mais no decorrer do poema, mas mesmo a chiante inicial /ʃ/ só retorna em uma única palavra: /$_6$ilʃɛrʃə/. Ela designa, com duplicação, a primeira ação dos felinos. Esta chiante surda, associada ao nome dos heróis do soneto, é cuidadosamente evitada em seguida.

A partir do terceiro verso "os gatos" se tornam um sujeito oculto, último sujeito animado do soneto. O substantivo *chats*, nos papéis de sujeito, objeto e adjunto adnominal é substituído pelos pronomes anafóricos $_{6,8,9}$*ils*, $_7$*les*, $_{8,12,14}$*leur(s)*; e é aos gatos que se referem os substantivos pronominais *ils* e *les*. Estas formas acessórias (adverbiais) são encontradas apenas nas estrofes interiores, no segundo quarteto e no primeiro terceto. A elas corresponde, no quarteto inicial, a forma autônoma $_4$*eux* bis, que se refere apenas aos personagens humanos do soneto, enquanto o último terceto não contém nenhum substantivo pronominal.

Os dois sujeitos da oração inicial do soneto têm um só predicado e um só objeto; é assim que $_1$*Les amoureux fervents et les savants austères* vão, $_2$*dans leur mure saison*, se identificar em um ser intermediário, o animal que engloba os traços antinômicos das duas condições, humanas, mas opostas. As duas categorias humanas se opõem como: sensual/intelectual, e a mediação se faz através dos gatos. A partir daí, o papel de sujeito é implicitamente assumido pelos gatos, que são sábios e amorosos ao mesmo tempo.

Os dois quartetos apresentam objetivamente a personagem do gato, ao passo que os dois tercetos operam sua transfiguração. Entretanto, o segundo quarteto difere fundamentalmente do primeiro e, de forma geral, de todas as outras estrofes. A formulação equívoca: *ils cherchent le silence et l'horreur des ténèbres* enseja um engano evocado no sétimo verso do soneto e denunciado no verso seguinte. O caráter aberrante deste quarteto, especialmente a diferença de sua última metade e do sétimo verso em particular, é acentuado pelos traços distintivos de sua textura gramatical e fônica.

A afinidade semântica entre *L'Érèbe* ("região tenebrosa contígua ao Inferno", substituto metonímico para "os poderes das trevas" e particularmente para *Érebo*, "irmão da Noite") e o pendor dos gatos por *l'horreur des ténèbres*, corroborada pela similaridade fônica entre / tenɛbrə / e / erɛbə / esteve a ponto de associar os gatos, heróis do poema, à tarefa horrorosa dos *coursiers funèbres*. No verso que insinua que *L'Érèbe les eut pris pour ses coursiers*, trata-se de um desejo frustrado ou de um falso reconhecimento? A significação desta passagem, motivo de dúvida para os críticos,[6] fica intencionalmente ambígua.

Cada um dos quartetos e tercetos busca uma nova identificação para os gatos. Mas, se o primeiro quarteto associou os gatos a dois tipos de condição humana, eles vão rejeitar, graças à sua altivez, a nova identificação tentada no segundo quarteto, que os liga a uma condição animal, a de corcéis situados num ambiente mitológico. Esta é a única equivalência rejeitada ao longo de toda a peça. A composição gramatical desta passagem, que contrasta nitidamente com a das outras estrofes, trai seu caráter insólito: modo irreal, ausência de epítetos qualificativos, um sujeito inanimado no singular, desprovido de qualquer determinante e regendo um objeto animado no plural. As estrofes são unidas por oxímoros alusivos. $_{8}$*S'ils pouvaient au servage incliner leur fierté* — mas eles não "podem" fazê-lo porque são efetivamente $_{3}$*puissants*. Não podem ser passivamente $_{7}$*pris* para desempenhar um papel ativo, e eis que eles próprios $_{9}$*prennent* um papel passivo, porque são obstinadamente sedentários.

$_{8}$*Leur fierté* os predestina às $_{9}$*nobles attitudes* $_{10}$*Des grands sphinx*. As $_{10}$*sphinx allongés* e os gatos que as repetem $_{9}$*en songeant* acham-se unidos por um laço paronomástico entre os dois particípios — únicas formas participiais do soneto: /ãsɔ̃ʒã/ e /alɔ̃ʒe/. Os gatos parecem identificar-se às esfinges que, por sua vez, $_{11}$*semblent s'endormir*, mas tal comparação ilusória, assimilando os gatos sedentários (e implicitamente todos aqueles que são $_{4}$*comme eux*) à imobilidade dos seres sobrenaturais, assume o valor de uma metamorfose. Os gatos e os seres humanos que lhes são identificados vão encontrar-se nos monstros fabulosos de cabeça humana e corpo de fera. Assim, a identificação rejeitada é substituída por uma nova identificação igualmente mitológica.

$_{9}$*En songeant*, os gatos vão identificar-se às $_{10}$*grands sphinx*, e uma cadeia de paronomásias, ligadas a estas palavras-chave e combinando vogais nasais com as constritivas dentais e labiais, reforça a metaformose: $_{9}$*en songeant* / ãsõ../ — $_{10}$*grands sphinx* /...ãsfɛ̃../ — $_{10}$*fond* /fõ/ — $_{11}$*semblent* /sã..../ — $_{11}$*s'endormir.* /sã...../ — $_{11}$*dans un* / .ãzœ̃— $_{11}$*sans fin* (*sãf*ɛ̃ / . A nasal aguda (ɛ̃ / e os outros fonemas da palavra $_{10}$*sphinx* / sfɛ̃ks/ continuam no último terceto: $_{12}$*reins* / .ɛ̃/ — $_{12}$pleins / ..ɛ̃/ — $_{12}$*étincelles* / ..ɛ̃s../ — $_{13}$*ainsi* / es/ — $_{13}$*qu'un sable*/ /kœ̃s.../.

No primeiro quarteto se lê: $_{3}$*Les chats puissants et doux, orgueil de la maison*. Devemos entender que os gatos, orgulhosos de seu domicílio, são a encarnação deste orgulho? Ou será a casa que, orgulhosa de seus habitantes felinos, quer, como o Érebo, domesticá-los? De qualquer modo, a $_{3}$*maison* que circunscreve os gatos no primeiro quarteto, se transforma num deserto espaçoso, $_{10}$*fond des solitudes*, e o medo do frio, que aproxima os gatos $_{4}$*frileux* e os amantes $_{1}$*fervents* (notar a paronomásia /fɛrvã/ — /*fril*ø/) encontra um clima apropriado nas solidões austeras (como os sábios) do deserto tórrido (a exemplo dos amantes ferventes) que rodeia as esfinges. No plano temporal, a $_{2}$*mûre saison*, que rimava com $_{3}$*la maison* no primeiro quarteto e dela se aproximava pela significação, encontrou uma nítida contrapartida no primeiro terceto: esses dois grupos paralelos ($_{2}$*dans leur mure saison* e $_{11}$*dans un rêve sans fin*) se opõem mutuamente, evocando os dias contados e o outro, a eternidade. No resto do soneto não se vêem mais construções com *dans* nem com nenhuma outra preposição adverbial.

O milagre dos gatos domina os dois tercetos. A metamorfose prossegue até o fim do soneto. Se, no primeiro terceto, a imagem das esfinges deitadas no deserto já vacilava entre a criatura e seu simulacro, no terceto seguinte os seres animados se desfazem atrás das partículas de matéria. As sinédoques substituem os gatos-esfinges por parte de seus corpos: $_{12}$*leurs reins*, $_{14}$*leurs prunelles*. O sujeito oculto das estrofes interiores se torna complemento no último terceto: os gatos surgem a princípio como complemento implícito do sujeito — $_{12}$*Leurs reins féconds sont pleins*; depois, na última oração do poema, não são mais que um complemento implícito do objeto: $_{14}$*Étoilent vaguement leurs prunelles*. Os gatos acham-se, portanto, ligados ao objeto do verbo transitivo na última oração do soneto e no sujeito da penúltima, que é uma oração subordinada substantiva predicativa. Estabelece-se assim uma dupla correspondência, num caso como os gatos, objeto direto da primeira oração do soneto e, o outro caso, com os gatos — sujeitos da segunda oração, que também é predicativa.

Se, no início do soneto, o sujeito e o objeto participavam igualmente da classe do animado, os dois termos da oração final pertencem ambos à classe do inanimado. De modo geral, todos os substantivos do último terceto são substantivos concretos desta classe: ${}_{12}$*reins*, ${}_{12}$*étincelles*, ${}_{13}$*parcelles*, ${}_{13}$*or*, ${}_{13}$*sable*, ${}_{14}$*prunelles*, ao passo que nas estrofes anteriores todos os substantivos comuns inanimados, nos adnominais,* eram nomes abstratos: ${}_{2}$*saison*, ${}_{3}$*orgueil*, ${}_{6}$*silence*, ${}_{6}$*horreur*, ${}_{8}$*servage*, ${}_{8}$*fierté*, ${}_{9}$*attitudes*, ${}_{11}$*rêve*. O gênero feminino inanimado, comum ao sujeito e ao objeto da oração final — ${}_{13\text{-}14}$*de parcelles d'or... Étoilent... leurs prunelles* — contrabalança o sujeito e objeto da oração inicial, ambos no masculino animado — ${}_{1\text{-}3}$*Les amoureux... et les savants... Aiment... Les chats*. Em todo o soneto, ${}_{13}$*parcelles* é o único sujeito no feminino, contrastando com o masculino no fim do mesmo verso, ${}_{13}$*sable fin*, que é o único exemplo do gênero masculino nas rimas masculinas do soneto.

No último terceto, as partículas derradeiras de matéria tomam alternativamente o lugar do objeto e do sujeito. São essas partículas incandescentes que uma nova identificação, a última do soneto, associa com a (*le*) ${}_{13}$*sable fin* e transforma em estrelas.

A rima marcante que liga os dois tercetos é a única rima homônima de todo o soneto e a única, dentre suas rimas masculinas, que justapõe partes diferentes do discurso. Há uma certa simetria sintática entre as duas palavras que rimam, posto que ambas terminam orações subordinadas, uma completa e a outra elíptica. A recorrência, longe de se limitar à última sílaba do verso, aproxima estreitamente as linhas inteiras:

Não é por acaso que precisamente esta rima, que une os dois tercetos, evoca *un sable fin* retomando assim o tema do deserto exatamente onde o primeiro terceto colocou *un rêve sans fin* das grandes esfinges.

${}_{2}$*A* ${}_{2}$*maison*, que circunscreve os gatos no primeiro quarteto, vai ser abolida no primeiro terceto, onde reinam as solidões desérticas, verdadeira casa ao avesso dos gatos-esfinges. Por sua vez, esta "não-casa" abre espaço para a multidão cósmica dos gatos (estes, como todas as personagens do soneto, são tratados como *pluralia tantum*). Eles se tornam, por assim dizer, a casa da não-casa, posto que encerram, em suas pupilas, a areia dos desertos e a luz das estrelas.

*Tradução literal de *adnominaux*, sem correspondência na nomenclatura gramatical brasileira, pois abrange funções tão diversas quanto as de complemento e adjunto verbal. (*N. do T.*)

O epílogo retoma o tema inicial dos amantes e dos sábios unidos em *Les chats puissants et doux*. O primeiro verso do segundo terceto parece dar uma resposta ao verso inicial do segundo quarteto. Sendo os gatos $_{5}$*Amis... de la volupté*, $_{12}$*Leurs reins féconds sont pleins* estamos tentados a crer que se trata da força procriadora, mas a obra de Baudelaire acolhe perfeitamente as soluções ambíguas. Trata-se aí de um poder próprio dos rins, ou de centelhas elétricas no pêlo do animal? Seja como for, um poder *mágico* lhes é atribuído. Mas o segundo quarteto iniciava-se por meio de dois complementos coordenados: $_{5}$*Amis de la science et de la volupté*, e o terceto final se refere não apenas aos $_{1}$*amoureux fervents*, mas também aos *savants austères*.

O último terceto faz seus sufixos rimarem de modo a acentuar a estreita relação semântica entre as $_{12}$*étincelles*, $_{13}$*parcelles d'or* e $_{14}$*prunelles* dos gatos-esfinges por um lado, e, por outro, entre as centelhas $_{12}$*magiques* que emanam do animal e suas pupilas $_{14}$*mystiques* acesas por uma luz interna, e abertas no sentido oculto. Como que para explicitar a equivalência dos morfemas, esta rima é a única no soneto desprovida da consoante de apoio, e a aliteração dos /m/ iniciais justapõe os dois adjetivos. $_{6}$*L'horreur des ténèbres* se dissipa sob esta dupla luminiscência. Tal luz se reflete no plano fônico através da predominância dos fonemas de timbre claro no vocalismo nasal da estrofe final (7 palatais contra 6 velares), enquanto nas estrofes anteriores são as velares que manifestam uma grande superioridade numérica (16 contra 0 no primeiro quarteto, 2 contra 1 no segundo, e 10 contra 5 no primeiro terceto).

Com a preponderância das sinédoques no fim do soneto, substituindo o todo do animal por suas partes e, por outro lado, o todo do universo pelo animal que dele faz parte, as imagens procuram — dir-se-ia propositalmente — perder-se na imprecisão. O artigo definido cede ao indefinido, e a designação atribuída pelo poeta à sua metáfora verbal — $_{14}$*Étoilent vaguement* — reflete esplendidamente a poética do epílogo. A conformidade entre os tercetos e os quartetos correspondentes (paralelismo horizontal) é notável. Se, aos limites estreitos no espaço ($_{3}$*maison*) e no tempo ($_{2}$*mure saison*) impostos pelo primeiro quarteto, o primeiro terceto vai responder pelo afastamento ou pela abolição dos limites ($_{10}$*fond des solitudes*, $_{11}$*rêve sans fin*); do mesmo modo, no segundo terceto, a magia das luzes irradiadas pelos gatos triunfa sobre *l'horreur des ténèbres*, do qual o segundo quarteto ia, inadvertidamente, extraindo conseqüências enganosas.

Reunindo agora as peças de nossas análises, tratemos de mostrar como os diferentes níveis em que nos colocamos se recortam, se completam ou se combinam, dando ao poema o caráter de um objeto absoluto.

Primeiramente as divisões do texto. Podemos distinguir várias, perfeitamente nítidas, tanto do ponto de vista gramatical quanto do das relações semânticas entre as diversas partes do poema.

Como já foi assinalado, uma primeira divisão corresponde às três partes que terminam por um ponto, a saber: os dois quartetos e o conjunto dos dois tercetos. O primeiro quarteto expõe, na forma de um quadro objetivo e estático, uma situação de fato ou admitida como tal. O segundo atribui aos gatos uma intenção interpretada pelas potências do Érebo, e aos poderes do Érebo uma intenção quanto aos gatos rejeitada por estes. Em contrapartida, a última parte supera esta oposição ao reconhecer nos gatos uma passividade assumida e interpretada não mais de fora, mas de dentro.

Uma segunda divisão permite opor o conjunto dos dois tercetos ao conjunto dos dois quartetos, fazendo aparecer uma relação íntima entre o primeiro quarteto e o primeiro terceto, e entre o segundo quarteto e o segundo terceto. De fato:

1. O conjunto do dois quartetos se opõe ao conjunto dos dois tercetos, no sentido de que estes últimos eliminam o ponto de vista do observador (*amoureux*, *savants*, poder de *l'Érèbe*) e situam o ser dos gatos fora de quaisquer limites espaciais e temporais.

2. O primeiro quarteto introduzia tais limites de espaço e tempo (*maison, saison*); o primeiro terceto os abole (*au fond des solitudes, rêve sans fin*).

3. O segundo quarteto define os gatos em função das trevas em que se colocam, o segundo terceto, em função da luz que irradiam (*étincelles, étoiles*).

Por fim, uma terceira divisão se acrescenta à precedente, reagrupando, agora num quiasmo, o quarteto inicial e o terceto final, por um lado, e por outro lado, as estrofes internas: segundo quarteto e primeiro terceto. No primeiro grupo, as orações independentes atribuem ao "gato" a função de complemento, ao passo que as duas outras estrofes, desde seu início, atribuem aos gatos a função de sujeito.

Estes fenômenos de distribuição formal possuem um fundamento semântico. O ponto de partida do primeiro quarteto é fornecido pela vizinhança, a mesma casa, dos gatos com os sábios ou com os amantes. Uma dupla semelhança decorre desta contigüidade (*comme eux, comme eux*). Também no terceto final uma relação de contigüidade evolui até a semelhança: mas, enquanto no primeiro quarteto a relação metonímica dos habitantes felinos e humanos da casa funda sua relação metafórica, no último terceto esta situação será, de certa forma, interiorizada: a relação de contigüidade compete mais à sinédoque que à metonímia propriamente dita. As partes do corpo do gato (*reins, prunelles*) preparam uma evocação metafórica do gato astral e cósmico, acompanhada da passagem da precisão à imprecisão (*également — vaguement*). Entre as estrofes interiores, a analogia repousa em relações de equivalência, uma delas rejeitada pelo segundo quarteto (gatos e *coursiers funèbres*) e a outra aceita pelo primeiro terceto (gatos e *sphinx*), o que leva no primeiro caso a uma recusa de contigüidade (entre os gatos e o Érebo) e, no segundo, à instalação dos gatos *au fond des solitudes*. Percebe-se, portanto, que inversamente ao caso precedente, a passagem é feita desde uma relação de equivalência, forma reforçada da semelhança (logo um procedimento metafórico), até relações de contigüidade (logo metonímicas) ou positivas ou negativas.

Até aqui, o poema se nos apareceu formado de sistemas de equivalências que se encaixam uns nos outros, e que oferecem, em seu conjunto, o aspecto de um sistema fechado. Resta-nos abordar um último aspecto, sob o qual o poema aparece como sistema aberto, em progressão dinâmica do começo ao fim.

Na primeira parte deste trabalho, mencionamos uma divisão do poema em dois sextetos separados por um dístico, cuja estrutura contrastava vigorosamente com o resto. No decorrrer de nossa recapitulação, deixáramos provisoriamente de lado esta divisão. É que, diferentemente das outras, ela nos parece marcar as etapas de uma progressão — da ordem do real (primeiro sexteto) à ordem do supra-real (segundo sexteto). Tal passagem é operada através do dístico, que, por um breve instante e pela acumulação de procedimentos semânticos e formais, arrasta o leitor para um universo duplamente irreal, pois ele partilha com o primeiro sexteto o caráter de exterioridade, e ao mesmo tempo, antecipa a ressonância mitológica do segundo sexteto:

versos 1 a 6	versos 7 e 8	versos 9 a 14
	extrínseco	intrínseco
empírico	mitológico	
real	irreal	supra-real

Através desta brusca oscilação de tom e de tema, o dístico preenche uma função, que não pode deixar de evocar a de uma modulação numa composição musical.

O objetivo desta modulação é resolver a oposição implícita ou explícita desde o início do poema, entre procedimento metafórico e procedimento metonímico. A solução trazida pelo sexteto final consiste em transferir esta oposição para o próprio seio da metonímia, e, ao mesmo tempo, exprimi-la por meios metafóricos. Com efeito, cada terceto propõe uma imagem inversa dos gatos. No primeiro terceto, os gatos primitivamente encerrados na casa transbordam dela, por assim dizer, para se expandirem espacial e temporalmente nos desertos infinitos e no sonho infindo. O movimento orienta-se de dentro para fora, dos gatos reclusos para os gatos em liberdade. No segundo terceto, a supressão das fronteiras se acha interiorizada pelos gatos que atingem proporções cósmicas, pois eles encerram em certas partes de seus corpos (*reins* e *prunelles*) a areia do deserto e as estrelas do céu. Nos dois casos, as transformações não estão exatamente em equilíbrio: a primeira diz ainda da aparência (*prennent... les... attitudes... qui semblent s'endormir*) e do sonho (*en songeant... dans un rêve*), ao passo que a segunda fecha realmente o processo, por seu caráter afirmativo (*sont pleins... Étoilent*). Na primeira, os gatos fecham os olhos para adormecer, mantendo-os abertos na segunda.

Contudo, estas amplas metáforas do sexteto final não fazem mais que transpor, para a escala do universo, uma oposição que já estava implicitamente formulada no primeiro verso do poema. Os "amantes" e os "sábios" reúnem, respectivamente, termos que se relacionam de forma contraída ou dilatada: o homem amoroso está em conjunção com essa mulher, assim como o sábio o está com o universo; dois tipos de conjunção, portanto, uma aproximada, outra afastada.[7] É esta mesma relação que as transfigurações finais evocam: dilatação dos gatos no tempo e no espaço, constrição do tempo e do espaço na pessoa dos gatos. Mas aqui também, como já observamos, a simetria entre as duas fórmulas não é completa: a última reúne em si todas as oposições: os rins fecundos recordam a *volúpia* dos amantes, como as pupilas a *ciência* dos sábios; *mágicas* se refere ao fervor ativo dos primeiros, *místicas* à atitude contemplativa dos segundos.

Duas observações para terminar.

O fato de que todos os sujeitos gramaticais do soneto (com a exceção do nome próprio *L'Érèbe*) estejam no plural, e que todas as rimas femininas sejam formadas por plurais (inclusive o substantivo *solitudes*), vai ser curiosamente esclarecido (como, aliás, todo o soneto) por alguns trechos de "Foules": "Multidão, solidão: termos iguais e convertíveis pelo poeta ativo e fecundo

(...). O poeta goza do incomparável privilégio de poder ser ele mesmo e outrem, conforme lhe aprouver (...). O que os homens chamam de amor é bem pequeno, bem restrito, e bem frágil, comparado a esta inefável orgia, a esta santa prostituição da alma que se dá inteiramente, poesia e caridade, ao imprevisto que se mostra, ao desconhecido que passa".[8]

No soneto de Baudelaire, os gatos são inicialmente qualificados de *puissants et doux*, e o verso final aproxima suas pupilas das estrelas. Crépet e Blin[9] remetem a um verso de Sainte-Beuve: "... *l'astre puissant et doux*" (1829), e encontram os mesmos epítetos em um poema de Briseux (1832) onde as mulheres são assim censuradas : "*Êtres deux fois doués! Êtres puissants et doux*"!

Isto confirmaria, se fosse necessário, que para Baudelaire a imagem do gato está intimamente ligada à da mulher, como o demonstram, explicitamente aliás, os dois poemas da mesma coletânea intitulada "*Le chat*", a saber, o soneto: "*Viens, mon beau chat, sur mon coeur amoureux*" (que contém o verso revelador: "*je vois ma femme en esprit...*") e o poema "*Dans ma cervelle se promène... Un beau chat, fort, doux...*" (que coloca diretamente a questão: "*est-il fée, est-il dieu?*"). Este tema de vacilação entre macho e fêmea está subjacente em "Les chats", onde transparece sob ambigüidades intencionais (*Les amoureux... Aiment... Les chats puissants et doux...; Leurs reins féconds.* (...) Michel Butor observa acertadamente que, em Baudelaire, "estes dois aspectos: feminilidade, supervirilidade, longe de se excluírem, se ligam".[10] Todas as personagens do soneto são do gênero masculino, mas *les chats* e seu *alter ego*, *les grands sphinx*, participam de uma natureza andrógina. A mesma ambigüidade é sublinhada, ao longo de todo o soneto, pela escolha paradoxal de substantivos femininos como rimas ditas masculinas.[11] Da constelação inicial do poema, formada pelos amantes e pelos sábios, os gatos permitem, através de sua mediação, eliminar a mulher, deixando cara a cara — ou mesmo confundidos — "o poeta dos Gatos", libertado do amor "bem restrito", e o universo, libertado da austeridade do sábio.

Tradução
EDUARDO VIVEIROS DE CASTRO

Notas

1. Baudelaire, *Oeuvres complètes*. Texto estabelecido e anotado por Y.-G. Le Dantec, edição revista, completada e apresentada por Claude Pichois, *Bibliothèque de la Pléiade* (Paris, 1961), pp. 63 s.
2. M. Grammont, *Petit traité de versification française* (Paris, 1908), p. 86.
3. M. Grammont, *Traité de phonétique* (Paris, 1930), p. 384.
4. *Traité de phonétique*, p. 388.
5. M. Durand, "La specificité du phonème. Application au cas de R/L", *Journal de psychologie*, LVII (1960), pp. 405-419.
6. Cf. *L'intermediaire des chercheurs et des curieux*, LXVII, col. 338 e 509.
7. E. Benveniste, que acedeu em ler este estudo ainda em manuscrito, chamou nossa atenção para o fato de que entre *"Les amoureux fervents"* e *"les savants austères"* a *"mûre saison"* desempenha também o papel de termo mediador: com efeito, é em sua *"mûre saison"* que eles se encontram, ao identificar-se *"également"* aos gatos. Pois, prossegue Benveniste, permanecer "*amoureux fervents*" até à *"mûre saison"* já significa que se está fora da vida comum, assim como o estão os "*savants austères*" por vocação: a situação inicial do soneto é a vida fora do mundo (não obstante, a vida subterrânea é recusada), e ela se desenvolve, transferida para os gatos, da reclusão friorenta até as grandes solidões estreladas onde ciência e volúpia são sonho infindo.

   Em favor destas observações — somos gratos a seu autor — podemos citar certas fórmulas de um outro poema das *Fleurs du mal*: "*le savant amour... fruit d'automne aux saveurs souveraines*" (*L'amour du mensonge*).
8. Cf. Baudelaire, Oeuvres, t. II. *Bibliothèque de la Pléiade* (Paris 1961), pp. 243 s.
9. Ch. Baudelaire, *Les fleurs du mal*. Edição crítica estabelecida por J. Crépet e G. Blin (Paris, 1942), p. 413.
10. M. Butor, *Histoire extraordinaire, essai sur un rêve de Baudelaire* (Paris, 1961), p. 85.
11. No ensaio de L. Rudrauf, *Rime et Sexe* (Tartu, 1936), a exposição de uma "teoria da alternância das rimas masculinas e femininas na poesia francesa" é "seguida de uma controvérsia" com Maurice Grammont (pp. 47 s.). Segundo este último, "para a alternância estabelecida no século XVI que se funda na presença ou ausência de

um *e* átono no fim da palavra, foram utilizados os termos de rimas *femininas* e rimas *masculinas*, porque o *e* átono no fim de uma palavra era, na grande maioria dos casos, a marca do feminino: *un petite chat/une petite chatte*". Antes poder-se-ia dizer que a desinência específica do feminino, opondo-o ao masculino, continha sempre o "*e* átono". Mas Rudrauf expressa algumas dúvidas: "Mas terá sido unicamente a consideração gramatical que guiou os poetas do século XVI no estabelecimento da regra de alternância e na escolha dos epítetos "masculina" e "feminina" para designar as duas espécies de rima? Não esqueçamos que os poetas da Pléiade escreviam suas estrofes visando o canto, e que o canto acentua, bem mais que a dicção oral, a alternância de uma sílaba forte (masculina) e de uma sílaba fraca (feminina). Mais ou menos conscientemente, o ponto de vista musical e o ponto de vista sexual devem ter desempenhado um papel ao lado da analogia gramatical..." (p. 49).

Considerando que esta alternância das rimas baseada na presença ou ausência de um *e* átono deixou de ser real, Grammont aponta sua substituição por uma alternância das rimas terminando por uma consoante ou por uma vogal tônica. Disposto a admitir que "os finais vocálicos são todos masculinos", Rudrauf procura, ao mesmo tempo, estabelecer uma escala de 24 classes para as rimas consonantais, "indo dos finais mais bruscos e mais viris aos mais femininamente suaves" (p. 12 s.): as rimas com uma oclusiva surda formam o extremo pólo masculino (1), e as rimas com uma aspirada sonora, o pólo feminino (24) das escalas em questão. Se se aplica esta tentativa de classificação às rimas consonantais dos "*Chats*", aí poderá observar-se um movimento gradual em direção ao pólo masculino que acaba por atenuar o contraste entre os dois gêneros de rima: $_{1}$*austères* (líquida: 19); $_{6}$*ténèbres* — $_{7}$*funèbres* (oclusiva sonora e líquida: 15); $_{9}$*attitudes* — $_{10}$*solitudes* (oclusiva sonora: 13); $_{12}$*magiques* — $_{14}$*mystiques* (oclusiva surda: 1).

CAPÍTULO 28

"Goya" de Vozniessiênski

IURI LOTMAN

De *Struktura khudozestvenogo teksta*, Iskusstvo, Moscou, 1970. A presente tradução foi feita pelo cotejo das versões italiana (Mursia, 1972) e francesa (Gallimard, 1973). Reproduzido com a permissão da Agência de Direitos Autorais da URSS (VAAP).

Ia — Goia!
Glaznici voronok mne vikleval vorog,
sletaia na pole nagoe.

Ia — Gore.
Ia — golos
Voini, gorodov golovni
na snegu sorok pervogo goda.

Ia — golod.
Ia gorlo
Povechennoi babi, tch'e telo, kak kolokol,
bilo nad plochtchad'iu goloi...

Ia — Goia!
O grozdi
Vozmezd'ia! Vzvil zalpom na Zapad —
Ia pepel nezvanogo gostia!
I v memorial'noe nebo vbil krepkie
zvezdi —

Kak gvozdi.
Ia — Goia.

[Sou Goya]

Órbitas-covas cavou-me o inimigo, revôo
de corvos na gula de espólios.

Sou guerra
Sou grito
de angústia, burgos em fogo
no guante nevado dos anos quarenta.

Sou garra
de fome.
Sou gorja
de mulher garroteada, cadáver-badalo
dobrando numa praça calva...

Sou Goya!
Galas
da vingança! Devolvo a veste de um golpe
as cinzas ingratas do hóspede!

E gravo no céu da memória
estrelas fixas como cravos.

Sou Goya.*

Neste poema as repetições são construídas segundo o princípio do ritmo e confirmam, de maneira convincente, a idéia de uma correlatividade sistemática de princípio entre os aspectos rítmico e fonético do verso.

Todo o poema é atravessado por uma cadeia de versos curtos, anafóricos, com construções sintáticas paralelas. O pronome *ia* (eu), que se encontra no início do primeiro verso e se repete em todo o poema, aparece como termo comum, como "a base para a comparação". Nesta ligação, os segundos membros da cadeia binária (*Goia, Gore, golod*) estão em posição recíproca. Daí

*(Trad. de Haroldo de Campos, *in Poesia russa moderna*, Augusto de Campos e Boris Schnaiderman, Civilização Brasileira, Rio de Janeiro, 1968).

resulta acentuada a sua desigualdade e a sua especificidade. A diferença entre o primeiro, e o terceiro, o quarto e os outros versos está concentrada precisamente no segundo membro da cadeia binária e esta diferença é, antes de tudo, semântica. As palavras que compõem o segundo membro são percebidas não só em sua relação com o primeiro membro, sempre igual, mas também em sua correlação recíproca. Servem-lhes de base o caráter único de sua posição rítmica e sintática e as repetições de sons nas palavras *Goia, Gore, golod*. Mas, no interior dessa série de correlações recíprocas, ainda aparecem forças de atração e forças de repulsão, que se referem não só ao plano sonoro mas também ao semântico. Por um lado, desvela-se a diferença semântica (de que falamos a propósito do ritmo).* A coincidência de sons isolados em palavras que não coincidem reforça apenas a distinção das palavras a partir de seu conteúdo: de fato, como já dissemos, a musicalidade do ritmo se perde onde a completa coincidência do som é ainda acompanhada da coincidência do significado.

Surge, porém, ainda um outro processo: as palavras *Goia, Gore, golos, golod, gorlo* evidenciam um grupo comum *go*, e o confronto do tipo *golos* e *golod* leva-nos ainda ao realce de outros sons. Forma-se um sistema no qual estes mesmos sons, em combinações semelhantes ou voluntariamente diferentes, repetem-se em palavras diversas. É então que se manifesta a distinção radical da natureza da palavra na linguagem comum e no texto artístico (em particular, no poético). Na língua, a palavra divide-se nitidamente em plano do conteúdo e plano da expressão, entre os quais é impossível estabelecer ligações diretas. A proximidade do plano do conteúdo de duas palavras pode não repercutir no plano da expressão, e a proximidade no plano da expressão (repetição de sons, homonímias etc.) pode não ter relação alguma com o plano do conteúdo. A isto está ligado o fato de que não se pode estabelecer, na linguagem comum, relações entre os elementos da palavra (por exemplo no nível dos sons) e o plano do conteúdo.[1]

O verso inicial, *Ia — Goia...*, estabelece a identidade dos dois membros *Ia* (eu) e *Goia* (*Goya*). Contudo ainda desconhecemos o significado específico das palavras no texto. *Ia* é um "eu" geral, o "eu" do dicionário, e em *Goia* a semântica do nome não ultrapassa os limites do conhecimento comum. Por outro lado, já este verso comunica alguma coisa de novo com

*Em passagem anterior, aqui não traduzida (*N. do Org.*).

relação ao significado verbal comum, extracontextual, das palavras que o compõem. Está claro que, mesmo tomada em si, fora de qualquer correlação com os outros versos, a construção "Sou Goya" não é uma construção do mesmo tipo que, por exemplo, "Sou Vozniessiênski". A segunda construção confirmaria a unidade dos conceitos, idênticos do ponto de vista do autor e do leitor, mesmo fora do presente texto. Um deles ("eu") seria apenas a designação pronominal do segundo. O verso "Sou Goya" está construído sobre a identificação de dois conceitos notoriamente diferentes: "Eu < o poeta > sou Goya" e "eu < não Goya > sou Goya". Mesmo tomado em si, este verso mostra que "eu" e "Goya" são empregados aqui com um significado particular, que cada palavra deve representar uma construção conceitual particular para que se possa equipará-las. Essa construção específica dos conceitos se revela por meio de um sistema de oposições semânticas, de significados particulares, construídos de maneira complexa, que são o resultado da estrutura do texto poético.

O primeiro verso já evidencia a combinação dos sons "go" como principal portadora do significado no nome *Goia*.

Na elocução do verso *Ia — go — ia*, a identidade fonética do primeiro e do último elemento é percebida, por força da indivisibilidade, em poesia, dos planos da expressão e do conteúdo, como uma tautologia semântica: *ia — ia*. O elemento *go* torna-se o portador do significado semântico de base. Seguramente, o significado semântico da organização fonética do primeiro verso só se realiza em relação com os outros versos, e a possibilidade de relevo do grupo *go*, nos limites do *Ia — Goia* tomado separadamente, existe apenas de modo potencial. Entretanto, este relevo realiza-se nitidamente no confronto com os versos que seguem.

Ia — Gore.	[Sou guerra.
Ia — golod	Sou garra.]

Podemos notar que entre as palavras *Goia, Gore, golod* se instaura uma situação de analogia. Elas se equiparam, cada uma de modo diverso, ao elemento comum *Ia* (eu). É, pois, um fato essencial que esses três versos formem construções sintáticas do mesmo tipo, nas quais o papel do segundo membro é idêntico. Não só a posição sintática, mas também o paralelismo fonético (repetição do grupo *go*) fazem-nos perceber essas palavras como semanticamente correlatas. Do complexo destes significados surge o núcleo semântico comum, o arquissema. Seu significado torna-se mais complexo pelo paralelismo entre os versos:

Ia — golos
Voini, gorodov golovni
na snegu sorok pervogo goda.
Ia — gorlo
Povechennoi babi, tch'e telo, kak kolokol,
bilo nad plochtchad'iu goloi....

[Sou grito
de angústia, burgos em fogo
no guante nevado dos anos quarenta.

Sou gorja
de mulher garroteada, cadáver-badalo
dobrando numa praça calva...]

A segunda parte de cada um destes versos, devido à sua função predicativa, é colocada no mesmo nível que *Gore* e *golod* dos versos acima nomeados. É interessante a repetição de sons golos, gorod*ov*, gol*ovni*, go*da*, gor*lo*, go*da*. Além disso, a combinação das palavras *golos voini* (guerra e grito), apoiada pela posição em evidência do som "v", sendo resultado da repetição:

Glaznici voronok mne vikleval vorog.
sletaia na pole nagoe.

[Órbitas-covas cavou-me o inimigo, revôo
de corvos na gula de espólios]

estabelece, entre as palavras que modulam o "v" e o "g", uma relação de correlatividade semântica. É preciso notar que o "g" na palavra *vorog* (inimigo) está acentuado de um ponto de vista especificamente estrutural, na medida em que toda a semântica das palavras e da fraseologia *vikleval glaznici, sletaia* (órbitas-covas, cadáver-badalo) remete à palavra *voron* (corvo), foneticamente preparada pela palavra *voronok* (covas). O não-nomeado *voron* (corvo) e *vorog* (inimigo), que aparece no texto, formam um par correlacionado no qual a diferença semântica coloca em evidência os sons "n — g", enquanto a coincidência do grupo *voro* estabelece a comunidade dos significados. Assim se forma a complexa construção do conteúdo: *Gore, Golod, golos, voini, gorodov golovni, glaznici voronok, gorlo povochennoi babi, pole nagoe* (guerra, garra, grito, burgos em fogo, órbitas-covas, gorja de mulher garroteada, praça calva), formam uma estrutura reciprocamente correlacionada. Por um lado, ela se erige em arquissema, núcleo semântico que nasce da interseção dos campos de significado de cada uma das principais unidades semânticas. Por outro lado, produz-se uma intensificação dos signos que separam cada um dos grupos em evidência do significado, comum a todos, do arquissema. O fato de que cada unidade semântica seja percebida em relação com o núcleo semântico impõe, em uma série de casos, uma percepção do significado totalmente diversa do que se daria se a encontrássemos isolada de toda a série.

É necessário ainda indicar uma correlação. No fragmento do texto que estamos examinando, dois grupos de versos nitidamente se evidenciam. O primeiro:

Ia — Gore.
Ia — golod.

O segundo:

Ia — golos
Voini, gorodov golovni
na snegu sorok pervogo goda.

Ia gorlo
Povechennoi babi, tch'e telo, kak kolokol,
bilo nad plochtchad'iu goloi...

A este grupo segue o verso:

Glaznici voronok mne vikleval vorog,
sletaia na pole nagoe.

Os dois grupos de versos são equiparados, como notamos, pelo paralelismo da construção sintática (a difusão do grupo predicativo, no segundo caso, apenas reforça a semelhança de suas estruturas sintáticas). Da mesma maneira, já havíamos constatado a possibilidade de correlação da organização fonética das unidades lexicais elementares dos dois grupos.

Doutro lado, contudo, o que têm em comum apenas reforça a distinção entre esses grupos de versos. Os versos curtos exigem uma outra respiração, e por isso mesmo, um tempo e uma entonação absolutamente diversos dos versos longos. Mas a diferença não se encontra apenas aí: *Gore* e *golod* são substantivos abstratos. A eles comparado, o *Ia* aparece como algo de notavelmente mais concreto, mais singular. Os versos "longos", sob esse aspecto, são mais complexos. O predicado, aqui, não é apenas concreto, mas designa partes, e precisamente partes do homem, de seu corpo (cf.: gorja, grito, órbitas). O sujeito "eu", em correlação a eles, intervém como algo de mais geral e abstrato. Mas, simultaneamente, o predicado se inscreve em uma série metafórica: *golos Voini* (cf. "órbitas-covas" e, ao lado dela, "gorja de mulher garroteada", percebida como um signo simbólico de conteúdo mais geral). Cria-se uma imagem antropomórfico-metafórica (grito, órbitas, gorja), composta, ao mesmo tempo, de detalhes de uma paisagem de guerra; "órbitas-covas", "praça calva", "burgos em fogo no guante nevado dos anos quarenta".

Estas duas séries se sintetizam na imagem da "praça calva" e da mulher-cadáver-badalo. Essas duas imagens semânticas confluem para um ponto central: são equiparadas a *Ia*, sujeito que designa o autor. Entretanto, essa equiparação é um paralelismo, não uma identidade. Na medida em que os predicados — em cada grupo de versos, e em cada verso tomado separadamente — não são idênticos, mas apenas paralelos, incluem tanto o que é comum quanto o que é diferente, e os "eus" que se seguem também não são iguais: a cada vez, "eu" se coloca no nível de uma nova estrutura semântica, ou seja, *recebe um novo conteúdo*. O desvelamento da complexa dialética com que se preenche o *Ia* é um dos aspectos fundamentais do poema. O predicado aqui intervém como modelo do sujeito e a oposição mútua dos predicados, construindo um sistema bastante complexo de significados — a imagem do mundo trágico da guerra — modela, ao mesmo tempo, a imagem da personalidade do autor.

Quando Vozniessiênski resume a primeira parte do poema através do verso *Ia — Goia* (Sou Goya), seu sujeito absorve todos os "eu" dos versos precedentes, com todas as suas diferenças e interseções, e o predicado totaliza todos os predicados anteriores. Isto não transforma o verso *Ia — Goia*, situado no meio do texto, em uma simples repetição do primeiro verso, mas, ao contrário, em sua antítese. É precisamente no confronto com o primeiro verso, no qual o significado de "eu" e de "Goya" é somente o da linguagem comum, que se descobre a semântica específica destas palavras, aquela de que se investem no poema de Vozniessiênski, e unicamente nele.

Poder-se-ia fazer uma análise análoga da segunda parte do poema e mostrar como se produz o significado do verso conclusivo *Ia — Goia*. De maneira particular, poder-se-ia observar que todos os elementos de diversidade na repetição (por ex., os dois primeiros versos *Ia — Goia* têm uma entoação exclamativa, enquanto o último, não) tornam-se portadores de significado.

Por ora, é suficiente sublinhar uma reflexão mais particular: no verso, o som não se limita ao plano da expressão; entra como um dos elementos na oposição mútua das palavras na poesia, seguindo as leis não do signo lingüístico, mas sim do signo figurativo, ou seja, penetra na construção da estrutura do conteúdo.

A formação dos arquissemas não é um processo de caráter antilógico, é antes ajustada a uma análise científica exata. Examinando este fenômeno, é, entretanto, necessário nunca se perder de vista que, no texto poético, por força da possibilidade, já notada, de divisão e de não-divisão da palavra em sons, a relação da expressão com o conteúdo se efetua de modo inteiramente diverso de um texto não-literário. No segundo caso, só se pode estabelecer uma relação histórico-convencional. No primeiro caso (texto poético) estabelece-se uma relação determinada, em virtude da qual a própria expressão começa a ser percebida como figuração do conteúdo. Nesse caso, o signo, embora permaneça verbal, adquire os traços de um sinal figurativo (iconográfico).

É preciso acentuar particularmente que a divisão das palavras em sons, assim como a formação dos significados ocasionais das palavras, resultante da oposição mútua dos sons e das unidades prosódicas, não se realiza apenas nos casos em que o texto é orquestrado de propósito. A mesma natureza da estrutura rítmica divide o texto em unidades que não correspondem às unidades semânticas, mas que adquirem, no verso, uma semântica. A escansão, como realidade ou como possibilidade, e sobre cuja base é concebida a realidade poética, está constantemente presente na consciência do leitor. Não é por acaso que, para a criança, leitura e percepção do verso começam com a escansão. Agindo assim, os versos lhe parecem mais sonoros. Demonstrativos são ainda os dados da história do verso.

É característica da poesia silábica russa a leitura "por sílabas". Todas as sílabas eram lidas como sílabas acentudas e a aspiração devia coincidir com uma das pausas intersilábicas. B. V. Tomachevski, analisando a rima dos versos silábicos russos, chegou à seguinte conclusão: "Tais fenômenos só se explicam por um extremo enfraquecimento da oposição entre sílaba acentuada e sílaba não acentuada, ou seja, sob as condições de uma leitura 'por sílabas'. Com o passar do tempo, indubitavelmente, a maneira de ler teve de mudar, daí a idéia do verso tônico, que contrapõe a sílaba acentuada à não acentuada."[2]

Assim, no sistema silábico, o acento não podia ser um índice diferenciador, precisamente porque todas as sílabas eram acentuadas. Isso provocava pausas inevitáveis entre as sílabas, mas, ao mesmo tempo, eliminava as pausas entre as palavras. Assim eram lidos os versos de Simeon Polotski: (o signo // significa pausa e aspiração): *fi — lo — sof — vhu — dih — ri — zah //o — bitch — no — ho — jda — che//E — mu — je — vo — dvor — car — skii//nuj — na — ne — ka — bia — che.*

(Filosof v hudih rizah obitchno hojdache,
Emu je vou dvor carskii nujna neka biache)

[O filósofo, que habitualmente caminhava em suas vestes rotas,
Tinha necessidade delas para a corte real][3]

Encontra-se a mesma tendência, sobre uma outra base, entre alguns poetas do século XX (Maiakovski, Tsvetaieva). Na poesia de Tsvetaieva, a tendência a sublinhar o limite das sílabas encontra, às vezes, uma expressão gráfica:

... *Boi za su — chtche — stvo — van'ie...*
... *Bez vitia — givaniia jil!...*
... *Pravo — na — jitel' stevennii svoi list*
No — gani toptchu!

[... A luta pela ex-is-tên-cia...
... Sem estirar as veias!...
... O direito à sua partícula de vida.
Calco-o aos pés!]

Entretanto, não se trata de saber se a natureza rítmica do verso se revela ou não através da escansão. Quando escandimos um verso, as fronteiras das unidades lexicais, que não aparecem na pronúncia, existem nitidamente na consciência e estabelecem correlações com as pausas reais, fracionando, assim, a série sonora. Quando lemos versos deixando-nos guiar pelas pausas que têm um sentido lexical, as pausas rítmicas permanecem em nossa consciência, conservando sua realidade de "processos menos".

Finalmente, é preciso considerar que o caso em que examinamos a receptividade do mesmo som e de um grupo de sons ("Goya" de Vozniessiênski), como exemplo de possibilidade da correlação de sons, foi por nós escolhido apenas por conta de sua evidência. Todos os sons de uma língua são percebidos em correlação recíproca no sistema — que, no verso, torna-se a estrutura do conteúdo — das particularidades nacionais, na qualidade de plano da expressão lingüística. Na medida em que, na poesia, a estrutura fonética do texto, com sua especificidade própria, serve de princípio básico para a construção dos conceitos, o caráter particular e intraduzível da consciência exprime-se aí com uma força ainda maior que num texto não-literário ou mesmo de prosa.

O signo, na literatura, permanece verbal. Não é percebido por uma pessoa que não possua a estrutura da língua em questão. Mas, com base na correlação entre planos do conteúdo e da expressão, ele se aproxima dos signos figurativos. As palavras da língua natural, na qualidade de estruturas de comunicação, são compostas de elementos dos níveis inferiores que não têm um significado lexical próprio. No texto poético, a estrutura da expressão torna-se, devido à possibilidade de um significado semântico-lexical dos sons (e dos morfemas), cuja evidência mostramos acima, uma estrutura de conteúdo.

Como conseqüência da inserção de elementos dos níveis inferiores no processo de formação do sentido, surgem oposições semânticas ocasionais, "arquissemas" ocasionais, impossíveis fora do texto em questão. (É por isso que, a bem dizer, mesmo a tradução mais exata de um texto poético só reproduz a estrutura do conteúdo naquilo que o discurso poético e não-poético têm de comum. Essas mesmas ligações e essas mesmas posições semânticas, que resultam da estrutura da expressão, são substituídas por outras. Assim, do mesmo modo que os idiomatismos dentro da estrutura do conteúdo, são elas intraduzíveis. Em função do que foi dito do texto poético, é mais correto falar não de uma tradução exata, mas da tendência a uma adequação formal.)

É necessário observar ainda um fato. Na "transmissão" do sentido lexical aos sons que compõem a palavra e, em seguida a isso, na formação do complexo sistema de oposições semânticas intratextuais, nem todos os elementos fonéticos que formam o léxico dado se comportam do mesmo modo.

Sabe-se que a questão da composição sonora da palavra resolve-se, em princípio, diferentemente, segundo a maneira de se colocar do ponto de vista da *langue* ou do ponto de vista da *parole*. No primeiro caso, lida-se com uma estrutura para a qual é indiferente a natureza física do sinal efetivamente executado. É por isso que fenômenos como, por exemplo, a redução interessarão apenas ao pesquisador do aspecto da *parole*. Em relação ao que dissemos, colocam-se particularmente as questões concernentes à natureza da previsibilidade do texto e da distribuição da informação na palavra. Esclarece, assim, que a linguagem contextual, escrita ou oral, ignora uma igual distribuição da informação na palavra. Os dados experimentais para a língua russa (analisou-se a carga informacional da palavra "bem" contextualizada) mostraram que, na linguagem escrita, a "informação está inteiramente concentrada na primeira metade da palavra, enquanto a segunda parte é redundante". Mas, na linguagem oral, "o final da palavra, que se apóia sobre uma sílaba acentuada, é carregado de informação. Neste caso, o início da palavra (h Λ r) é redundante".[4] Assim, no fluxo da linguagem segmentada em palavras, a carga semântica se distribui de maneira muito desigual.

A especificidade do texto poético, em particular, consiste em que os elementos não-estruturais, próprios à *parole* e não à *langue*, nele adquirem um caráter estrutural. Daí resulta que nem todos os elementos sonoros do verso recebem uma carga semântica idêntica. Em alguns, efetua-se uma redução semântica; outros são postos em evidência entrando em correlações oposicionais diferentes. Todavia, a estrutura poética não introduz simplesmente a linguagem na ordem da língua, conferindo aos elementos não-estruturais o caráter dos estruturais. Ela muda radicalmente a correlação do grau de informação dos elementos no interior da linguagem: aqueles que, numa mensagem não-literária, são redundantes, podem adquirir, no verso, uma carga semântica. Elementos da linguagem semanticamente pobres (por ex., o final da palavra no texto escrito) recebem, em uma situação estrutural particular (por ex., quando aparece uma rima, fenômeno da poesia escrita, desconhecido pelo folclore arcaico), uma carga informacional que não lhes é própria. Daí ainda decorre característica importante da poesia: a linguagem poética não é uma linguagem escrita, como supunham os partidários da filologia. Mas não é, tampouco, uma linguagem oral, como pensavam os partidários do método fonético. A estrutura poética da poesia contemporânea, diferentemente do folclore, é uma *relação* do texto falado com o texto escrito, texto falado *sobre o fundo* do escrito. É por isso, em particular, que a natureza gráfica do texto não é de modo algum indiferente para a sua compreensão.

Tradução
LUZIA FERREIRA DE SOUSA

Revisão
FERNANDO AUGUSTO DA ROCHA RODRIGUES

Notas

1. Cf. "O signo e o significado entram em relações arbitrariamente. Pode-se ligar qualquer signo a qualquer significado e qualquer significado a qualquer signo", N. I. Zinkin, *Znaki i sistemi iazika* (*Signos e sistemas da linguagem*), *in* "Zeichen und System der Sprache", vol. 1, série *Schriften zur Pronetik, Sprachwissenschaft und Kommunikationsforschung*, n.º 3, Berlim, 1961, p. 159.
2. B. V. Tomachevski, *Stikh i iazik* (*O verso e a linguagem*), p. 101.
3. No que diz respeito à discussão sobre o problema da declamação, cf. os artigos de P. N. Berkov e A. M. Patchenko na coleção *Teoriia stikha* (*Teoria do verso*), Leningrado, 1968.
4. R. G. Piotrovski, O *Teoretiko-informacionnikh parametrak ustnoi i pis'mennoi form iazika* (*Os parâmetros teórico-informacionais das formas oral e escrita da língua*), na coleção *Problemi Strukturnoi Lingvistiki* (*Problemas de Lingüística Estrutural*), Moscou, 1962, p. 57.

G. ESTÉTICAS DA RECEPÇÃO E DO EFEITO

CAPÍTULO 29

O texto poético na mudança de horizonte da leitura

HANS ROBERT JAUSS

(baseado no exemplo do segundo *"Spleen"* de Baudelaire)

Dedicado a Hans Georg Gadamer
por ocasião do seu 80.º aniversário

Tradução de "Der poetische Text in Horizontwandel der Lektüre (am Beispiel vou Baudelaires Zweiten Spleen — Gedicht)", originalmente apresentado no colóquio sobre Problemas da formação da teoria da estética da recepção, Cerisy, 1980.

I. A DISTINÇÃO DE DIVERSOS HORIZONTES DA LEITURA COMO PROBLEMA DA HERMENÊUTICA LITERÁRIA

Este estudo é uma experiência. Tentarei separar metodicamente, em três etapas de interpretação, aquilo que normalmente não é distinguido na prática de interpretação tanto filológica quanto de análise de texto. Enquanto nestas se fundem imediatamente a compreensão e a interpretação, a assimilação espontânea e a interpretação refletida de um texto literário, no decorrer da interpretação, proponho aqui destacar os horizontes de uma primeira leitura de percepção estética de uma segunda leitura de interpretação retrospectiva. A estas seguirá uma terceira leitura, a histórica, que inicia com a reconstrução do horizonte de expectativa, no qual o poema se inseriu com o aparecimento das *Fleurs du Mal*, e que depois acompanhará a história de sua recepção ou "leituras" até a mais recente, a do autor.

As três etapas de minha interpretação não são uma inovação metódica. Estão fundamentadas na teoria de que o processo hermenêutico deve ser compreendido como uma unidade dos três momentos da compreensão (*intelligere*), da interpretação (*interpretare*) e da aplicação (*applicare*). Cabe a Hans Georg Gadamer o mérito de haver redescoberto a importância desta unidade triádica do processo hermenêutico.[1] Realizada de forma mais ou menos unilateral, ela sempre determinou toda e qualquer interpretação de texto. Durante o Iluminismo, foi formulada explicitamente pela hermenêutica pietista como doutrina das três *subtilitates*. Com a vitória do ideal da ciência histórica e positivista, foi desacreditada, e, com a renovação da hermenêutica teológica e jurídica, foi colocada no centro da preocupação teórica. O atraso evidente da hermenêutica literária explica-se porque o processo hermenêutico foi reduzido apenas à explanação, porque nenhuma teoria da compreensão foi desenvolvida para textos de caráter estético, e porque a questão da "aplicabilidade" foi relegada à crítica como não sendo científica. Por isso, a sugestão de Gadamer de "reformular a hermenêutica das ciências do espírito a partir da jurídica e teológica" deve ser vista como uma oportunidade de atualizar a hermenêutica literária.[2] A respeito dela deve-se perguntar novamente se e como a unidade hermenêutica de todos os três momentos pode realizar-se na interpretação de um texto poético.

A experiência hermenêutica que me propus está ligada a este problema. Examinará a possibilidade de interpretar um poema que já possui sua história da recepção, em três etapas que podem ser descritas fenomenologicamente como três leituras sucessivas. Na decomposição do processo hermenêutico nestas etapas, a distinção das três leituras até certo ponto teve de ser fingida. Mas somente desta maneira foi possível demonstrar hermeneuticamente que tipo de compreensão, interpretação e aplicação poderia ser característico de um texto de caráter estético. Se realmente existe uma hermenêutica literária autônoma, isso deve ser comprovado — como Peter Szondi exigiu com razão — pelo fato de que "ela se preocupa com o caráter estético dos textos a serem interpretados, não apenas em apreciações posteriores à interpretação, mas ao ver neste caráter estético a premissa da própria interpretação".[3] Esta premissa não pode ser realizada apenas com os processos da estilística tradicional (no sentido da *critique des beautés* de Leo Spitzer), ou da poética lingüística e da "análise textual". O que quer que se possa reconhecer na tessitura acabada do texto, no todo concluído de sua estrutura, como função lingüística significativa ou equivalência estética, sempre já pressupõe uma compreensão anterior. Aquilo que o texto poético dá a entender antecipadamente graças ao seu caráter estético, resulta do seu efeito processual. Por isso não pode ser deduzido diretamente de uma descrição de sua estrutura acabada, como "artefato", embora esta descrição possa ter apreendido as "camadas" e equivalências estéticas de forma bastante completa. A descrição estrutural do texto deveria e pode atualmente — isso ensina o debate entre Roman Jakobson/Claude Lévi-Strauss e Michael Rifaterre[4] — ser fundamentada hermeneuticamente numa análise do processo de recepção. O texto poético se torna compreensível na sua função estética apenas no momento em que as estruturas poéticas, reconhecidas como características no objeto estético acabado, são retransportadas, a partir da objetivação da descrição, para o processo da experiência com o texto, a qual permite ao leitor participar da gênese do objeto estético. Em outras palavras e na formulação de Michael Rifaterre que, em 1962, começou a afastar-se da descrição estrutural, voltando-se para a análise da recepção do texto poético: doravante o texto, descrito pela poética estrutural como ponto final e soma dos meios nele realizados, deve ser considerado o ponto de partida de seu efeito estético. Este deve ser examinado na seqüência dos pré-dados da recepção, os quais orientam o processo da percepção estética e assim limitam a arbitrariedade da leitura apenas supostamente subjetiva.[5]

O presente ensaio leva-me em direção diversa da de Riffaterre, que recentemente transformou sua estilística estrutural numa *Semiotics of Poetry* (1978), mais interessada nos pré-dados da recepção e nas "regras da atualização" do que na atividade estética do leitor receptor.[6] Eu, ao contrário, procuro decompor esta atividade nos dois atos hermenêuticos da compreensão e da interpretação, ao separar a interpretação refletida, como fase de uma segunda leitura, da compreensão imediata na percepção estética, como fase da primeira leitura. A isso me obriga meu interesse em recorrer ao caráter estético do texto poético, expressamente a título de demonstração com premissa de sua interpretação. Para sabermos como o texto poético nos permite perceber e compreender algo antecipadamente, graças ao seu caráter estético, a análise não pode partir imediatamente da pergunta pelo significado de detalhes na forma plena do todo, mas deve seguir o significado ainda em aberto durante o processo da percepção, percepção esta que o texto orienta como uma "partitura". A descoberta do caráter estético, característico ao texto poético, mas não ao teológico, jurídico ou também filosófico, deve seguir a orientação dada à percepção estética pela disposição do texto, pela sugestão do ritmo e pela realização gradativa da forma.

A compreensão estética, no texto poético, está orientada principalmente para o processo da percepção. Remete, portanto, hermeneuticamente ao horizonte de experiência da primeira leitura, o qual muitas vezes pode tornar-se visível em sua coerência formal e plenitude de significado — principalmente em textos historicamente distantes ou na lírica hermética — apenas após várias leituras. A interpretação explícita na segunda fase e em todas as leituras seguintes também remete ao horizonte de expectativa da primeira leitura perceptual, quando o intérprete pretende concretizar uma determinada relação significativa do horizonte de significado deste texto, e não queira por exemplo utilizar a permissividade da alegorese, ao transferir o significado do texto para um contexto estranho, isto é, dar-lhe um significado que ultrapasse o horizonte do significado e com isso a intencionalidade do texto. A interpretação de um texto poético já sempre pressupõe a percepção estética como compreensão prévia; só deve concretizar significados que parecem ou poderiam parecer possíveis ao intérprete no horizonte de sua leitura anterior.

Por isso, o ditado de Gadamer, "compreender significa entender algo como resposta",[7] deve ser restringido quando se trata de um texto poético. Aqui refere-se somente ao ato secundário da compreensão *interpretativa*, desde que esta concretize um determinado significado como resposta a uma pergunta. Não diz respeito ao ato primário da compreensão *perceptiva* que introduz e constitui no texto poético a experiência estética. Obviamente, a percepção estética sempre inclui compreensão. Pois como objeto estético, o texto poético (em oposição à percepção comum, sujeita à normatização) possibilita, como se sabe, um tipo de percepção ao mesmo tempo mais complexa e precisa que consegue renovar, no prazer estético, a visão reconhecedora ou o reconhecer perceptual (*a aisthesis*).[8] Mas esta produção reconhecedora de significados da *aisthesis* não requer uma interpretação imediata e, por isso, também ainda não necessita possuir o caráter de resposta a uma pergunta implícita ou explícita. O próprio Gadamer disse, seguindo Husserl: "na experiência estética, a redução eidética é conseguida espontaneamente".[9] Se isto é válido para a recepção eidética de um texto poético, então a compreensão no ato da percepção estética não pode depender de um interpretar que reduza o excesso de significados do texto poético a uma de suas possíveis afirmações, justamente porque algo é entendido como resposta. Na redução eidética da percepção estética, a redução reflexiva da interpretação, que quer compreender o texto como resposta a uma pergunta implícita, inicialmente pode ficar suspensa e ser, mesmo assim, uma compreensão da obra, que faz com que o leitor experimente a linguagem na sua virtualidade e, com isso, o mundo na sua plenitude de significação.

Por isso, separar a interpretação reflexiva da compreensão perceptiva de um texto poético não é tão artificial como parecia inicialmente. Isto torna-se possível por meio da estrutura manifesta do horizonte de experiência advinda da releitura. Cada leitor conhece a experiência que muitas vezes o significado de um poema se torna claro apenas numa segunda leitura, após retornar do final ao início do texto. Num caso destes, a experiência da primeira leitura torna-se o horizonte da segunda leitura: aquilo que o leitor assimilou no horizonte progressivo da percepção estética torna-se tematizável no horizonte retrospectivo da interpretação. Se acrescentarmos que a própria interpretação pode tornar-se novamente a base de outro uso, ou melhor: que um texto do passado não interessa apenas com relação ao seu contexto primário, mas também é interpretado para elucidar seu possível significado para a situação contemporânea, então torna-se evidente que a unidade triádica de compreensão, interpretação e aplicação, como é realizada no processo hermenêutico, coincide com os três horizontes da relevância temática, da relevância de interpretação e da de motivação, cuja relação mútua, segundo A. Schütz, determina a constituição da experiência subjetiva no mundo da vida.[10]

Na execução da experiência de uma leitura, várias vezes repetida, na qual tento tematizar os três atos do processo hermenêutico, posso aproveitar e desenvolver resultados que M. Rifaterre, W. Iser e R. Barthes introduziram na análise dos processos de recepção. Rifaterre analisa o desenvolvimento da recepção de um poema como alternância de antecipação e correção, determinadas pelas categorias de equivalência do suspense, da surpresa, decepção, ironia e comicidade. Todas estas categorias têm uma *sobredeterminação* em comum, que força à atenção por meio da respectiva correção de uma expectativa e que assim dirige o processo de recepção do leitor. Com isso, o significado do texto a ser interpretado torna-se progressivamente mais claro. De acordo com minha experiência, as categorias de Riffaterre são mais adequadas a textos narrativos do que a textos líricos: a leitura de um poema não desperta tanto suspense em relação ao andamento, como a expectativa daquilo que eu gostaria de chamar de consistência lírica — a expectativa de que o movimento lírico torne palpável, de verso em verso, uma relação inicialmente oculta e assim deixe ressurgir, de uma situação ocasional, a visão do mundo, de maneira nova. Inovação e reconhecimento complementam-se na *aisthesis* lírica, de forma que as categorias negativas da surpresa e decepção (Rifaterre) possam ser colocadas ao lado da categoria positiva da expectativa satisfeita, da qual ele trata apenas pejorativamente, como se ela fosse equivalente ao efeito do clichê.[11]

Finalmente, o modelo de Rifaterre referente à recepção de poemas pressupõe um leitor ideal (*superreader*), que deve não apenas estar equipado com a soma do conhecimento histórico-literário atualmente disponível, mas também deve ser capaz de registrar conscientemente cada impressão estética e de ancorá-la numa estrutura de efeito do texto. Assim, a competência interpretativa ofusca a análise de compreensão perceptiva, embora Rifaterre interprete dentro do horizonte aberto do desdobramento sintagmático do sistema e da correção do sistema. Para evitar esse dilema, não inventei um "leitor ingênuo", mas coloquei a mim mesmo na situação de um leitor com o horizonte de formação da nossa atualidade. O papel deste leitor, determinado em termos históricos, pressupõe que esteja familiarizado com a poesia lírica, mas que saiba suspender por ora sua competência histórico-literária ou lingüística, empregando em lugar disso sua capacidade de surpreender-se por vezes durante a sua leitura, e que seja capaz de expressar esta surpresa por meio de perguntas. Coloquei ao lado deste leitor histórico do ano de 1979 um comentarista de competência científica que aprofunda analiticamente as impressões estéticas do leitor que está tão-somente entendendo e apreciando o que lê; além disso, o comentarista saberá atribuí-las, tanto quanto possível, a estruturas de efeito existentes no texto (seus comentários aparecerão a seguir em itálico).

Como por enquanto não me arrependo de não me ter tornado um empírico, aceito serenamente o fato de ainda não ter encontrado, com esta minha solução, o modelo que satisfaça a pesquisa da recepção empírica nos seus apuros. Provavelmente serei recriminado por não ser típico como leitor, e não ter suficiente experiência como analista na área lingüística ou semiótica. Mas espero ter experimentado na prática o postulado teórico da união da análise estrutural e semiótica com a interpretação fenomenológica e a reflexão hermenêutica. O que importava era encontrar um ponto de partida que pudesse ser desenvolvido metodicamente, que permitisse distinguir melhor os níveis da percepção estética e da explicação refletida, na interpretação de textos poéticos. Uma primeira vantagem metodológica será o fato de que, com o auxílio da relação pergunta-resposta, agora os signos textuais podem ser especificados, na relação sintagmática, como pré-dados para a consistência do processo de recepção. As estruturas de apelo, as possibilidades de identificação e as lacunas de significado que Wolfgang Iser abrange de forma categorial na sua teoria do efeito estético[12] tornam-se concretizáveis, da maneira mais simples possível, no processo da recepção, como estímulos para a constituição do significado, no momento em que descrevemos os fatores de efeito do texto poético como expectativa e os transformamos em indagações que o texto ou provoca, ou deixa em aberto, ou responde nestas passagens. Iser, em *Der Akt des Lesens* (*O ato da leitura*), em oposição a Riffaterre (que vê o processo da recepção sob a categoria dominante da sobredeterminação, tornando-o unívoco, queira ou não), revalorizou o caráter estético dos textos de ficção sob a categoria dominante da indeterminação (e da possibilidade de determinação posterior); restou-me então descrever o processo da recepção, na primeira leitura perceptiva, como uma experiência de evidência crescente, esteticamente obrigatória que, como horizonte pré-dado de uma segunda leitura interpretativa, abre e limita simultaneamente o espaço para possíveis concretizações.

Agora a mudança de horizonte entre a primeira e a segunda leitura pode ser descrita da seguinte maneira: o leitor que realizou receptivamente, verso por verso, a partitura do texto e chegou ao final, antecipando constantemente, a partir do detalhe, a virtualidade do todo de forma e significado, apercebe-se da forma plena da poesia, mas ainda não do seu significado igualmente pleno, quanto menos do seu "sentido global". Quem aceita a premissa hermenêutica de que o sentido global de uma obra lírica deve ser entendido não mais como substância, não como significado atemporal antecipado, mas como sentido-tarefa, espera que o leitor, no ato da compreensão interpretativa, admita que de agora em diante pode concretizar um entre outros significados possíveis da poesia, relevante para ele, sem que exclua a possibilidade que outros discordem. A partir da forma realizada, o leitor agora irá procurar e produzir o significado ainda incompleto por meio de uma leitura retrospectiva, voltando do fim ao início, do todo ao particular. Aquilo que inicialmente se opunha à compreensão apareceu nas perguntas não respondidas durante a primeira leitura. Espera-se que sua resposta por meio do trabalho de interpretação possa criar um todo tão pleno no nível do significado quanto no nível da forma, a partir de cada elemento significativo ainda indeterminado sob algum aspecto. Poder encontrar este significado global apenas por meio de uma perspectiva selecionadora, mas não poder atingi-lo por meio de uma descrição supostamente objetiva, pertence à premissa hermenêutica da parcialidade. Com ela surge a questão do horizonte histórico que condicionou a gênese e o efeito da obra e que, por outro lado, limita a interpretação do leitor contemporâneo. A pesquisa deste horizonte é a tarefa de uma terceira leitura, da leitura histórica.

Esta terceira etapa, à medida que se ocupa com a interpretação de uma obra de acordo com as premissas válidas na sua época e ao estudar sua gênese, é a mais congenial à hermenêutica histórico-filológica. Para ela, tradicionalmente, a leitura de reconstituição histórica é o primeiro passo que o historicismo ligou à exigência de que o intérprete se abstenha de si mesmo e de seu posicionamento para assimilar da forma mais pura o "significado objetivo" do texto. Presa a este ideal científico, cujas ilusões objetivistas hoje se tornaram transparentes para quase todos, a hermenêutica das filologias clássicas e modernas procurou antepor a compreensão histórica (poucas vezes realmente tentada) à apreciação estética. Com isso, foi incapaz de compreender que o caráter estético de seus textos, ponte hermenêutica negada a outras disciplinas, é a condição para a compreensão histórica da arte, além da distância no tempo. Ela não compreendeu que, por causa disso, o caráter estético deve ser introduzido como premissa hermenêutica na realização da interpretação. No entanto, reciprocamente também a compreensão e interpretação estética necessitam da função controladora da leitura de reconstituição histórica. Esta evita que o texto do passado seja adaptado ingenuamente aos preconceitos e às expectativas de significado de nossa época. Ela possibilita a compreensão do texto poético em sua alteridade, separando expressamente o horizonte passado do contemporâneo. A verificação deste "ser diferente", da distância estranha na contemporaneidade da obra literária, exige uma leitura reconstrutiva que inicie com a procura daquelas perguntas — geralmente difíceis de reformular — às quais o texto dava a resposta em sua época. Interpretar um texto literário como uma resposta deveria incluir as duas coisas: sua resposta a expectativas formais, como a tradição literária as determinava antes do surgimento do referido texto, e a resposta a questões de significado como poderiam ter surgido no mundo histórico dos primeiros leitores. Contudo, a reconstrução do horizonte de expectativa original recairia no historicismo, se a interpretação histórica não pudesse servir também para transformar a pergunta "O que disse o texto?" em "O que o texto me diz e o que eu digo sobre o texto?". Se a hermenêutica literária, assim como a teológica ou jurídica, deve chegar à aplicação, partindo da compreensão e passando pela interpretação, esta aplicação de um lado não pode desembocar numa ação prática, mas, do outro, pode satisfazer um interesse não menos legítimo, o de medir e ampliar, na comunicação literária com o passado, o horizonte da experiência própria a partir da experiência de outros.

A falta de distinção dos horizontes pode ter conseqüências como as que se manifestam na análise da recepção de um conto de Poe, feita por Roland Barthes.[13] Seu lado positivo está na demonstração de como a descrição estruturalista do princípio narrativo, o qual explica o texto como a variante de um modelo preestabelecido, pode ser transferido para a análise textual da *signifiance*, que permite entender o texto como processo, como uma produção contínua de sentido, ou melhor, de possibilidades de *sentido ("les formes, les codes, selon lesquels des sens sont possibles").*[14] Seu ponto fraco consiste em uma fusão ingênua dos horizontes: de acordo com a intenção, a leitura deve ser espontânea e a-histórica *("nous prendrons le texte tel qu'il est, tel que nous le lisons...")*,[15] mas pressupõe um *superreader*, que pode recorrer a um amplo conhecimento histórico do século XIX, registrando no decorrer da percepção principalmente aquelas partes que permitem a evocação ou associação de códigos culturais e lingüísticos. Não se cogita de unir a interpretação ao processo da percepção estética porque, como *code des actants* ligado ao *code* ou *champ symbolique*, esta também pode ser apenas um código entre outros (o *code scientifique, rhétorique, chronologique, de la destination* etc.).[16] Assim surge uma leitura que não é nem histórica, nem estética, mas tão subjetiva quanto impressionista. Mesmo assim, espera-se que sirva para fundamentar a teoria de que cada texto é um tecido de textos, aquele jogo aberto de uma intertextualidade flutuante na "luta entre homens e símbolos".[17]

A hermenêutica literária considerada, provavelmente não por acaso, por Barthes como "código enigmático" (para ele), hoje certamente não está mais interessada em interpretar o texto como revelação de uma única verdade oculta nele.[18] À teoria do *texte pluriel* e sua noção de "intertextualidade" como uma produção ilimitada e arbitrária de possibilidades de significado e de interpretações não menos arbitrárias, ela opõe a hipótese de que a concretização historicamente progressiva do significado de obras literárias segue uma certa "lógica", condensada na formação e transformação do cânone estético, e que, na mudança do horizonte das interpretações, é perfeitamente viável distinguir entre interpretações arbitrárias e consensuais, entre interpretações apenas originais e normativas. O *fundamentum in re* que apóia esta hipótese pode encontrar-se somente no caráter estético dos textos. Este caráter estético possibilita como princípio regulador que haja uma série de interpretações para cada texto literário, distintas na explicação, mas compatíveis em relação ao significado concretizado. Com referência a isso, posso lembrar a tentativa de uma interpretação pluralista do poema de Apollinaire, "L'arbre", realizada no II Colóquio do grupo *Poetik und Hermeneutik*. Por um lado, o resultado mostrou que já a distância à poesia, escolhida pelo leitor, fez variar as percepções estéticas. Também mostrou que cada concretização do significado necessariamente obrigava a ignorar outras interpretações não menos coerentes. Do outro lado, levou à constatação surpreendente de que as interpretações individuais, apesar de suas divergências, não eram contraditórias, o que levou à conclusão de que até mesmo este "texto pluralista", no horizonte da primeira leitura, pode dar uma orientação estética unificadora à compreensão perceptiva.[19]

Certamente pode-se alegar que um poema moderno posterior a Baudelaire não pode fornecer ao leitor esta evidência de um todo concludente já na primeira leitura, mas apenas na segunda; e que, *mutatis mutandis*, um poema de tradição mais antiga ou de uma outra cultura muitas vezes se abre à compreensão estética apenas quando a compreensão histórica afastar as dificuldades da recepção e possibilitar uma percepção estética do texto antes intragável. Essa também é a minha opinião,[20] de forma que posso aproveitar essas objeções para deixar mais preciso um último detalhe.

A prioridade da percepção estética na tríade da hermenêutica literária precisa do "horizonte", mas não da prioridade temporal da primeira leitura; este horizonte da compreensão perceptiva também pode ser obtido apenas na segunda leitura ou com o auxílio da compreensão histórica. A percepção estética não é um código universal atemporal, mas, como toda experiência estética, está ligada à experiência histórica. Por isso, o caráter estético de textos poéticos de tradição ocidental pode oferecer apenas pré-dados heurísticos na interpretação de textos de outras culturas. O fato de que a própria percepção estética está sujeita à evolução histórica deve ser compensado pela interpretação literária por meio dos três resultados do processo hermenêutico. Com isso, ela tem a oportunidade de ampliar o conhecimento histórico por meio da compreensão estética e, pela sua aplicação espontânea, talvez criar um corretivo para outras aplicações submetidas à pressão situacional e à necessidade de decisão do procedimento.

II. O HORIZONTE PROGRESSIVO DA PERCEPÇÃO ESTÉTICA (RECONSTRUÇÃO HERMENÊUTICA DA PRIMEIRA LEITURA)

SPLEEN

J'ai plus de souvenirs que si j'avais mille ans.

Un gros meuble à tiroirs encombré de bilans,
De vers, de billets doux, de procès, de romances,
Avec de lourds cheveux roulés dans des quittances,
Cache moins de secrets que mon triste cerveau.
C'est une pyramide, un immense caveau,
Qui contient plus de morts que la fosse commune.
— Je suis un cimetière abhorré de la lune,
Où, comme des remords, se trainent de longs vers
Qui s'acharnent toujours sur mes morts le splus chers.
Je suis un vieux boudoir plein de roses fanées,
Où gît tout un fouillis de modes surannées,
Où les pastels plaintifs et les pâles Boucher,
Seuls, respirent l'odeur d'un flacon débouché.

Rien n'égale en longueur les boiteuses journées,
Quand sous les lourds flocons des neigeuses années
L'ennui, fruit de la morne incuriosité,
Prend les proportions de l'immortalité.
— Désormais tu n'es plus, ô matière vivante!
Q'un granit entouré d'une vague épouvante,
Assoupi dans le fond d'un Sahara brumeux!
Un vieux sphinx ignoré du monde insoucieux,
Oublié sur la carte, et dont l'humeur farouche
Ne chante qu'aux rayons du soleil qui se couche.

Spleen: Um poema que se anuncia com este título sugere ao leitor contemporâneo como primeiras perguntas: o que quer dizer *spleen* e o que esta palavra pode significar justamente como título de um poema? Ela indica um estado de espírito como a melancolia, ou apenas a extravagância de uma pessoa? Alguém irá falar de si mesmo, do mundo, do nosso mundo também, ou apenas do seu mundo?

Para o leitor de nossa época, o título Spleen *abre o horizonte de uma expectativa ainda bastante indefinida e, com isso, o suspense do significado de uma palavra que só pode ser esclarecida mediante a leitura do poema. Pois no uso atual da língua alemã (e provavelmente também no francês),* spleen *adquiriu o significado trivial de um "tique", de uma "idéia fixa", quase não mais deixando transparecer a aura de singularidade que podia adquirir uma pessoa que colocasse à mostra seu* spleen *como uma atitude provocante, por meio da qual mostrava querer ser diferente dos contemporâneos. Considerada arcaísmo que perdeu seu significado original, a palavra pode adquirir para o leitor culto conotações de melancolia (assim a traduziu Stefan George) ou de extravagância, uma atitude tomada conscientemente para afastar-se das propriedades naturais de uma pessoa. O leitor comum entenderá por* spleen *não mais do que um tique no comportamento que, no fundo, é inofensivo, não prejudica os outros e pode manifestar-se como idéia fixa que visivelmente determina todo o relacionamento da pessoa atingida com o mundo, de maneira monomaníaca. Este significado corriqueiro confere ao emprego da palavra, no título de uma poesia, uma aura de mistério por força da expectativa causada por toda obra lírica de que o meio poético confira, ao corriqueiro e ocasional, um novo significado profundo, ou lhe recupere um significado antigo e esquecido.*

"J'ai plus de souvenirs que si j'avais mille ans" (v. 1): no espaço da expectativa aberto pelo *spleen* como palavra-título, começa a falar a voz de um Eu desconhecido. Ele já se apresenta com a primeira palavra, e já no primeiro verso, fala num tom que surpreende por sua enorme pretensão de "possuir mais recordações do que uma vida de mil anos pudesse comportar". A seqüência das palavras bem como o ritmo deste primeiro verso, destacado como um preâmbulo, reforçam a impressão global de que o espaço das recordações evocadas se estende ao infinito. A locução comparativa "mais recordações do que" é completada na segunda metade do verso pela cifra inesperadamente elevada "mil"; mas justamente esta grandeza de peso significativo (com a conotação 'reino milenar'), ao ser mencionada, já atingiu o infinito em conseqüência do *"plus de"* precedente. Lida a linha com verso, poderia resultar a seguinte acentuação : *"j'ai plus de souvenirs que si j'avais mille ans"*,[21] portanto um ritmo que produz um efeito harmônico na primeira metade do verso devido à alternância regular ("pseudojâmbica") de sílabas mais ou menos acentuadas, mas que, na segunda metade do verso, parece sobrecarregado, no final, pelo encontro de duas sílabas tônicas principais precedidas de quatro átonas. *Os acentos nas palavras fortes* souvenirs, mille *e* ans *podem ser completados por acentos secundários: na primeira metade do verso em* plus, *na segunda sílaba (para reduzir a grande distância até a sexta sílaba com o acento principal) e talvez ainda na quarta sílaba. Por outro lado, as quatro primeiras sílabas da segunda metade do verso dificilmente poderão ser acentuadas por motivos gramaticais, de modo que um peso maior recai sobre as duas últimas palavras precedidas de quatro sílabas átonas.*

O leitor dificilmente pode deixar de ouvir, em *mille* a ressonância do "i" tônico de *souvenirs* (reforçado ainda por sua posição antes da cesura), de modo que a repetição da vogal faz sentir ainda mais como a cifra mil e "mais do que mil" torna ilimitadas as recordações e, ao mesmo tempo, como a harmonia da primeira metade do verso se transforma em desproporção na segunda. *Simetria e assimetria estão ligadas no primeiro verso de modo particular: por meio desse artifício de composição, Baudelaire abriu à assimetria da imensidão a simetria do alexandrino clássico com sua cesura que costuma assegurar o equilíbrio métrico das duas metades do verso: à separação semântica dos* mille ans *por* plus de *na primeira metade do verso, corresponde à preponderância fonética dos "ī" (como reforços do sentido) na segunda metade do verso (em* souvenīrs, *destacado pela posição final da sílaba antes da cesura, contra a repetição do "ī" em* sī *e* mīlle*), de modo que a cifra hiperbólica* *"mil", previamente anunciada foneticamente, como ponto culminante da seqüência de "īs", se torna o contrapeso de* souvenirs. *Olhando para trás, reconhece-se que, a esta seqüência de sons significativos, também já pertencera* spleen *(por meio do "ī" longo). Deste modo, é sugerida uma equivalência de significado entre a palavra-título e o primeiro verso, o que faz relembrar as perguntas iniciais do leitor que haviam ficado em suspenso, concretizando-as de forma nova.*

Se já o primeiro verso declara algo a respeito do *spleen* do Eu falante, ele remete a um estado de felicidade máxima ou de dor profunda? Trata-se de presunção ou de desespero, é um excesso de atrevimento ou a dor insuportável de um sofrimento?

Versos 2-5: A leitura dos versos seguintes é interrompida após o verso 5, *estando a interrupção marcada sintaticamente pelo fim da oração; também na continuação da leitura, os limites das orações fornecerão a subdivisão mais evidente nas duas estrofes desiguais do poema.* O início do verso 2: *Un gros meuble à tiroirs...*, sem qualquer ligação com o anterior, provoca uma tensão pela aparente falta de motivação: a descrição de uma cômoda ou de uma escrivaninha, que se estende por três versos, estará — e como — relacionada com o tema inicial das recordações de um Eu falante iniciado no verso 1? Esta tensão se desfaz — e, por assim dizer, de forma explosiva — apenas no fim do verso 5, com a figura tão longamente adiada de uma comparação que ninguém esperaria: *Cache moins de secrets que mon triste cerveau.*

A tensão provocada pela estrutura destes versos novamente torna palpável a expectativa de consistência lírica essencial para a percepção estética. Aqui interagem tanto a construção gramatical quanto a seqüência dos fonemas para fazer surgir de maneira chocante a satisfação da expectativa temática criada por un gros meuble *num contraste cortante: uma nova comparação iniciada com* moins de secrets que *(depois de* plus de, *v. 1) e terminada além da expectativa; o elevado nível estilístico e a abundância de objetos contidos no móvel contrastam com o prosaico termo médico* cerveaux, *que também já foi anunciado por uma dupla série sonora: as aliterações em "s" e os grupos consonantais contendo "r"* (secrets... triste... cerveau); *tudo contribui para que a comparação acabe como que detonando. Um efeito explosivo da palavra que forma a rima também pode ser visto no nível semântico, no qual a mudança brusca e ainda reforçada pela rima surge em meio à estreita ligação entre adjetivo e substantivo (após o epíteto poético* triste *poderia esperar-se "alma" ou "estado de espírito", mas dificilmente "cére-*

bro"!). Além disso, resulta da seqüência das rimas o efeito de um crescendo contínuo (de ans — bilans *a* romances — quittances) *intensificado pela harmonia e pelas equivalências dos "ã", com a passagem de rimas simples para rimas ricas (de "ã" nos versos 1/2, para "ãs" nos versos 3/4), um crescendo que é interrompido repentinamente pela rima em "o" no verso 5.*

A comparação entre escrivaninha e cérebro oferece ao leitor uma resposta para sua pergunta pela relação entre o verso introdutório e o grupo seguinte de versos: a velha escrivaninha repleta das mais variadas coisas que alguém deixou para trás não seria também um espaço das recordações, a soma de um tempo vivido, se não for até propriedade daquele Eu que, no primeiro verso, se voltava para a abundância ilimitada de suas recordações? O estado caótico da escrivaninha com seus segredos não elucidados não seria um indício de como o Eu atingido pelo *spleen* encontra na memória suas abundantes recordações? A palavra *spleen*, como título, significaria exatamente esta visão das sobras mudas de um passado que se transformou em caos? Mas a esta solução opõe-se o fato de que o Eu lírico na própria comparação já se distancia novamente do seu termo de comparação: a "memória" do móvel esconde menos segredos do que seu "triste cérebro" e que há algo de especial na desordem das coisas nos versos 2-4. Já durante sua primeira leitura, o leitor pode ter a impressão de que, na confusão das gavetas, coisas prosaicas e poéticas contrastam de maneira encantadora, e que o catálogo culmina na imagem grotesca dos "cachos de cabelo enrolados em recibos"; em poucas palavras: trata-se de uma "desordem bela". Qual será sua origem?

Enquanto a curva temática no seu todo representa um crescimento simétrico da enumeração das remanescências do passado, as imagens isoladas formam contrastes simétricos também apoiados na métrica. Em todos os versos, a cesura regular cria metades simétricas, que subdividem harmonicamente a enumeração do conteúdo das gavetas. A observação mais detalhada permite reconhecer que a enumeração é regida por um princípio semântico: objetos prosaicos e poéticos seguem uns aos outros com bela regularidade. No verso 2, a série é iniciada com "balanços" seguidos no verso 3 por "poesias e cartas de amor". O contrapeso a estas, após a cesura, é formado pela palavra "processos" com a qual, por sua vez, contrasta "romances" no mesmo meio-verso. No verso seguinte, este processo de criar uma bela desordem leva a uma espécie de estreitamento: a sucessão de objetos heterogêneos passa para o seu entrelaçamento ao seguirem "cachos de cabelo" enrolados em "recibos". Assim, o catálogo poético de um passado acumulado desordenadamente culmina na profanação do belo, numa grotesca imagem final do amor sentimental.

C'est une pyramide, un immense caveau...(v. 6/7): parece que o próprio Eu falante agora pretende responder à pergunta referente ao que afinal é a sua memória, à pergunta se esta é mais do que a escrivaninha e diferente dela; assim os versos 6/7 iniciam com uma provocante declaração do Eu a seu próprio respeito, que surpreende por sua forma direta e reassume o tom arrogante do primeiro verso. Novamente inicia um movimento em direção ao desmedido que não se satisfaz com a figura da pirâmide; a imagem da sepultura monumental é superada por meio de outra comparação: *qui contient plus de morts que la fosse commune.* Mas a seqüência de imagens que leva este movimento ao incomensurável sugere ainda uma segunda linha de significado visivelmente contrastiva: o amplo movimento da recordação aparentemente pode abranger apenas coisas mortas. Ele termina no passado petrificado da pirâmide e no monte de ossos da vala comum. Resta a pergunta se a ruína do lembrar que resulta numa memória que contém apenas coisas mortas permitiria entender agora o que *spleen* pode significar para o Eu lírico.

O caráter provocativo da renovada afirmação a respeito de si mesmo não se deve apenas à retomada do tom apodítico do verso 1, mas também ao relacionamento encoberto do novo par de versos com o verso 5. Chamam atenção tanto as equivalências das "palavras fortes", quanto a simetria da sintaxe, existentes entre o verso 5 e os versos 6/7. O acento tônico antes da cesura sempre respeitada e no final dos versos relaciona semanticamente, pela sua posição no verso, secrets, pyramide *e* morts, *por um lado, e* cerveau, caveau *e* fosse commune *por outro lado. Entre os pequenos segredos do móvel e os grandes da pirâmide, como entre o pequeno receptáculo do cérebro e o grande da sepultura, surge uma desproporção que, pela terceira vez, provoca um aumento em direção ao infinito (após as recordações no verso 1 e os guardados nos versos 2-4). Só o terceiro membro das duas séries semânticas revela com* morts o "tertium comparationis" *após o qual ocorre nova queda do nível estilístico (como anteriormente após* cerveau *no verso 5 em relação aos versos 2-4): com* fosse commune, *como último termo de comparação para a memória abstrusa, a mais crassa imagem de uma sepultura indigna destrói a aura que envolve uma pirâmide como o túmulo mais sublime. O paralelismo sintático dos comparativos contrastantes* moins de *(v. 5) e* plus de *(v. 7) pode ter diversas funções. Ele relaciona* secrets *e* morts *de tal maneira que podemos indagar se aqueles segredos da memória se referem a seus mortos. Por outro lado, ele fortalece o movimento que leva ao exagero, por meio das figuras hiperbólicas. E, finalmente, ele também serve para distinguir novamente o Eu de seus termos de comparação.*

Como esta observação já é válida para o comparativo plus de *no primeiro verso e, portanto, para as três afirmações do Eu lírico em relação a si mesmo, feitas até aqui, surge o efeito de um movimento descontínuo.* O Eu lírico repetidamente tenta identificar-se, fazendo uma comparação após outra que, a seguir, retira. Chegará, com isso, a um fim e talvez a si mesmo?

Je suis un cimetière abhorré de la lune... (v. 8-11): aqui seria perfeitamente dispensável o uso do travessão como sinal tipográfico para evidenciar o início de um novo grupo de versos. Pois aqui, onde o novo verso inicia outra vez com "je", o que antes só ocorrera no início do poema, a autoproclamação toma a forma mais estranha: "Eu sou um cemitério abominado pela lua." Se na seqüência das autocomparações com móvel, pirâmide e vala comum ainda fora mantida uma distância contemplativa, agora o movimento se transforma numa auto-identificação que exige do leitor que ultrapasse o limiar do irreal e assustador. O temível talvez seja simbolizado mais fortemente pelo *abhorré* onomatopaico que, por sua vez, introduz uma série mais familiar de pensamentos de beira-de-túmulo. O leitor que, *orientado pelo paralelismo dos inícios de frase*, volta o olhar dos versos sobre cemitério para o verso introdutório, pode indagar se a relação agora evidente poderia significar que o incomensurável tesouro de recordações do qual o Eu se vangloriara no primeiro verso agora é identificado com o misterioso calvário, que o mesmo eu é ou parece ser de acordo com o verso 8. Já estaria respondido, com isso, o que *spleen* significa para o Eu falante?

O paralelismo sintático observado nas fortes posições iniciais de j'ai... *(v. 1) e* je suis... *(v. 8), que destaca a primeira e quarta frases das orações intermediárias pela repetição do sujeito "eu", dificilmente pode deixar de ser visto ou escutado. Pois a correspondência sintática ainda é apoiada pelas equivalências sonoras: em* je suis un cimetière (v. 8) *é tomada a seqüência significativa dos* i *do verso 1 e isso logo por três vezes. Os versos 9/10 com o campo imagético da lírica sepulcral, para nós já transformada em clichê, provavelmente recairiam no trivial, se a sílaba* or *do assustador* abhorré *onomatopaico não encontrasse seu eco em* remords. *(v. 9) e* morts *(v. 10) e se o duplo significado de* vers *(vermes ou versos) não conferisse um aspecto grotesco à tópica familiar da "vanitas".*

Je suis un vieux boudoir... (v. 11-14): não é satisfeita a expectativa de que as repetidas tentativas do Eu lírico de descrever seu estado de espírito tenham chegado ao fim com o "cemitério de recordações". A inquietação, que mesmo nesta imagem não se havia acalmado de todo (*de long vers qui s'acharnent toujours...*, v. 9/10), novamente aumenta. Como se este Eu, impelido por uma causa inexplicável — seria desespero, medo ou um sofrimento indefinido? — tivesse de procurar sua identidade continuamente em áreas diferentes de tempos vividos, ele se volta agora para um espaço que evoca um novo desfile de recordações. É um *boudoir* antigo, portanto um interior que faz lembrar o velho móvel antigo; *a rima interna, distante, mas ainda audível* meuble à tiroir/vieux boudoir, *também sugere essa comparação.* Mais uma vez, as coisas tomam a forma de uma desordem dela. Mas, desta vez, elas não dão a impressão de uma precipitação casual de incompatibilidades, mas submetem-se ao conjunto harmônico de um elegante quarto de senhora. *A primeira impressão de uma harmonia suave, mais palpável ainda, após os versos dissonantes alusivos ao cemitério, deve-se principalmente ao efeito de dois pares de rimas ricas, que mantêm a vogal tônica* e *na rima final como um contraponto durante oito versos, numa monotonia proposital que permite um jogo delicado com a variação mínima na alternância das rimas femininas* (fanées/surannées) *e masculinas* (Boucher: debouché). *O conceito de linguagem poética a qual, conforme Baudelaire, deve corresponder a* immortels besoins de monotonie, de symmetrie et de surprise *no homem,*[22] *dificilmente poderia ser exemplificado de maneira melhor!*

Entretanto, uma observação mais minuciosa mostra que a harmonia desta desordem bela já está mergulhada na luz da ruína: todas as coisas neste "*interieur*" estão acompanhadas de um adjetivo que denota deterioração (*roses fanées, modes surannées, pastels plaintifs, pâles Boucher, flacon débouché*), e no seu isolamento (*seuls, respirent l'odeur d'un flacon débouché,* v. 14) fazem sentir um vazio, quando não uma moradora desaparecida (uma das "mortas mais queridas", conforme o v. 10). Com isso, a nova tentativa do Eu lírico de salvar-se em um determinado passado o teria levado mais uma vez a um mundo vazio, um mundo de coisas em ruínas? *A aliteração de três "p" no verso 13 que é enfraquecida para "b" como que ironiza um decrescendo* (Ou les p̄astels p̄laintifs et les p̄âles Boucher) *transformado em algo grotesco pelo jogo de palavras entre* Boucher *e* débouché; *a imagem ainda harmônica do último perfume emanado pelo frasco desarrolhado é destruída pela palavra* dé-bouché *que lhe confere a conotação dissonante de um pintor rococó, Boucher "decapitado".*

Rien n'égale en longueur les boiteuses journées... (v. 15-18); a passagem abrupta para o grupo seguinte de quatro versos é marcada não apenas tipograficamente como uma segunda grande unidade estrófica, mas também pelo desaparecimento inesperado do Eu (os dois períodos anteriores iniciavam com *je suis...*). A voz que agora começa a falar parece não participar da experiência que ela descreve inicialmente em alto tom lírico, uma experiência que depois faz aparecer em cena como que personificada e a qual, por fim, explica no tom complicado de uma definição. Com o desaparecimento do Eu, o tema da recordação também parece encerrado: o *ennui* surge, não do passado, mas como forma de presente infindo, dos "dias mancos" e "anos cobertos de neve". Já por ocasião da primeira leitura, a encenação do seu aparecimento inevitavelmente chama atenção: os dois primeiros versos de extraordinária beleza onomatopaica parecem querer descortinar uma paisagem hibernal e ainda não deixam transparecer aquilo que apenas a menção posterior do *ennui* insinua — o poder penetrante daquela "indiferença sombria" que finalmente se torna uma grandeza incomensurável (também manifesta no monstruoso par de rimas *incuriosité/immortalité*). Daí decorre não somente a pergunta se devemos procurar o significado de *spleen* no fenômeno do *ennui* mas também outra indagação: que poderia significar o fato de este poder estranho surgir e dominar a cena do mundo agora evocado, exatamente no momento em que o eu acaba de desaparecer e deixar de falar como sujeito.

Entretanto, ao iniciar este grupo de versos, a mudança surpreendente do sujeito, da tonalidade e do tempo é compensada e contrastada pelo fato de que os versos 15-18 dão continuidade imediata ao esquema de rimas dos versos precedentes (11-14). Assim, os dois conjuntos de quatro versos de rimas iguais formam um todo simétrico exatamente na passagem entre as duas grandes unidades estróficas (v. 2-14, v. 15-25); esse todo imediatamente liga de novo as duas estrofes e sugere que o leitor procure nas equivalências sonoras linhas de significado que, à primeira vista, haviam passado despercebidas. A simetria das rimas femininas cria uma relação entre roses fanées *e* boiteuses journées, *bem como entre* modes surannées *e* neigeuses années. *No primeiro caso, há um movimento descendente a partir da beleza das rosas, ao murcharem, para a experiência temporal negativa dos "dias mancos"; no segundo caso, o passageiro das modas antigas é elevado à bela monotonia dos "anos que são como pesados flocos de neve". A simetria das rimas masculinas permite esperar e reconhecer que também a segunda série de quatro linhas está carregada de sentido irônico como já se observara na primeira série (com* Boucher/débouché*). Ele se manifesta na mudança de tom quando os dois versos tão perfeitos (por causa das onomatopéias e da rima interna formada pelos adjetivos* boiteuses/neigeuses *tão preciosamente antepostos aos substantivos) a respeito da bela monotonia primeiro retardam a entrada em cena do* ennui *(por meio do* enjambement *e da inversão sintática) e quando depois seguem dois versos contrários que glosam este fenômeno. Ele é elevado à personificação, determinado de forma alegórica pela sua origem* (fruit de...) *e descrito no seu efeito com o emprego exagerado de palavras eruditas que já pelo seu caráter polissilábico destoam do ritmo lírico. No decorrer disto, a idéia do* ennui *crescente toma forma sonora pela repetição da seqüência dos "i" de peso cada vez mais significativo e pelas três aliterações em "p" ("p̄rend les p̄rop̄ortīons de l'ī mmortalīté", v. 18).* A ironização culmina no par de rimas mais raro *incuriosité/immortalité* e deixa em aberto a pergunta se, no final, quando a *incuriosité* atinge a dimensão da *immortalité*, a imortalidade não terá que cair também na "indiferença sombria".

— *Désormais tu n'es plus, o matière vivante!...* (v. 19-24): com estas palavras, um último grupo de seis versos inicia tão sem transição que o travessão como sinal tipográfico se torna praticamente dispensável. *Désormais* transfere o processo para o futuro e parece dar aos versos seguintes o caráter de um discurso profético. Quem pode falar assim e com que autoridade, quem é este Tu ao qual se dirige esta autoridade anônima? O Eu dirige-se a si mesmo na forma patética da segunda pessoa, ou este Tu refere-se a outra pessoa? O que significa *matière vivante?* Seria o homem como ser vivo, oposto à matéria, uma forma das metamorfoses ainda desconhecidas do sujeito lírico, ou seria aquela parte de sua existência corporal que se defronta com o Eu na sua existência espiritual? Mas mesmo este Tu evocado de forma tão misteriosa agora parece ser vítima de metamorfoses surpreendentes: a matéria viva transforma-se em granito (a pedra mais dura, tão dura como o som de K, com o qual inicia o verso 20 no *enjambement: qu'un granit*), o granito transforma-se na velha esfinge que, em vez de representar o esperado silêncio transformado em pedra, começa a cantar, não interrogada por ninguém, já que ninguém mais sabe dela, colocando, com isso, o leitor diante do enigma: a respeito de que ela estaria cantando num gesto de ira selvagem (*dont l'hummer farouche ne chante...*). Com esta última substituição tão inesperada no papel do sujeito lírico, também a cena externa mudou: em lugar dos interiores impregnados de passado e em lugar do mundo exterior hibernal sombrio, mas ainda familiar, surgiu a assustadora (*entouré d'une vague épouvant*) terra de ninguém (*oublié sur la carte*) de um deserto, no qual restou apenas o sol — já poente e aparentemente desinteressado (*qui se couche* não seria uma resposta irônica a *humeur farouche?*) em ouvir o canto da esfinge.

Os três pares de rima oferecem variações da oposição semântica de matière vivante *de tal maneira que a oposição entre matéria e vida é concebida de forma sempre renovada até o fim.* A vivante *segue — destacado pelo hiato entre o "e" semitônico de* vâgue *e o "é" tônico —* o épouvant *pejorativo para o susto petrificado:* a brumeux *(sombrio) que, pela conotação "nevoento" ainda lembra o elemento vital da água, responde ao adjetivo negativo* insoucieux. *O poder da negação é reforçado foneticamente no verso 22 por meio de equivalências contrastivas: a alternância de "i" e "in"* (un vieux sphīnx īgnoré du monde īnsoucieux) *e a recorrência dupla de "s"* (s̄phinx... ins̄oucieux) *fazem com que o segundo elemento da rima, por reutilizar todos os elementos fonéticos de* "vieux sphinx" *(também o fonema* ö *do epíteto reaparece na última sílaba!), não apenas negue semanticamente a existência da velha esfinge (o sinal de negação "in" retoma a vogal de* sphinx *e ainda é reforçado por sua equivalência morfológica ao prefixo de* īgnoré, *mas também a refuta literalmente fonema por fonema. No nível sintático, as construções participiais paralelas dos versos 20, 21, 22, 23, por assim dizer descrevem o processo progressivo de materialização progressiva da* matière vivante: *a seqüência dos particípios perfeitos* entouré-assoupi-ignoré-publié *afasta cada vez mais o sujeito lírico da esfera vital contemporânea. Tanto mais surpreendente que, a seguir, no verso 24, a rigidez das coisas passadas seja rompida pelo presente do indicativo* chante! *Retardado até* o enjambement *após* humeur farouche, *o verbo de ação permite reconhecer que o gesto de sublevação não mais esperado, na verdade, já iniciara com o* et *adversativo. O elemento da rima* farouche *tem uma função poética particularmente importante nesta mudança abrupta. Sendo o terceiro e último representante da vida entre as palavras que fornecem as rimas (após* vivante *e* brumeux), *sua vogal tônica o distingue, por um lado, da série anterior dos* u *que apóiam o processo de materialização iminente nas palavras* eutōūré-assōūpi-insōūcieux *e por fim (contrastivamente no início do mesmo verso)* ōūblié. *Por outro lado, a última ironia é expressa de maneira extremamente artística: o sol, tomando o partido do mundo material hostil aos seres humanos, "vai dormir" serenamente, enquanto a esfinge, tomando o partido da vida, entoa seu último canto de sublevação.* Qui se couche *destaca-se sintaticamente (oração atributiva incomum) e ritmicamente (quebra assimétrica de cesura sempre respeitada nos outros versos), de tal maneira que a* coincidentia oppositorum *semântica contida nas rimas* farouche/ qui se couche *acaba explodindo.*

III. O HORIZONTE RETROSPECTIVO DE COMPREENSÃO INTERPRETATIVA (DESENVOLVIMENTO DE UMA INTERPRETAÇÃO DURANTE A SEGUNDA LEITURA)

J'ai trouvé la définition du Beau, de mon Beau. C'est quelque chose d'ardent et de triste, quelque chose d'un peu vague, laissant carrière a la conjecture.[23] A definição de "beleza" dada por Baudelaire por meio de uma indeterminação que dá margem à "conjectura", mas que ao mesmo tempo é delimitada pela *coincidentia oppositorum ardent* e *triste*, pode servir para iniciar a segunda etapa da interpretação. Na primeira etapa, tentamos acompanhar a percepção estética do leitor passo a passo, até que ele, tendo chegado ao último verso do poema, reconhecesse a forma desta, mas não necessariamente também já todo o seu significado. A fim de encontrar o significado completo, é necessário voltar do fim ao início, como já havíamos dito, para esclarecer os detalhes ainda obscuros a partir do todo da forma já apreendida, para esclarecer no contexto a série das conjecturas e procurar aspectos do sentido que ainda ficaram em aberto na sua coerência do conjunto significativo. As conjecturas e questões não esclarecidas durante a primeira leitura podem ser reduzidas a um denominador comum formal e temático no caso do segundo poema do ciclo *Spleen*. A compreensão perceptiva encontrava, entre os diversos grupos de versos, quebras da consistência lírica, novas entradas ou passagens *ex abrupto* que, por enquanto, impediam a descoberta de uma motivação global. A pergunta seria portanto: existe neste poema algum princípio de unidade latente, reconhecível somente a partir do horizonte da segunda leitura, apesar das evidentes rupturas do movimento lírico, que se manifestam tanto nos versos irregulares como nos representantes inesperados do sujeito lírico? Se esse princípio satisfizer a expectativa de consistência lírica, então a pergunta pelo sentido do título, pela importância ainda desconhecida que o *spleen* deve ter para o Eu lírico, também será respondida?

Vendo-se a forma lírica no seu todo, a poesia de Baudelaire se caracteriza pelo fato de que, por um lado, respeita as normas rígidas do alexandrino, variando-as de maneira virtuosa, mas por outro lado, a estrutura simétrica desse verso, clássico por excelência, é quebrada constantemente pelo crescimento e decréscimo assimétrico do movimento lírico. Se lembrarmos que Baudelaire definiu a poesia como algo que "responde com ritmo e rima à necessidade primária de monotonia, simetria e surpresa do ser humano",[24] então o surpreendente no segundo poema do ciclo *Spleen* está na poderosa tendência para a assimetria, que se impõe cada vez mais nas unidades estrófico-sintáticas como na insubordinação das comparações e auto-identificações aos sistemas harmonizantes de verso, rima e paralelismo sintático, um movimento que no final, contudo, é interrompido inesperadamente pela última estrofe como que por uma palavra de ordem (— *Desormais tu n'es plus, matière vivante!*). Isso se mostra muito claramente no comprimento irregularmente crescente dos sete períodos sintáticos.

O movimento lírico vai da menor unidade poética (um único verso, v. 1), à maior (seis versos, v. 19-24) e cresce sintaticamente como que impelido por dois impulsos: ao menor período no verso 1 segue uma frase de quatro linhas (versos 2-5), depois do que o movimento toma novo impulso, desta vez com um período de duas linhas (versos 6-7), para então, após uma fórmula de aceleração, crescer assimetricamente: de início três versos (versos 8-10), depois quatro (v. 11-14), depois novamente quatro (v. 15-18) e finalmente seis (v. 19-24). A própria aceleração assimétrica não é constante: depois do impulso repetido, após duas, depois três e finalmente quatro linhas (v. 6-14), o período de quatro linhas é duplicado de modo que, no meio da assimetria que vai crescendo de forma impetuosa, surge inesperadamente uma forma simétrica de duas vezes quatro versos, que ademais está encadeada harmonicamente da maneira mais perfeita pela igualdade de rimas. Não obstante, o leitor pode ver esta configuração do movimento global também como uma reversão da aceleração em monotonia que parece crescer indefinidamente. Este efeito é produzido pela seqüência de rimas do quarto e quinto período, onde o *lune* segue primeiramente o par de rimas *vers/chers*, depois a rima dupla em *é/ée* que se estende monotonamente a duas vezes quatro palavras portadoras da rima. Quando o movimento global que foi crescendo assimetricamente é freado no final pelo último período, por sua vez dividido harmonicamente em três pares de rimas, confirma-se no todo deste poema lírico o que já pôde ser observado nas suas partes desde o início. Já os primeiros cinco versos haviam provocado o efeito de um movimento crescente por meio do encadeamento das rimas *ans/bilans* e *romances/quittances*, um movimento repentinamente interrompido pela rima na palavra prosaica *cerveau*, de efeito detonante. O princípio formal que determina o ritmo descontínuo do poema, conforme uma figura composicional de crescimento assimétrico cortado repentinamente, correspondente obviamente a uma constatação temática feita por ocasião da primeira leitura: na seqüência de suas autocomparações, o Eu lírico sempre acaba distanciando-se novamente do termo de comparação tomando novos impulsos para a sua própria identificação. Vejamos se a estruturação reconhecida por ocasião da análise formal também permite descobrir o significado de *spleen*, que parece ocultar-se nas metamorfoses do Eu lírico e do mundo de objetos evocado por ele.

Por estar destacado como um preâmbulo, o primeiro verso despertara a expectativa de que a recordação talvez pudesse constituir o princípio unificador de todas as evocações e manifestar-se como origem de *spleen*, do estado de espírito enigmático do Eu falante. De fato, a forma das evocações inicialmente parece corresponder a esta expectativa. Pois aqui a recordação não leva nem à felicidade dos tempos reencontrados, nem ao sofrimento melancólico do "não mais". Aqui ela inicia evidentemente com um gesto presunçoso, que inevitavelmente se transforma em desespero numa repetição de tentativas frustradas do Eu lírico de reencontrar-se num passado, o qual se lhe revela apenas como um mundo de objetos destituídos de sentido. Neste processo, também o Eu lírico não pode mais conservar sua integridade como um sujeito seguro de si. Isto se revela principalmente na progressiva mudança da pessoa gramatical do sujeito e de seus predicados: a *j'ai*, o Eu que "tem" suas recordações, segue o *il* distanciado, o primeiro objeto com o qual ele se compara; depois vem um *c'est* que anula a distância e que iguala o Eu à pirâmide e à sepultura; depois um *je suis* sem qualquer distanciamento, o qual faz com que *comparandum* e *comparatum* se confundam num Eu que é primeiramente um cemitério, depois um *boudoir*; com o *il* da personificação que agora entra em casa como *ennui* no *enjambement* da oração que inicia com *quand*, o sujeito lírico anterior está como que extinto, momento em que o fenômeno da recordação se rompe; quando uma instância anônima e irreconhecível finalmente se dirige ao Eu desaparecido na pessoa gramatical do "tu", a identidade perdida também é evidenciada pelo fato de que essa instância impõe ao Eu, que não tem mais nada e não é mais nada, uma última e definitiva identificação com um *il*, a saber com a esfinge como terceira pessoa. Em conseqüência de tudo isso, não podemos mais considerar a recordação como princípio unificador: ela própria já está sujeita a uma força sombria, que submete a um processo de alheamento todas as figuras do passado evocado; diante da mesma força aparentemente também o sujeito lírico não consegue manter a integridade de consciência do próprio Eu, de forma que ambos — recordação e sujeito autônomo — sucumbem simultaneamente. Haveria algo mais natural do que vermos a causa inexplicável que levou este Eu a procurar sua identidade no espaço incomensurável da recordação, e que logo provoca a desintegração caótica e a paralisação mortal de toda a vida passada que o Eu procura captar, naquela força pela qual Baudelaire substitui expressamente — em superdimensionamento alegórico — o Eu emudecido e que até cita expressamente: *l'ennui, fruit de la morne incuriosité*? Caso *ennui* de fato puder desvendar o sentido procurado de *spleen*, então inicialmente sua "definição" como "fruto da indiferença sombria" deve ser levada a sério; ela deve ser testada como chave para uma interpretação que, a esta altura, ainda não levará em consideração o que a filologia poderia dizer sobre *spleen* e *ennui*, no uso de Baudelaire.

Se retrocedermos dos versos 15-18 ao verso 1, descobriremos que o *ennui* inicia o mesmo movimento de crescimento até o incomensurável, ao qual inicialmente está sujeita também a recordação. Por meio da formulação 'inicia', quero deixar aberta a questão se o *ennui* também causa este movimento. Pois, justamente a respeito disso é provocada uma incerteza total pela estrutura sintática destes versos: a presença interminável dos "dias mancos" que não admite comparação, e o *ennui* que se desenvolve até o incomensurável a partir dos "anos cobertos de neve", estão coordenados no tempo pela oração que inicia com *quand*! O *ennui* que transforma a beleza de uma paisagem hibernal (descrita inicialmente *ex-negativo*) em indiferença sombria será apenas um entre os outros aspectos da reificação progressiva, sob os quais o Eu lírico experimenta a perda do seu mundo? Já na primeira análise, havíamos constatado que o *ennui* não surge do passado, mas como figura da monotonia, ele nasce do presente e faz parecê-lo durar eternamente. Às evocações do passado, provocadas pelo primeiro verso, por conseguinte, também falta o aspecto da *morne incuriosité*. Pelo contrário, o que inicia com *J'ai plus de souvenirs que si j'avais mille ans* provoca as tentativas seguintes de procura da identidade, justamente porque este Eu é assoberbado por recordações que não lhe podem ser indiferentes — porque ele se assusta com o fato de não poder esquecer e, não obstante, não consegue reencontrar-se no que recordou. O que, na primeira leitura, tomamos por um gesto de arrogância, agora se revela mais como espanto diante do ilimitado que se manifesta no primeiro comparativo (*plus de souvenirs*) e que se renova com o segundo (*moins de secrets*) *quando* o Eu, como que num movimento de fuga, evoca ao acaso lugares lembrados ou imaginados como se ele precisasse procurar apoio num vazio crescente; mesmo assim, para onde quer que ele se volte (seja para a escrivaninha, pirâmide, sepultura, para o cemitério ou *boudoir*) consegue encontrar apenas objetos de um tempo morto — emblemas de uma reificação inevitável que torna irreconhecível a vida passada, à qual eles se referem. À mesma reificação, por fim, sucumbe o próprio sujeito autônomo.

Nesta interpretação, o diagnóstico formal: a figura composicional do crescimento assimétrico do movimento rítmico e repentinas interrupções periódicas do mesmo coincide com a observação temática: a continuidade interrompida de um conhecimento de si próprio que perdeu todo o ponto de apoio, na qual o Eu lírico repetidas vezes procura em vão reconstruir na imaginação o mundo em colapso. Com isto a pergunta "O que *spleen* pode significar como experiência do Eu lírico?" encontra uma resposta que quase poderia chamar-se de simples. *Spleen* pode agora passar a significar um medo inarticulado — *Weltangst*,[25] o qual poderia explicar, como princípio unificador, tanto a origem latente quanto as conseqüências manifestas do *Spleen*, o colapso de toda a orientação centrada no Eu, depois do qual tempo e espaço se abrem para o incomensurável, bem como o caminho de fuga do Eu à procura de um apoio marcado pelos restos de suas infrutíferas tentativas de formar uma imagem do mundo. Esta hipótese será reforçada primeiro por meio de uma argumentação externa e depois posta à prova, ao concluirmos a interpretação.

> *Au moral comme au physique, j'ai toujours eu la sensation du gouffre, non seulement du gouffre du sommeil, mais du gouffre de l'action, du rêve, du souvenir, du désir, du regret, du remords, du beau, du nombre, etc. J'ai cultivé mon hystérie avec jouissance et terreur.*[26]

A esta famosa anotação em *Mon coeur mis à nu* ligou-se o primeiro pressentimento da insanidade, à qual Baudelaire sucumbiria quatro anos mais tarde. Recorreu-se ao texto citado, sobretudo para a interpretação dos poemas — do ciclo *Gouffre*, para criar uma notável "Poética do Ocaso", que se vale do sentido duplo, teológico e psicanalítico, de *La chute* para a interpretação da poesia de Baudelaire.[27] Mas a anotação também pode ser lida como um comentário surpreendentemente fiel ao contexto de *Spleen II*. Neste caso, ela descreve a *Weltangst* como um rompimento da experiência, o qual costuma ocorrer repentinamente no meio dos afazeres e estados de espírito normais da lembrança, como do remorso ou da saudade, dos procedimentos cotidianos como na experiência do belo. Aqui se reconhecem facilmente as estações no trajeto de fuga do Eu em *Spleen II* (*le gouffre du souvenir, de l'action, du beau* na volta para o passado, para o presente e para o futuro; não estão representados *regret* e *remords*, enquanto *nombre* talvez deva ser relacionado com lembrança e *désir* com o belo), só que, no poema, o precipício do medo é descrito, não como redemoinho que leva ao abismo, mas como susto diante do ilimitado, ao qual o Eu fascinado inicialmente ainda pode opor imagens de coisas encerradas em algo (escrivaninha, pirâmide, túmulo, cemitério, *boudoir*). Só à margem, gostaria de assinalar que, em se tomando *spleen* como experiência e concretização poética da *Weltangst*, o poema de Baudelaire corresponde aos fenômenos diagnosticados pela psiquiatria de orientação fenomenológica na psicose do medo.[28] A psiquiatria descreve o medo como a ruína da situação primordial, isto quer dizer da edificação do mundo a partir do centro Eu-corpo; o resultado é a destruição da segurança sensorial da nossa experiência com relação a espaço e tempo. Depois que o corpo perdeu sua ancoragem no mundo, em conseqüência da catástrofe do medo, manifestam-se os seguintes sintomas: o espaço próprio e o espaço alheio entram em colapso; o próximo e o afastado podem inverter-se; no meio do mundo das experiências pode abrir-se um espaço vazio que não é mais acessível à exploração pelo próprio corpo, mas que é visto como interseção de um infindável movimento de fuga; a interrupção da experiência do tempo natural anuncia-se num "tempo sem esquecimento" especializado; finalmente, quando a perda de orientação atinge as dimensões de um cataclisma universal, o psicótico costuma compensá-la, tentando reconstruir na imaginação seu mundo perdido, ao produzir espaços fictícios entre o quais o da prisão assume importância primordial.

Se a digressão biográfico-psicológica serviu para identificar mais precisamente a *Weltangst* como uma possível e latente origem do *spleen*, agora cabe continuar o exame da concretização poética dessa *Weltangst* por meio da qual, como é de esperar, o poema ultrapassa mais e mais seu substrato psicopatológico. A representação literária do medo já equivale, até certo ponto, a uma superação do medo por que o poeta conseguiu dar-lhe forma por meio da sublimação estética. O poema de Baudelaire, que sabe traduzir em palavras o alheamento extremo da consciência dominada pelo medo, de fato provoca sua própria catarse. Embora o processo de auto-alheamento progrida inevitavelmente pela perda de contato com a realidade, encontram-se vestígios de rebelião e resistência nas imagens evocadas. Os espaços da memória evocados não são imediatamente entregues ao caos e à paralisia, mas, sim, primeiro assumem a forma de uma "desordem bela" antes de sucumbirem à falta de sentido. No trajeto de sua fuga, o Eu tomado de medo descobre ainda no horrível visões inesperadas do belo! Já a primeira leitura revelara nos campos imagéticos do conteúdo do armário, do *boudoir* e da tristeza hibernal uma poesia do detalhe, capaz de produzir, por assim dizer, reflexos de luz no catálogo das coisas mortas (a passagem mais bela: *avec de lourds cheveux roulés dans des quittances*). Ainda na assustadora terra de ninguém do *Sahara brumeux* é mobilizado, contra o pesadelo da petrificação, o repertório altamente poético do granito adormecido, da esfinge esquecida, do canto não ouvido, do sol que se põe. Finalmente, nos últimos dois versos, o epíteto do desespero selvagem, *qui se couche* responde a *farouche*, num gesto de naufrágio no belo, gesto irônico mas reconciliador pela rima. A esfinge, em cuja evocação a *reverie pétrificante* atinge o ponto culminante, é simultaneamente a última forma da concretização do Eu lírico, representante do sujeito naufragado, origem do canto, e a transformação do pavor em poesia!

Com que direito pode-se interpretar a esfinge como a última na série das metamorfoses do Eu lírico? "Metamorfoses" pressupõem a idéia de transformação orgânica e simultânea conservação da identidade substancial do sujeito, razão pela qual não corresponde à experiência do Eu lírico em *Spleen II*, que justamente perde, passo a passo, sua identidade substancial como sujeito. Por isso, a seqüência de suas experiências também não está marcada por uma contínua transformação de imagens do mundo alheio, nem da própria pessoa, a qual ofereceria ao Eu sofredor, ainda no seu naufrágio, a possibilidade de um confronto como último refúgio. A evolução da experiência sob o feitiço do *spleen* é antes caracterizada por transformações descontínuas do Eu em um não-Eu, do mais pessoal ao mais estranho; as fronteiras entre o interior e o exterior vêm abaixo e o que estivera guardado no íntimo pode agora surgir do lado de fora como uma força estranha, que o Eu não consegue mais reconhecer como sua auto-renúncia. Baudelaire encontrou na alegoria o instrumento poético que, mais do que outro, permite descrever este processo de destruição do Eu. O segundo poema do ciclo *Spleen* pode exemplificar o novo emprego da técnica alegórica já declarada morta. Inicialmente, nos versos 2-5, ocorre ainda a forma clássica da comparação completa, mas com uma particularidade: o *comparatum (mon cerveux)* só aparece três versos depois do *comparandum* muito extenso (*un gros meuble*), de modo que este só então se torna reconhecível como tal. Daí resulta que o cenário real exterior: *un gros meuble à tiroir* etc. inesperadamente se transforma no cenário interior: *cache moins de secrets que mon triste cerveau.* No próximo passo, o clássico limite entre *comparandum* e *comparatum* é rompido porque o Eu lírico, no ato da comparação, repentinamente se iguala ao seu termo de comparação: *Je suis un cimetière... Je suis un boudoir.* Pode-se falar perfeitamente de uma identificação alegórica (para a qual, a meu ver, não existem precedentes na antiga tradição romântica),[29] pois, com a anulação da comparação, o Eu se iguala ao que não é. Já que esta tentativa desesperadamente violenta de identificação não surte efeito, ela é seguida imediatamente de uma segunda tentativa, a qual prova mais uma vez que o Eu, entregue ao *spleen*, não consegue mais dominar por si mesmo o mundo que lhe é estranho. No passo seguinte, Baudelaire utilizou a alegoria personificante. De acordo com a tradição, esta permite fazer entrar em cena, como *ennui*, um determinado estado de espírito, e isso com toda a dignidade alegórica; ela permite glosar sua origem de modo pseudocientífico e aumentar seu efeito até o cósmico; mas aqui ela adquire a nova função de tornar visível a subjugação do Eu pelo que lhe é estranho, ou — como agora também se pode dizer — do Eu pela coisa (*es*). O mundo hibernal, que repentinamente fornece o cenário no qual agora passa a dominar exclusivamente o *ennui*, ao mesmo tempo exclui o Eu da cena, embora a força estranha não seja nada mais do que "indiferença sombria", uma negação do próprio ser.

O Eu excluído do cenário do mundo aparece, no verso 19, distanciado de três maneiras diferentes: ele foi transformado num *tu*, que teve de ceder a posição central do sujeito a um outro Eu; ele é banido do presente para um futuro implacável, para longe do mundo e perdeu obviamente tanto sua *forma física* quanto sua forma espiritual, já que é denominado apenas *de matière vivante.* O que nela ainda está vivo será vítima de uma materialização, que, por assim dizer, revela o "núcleo duro" de sua essência sob a forma reduzida do bloco de granito e que ameaça punir o Eu lírico com a paralisação total. O tom apodítico de um veredicto e a alocução irônico-festiva no verso 19: *Désormais tu n'es plus, ô matière vivante!* sugerem esta interpretação. Desta forma, a *Weltangst* no final estaria transformada em medo de um tribunal? A favor disso fala a possibilidade de interpretar-se arquetipicamente a instância anônima de um superego, que imporia seu veredicto: o sonho em que nos vemos transformados em pedra pode, segundo G. Bachelard, significar o temor da cólera divina.[30] Também a esfinge admite uma interpretação como arquétipo: ela pode representar a figura do soberano destituído, na qual o sujeito autônomo, depois de privado de seu poder, se deixa instituir.[31]

Mas a poesia justamente não termina neste simbolismo arquetípico. Na sua imagem final, estão unidos dois mitos seculares, a esfinge e a coluna de Mnemon, sob forma nova que contraria a tradição, para preparar a última reversão do movimento lírico. A esfinge, que normalmente reserva uma verdade para quem sabe resolver o enigma, é transformada em "lembrança para ninguém", em alegoria do esquecimento. Mas já que a própria esfinge quebra o seu silêncio petrificado, começando a cantar, o mito da coluna de Mnemon evidencia simultaneamente um último fato e um primeiro: a última hora de quem canta, já que não canta à luz do amanhecer, mas ao pôr-do-sol, e o nascer do belo na canção, que supera o medo e compensa a perda do eu. Deste modo, o poema, no fim, reconduz o leitor ao começo: por meio da última configuração do seu sujeito, a qual agora pode ser reconhecida já na primeira (pois quem conseguiria dizer com maior direito do que a esfinge: *j'ai plus de souvenirs que si j'avais mille ans*), e por meio da figura composicional de uma "poesia da poesia" que descreve o seu próprio surgir (pois a respeito de que cantaria a esfinge, senão daquilo que o poema já encerra?).

IV. O POEMA *SPLEEN* DE BAUDELAIRE NAS MUDANÇAS DE HORIZONTE DA HISTÓRIA DE SUA RECEPÇÃO. (COMPREENSÃO HISTÓRICA E AVALIAÇÃO ESTÉTICA.)

Já que havíamos decidido tentar uma interpretação histórica depois de uma primeira leitura estética e uma segunda interpretativa, a reconstrução do contexto literário no qual o poema teve sua primeira recepção deve iniciar a comprovação histórica da correlação dos argumentos anteriores.

Que expectativas dos seus leitores contemporâneos pode *Spleen II* ter satisfeito ou negado, qual era a tradição literária, qual era a situação histórica e social à qual o texto pode ter-se referido? Como o próprio autor pode ter entendido seu poema, que sentido lhe atribuiu a primeira recepção, que significados só foram vistos no decorrer das recepções posteriores? Nessas perguntas, a compreensão histórica não visa apenas à reconstrução do passado. Por meio delas, também queremos tornar consciente a distância no tempo, ignorada durante a primeira e a segunda leitura e, por meio do confronto expresso entre o horizonte de compreensão passado e o atual deixar claro como o significado do poema se desdobrou historicamente pela interação de efeito e recepção — até às perguntas que orientam a nossa interpretação para as quais o texto, a seu tempo, ainda não foi necessariamente a resposta.

Antes disso, ainda cabe a observação de que nosso poema pode servir como paradigma para uma semelhante demonstração hermenêutica apenas com consideráveis restrições. A crítica contemporânea do século XIX preocupa-se primordialmente com obras literárias no seu todo, as quais, após as críticas ou os elogios obrigatórios do estilo, em geral mais retóricos do que devidamente fundamentados, imediatamente são vistas em sua relação com vida e obra do autor e julgados de acordo com critérios menos estéticos do que morais. Constitui uma exceção a recepção de Baudelaire pelas sucessivas gerações de poetas que, desde o famoso prefácio de Gautier para a edição das *Fleurs du Mal*, de 1868, o elevaram a pai do modernismo pós-romântico. Mas também neste caso são raras as interpretações de poemas isolados; elas surgirão apenas a partir do momento em que Baudelaire começou a impor-se no cânone acadêmico da literatura.[32] O tema do nosso poema não obstante permite seguir uma pista de sua recepção indireta, já que *Spleen* foi muito discutido como palavra-chave da estética provocativa de Baudelaire. Já a mais severa crítica que G. Bourdin, o principal crítico do *Figaro*, em 1857 dirigiu contra as *Fleurs du Mal* culmina numa citação retirada do *Spleen II*: *"Un vers de M. Baudelaire résume admirablement sa manière; pourquoi n'en a-t-il pas fait l'epigraphe des* Fleurs du Mal? *—Je suis un cimetière abhorré de la lune".*[33] A partir dos numerosos documentos de incompreensão, a qual se manifestou principalmente no processo contra Baudelaire e seu editor, uma análise pormenorizada do horizonte de expectativa e do efeito provocativo das *Fleurs du Mal* permitiria reconstruir as normas estéticas e morais com as quais Baudelaire rompeu de uma maneira tal, que evidentemente feriu dolorosamente a sociedade burguesa do Segundo Império na sua satisfação consigo mesma e abalou profundamente sua fé no progresso. Considerando os objetivos deste ensaio, podemos abreviar o processo, citando uma testemunha ocular de particular competência, a qual dez anos depois, por ocasião da primeira grande homenagem prestada à obra, numa justa defesa de seu amigo, reconheceu mais nitidamente que outros contemporâneos a mudança de horizontes provocada inesperadamente por um delgado volume de poesias.

Em sua *Notice* de 1868, Théophile Gautier já reconheceu todo o alcance literário, estético e social da ruptura de Baudelaire com o Romantismo.[34] *Fleurs du Mal* levariam o estigma de uma "última hora da civilização" (p. 29), teriam surgido em oposição às ilusões da democracia burguesa e as de seus reformadores (*les philanthropes, les progressistes, les utilitaires, les humanitaires, les humanistes, les utopistes*, p. 19) e teriam criado um novo "Estilo da Decadência", capaz de trazer à luz a *maladie de l'epoque moderne* (p. 52), a até então silenciada doença causada pelas condições desnaturadas da sociedade coeva. O imoralismo de que Baudelaire é acusado difarçaria o rigor da sua crítica — aberta nos seus artigos sobre Poe — às ideologias reinantes e principalmente do materialismo;[35] se a poesia lírica de Baudelaire de um lado mergulha no feio, repugnante ou patológico, do outro saberia também erguer-se às "regiões mais azuis do espiritual" — em oposição à "Escola Realista" (p. 52), de modo que o subtítulo *Spleen et Idéal* muito bem se aplicaria ao livro em seu todo (p. 20) Com isto, Gautier recorre a um argumento, que o próprio Baudelaire já usara na defesa de *Fleurs du Mal*: seu livro não seria compreendido na sua *"terrible moralité"*, se não fosse julgado como um todo: *"A un blasphéme, j'opposerai des élancements vers le ciel; à une obscénité, des fleurs platoniques (...). Livre destiné à représenter l'agitation de l'esprit dans le mal."*[36] Portanto, o poema isolado pode e deve ferir sempre de novo a sensibilidade moral do leitor coevo; sua amoralidade provocante, no entanto, é compensada na concepção global do ciclo e só por isso entendida na sua verdadeira intenção como crítica à época, à ideologia e à falsa moral da sociedade no Segundo Império — como crítica ao seu tempo, por meio da poesia pura que superasse em rigor moral mesmo o realismo mimético do romance, bem como a acusação direta da sátira e da caricatura.

O fato de que Théophile Gautier reconheceu e elogiou justamente a função latente de crítica social de *Fleurs du Mal* aumenta ainda mais o valor documentário de sua interpretação se levarmos em consideração que essa função não se enquadra em sua doutrina da arte pela arte ou lhe dava um sentido inesperado. Ao explicar a incompreensão que se reflete nas reações do público leitor de 1857, a interpretação de Gautier já revela todas as expectativas e ilusões, as condições materiais do ambiente e as conseqüências da revolução frustrada de 1848 na consciência histórica dos contemporâneos de Baudelaire que a pesquisa ideológica de nossos tempos conseguiu documentar, razão pela qual pode substituir perfeitamente a análise do horizonte de expectativa de *Fleurs du Mal* que aqui não nos é possível fazer. Uma interpretação materialista que não se satisfaz com os dados fornecidos por essa testemunha ocular de espírito aguçado e que procura, na obra de Baudelaire, reflexos mais concretos dos processos sócio-históricos do Segundo Império ou vestígios do trauma causado pela derrota de 1848, terá de conformar-se com o método da alegorese, sem o qual raramente se obterá uma explicação da superestrutura literária em função das condições da base econômica. Quem, por exemplo, pretende reconhecer, com W. Benjamin, no *Rêve parisien*, "a fantasia das forças de produção inativadas", ou com O. Sahlberg, em manifestações do medo no ciclo *Spleen*, ou ainda em projeções eróticas como "Moesta et Errabunda" ou "Les Bijoux", lembranças suprimidas da revolução de 1848, ou com W. Fietkau, no platonismo negativo de "Andromaque, je pense à vous", um acerto de contas poético e político com o golpe de Estado de dois de dezembro de 1851, com D. Oehler, em *Correspondances*, um "ataque à natureza oficial, isto é, à ordem da classe dominante", este não pode deixar de compensar a falta de uma relação mimética objetiva, pela transmissão subjetiva de uma interpretação alegórica.[37] Uma alegorese no conceito moderno, a meu ver, não deve ser rejeitada sumariamente, mas é perfeitamente legítima também do ponto de vista hermenêutico, desde que reconheça sua heurística subjetiva e, com isso, sua parcialidade, deixando de lado, portanto, sua pretensão dogmática de ter realizado finalmente a verdadeira leitura, a leitura "objetiva". Outra questão levantada pela primeira vez por W. Benjamin é a se o "olhar do alheado" nas *Fleurs du Mal* não pode ter sido o olhar de um poeta alegórico moderno, uma pergunta que ainda retomaremos.

Spleen é explicado por Gautier por meio de uma descrição da vida desnaturada na civilização das metrópoles: "*Il* (Baudelaire) *aime à suivre l'homme pâle, crispé, tordu, convulsé par les passions facties et le réel ennui moderne à travers les sinuosités de cet immense madrépor de Paris, à le surprendre dans ses malaises, ses angoisses, ses miseres, ses prostrations et ses excitations, ses névroses et ses désespoirs*" (p. 21). As "flores do mal" cresceriam onde "miosótis, rosas, margaridas e violetas" da natureza romântica certamente já não vingariam. *Spleen* como sofrimento causado pela realidade moderna, portanto, se distingue tão nitidamente do *Weltschmerz* indefinido dos poetas românticos quanto a "sujeira negra dos calçamentos" contrasta com "o verde primaveril da *Banlieue* agreste"![38] Mas Gautier também reconhece que, por detrás do antinaturalismo das *Fleurs du Mal* havia uma "filosofia e metafísica" (p. 53/56): a tese da natureza caída que a estética adotou da teologia do pecado original, da qual se conclui, para a conceituação moderna de arte, que o belo não mais deve ser devedor da natureza.[39] Por isso Gautier elogia "Rêve parisien" como um dos poemas nos quais Baudelaire extirpou a natureza completamente de uma paisagem (p. 39). Sua preferência pelo artificial que, muitas vezes, levaria sua imaginação às fronteiras da alucinação (p. 40) é, para Gautier, a atitude mais adequada para um poeta de seu tempo, o século XIX, que já não poderia retornar à *naiveté* (p. 16). Por esta razão, o autor das *Fleurs du Mal* seria um maneirista involuntário ou, por assim dizer, já teria nascido maneirista (*naturellement maniéré*) do mesmo modo como, em outras épocas, se começava a viver naturalmente e de maneira simples (p. 15). Ao necessariamente artificial na poesia moderna de Baudelaire se aliaria sobretudo também uma despersonalização provocativa da poesia observada por Gautier tanto na rejeição da doutrina romântica da criatividade inconsciente do poeta inspirado (p. 24/27) quanto na renúncia à exteriorização imediata de sentimentos individuais (p. 35); a subjetividade romântica teria sido substituída pela consciência necessariamente fracionada do poeta moderno: "*Toute sensation lui devient motif d'analyse. Involontairement il se dédouble et, faute d'autre sujet, devient l'espion de lui-même*" (p. 12).

Com isto, está esboçado o novo cânone estético, que pode explicar historicamente o escândalo público e o processo criminal contra *Fleurs du Mal*. Em nome da moral burguesa, a recusa da recepção por parte da maioria dos leitores coevos é a primeira concretização de uma obra pioneira da *decadence* consciente por parte da vanguarda literária. Se agora perguntarmos que expectativas de um leitor de formação poética romântica uma poesia como *Spleen II* poderá ter negado, então as normas da estética da experiência estarão em primeiro plano: a correspondência entre natureza e alma, a comunicação de sentimentos universais e a transparência da auto-expressão por meio da poesia. O poema de Baudelaire, ao contrário, não permite mais reconhecer, na alternância entre a realidade interior e exterior, harmonia entre natureza, paisagem e alma; não mais permite ver a continuidade de uma experiência significativa nas imprevisíveis transformações do Eu lírico; não mais permite reconhecer, nas projeções do consciente, a expressão de um Eu íntegro. Aqui o poeta não pressupõe mais sentimentos e estados de espírito conhecidos, pelos quais o leitor pode sentir-se confirmado, mas desafia o *hypocrite lecteur, mon semblable, mon frère* a reconhecer-se em todo o inusitado, assustador e vergonhoso que seu *alter ego* poético sabe trazer à luz desde as "últimas e mais profundas cavernas da alma".[40] Gautier também encontrou a definição para isso: *quelque côte inédit de l'âme ou des choses* (p. 19); se ligarmos o "inédito da alma" ao já citado "espião do próprio Eu", então estas expressões atestam a tentativa ainda insegura de descrever algo para o qual ainda não se dispunha dos recursos da teoria do inconsciente. Aqui se tornam palpáveis as fronteiras que Baudelaire como poeta da modernidade ultrapassou: o efeito provocante de *Fleurs du Mal* nasceu, em última análise, da dessubjetivação da sensibilidade romântica, ou, em outras palavras: da tentativa de transformar a poesia num meio de retorno do recalcado e do que é vítima de tabus, diante do qual até o "Romantismo Negro" ainda hesitara.

Isto se revela sobretudo na técnica poética que Baudelaire voltou a usar como primeiro poeta depois de muito tempo — a alegoria. "Uma das primevas e mais naturais formas de poesia" — assim ele chama, no *Paradis artificiels* (1858), este *genre si spirituel*[41] aviltado no século XIX principalmente pela pintura, e renova sua função transformando-o no instrumento da despersonalização da expressão poética. Em outro trabalho, examinei de que modo Baudelaire, ao fundamentar sua teoria "supranatural" da poesia moderna, foi levado a reabilitar a forma poética alegórica, que ele descobrira na descrição da elevada capacidade perceptiva ao fumar haxixe, e como depois a personificação alegorizante experimentou uma ressurreição inesperada em *Fleurs du Mal*.[42] Nesta obra — com o seu uso exuberante de substantivos com letra maiúscula[43] — Baudelaire conferiu nova "majestade substancial" às personificações desprezadas, ao mobilizá-las contra a imediata expressão de sentimentos da poesia romântica. Com isto, ele recuperou para a poesia lírica moderna uma nova capacidade de sensualização do abstrato, criando o modelo poético para uma *psychomania* moderna, a qual passou a disputar ao Eu autoconfiante a prioridade no domínio espiritual, como pouco depois o faria a psicanálise de Freud.

A interpretação histórica do nosso texto levou, com isto, a uma reconstrução da sua posição contrária ao horizonte de expectativa da poesia romântica que agora ainda deve ser confirmada pela técnica hermenêutica da expansão do contexto. Para tal, recomendo ao leitor o estudo já mencionado no qual expliquei o uso da alegoria por parte de Baudelaire do ponto de vista poetológico, como também numa interpretação dos quatro poemas do ciclo *Spleen*.[44] O contexto deste grupo de poemas confirma a leitura histórica do segundo poema *Spleen* sob dois aspectos: aqui como lá, Baudelaire utilizou procedimentos alegóricos para destruir a expectativa romântica de uma harmonia entre natureza e alma e para mobilizar as forças do inconsciente contra o sujeito autoconfiante. Aqui como lá, ele aprofundou o tema convencional do fastio da vida ou *Weltschmerz* que os românticos cultivavam como *ennui*, para a *Weltangst*; cuja manifestação concreta pode ser procurada na nova palavra-chave *Spleen* emprestada pela patologia à poesia. A filologia registra expressamente a transformação do significado da "doença inglesa" na palavra-chave da poesia moderna na França:[45] a definição no *Dictionnaire universel du XIXème siècle* de 1875 até relaciona a "palavra nova para uma coisa velha" a uma teoria da decadência, no que deve referir-se à *Notice* de Th. Gautier.[46] Neste trabalho, o próprio Gautier distingue expressamente entre *spleen*, no novo sentido que Baudelaire lhe deu na poesia da *décadence*, e o *ennui*, como norma estética já superada, agora típica para a *lâcheté bourgeoise*, ao comentar o primeiro poema de *Fleurs du Mal*, quando chegou à conclusão de que Baudelaire não havia poupado seu leitor, *"l'accusant, malgré son hypocrisie, d'avoir tous les vices qu'il blâme chez les autres et de nourrir dans son coeur le grand monstre moderne, l'Ennui, qui, avec sa lâcheté bourgeoise, rêve platement les férocités et les débauches romaines, Néron bureaucrate, Héliogabale boutiquier"*.[47]

No capítulo da *Psychologie contemporaine* (1883) dedicado a Baudelaire, é salientado o grupo dos poemas *Spleen*. Paul Bourget acredita poder fundamentar nestes poemas a sua tese de que o (daí por diante assim chamado!) niilismo de Baudelaire resultou da perda da fé católica. O capítulo em questão é precedido por uma descrição da *nausée universelle*, da qual estaria sofrendo a sociedade contemporânea; a descrição inspirada na teoria da decadência de Th. Gautier culmina num prognóstico que, nesse meio tempo, se tornou atualíssimo: *"Mais lentement, sûrement, s'élabore la croyance à la banqueroute de la nature, qui promet de devenir la foi sinistre du XXème siècle, si la science ou une invasion de barbares ne sauve pas l'humanité trop réfléchie de la lassitude de sa propre pensée"*.[48] Baudelaire, como contemporâneo da decadência, ter-se-ia tornado seu téorico e, como poeta, reuniria em si três pessoas da forma mais moderna: ele seria místico, libertino e simultaneamente o analisador destes dois. Esta *coincidentia oppositorum* seria muito fácil de explicar psicologicamente se o *"libertin analysateur"* fosse considerado originário de um *"catholique désabusé"*. O *spleen* de Baudelaire não seria tão insondável e seu niilismo não se diferenciaria tanto das lamentações românticas sobre a felicidade perdida, se a sua poesia não tivesse como pressuposto um *horror vacui* causado pela perda da fé.[49] Já que no grupo dos poemas *Spleen* não se encontram vestígios que apontam nesta direção, não surpreende que Bourget se veja obrigado a recorrer ao "Madrigal triste" e a uma estrofe de "Le Voyage"[50] para provar que as manifestações do *spleen* revelam a existência de uma alma a rigor profundamente mística, de consciência intranqüila e desejosa de encontrar Deus. Os pontos fracos desta interpretação certamente são mais visíveis hoje do que no tempo de Bourget: se quiséssemos ver no campo de tensão entre *spleen et idéal* apenas uma secularização involuntária de conteúdo da fé cristã, então a modernidade de *Fleurs du Mal* não se distinguiria essencialmente da experiência da "transcendência vazia" descoberta muito antes pela poesia romântica da solidão. Em oposição a ela, Baudelaire não apenas conscientemente e de modo provocante deu caráter profano a experiências místicas (como em *"A une Madonne"*) e a modelos litúrgicos (como em *"Les litanies de Satan"*), mas ainda radicalizou a própria teologia cristã do pecado original, ao legitimar o antinaturalismo da sua estética diante da religiosidade natural do Romantismo, por meio de uma interpretação do Gênesis III de acordo com a qual toda a natureza ficou corrompida em conseqüência do pecado cometido pelo primeiro casal.[51] Só com esta "secularização provocativa"[52] teve início a desromantização do Romantismo e as *Fleurs du Mal* se revelam como primeiro passo para a Modernidade.

Mesmo assim, a tese da secularização levantada por Bourget fez época na história da recepção de Baudelaire. A concretização do sentido de *Fleurs du Mal* como literatura do niilismo de um modernismo decadente pouco depois foi retomada por Huysmans e elevada a um culto estético em *A rebours* (1885): Des Esseintes coloca as obras de Baudelaire, ricamente encadernadas em um único volume, num altar caseiro, como se fossem um missal, abrindo-as na página onde se encontra *Anywhere out of the world*! Mas Huysmans atribui ao *spleen* uma outra causa: ele não é mais a reação à perda da fé católica, mas o retorno inconsciente de impulsos recalcados, uma interpretação que Baudelaire teria dado como primeiro nos "Hieróglifos da Alma". O modelo interpretativo desta concretização psicológica predominaria ainda por muito tempo, desembocando mais tarde na interpretação psicanalítica. Chama atenção o fato que o lado catártico da "psicologia mórbida" de *Fleurs du Mal* e, com isso, a sublimação do *spleen* na "beleza do terrível", nem foi observado. Somente sua recepção por parte de Verlaine, Rimbaud, Mallarmé e Valéry, os clássicos posteriores da época da lírica moderna inaugurada por ele, vagarosamente abriu caminho para a apreciação estética da obra de Baudelaire.[53] Para a história da interpretação de *Spleen II* não se encontram elementos na recepção destes poetas. Valéry cita apenas o poema "Recueillement" no seu ensaio de 1942, no qual declara que — e por que — Baudelaire agora teria alcançado o auge de sua fama. É o único poema em todo o ciclo no qual a técnica da personificação alegórica não é empregada para o alheamento, mas para a transfiguração de uma situação.[54] Quando Valéry elogia Baudelaire, por ter sabido *de construire un langage dans le langage* com o que teria renovado a poesia lírica francesa,[55] esta formulação também é válida para a composição de "Spleen II", uma "poesia da poesia" que descreve o seu próprio surgimento, e que justamente Valéry continuou desenvolvendo em *Cimetière marin* e outros poemas.

"O *spleen* (...) expõe a experiência em toda a sua nudez. Com pavor o melancólico vê a terra recaída num estado meramente natural. Nenhum vestígio de história. Nenhuma *aura*."[56] Estas frases contidas nos ensaios inacabados de Walter Benjamin sobre Baudelaire soam como uma interpretação de "Spleen II". Apesar de Benjamin não nos ter legado uma interpretação completa deste poema, seu nome não deve faltar nesta história da recepção. Pois foi Benjamin quem, nos anos trinta, reconheceu em Baudelaire o "poeta alegórico moderno", colocando, com isto, as bases para uma concretização do sentido dos poemas *Spleen*, o qual até hoje continua inesgotado. A ele deve-se um pensamento que trouxe à luz a relação entre a antiga tradição da alegoria, que desapareceu após seu último auge no barroco, e seu renascimento em *Fleurs du Mal*: "O modo de ver alegórico está sempre condicionado a uma desvalorização do mundo visível. A desvalorização específica do mundo material representado pela mercadoria é o fundamento das intenções alegóricas em Baudelaire."[57] O que mudou radicalmente desde o barroco até a idade moderna, em conseqüência do processo social e econômico, pode ser observado na mudança ocorrida no modo de ver a natureza: enquanto a melancolia dos poetas alegóricos barrocos responde a uma experiência de transitoriedade, para a qual a história é história natural ou, mais precisamente, "história do sofrimento do mundo",[58] o *spleen* dos poemas alegóricos modernos responde a um estado da sociedade produtora de mercadorias, a qual, em conseqüência do contínuo desenvolvimento tecnológico, não mais permite experimentar o mundo totalmente coisificado como natureza. O que distingue o *spleen* de Baudelaire do antigo *taedium vitae*, é a consciência deste auto-alheamento,[59] um sentimento que "corresponde à catástrofe permanente",[60] um "espanto violento" totalmente diferente do "arrepio cósmico" em Victor Hugo.[61] A intenção alegórica que, segundo Benjamin, sempre destruía as relações existentes na vida real, a fim de conferir às coisas um significado contrário à sua aparência, e isto, num contexto emblemático, depara-se no século XIX com um mundo das coisas em si mesmo vazio de significado e modificado pela mercantilização: "A desvalorização do mundo das coisas na alegoria será superada ainda pela mercadoria no próprio mundo material." Os emblemas antigos voltaram veladamente sob a forma de mercadorias, o que os poetas alegóricos modernos reconhecem,[62] fato que foge à compreensão dos seus contemporâneos em conseqüência do caráter fetichista da mercadoria e do preço, que levou a um aviltamento de sua utilidade por parte de seu valor de troca puramente quantitativo, bem como por parte da propaganda, que empresta ao mundo das mercadorias a bela aparência do poético, enquanto, na própria obra de arte, o aspecto mercantil se manifesta cada vez mais intensamente.[63]

À luz desta tentativa de atribuir uma gênese materialista ao novo emprego da alegoria por parte de Baudelaire, ver-se-á como a tendência destrutiva da intenção alegórica funciona no segundo dos poemas *Spleen*, podendo interpretar o resultado como "experiência num mundo que está caindo no *rigor mortis*."[64] Em outro trabalho, Benjamin observou a respeito da poesia que ela "depende inteiramente da sensibilidade para uma matéria que está morta em duplo sentido. É a matéria inorgânica. (...) A imagem da esfinge, com a qual termina a poesia, possui a beleza sombria daquelas estatuetas encalhadas que ainda se encontram em lojas de *souvenirs*".[65] Parece-me que nem a "sensibilidade" para o inorgânico, nem o "caráter mercantil" da esfinge (se quisermos tomar pela palavra esta interpretação certamente apenas casual) parece corresponder à função moderna da alegoria em *Fleurs du Mal*, conforme a interpretação de Benjamin. A desvalorização estética da natureza, por meio da qual Baudelaire sela seu rompimento com a cosmovisão idealista do Romantismo, não pára diante do inorgânico; este parece tão desprovido de sentido na paisagem desértica de *Spleen II*, como a matéria morta na qual se desfazem todos os produtos do trabalho humano no *velho gabinete*. A intenção alegórica perseguida até o *rigor mortis* do mundo, por outro lado, pode transformar-se novamente de distanciamento exterior em manifestação do belo; isso não ocorrerá necessariamente por causa de uma "correspondência natural", pois pode resultar já do efeito catártico do poema tematizado no canto da esfinge. Com o seu canto, a esfinge quebra a maldição da materialização e escapa ao mundo coisificado: tendo-se tornado a alegoria do belo incompreendido, ela cumpre o que, no ciclo, já se dissera de *La beauté: Je trône dans l'azur comme un sphinx incompris.*

A "poesia da poesia" não é a única força que Baudelaire mobilizou em *Fleurs du Mal* contra a experiência do autodistanciamento num mundo coisificado. Benjamin procurou consolidar esta "salvação" por meio de uma "teoria das correspondências naturais" que, no entanto, não pode ser conciliada com a famosa rejeição da "natureza" natural por parte de Baudelaire.[66] Gerhard Hess viu as coisas com maior clareza, ao interpretar a paisagem de *Fleurs du Mal* como sujeita ao contraste cíclico entre elevação e degradação, visão do paraíso e queda, e ao descrever o surgimento de mundos do êxtase e do tédio durante o processo pelo qual a realidade quotidiana e o ambiente natural vão-se tornando cada vez menos reais. A experiência neutra do quotidiano agora parece apenas uma fase passageira ou um lugar de transição entre o reluzir da *beauté fugitif* e a queda na eterna monotonia do *spleen*: "O êxtase, a participação real ou sonhada nas coisas do mundo, não ultrapassa um momento. A imaginação procura fixar em imagens os fracos reflexos desta efêmera experiência da *profondeur de la vie*, conseguindo projetá-las apenas para o passado, como lembranças, ou para o futuro, como expectativas. Comparado com o êxtase e as imagens fornecidas pela paisagem em momentos fugazes, o tédio tem sua própria 'profundidade'. A monotonia carregada de medo não é experimentada como momento, mas como um estado ilimitado. O tempo da sua descrição é o presente."[67] Em virtude do caráter "espiritual", "eterno" dos abstratos personificados — como Hess reconheceu independentemente de W. Benjamin —, a alegoria é o meio poético mais genuíno para ilustrar a passagem da paisagem exterior para a paisagem interior, a passagem do Eu melancólico para o "algo" (*es*) inconcebível, perenemente constante, e permite obter, por meio dos mais elevados graus da abstração, o efeito mais concreto.[68] Na interpretação do segundo poema *Spleen*, Hess mostra sobretudo como o tempo é espacializado à medida que a experiência natural do mundo se torna irreal. Logo no primeiro verso a quantidade das coisas a serem lembradas se transforma no espaço gigantesco dos mil anos; as sucessivas tentativas da auto-identificação levam fatalmente à concepção de espaços fechados, depois à monotonia do *ennui* onipresente, e finalmente ao Eu que, transformado para si mesmo em matéria, se encontra como último objeto no espaço alegórico: "Como bloco de granito no deserto, como esfinge esquecida, ele perdeu até mesmo a capacidade de abrigar qualquer coisa em si. A monotonia está solidificada."[69]

J. D. Hubert, que ainda não dispunha da chave hermenêutica do método alegórico, trabalha com o princípio formal da "ambigüidade poética". Esta antecipação metodológica faz com que sua interpretação de Baudelaire conduza sempre a antíteses gerais da história do pensamento (como *matière et mémoire* de Bergson ou *fini et infini* de Pascal) e levou-o a fazer uma alegorese do tipo moralizador de *Spleen II*.[70] Neste trabalho, a ambigüidade poética é vista e perseguida nas variações da *image de la boite* que todas supostamente simbolizam o "crânio", até que no verso 15 ocorre algo de inexplicável, que inesperadamente inverte a relação entre recipiente e conteúdo fazendo com que o crânio passe para o lado de dentro e o *ennui* para o lado de fora; no fim, este último não é mais do que o *Sahara brumeux*. De acordo com estas idéias, a esfinge pode encarnar simultaneamente a matéria, o segredo e a humanidade e, além disso, como "metáfora do crânio", pode "simbolizar" a atividade do poeta. O discurso sobre tudo o que uma palavra pode "simbolizar" revela que o crítico recorreu, contra as regras da hermenêutica, a um código universal de significados simbólicos, cuja validade ainda teria de ser comprovada a partir da consistência da seqüência das percepções e da estrutura semântica do poema, para nem falarmos na alegorese tão arbitrária quanto edificante que, finalmente, admite conclusões a respeito de dados biográficos sem importância.[71] Esta crítica, contudo, não impede que se reconheça que Hubert apontou algumas ambivalências poéticas — como por exemplo sua interpretação do final no sentido de um *coucher du soleil romantique* ou de um desejo de morte — ambivalências que, numa concretização mais abrangente, podem alcançar uma função ainda mais específica do que apenas a de confirmarem o princípio formal da ambivalência poética. Isso vale para o que Hubert afirma em outra passagem a respeito do *ennui*: que ele estabeleceria, em Baudelaire, uma "igualdade satânica entre as coisas e as idéias", que, sob a forma de *spleen poétique*, serviria de arma ao poeta e que, finalmente, poderia provocar uma espécie de catarse.[72] Mas, já que não foi dado o passo hermenêutico necessário à integração das ambigüidades encontradas num significado singularizante e fornecedor de consistência, tem-se a impressão de que o próprio princípio formal também já é o significado da poesia.

O sentido singular e a forma individual do poema freqüentemente também se perdem em interpretações que se sujeitam às rigorosas exigências descritivas da poética lingüística. Assim, Karl Blüher fez uma interpretação contrastiva de "Spleen II", de Baudelaire, e de "Le Mal", de Eluard, a fim de revelar as diferenças entre as realizações da função poética na poesia lírica "simbolista" e na surrealista.[73] Em oposição a Jakobson e Lévi-Strauss, sua análise das camadas começa pela camada temática, porque esta, em última análise, estaria determinando a estrutura das demais camadas do texto e orientando a percepção estética. Mas, como o intérprete já sabe de antemão e desde o início o que *spleen* significa neste poema, e nem sequer pergunta de que maneira o leitor é informado, pelo próprio poema, do que *spleen* poderia significar neste contexto, a análise em si perfeita mas despercebidamente seletiva dos planos semânticos, morfossintáticos e fonológicos de expressão também só consegue confirmar o que fora pressuposto no plano do conteúdo. A análise da função poética da linguagem leva à conclusão de que "a camada morfossintática e a fonológica, graças à simetria da métrica, às proporções das construções sintáticas e à coerência bem graduada das estruturas sonoras, promovem uma harmonização que procura neutralizar lingüisticamente a temática negativa e desarmônica. A dissonância do conteúdo é compensada esteticamente pela assonância e a harmonia no nível dessas camadas do texto".[74] A isso corresponde o conhecimento prévio, fornecido pela história literária, de que o estado de *ennui* em Baudelaire é caracterizado (além dos limites do Romantismo) pela "fascinação extrema, pelo negativo-satânico do *spleen*, ligado a um momento lúdico característico para o *dandy*, que procura encontrar um prazer estético na negatividade e particularmente também no feio".[75] *Quod erat demonstrandum*. Não preciso pôr em dúvida o caráter convincente desta análise estrutural e até posso harmonizar o mencionado efeito de sublimação estética com minha interpretação do final de "Spleen II"; por outro lado, vejo-me obrigado a duvidar que a antecipação de Blüher, que encobre aspectos importantes da tematização do *spleen*, possa resistir a uma crítica histórica. O *proton pseudos* de sua antecipação consiste na expectativa de um poema "simbolista", a qual não permite reconhecer o "que" afinal foi harmonizado pelas experiências negativas do Eu lírico. A *Weltangst* que se concretiza no *spleen* não pode oferecer prazeres "lúdicos característicos para o *dandy*", ao Eu lírico, se este perde a tranqüilidade do sujeito autônomo em meio da catástrofe universal. O choque desta experiência, renovado repetida e inesperadamente, ao qual também o leitor não consegue escapar já no horizonte da primeira leitura, não é simplesmente neutralizado pelos recursos harmonizadores da métrica, de modo que a sublimação estética é alcançada e se torna reconhecível apenas num último lance, o verso final com o canto da esfinge. Os recursos historicamente novos da alegoria redescoberta, empregados por Baudelaire para tornar visíveis a reificação e despersonalização da experiência, permitiam distinguir *Fleurs du Mal* nitidamente do Romantismo tardio. Esta obra também não se enquadra no que, por uma convenção histórica duvidosa, se costuma chamar de "Simbolismo", principalmente se este for entendido implicitamente como a tradicional forma artística simbólica, que a análise de Blüher a rigor pressupõe como harmonia clássica entre conteúdo e forma.

Numa outra análise estruturalista, Sebastian Neumeister empreendeu a experiência de prescindir inteiramente de uma interpretação do significado de *spleen* no poema de Baudelaire, a fim de poder deduzir sua *idée poétique* tanto mais precisamente da evolução do movimento na tessitura do texto.[76] Esta evolução do movimento que a poética lingüística freqüentemente ignora, concentrando-se na descrição da estrutura estática e suas equivalências arquitetônicas, o que Neumeister censurou com razão, pode ser entendido, em "Spleen II", como um jogo em torno do eixo de simetria, que produz a figura de uma espiral. Por outro lado, poder-se-ia considerar a análise formal como coerente em si e prosseguir por uma interpretação semântica, se ela não dependesse de uma antecipação problemática, não lembrada durante o processo hermenêutico. Pois Neumeister simplesmente separa o primeiro verso (sem prestar atenção ao encadeamento das rimas) do corpo dos 24 versos, como "uma espécie de segundo título", e com esta operação, que também não se justifica do ponto de vista filológico, instaura a simetria na estrutura formal do poema. Com isso, perde-se totalmente a possibilidade de ver que o segundo poema "Spleen" — como foi mostrado acima — visivelmente procura estabelecer um crescimento assimétrico e um rompimento constante do movimento lírico, por meio de suas unidades estrófico-sintáticas, mas também por meio de suas amplas comparações e das identificações descontinuadamente repetidas. Certamente os reflexos simétricos que Neumeister sabe trazer à luz não são projeções puramente arbitrárias. Eles podem enriquecer até muitas vezes nossa percepção estética se os inserirmos no curso intencionado do movimento lírico e suas perspectivas de significação.[77] A direção e o sucessivo desdobramento deste não foram reconhecidos por Neumeister porque eleva a lembrança a primeiro tema, do qual resultaria "naturalmente" o *ennui* que, às vezes, formaria o eixo do movimento e, às vezes forneceria o "fio da meada" a toda a poesia. Assim cria-se a impressão de uma consistência no nível do sujeito lírico, a qual novamente confere substância a este, o que contraria a intenção do poema. De tudo isso pode-se concluir que, nas análises de estrutura, não se pode ignorar impunemente a pergunta pelo significado que se concretiza nas estruturas poéticas.

A mais recente interpretação de "Spleen II" feita por Laurent Jenny é particularmente interessante para a nossa demonstração hermenêutica, porque ela parte da mesma constatação a respeito da estrutura sintático-formal, mas chega a uma concretização diferente do sentido. Também Jenny reconhece a descontinuidade das situações e dos lugares não interligados sintaticamente, explicando-a a partir de um "esqueleto narrativo", condicionado pelo jogo das pessoas gramaticais do sujeito lírico. No nível semântico, este jogo gramatical é elevado à categoria de uma "aventura do sujeito", que segue uma lei metafórica, a da identificação repetidamente tentada e sempre frustrada;[78] seu caráter abstrato seria compensado poeticamente pela abundância de relações metonímicas — os quatro campos do mundo objetivo, nos quais o Eu busca sua identidade. Somente a última imagem, a da esfinge que canta ao anoitecer, tornaria transparente a teleologia (o *processus orienté*) do poema: "*Le moi pétrifié qui chante à la lumière ne prend tout son sens que parce qu'il a été précédé d'un moi excavé, moi qui portait en lui l'abîme du souvenir. Ce qui mène de la mémoire au chant, c'est ce qu'on a coutume d'appeler parfois un 'itinéraire' non seulement intellectuel mais aussi charnel, puisque c'est aussi le passage d'une sorte de mort du corps à une autre: de la putréfaction à la minéralisation.*"[79] Esta concretização como "canto de despedida do sujeito" obviamente tem por premissa hermenêutica (embora ela não seja mencionada) a teoria da "morte do sujeito" (*decentrement du sujet*) que, nos últimos anos, passou a ocupar um lugar de destaque na "semanálise" da vanguarda parisiense. Esta não é uma objeção, ainda mais que a interpretação de Jenny enriquece a teoria citada de mais uma aplicação, que valoriza a função estética do texto antes descurada. Não se pergunta por que esta última aventura do sujeito é anunciada em Baudelaire justamente como *spleen*. Se o poema é interpretado como "caminho desde a lembrança até o canto" e se assim fosse intitulado, ainda seria necessário o título *Spleen*?

A diferença entre a minha análise e a dele começa com uma outra interpretação do primeiro verso. De acordo com Jenny, o Eu "real" estabeleceria uma comparação com um Eu "imaginário" (imaginário, por ser sujeito de uma oração que inicia com *si*: *si j'avais mille ans*), para encontrar nele sua própria medida como sujeito, o que resultaria num *circulus vitiosus*. No fracionamento do Eu agora duplicado se aninharia a ficção, sob forma de uma lembrança que produz imagens incessantemente, uma memória que se abre diante do Eu como um abismo interior. À vista deste abismo ameaçador da lembrança, começaria o movimento de busca da identidade, durante o qual o Eu tentaria medir-se em objetos, que se revelam todos como ocos, encerrados e eles mesmos ameaçadores. Após a vitória do *ennui*, da terceira pessoa sobre a primeira pessoa, agora desaparecida, ocorreria a mudança que, a esta altura, quase ninguém esperaria: a introdução da segunda pessoa tornaria definitiva a duplicação do Eu, aos espaços ocos do enclausuramento se oporia o espaço infinitamente aberto do deserto, ao apodrecimento a petrificação e, em lugar da lembrança febril sempre à procura de algo, surgiria o canto, criador de seu próprio palco.[80] A interpretação de Jenny converge com a minha não apenas na interpretação do verso final, no qual ele frisa mais "a morte no canto", onde eu lembro *La beauté* como "esfinge incompreendida". Ambas as interpretações também se encontram numa relação de possível complementação quando Jenny reconhece o *abîme du souvenir* como causa do fracionamento do Eu no verso inicial, enquanto eu vou mais longe, perguntando o que este abismo poderia significar e encontrando uma resposta na *Weltangst*, que nos levou a uma nova interpretação do texto.[81]

As perguntas ainda não levantadas constituem uma oportunidade para os intérpretes futuros. Elas não precisam levar necessariamente à rejeição das respostas encontradas pelo predecessor. A relação entre pergunta e resposta numa história da interpretação de um texto é determinada primariamente por categorias do enriquecimento da compreensão (seja sob forma de complementação ou continuação, seja como mudança de acentuação ou enfoque) e apenas em segunda linha pela lógica da possibilidade de falsificação. Se uma interpretação anterior pode ser reconhecida como errada, isso não se deve, em geral, a enganos históricos ou "erros" objetivos, mas à formulação incorreta das perguntas por parte do intérprete ou a perguntas que não podem ser legitimadas. Na análise de obras literárias, perguntas são legítimas quando se revelam como eficazes diante do texto, como antecipação da interpretação ou, em outras palavras: quando se pode provar que o texto pode ser compreendido como uma nova resposta e não apenas como uma resposta casual à pergunta feita. Com isso, exige-se que o texto possa ser interpretado consistentemente como significado desta resposta. Se, na história da interpretação de obras de arte, respostas divergentes não se falsificam mutuamente, mas atestam a historicamente progressiva concretização de sentido que se realiza ainda por meio do conflito das interpretações, a que mais isso seria devido senão à possibilidade de conciliação de perguntas legitimáveis — manifestada ao menos na vivência da arte?

Tradução
MARION S. HIRSCHMANN E ROSANE V. LOPES

Revisão
PROF. EVA KOCH

Notas

1. *Wahrheit und Methode* (Verdade e Método), Tübingen, 1960, p. 290 e segs.
2. Ibidem, p. 294.
3. *Einführung in die literarische Hermeneutik* (Introdução à Hermenêutica Literária), Frankfurt, 1975, p. 13.
4. R. Posner tirou daí a conclusão: "Evidentemente nem a prosódia nem a semântica do poema podem ser explicadas por meio da simples descrição do texto escrito — para não falar no código estético da poesia que se vale principalmente destes níveis textuais. De forma semelhante como se pode fazer jus às características prosódicas apenas quando se parte da sua realização acústica, pode-se também descrever a semântica de forma adequada somente quando se parte de um texto após sua recepção e compreensão total", veja *Strukturalismus in der Gedichtsinterpretation* (O Estruturalismo na Interpretação de Poemas) *in*: *Sprache in technischen Zeitalter* (A linguagem na Idade Tecnológica, 29, 1969, p. 27-58, principalmente p. 41.
5. Agora em: *Essais de stylistique structurale*, Paris, 1971, p. 307 e segs.; compare também do mesmo autor: *The Reader's Perception of Narrative*, *in*: *Interpretation of Narrative*, Toronto, 1978.
6. Ibidem p. 29: "*Instead of only looking for rules regulating narrative structures, I propose that we look for rules regulating actualization of such structures in the text, that is regulating the very performance of literature as communication*"; a respeito de seus "*reader perception modes*" veja *Semiotics of Poetry*, Bloomington & Londres, 1978, p. 115 e segs.
7. Em palestra ainda não publicada sobre a hermenêutica literária, Dubrovnik, 1978.
8. Veja do autor *Ästhetische Erfahrung u. literarische Hermeneutik* (Experiência e Hermenêutica Literária), Munique, 1979, p. 62 e cap. A6.
9. Na palestra em Dubrovnik (veja anotação 7). Minha restrição referente à compreensão na percepção estética que implica interpretação, mas não precisa tematizar logo, refere-se a *Wahrheit und Methode*, op. cit., p. 291: "A interpretação não é um ato que posterior e ocasionalmente se acrescenta à compreensão, mas a compreensão é sempre interpretação, e interpretação é, portanto, a forma explícita de compreensão."

10. *Das Problem der Relevanz* (O Problema da Relevância), Frankfurt, 1971.
11. *Essais de stylistique structurale*, op. cit., p. 340.
12. *Der Akt des Lesens* (O Ato da Leitura), Munique, 1976.
13. *Analyse textuelle d'un conte d'Edgar Poe, in Sémiotique narrative et textuelle*, ed. Cl. Chabrol, Paris, 1973, p. 29-54.
14. Ibidem, p. 30.
15. Ibidem, p. 32.
16. Ibidem, p. 51.
17. Ibidem, p. 30/52.
18. Ibidem, p. 30.
19. *Immanente Ästhetik — Ästhetische Reflexion* (Estética Imanente — Reflexão Estética), ed. W. Iser, Munique, 1966 (*Poetik und Hermeneutik II*), (Poética e Hermenêutica II), p. 461-484, principalmente 473 e 480: "Para chegar-se a uma interpretação concreta e apreciação da qualidade do poema, não basta indicar seu princípio estrutural e descrever a técnica poética de Apollinaire. Uma série de ambigüidades ainda não é um todo convincente. Quando este todo, por causa da técnica na qual foi realizado, exige sempre novas interpretações, estas não são nem arbitrárias no detalhe, nem independentes de uma orientação básica que é imposta obrigatoriamente pela estruturação do texto. Na primeira leitura esta imposição resulta da sugestão do ritmo. A interpretação deve se ocupar com este meio no qual a poesia se realiza." (D. Henrich).
20. Veja: *Alterität und Modernität der mittelalterlichen Literatur* (Alteridade e Modernidade da Literatura Medieval), Munique, 1977, principalmente p. 10 e segs.
21. A seguir são assinalados: o acento principal (em "palavras fortes" ou em conseqüência de um acento afetivo) por um "x" abaixo da respectiva vogal; acento secundário por um "x" entre parênteses (x); aliteração ou recorrência sonora por um traço sobre a vogal, portanto no verso 1: *J'ai plus de souvenirs que si j'avais mille ans.*
22. Segundo a definição famosa em *Projects de Préface* de 1859/60, éd. de la Pléiade, Paris, 1951, p. 1363.
23. *Fusées XVI*, éd. de la Pléiade, Paris, 1951, p. 1187.
24. Na passagem já citada de *Projects de Préface*, éd. de la Pléiade, Paris, 1951, p. 1363.
25. Por *Weltangst* cabe compreender com W. Schulz (*in: Aspekte der Angst* — Aspectos do Medo — editado por H. Von Ditfurth, Munique, 1977, p. 14 e segs.) aquela manifestação do medo que se distingue do medo de coisas específicas, tendo provavelmente surgido apenas com a religião cristã, e que, como singularização de medos reais em um medo universal indefinido, talvez tenha resultado da expectativa do juízo final.
26. *Mon coeur mis à nu*, LXXXVII, éd. de la Pléiade, Paris, 1951, 1225.
27. M. Milner: *Poétique de la chute, in: Regards sur Baudelaire* (*Colloque de London*, 1970), ed. W. Busch, Paris, 1974, 86-107.

28. Baseado em C. Pawelka, o qual examinou estas constatações com referência à sua literarização na dissertação apresentada em Konstanz: *Formen der Entwirklichung bei Franz Kafka* (Formas da Desconcretização em Franz Kafka) (1978).
29. Agradeço a Karl Bertau a observação de que esta figura da personificação alegórica já se encontra na antiga tradição alemã, em Heinrich Frauenlob, como por exemplo no seu *Marienleich*, veja *Deutsche Vierteljahrsschrift* 40 (1966), p. 324.
30. G. Bachelard: *La terre et les reveries de la volonté*, apud R. Galand: Baudelaire. *Poétique et poésie*, Paris, 1969, p. 335.
31. Conforme G. Durand: *Les structures anthropologiques de l'imaginaire*, apud R. Galand, op. cit., p. 335.
32. Pelo que me consta a história da recepção de Baudelaire ainda não foi suficientemente estudada. Consultei: C. Vergniol: "Cinquant ans après Baudelaire", *in: La Revue de Paris*, 1917, p. 673-709; H. Peyre: "La fortune et l'influence de Baudelaire", *in: Connaissance de B.*, Paris, 1951, p. 155-178; *Baudelaire devant ses contemporains*, éd. W. T. Bandy/C Pichois, Paris, 1957. Das (não muito numerosas) interpretações do poema "Spleen II" foram úteis às minhas indagações: W. Benjamin: *Zentralpark* (1938/39) *in*: *Gesammelte Schriften*, vol. 1, 2, Frankfurt, 1974, p. 655-690; R. B. Cherix: *Commentaire des Fleurs du Mal*, Genebra, 1953, p. 134-136; G. Hess: *Die Landschaft in Baudelaires* "Fleurs du Mal" (A Paisagem em Fleurs du Mal de Baudelaire), Heidelberg, 1953, p. 80-82; S. Neumeister, *in Poetica 3* (1970), p. 439-454; K. A. Blüher, *in: Sprachen der Lyrik* (Linguagens da Lírica), ensaio comemorativo em homenagem a H. Friedrich, ed. E. Kohler, Frankfurt, 1975, p. 22-45; L. Jenny, *in: Poétique 28* (1976), p. 440-449.
33. Citado segundo Bandy (1957), p. 13.
34. Citado segundo a 2.ª edição, Paris, 1869, p. 14: "*Il avisa, non pas endeçà mais au delà du romantisme une terre inexplorée, une sorte de Kamtchatka hérissé et farouche.*"
35. Ibidem, p. 20: "*Personne n'a professé pour les turpitudes de l'esprit et les laideurs de la matière un plus hautain dégout'Il haissait le mal comme une déviation à la mathématique et à la norme, et, en sa qualité de parfait gentleman, il le méprisait comme inconvenant, ridicule, bourgeois et sourtout malpropre.*"
36. De *Notes et Documents pour mon avocat*, apud Vergniol (1917), p. 684.
37. W. Benjamin: *Zentralpark, in Schriften I* (Escritos I), Frankfurt, 1955, p. 488; D. Sahlberg: Baudelaire 1848: *Gedichte der Revolution* (Poemas da Revolução), Berlim, 1977, p. 26; W. Fietkau: *Schwanengesang auf 1848 (Canto do Cisne a 1848)*, Hamburg, 1978 (destaca-se pela recuperação precisa do contexto histórico de *Der 18. Brumaire des Louis Bonaparte, Nepoléon le Petit* e os escritos de Proudhon); D. Dehler: *Pariser Bilder I* (Quadros de Paris I) (1830-1848), Frankfurt, 1979, p. 184.
38. Op. cit. p. 21; depois ainda alude a Heine: "*(...) est ce n'est pas lui qui s'éboudirait comme les philistins de Henri Heine devant la romantique efflorescence de la verdure nouvelle et se pâmerait ou chant des moineaux.*"

39. Ibidem, p. 56 e 26: "*Tout ce qui éloignait l'homme et surtout la femme de l'état de nature lui paraissait une invention heureuse.*"
40. Ibidem, p. 17: "*(...) les fantaisies obscures dont le jour s'étonnerait, et tout ce que l'âme, au fond de sa plus profonde et dernière caverne, recèle de ténébreaux, de difforme et de vaguement horrible.*"
41. Éd. de la Pléiade, Paris, 1951, p. 458.
42. *Baudelaires Rückgriff auf die Allegorie* (A Retomada da Alegoria por Baudelaire), *in: Formen und Funktionen der Allegorie, Symposium Wolfenbüttel* (Formas e Funções da Alegoria. Simpósio Wolfenbüttel), 1978, ed. W. Haug, Stuttgart (Metzler), 1979, p. 686-700.
43. Veja-se a respeito disso F. Nies, *in: Imago Linguae*. Edição comemorativa para Fritz Paepcke, Munique, 1977.
44. Compare nota 42.
45. Dos documentos em P. Robert: *Dictionnaire alphabétique et analogique de la langue française*, Paris, 1964, verbete *spleen: Nos dames autrefois étaient malades de la rate... Les Anglais ont le splin, ou la splin, et se tuen par humeur* (Voltaire); ... *depuis ce matin, j'ai le spleen, et un tel spleen, que out ce que je vois, depuis qu'on m'a laissé seul, m'est en dégout profond. J'ai le soleil en haine et la pluie en horreur* (Vigny, *Stelle*; aqui a inimizade à natureza aparece como sintoma de doença!).
46. *Dictionnaire universal du XIXème siécle: Les sociétés humaines ont, comme les individus, leur phase de croissance et leur phase de décroissance... les peuples se civilisent, se policent, puis se refinent, s'énervent... le symptome caractéristique du déperissement d'une société est cet immense ennui qui s'empare de toutes les classes, de tous les individus. Le spleen est le nom nouveau, mais la chose n'est pas nouvelle.*
47. *Notice*, op. cit. p. 30.
48. *Essais de psychologie contemporaine*. Paris, 1895, p. 15.
49. Ibidem, p. 18 e segs.
50. *Pour ne pas oublier la chose capitale, Nous avons vu partout et sans l'avoir cherché. Du haut jusques en bas de l'échelle fatale. Le spectacle ennouyeux de l'immortel péché.*
51. Veja a respeito meu ensaio citado na nota 42, p. 690 e segs.
52. De acordo com H. Blumenberg: *Säkularisierung und Selbstbehauptung* (Secularização e Auto-afirmação), Frankfurt, 1974, p. 120: *Als Stilwille sucht die Säkularisierung bewusst die Beziehung zum Sakralen als Herausforderung. Es bedarf eines hohen Masses an Fortgeltung der religiösen Ursprungssphare, um eine solche Wirkung zu erzielen, so Wie "schwarze Theologie" ihre blasphemischen Schauder nur dort enfaltet kann, wo die sakrale Welt noch besteht.* (Como estilo consciente, a secularização procura a relação com o sacro como desafio. É necessário que a esfera religiosa original continue intacta em grau elevado para que se obtenha este efeito; desse modo, a "teologia negra" pode desenvolver sua atividade blasfêmica somente onde o mundo sacro ainda persiste.)

53. O próprio Valéry atesta este processo de recepção em: *Situation de Baudelaire*, (1924), *Oeuvres*, éd. de la Pléiade, Paris, 1957, vol. I, p. 612.
54. *Loin d'eux, vois se pencher les défuntes années Sur les balcons du Ciel, en robes surannées Surgir du fond des eaux le Regret Souriant.*
55. Op. cit. p. 611.
56. W. Benjamin: "Über einige Motive bei Baudelaire" (Sobre alguns motivos em Baudelaire), *in: Schriften* (Escritos), Frankfurt, 1955, volume I, p. 458; no que segue, eu me refiro principalmente a *Zentralpark*, in: *Gesammelte Schriften* (Escritos). Frankfurt, 1974, volume 1/2, p. 657-690.
57. Volume I/3, p. 1151.
58. H. Steinhagen: "Zu Walter Benjamins Begriff der Allegorie" ("A Respeito do conceito de alegoria de Walter Benjamin"), na publicação citada na nota 42, p. 676; nesta passagem, a reabilitação da alegoria por Benjamin, em toda a sua obra, é comentada detalhadamente.
59. vol. I/2, p. 659.
60. vol. I/2, p. 660.
61. vol. I/2, p. 660.
62. vol. I/2, p. 681: *Die Embleme kommen als Waren wieder.* (Os Emblemas voltam como mercadorias).
63. vol. I/2, p. 671-676.
64. vol. I/2, p. 682.
65. Numa nota de rodapé referente a *Der Flaneur, in: Charles Baudelaire — Ein Lyriker im Zeitalter des Hochkapitalismus* (Charles Baudelaire — *Um poeta lírico no auge do capitalismo*), Frankfurt, 1968, p. 59.
66. Volume I/2, p. 669: *Wenn es die Phantasie ist, die der Erinnerung die Korrespondenzen darbringt, so ist es das Denken, das ihr die Allegorien widmet. Die Erinnerung führt, beide zu einander* (Se a imaginação fornece as correspondências à lembrança, então o pensamento lhe dedica as alegorias. A lembrança une as duas). Veja-se do autor: *Ästhetische Erfahrung...* (Experiência Estética...), op. cit., p. 126.
67. G. Hess (1953), p. 68/69.
68. Ibidem, p. 69-72.
69. Ibidem, p. 81.
70. J-D. Hubert (1953), p. 134 e segs.
71. Ibidem, p. 136: *Il semble ainsi que la première partie du poème présente une allégorie de la vie privée du poéte tourmenté par les ennuis d'argent et les peines de l'amour, et que la deuxième partie symbolise sa situation dans le siècle.*
72. Ibidem, p. 105 seg.
73. K. Blüher (1975), p. 23.
74. Ibidem, p. 44.
75. Ibidem, p. 27.

76. S. Neumeister (1970, p. 441. A chave de sua interpretação está em *Fusées* XXII, onde Baudelaire exemplifica a *idée poétique* por meio dos motivos de um navio (*qui tient... à la regularité et la symmétrie qui sont un des besoins primordiaux de l'esprit humain, au même degré que la complication et l'harmonie*).
77. Assim, por exemplo, os movimentos opostos observados nos versos 15-24, nos quais, por um lado, aumenta a falta de interesse no nível da precisão dos tempos enquanto, por outro lado, diminui o interesse pelo Eu no nível dos quatro particípios perfeitos.
78. Jenny (1976), p. 445, onde o jogo das pessoas gramaticais do sujeito lírico é resumido como segue: "*1 — Je ne suis pas MOI-MÊME, 2 — JE suis distinct d'EUX sous le rapport de la mort et du secret (eux = secrétaire, pyramide, caveau), 3 — JE suis IL et IL est un lieu de mort (je = cimetière, vieux boudoir), 4 — IL est IL (Je ne suis plus au monde) (il = ennui), 5 — JE TE vois devenu IL et ce TOI c'est MOI-MÊME (toi = matière vivante, granit), 6 — Chante à partir de mon dédoublement, ce IL chante (il = sphinx).*"
79. Ibidem, p. 447.
80. Ibidem, p, 444.
81. Deve-se chamar atenção ainda para H. Mehnert: *Melancholie und Inspiration — Begriffs und wissenschaftsgeschichtliche Untersuchungen zur poetischen 'Psychologie' Baudelaires, Flauberts, und Mallarmés* (Melancolia e Inspiração — Análises histórico-conceituais e sob o enfoque da história da ciência, a respeito da "psicologia" poética de Baudelaire, Flaubert e Mallarmé), Heidelberg, 1978. Trata-se de uma pesquisa rica em material e idéias, a respeito da iconografia e da teoria da inspiração de Baudelaire, latente em sua obra, com objetivo de trazer à luz sua origem na antiga psicologia, patologia humoral e teoria dos temperamentos. Também na perspectiva de Mehnert, *spleen* e *ennui* em Baudelaire não são sinônimos: Spleen *ist also perpetuierter* ennui *und bedeutet den Verlust der im* ennui *potentiell* angelegten irritabilité ("*Spleen*, portanto, é *ennui* perpetuado e representa a perda da *irritabilité* potencialmente presente no *ennui*), (p. 175). A respeito do segundo poema *Spleen* observa Mehnert: *Die Dartellung der erstarrten* cellula memorativa *der fehlenden, in das ambivalent Gewand der "Lykanthropia' gekleideten "Irritation", des verkrusteten Herzens und des gesamten Inspirationsraumes (Herz-Hirn-Verbindung unterbrochen) sind aus dem Text als das 'psychologische" Substrat der ersten vierzehn Verse herauszulesen* (A representação da *cellula memorativa* enrijecida, da "irritação" ausente, ambivalentemente disfarçada na *Lykanthropia*, do coração cascoso e de todo o espaço da inspiração [interrompida a ligação coração—cérebro] resultam do texto como substrato "psicológico" dos primeiros 14 versos) (p. 177). Lamentavelmente, Mehnert não se interessou pela transformação estética destes substratos (os versos 19-24 nem são levados em consideração!), de modo que não resultou *uma interpretação consistente que se pudesse inserir na história da recepção de* Spleen II.

CAPÍTULO 30

Problemas da teoria da literatura atual: O imaginário e os conceitos-chave da época

WOLFGANG ISER

De "Zur Problemlage gegenwärtiger Literaturtheorie. Das Imaginäre und die epochalen Schlüsselbegriffe", in *Auf den Weg gebracht. Idee und Wirklichkeit der Gründung der Universität Konstanz* (Em caminho. Idéia e realidade da fundação da Universidade de Konstanz), org. por H. Sund e M. Timmermann, Universität Konstanz, Konstanz, 1979.

I

A teoria da literatura tornou-se, na última década, um conceito poderoso. Ela assim assumiu um lugar de peso na discussão no interior das ciências sociais, passando a ter uma participação fundamental na dinâmica desta discussão. Mas, apesar de sua força, a este conceito ainda adere uma indisfarçável ingenuidade, que se patenteia em seu caráter ambíguo. Pois que descreve a teoria da literatura, a teorização da literatura ou uma de suas abordagens possíveis? Esta distinção não foi até agora explicitada principalmente porque a conjuntura da teoria da literatura orginou-se menos de uma preocupação intensificada com o seu objeto do que do estado de crise reinante nos departamentos que lidam com a literatura. A tentativa de reagir à perda de prestígio da literatura na consciência pública ajudou ao aparecimento da teoria da literatura, com o que ela, de fato, foi levada a enfrentar as dificuldades que lhe são próprias.

Como resposta à situação existente nas ciências sociais, a teoria da literatura subordinou-se à delicada situação da literatura com a sociedade contemporânea, relação que necessita ser urgentemente esclarecida. Por certo, a teoria da literatura estava ligada à literatura, mas isso apenas sob as condições que eram relevantes do ponto de vista da sociedade contemporânea. Em conseqüência, ela servia de intérprete para o contato com a literatura; o que significava, nestas condições, erigir as necessidades do momento em normas de interpretação da literatura. Assim a teoria da literatura rapidamente caiu sob a influência dos objetos sociais dominantes que, como forma da consciência contemporânea da literatura, dela pouco necessitavam para que fossem articulados. Este estado de coisas converteu a teoria da literatura que se desenvolvia em altamente apologética, pois ela procurava esclarecer as vantagens da literatura para uma sociedade em que, no melhor dos casos, a educação provoca certa admiração nos concursos de TV.

A teoria da literatura, em processo de rápida diversificação no último decênio, encontrou sua característica básica na tentativa de salvar o antigo *status* da literatura, face às novas exigências sociais; seu caráter apologético contudo obscureceu a pergunta sobre em que consistia o *status* que se buscava salvar. Mesmo se o esforço de justificação da literatura tivesse impulsionado a teoria da literatura, ainda assim seria impossível que o *status* herdado da literatura se mantivesse pela teoria e ainda menos que fosse por ela assegurado. Não se deve esquecer que o *status* tradicional da literatura se baseava na função social que ela era capaz de preencher na vida da sociedade. A literatura era a pedra de toque da educação na sociedade burguesa, que enobrecia quem quer que contasse com ela, independente de posses, posição ou profissão.[1] "A educação torna-nos livres", assim rezava a divisa com que a publicidade editorial, há 150 anos atrás, impulsionava, através das edições baratas dos clássicos, no século XIX, a democratização de camadas sociais mais amplas. Na sociedade socialista, a literatura é herança de que se zela porque em si testemunha a libertação que não era possível atingir, nem política nem socialmente, na história anterior à situação revolucionária agora alcançada. Mas, como chave básica da educação, a literatura pode também exercer sua função social por outros caminhos: neste ponto, o *College* das universidades norte-americanas é um exemplo característico. O estreito entrelaçamento e mesmo a ampla identificação do *College* com as humanidades (*humanities*) é parte de uma tradição que sobressai na atualidade. Como, ao mesmo tempo, o *College* simboliza o ideal de oferecer aos diversos grupos étnicos o acesso aos postos dirigentes desta sociedade, as *humanities* ainda têm uma função social, que não é atingida pela erosão dos valores que caracteriza a situação da Europa continental.

Por conseguinte, a teoria da literatura não pode nem suprir nem criar um sentido para a literatura, pois este deriva das necessidades sociais. O seu caráter apologético é antes, portanto, uma nostalgia que atesta a irrecuperabilidade do antigo *status* da literatura na sociedade burguesa.

II

A conjuntura da teoria da literatura nos anos de 1960 ainda apresentava outra raiz. Ela buscava liberar o tratamento da literatura da abordagem impressionista, que alcançara seu auge e sua catástrofe nas cátedras das universidades alemãs. Mesmo depois de 1945, continuava a vigorar a formulação paradigmática de Anatole France: o "encontro com a literatura", considerado como a grande aventura das almas com as obras-primas; fórmula que permanecia viva pela abordagem impressionista até a entrada em massa de estudantes nas universidades do pós-guerra. A partir de então passou-se a verificar o esforço de encontrarem-se modos de acesso intersubjetivos à literatura, que possibilitassem afastar a compreensão do gosto subjetivo, em favor de uma consideração objetivável da literatura. Este esforço implicava, sem dúvida, pôr em prática a teoria da literatura que então se constituía. Esta práxis permite-nos reconhecer que a teoria primariamente teoriza a abordagem da literatura e não ela própria. Por isso, a teoria da literatura se compreende a si mesma como ciência da literatura, o que significava uma ciência que desenvolvia os modos de abordagem da literatura através de um amplo espectro metodológico.

Apesar de que houvesse métodos em voga e outros menos atuais, estourou a luta dos métodos e, como todos os métodos trabalham à custa das perdas que causam, o pluralismo — como forma de reconhecimento da relatividade metodológica — começou a aparecer como conceito universal. "Interpretar sinteticamente" tornou-se uma fórmula cômoda e, a partir daí, com alguma imparcialidade, não é difícil conceder à palavra "relativismo" uma série de características muito vantajosas. Um traço positivo deste modo de conhecer estaria na abolição de imagens consolidadas, porquanto só através desta maneira de ver pode-se escapar das concepções emanadas dos séculos e das décadas passadas. O "clássico", por exemplo, tomado como uma imagem mental, sobre um sem-número doutros períodos deste modo, impede a observação científica. Quanto tempo se passou até que nos tenhamos interessado também pelo Barroco, pelo Romantismo, pelo período do Biedermeier, pelo Realismo burguês? Porquanto só através de tal "relativismo" torna-se possível libertarmo-nos do que épocas mais submissas sentiram como "inimitável". Poder-se-ia, então, traduzir a palavra "relativismo" por "insubmissão" ou "liberdade de opinião própria".[2]

A atratividade do conceito pluralista, que ainda hoje tem adeptos, está na tolerância que propõe perante o embate das metodologias. Valorizar tudo ou quase tudo em sua respectiva relatividade parece implicar um critério favorável à multiplicidade de métodos, a partir do qual as suposições básicas destes são postas em perspectiva e avaliado o alcance das respectivas colocações. Mas que tipo de critério é este que se toma como instância judicativa, sem que ele próprio seja apreensível? Pois um método só se configura pelas suposições por ele pressupostas, que, em face do texto literário, forçosamente favorecem determinados aspectos e deixam outros em segundo plano. O pluralismo renuncia a esta precondição constitutiva do método e, por isso, nunca pode alcançar o nível de método.

Esta situação só é problemática porque o conceito de pluralismo se relaciona à avaliação dos resultados que alcançam os métodos particulares de análise literária. Pois, através desta relação, surge a pretensão de ser uma metodologia, alçada à condição de quadro de referência dos métodos em voga, quadro de referência que, de seu lado, renuncia às condições constitutivas do método e da teoria. É interessante por isso notar que diversos defensores do pluralismo apresentaram constantes comparáveis à suposição metodológica (*methodische Vorgriff*), que, se fossem plenamente desenvolvidas, entrariam em um choque latente com o relativismo proposto. Isso se mostra, por exemplo, nas seguintes considerações: "No contexto destas observações, a história da literatura também nos poderia ensinar a compreender cada obra de arte particular como o componente de uma reflexão eterna, que, na verdade, nunca alcança seu alvo, mas que se move em uma certa direção ou que, pelo menos, devia mover-se nesta direção. Pois só assim cada revolução estilística, cada inovação histórica recebe um valor determinado, dentro do processo histórico geral e, desta maneira — malgrado toda relatividade —, um pequeno 'traço de eternidade', na medida em que se ordena no processo, aparentemente inacabável, da auto-realização humana".[3] O "traço de eternidade", que haveria atrás do processo histórico, revela-se, ao menos estruturalmente, como uma suposição metodológica que nesta medida assumiria o caráter de um método. em que se esclareceriam as difusas conotações da expressão.

Como metodologia, o pluralismo é uma forma de hermenêutica impotente, pois não é capaz de captar a relação dos métodos entre si e muito menos de teorizá-la. Contra a pretensão de os métodos serem modelos para a solução de problemas, basta considerar os métodos atualmente vigentes na análise da literatura para nos darmos conta em que medida a solução de problemas por seu lado engendra outras questões. O fato de os métodos dominarem durante certo tempo e perderem esta posição indica — e exatamente a partir de seu alcance — que tais métodos provocaram o aparecimento de aspectos que começaram então a tornar-se urgentes. Esta relação reativa dos métodos entre si torna patente como, no alcance de cada método, se instala a condição de seu limite e como este limite provoca o surgimento de novas questões. Daí decorre os métodos antes de tudo produzirem diferenciações de colocação fundamentais quanto ao objeto da literatura.

O pluralismo poderia então responder à exigência de uma metodologia apenas se levasse em conta esta relação reativa dos métodos. Mas então o relativismo já não seria sua marca característica, pois o que o caracteriza seria o esforço de descrever o raio de ação de cada método e a precisão de seus limites de aplicação. Caso isso sucedesse, dar-se-ia de fato a superação do conceito de pluralismo, em sua forma hoje corrente. Pois a avaliação das vantagens e desvantagens — que estaria talvez até em condições de aprender as desvantagens a partir das vantagens — implica, a seguir, a necessidade de diferençar não só os métodos, mas também métodos de teorias.

Em geral, as teorias proporcionam as categorias básicas, enquanto os métodos fornecem os instrumentos dos procedimentos interpretativos. Assim, por exemplo, a teoria fenomenológica indaga pelo modo de existência da obra de arte, a teoria hermenêutica pela autocompreensão dos receptores em contato com a obra de arte e a teoria da *Gestalt* pelo uso da faculdade perceptiva dos receptores, atualizada pela obra. Nos três casos, reconhecem-se categorias fundamentais bem diversas. No caso da fenomenologia, de ordem ontológica; no caso da hermenêutica, de ordem histórica; no da *Gestalt*, de ordem operacional. Desta maneira, são feitas suposições que exploram o acesso à obra de arte em um certo sentido, sem que já apresentem uma técnica de interpretação. Para que as teorias possam funcionar como procedimentos de interpretação metodológicos, devem-se submeter a uma determinada transformação. Assim, por exemplo, o modelo dos estratos, a lógica da pergunta e resposta, assim como o par conceitual de esquema e correção mostram transformações metodológicas das teorias acima referidas.

Existe, no entanto, entre as próprias teorias e os métodos uma relação hermenêutica. Cada teoria personifica uma abstração do estado de coisas que ela se esforça em fundamentar. Se o grau de abstração é o pressuposto do trabalho de categorização (*Fundierungsleistung*), então a individualidade do fenômeno é mostrada neste processo, ao passo que sua iluminação constitui a função central dos procedimentos metodológicos de interpretação. Se a teoria propõe o horizonte para os métodos, estes, de sua parte, fornecem a condição para a diferenciação das suposições contidas na teoria.

As teorias geralmente alcançam plausibilidade pela homogeneidade de seu sistema de referências. Mas, no campo da arte, muitas vezes as teorias alcançam sua homogeneidade pelo uso de metáforas. Assim a harmonia polifônica, em que se resolvem os estratos da obra de arte, é a metáfora da teoria fenomenológica; a fusão de horizontes, a da teoria hermenêutica e a transmutação do padrão herdado da tradição das artes, em função das novas condições de ver o mundo, a metáfora favorita da teoria gestáltica. A metáfora aqui funciona como o arremate do sistema, pelo qual uma teoria alcança este patamar. Como os métodos não precisam se preocupar com as categorias básicas, que são afirmadas pelas teorias, sua proximidade com o texto significa a condição para que se evidencie que os métodos contêm metáforas como harmonia polifônica, fusão de horizontes ou transposição a uma nova realidade do padrão herdado. Os métodos, na medida em que traduzem as metáforas centrais da teoria na concretização de várias observações, são a condição para que as teorias se estabilizem, o que sucede precisamente ali onde seu rendimento categorial apresenta seu limite. No trabalho concreto dos problemas deixados em aberto pela própria teoria, os métodos realizam uma aplicação prática das possibilidades proporcionadas pela teoria. Neste sentido, o método esclarece a problemática derivada dos resultados abstratos da teoria na medida em que a transforma: esta visava à exploração de um objeto, o método mostra a razão disso.

Até agora, no entanto, apenas descrevemos tarefas que se deviam propor ao conceito hoje tão difundido de pluralismo. Na medida, contudo, em que um mero amontoado de postulações e hipóteses é descrito ora como teoria, ora como método, sendo, por cima disso, reconhecido como tal, permanece no campo da análise literária a confusão, justificada como necessária em nome da vocação para a liberdade. Ora, o pluralismo é menos um fenômeno dominante do que a confissão implícita de uma indecisão face à multiplicidade, tomada como necessária, das teorias e métodos vigentes. Como sincretismo eclético, o pluralismo não é um conceito, mas um sinal da incapacidade de relacionar entre si a multiplicidade das formas concorrentes de acesso à literatura.

III

Se não consideramos esta multiplicidade como tal, mas nos perguntamos por suas condições constitutivas, passamos então a reconhecer, nas diversas concepções, conceitos-chave determinados, sobre os quais elas repousam e que apresentam para a exploração dos textos. Estes conceitos-chave são relevantes muito além da discussão na análise da literatura e possuem o caráter de marcas da época. Elas se chamam estrutura, função e comunicação. Em relações diferenciadas e sob dominantes mutáveis, eles constituem os conceitos de orientação central na análise da literatura. Para uma ciência do texto literário, oferecem tantas vantagens quanto desvantagens. Suas vantagens se aplicam apenas ao texto literário, pois têm um funcionamento mais abrangente como código de uma época, possibilitando traduzir a abordagem dos textos literários em termos próprios à consciência contemporânea. No entanto, é esta própria traduzibilidade que se converte na razão de serem obscurecidas e distorcidas certas dimensões do texto literário.

As observações que se seguem partem deste estado de coisas. Os conceitos-chave da época — estrutura, função, comunicação — devem ser examinados, antes de tudo, como tais, independente das respectivas teorias e métodos de que são as condições constitutivas. Em conseqüência, não se tratará da poética estrutural, da história da função, da estética do efeito e da recepção, nem muito menos do marxismo, da teoria analítica da linguagem, da teoria da informação, da *Gestalt*, da fenomenologia e da hermenêutica literária, mas sim do rendimento de tais conceitos-chave que, sob correlações diferentes, subjazem às concepções correspondentes.

Os métodos relativos às teorias da literatura sempre têm algo a ver com estrutura, função e comunicação; contudo, como conceitos constitutivos dos métodos, eles ao mesmo tempo operam uma redução a que o texto literário é submetido. Pode-se então admitir que os métodos relativos às diferentes teorias da literatura, ao empregarem tais conceitos, trazem consigo a consciência de seu caráter reducionista, do qual deriva a pergunta sobre quais as condições a serem textualmente dadas para que se possibilitem estas operações redutivas. Pois as reduções estrutural, funcional ou comunicativamente orientadas constituem o texto de maneiras diversas, por força dos aspectos que ora são salientados, ora postos em segundo plano. Para que isso se dê não bastam apenas as suposições feitas a partir dos métodos e das teorias. No próprio texto deve estar contida a precondição para que tal abordagem se torne efetiva. Este estado de coisas, por sua vez, não pode ser captado a partir das abordagens estrutural, funcional ou da teoria da comunicação. Mas o que não pode ser assim compreendido deve chamar nossa atenção.

Entre os conceitos acima designados, o conceito de estrutura foi promovido a ideologia científica de nosso século. É o que se comprova pelo fato de o conceito de estrutura ultrapassar as fronteiras ideológicas, pois, evidentemente, produz resultados a que, independente das situações políticas, não se poderia renunciar. O estruturalismo corresponde a uma necessidade contemporânea, a qual é preenchida por suas modalidades: face à quantidade crescente de informações, trata-se de oferecer o padrão que permita que sejam relacionadas, estocadas e reclamadas. Se o estruturalismo hoje recebe, tanto por seus diversos seguidores quanto por seus oponentes, o caráter de uma ontologia, a razão de seu êxito se funda em o conceito de estrutura haver logrado responder a esta demanda. Em conseqüência, a eficácia do conceito de estrutura faz com que a própria estrutura apareça como uma realidade que não se cansa de comprovar, desde as relações primitivas de parentesco até os textos literários.

O conceito de estrutura encontra sua garantia na língua, cujo modo de organização é tomado como exemplar. São seus traços distintivos: "1. a totalidade, 2. o relacionamento diferencial dos elementos estruturais, 3. a imanência da estrutura".[4] Como o texto literário faz parte da língua, o conceito de estrutura se oferece para sua decodificação porque no texto se repetem as estruturas da língua ou porque ele é compreendido como um sistema de modelo secundário, que opera com as estruturas da língua de um modo que lhe é peculiar. No primeiro caso, temos o conceito de estrutura que corresponderia ao de Barthes, no segundo, ao de Lotman.

Descobrir as estruturas do texto literário significa realizar a análise dos componentes, pela qual se torna possível fixar o inventário de seus elementos estruturais. Assim, por exemplo, no romance, estes inventários permitem averiguar a estrutura da narração, as estruturas do espaço, da descrição, da apresentação dos personagens. Desta maneira, as descrições estruturais conduzem a uma constante diferenciação do texto literário, que, contudo, em última instância, não passa de uma ordenação taxinômica. Propp, por exemplo, em sua famosa análise dos contos de fada pôde verificar 31 características para o *genus* descrito. Mostra-se com isso que um procedimento taxinômico pode, em princípio, prolongar sempre mais a série de estruturas encontradas.

Este aperfeiçoamento do inventário estrutural não está obrigado a ser arbitrário. Ele é antes o produto da suposição ontológica da imanência da estrutura, cuja oculta individualidade é ressaltada na medida em que a diferenciação dos traços estruturais é verbalmente configurada.

Esta suposição é a condição necessária para que se compreenda o texto literário como um conjunto de estruturas, assim como é o pressuposto necessário para que se vejam as relações diferenciais dos elementos da estrutura como algo estruturado. Daí que a oposição binária destes elementos forme a estrutura básica destas relações. Ela originalmente deriva da descrição estrutural da fonologia, alcançou seu máximo potencial de explicação com a análise das culturas arcaicas por Lévi-Strauss e, ao ser adotada na análise dos textos literários, foi submetida a diversas variações. O relacionamento dos elementos se manifesta no texto literário como a estrutura do procedimento empregado. Certas direções da análise estrutural compreendem a "obra de arte como a soma dos procedimentos".[5] Pois os procedimentos antes de tudo possibilitam, pela ligação dos elementos discretos da estrutura, produzir a construção do sujeito do texto. O contraste, a polaridade, a diferença, a repetição, o paralelismo, a sucessividade e a gradação são as técnicas do relacionamento, que, como sintaxe dos elementos, oferecem a condição para a construção do sujeito.

Neste contexto, é de menor importância saber se tais procedimentos são compreendidos como variações do binarismo ou como violação do relacionamento binário. Em ambos os casos, o binarismo é tomado como a figura básica para o relacionamento dos elementos estruturais. No primeiro como figura cujo potencial é explorado, no segundo como "procedimento menos", que é pressuposto sem que a ele se recorra. Contudo, como "soma de procedimentos", uma teoria estrutural comporta-se face ao relacionamento de modo igualmente taxinômico. Pois tal soma não tem limites e ganha seu alcance potencial a partir da imanência pressuposta da estrutura e quanto mais esta é atualizada tanto mais denso se torna o procedimento empregado.

Por fim, as combinações dos padrões textuais, assim como as ligações sintáticas das estruturas da língua servem para produzir o potencial semântico do texto, i. e., para realizar seu sentido. Mostra-se o quanto a descrição da produção de sentido implica a idéia de finalidade, contida no conceito de estrutura, a partir da dominância do binarismo. Isso, pois um sentido deriva da oposição entre dois elementos que se fundem em uma *Gestalt* e, desta maneira, configuram a totalidade personificadora de um traço essencial do conceito de estrutura.

Assim, uma análise estrutural do texto literário não só permite uma descrição intersubjetivamente plausível da construção do sujeito, como também a da produção do sentido. Sob este ponto de vista, o modelo da língua, que se reflete no conceito de estrutura, é dotado de êxito. Ao mesmo tempo, porém, tal êxito também evidencia uma limitação característica do conceito de estrutura. Pois o estruturalismo privilegia a dimensão semântica do texto e o converte em seu próprio fim. Isso entretanto só faria sentido se, de fato, a estrutura fosse a última palavra (*ein Letztes*). Ora, a respeito levantam-se certas dúvidas que são alimentadas pela própria discussão estruturalista.

IV

Se considerarmos os diversos conceitos de estrutura que formularam os mais destacados defensores do estruturalismo, não se resistirá à impressão de que este conceito básico é instrumentalizado de maneiras sempre diversas. Para Lévi-Strauss, ele coincide com o binarismo; para Jakobson, com a simetria.[6] Além do mais, se o estruturalismo representa um sistema idêntico ao da língua, é de se perguntar se o sistema não muda quando deve absorver novos elementos. Conhecemos este precedente do sistema da língua, em que, como sistema natural, a entrada de novas palavras provoca a mudança do campo semântico do léxico, em reação necessária para que o sistema as absorva.[7] Só isso já mostra que o conceito de estrutura é antes um sistema artificial, que se distingue consideravelmente dos modos de operação dos sistemas naturais porque não faz senão prolongar as suas classificações taxinômicas. Pergunta-se daí se a estreita ligação do estruturalismo com a língua e, em conseqüência, a afirmada homologia entre os dois sistemas não têm, afinal de contas, um caráter apenas metafórico, cuja finalidade é a de oferecer a garantia necessária às operações analíticas do conceito de estrutura.[8] É a propósito relevante a objeção de Umberto Eco: "Se há uma *estrutura última*, esta não pode ser definida, pois não há uma metalinguagem capaz de captá-la. Se ela é identificada, então não é a *última*. A *última* é aquela que — oculta, inapreensível e não estruturada — produz novas manifestações."[9]

Mas estas objeções podem ainda não invalidar uma descrição estrutural do texto literário. Jonathan Culler encerra sua reflexão sobre a poética estrutural com a seguinte observação: "O estruturalismo conseguiu desmascarar muitos signos; sua tarefa deve ser agora organizar-se mais coerentemente para que explique como estes signos funcionam. Deve buscar formular as regras válidas para sistemas particulares de convenções, em vez de simplesmente afirmar sua existência. O modelo lingüístico, se é propriamente aplicado, pode indicar como proceder. No entanto, além disso é de pouca utilidade".[10] A verificação da presença de estruturas no texto literário dirige o olhar para os fatores intratextuais. Mesmo que a estruturação do texto permita aprender elementos tão diferentes como a diversidade de convenções, de hábitos e de condutas verbais, mudanças de pontos de vista e papéis sociais, o modo de proceder estrutural se desenvolve pelo estabelecimento de relações em uma coerência intratextual que se resolve na produção da dimensão semântica do texto. Desta maneira salta aos olhos a redução provocada pelo conceito de estrutura. A organização, causada pelo inventário de seus elementos, o relacionamento que provoca a soma de seus elementos e a dimensão semântica desta forma produzida como horizonte final do texto deixam sem resposta a pergunta: por que nasceu tal produto, como funciona e a que fim se destina? Estas questões não são apenas de natureza crítica. É o que se depreende de um exame rápido, em tudo conforme ao enraizamento que o conceito de estrutura tem na língua. Pois sabemos: "Não se pode compreender a língua se a compreendemos apenas como língua."[11]

V

As objeções acima não surgem como crítica ao conceito de estrutura, mas como elucidação de um problema que se originou da força explicativa do próprio conceito de estrutura. Como modelo heurístico, este permite descrever tanto a constituição do texto literário, quanto o modo como a língua se dá. No entanto, assim como a língua só se torna significativa por seu uso, assim também as estruturas do texto literário só se tornam relevantes pela função do texto. Pode-se por certo dizer que o êxito do conceito de estrutura permite esperar que se mostre a importância do conceito de função. Neste sentido, os conceitos-chave da época, como os de função e comunicação, dependem do de estrutura e não são de modo algum compreendidos como o seu ultrapasse. Eles integram o conceito de estrutura, assim como aspiram aclarar os problemas por ele legados, para que, face ao texto literário, um novo problema seja produzido.

VI

O estruturalismo lega um problema que as muitas variantes por ele produzidas não são capazes de resolver: a pergunta pelo sentido do sentido permanece sem resposta. Se os procedimentos do texto literário esclarecem o modo como é produzido seu sentido de conjunto, o sentido, porém, como horizonte final do texto, fica desprovido de relações e, portanto, como algo abstrato. Ao mesmo tempo, contudo, o conceito estrutural proíbe que nos perguntemos pela natureza do sentido. Pois, para isso seria necessário postular uma instância além da imanência da estrutura, que apresentaria um quadro de referências para esta estrutura, com o que ela deixaria de ser a última palavra (*ein Letztes zu sein*). Se, por conseguinte, o sentido permanece como uma entidade abstrata, produzida pelo conceito de estrutura, cujas determinações ontológicas são ao mesmo tempo obstruídas, então a pergunta pelo sentido do sentido só pode ser respondida pela pergunta por sua função. Este é o motivo fundamental por que o conceito estrutural deu ao conceito de função, na teoria da literatura, um impulso correspondente. O sentido do sentido é sua função.

O conceito de função encontrou seu fundamento básico na teoria dos sistemas, que propôs um novo modo de relacionar estrutura e função, a fim de que retirasse da abstração o sentido produzido pela estrutura e o trouxesse para um uso em que o sentido pudesse ser determinado. Luhmann esboçou esta situação do seguinte modo: "A razão da insuficiência da teoria estrutural-funcional dos sistemas está em seu próprio princípio. Ou seja, na precedência do conceito de estrutura ao de função. Desta maneira, a teoria estrutural-funcional perde a possibilidade de problematizar as estruturas e de indagar pelo sentido tanto da construção de estruturas, quanto da construção de sistemas. Esta possibilidade, contudo, se oferece quando se inverte a relação entre os conceitos fundamentais, de forma que o conceito de função preceda ao de estrutura. Uma teoria funcional-estrutural pode indagar a função das estruturas do sistema, sem que por isso necessite pressupor uma estrutura abrangente, como ponto de referência."[12] Esta situação, em larga medida, é válida para o texto literário, em que o ajuste e a formação das estruturas dependem sobretudo da função que o texto tem de preencher. Pois o texto literário é um ato intencional quanto ao mundo, que, como tal, é por certo estruturado, mas cuja estruturação é comandada pela particularidade do ato intencional, que o texto ressalta. Segue-se daí que "a teoria funcional é uma teoria do sistema e do contexto".[13]

Os textos literários sempre se relacionam com contextos; é por esta relação que o texto alcança o sentido concreto de sua estruturação, ou seja, o sentido concreto de seu uso. O conceito de função tematiza a contextualidade do texto e elucida a relação recíproca que o texto e o contexto entretêm. Por um lado, o texto literário reúne e acumula muitos outros textos, os quais, em sentido estrito, podem ser literários e relacionar-se à literatura precedente, mas que também podem ser contextuais, na medida em que retratam convenções sociais, normas e valores. De tal maneira o texto literário contém em si textos e contextos que faz ressaltar as seleções que efetua de sua ambiência (*Umwelt*), assinalando como esta intervém no texto. A relação entre texto e contexto tem, por conseguinte, o caráter de reciprocidade, na medida em que os textos incluídos se tornam indicadores da intenção de intervenção na ambiência pelo texto. Desta relação básica derivam tanto a disposição das estruturas do texto, quanto a significação concreta do processo estrutural apresentado pelo texto. É com o conceito de função que se descreve a relação do texto com seu contexto e, assim, o sentido de sua estruturação se revela através de seu uso intencionado.

Tanto a relação quanto a intervenção no contexto são comandadas pelas exigências históricas ou pelos enfoques (*Bewusstseinsstelungen*) da época. O conceito de função, por conseqüência, não mais tem aquela referência sistemática que era própria ao conceito da estrutura. No entanto, esta própria carência é capaz de tornar-se indicador das necessidades históricas. Como nos mostram os seguintes exemplos, a estruturação do texto difere de acordo com aquelas exigências ou enfoques. O formalismo russo compreendia o texto litérário como função da desautomatização da percepção, para que "desta maneira se obtivesse um novo modo de ver as coisas e, assim, se corrigisse a própria relação com o mundo".[14] Era para isso necessário compreender o agenciamento das estruturas do texto como um modo operatório contrário à percepção, para que, por meio do estranhamento (*Verfremdung*), a atenção intensificada se sobrepusesse à automatização de nosso acesso ao mundo. Já em uma variante interessante da estética marxista o conceito de função é menos orientado pela idéia de situação. Conforme Christian Enzensberger, a arte deve compensar os *deficits* de sentido, que derivam das relações de produção do mundo do trabalho. Por conseguinte, a função da arte está em possibilitar o que o mundo do trabalho exclui: a realização do sentido. Isso conduz a uma determinada organização da estrutura na própria obra de arte, para que possa tornar-se efetiva a função de seu sentido. Daí que Enzensberger formule sua tese estética básica nos seguintes termos: "(...) O belo nas artes é a sua ordenação utópica. Ele possui a mesma estrutura que a relação de sentido realmente realizada entre o indivíduo e a sociedade, determinada por sua produção. E isso de dupla forma: primeiro, como determinação recíproca entre o todo e as partes, em função de um 'crescimento' bilateral, através da inter-relação de todas as partes e seu alinhamento quanto a uma meta de sentido que as ultrapassa; segundo, como libertação do indivíduo quanto ao domínio de seus interesses privados e das exigências pulsionais e de consumo imediatas. A obra de arte é a democracia de suas partes e o último símbolo semântico para a meta geral e social esquecida da produção material e, assim, para a utopia."[15] Esta determinação da função é quase antagônica à dos formalistas russos. Nestes, a função se definia por uma intervenção determinada nos modos de ver automatizados e fixados de nosso comércio com o mundo, que exigia uma alta dose de descontinuidade estrutural no agenciamento da estrutura do texto. Em Enzensberger, a função da arte é determinada pela compensação dos *deficits* de sentido, pelo qual os componentes estruturais do texto alcançam uma organização harmônica, para que assim estejam em condições de retratar o que rechaça o *deficit* de sentido do mundo industrial burguês. Organização estrutural descontínua *versus* organização estrutural harmônica são, portanto, dependentes, da função que se concebe o texto literário ter de produzir, em sua relação com o contexto.

Mas a função não se expressa apenas por estas oposições polares; ela própria tem uma história na literatura, que, como história da função, possibilita mostrar-se de que diferentes modos o texto literário tem-se relacionado com o sistema de seu contexto e, em conseqüência, como, através desta relação, tem regulado o agenciamento de suas estruturas. Se o texto literário é um ato intencional dirigido a um mundo, então o mundo com que ele se relaciona não é simplesmente nele repetido, mas experimenta ajustes e correções, como nos permitiram reconhecer os dois exemplos extremos referidos. A função do texto literário se funda, portanto, nas maneiras de fazer um balanço de um mundo problemático ou por ele problematizado.[16] Por conseguinte, a relação texto e contexto funciona segundo um modelo de regulação do equilíbrio que pode tanto acentuar os problemas pendentes nos sistemas contextuais do texto (*Umweltsysteme des Textes*), quanto afirmar as estruturas sociais ou os valores estéticos que aparecem ameaçados, pelas relações existentes na ambiência a que se refere o texto. Assim, a regulação de equilíbrio oferecida pela relação entre texto e contexto pode ter uma função de afirmação ou de negação. E o texto apresentará uma formação de estrutura diferencial de acordo com esta intenção de sentido.

VII

Não se ignora que também o conceito de função tem limites determinados, que restringem seu alcance explicativo. Querer determinar os textos literários por sua função significa indubitavelmente contentar-se com imprecisões. Pois a relação do texto literário com seu contexto — tanto do ponto de vista do material incorporado, quanto do ponto de vista da abordagem intencional do mundo ressaltado por essa incorporação — é condicionada pelas situações históricas e possui, portanto, um caráter apenas pragmático. Daí que cada determinação funcional do texto requer uma margem mais alta de interpretação do que a análise de suas estruturas. Tal necessidade de interpretação resulta de que, na determinação da função do texto, deva ser captada a sua relação com uma ambiência, ao passo que a descrição de estruturas pode-se limitar à verificação de um inventário prévio. As relações sempre precisam ser interpretadas.

Assim como o conceito de estrutura, o conceito de função alcança seu limite característico justamente através de seus logros. Como o conceito de função tematiza a relação do texto com a realidade extratextual, permite ele elucidar os problemas salientes que o texto buscava levantar. Deste modo, torna-se possível reconstruir um mundo passado e assim recuperar uma experiência histórica da qual se pode dizer que se abre à compreensão, muito embora nunca seja uma realidade concretamente vivida pelo presente. Se o conceito de função permite revelar tal dimensão do texto, restringe-se, no entanto, à gênese do texto e deixa sem resposta a pergunta sobre sua contínua validade. Mas a pergunta pela gênese e pela validade tornou-se urgente para a teoria da literatura, pois ela deve explicar como um texto literário, nascido nas condições de uma precisa situação histórica, pode sobreviver a ela e penetrar noutras situações. Por fim, o conceito de função permanece abstrato na medida em que a relação do texto por ele apreensível não é uma relação para alguém determinado, que a atualizasse por meio do texto. No conceito de função, não se cogita do receptor. Isso, no entanto, seria necessário para que, na relação entre texto e contexto, os usos indicados do texto pudessem ser realizados como pragmáticos.

VIII

É então forçoso que só através do conceito de comunicação podem ser resolvidas as dificuldades legadas pelo conceito de função. Embora só em data recente a comunicação tenha ocupado, como tema, o centro da teoria da literatura, muito depressa ela assumiu um caráter quase universal. Em oposição à descrição das estruturas e à determinação das funções, uma abordagem de tipo comunicacional renuncia de antemão a premissas determinadas, pois visa apenas organizar os processos de transmissão e recepção. O fato de que a comunicação como tema tenha alcançado tal importância é em grande parte devido a esta renúncia a colocações apriorísticas.

O modelo da interação entre texto e leitor é fundamental para o conceito de comunicação. Com isso é simultaneamente dito que o leitor recebe o texto na medida em que, conduzido pela articulação da estrutura deste, vem a constituir a função como seu horizonte de sentido. Para uma abordagem de tipo comunicacional, as estruturas têm o caráter de indicações pelas quais o texto se converte em objeto imaginário, na consciência de seu receptor. O conceito de comunicação, usado na teoria da literatura, acolhe portanto a descrição das estruturas e a determinação da função e, na verdade, deles necessita como o pressuposto necessário para que a transmissão e a recepção se tornem processos descritíveis.

Pelo conceito de comunicação é ao mesmo tempo reconhecido que cada texto literário possui potenciais determinados de inovação. Estes podem ser de naturezas diversas. Nesta organização estrutural, que contraria a percepção automatizada de nosso cotidiano, introduzem-se tantas inovações quanto na recodificação que sofrem os valores e as normas sociais relativas a textos passados, ao serem absorvidos por um novo texto e virem a outro contexto. A comunicação não seria necessária se ela não apresentasse, principalmente, relações assimétricas entre texto e leitor, resultantes de serem a este transmitidas informações e experiências que, com freqüência, não estão de acordo com seu repertório de experiência e saber.

Uma abordagem orientada pelo conceito de comunicação permite ao mesmo tempo compreender o texto literário como um processo. Esse caráter de processo é primeiro representado pelo conceito de interação, que determina a relação entre texto e leitor. As inovações de um texto derivam principalmente da recodificação de fragmentos de textos selecionados, ou seja, de valores e normas selecionadas. A eficácia delas se dá na medida em que o código de leitor, i. e., seus automatismos, passa para o segundo plano, possibilitando-se a recepção de experiências até então desconhecidas. Ao mesmo tempo, o código do leitor guia as seleções pelas quais é concretizada a relação texto e mundo, ou seja, a organização das estruturas extratextuais.

A necessidade de recepção da inovação desloca o código habitualizado para o segundo plano. No entanto, as relações esperáveis pelo leitor dirigirão as seleções que efetuará no texto. Assim a interação entre texto e leitor tem o caráter de reciprocidade e sujeita ambos os pólos a um processo auto-regulador.[17] Esta perspectiva mostra o texto também como um produto em processo, que se estende desde a interação de suas estruturas, passando pela interação com sua ambiência e vindo até à interação com seus receptores.

Explica-se desta maneira a força de convencimento do conceito de comunicação, porquanto ele inclui tanto a descrição de estruturas quanto a determinação da função, que constituem para ele as referências necessárias para a análise dos processos de transmissão e recepção. A pergunta que o conceito de função deixava sem resposta — "Qual a validade da obra literária?" — é enfrentada apenas do ponto de vista do alcance comunicacional do texto. A utilização seletiva do texto pela capacidade do receptor possibilita, sob a forma de experiência estética, que ele tenha acesso tanto à estrutura de aquisição da experiência, quanto que se represente uma realidade que, na verdade, é real enquanto objeto de representação, pois a realidade nunca pode ser concretizada pelo receptor.

IX

Os três conceitos-chave referidos — estrutura, função e comunicação — que constituem a orientação central da teoria da literatura contemporânea mantêm uma certa relação interna de dependência. De modo significativo, as respectivas conjunturas dos três conceitos se sucederam historicamente. Seguiu-se à dominância do conceito de estrutura o interesse na função, que, no momento, deságua no interesse crescente pelo conceito de comunicação. Esta seqüência histórica é movida por uma necessidade interna. O conceito de estrutura permite tanto a organização taxinômica dos componentes do texto, quanto a descrição da produção e sentido pelos procedimentos da estruturação. Pelo conceito de função, o conceito de sentido, que a análise anterior deixara em estado de abstração, ganha a sua concreção necessária. Daí que o conceito de função não mais seja de natureza taxinômica. Para ele, a relação mantida pelo texto com seu contexto torna-se constitutiva. Possibilita assim integrar o conceito de estrutura, embora, assim fazendo, algo ainda permaneça abstrato, ou seja, a determinação pragmática do texto que ele toma como seu horizonte final. O conceito de comunicação, de sua parte, concretiza esta abstração na medida em que converte a função pragmática do texto no objeto da transmissão a um receptor, pois só nos receptores esta função se realiza, por efeito da realidade por eles intencionada. Em conseqüência, o conceito de interação é o centro articulador da experiência da transmissão. Assim como estrutura e função são tomadas como os pressupostos do conceito de comunicação, assim também são componentes integrais do conceito de interação a organização taxinômica e a relação entre texto e contexto.

Os discursos referidos pertencem em conjunto ao discurso da teoria da literatura. Sua importância funda-se, portanto, em possibilitarem a tradução do texto literário ou do discurso ficcional em termos da teoria da literatura. Cada um deles implica abordagens textuais diferenciadas, mas todos têm a vantagem de uma alta plausibilidade, pois permitem a transposição do texto literário a outro plano discursivo. Segue-se daí que deve haver uma diferença decisiva entre o texto literário e os discursos analíticos, diferença que se converte na condição para a traduzibilidade requerida do texto literário. Daí caracterizamos o texto literário como um discurso ficcional, com o fito de tornarmos explícita sua diferença quanto aos discursos governados por um código (*codegesteuerte Diskurse*) para tornar manifesta a possibilidade de compreensão do discurso ficcional por meio de uma discurso governado por um código. Neste contexto, a compreensão significa, de acordo com a formulação de Culler, "naturalização", e esta indica que a diferença entre o discurso ficcional e os governados por um código é assim abolida, para que o discurso ficcional seja incorporado, pelos discursos analíticos, à racionalidade dos quadros de referência existentes. "A naturalização se realiza sob o suposto de que a ação é inteligível e que os códigos culturais especificam as formas de inteligibilidade."[18] Nossos atos intencionais manifestam-se, portanto, sempre como tentativas de incluir o discurso ficcional nos quadros existentes de nossos mundos do discurso. Tomada como meio de adaptação, a naturalização portanto condiciona a necessidade de um determinado ajuste. Estrutura, função e comunicação são estes quadros de adaptação. Com isso também é dito que tais procedimentos provocam certas reduções, resultantes de indagar-se o discurso ficcional do ponto de vista de suas possibilidades estruturais, funcionais ou de comunicação. O desdobramento histórico dos três conceitos referidos já é um indicador de como surgem problemas a partir de cada uma das reduções, cabendo ao conceito seguinte tentar removê-los. Mas como conceitos eles não podem abandonar seu caráter reducionista, afirmação que se mantém válida mesmo se o conceito é de natureza operacional.

Como se sabe, este estado de coisas provocou, nas discussões teóricas da estética, a exigência de conceitos abertos, pois se acreditava que apenas assim se podia, se não provocar o desaparecimento, pelos menos abrandar o caráter reducionista dos conceitos na elucidação do discurso ficcional.[19] Mas os conceitos abertos são em si mesmos problemáticos, pois, procurando afastar o reducionismo, ao mesmo tempo comprometem o rendimento dos conceitos.

Assim, os atos intencionais da compreensão têm, face ao discurso ficcional, o caráter de uma redução. Como atos intencionais da compreensão, permanecem, em última análise, semanticamente orientados. E isso vale para os três conceitos mencionados, em suas respectivas formas diferenciadas. O conceito de estrutura abre a possibilidade de descrever a produção do sentido, o conceito de função de preencher a determinação concreta do sentido e o de comunicação, o de elucidar a experiência do sentido. A despeito de suas diferentes facetas, o sentido é sempre o horizonte final do texto literário. Só o fato de que se possa compreender o horizonte final uma vez da perspectiva de sua construção, outra vez da perspectiva de sua função e, por fim, de sua experiência, cria dúvidas se a dimensão semântica é, de fato, a última do texto literário. Não é de suspeitar que os diversos discursos apoiados nos conceitos de estrutura, função e comunicação, como atos intencionais da compreensão, tomam o horizonte semântico, forçosamente necessário para a compreensão, como o horizonte final do texto?

A dimensão semântica como horizonte final do texto ainda se mostra mais problemática se pensamos na interpretação histórica de textos particulares. Eles parecem conter em si uma multiplicidade de sentidos que, se se considera sua história de interpretações diferenciadas, não parece reconduzível a um único sentido. Parece então demasiado problemático, do ponto de vista da lógica do conhecimento, preocupar-se com um modelo semântico, desenvolver critérios de determinação do sentido único, originalmente pretendido pelo autor de certo texto. Querer determinar o semântico com a semântica leva ou à aporia ou à metafísica, que sempre conhece a *priori* o Ser do sentido.

A este respeito, os conceitos-chave da teoria da literatura contemporânea abandonaram uma certa ingenuidade que ainda se mostra virulenta quando se trata de encontrar um *único* sentido. Pois, apesar de sua orientação semântica, perspectivizam o horizonte do sentido cada um a seu modo. No entanto, mesmo por efeito desta perspectivização, se impõe a pergunta: pode-se manter como hipótese inquestionável a dimensão semântica como horizonte final do texto?

X

O sentido não é o horizonte final do texto literário, mas apenas dos discursos da teoria da literatura, que assim agem para que o texto se torne traduzível. Tal transferência pressupõe que exista no texto uma dimensão que necessita da transferência semântica, para que esta se encaixe nos quadros de referência dominantes. Por conseguinte, a dimensão última do texto não pode ser de natureza semântica. Descrevemo-la como o imaginário, com o que, ao mesmo tempo, apontamos para a origem do discurso ficcional.

O imaginário não é de natureza semântica, pois, face a seu objeto, tem o caráter de difuso, ao passo que o sentido se torna sentido por seu grau de precisão. O difuso do imaginário, contudo, é a condição para que seja capaz de assumir configurações diversas, o que é sempre exigido se se trata de tornar o imaginário apto para o uso. A ficção é a configuração apta para o uso do imaginário (*die einsatzfähige Gestalt des Imaginären*). Por sua forma bem determinada, ela cria a possibilidade de o imaginário não só organizar, mas também de, através desta organização, provocar formas pragmáticas correspondentes. Comprova-se que a ficção é a configuração do imaginário ao se notar que ela não se deixa determinar como uma correspondência contrafactual da realidade existente. A ficção mobiliza o imaginário como uma reserva de uso específico a uma situação (*als eine situationsspezifische Einsatzreserve*). No entanto, a configuração que o imaginário ganha pela ficção não reconduz à modalidade do real que, através do uso do imaginário, deve ser justamente revelado.

A ficção é também uma configuração do imaginário na medida em que, em geral, ela sempre se revela como tal. Ela provém do ato de ultrapasse das fronteiras existentes entre o imaginário e o real. Por sua boa forma (*Wohlgeformtheit*), ela adquire predicados de realidade, enquanto, pela elucidação de seu caráter de ficção, guarda os predicados do imaginário. Nela, o real e o imaginário se entrelaçam de tal modo que se estabelecem as condições para a imprescindibilidade constante da interpretação.

Este estado de coisas se expressa por outra característica da ficção. Nela, sempre se dá a representação de algo. Ao mesmo tempo, porém, por sua ficcionalidade, o que por ela se representa tem apenas a qualidade de um *como se*, que não é idêntico nem ao real, nem ao imaginário; à diferença do imaginário, ele é dotado de forma, e à diferença do real, é irreal. Deste modo, a ficção mantém uma diferença constante quanto ao imaginário e quanto ao real. Através do *como se*, põe-se entre parênteses o representado pela ficção. Este parêntese assim declara que a ficção não representa o representado, mas sim a possibilidade de relacionar o representado a outra coisa, diversa da que se dá a conhecer por sua formulação verbal. Assim o caráter de *como se* da ficção cria um abismo peculiar entre o que é representado e o que deve ser o representado. Por conseguinte, a ficção não é idêntica com o por ela representado e desta identidade carente deriva a presença do imaginário do texto.

Desta maneira, como figuração do imaginário, a ficção impõe a necessidade da interpretação. A interpretação visa abolir aquele abismo por sua tradução em uma dimensão semântica. É o que se realiza pela estrutura do duplo sentido. Se a ficção, pelo ato de pôr entre parênteses, não significa o que é por ela representado, então a sua manifestação verbal é a condição para que se descubra, por meio da interpretação, o significado latente, ou seja, o velado, dando-se desta forma sua garantia ao *como se*. Realiza-se neste processo o transpasse da dimensão do imaginário na dimensão semântica. Torna-se ao mesmo tempo visível em que medida a dimensão do imaginário constitui a condição para a sua semantização, a qual não seria possível se o próprio semântico fosse o horizonte final do texto. Por conseguinte, todos os conceitos de sentido que a interpretação postula como sendo o horizonte final do texto são, em última instância, conceitos de mediação e de apropriação, que permitem, pelo ato de compreensão, ligar a dimensão imaginária do texto aos quadros de referência existentes.

Os conceitos-chave discutidos na história mais recente da interpretação fornecem esta mediação de formas diversas. A estrutura do duplo sentido,[20] no entanto, é o modo básico de interpretação de todos. Esta pode ser uma razão importante para o fato de a semiologia converter-se em uma modalidade universal de interpretação. Pois, se o signo é um significante que serve ao interpretante para a descrição dos significados, então, através da semiologia, a estrutura do duplo sentido se transforma em modelo formal e operacional da interpretação. Se o signo é insignificante sem a sua referência, também a referência atinge a existência pelo que o signo expressa. Os conceitos-chave de estrutura, função e comunicação funcionam de acordo com esta estrutura de duplo sentido, que, face ao texto literário, encontra seu ponto de partida na identidade carente da ficção com o que é nela representado e disso decorre o imaginário apresentar-se como a dimensão última do texto.

Com isso também se capta uma diferença entre interpretação e recepção. Como estrutura do duplo sentido, a interpretação tem por meta a constituição do sentido do texto. Por ela, o imaginário é superado (*aufheben*) pela determinação semântica. Mas, como o imaginário, de acordo com as hipóteses levantadas na interpretação, pode ser superado de diversas maneiras, passa a haver tanto uma história da interpretação dos textos particulares, quanto, na teoria da literatura contemporânea, uma seqüência de conceitos-chave entrelaçados. A recepção não é primariamente um processo semântico, mas sim o processo da experimentação da configuração do imaginário projetado no texto. Pois na recepção se trata de produzir, na consciência do receptor, o objeto imaginário do texto, a partir de certas indicações estruturais e funcionais. Por este caminho chega-se à experiência do texto. Na medida em que este se converte em um objeto estético, requer dos receptores a capacidade de produzir o objeto imaginário, que não corresponde às suas disposições habituais. Se o objeto imaginário é produzido como o correlato do texto na consciência do receptor, pode-se então dirigir a ele atos de compreensão. Esta é a tarefa da interpretação. Dela resulta a conversão deste objeto imaginário em uma dimensão semantizada (*Sinndimension*). A recepção, portanto, está mais próxima da experiência do imaginário do que a interpretação, que pode apenas semantizar o imaginário. Por isso é também possível que a recepção, enquanto experiência do próprio imaginário, se converta em objeto da interpretação. O caráter difuso do imaginário mostra-se também nos conceitos empregados pela interpretação, os quais, mesmo quando não são conceitos abertos, permanecem até hoje fortemente metafóricos. A conceitualidade metafórica não é, pois, em última instância, sintoma de uma precisão insuficiente a ultrapassar, mas a expressão do imaginário, que pode se manifestar nos discursos governados por um código apenas pela metaforização latente dos conceitos usados.

Como campo que hoje se abre para a teoria da literatura, o imaginário não deixa de precisar dos pressupostos aqui analisados. Seria no entanto necessário que se desenvolvessem os quadros de referência relevantes do ponto de vista da antropologia cultural para que pudéssemos fazer verificações sobre o imaginário e sobre seu caráter de configurador da ficção. Para isso também a interpretação deveria tornar-se auto-reflexiva. Seria ainda necessário converter as conjecturas atuais em meros pressupostos heurísticos, pois cada passo interpretativo deveria refletir sobre seu próprio alcance. Pois prospectar o imaginário significa propiciar a experiência de uma última reserva de usos à nossa disposição, através da qual o próprio horizonte de sentido é reduzido a um conceito pragmático.

Tradução
LUIZ COSTA LIMA

Notas

1. Para um desenvolvimento mais detalhado da questão, cf. meu ensaio "Literaturwissenschaft in Konstanz", *in Gebremste Reform. Ein Kapitel deutscher Hochschulgeschichte. Universität Konstanz 1966-1976*, org. por Hans Robert Jauss e Herbert Nesselhauf, Konstanz 1977, pp. 181-200.
2. Jost Hermand: *Synthetisches Interpretation. Zur Methodik der Literaturwissenschaft*, Munique 1968, p. 231 s.
3. Ibid., p. 239.
4. Wolf-Dieter Stempel: *Gestalt, Ganzheit, Struktur. Aus der Vor — und Frühgeschichte des Strukturalismus in Deutschland*, Gottingen, 1978, p. 2.
5. Jurij Striedter: "Zur formalistischen Theorie der Prosa und der literarischen Evolution", *in Texte der russischen Formalisten I* (Theorie und Geschichte der Literatur und der Schönen Kunste), org. por Jurit Striedter, Munique, 1969 p. XXVII.
6. Cf. Jonathan Culler: *Structuralist poetics. Structuralism, Linguistics and the study of literature*, Ithaca, 1975, pp. 32-109.
7. Cf. a respeito do sugestivo exemplo de Harald Weinrich: "Interferenz bei Farbnamen: das Farbwort bleu", *in Sprachliche Interferenz bei Farbnamen: das Farbwort bleu"* in Sprachliche Interferenz (Festschrift für Werner Netz), org. por Herbert Kolb e Hartmut Lauffer, Tübingen, 1977, pp. 267-277.
8. Esta suspeita é também expressa por Culler, op. cit., pp. 96-109.
9. Umberto Eco: *Einführung in die Semiotik* (UTB 105), trad. de Jürgen Trabant, Munique, 1972, p. 411.
10. Culler, op. cit., p. 265.
11. Hans Hormann: *Meinen und Verstehen. Grundzüge einer psychologischen Semantik*, Frankfurt, 1976, p. 210.
12. Niklas Luhmann: Soziologische Aufklärung. Aufsätze zur Theorie der sozialen Systeme, Opladen, 1971, p. 114.
13. Ibid., p. 39.
14. Striedter, p. XXIII.
15. Christian Enzensberger: *Literatur und Interesse I. Eine politische Ästhetik mit zwei Beispielen aus der englischen Literatur*, Munique, 1977, 141.

16. Em meu livro *Der Akt des Lesens. Theorie Ästhetischer Wirkung* (UTB 636), Munique, 1976, pp. 87-174, apresentei esta questão como modelo textual histórico-funcional.
17. Cf. a respeito ibid., pp. 257-355.
18. Culler, op. cit., p. 143.
19. Cf. a respeito Morris Weitz: "The Role of Theory in Aesthetics", *in Philosophy looks at the arts*, org. por Joseph Margolis, Nova York, 1962, pp. 48-59.
20. Sobre a estrutura do duplo sentido cf. Paul Ricoeur: *Herméneutique et structuralisme. Le conflit des interpretations I*, Seuil, Paris. (A obra em português se intitula *O conflito das interpretações: ensaios de interpretação*, Imago, Rio de Janeiro, 1978. Para um esclarecimento provisório do conceito de duplo sentido: "(...) O problema do *sentido múltiplo*. Com isto, já designo certo efeito de sentido, segundo o qual uma expressão, de dimensões variáveis, significando uma coisa, significa ao mesmo tempo outra coisa, sem deixar de significar a primeira", op. cit., p. 56.) (*N. do T.*)

CAPÍTULO 31

Os atos de fingir ou o que é fictício no texto ficcional

WOLFGANG ISER

De "Akte des Fingierens oder was ist das Fiktive im fiktionalen Text", comunicação apresentada ao X encontro do grupo *Poetik und Hermeneutik*, em 1979 publicado em *Poetik und Hermeneutik*, vol. X, W. Fink Verlag, Munique, 1983. Posteriormente, passou a integrar o cap. I do livro *Das Fiktive und das Imaginäre* (1991), traduzido em português (O *fictício e o imaginário*), publicado pela Editora da Universidade do Rio de Janeiro, 1996.

I

É hoje uma opinião amplamente aceita que os textos literários são de natureza ficcional. Por esta classificação, distinguem-se manifestamente dos textos que, não possuindo esta característica, são em geral relacionados ao pólo oposto à ficção, ou seja, à realidade. A oposição entre realidade e ficção faz parte do repertório elementar de nosso "saber tácito", e com esta expressão, cunhada pela sociologia do conhecimento, faz-se referência ao repertório de certezas que se mostra tão seguro a ponto de parecer evidente por si mesmo. É entretanto discutível se esta distinção, por certo prática, entre textos ficcionais e não-ficcionais pode ser estabelecida a partir desta oposição usual. Os textos ficcionados serão de fato tão ficcionais e os que assim não se dizem serão de fato isentos de ficções? Como não se pode negar à legitimidade desta pergunta, cabe indagar se o "saber tácito" a opor ficção e realidade — saber aceito como se fosse óbvio — ainda nos pode ser de ajuda.

Se os textos ficcionais não são de todo isentos de realidade, parece conveniente renunciar a este tipo de relação opositiva como critério orientador para a descrição dos textos ficcionais, pois as medidas de mistura do real com o fictício, neles reconhecíveis, relacionam com freqüência elementos, dados e suposições. Aparece, assim, nesta relação, algo mais que uma oposição, de modo que a relação dupla da ficção com a realidade deveria ser substituída por uma relação tríplice. Como o texto ficcional contém elementos do real, sem que se esgote na descrição deste real, então o seu componente fictício não tem o caráter de uma finalidade em si mesma, mas é, enquanto fingida, a preparação de um imaginário (*die Zurüstung eines Imaginären*).

Referimo-nos assim a uma relação ternária dentro da qual uma consideração sobre o fictício dos textos ficcionais não é só significativa, mas encontra sua possibilidade suficiente. A relação opositiva entre ficção e realidade, enquanto "saber tácito", já pressupõe a certeza do que sejam ficção e realidade. A determinação nitidamente ontológica atuante neste tipo de "saber tácito" caracteriza a ficção justamente pela eliminação dos predicados que serão atribuídos à realidade. Nesta certeza irrefletida, recalca-se também o problema que tanto atormentava a teoria do conhecimento do início da idade moderna: como pode existir algo que, embora existente, não possui o caráter de realidade?[1] O problema não encontrou solução alguma mesmo quando houve uma troca dos predicados de realidade; pois independente destas distribuições, a relação opositiva básica permanecia ainda neste tipo de permuta.

Temos daí uma justificação heurística para substituir a relação opositiva usual pela tríade do real, fictício e imaginário, para, a partir daí, comprovar o fictício do texto ficcional. A relação opositiva entre ficção e realidade retiraria da discussão sobre o fictício no texto uma dimensão importante, pois, evidentemente, há no texto ficcional muita realidade que não só deve ser identificável como realidade social, mas que também pode ser de ordem sentimental e emocional. Estas realidades por certo diversas não são ficções, nem tampouco se transformam em tais pelo fato de entrarem na apresentação de textos ficcionais. Por outro lado, também é verdade que estas realidades, ao surgirem no texto ficcional, neles não se repetem por efeito de si mesmas. Se o texto ficcional se refere à realidade sem se esgotar nesta referência, então a repetição é um ato de fingir, pelo qual aparecem finalidades que não pertencem à realidade repetida. Se o fingir não pode ser deduzido da realidade repetida, nele então surge um imaginário que se relaciona com a realidade retomada pelo texto. Assim o ato de fingir ganha a sua marca própria, que é de provocar a repetição no texto da realidade vivencial, por esta repetição atribuindo uma configuração ao imaginário, pela qual a realidade repetida se transforma em signo e o imaginário em efeito do que é assim referido.

Decorre daí que a relação triádica do real[2] com o fictício[3] e o imaginário[4] apresenta uma propriedade fundamental do texto ficcional. Ao mesmo tempo, fica claro o que caracteriza o ato de fingir e, assim, o fictício do texto ficcional. Quando a realidade repetida no fingir se transforma em signo, ocorre forçosamente uma transgressão de sua determinação correspondente. O ato de fingir é, portanto, uma transgressão de limites. Nisso se expressa sua aliança com o imaginário. Contudo, o imaginário é por nós experimentado antes de modo difuso, informe, fluido e sem um objeto de referência. Ele se manifesta em situações inesperadas e daí que de advento arbitrário, situações que ou se interrompem ou prosseguem noutras bem diversas. "O próprio da fantasia", opina Husserl, "é seu caráter caprichoso. Daí, idealmente falando, sua incondicional arbitrariedade."[5] Por isso, o fingir tampouco é idêntico ao imaginário. Como o fingir se relaciona com o estabelecimento de um objetivo (*Zwecksetzung*), devem ser mantidas representações de fins (*Zielvorstellungen*), que então constituem a condição para que o imaginário seja transladado a uma determinada configuração, que se diferencia dos fantasmas, projeções, sonhos diurnos e ideações sem um fim, pelas quais o imaginário penetra diretamente em nossa experiência. Portanto, também aqui se verifica uma transgressão de limites, que conduz do difuso ao determinado.

Isto é altamente significativo para o texto ficcional. No ato de fingir, o imaginário ganha uma determinação que não lhe é própria e adquire, deste modo, um predicado de realidade; pois a determinação é uma definição mínima do real. Na verdade, o imaginário não se transforma em um real por efeito da determinação alcançada pelo ato de fingir, muito embora possa adquirir aparência de real na medida em que por este ato pode penetrar no mundo e aí agir. Neste sentido, o ato de fingir realiza uma transgressão de limites diversa daquela que se mostrava a respeito da realidade vivencial repetida no texto. Nesta, a determinação da realidade repetida é transgredida por força de seu emprego. No caso do imaginário, seu caráter difuso é transferido para uma configuração determinada, que se impõe no mundo dado como produto de uma transgressão de limites. Assim, também no ato de fingir ocorre uma transgressão dos limites entre o imaginário e o real. É significativo que ambas as formas de transgressão de limites, realizadas pelo fingir no espaço da relação triádica, sejam de natureza distinta. Na conversão da realidade vivencial repetida em signo doutra coisa, a transgressão de limites manifesta-se como uma forma de irrealização; na conversão do imaginário, que perde seu caráter difuso em favor de uma determinação, sucede uma realização (*ein Realwerden*) do imaginário.

Evidencia-se assim a articulação resultante da relação entre o real, o fictício e o imaginário no texto literário. A substantivação dos adjetivos desta tríade mostra serem eles apenas qualidades de um objeto construído a partir de suas relações recíprocas. Os componentes da tríade se diferenciam na medida em que possuem funções distintas, cabendo porém ao ato de fingir, enquanto modo operatório decisivo destas relações recíprocas, um significado crescente; isso, pois ele se determina como a transgressão de limites daquilo que organiza e daquilo de que provoca a configuração. O ato de fingir, como a irrealização do real e a realização do imaginário, cria simultaneamente um pressuposto central para saber-se até que ponto as transgressões de limite que provoca (1) representam a condição para a reformulação do mundo formulado, (2) possibilitam a compreensão de um mundo reformulado, (3) permitem que tal acontecimento seja experimentado.

Desaparece assim a oposição entre ficção e realidade, pois, como "saber tácito", ela sempre implica um sistema referencial que o ato de fingir, enquanto transgressão de limites, não mais pode levar em conta. Pois se trata agora de buscar relações, em vez de determinar posições. Isso ao mesmo tempo significa afastar-se do projeto constante de um lugar transcendental, sempre tido como necessário quando se tratava de comprovar, através da predicação correspondente, serem ficção e realidade pólos opostos. Desta maneira, a discussão do fictício, fundada na tríade mencionada, eliminará mais do que um simples constrangimento, se nos lembrarmos da história da teoria do conhecimento da modernidade: ao tentar dominar a ficção, ela se viu forçada a reconhecer como ficções as suas próprias bases, sendo obrigada a abrir mão, face à crescente ficcionalização de si mesma, da pretensão de ser uma disciplina básica universal.

II

O referido pressuposto abre a possibilidade de situar o fictício no texto ficcional, que, perante uma observação mais detida, se mostra composto de diversos atos de fingir. Estes podem ser também apreendidos porquanto suas funções são determináveis. Evidentemente, é necessário o concurso de várias funções para que se realize a "mediação", no texto ficcional, do imaginário com o real. Mas, com base no pressuposto já mencionado, sempre permanece como característica dos atos de fingir correspondentes para a realização de uma transgressão específica de limites.

Como produto de um autor, cada texto literário é uma forma determinada de tematização do mundo (*Weltzuwendung*). Como esta forma não está dada de antemão pelo mundo a que o autor se refere, para que se imponha é preciso que seja nele implantado. Implantar não significa imitar as estruturas de organização previamente encontráveis, mas sim decompor. Daí resulta a *seleção*, necessária a cada texto ficcional, dos sistemas contextuais preexistentes, sejam eles de natureza sociocultural ou mesmo literário. A seleção é uma transgressão de limites na medida em que os elementos acolhidos pelo texto agora se desvinculam da estruturação semântica ou sistemática dos sistemas de que foram tomados. Isso tanto vale para os sistemas contextuais, quanto para os textos literários a que os novos textos se referem. Algo mais, entretanto, ainda sucede. Ressaltam, em primeiro lugar, os campos de referência como tais, porquanto a intervenção seletiva neles operada e a reestruturação de sua forma de organização daí resultante os supõem como campos de referência. Enquanto eles representam, como sistemas, a forma de organização de nosso mundo sociocultural, a tal ponto coincidem com suas funções reguladoras, que mal são observados; são tomados como a própria realidade. A seleção retira-os desta identificação e os converte em objeto da percepção. A qualidade de tornar-se perceptível, no entanto, não é parte integral dos sistemas correspondentes, pois só a intervenção resultante do ato de seleção provoca esta possibilidade. Daí se segue que a seleção dá a conhecer os campos de referência do texto como os sistemas existentes em seu contexto, campos que se dão a saber no momento em que, através do ato de seleção, serão transgredidos. A forma de organização e a validez dos sistemas se rompem agora porque certos elementos são afastados e são projetados noutra contextualização; isso tanto vale para normas e valores, quanto para citações e alusões. Os elementos contextuais que o texto integra não são em si fictícios, apenas a seleção é um ato de fingir pelo qual os sistemas, como campos de referência, são entre si delimitados, pois suas fronteiras são transgredidas.

O objeto assim produzido dos campos de referência alcança sua posição perspectivística através da divisão destes campos de referência em elementos que são uns atualizados pelo texto, enquanto outros ficam inativos. Se os elementos escolhidos fazem antes de tudo sobressair um campo de referência, exatamente por esta escolha se mostra o que foi daí excluído. Os elementos que o texto retira do campo de referência se destacam do pano de fundo do que é transgredido. Deste modo, os elementos presentes no texto são reforçados pelos que se ausentaram. Assim, o elemento escolhido alcança uma posição perspectivística, pelo que dele se ausenta, o julgamento que o texto fazia de seu mundo. Desta forma, o ato de seleção mais uma vez mostra um limite em cada campo de referência selecionado pelo texto, para outra vez transgredi-lo. E o mundo presente no texto é apontado pelo que se ausenta e o que se ausenta pode ser assinalado por esta presença.

Tal processo tem o caráter de um acontecimento que não é referenciável e que, no caso presente, se manifesta pela ausência de regras para a seleção, pois esta é governada apenas por uma escolha feita pelo autor nos sistemas contextuais, através de seu ato de tematização do mundo. Se houvesse uma regra para a seleção, esta não seria uma transgressão de limites, mas apenas uma possibilidade permissível dentro de uma concepção vigente. Sendo o ato de seleção um ato de fingir, que, como transgressão de limites, possui o caráter de acontecimento, sua função se funda no que é por ele produzido. Se o ato de seleção constitui os campos de referência do texto como sistemas contextuais de contornos nítidos e diferenciáveis, cujo limite é transgredido, então neste processo ocorre uma perda de articulações precedentes e uma reintegração dos elementos escolhidos em uma nova articulação. Assim, os elementos escolhidos terão outro peso do que tinham no campo de referência existente. Suprimir, complementar, valorizar são, entretanto, operações básicas da "produção do mundo", como as denomina Nelson Goodman em seu recente *Ways of worldmaking*.[6]

Neste suprimir, complementar e valorizar surge também um intento de expressão que se mostra, embora não formulada no texto ficcional, nestas operações. Como ato de fingir, a seleção possibilita então apreender a *intencionalidade* de um texto. Pois ela faz com que determinados sistemas de sentido do mundo da vida se convertam em campos de referência do texto e estes, por sua vez, na interpretação do contexto. Ela, por fim, se manifesta no controle de tal interpretação, porquanto o campo de referência único separa os elementos escolhidos do segundo plano que, por efeito da escolha, é excluído e, desta maneira, concede à visibilidade do mundo reunido no campo de referência uma disposição perspectivística. Neste processo, esboça-se o objeto intencional do texto, que deve sua realização à irrealização das realidades que são incluídas no texto.

Desaparecem desta forma dificuldades que até agora sobrecarregaram a discussão sobre a intenção autoral. O desejo tão freqüentemente repetido nas aulas e seminários de descobrir a verdadeira intenção do autor conduziu à indagação da psique do autor ou das estruturas de sua consciência. Esta situação sempre conduziu a soluções especulativas. É provável que a intenção não se revele nem na psique, nem na consciência, mas que possa ser abordada apenas através das qualidades que se evidenciam na seletividade do texto face a seus sistemas contextuais. Não é possível o conhecimento da intenção autoral pelo que o tenha inspirado ou pelo que tenha desejado. Ela se revela na decomposição dos sistemas com que o texto se articula, para que, neste processo, deles se desprenda. Por conseguinte, a intencionalidade do texto não se manifesta na consciência do autor, mas sim na decomposição dos campos de referência do texto. Como tal, ela é algo que não se encontra no mundo dado correspondente. Tampouco ela é apenas algo imaginário; é a preparação de um imaginário para o uso, que de seu lado depende das circunstâncias em que deve ocorrer.

A seleção é um ato de fingir, na medida em que por ela se assinalam os campos de referência do texto, com a finalidade de serem transgredidos. Origina-se assim a intencionalidade do texto, cuja característica consiste em nem ser uma qualidade dos sistemas de referência em que interveio, nem tampouco em materializar o imaginário como tal, porquanto possui uma determinação que não resulta dos sistemas a que se refere. Ela se mostra como "figura de transição" ("*Übergangsgestalt*") entre o real e o imaginário, com o estatuto da atualidade. Atualidade é a forma de expressão do acontecimento, e a intencionalidade possui o caráter de acontecimento na medida em que não se limita a designar campos de referência, mas os decompõe para transformar os elementos escolhidos no material de sua auto-apresentação (*Selbstpräsentification*). A atualidade se refere então ao processo pelo qual o imaginário opera no espaço do real.

III

Como um ato de fingir, a seleção encontra sua correspondência intratextual na *combinação* dos elementos textuais, que abrange tanto a combinabilidade do significado verbal, o mundo introduzido no texto, quanto os esquemas responsáveis pela organização dos personagens e suas ações. A combinação é um ato de fingir por possuir a mesma caracterização básica: ser transgressão de limites.

Isso se mostra no plano lexical, por exemplo, no uso de neologismos singulares, como a criação joyciana de *benefiction*. Nesta combinação de *benefiction/benediction* e *fiction*, emprega-se o significado lexical para romper-se a determinação semântica do léxico. O significado lexical é apagado para que um outro se ilumine; troca pela qual a combinação produz uma relação de forma e fundo, que tanto permite uma delimitação dos campos lexicais entre si, quanto uma constante alteração de perspectivas. As transformações semânticas assumirão feições diferentes, dependendo de se a dimensão referencial diz respeito à forma (*Figur*) ou ao fundo (*Grund*). A instabilidade de uma relação de tal modo organizada que conduz à oscilação, provoca um espectro semântico que não mais se deixa reconduzir a nenhum dos dois campos lexicais.

Na poesia, estratégias da rima podem romper de modo semelhante as fronteiras do significado lexical, como mostram os versos do "Prufrock" de Eliot:

> *Should I, after teas and cakes and ices,*
> *Have the strength to force the moment to its crisis?*[7]
>
> (Depois de chás e bolos e sorvetes, teria eu/ força de levar o momento à sua crise?)

As palavras em situação de rima ressaltam a divergência semântica justamente por sua mesma sonoridade. Se o mesmo aqui assinala a não equivalência, a combinação então funciona como revelação da diferença no semelhante. Por outro lado, esta diferença se organiza como uma relação entre figura e fundo, em que a crise é trivializada e o sorvete pode ganhar uma significação imprevisível. Em última análise, haverá aqui e em inúmeros casos semelhantes um aumento do potencial semântico por a combinação ser empregada de modo a permitir uma constante oscilação à relação forma e fundo, enfatizando-se ora uma, ora outra.

Esta situação não ocorre apenas no plano lexical, pois também vale para a combinatoriedade tanto dos elementos do contexto selecionados pelo texto, quanto para os esquemas do próprio texto, pelos quais os personagens e suas ações se apresentam. Justamente neste plano haverá um aumento significativo do potencial semântico. No texto narrativo, em geral, se acentuam os espaços semânticos constituídos a partir de elementos selecionados das realidades extratextuais, que se revelam pela apresentação esquemática das personagens do romance (caracteres positivos e negativos). Entretanto, também aqui encontramos uma relação entre forma e fundo, caracterizada pela transgressão dos espaços semânticos, geralmente pelo herói.[8] Resulta daí que o ponto de relevância de tais campos de referência é ora a figura, ora o fundo, originando-se assim uma rede de relações inexistente no simples esquema do texto.

Como ato de fingir, a combinação desde muito tem sido compreendida como uma marca característica da poesia, uma vez que se desejava distingui-la como ficção da realidade dada. Assim, por exemplo, Bacon descrevia a poesia como um processo combinatório "que pode à vontade estabelecer uniões e divórcios ilegais de coisas (...) comumente ultrapassa a medida da natureza, unindo a seu bel-prazer coisas que na natureza nunca viriam juntas e introduzindo outras que na natureza nunca aconteceriam".[9]

Revela-se até que ponto deste modo já se formula um *topos* no eco que a citação de Bacon encontra no *Essay* de Locke e precisamente ali onde uma série de "idéias compostas são rejeitadas como fantásticas, porque inexistentes na natureza, conquanto usadas na comunicação entre os homens: "(...) Aquelas são [unidades] fantásticas que são formadas por coleções tais de idéias simples que na realidade nunca se uniram, nunca foram encontradas juntas em qualquer substância: por ex., uma criatura racional consistente de uma cabeça de cavalo, ligada a um corpo de forma humana, ou como os centauros são descritos."[10]

Para Locke e para Bacon, constitui a condição do poético uma separação constante e uma combinação que não correspondem aos fenômenos naturais observáveis. Ou, como é mais claro em Locke do que em Bacon, esta é a condição de um imaginário que parece constantemente ameaçar o conhecimento do real. De toda maneira, estas afirmações atestam que o fingir alcançou tal grau de determinação na separação e na combinação que o imaginário terá, por certo, conseqüências quanto ao real.

Como ato de fingir, a combinação cria *relacionamentos* intratextuais. Como o relacionamento é um produto do fingir, ele se revela, como a intencionalidade que aparece no processo de seleção, como *"fact from fiction"*.[11] O relacionamento alcança esta "faticidade" específica pelo grau correspondente de sua determinação, mas também pela influência exercida nos elementos que ela relaciona entre si. Pois, não sendo ele mesmo uma propriedade destes elementos, não partilha de seu caráter de realidade, embora, por sua determinação, provoque a aparência de ser um real. Sua "faticidade", portanto, não se funda no que é, mas naquilo que por ele se origina.

Pode-se daí dizer que cada relação formada não só muda as posições que nela se inter-relacionam, mas ainda que sua realização condiciona doutro modo o que dela se exclui. Cada relação ganha sua estabilidade através do que exclui. Ela portanto se reforça pelo que rechaça. O que ela rechaça se oculta sob a relação realizada e lhe dá o seu contorno; desta maneira, o que se ausenta ganha presença. Se a relação realizada vive do que rechaça, então o relacionamento, como produto do ato de fingir, apresenta o realizado e o ausente principalmente em um campo de co-presença, que faz com que as relações realizadas incidam sobre sua zona de sombras e possibilitem a diversa estabilização desta. O relacionamento, portanto, faz com que as posições interligadas sejam transgressoras de sua posicionalidade, mas também que as relações realizadas — de acordo com a exigência intencional do texto — transgridam as possibilidades rechaçadas.

Não é mais preciso sublinhar expressamente que o relacionamento pode assumir múltiplas maneiras no texto ficcional. Há, entretanto, certas categorizações que devem ser ressaltadas para que se mostrem as conseqüências resultantes da especificidade deste modo de fingir. Três planos de rompimento de fronteiras, ou seja, de sua transgressão, se distinguem pelo relacionamento no texto ficcional.

A primeira conecta-se estreitamente ao processo de seleção e articula as convenções, normas, valores, alusões e citações contidas no texto: "A ficção pode manter unidas dentro de um único espaço uma variedade de linguagens, de níveis de focos, de pontos de vista, que seriam contraditórios noutras espécies de discurso, organizados quanto a um fim empírico particular."[12] Esta paradigmática do texto, derivada da seleção, se articula por meio das relações estabelecidas. Tais relações, no entanto, dificilmente podem ser descritas como uma articulação sintagmática, pois o relacionamento não segue regras previsíveis. Ao contrário: "A força, o poder de qualquer texto, mesmo o mais descaradamente mimético, está naqueles momentos que excedem nossa capacidade de categorizar, que conflitam com nossos códigos interpretativos, mas que, apesar disso, parecem corretos."[13] Quando tais relacionamentos são convincentes, sem que possuam uma regularidade comandada por um código, é porque, através deles, os elementos agora interligados logram transgredir os valores de antes. A mudança de valor é um processo plausível que se realiza continuamente pelo relacionamento do material retirado do contexto a que pertence o texto.

Este processo é especialmente notado na literatura narrativa, onde os personagens representam normas diferentes, cujo relacionamento revela a vigência de certas normas, para que sua transgressão se compreenda como provocada por limitação inevitável.

Outro plano de relacionamento se mostra onde determinados espaços semânticos são organizados no texto literário pelo relacionamento. Surgem então campos de referência intertextuais, resultantes dos elementos de que o texto se apropriou. Estes campos são em geral motivo para que um herói transgrida as fronteiras, em princípio insuperáveis, existentes entre os campos. Esta transgressão de fronteiras é, no sentido de Lotman, um acontecimento relacionado ao tema, que se revela como "elemento revolucionário" na medida em que se opõe "à classificação vigente".[14]

Mas isso não vale apenas para a literatura narrativa, pois é também relevante para a lírica, em que o eu lírico se constitui como ponto de interseção dos esquemas, de que, a partir do mundo que envolve o texto, derivam os mais diferentes discursos e que são introduzidos no poema. Resultam daí, desde logo, relações diferenciadas entre os esquemas discursivos escolhidos, que devem ser transgredidos, e que o eu lírico, como ponto de interseção de todos estes discursos, deve acolher em sua configuração individual.[15] Como o herói do romance, também o eu lírico é capaz de mostrar a topografia semântica posta no poema, apenas pelo "efeito de transgressão". Assim sucede uma alteração dos valores, que, a partir da organização intratextual, produziram os espaços semânticos. Tal violação do sistema semântico secundário resultante possui um caráter de acontecimento porque o "referente" da semântica daí derivada quebra com aquela determinação provocada no texto pelos processos de seleção e combinação.

As "ações dos personagens ficcionais importam enquanto representam possibilidades de relacionamento. Neste caso, a ficção não é apenas *realização* de um relacionamento, mas também *representação* de relacionamentos ou comunicação sobre relacionamentos".[16] Se o relacionamento, nesta forma, chegar até à auto-apresentação, mostrará também a amplidão do leque de diferentes relacionabilidades dos elementos entre si articulados e mostrará em que medida os elementos articulados na rede de relação podem mudar, conforme os modos de relacionamento.

No que concerne ao terceiro plano, basta aqui a referência ao já discutido plano lexical de relacionamento, que se manifesta no rompimento de limites, ou seja, no mútuo aparecimento e desaparecimento dos significados lexicais: "Os significados desaparecem em favor de certos relacionamentos."[17]

Na combinação como um ato de fingir, exprime-se uma forma particular do uso verbal quando o relacionamento se mostra, no plano do significado lexical, como processo de ruptura de limites, em favor de uma relacionalidade intensificada. Anula-se tanto o significado literal da língua, quanto a sua função designativa. O relacionamento é ao mesmo tempo um processo que se manifesta desde o rompimento do significado lexical, passando pela violação dos espaços semânticos, até à alteração do valor. Ele entretanto, não possui uma forma verbal própria, que se surpreendesse em determinados enunciados. Segue-se daí que o relacionamento, como produto de um ato de fingir, é captável a partir de seus efeitos mostrados na língua, sem que a ela pertençam.

O relacionamento converte a função designativa em função figurativa. Se no uso figurativo da língua seu caráter denotativo é paralisado, não desaparece entretanto a referência. Mas a referência de uso figurativo, nascido do relacionamento, não é mais resgatável a partir dos sistemas de referência existentes. Se compreendemos a expressão e a representação, como Goodman as apresentou,[18] como referência (*Bezug*) a que remete o uso figurativo da língua, resultam duas conseqüências: 1. Aquilo a que remete este tipo de linguagem não é, em si mesmo, de natureza verbal. Também não existe como um dado objetivo, que exigiria apenas a função designativa da linguagem para que pudesse dizer algo sobre ele. Este é o motivo por que a linguagem em questão deve transgredir sua função designativa, para manifestar, pelo uso figurativo, a intraduzibilidade de sua referencialidade. 2. Se tal linguagem não mais designa, então se abre por sua figuração a possibilidade de se representar aquilo a que se refere. Neste caso, a própria língua se despotencializa em um análogo, que implica tão-só a condição para a representabilidade possível e, ao mesmo tempo, significa não ser idêntica àquilo que trata de representar. Surge então, na referência da linguagem figurativa, uma ambigüidade peculiar: ela funciona ao mesmo tempo como análogo da representabilidade e como signo da intraduzibilidade verbal daquilo a que aponta.

Vejamos agora a qualidade apreensível do fictício no relacionamento. Como produto de um ato de fingir, o relacionamento é a configuração concreta de um imaginário. Este nunca pode se integrar totalmente na língua, embora o fictício, enquanto concretização do imaginário, não possa prescindir da determinação da formulação verbal, para que, por um lado, chame a atenção para o que se trata de representar e, por outro, para que introduza, por modalizações diversas, no campo dos mundos existentes, o que se manifesta na representação.

É por isso significativo que Jeremy Bentham, o primeiro a dar um sentido positivo à ficção, dentro da tradição do empirismo filosófico, visse a sua existência fundada na língua: "É à língua então — apenas à língua — que as entidades fictícias devem a sua existência; sua impossível e, contudo, indispensável existência."[19] Bentham explica com uma definição básica, de sua lavra, por que a ficção encontra sua "existência impossível" apenas na língua: "por entidade fictícia entende-se um objeto cuja existência é fingida pela imaginação — fingida em favor do discurso — e que, ao ser assim formada, é tratada como um real".[20] Pela língua, assim, as ficções adquirem aparências de realidade; aparências que, por um lado, se originam da configuração concreta que as ficções outorgam ao imaginário e que, por outro, são necessárias para assegurar eficácia a estas configurações. O fato de existirem apenas na língua faz com que as ficções se mostrem, como tais, na transgressão do significado literal, ou seja, lexical, na paralisação da função designativa e na sinalização da intraduzibilidade verbal daquilo a que se referem.

Como Bentham pensava, a ficção assim existe *apenas* na língua, muito embora esta existência "impossível" conquanto "indispensável" seja constituída de um modo tal a tomar de empréstimo da língua seu caráter de realidade, para que então crie um análogo para a representabilidade daquilo que não cabe na língua. A relacionalidade é portanto um modo básico da ficção, que funciona através da língua, sem que seja por ela esclarecido. Assinale-se sobre isso outra observação importante de Bentham: "Uma vez introduzida, a entidade fictícia chamada relação a tal ponto se avoluma que absorve todas as outras. Todas as demais entidades fictícias não passam de um modo desta."[21]

IV

Os atos de fingir no texto ficcional, até agora descritos, ou seja, os da *seleção* e os da *combinação*, diziam respeito à transgressão de limites entre texto e contexto, ou seja, à transgressão dos campos de referência intratextuais. Daí evidenciar-se uma complexificação crescente. Como produto da combinação, o relacionamento não se referia apenas à elaboração destes campos de referência a partir do material selecionado, mas ainda ao mútuo relacionamento destes campos. Isso nos levou a reconhecer uma diferenciação relativa à qualidade do fictício. Esta diferenciação ainda crescerá mais ao tratarmos agora doutro ato de fingir, que consiste no *desnudamento de sua ficcionalidade.*

É característico da literatura, em sentido lato, que se dá a conhecer como ficcional, a partir de um repertório de signos, assim assinalando que é literatura e algo diverso da realidade. Normalmente, no entanto, os diversos signos ficcionais não indicam que por eles se opera uma oposição à realidade, mas antes algo cuja alteridade não é compreensível a partir dos hábitos vigentes no mundo da vida (*Lebenswelt*). Não se pode abordar aqui a multiplicidade dos repertórios de signos, pelos quais o texto ficcional se revela na literatura. Deve-se entretanto ressaltar que este repertório de signos não se confunde com os signos lingüísticos do texto; razão por que fracassaram todas as tentativas de demonstrar o contrário. Pois o sinal de ficção no texto assinalado é antes de tudo reconhecido através de convenções determinadas, historicamente variadas, de que o autor e o público compartilham e que se manifestam nos sinais correspondentes. Assim, o sinal de ficção não designa nem mais a ficção, mas sim o "contrato" entre autor e leitor, cuja regulamentação o texto comprova não como discurso, mas sim como "discurso encenado".[22] Deste modo, por exemplo, os gêneros literários se apresentam como regulamentações efetivas de largo prazo, que permitem uma multiplicidade de variações históricas nas condições contratuais vigentes entre autor e público. Contudo, mesmo designações de curto prazo, específicas a certas situações, como a de "romance não-ficcional", funcionam do mesmo modo, porquanto a convenção é aí afirmada justamente por seu desmentido.

Nesta familiaridade rotineira que em nós desperta o repertório de signos — por certo apenas esboçado — já se esconde uma conseqüência significativa. Pois as ficções não só existem como textos ficcionais; elas desempenham um papel importante tanto nas atividades do conhecimento, da ação e do comportamento, quanto no estabelecimento de instituições, de sociedades e de visões de mundo.[23] De tais modalidades de ficção, as ficções do texto ficcional da literatura se diferenciam pelo desnudamento de sua ficcionalidade. A própria indicação do que pretendem ser altera radicalmente sua função face àquelas ficções que não se mostram como tais. O desnudamento não se apresenta ali onde a ficção precisa apresentar os processos de explicação e fundamentação. Por isso, a renúncia ao desnudamento não resulta necessariamente de uma intenção de fraude; ele não se realiza porque do contrário seria afetado o valor da explicação ou da fundamentação. A ficção preocupada com a explicação, na dissimulação de seu estatuto próprio, se oferece como aparência da realidade, de que ela, neste caso, necessita, pois só assim pode funcionar como a condição transcendental de constituição da realidade.

No discurso filosófico, especialmente na tradição do empirismo, esta situação ganhou uma atualidade altamente significativa. É uma característica constante do tratamento da ficção pelo discurso filosófico que nunca se fale de uma de suas marcas centrais: a de ser algo fingido. Ao contrário, de Bacon a Vaihinger entende-se a ficção como se ela tratasse de dissimular o que é, do que deriva uma das tarefas principais da teoria do conhecimento: cada vez mais mostrar esta tendência. Se a ficção não pode ser conhecida como tal por aquele a que ela se volta, surge para o discurso a necessidade de desmistificar as ficções. Curiosamente, esta tendência desmistificante do discurso filosófico se manifesta mesmo onde a ficção, em virtude de sua utilidade, há muito é afirmada.

Vaihinger precisou escrever uma obra imensa para mostrar que quase tudo que se escreveu em filosofia e em ciência não passa de ficção. Contudo, nenhuma das ficções evidenciadas por Vaihinger toma para si o atributo patente do texto ficcional: o fingir que se dá a conhecer pelo desnudamento. Em conseqüência, o discurso filosófico de Bacon a Vaihinger sempre se orientou — independente de juízos e valores — no sentido de demonstrar a ficcionalidade da ficção, processo que não se liberta também da intenção de uma desmistificação permanente, mesmo quando há pleno reconhecimento da importância da ficção para a constituição de nosso acesso ao mundo. Nisso reside o dilema do discurso filosófico que, a partir de uma teoria do conhecimento, aspira chegar ao domínio que parece ser a condição do conhecimento. Ter de desmistificar a ficção mesmo onde não se questiona seu valor heurístico, mostra a preocupação de impedir que uma ficção, que não se evidencia por si mesma, se qualifique como realidade.

Na história da modernidade, foi Bacon o primeiro a formular esta suspeita com a sua crítica aos ídolos. Aí mostrava que as ficções se convertem em ídolos quando, dissimulando o seu próprio caráter, começam a crer que possuem o caráter de objetos reais.[24] Mas assim se dissimula pela ficção coisificada aquilo que carece de representabilidade. O próprio Vaihinger ainda era da opinião de ser necessário desmistificar, por exemplo, o modelo do átomo como uma ficção útil, para assim destruir a opinião há muito assente na física de que existem átomos e que, então, o modelo do átomo representava uma realidade existente como tal.[25]

A partir daí, entretanto, aparecem dificuldades para o discurso filosófico, pois, por um lado, reconhecendo a função do uso, precisa afirmar as ficções e, por outro lado, se vê obrigado a negar continuamente o caráter de realidade destas imagens positivamente eficazes, para que a utilidade evidente não convertesse as próprias ficções em objetos. Se, entretanto, malgrado a utilidade reconhecida, permanece a necessidade de desmistificação, seguem-se duas conseqüências: 1. o valor de uso pragmático das ficções é abordado em uma perspectiva de teoria do conhecimento, que começa a se tornar ambivalente na medida em que a utilidade reconhecida é, ao mesmo tempo, objeto da desmistificação, sem que se queira questionar a utilidade; 2. a desmistificação da ficção como tal, necessária a uma colocação da teoria do conhecimento, passa a ser entendida como a constante tentativa do discurso filosófico de restituir à ficção um seu atributo essencial, ou seja, que ela, para que seja ficção, seja entendida como tal.

Se esta restituição só se realiza pela desmistificação, cabe a pergunta pelo lugar transcendental que oferece as distinções necessárias para isso e que possibilita fundá-las. Mas este próprio lugar não será uma ficção que ainda não se deu conta de sua ficcionalidade? Esta dificuldade não pesa sobre o texto ficcional que se apresenta como tal. Pode suceder que a realidade que aparece no texto seja sentida como idêntica àquela em que vivemos, mas neste caso a desmistificação não se refere à ficcionalidade supostamente dissimulada no texto, mas à maneira de pensar do receptor acerca dos processos do texto. A literatura é capaz de tematizar estes processos, como por exemplo quando Partridge, no *Tom Jones* de Fielding, toma uma apresentação do *Hamlet* não como peça de teatro, mas como a própria realidade, em que, devido aos acontecimentos monstruosos, acredita que deve intervir.[26] O próprio Shakespeare já fornecera no *Sonho de uma noite de verão* o paradigma disso, quando os operários-atores afirmam constantemente a seus espectadores que não precisam temer o leão, pois este não é real mas apenas representado por Snug. A ilusão não corre por conta da ficcionalidade do texto, mas sim da ingenuidade de um modo de pensar para o qual não há diferenças entre ficção e realidade e que, assim, não é capaz de registrar os sinais do ficcional.

A curta travessia sobre o papel da ficção no discurso filosófico nos permitiu reconhecer duas coisas: 1. que a caracterização do fingir é um atributo central da ficção e que, se não aparecer com a suficiente clareza, deve ser revelado pela desmistificação; 2. se uma ficção se apresenta como tal, graças ao repertório de sinais que carrega consigo, será necessária uma outra atitude face ao que ela contém. O discurso filosófico deixa ver que a caça às ficções é guiada pelo esforço de que elas próprias não se convertam nos objetos daquela "realidade" que representam. Assim também no autodesnudamento da ficção se mostra que o texto, como um fingido, não é idêntico ao que por ele se representa.

No entanto, o texto ficcional contém muitos fragmentos identificáveis da realidade, que, através da seleção, são retirados tanto do contexto sociocultural, quanto da literatura prévia ao texto. Assim, retorna ao texto ficcional uma realidade de todo reconhecível, posta agora, entretanto, sob o signo do fingimento. Por conseguinte, este mundo é posto entre parênteses, para que se entenda que o mundo representado não é o mundo dado, mas que deve ser apenas entendido com se o fosse. Assim se revela uma conseqüência importante do desnudamento da ficção. Pelo reconhecimento do fingir, todo o mundo organizado no texto literário se transforma em um *como se*. O pôr entre parênteses explicita que todos os critérios naturais quanto a este mundo representado estão suspensos. Desta forma, nem o mundo representado retorna por efeito de si mesmo, nem se esgota na descrição de um mundo que lhe seria pré-dado. Estes critérios naturais são postos entre parênteses pelo *como se*.

Aqui já aparece uma primeira diferença significativa quanto à ficção que dissimula seu caráter, pois nela se mantêm os critérios naturais. Pode até ser mesmo que a função da dissimulação seja manter intactos os critérios naturais, para que a ficção seja compreendida como uma realidade que possibilita o esclarecimento de realidades. Situação diversa se dá no caso de os critérios naturais serem postos entre parênteses, pois o parêntese implica que o mundo aí posto não é um objeto graças a si mesmo, mas objeto de uma encenação ou de uma consideração daquele tipo. Assim, na verdade, a realidade se repete no texto ficcional, mas esta repetitividade é superada por estar posta entre parênteses. Resulta daí igualmente um traço característico do *como se*: pelo parêntese é sempre assinalada a presença de um aspecto da totalidade que, de sua parte, não pode ser uma qualidade do mundo representado, quando nada porque este foi constituído a partir de segmentos dos diversos sistemas contextuais do texto.

Neste aspecto da totalidade, destaca-se a função do uso, graças à qual a ficção entra na obra. Pois a ficção sempre ocorre em virtude de seu uso pragmático. Por conseguinte, também a realidade representada no texto não deve ser tomada como tal; ela é a referência de algo que ela não é, mesmo se este algo se torna representável por ela.

Esta constelação de *como se* caracteriza a literatura desde o início da modernidade. É característico disso o gênero bucólico renascentista, em que a ficção pela primeira vez se autotematizou. Daí que na écloga, assim como no romance e no drama pastoris, venha indicado que o mundo pastoril representado não se confunde com o pastorismo real. Spenser declara com toda clareza que desejava com suas éclogas fingir algo de outro, para que assim revelasse uma situação ocultada.[27] Se o mundo pastoril representado não pretende ser o mundo pastoril efetivo, pois não serve para sua expressão, então pela colocação entre parênteses, resultante do fingir, se cumpre uma irrealização, em que se indica a presença daquilo a que se refere. A literatura recebe a característica geral de mundo representado e posto entre parênteses.

É necessária uma abordagem mais aprofundada do *como se* para que se entendam suas conseqüências. A partícula da frase condicional significa, como Vaihinger formula, "que a condição por ela estabelecida é irreal ou impossível".[28] Julgar o mundo emergente no texto ficcional como se ele se confundisse com o mundo real significa ainda que se almeja encontrar um elemento de comparação, que, entretanto, se limita à partícula da condicionalidade. Entender o mundo emergente no texto como se fosse um mundo significa relacioná-lo com algo que ele não é. "Assim se afirma forçosamente a equivalência de uma coisa com as conseqüências necessárias de um caso impossível ou irreal (...) assim se finge um caso impossível, dele se tiram as conseqüências necessárias e com estas conseqüências, que deveriam ser também impossíveis, estabelecem-se equivalências, que não se deduzem da própria realidade existente."[29] Assim, o conjunto de partículas do *como* se serve para "estabelecer equivalências entre algo existente e as conseqüências de um caso irreal ou impossível".[30] Se o texto ficcional relaciona o mundo por ele representado a este "impossível", a este "impossível" faltará precisamente a determinação que alcança por sua representação. Podemos chamá-lo de imaginário porque os atos de fingir se relacionam com o imaginário. Portanto, o *como se* significa que o mundo representado não é propriamente mundo, mas que, por efeito de um determinado fim, deve ser representado como se o fosse. Pois sempre "onde ocorre esta comparação imaginária ou uma comparação com algo imaginário, e não se trata de um mero jogo de representações, mas que tem alguma finalidade prática, de modo que da comparação derivam conseqüências, a expressão 'como se' é adequada, pois ela (...) compara algo existente com as conseqüências necessárias de um caso imaginário. É de se ressaltar que esta atividade imaginativa deve ter alguma utilidade prática, alguma finalidade: só neste caso, a função imaginativa é conseqüente; pois não se trata, sem que haja alguma finalidade, de tomar-se como real algo que é irreal".[31] Se assim o "imaginário" ganha a sua configuração suficiente pela finalidade, deve-se observar que o mundo representado no texto ainda não é a finalidade do texto; ao contrário, ele constitui, como termo de comparação determinado, a condição para que se torne representável a dimensão do uso, indicada pelo parêntese.

Esta condição é preenchida pelo mundo representado no texto na medida em que ela provoca uma dupla referência (*Verweisung*), a que devemos permanecer atentos. Em primeiro lugar, o mundo presente no texto é um mundo representado. Está contida no conceito de representação (*Darstellung*) uma ambivalência, já que sua função pode ser designativa (*Bezeichnen*) ou remissiva (*Verweisen*). Nesta medida, o mundo representado no texto tem um efeito sempre ambivalente, porque, na concretude de sua representação, parece designar um mundo por ela representado. No entanto, os atos referidos do fingir, os da seleção e da combinação, já revelaram que o mundo do texto, construído pela intencionalidade e pelo relacionamento, não é idêntico ao do contexto, de onde se tiraram seus elementos. Segue-se daí que o mundo representado no texto não designa um mundo existente e, por conseguinte, não pode representá-lo por sua representação. Esta situação leva a que se descreva, na semiologia, o mundo do texto ficcional como auto-referencial, pois os diversos signos verbais recebem um emprego icônico, a partir do qual é construído o mundo do texto. Contudo, justamente esta interrupção do descrever converte os próprios signos auto-referenciais em interessantes elementos de remissão, porque não são governados pelo significado.

Com o *como se* indica-se a orientação desta remissão: o mundo representado há de se tomar como se fosse um mundo. Daí resulta que o mundo representado no texto não se refere a si mesmo e que, por seu caráter remissivo, representa algo de diverso de si próprio. Mostra-se aqui de novo o modo característico do fictício, ser transgressão de limites. De todo modo, deve-se destacar o fato de que com a ficção do *como se* ocorre a transgressão daquilo que, de sua parte, como mundo representado no texto, já materializa um produto proveniente dos atos de fingir. Esta situação merece ser aqui assinalada porque os efeitos acumulados de transgressão do fictício podem explicar como um mundo constantemente reformulado pelos atos de fingir ainda assim permanece acessível à compreensão.

Uma observação crítica de Dürrenmatt a propósito da encenação de sua *Velha senhora*, por Giorgio Strehler, ilustra a importância da distinção entre o designar (*Bezeichnen*) e o remeter (*Verweisen*) ao mundo representado no texto. Dürrenmatt acha que Strehler cometeu um erro flagrante de encenação de sua peça por ter-se esforçado em apresentar a cena na estação e todas as demais com a maior fidelidade. Desta maneira, diz Dürrenmatt, surgiu na peça um realismo que tinha de destruí-la. Pois o autor incorporara em seu drama uma série de alusões, que deveriam dar ao público a sensação constante de tratar-se de uma peça de teatro. Noutras palavras, a própria peça fora feita com sinais ficcionais para que apresentasse o mundo representado ao mesmo tempo no modo do *como se*. No momento, porém, que a direção suprimiu os sinais ficcionais e assim eliminou o *como se*, tornou-a representação de uma realidade determinada e verificável no mundo empírico dos espectadores. Como, pela encenação, a peça se transformara na designação de tal realidade, a dimensão remissiva se esvaziara. Se assim se produz uma ilusão de realidade, que se cumpre à medida que a realidade representada serve ao propósito de designá-la, cabe perguntar o que pretende esta representação. Pois a recondução da realidade representada à função designativa do que existe de antemão provoca a idéia de uma redundância bizarra, que, se não materializa, de sua parte, uma possibilidade refinada de representação, tornaria de fato supérflua a realidade representada. Se, entretanto, a redundância fosse um modo de representação, já se teria nela manifestado a dimensão remissiva, na medida em que a redundância não aponta para si mesma, mas é representação de algo outro. Este é um modo de representação com que trabalha, por exemplo, a literatura documental contemporânea.

Assim a crítica de Dürrenmatt é muito sugestiva por mostrar que a retradução da ficção na realidade, ou seja, a tentativa de retirar da determinação do mundo representado seu caráter de *como se*, conduz forçosamente à eliminação do elemento de comparação aí manifestado. Se a retraduzibilidade do mundo representado em evidência realista condiciona a sua destruição, isso significa que o mundo representado do texto não é mimético.

Ao mesmo tempo, porém, o mundo representado no texto é uma materialidade (*Sachverhalt*) que, por seu caráter de *como se*, não traz em si mesmo nem sua determinação, nem sua verdade, que devem ser procuradas e encontradas apenas em relação com algo outro. Se um diretor como Strehler sacrifica a remissão por privilegiar a designação, faz assim aparecer uma certa ambivalência no mundo representado no texto, que, enquanto tal, remete a alguma coisa, e deste modo, representa algo que não é a própria representação, sem por isso suprimir a função designativa; esta subsiste a partir dos materiais que são retirados, pelos atos de seleção e combinação, do mundo a que pertence o texto e que são organizados como um mundo. Desta maneira, conserva-se formalmente no texto um elemento designativo. Este, entretanto, já não é puramente designativo, porquanto sua função aparece relacionada à função remissiva. Pois, se o *como se* assinala que o mundo representado deve ser visto como se fosse um mundo — sem que seja tratado como tal —, então é necessário manter um certo grau de designação para que o mundo se possa transformar na condicionalidade intencionada. Esta sujeição da função designativa à remissiva mostra que o mundo representado, enquanto designa algo, tem apenas o caráter de análogo, pelo qual se exemplifica o mundo mediante a forma de um determinado mundo. Desta maneira, um certo mundo, que é forçosamente particularizado, possibilita um paradigma para o geral e este, pelo caráter particularizado do mundo representado, se transforma em uma experiência determinada.

Se o mundo do texto se caracteriza pelo *como se*, assim assinalando que aí se apresenta para ser visto ou concebido como um mundo, isso significa que sempre algo diverso deve ser introduzido no mundo representado no texto. Pois o elemento de comparação na expressão "como se" é um impossível ou um irreal, não podendo ser portanto uma parte do mundo representado. Por isso, o mundo do texto, sob o signo do *como se*, não mais pode se designar a si mesmo, mas sim remeter ao que não é. Noutras palavras: embora ele não seja um mundo real, deve ser considerado como tal e, deste modo, a finalidade, que começa a se esboçar pelo ato de remissão, deve ser compreendida como a possibilidade de tornar-se perceptível (*Wahrgenommenwerden*). Pois tornar-se perceptível não se confunde com nenhuma característica do mundo enquanto tal.

Torna-se deste modo claro que a ficção do *como se* utiliza o mundo representado para suscitar reações afetivas nos receptores dos textos ficcionais. Imaginar o mundo do texto como se fosse um mundo é, por conseguinte, a condição para que se produzam atividades de orientação (*Einstellungenaktivitaten*). Assim, se por um lado se transgride o mundo representado no texto, por outro, o elemento de comparação visado no *como se* recebe uma certa concreção. Outra vez assim se mostra uma característica do fictício, pela qual o mundo organizado no texto é transgredido em favor de atividades dele orientadoras. E também o imaginário se transforma na configuração concreta de atividades de representação. Estabelece-se, neste sentido, uma relação entre o mundo representado no texto, que não é um mundo, e a impressão afetiva nos receptores de representarem o mundo como se fosse um mundo. Deste modo, a reação afetiva provocada pela possibilidade de representação é dirigida na medida em que esta reação refere-se agora ao texto e, daí, será por ela marcada e estruturada. A ficção do *como se* provoca, portanto, um ato de representação dirigido a um determinado mundo, previamente dado à consciência imaginante, razão por que este ato de representação não se relaciona nem subjetiva, nem objetivamente, com as referências. Pois neste próprio ato de representação ocorre uma transgressão de limites; a representação do sujeito preenche de vida o mundo do texto e assim realiza o contato com um mundo irreal.

Se relembrarmos que a ficção do *como se* põe entre parênteses o mundo representado e que este pôr entre parênteses remete a um aspecto da totalidade, que por ele se impõe, é então de se inferir que, no caso da ficção, este aspecto da totalidade é a finalidade de seu uso. Podemos agora descrevê-lo estruturalmente da seguinte maneira: o mundo do texto entre parênteses não se representa a si mesmo, mas a um outro. Este outro constitui a possibilidade de seu tornar-se perceptível, que, ao mesmo tempo, provoca impressões afetivas no sujeito, que, de sua parte, causam atividades de orientação e, desta forma, reações sobre o mundo do texto. Causar reações sobre o mundo seria então a função de uso produzida pelo *como se*. Para isso é necessário irrealizar-se o mundo do texto, para assim transformá-lo em análogo, ou seja, em exemplificação do mundo, para que com isso se provoque uma relação de reação quanto ao mundo.

Mas o análogo também pode ter uma função ainda mais abrangente. Pois o mundo representado no texto é, por seu lado, produto do fingir, resultante dos atos de seleção e combinação. Por conseguinte, este mundo do texto não teria nada de idêntico ao mundo dado, pois a intencionalidade e o relacionamento, que constituem a base de sua forma de organização, não são qualidades do mundo dado. O mundo do texto, como análogo do mundo assim constituído, permite portanto que por ele se vejam os dados do mundo empírico por uma ótica que não lhe pertence, razão por que constantemente ele pode ser visto de forma diversa do que é. Daí que a reação desperta pelo *como se* do mundo do texto tanto pode se referir a este, quanto à realidade empírica que, pelo análogo textualmente estabelecido, é visada a partir de uma perspectiva que não se confunde com um certo mundo da vida (*Lebenswelt*).

A ficção do *como se* também aponta para uma importante diferença entre o fictício e o simbólico. O aspecto da totalidade, visado pelo parêntese em que é posto o *como se*, tem o caráter de finalidade, e de finalidade de uso, pois a ficção se determina por meio de seu emprego pragmático. É o oposto do que se dá com o aspecto da totalidade do símbolo, que resulta de uma norma (*Setzung*) e que deve se fazer presente pelo trabalho de representação

(*Reprasentationsleistung*) da figura simbólica escolhida. O aspecto da totalidade mostrado pelo pôr entre parêntese, ao contrário, é um aspecto capaz de provocar atividades de orientação acerca do estado de coisas (*Sachverhalt*) representado. É, por conseguinte, uma realidade produzida e não dada que se apresentasse como norma reconhecível antes de sua consumação. Por isso, a ficção pode funcionar em diversas situações históricas, o que não é sempre o caso das produções simbolizantes.

Se a ficção do *como se* provoca atividades de orientação e de representação nos receptores e, portanto, desperta reações, é de se perguntar em que medida o mundo irrealizado do texto possui efeitos retroativos sobre os receptores, a partir da representabilidade nele acumulada. Noutras palavras, a ficção do *como se* condiciona apenas a transgressão de limites do mundo posto entre parênteses ou também das atividades provocadas nos receptores?

Para responder a esta pergunta, podemos lançar mão do caso concreto do ator. Um intérprete de Hamlet, por exemplo, nunca pode identificar-se totalmente com Hamlet quando nada porque nunca tem plena clareza de quem é Hamlet. Assim, ele se verá permanentemente, ou seja, a seu corpo, a suas emoções, a seu espírito, como um análogo, para que, desta maneira, represente o que não é, mas ganhe, por esta relação dialética, a possibilidade de uma certa forma de aparência do que Hamlet poderia ser. Para alcançar a determinação de uma figura irreal, o ator tem de se irrealizar. Por este motivo a realidade de seu corpo se despotencializa em um análogo, para que, por este, uma configuração irreal ganhe a possibilidade de sua aparência real.[32] Ou seja, a representabilidade daquilo que é provocado pelo *como se* significa que nossas capacidades se põem a serviço desta irrealidade para, no processo de irrealização, transformá-la em realidade.

Se o fictício nos possibilita nos irrealizarmos para garantir à irrealidade do mundo do texto a possibilidade de sua manifestação, então, pelo menos estruturalmente, nossa relação com o mundo do texto terá o caráter de acontecimento. Pois este se origina da violação de limites estabelecidos e se subtrai da referenciabilidade, pois não se deixa reconduzir ao estado (*Gegenbenheit*) de significado. Através deste caráter de acontecimento, o imaginário se converte em experiência, possibilitada pelo grau de determinação que o imaginário alcança por meio da ficção do *como se*. Daí resulta um estado de tensão, que estimula sua supressão. A possibilidade desta se dá pela recondução da violência do acontecimento a um sentido. Pois as tensões só se dissipam por um processo de semantização. Sabemos pela psicologia gestaltista como corresponde a nosso hábito orientar a atividade de classificação ocorrente pela percepção, e pela representação, aí empregadas no sentido de fechar as formas de percepção, ou seja, de representação, produzidas. Só quando uma *Gestalt* se fecha, realiza-se a percepção, ou seja, o objeto imaginário surge na consciência imaginante (*Vorstellungsbewusstsein*). Por isso, nestes processos, procuramos constantemente arranjar os dados, para que os distribuamos de modo a possibilitar a eliminação da tensão existente e assim se alcance, na *Gestalt* fechada, a determinação pretendida. Se o fictício traça limites no texto ficcional para em seguida rompê-los, a fim de que assegure a necessária concretude ao imaginário, com a qual ele se torna eficaz, produz-se então nos receptores a necessidade de controlar a experiência de acontecimento do imaginário (*das ereignishafte Erfahren des Imaginären*).

A este respeito, vale assinalar um importante achado da psicolingüística: toda expressão verbal é acompanhada pela expectativa da constância de sentido.[33] Pois tudo que é dito significa alguma coisa, muito embora seja de levar em conta que quem deseja compreender a língua deve comprender mais do que a língua.[34] Parece portanto natural que o caráter de acontecimento do imaginário provoque no receptor a demanda de fixação do sentido, para que o acontecimento seja reconduzido ao familiar, conquanto assim se contradite o acontecimento, pois é próprio dele o ultrapasse dos sistemas de referência. No entanto, mesmo que se saiba disso, não se deve suspender a semantização desta experiência. Uma vez que estes processos são, por sua natureza, imprescindíveis, deve-se pelo menos compreendê-los com maior clareza. Se a semantização e os atos de doação de sentido resultantes derivam da tensão que se apossa do receptor do texto ficcional, em virtude do caráter de acontecimento do imaginário, então o sentido do texto é apenas a pragmatização do imaginário e não algo inscrito no próprio texto ou que lhe pertencesse como sua razão final. Se assim considerarmos, o sentido do texto não seria nem sua palavra final (*sein Letztes*), nem seu termo originário, mas sim uma operação inevitável de tradução, provocada e tornada necessária pela força de acontecimento da experiência do imaginário. Se, ao contrário, nos inclinamos a entender o sentido do texto como sua palavra final ou seu termo originário, é de se indagar se com esta suposição não interpolamos ao texto, como sua razão constitutiva, algo que é inevitável à experiência do imaginário. Do ponto de vista psicológico, esta interpelação é plausível. Por um lado, ela suprime a tensão resultante da força de acontecimento do imaginário e, por outro, corresponde à expectativa de constância do sentido da expressão verbal. Entretanto, assim elidimos a agudeza da observação que nos diz que, para compreender a língua, é preciso compreender mais que a língua.

Com esta avaliação dos atos de doação de sentido, não se pretende dizer que se deva ou se possa renunciar a eles. Ao contrário, estes atos permitem reconhecer até que ponto representam, enquanto pragmatização do imaginário, a inevitabilidade de um processo de tradução, pelo qual conseguimos assimilar uma experiência, que mais uma vez se origina da transgressão do que somos.

Neste sentido, a semantização produz, do lado dos receptores, o mesmo processo de tradução que o fictício efetua no lado dos produtores. Se o fictício é a tradução do imaginário na configuração concreta para o fim de uso, a semantização é a tradução de um acontecimento experimentado na compreensão do produzido. São estes processos complementares de tradução do imaginário que comprovam que este é a energia constitutiva do texto ficcional. O texto ficcional teria uma compreensão estreita desta dimensão se as operações de semantização inevitáveis dos receptores já conduzissem a interpolar no texto o sentido, como se ele fosse sua razão constitutiva originária.

Ainda corresponde à nossa experiência com os textos que estes sejam compreendidos de modos diversos. As razões disso são bem conhecidas. Se não se compreender a diversidade de entendimentos como o malogro constante de uma tarefa de Sísifo, consagrada à descoberta do sentido oculto, então com este conceito se manifesta ao mesmo tempo um limite da semântica; pois, em última análise, ele significa que no texto ficcional se esfuma (*abschatten*) uma dimensão, que se pode entender como experiência, por certo decifrável, sem que seja plenamente determinável e, daí, semanticamente exaurível. A diversidade de compreensões do texto literário mostra o limite da semântica e evidencia que este problema não é resolvido tomando-se a semântica como referência. Mesmo por isso, torna-se possível que o mesmo texto faça "sentido" em situações muito diferenciadas. Daí se pode compreender os entendimentos diversificados de um texto ficcional como a caracterização pragmática de sua semântica. Se a semântica de um texto é caracterizável apenas pragmaticamente, seria então penoso que, abstraindo-se das situações, se quisesse ostentar um sentido do texto como sua razão constitutiva. Seria mais simples, ao invés, ver nos diversos modos de semantização o indício da múltipla disponibilidade do imaginário.

Os atos de fingir, que aparecem no texto ficcional, apresentam um traço geral dominante: serem atos de transgressão. Na seleção, são transgredidos os sistemas contextuais do texto, mas também o é a imanência do próprio texto, por incluir em seu repertório a transgressão dos sistemas contextuais selecionados. Na combinação, ocorre uma transgressão dos espaços semânticos intratextualmente constituídos, o que vale tanto para a ruptura de limites do significado lexical, quanto para a constituição do acontecimento central da narração, o qual se manifesta na transgressão de limites dos heróis do romance. No *como se*, a ficção se desnuda como tal e assim transgride o mundo representado no texto, a partir da combinação e da seleção. Ele põe entre parênteses este mundo e assim evidencia que não se pode proferir nenhuma afirmação verdadeira acerca do mundo aí posto. Em princípio, o desnudamento assinala duas coisas. Em primeiro lugar, significa para o destinatário da ficção que ela deve ser tomada como tal. Além disso, afirma que aqui domina a hipótese de que há de se supor como mundo o mundo representado apenas para que assim se mostre que é representação de algo outro. Sucede por fim uma última transgressão que o texto provoca no repertório de experiências dos receptores; pois a atividade de orientação provocada se aplica a um mundo irreal, cuja atualização tem por conseqüência uma irrealização temporária dos receptores.

Os referidos atos de fingir se originam uns dos outros. Podemos distingui-los sobretudo porque suas funções são distintas. Seu traço comum, serem atos de transgressão, se diferencia na especificidade de seu respectivo emprego. Este, contudo, deve-se relacionar ao traço comum, pois só por ele se realiza a função do fictício no texto ficcional.

A graduação com que os atos de fingir se originam uns dos outros se refere a etágios de um processo de reformulação, que é provocado pelo fingir. Em cada estágio, ocorre uma determinada irrealização da faticidade real: na seleção, a do contexto, na combinação, a da relação dos campos semânticos entre si, no desnudamento, a da orientação natural quanto ao mundo representado do *como se* e, nos receptores, a de sua experiência habitual, pelo caráter de acontecimento de sua reação ao mundo textual. Esta cadeia de irrealizações é uma conseqüência de atos negativos; pois as referidas transgressões sempre eliminam aquilo que por elas nem é iluminado nem organizado. No fictício, portanto, o imaginário estaria presente como um ato negativo, com alto grau de determinação, porque se refere a algo dado. Assim o fictício, como transgressão de limites, não é substituível pelo real a que se refere, porquanto garante ao imaginário sua significação, e, mais ainda, a condição de sua experimentabilidade, não só pela determinação de sua configuração, quanto por sua referência a algo real.

Desta maneira os atos de fingir estabelecem no texto ficcional uma relação dialética entre o imaginário e o real, de que resulta que os atos de fingir que, nos estágios descritos, sempre põem um real para transgredi-lo oferecem, ao lado deste processo de reformulação, as condições para que ele seja compreendido. A compreensão de cada um dos dados (*Gegebenen*) já é uma transgressão, e o escalonamento dos diversos atos de fingir se manifesta como um processo de tradução gradual, no qual o dado correspondente — pertença ele ao contexto, à organização dos campos semânticos ou ao que se põe entre parênteses — é sempre algo transgredido. Se os atos de fingir encontram seu traço comum na transgressão, é então face a este que se mostra a atualidade das diversas particularidades (*Besonderheiten*), pois estas se realizam como operações complementares, que permitem o processo de reformulação do mundo, que não encontra seu idêntico no mundo, deixando aberta tanto a experiência, quanto, por fim, a compreensão. O fictício assim funciona exatamente pela ordenação de seus atos como experimentabilidade de reformulação dentro do mundo.

Os atos de fingir reconhecíveis no texto ficcional se caracterizam então por darem lugar a determinadas configurações, distinguíveis entre si: a seleção, na configuração da intencionalidade, a combinação, na configuração do relacionamento, e o autodesnudamento, na configuração do pôr entre parênteses. Poder-se-ia descrever estas configurações apoiando-se na formulação já empregada de Goodman: "*fact of fiction*".[35] Sua peculiaridade consiste em que nem são qualidades daquilo a que se referem, nem em serem idênticas com o imaginário. Ao contrário do imaginário, são altamente determinadas, quanto à faticidade de seus campos de referência, são o não dado. O fictício então se qualifica como uma específica forma de passagem[36], que se move entre o real e o imaginário, com a finalidade de provocar sua mútua complementaridade. Enquanto forma de passagem, o fictício seria um fato, porquanto por ele se realizam contínuos processos de troca, ainda que em si mesmo seja um nada, pois existe apenas por estes processos de comutação.

Por isso o fictício tampouco se confunde com o fundo constitutivo do texto; quanto menos o sentido é este fundo, tanto menos o fictício é capaz de sê-lo. Se o sentido é a operação semântica que se realiza entre o texto, como configuração fictícia de um imaginário, e seu receptor, então o fictício, como ato negador do imaginário, é apenas a condição para a reformulação das realidades postas e daí transgredidas no texto. Como, no entanto, o imaginário no texto literário se torna eficaz apenas através do fictício, ele precisa introduzir-se na língua. Obrigado a verbalizar-se, pode-se mostrar como tal apenas ainda pela abertura da organização textual. Esta abertura adere tanto à intencionalidade, quanto ao relacionamento e quanto ao pôr entre parênteses. Pois, na intencionalidade, as decisões de escolha — adequadas aos campos de referência extratextuais correspondentes, de que derivam os elementos selecionados — não são capazes de se verbalizar. No relacionamento, tampouco se verbaliza nem a correlação dos campos semânticos intertextuais, nem o acontecimento revolucionário de sua transgressão. No pôr entre parênteses, por fim, a finalidade não entra na linguagem porque foi ela que se apresentou entre parênteses. Desta maneira os pontos arquimédicos do texto se afastam da verbalização e, na indicada abertura, se manifesta, pela configuração verbalizada do texto, a presença do imaginário.

Deriva daí uma derradeira realização do fictício no texto ficcional. Como ato negador do imaginário, o fictício oferece-lhe agora que se faça presente no produto verbal do texto, na medida em que a própria língua é transgredida e enganada, para que, no engano da língua, o imaginário, como causa possibilitadora do texto, se torne presente.

Tradução
HEIDRUN KRIEGER OLINTO E
LUIZ COSTA LIMA

Notas

1. O papel da ficção na teoria do conhecimento do empirismo filosófico — em que as posições desenvolvidas por Bacon, Locke, Hume, Bentham e Vaihinger constituem as etapas centrais e os momentos de transição — exige uma exposição autônoma. Seu desenvolvimento e as posições daí resultantes quanto à função da ficção — muito diferente da do texto literário e da literatura em geral — ficam reservados à elaboração de um contexto maior.
2. No presente contexto, o real é compreendido como o mundo extratextual, que, enquanto faticidade, é prévio ao texto e que ordinariamente constitui seus campos de referência. Estes podem ser sistemas de sentido, sistemas sociais e imagens do mundo, assim como podem ser, por exemplo, outros textos, em que se efetua uma organização específica, ou seja, uma interpretação da realidade. Em conseqüência, o real se determina como o múltiplo dos discursos, a que se refere o acesso ao mundo do autor, tal como mostrado pelo texto.
3. O fictício é, neste ensaio, compreendido como um ato intencional, para que, acentuando o seu "caráter de ato", nos afastemos de seu caráter, dificilmente determinável, de ser. Pois, tomado como o não real, como mentira ou embuste, o fictício serve sempre apenas como conceito antagônico a outra coisa, com o que antes se esconde do que se revela a peculiaridade do ofício.
4. O termo "imaginário" é aqui introduzido como uma designação comparativamente neutra e, daí, distinta das idéias tradicionais sobre ele. Renunciou-se por isso a conceitos como faculdade imaginativa, imaginação, fantasia, que trazem consigo uma ampla carga de tradição, sendo com freqüência justificados como faculdades humanas bem determinadas e claramente distintas doutras. Pense-se por exemplo na história do conceito de fantasia e ver-se-á que para o idealismo alemão ela significava algo bem diverso do que representa para a psicanálise e que, dentro desta, não é para Freud o que é para Lacan. Como não se trata de, face ao texto literário, determinar o imaginário como uma faculdade humana, mas de circunscrever as maneiras como ele se manifesta e opera, com a escolha desta designação aponta-se antes para um programa do que para uma determinação. Trata-se de descobrir como o imaginário funciona, para que, a partir dos efeitos descritíveis, abram-se vias para o imaginário — proposta que, no presente ensaio, é trabalhada pela conexão entre o fictício e o imaginário.

5. Edmund Husserl: *Phantasie, Bildbewusstsein, Erinnerung, Gesammelte Werke* XXIII, org. por Eduard Marbach, The Hague, 1980, p. 535.
6. Cf. Nelson Goodman: *Ways of worldmaking*, Hassocks, 1978, pp. 10-17 e 101 s.
7. T. S. Eliot: *Collected poems 1909 — 1935*, Londres, 1954, p. 13 s.
8. Cf. a respeito Ju. M. Lotman: *Die Struktur Literarischer Texte* (UTB 103), traduz. por Rolf-Dietrich Keil, Munique 1972, pp. 342 ss.
9. Francis Bacon: *The Works*, IV org. por James Spedding et al., Londres, 1860, pp. 315 e 292.
10. John Locke: *An Essay concerning human understanding*, II, 30, Londres (Everyman's Library I), p. 316.
11. Cf. Goodman, op. cit., p. 102.
12. Jonathan Culler: *Structuralist poetics. Structuralism, linguistics and the study of literature*, Ithaca, 1977, p. 261.
13. Id.
14. Lotman, p. 334.
15. Cf. a respeito Karlheinz Stierle, "Die Identität des Gedichts — Hölderlin als Paradigma", *in Identität (Poetik und Hermeneutik VIII)*, org. por Odo Marquard e H. Stiele, Munique, 1979, pp. 505-552, assim como minha exposição "Figurationen des lyrischen Sukjects", id., pp. 746-749, sobre as teses daquele ensaio.
16. Johannes Anderegg: *Literaturwissenschaftliche Stiltheorie (Kleine Vandenhoeckreihe*, 1942), Gottingen 1977, p. 93. O conceito de relacionamento também é central na teoria estilística de Anderegg.
17. Goodman, p. 93.
18. Id., pp. 29-33 e 102-107.
19. Jeremy Bentham: *Theory of fictions*, org. por C. K. Ogden, Paterson, 1959, p. 15.
20. Ibidem, p. 114.
21. Ib., p. 29.
22. Cf. a respeito Rainer Warning: "Der inzenierte Diskurs. Bemerkungen zur pragmatischen Relation der Fiktion" (posteriormente, publicado no mesmo volume em que, em alemão, apareceu este ensaio. (N. do Org.)
23. Cf. a respeito Arnold Gehlen: *Urmensch und Spätkultur. Philosophische Ergebnisse und Aussagen*, Frankfurt, 1975, pp. 205-216.
24. Cf. Bacon, op. cit., pp. 53-64.
25. Cf. Hans Vaihinger: *Die Philosophie des Als Ob*, 1922, pp. 429-451.
26. Henry Fielding: *The History of Tom Jones* XVI, 5 (Everyman's Library II), Londres, 1957, pp. 307-311.
27. Cf. Edmund Spenser: *The Sheperd's calender and other poems* (Everyman's library), Londres, 1960, pp. 6 s, assim como a "glosa" correspondente às éclogas, onde se chama a atenção sobre o ser fingido dos pastores, que significam algo que não são, pp. 15, 16, 37, 49, 54, 55, 56, 63 e 70.

28. Vaihinger, op. cit., p. 585.
29. Idem, p. 585 s.
30. Ibidem, p. 591.
31. Ib., p. 589.
32. Cf. também Jean-Paul Sartre, *Das Imaginäre. Phanomenologische Psychologie der Einbildungskraft*, trad. de Hans Schoneberg, Hamburgo, 1971, p. 296, de que se tirou a referência ao ator. Sartre termina esta referência com a seguinte afirmação: "Não é o papel que se *realiza* no ator, mas o ator que se *irrealiza* em seu papel", idem.
33. Cf. sobre este conceito, Hans Hormann: *Meinen und Verstehen. Grudzüge einer psychologischen Semantik*, Frankfurt a. Main, 1976, pp. 187, 192-196, 207, 241, 253, 403 s, 410 s e 500.
34. Cf. Idem, p. 210.
35. Cf. Goodman, p. 102 ss.
36. D. W. Winnicott: *Playing and reality*, Londres, 1971, pp. 1-25. A partir da perspectiva psicanalítica, Winnicott desenvolve o fingir dos "objetos transicionais" como função central da primeira fase da criança, pelo qual se realiza a separação da mãe. "Desde o nascimento, portanto, o ser humano está envolvido com o problema do relacionamento entre o que é objetivamente percebido e o que é subjetivamente concebido. Na solução deste problema, não haverá saúde para o ser humano que não tenha sido bem iniciado pela mãe. *A área intermédia a que me refiro é a que é concedida ao bebê entre a criatividade primária e a percepção objetiva baseada no teste de realidade.* Os fenômenos transicionais representam os primeiros estágios do uso da ilusão, sem os quais não há, para o ser humano, sentido na idéia de uma relação com um objeto que é percebido pelos outros como externo àquele ser. (...) O objeto transicional e os fenômenos transicionais iniciam cada ser humano naquilo que sempre lhes será importante, i. e., numa área neutra de experiência que nunca será contestada. *Do objeto transicional se pode dizer que faz parte de um acordo entre nós e o bebê que nunca formulamos a questão: 'você concebeu isso ou lhe foi apresentado de fora?' O importante é que não se espere nenhuma decisão a respeito. A questão não é para ser formulada.* (...) Esta área intermédia da experiência, incontestada quanto a se pertence à realidade interna ou externa (compartilhada), constitui a maior parte da experiência do bebê e, ao longo da vida, é mantida na experimentação intensa que se manifesta nas artes, na religião e na vida imaginativa e no trabalho científico criador", pp. 26-30 da tradução brasileira (*O brincar & a realidade*, Imago, Rio de Janeiro, 1975).

CAPÍTULO 32

A teoria do efeito estético de Wolfgang Iser

HANS ULRICH GUMBRECHT

Originalmente, publicado como resenha a *Der Akt des Lesens* (*O Ato da leitura*) de W. Iser (1976), *in Poetica*, 9, 3, Verlag B. R. Grüner, Amsterdam 1977.

A estética da recepção necessita de uma teoria do texto que leve em conta os seus genuínos interesses de conhecimento. Pois, se o objeto de suas investigações *históricas* for o de chegar a conclusões sobre a diversidade do saber social de distintos grupos receptores, a partir dos diferentes significados atribuídos a textos idênticos, e se uma estética da recepção *normativa* deve prever que significados distintos serão futuramente atribuídos a textos idênticos por parte de diferentes grupos receptores, a fim de, talvez, se extraírem dos mesmos sugestões para a elaboração de um cânone de leituras e para o aprimoramento da competência receptiva,[1] então uma teoria textual adequada deverá preencher dois requisitos específicos. Em primeiro lugar, ela tem que ser capaz de constituir uma estrutura de texto constante como *termo de comparação* para as diferentes concretizações (atribuições de sentido) de um texto; em segundo lugar, deve ser capaz de reconstruir os "procedimentos literários" perceptíveis no texto, como *estímulos* para a recepção de seus leitores, a fim de que se possam compreender as diferenças entre concretizações comprovadas e concretizações prognosticadas, a partir das diferenças na apreensão e na assimilação destes estímulos. O segundo postulado exclui a possibilidade de que o conceito de texto da estética da representação seja transposto para a estética da recepção porquanto ele se refere à relação entre texto e realidade e não à "interação", conforme o autor, entre texto e leitor.[2]

No início da discussão sobre o desenvolvimento de uma estética da recepção, acreditava-se poder resolver o problema do conceito de texto adequado ao objeto designando-se simplesmente os procedimentos literários (para a estética da representação: modos de apropriação da realidade) de *instruções* e descrevendo-as a partir de uma perspectiva devidamente modificada.[3] Não por último, os escritos anteriores[4] do autor tiveram o mérito de chamar atenção para o fato de que, do ponto de vista da estética da recepção, o texto apenas se "concretiza" através da atuação do leitor e que, devido a isso, não pode simplesmente ser compreendido como uma partitura de instruções que por si própria já assegurassem a sua transformação em forma significativa. Isto quer dizer, contudo, que aquela base de comparação, que deveria possibilitar "a discutibilidade intersubjetiva das interpretações individuais, feitas durante a leitura" (p. 8), não pode mais ser obtida como um conceito de texto separado do leitor — seja ele modificado como for — e sim apenas como resultado da co-atuação entre texto e leitor. O autor denomina o processo e o resultado desta co-atuação de *efeito* (*Wirkung*) e a presente teoria do efeito deve ser vista como o "substituto de uma teoria do texto" pela estética da recepção, teoria que não pode mais existir como tal, se as premissas sistemáticas da teoria da recepção forem levadas a sério. Entender um livro com o título *O ato da leitura* como substituto de uma teoria do texto parece absurdo apenas para quem deixa de levar em conta que a estética da recepção busca nesta substituição uma constante para a apropriação científica de uma multiplicidade de concretizações e que o autor descreve esta constante como co-atuação entre o ato da leitura (ou melhor, uma complexa ação de recepção, constituída de vários atos) e determinadas marcas estruturais dos textos de ficção. Querer confrontar *a priori* uma teoria do efeito, como teoria das constantes da constituição do sentido, com uma estética da recepção histórica (ou normativa)[5] revela falta de compreensão, pois, como se demonstrou acima, a prática científica da estética da recepção implica a necessidade dessas constantes. Contudo, uma questão central para o desenvolvimento posterior da estética da recepção consiste em saber se e como se pode enfrentar esta necessidade dentro dos limites dados pelas propostas teóricas e os interesses cognoscitivos a elas ligados. No presente resumo e na subseqüente crítica tentaremos responder a esta pergunta.

O ato da leitura é, por um lado, a tentativa mais abrangente de fundamentar teoricamente a estética da recepção, por assim dizer, *de dentro*, por enfrentar um problema que, no decorrer da curta existência da escola, reclamava cada vez mais insistentemente uma solução; por outro lado, este livro apresenta, na parte inicial à "problemática" (p. 12-37), a defesa até agora mais convincente da estética da recepção *para fora*, pois foi elaborado numa visão histórica do problema, i. e., em confronto com o hábito de interpretação cuja validade ela questiona — de maneira implícita ou polêmica. O autor mostra que a simples procura de um significado, pretensamente contido no texto, que, com freqüência, origina a pergunta, por que o autor "não se expressou logo de maneira compreensível", era adequada, como alvo da interpretação, a uma determinada função da literatura no século XIX, pois, "como núcleo da religião artística dessa época, prometia soluções que os sistemas religiosos, político-sociais ou das ciências naturais não mais podiam oferecer" (p. 17). Em sua crítica à continuação de tal prática de interpretação, o autor equipara a procura de significados a uma pretensão universal de esclarecimento da literatura (e também da ciência literária) e pode, por isso, utilizar a crescente parcialidade da arte, observada desde o século XIX, como argumento não só contra o legado do direito à interpretação universal mas também contra o *status* da descoberta de significados como tarefa principal da interpretação. Gerhard Kaiser mostrou que a interpretação orientada para a descoberta de significado sempre esteve atenta à relatividade *histórica* de suas pretensões.[6] Contudo não se lhe afigura problemática a pretensão de abrangência universal da interpretação em termos *sociais* (isto é, o postulado da validade de seus resultados para todos os receptores de uma determinada época). Desse modo, sem querer ele confirma a premissa do autor de que existe uma concomitância entre a pretensão de validade universal e a interpretação que visa à descoberta de significados. Mas qual é o objetivo das ciências da arte numa época em que seu objeto se tornou parcial não só histórica como socialmente? A resposta do autor a essa pergunta é uma legitimação histórico-filosófica da estética da recepção: "Deduz-se daí que a velha pergunta a respeito do que um determinado poema, drama ou romance significa tem de ser substituída pela pergunta a respeito do que acontece ao leitor, quando este traz os textos de ficção à vida, através de sua leitura" (p. 41). E esta nova questão vale tanto para a teoria do efeito proposta pelo autor, quanto para estudos concretos da estética da recepção, de orientação histórica ou normativa.

Na parte inicial de seu livro, portanto, o autor não somente justificou a estética da recepção "para fora"; com a última questão citada, também apontou o ponto de partida para o seu posterior desenvolvimento, por meio do esboço de uma teoria do efeito. Sua elaboração inicia com os preâmbulos sobre a substituição do conceito de texto dentro da estética do efeito (p. 37-86), para chegar novamente à perspectiva sintetizante da "interação entre texto e leitor" (p. 257-355), por meio das descrições distintas do "pólo textual" (p. 87-174) e do "pólo do leitor" (p. 175-256). Foram sobretudo duas as falhas a serem ainda melhor dissecadas na avaliação final da obra, que dificultaram a leitura do livro e que fizeram com que o resumo que segue se tornasse, em algumas partes, uma reconstrução interpretativa: estas falhas são as inconsistências terminológicas e a distinção não conseqüentemente efetuada e, a rigor, impossibilitada pelas premissas teóricas do autor, entre o pólo do texto e o leitor, nos capítulos correspondentes.

Pergunta-se, por exemplo, por que o autor introduz dois termos aparentemente sinônimos, o "leitor implícito" e o "papel do leitor", para denotar o substituto do conceito de texto[7] na estética do efeito. Por meio de determinações sucessivas do conceito correspondente a esses termos, o autor parece aproximar a teoria do efeito da idéia de interação entre texto e leitor e isto somente a partir da concepção de uma "partitura de instruções". Duas tentativas de definição podem servir como prova disso:

1. "O leitor implícito personifica o conjunto das *pré-orientações* que um texto de ficção oferece, como condição de recepção, aos seus possíveis leitores" (p. 60).

2. "A concepção do leitor implícito circunscreve, portanto, o *processo de transferência* pelo qual as estruturas textuais se *traduzem* para o campo de experiências do leitor, através da atividade ideacional" (p. 67).[8]

Somente com a segunda conceitualização e com a referência à inseparabilidade dos aspectos de estrutura do texto e estrutura do ato unidos na figura do leitor implícito (papel do leitor) (p. 63), o autor chega ao fundamento dialético adequado a uma teoria do efeito. Qualquer separação entre o pólo do texto e o pólo do leitor, por mais necessária que seja por força da didática da exposição, implica uma compreensão (certamente não pretendida) do tipo "substancialmente textual".

Mas não chegamos ainda ao problema decisivo: o conceito de "leitor implícito". Pois o valor prático de uma teoria do efeito para a aplicação da estética da recepção a textos isolados dependerá decisivamente da questão se este conceito atende, de modo satisfatório, à necessidade de uma estrutura de texto constante. Pode-se concordar com a idéia do autor a respeito do "caráter transcendental" (p. 67) do "ato de transmissão", descrito em linhas bem gerais, que ele designa com os termos "leitor implícito" ou "papel do leitor", mas resta saber se esta concepção transcendental admite uma especificação tal a ponto de permitir a obtenção de estruturas meta-históricas de significado para textos específicos.[9] Noutras palavras: a utilidade prático-científica do conceito de "leitor implícito", tomado em sentido transcendental, depende do grau em que permite ser detalhado; somente quando isso se concretiza em nível adiantado, estruturas de sentido meta-historicamente válidas podem ser extraídas de textos específicos. Na parte intitulada "preâmbulos para uma teoria do efeito estético" (p. 65) é possível perceber algo que o autor mais adiante não consegue esclarecer por meio da relativização histórica das estruturas de texto e de atos de leitura por ele analisadas. Ele espera estabelecer tais estruturas de sentido (por parte de "leitores implícitos" isolados) não só a partir da obtenção de um ponto de referência transcendental, mas também a partir de um valor-limite da atribuição de sentido, relevante do ponto de vista heurístico. A tradição decorrente da sedimentação das concretizações nas histórias da recepção alude apenas a esse valor-limite, e análises isoladas, baseadas na estética da recepção, podem colocar em seu lugar — de modo contrafatual — o significado sedimentado nas respectivas histórias de recepção *anteriores*.[10] Parece assim que a *praxis* da estética da recepção, em busca de constantes meta-históricas, remete à história, se bem que não mais só a ela.

No início do capítulo seguinte, onde alude à teoria dos atos da fala de Austin, enfatizando a distinção entre atos constativos e performativos, o autor elucida o abandono da tradicional problemática do reflexo e a conseqüente adoção de um "modelo de texto de ficção" funcionalista, com a qual retoma premissas teóricas da estética da recepção. Os textos de ficção nascem de atos performativos, pois estes "trazem algo à luz que começa a existir apenas no momento em que ocorre a manifestação" (p. 92),[11] e o modo da comunicação, constituído pelos atos performativos, em termos gerais, está ligado a três "condições de êxito", por meio de cuja especificação o autor quer destacar, de todos os outros atos performativos, os atos de fala referentes a textos de ficção. Eles devem estar inseridos em *situações* definidas; o falante (autor) e o ouvinte (leitor) devem compartilhar de um certo número de *convenções* tematizadas no texto; e o emprego da convenção deve ser guiado por modos de proceder aceitos.

A contribuição do autor para a solução do problema da "inserção situacional" dos textos de ficção — que, sabidamente, podem constituir um meio de comunicação nas mais diversas situações históricas e sociais — é formulada no final de seu livro (p. 257-60), de forma mais concisa do que no contexto do desenvolvimento de seu modelo de texto (p. 101-114). Enquanto o conhecimento mútuo dos parceiros da comunicação pode ser tomado como a situação dos atos pragmáticos da fala, e enquanto o desfazer dos conteúdos contingenciais deste conhecimento pode valer como estímulo e meta da comunicação pragmática, o texto de ficção e seu leitor, no início do ato da leitura, encontram-se numa relação de "assimetria", ou seja (também): não estão numa situação definida. São estímulos, portanto, para a comunicação por meio de textos ficcionais, segundo o autor, aquelas partes de indeterminação semântica, constitutivas dos textos de ficção, partes que o leitor procura esclarecer por meio da atividade ideativa. E é neste processo de quebra da ambigüidade que o leitor desenvolve uma situação (cf. p. 263) e cria as condições para a compreensão do texto (cf. p. 105s). Os textos ficcionais distinguem-se portanto dos pragmáticos, no que concerne à sua inserção situacional, não por retirarem as condições para sua compreensão de um mundo da vida histórico e prévio, mas pelo fato de que eles mesmos as contêm. São auto-reflexivos. Com isso, o autor fornece uma primeira resposta quanto aos motivos para sua independência, relativamente grande, quanto aos contextos situacionais, manifestada na história de sua recepção.

Sob o título-problema "Repertório do Texto", é discutida a condição do êxito das convenções tratadas pela teoria dos atos da fala (p. 114-43); no momento da leitura, o emprego indiscriminado das terminologias de Austin e de Iser dificulta a compreensão imediata de que o problema em pauta é a incorporação, no texto, de conhecimentos extratextuais, ou seja, de objetos de vivência que são transformados em experiência, dentro de determinados "modelos de realidade"(cf. p. 118). Segundo o autor, o repertório do texto, como sistema de sentido, extrai suas componentes de duas esferas distintas do campo do sentido: as "normas das realidades extratextuais" resultam dos "sistemas de sentido da época" e as "alusões literárias" do "arsenal dos padrões de articulação (...) da literatura passada" (p. 136). Embora partes do saber extratextual penetrem no texto, não se pode falar de um reflexo de vivências passadas no mundo real; pois, no texto como ambiente novo, os segmentos selecionados estão isolados daquele contexto no qual os insere o saber social, tornando-se disponíveis, portanto, para combinações com segmentos do conhecimento que até então lhes eram distantes.[12] O que se poderia designar de "estranhamento" objetivado pela integração de segmentos das mais diversas áreas de conhecimento no texto, é denominado pelo autor de "*valor* estético" (p. 137). A tarefa do leitor consiste em formar, a partir destes segmentos, uma nova e coerente combinação ("sistema de equivalências") que não é formulada no próprio texto. Chama-se isso de "*objeto* estético". Neste trabalho individual, o leitor naturalmente é guiado pelo texto, principalmente pelas "estratégias textuais"; mas já as alusões literárias, ainda pertencentes ao repertório, indicam a direção que a formação do sistema de equivalências deve seguir (cf. p. 134 s). Portanto, a parte do repertório, derivada da tradição literária, assumiria a função de uma primeira indicação para a apropriação, a partir dos sistemas de sentido da época.

Mais do que em qualquer outra parte do livro, as idéias do autor sobre o tema "repertório do texto" provocam perguntas a respeito de uma história das funções da literatura (vista também como uma colaboração à história social). Talvez para ampliar sua teoria em direção à sociologia e à história social, recorre, na formulação destas questões, a teoremas e termos da teoria dos sistemas de Luhmann, o que pode constituir um entrave à compreensão para o analista "não iniciado".

Tentemos, pois, reformular sua linha de pensamento na terminologia da sociologia do conhecimento, menos carregada de implicações teóricas. Já que o texto extrai os elementos de seu repertório das mais diversas partes do saber social, este texto pode reuni-los numa configuração (a ser descoberta pelo leitor como "princípio de equivalência") que, como estrutura coerente, não preexiste no saber internalizado do leitor. O texto reproduz, portanto, segmentos do saber social internalizado, mas ao mesmo tempo o problematiza, à medida que estimula a apreensão de configurações ali não presentes. Desta maneira, o texto evoca possibilidades de experiências excluídas da situação correspondente do saber social. Essa função dos textos, que o autor denomina de "balanço dos *deficits* dos sistemas de sentido dominantes" (cf. p. 120 ss), não deve ser compreendida, em primeiro lugar, como recuperação de um lastro de saber normalmente excluído, como algumas de suas formulações teóricas parecem sugerir entre outras (p. 120), mas sim como reestruturação, por parte do leitor, do saber social pressuposto.

Numa série de brilhantes sugestões de interpretação, o autor põe a descoberto a relação entre o saber social e o repertório do texto, como base funcional de textos da Idade Média até a atualidade. Poder-se-ia provar que o emprego heurístico dessa estrutura, por ele aparentemente intencionado, se prestaria perfeitamente como hipótese funcional universal para abrir um novo acesso histórico a épocas da história da literatura há muito esquecidas.[13] Os limites da relevância de sua proposta das funções tornam-se visíveis apenas quando aplicados a gêneros, que reproduzem o saber social em sua estrutura vivencial (como, por exemplo, a epopéia heróica medieval ou o romance banal moderno). Pois, onde não existe uma relação de negação entre o saber social e o potencial de sentido literário, a hipótese funcional do autor, considerada universal em sua abrangência, é rejeitada pelo material histórico ou, em outras palavras: seu modelo não mais alcança uma determinação de funções.[14]

Em seguida, as *estratégias do texto* organizam os elementos do repertório de tal maneira que o leitor esteja capacitado a constituir o sistema de equivalências, não articulado pelos elementos, em "objeto estético". Nos termos de Austin, as estratégias representam a incrustação dos "procedimentos aceitos" daqueles atos de fala de que surgem os textos de ficção. Segundo o autor, devemos distinguir entre as estratégias que possibilitam ao leitor a apreensão do texto, o acesso ao universo do texto, e aquelas que lhe orientam as atividades de *compreensão*, ou seja, a síntese do ponto de vista a partir dos aspectos sob os quais os elementos selecionados do repertório se manifestam (cf. p. 162). Ele descreve as estratégias de texto específicas para a apreensão e para a compreensão, empregando conceitos opostos: "primeiro plano"/"segundo plano" e "tema"/"horizonte".

O emprego do par de opostos "primeiro plano" e "segundo plano" torna claro, pela primeira vez, quais os problemas que surgem da diferenciação entre o pólo do texto e o pólo do leitor. A fim de que os elementos do repertório do texto (primeiro plano) sejam entendidos em sua nova valência como segmentos de saber separados de contextos vivenciais, eles necessitam, conforme a tese do autor, de seu contexto original, inserido no saber social (como segundo plano). Mas este segundo plano, a rigor, não deveria ser relacionado ao pólo do texto, já que ele não está ali articulado, e sim surge a partir do respectivo elemento do repertório, como elemento do saber do receptor.

A estrutura de tema e horizonte é o pré-dado à *compreensão* formadora das sínteses dos pontos de vista. Também ela constitui-se a rigor somente através da atividade do leitor, mas aqui se pode lançar mão de elementos do texto que o receptor terá de assumir, a fim de vivenciar sua relação dialética. Nos textos de ficção, objetos idênticos são representados a partir de diferentes perspectivas, em cujos pontos de interseção se originam locais de indeterminação semântica ("lugares vazios"); perspectivas desta natureza são por exemplo as dos protagonistas, a da trama, do narrador e do leitor fictício (cf. p. 61). Nenhuma delas, nem mesmo a do leitor fictício (cf. p. 62), fornece por si própria o ponto de vista que o leitor deverá assumir. Já era de conhecimento geral que, numa multiplicidade de textos literários, os objetos representados são tematizados a partir de diferentes perspectivas e que o leitor deve reunir esta multiplicidade num ponto de vista intencionado. O autor ultrapassa estas afirmações ao mostrar quais as relações específicas entre as perspectivas do texto que possibilitam, em primeiro lugar, esta formação de sínteses. Pois, enquanto o leitor adota uma determinada perspectiva (b) tornando-a *tema* de sua atenção, resta-lhe na memória uma perspectiva anteriormente tomada (a) como *horizonte*. Se, neste momento, ele voltar a (a) com o objetivo de alcançar uma síntese dos pontos de vista, transformando esta perspectiva no tema e (b) no horizonte de suas preocupações, então (a) se encontrará diante de um novo horizonte, em comparação com a leitura inicial, sofrendo, com isso, uma mudança em termos qualitativos. Algo análogo vale para a perspectiva (b), que se torna observável a partir da perspectiva tematizada (a). Ambas as perspectivas se apresentam sob o ângulo do qual são vistas "e para isso, a outra posição respectiva que serve de horizonte, cada vez fornece o ponto de vista necessário. Elas sofrem, portanto, uma modificação, quando percebidas a partir de tal horizonte"(p. 166). O autor transforma esta constatação num hábil instrumento de interpretação ao descrever diferentes modalidades da relação entre as perspectivas do texto quando consideradas tema e horizonte (p. 169-74) à medida que mostra a afinidade entre determinados modos e diferentes fases da história do romance.

Assim como a descrição dos modelos de texto do ponto de vista da história das funções, o autor também divide o outro capítulo central de seu livro, "A Fenomenologia da Leitura" (p. 175-256), em duas grandes partes. Após a análise dos *"atos de apreensão"*, por meio dos quais se organizará a "transferência do texto ao consciente" do leitor (p. 219), são descritas as "sínteses passivas do processo de leitura", ou seja, os processos de apropriação no consciente do leitor, durante os quais, no decorrer da leitura, surge uma unidade de ideação, a partir de ideações isoladas.

Durante a leitura deste capítulo surgem duas dificuldades de compreensão, sendo a primeira de solução relativamente fácil. O que o autor denomina de "atos de apreensão" são as atividades do leitor, estimuladas por aquelas estratégias textuais que, no capítulo anterior, foram relacionadas à "compreensão". Já é mais difícil separar a formação da trama realizada no processo de apreensão do texto (p. 200) do horizonte de sentido constituído como produto das sínteses passivas (p. 229). Tentemos analisar esta dificuldade com uma proposta de sistematização: já que a configuração resultante dos atos de apreensão pode ser equiparada à trama, ela conserva o caráter sintagmático e poderia ser interpretada como *forma de conteúdo* do texto (como "ordem gramatical caraterística em que se nos apresenta uma figura de significado").[15] Se esta estrutura sintagmática faltar ao horizonte de sentido, e ele também não puder ser confundido com o significado (*Bedeutung*) que apenas surge "por meio da ligação do sentido a uma referência determinada" (p. 244), então o horizonte de sentido pode ser equiparado ao *conteúdo* do texto (ao todo imaginado) como um resultado da apropriação do texto (cf. ib.) que, segundo o autor, ainda é realizável intersubjetivamente, cujo lugar no sistema se situa entre a constituição da forma de conteúdo e da atribuição de sentido distinta para cada indivíduo. Após esta tentativa de interpretação, o ato da leitura representa uma tríade formada pela constituição da forma de conteúdo, a constituição do conteúdo propriamente dito e a atribuição de sentido. De um lado, as análises fenomenológicas do autor permitiram a distinção recíproca destas fases do ato de leitura, do outro lado, ele deixou de apresentar seus resultados em sua total relevância sistemática, por não definir suficientemente sua terminologia.

Examinemos, a seguir, os resultados das análises individuais. O leitor deve a possibilidade de poder entender o texto, de poder transferi-lo para seu consciente, a um mecanismo sempre presente em qualquer atividade consciente. Segundo uma das constatações fundamentais da fenomenologia, em todos os momentos de nossas vivências, encontramo-nos entre a retenção e a protensão, entre o horizonte da lembrança de vivências transformadas em experiência, e o horizonte da expectativa de futuras vivências fundamentada nestas experiências (cf. p. 180 ss). Só por causa disto experimentamos a estratégia textual das perspectivas alternantes como "hiato" (quebra de expectativa) e como estímulo para a formação de uma síntese de pontos de vista entre estas perspectivas (cf. p. 184, 193).

O resultado final desta formação contínua de sínteses é a trama (como forma de conteúdo), portanto aquela estrutura concisa, na qual estão pré-dadas as indicações para elementos isolados do repertório. Um feixe de "configurações de segundo grau", cuja realização dependeria da disposição dos grupos de leitores específicos (p. 200 s), desdobra-se a partir da estrutura conforme às possíveis perspectivas como "configuração de primeiro grau", cuja constituição, segundo o autor, é pré-dada a todos os leitores e idêntica para todos. Quando o autor expõe estas configurações de segundo grau sob forma de perguntas, com respeito a um texto-exemplo (p. 198 s), deve-se supor que ele se refira a constelações problemáticas, ainda vazias, que necessitam de respostas e que resultam da superposição recíproca das perspectivas pré-dadas na trama. Observando que diferentes leitores podem constituir diferentes "configurações de segundo grau" (constelações problemáticas), o autor, após a auto-referencialidade, propõe uma segunda explicação para aquele complexo fenômeno cuja designação demasiado prática como "polivalência de textos de ficção", aparentemente motivou a ciência da literatura, até o presente momento, a proceder sempre de maneira monocausal, na busca das razões desse fenômeno.

No contexto da descrição dos atos de apreensão da leitura, o autor desenvolve uma nova teoria para o caráter específico da "formação da experiência", que ocorre na recepção de textos ficcionais (p. 210-18). A formação da experiência realiza-se tanto no mundo da vida quanto na recepção de textos de ficção como reestruturação de um segmento de experiência sedimentada, que se tornou problemático naquele exato momento de vivência. Na formação progressiva de pontos de vista a partir de perspectivas de texto pré-dadas, estas perspectivas entram numa relação dialética — foi desta forma que resumimos as reflexões do autor sobre a estratégia textual de tema e de horizonte — da qual resulta a síntese dos pontos de vista. A modificação do saber prévio com o qual é preenchida cada uma das perspectivas, corresponde, como reestruturação de experiências sedimentadas, ao hábito pragmático-vivencial da formação de experiências. Mas, enquanto os atos de formação de experiências baseados no mundo da vida não atingem o consciente de quem o vivencia, uma vez que são guiados "como que por si" pelas seqüências das ações nas quais estão inseridos,[16] o leitor do texto ficcional não encontra, no universo de sua interação com o texto, nenhum critério para a formação de síntese dos pontos de vista. Seu próprio poder de julgamento guia a formação das sínteses, o que também significa que agora terá de tematizar o processo de seu desenvolvimento. Isto é possível, pois sua própria formação de experiências a partir de uma determinada perspectiva se lhe torna observável a partir da outra perspectiva.

Confirma-se nossa interpretação, acima esboçada, da fenomenologia do leitor que o autor desenvolve, segundo a qual o resultado final das sínteses dos pontos de vista (forma de conteúdo), decorrentes dos atos de apreensão, deve ser distinguido dos resultados das "sínteses passivas" (conteúdo). Essa confirmação encontra-se na descrição dos elementos do repertório, como "material" das sínteses passivas: "A combinação não previamente fornecida dos dados oferecidos (...) vem à tona" nas mesmas (p. 222). O que chamamos de *conteúdo* do texto, distinto da forma de conteúdo, o autor denomina alternadamente de objeto estético, horizonte de sentido e conteúdo informativo do texto. O caráter específico deste conteúdo informativo dos textos ficcionais é descrito conforme Karlheinz Stierle (p. 229 s): Enquanto à forma de conteúdo dos textos pragmáticos corresponde uma constelação pré-dada do saber social em termos de conteúdo informativo, este conteúdo informativo, nos textos de ficção, só pode ser obtido com a ajuda de sínteses passivas dos elementos do repertório, sob a orientação da forma de conteúdo. A análise deste processo, desenvolvida a partir de um texto-exemplo, revela que a constituição da forma de conteúdo e a constituição do conteúdo estão inter-relacionadas de muitas maneiras e que não podem ser interpretadas como fases consecutivas de um ato de leitura.

Para começar, cumpre entender a alienação de um elemento do repertório de seu contexto, ancorado no saber social, que se apresenta no texto sob uma perspectiva incomum. Por meio da síntese desta perspectiva com outra anterior (a síntese dos pontos de vista), obtém-se uma nova visão, a partir da qual o elemento alienado do repertório e aquele apresentado pela lembrança da perspectiva anterior podem ser modificados qualitativamente e transformados (síntese passiva) numa parte do conteúdo não formulado do texto (cf. p. 231 ss). O processo que assim pode ser descrito, repete-se muitas vezes ao longo do eixo do tempo de cada leitura dos textos de ficção. Esta distribuição dos processos isolados ao longo do eixo do tempo serve de pressuposto para a distinção dos resultados das sínteses realizadas nos mesmos e para a formação de novas sínteses passivas motivadas pela experiência desta diferenciação. A partir destas sínteses surge finalmente o conteúdo do texto (o conteúdo informativo do texto, o objeto estético) (cf. p. 240 s). Receptores distintos poderão relacioná-lo a referências distintas e somente essas possíveis ligações explicam a multiplicidade de sentido atribuído a textos de ficção (um terceiro aspecto de sua "polivalência"),[17] no decorrer da história de sua recepção.

Se a multiplicidade de significação dos textos ficcionais, revelada nas histórias de suas recepções, tornou necessário um substituto do conceito tradicional de texto, como base de comparação necessária a seu exame intersubjetivo-científico, e se a estética do efeito defendida pelo autor pode ser considerada como resposta a este postulado, então chegamos agora — na transição para a multiplicidade histórica do processo de efeito, representado como constante — ao fim da primeira parte de nossa resenha. Isto talvez surpreenda, já que as últimas cem páginas do livro, que têm como tema a "interação entre texto e leitor" (p. 257-355), ainda não foram aqui apresentadas. Mas justamente o fato de estas explicações se encontrarem no fim do livro constitui um primeiro motivo de crítica. Minhas objeções e sugestão (no sentido de se tornarem mais precisas certas formulações) têm a finalidade de evidenciar melhor aqueles resultados de reconstrução e argumentação do livro, capazes de evitar uma crise da estética da recepção.

É de se perguntar se, para a apresentação de uma teoria pragmática da literatura não teria sido mais adequado colocar, no início do livro, as explicações do capítulo final sobre o caráter específico da situação ficcional de comunicação e se não teria sido melhor desdobrar, como teoria do efeito, a descrição aqui apenas resumida da interação entre o texto e leitor, sem uma distinção analítica de ambos os pólos. Muitas dúvidas seriam poupadas ao leitor se o autor dissesse desde o princípio que a situação ficcional da comunicação deve ser distinguida da situação pragmática do tipo face a face, segundo três características: a impossibilidade de esclarecimentos de confirmação recíproca entre os parceiros da comunicação; a ausência de uma orientação institucionalizada com relação à finalidade e, como impulso para a comunicação, a substituição da contingência de expectativas recíprocas dos parceiros da comunicação pela assimetria entre texto e leitor (cf. p. 262 s). Em tal apresentação integrada dos pólos do texto e do leitor, tampouco teriam surgido certas dificuldades de compreensão, cuja origem comum se deve procurar na organização do livro que separa analiticamente diferentes aspectos da teoria do efeito, a rigor inseparáveis. Por que, por exemplo, não foram destacadas de antemão, como negações paradigmáticas (verticais) e sintagmáticas (horizontais), as subtrações de elementos do repertório do texto e os "pontos vazios" entre as perspectivas do texto? Por que não foram descritas em sua interação efetuada no ato da leitura?

Certamente, nem todos os problemas que surgem durante a leitura deste livro resultam de sua subdivisão. Em diversas partes deste resumo também chamamos atenção para as *inconsistências terminológicas*, que se distinguem segundo duas tendências: a denominação de conceitos idênticos por meio de termos distintos e a denominação de conceitos distintos por meio de termos idênticos. Sem dúvida alguma, a multiplicidade de sinônimos que, muitas vezes, confunde o leitor, resulta do esforço constante do autor no sentido de mostrar (através de citações às vezes extensas) as afinidades ou diferenças de suas próprias idéias em relação a teorias literárias e artísticas, sociológicas, psicológicas e fenomenológico-filosóficas das últimas décadas. Tais confirmações e distinções em algumas vezes de fato aumentam a precisão de suas teses; contudo, também podem expor o autor à acusação — seguramente injusta — de ecletismo. Esta impressão surge porque termos de teorias estranhas citadas pelo autor freqüentemente são reempregados fora de seu contexto. Um exemplo: numa passagem (p. 155), a distinção entre o "repertório do texto" e o "sistema de equivalências" (dos elementos do repertório), é designada inicialmente por meio do par de oposições "código primário"/"codigo secundário", segundo Roland Posner; depois, duplifica-se o termo "auto-reflexividade" (de textos de ficção) com a denominação de Umberto Eco "sinal icônico". A seguir, o emprego dos respectivos sinônimos parece motivado apenas por motivos estilísticos.

Existe, contudo, uma relação clara entre a polissemia de termos centrais e a separação analítica de diferentes aspectos da teoria do efeito, já acima considerada problemática; pois nos capítulos dedicados a um destes aspectos, os termos são empregados de forma consistente. Já foram abordadas as dificuldades decorrentes da freqüente variação entre as diversas denotações assumidas por termos como "apreensão", por exemplo, na descrição do modelo de texto na história das funções, de um lado, e no contexto da fenomenologia da leitura, do outro, ou "sentido" (*Sinn*) e "síntese" na apresentação dos atos de entendimento e na das sínteses passivas. Acrescentemos o exemplo mais gritante para a polissemia que inclusive impede a compreensão: como dissemos, no final do livro (p. 267 s) é explicado com a maior exatidão o que o termo "interação" pode significar quando empregado com referência ao ato da leitura.[18] Mas com que razão são denominadas de "interações" também aquelas relações entre as perspectivas do texto (por ex., p. 193 s) e os elementos do repertório (por ex., p. 331), que conduzem às sínteses da forma de conteúdo e do conteúdo propriamente dito, sobretudo se o termo "dialético" aqui seria mais do que suficiente para que se compreenda lingüisticamente sua especificidade constitutiva?

Para finalizar, voltemos à pergunta de cuja resposta dependeria qualquer juízo histórico sobre o valor científico deste livro, como já se dissera no início da discussão: O modelo de efeito estético do autor realmente permite deduzir estruturas de texto meta-historicamente constantes que podem servir de base de comparação para uma análise científica (por admitir a repetição intersubjetiva) dos mais diversos sentidos passados e futuros de determinados textos? Para tal, analisemos mais uma vez a reconstrução do ato da leitura e o modelo de texto desenvolvido pelo autor.

Do ponto de vista da teoria do conhecimento, certamente se pode encarar de forma cética e crítica a afirmação, constantemente implícita nas exposições do autor, de que cada leitor imaginável chegue a conteúdos pela interação entre atos de apreensão e sínteses passivas, assim como, em princípio, se pode duvidar do resultado de qualquer análise fenomenológica. Mas este não é o problema. Mais importante para a aplicação de seu modelo do leitor é a questão: podemos de fato supor que todos os receptores imagináveis concretizam certos constituintes do texto de forma idêntica, desde que aceitamos os atos de apreensão e as sínteses passivas como fases transcendentais da ação da recepção? Todos os leitores perceberiam exatamente aquelas mudanças de perspectivas que o autor viu em diferentes textos como "lugares vazios", e sua necessidade de *good continuations* (p. 287) estaria plenamente satisfeita lá onde, segundo o autor, não aparecem tais vazios? Não é necessário recorrer a enciclopédias chinesas antigas, como Michel Foucault o fez,[19] para provar que a necessidade de coerência de sentido (como premissa para atos de experiências e sínteses passivas) experimentou manifestações historicamente diversas. Já uma análise daquelas sentenças que em textos medievais são derivadas dos exemplos bíblicos (NT), tornaria claro que os autores e receptores coevos aceitavam como semanticamente coerentes muitas mudanças de perspectiva, hoje vistas por nós como "lugares vazios". Daí se deduz: de forma bem geral, podemos atribuir à necessidade de coerência, como motor de diferentes fases do ato da leitura, a categoria de constituinte transcendental, mas esta necessidade de coerência toma diferentes formas em épocas distintas. Por essa razão, é impossível desenvolver um modelo transcendental de leitor a ponto de poder derivar constantes meta-históricas de sentido, a partir de sua aplicação a quaisquer textos.

Aquela disposição do leitor que o autor explica detalhadamente nas suas interpretações e no desenvolvimento da fenomenologia do ato da leitura, sem situá-las na história, pode ser considerada uma constante para o leitor de formação "ocidental" de nossa época. É esta a disposição do leitor — e não uma disposição transcendental — que (salvo as exceções) se cristaliza nas concretizações da história da recepção a nós acessíveis, a partir das quais o autor deseja deduzir, como valor-limite, as respectivas estruturas do "leitor implícito". Isso atende às necessidades da prática científica da estética da recepção de orientação histórica e normativa. Também não se poderia imaginar — isso para dar satisfação ao autor — que formas deveria tomar um modelo de fundamentação mais abrangente. No entanto, para quem pretende aplicar a presente teoria do efeito às filologias clássicas, no estudo das literaturas medievais e não-européias, é importante conhecer suas limitações.

Também as considerações do autor sobre a constituição do texto ficcional aparentemente foram concebidas como tendo caráter meta-histórico. Em crítica a esta passagem,[20] Stierle já mostrou que a concepção do autor reflete o caráter específico do material em que se baseia quase exclusivamente, ou seja, o romance entre os séculos XVIII e XX. Mas apenas o romance europeu moderno é caracterizado pelo fato de que ele sempre é um "anti-romance", antes que as diversas variantes desse gênero, na sua evolução histórica — para empregarmos aqui a terminologia dos formalistas — se institucionalizassem no ápice da leitura. Por conseguinte, a afinidade entre ficção e negatividade, apresentada pelo autor no final de seu livro como tendo caráter meta-histórico, deve ser vista como historicamente restrita à evolução do gênero, a menos que se deseje restringir o termo "ficção" ao romance dos últimos três séculos.

Ao discutir a relevância do modelo de texto do autor para a história das funções, já se aludiu à conseqüência principal desta restrição ao conceito de ficção. Ela esvazia a pergunta pela função social dos textos em que a oferta de sentido e o saber interiorizado de seus leitores não se encontram numa relação de negação. Explica-se assim por que o autor, mais ou menos abertamente, sempre considera estes textos como exemplos deficientes para a categoria "ficção" (cf. exemplos nas págs. 172, 294, 338). Mas, no contexto de uma teoria do efeito, esta restrição ao conceito de texto necessariamente também se faz sentir na reconstrução do ato de leitura. Esta a razão por que o autor, em sua fenomenologia da leitura, analisa de preferência aquelas atividades com que o leitor responde às subtrações e aos lugares vazios como negações paradigmáticas e sintagmáticas.

A "otimização" de sua teoria poderia se cumprir pelo detalhamento da descrição dos pólos do texto e do leitor. Mas talvez se devesse proceder de modo ainda mais radical. Pois, se tomarmos, a exemplo de Stierle,[21] como função — e não como pressuposto, conforme o autor — dos textos de ficção a "auto-referencialidade", entendida como determinação recíproca de seus conceitos, será então eliminada a correlação restritiva entre ficção e negatividade. Daí, tanto a tomada de consciência e a melhor precisão de segmentos do saber social, quanto sua superação — tomada pelo autor como a função exclusiva dos textos ficcionais — poderiam ser consideradas conquistas na recepção dos textos ficcionais. A constituição auto-referencial de determinados conceitos, não mais exclusivamente a ideação doutros, seria agora o objetivo mais amplo dos atos de leitura em uma nova teoria da ficção.

Considerações desta ordem sobre uma "teoria do efeito ideal" por certo só se tornam possíveis após a leitura do presente livro. E por este motivo ele é revolucionário, no sentido bem preciso da história da ciência. E isto vale, independente de seu valor considerável para a fundamentação fenomenológica de certos setores da psicologia e da sociologia, para não falar das múltiplas sugestões para interpretações históricas isoladas de obras da literatura inglesa, que surgem, por assim dizer, "à margem" da leitura.

RETROSPECTIVA A PARTIR DO ANO DE 1981

Por mérito da estética da recepção alemã, mas principalmente devido a Wolfgang Iser, os teóricos da literatura — em nível internacional — tiveram sua atenção voltada para um fato que obviamente também vale para as obras de caráter teórico ou histórico desta escola: sua interpretação, o lugar que elas ocupam na história da ciência desdobram-se e concretizam-se somente em sua recepção, ou seja: através dos diversos significados que leitores de diferentes horizontes de experiência e de expectativa conseguem atribuir a estes trabalhos. Neste processo, cada trabalho precedente torna-se um fator de condicionamento de cada leitura subseqüente. Este teorema proíbe-me apresentar ao público brasileiro simplesmente uma repetição da resenha do livro de Iser, *O ato da leitura*, resenha escrita a partir das possibilidades de reflexão referentes ao ano de 1977. A evolução de perspectivas ocorrida nos quatro anos seguintes, obriga-me a enriquecer aquele comentário com observações que revelam com maior clareza o lugar ocupado pelo referido livro na história da ciência. Contudo deve ficar claro desde já que este "posfácio" não pretende ser um resumo e muito menos uma história da "recepção de Iser". A posição, a partir da qual as páginas subseqüentes foram formuladas, é subjetiva, claramente caracterizada pelo significado marcante que as obras de Iser adquiriram para minhas próprias reflexões teóricas e pesquisas históricas nestes últimos anos.

O efeito imediato do livro de Iser — isto é, referências explícitas em obras posteriores de teoria da literatura — é surpreendentemente pequeno se comparado à importância atribuída, com razão, ao *Ato da leitura*, nesta antologia brasileira. Este fato pode ser devido à complexidade e precisão do pensamento do autor, incomuns para os teóricos da literatura. Em todo o caso, esta situação nos leva a diferenciar duas perspectivas neste nosso "posfácio": se o *Ato da leitura* me serviu, nos últimos anos, como pré-dado e marco de orientação para a avaliação do desenvolvimento da discussão teórico-literária, então o livro, quando comparado a publicações de outros teóricos da literatura que não são seus leitores ou pelo menos não seus leitores entusiastas, possui o valor de um sintoma, pois que a obra não representa somente uma fase no desenvolvimento científico subjetivo de Wolfgang Iser, mas também, na minha opinião, o desdobramento de possibilidades de reflexão teórica numa determinada fase, hoje ultrapassada, da história da literatura.

Independentemente da pergunta se ao *Ato da leitura* cabe o papel de "pré-dado" ou de "sintoma", o livro revelou-se menos significativo, em termos históricos, para um trabalho de análise textual do que para o desenvolvimento posterior da teoria da literatura e do texto num sentido mais amplo. Provavelmente, as exigências com as quais a descrição diferenciada do ato da leitura por parte de Iser teria confrontado analistas e leitores no caso de uma "aplicação" da mesma, eram demasiado complexas, pelo menos até 1981.

Um prognóstico do livro de Iser evidenciou-se — quase paradoxalmente — pelo fato desta teoria estético-recepcional do texto ter ampliado o campo dos fenômenos extratextuais relevantes para a teoria da literatura. Pois, desde o *Ato da leitura*, cada vez mais representantes e receptores da estética da recepção levaram em conta não só *o* ou *os* leitores, mas também o autor como instância de sentido, o que torna claro que a "descoberta do leitor" — como disse Jauss em 1966, ou melhor, o hipostasear-se o leitor — não constitui o ponto final no desenvolvimento de um novo "paradigma" da teoria literária, mas o exagero — certamente necessário do ponto de vista histórico-científico — de um segmento do campo da teoria literária desprezado pelo *new criticism* e seu correspondente alemão, à "interpretação imanente". Só após o desenvolvimento e a apropriação da categoria e métodos para a análise desse segmento, iniciados na primeira fase da estética da recepção, tornou-se possível transformar as teorias da literatura e do texto em *teoria da comunicação* e — possivelmente — incorporá-las a reflexões correspondentes já existentes. Através de sua tentativa de diferenciação mais abrangente da interpretação do ato da leitura, Iser torna evidente ao mesmo tempo — mais do que qualquer de seus antecessores — a necessidade de levar-se em conta o ato de produção do texto sob a perspectiva da teoria da comunicação; por essa razão, o *Ato da leitura*, na perspectiva de 1981, representa a meu ver um corte significativo na história da teoria da recepção — sua transição para a teoria da comunicação. O que, em 1977, eu considerava uma falha do livro, isto é, a descrição metafórica da relação texto-leitor como "interação", vejo atualmente — também — como antecipação dos meus próprios esforços atuais, e dos de Iser, no sentido de fundamentar a teoria da comunicação do ponto de vista da interação — no sentido sociológico.

Também outra "falha" revelou-se produtiva: sobretudo no final da minha resenha de 1977, eu chamara atenção para a oscilação das categorias da teoria da recepção de Iser entre sua pretensa — e explicitamente reivindicada — validade antropológica de um lado e, do outro, sua dependência — já clara naquela época — dos grandes paradigmas da literatura européia, desde o século XVIII. Com crescente clareza e entre um número bem maior de teóricos da literatura do que nos primeiros anos da teoria da recepção, podemos distinguir atualmente tendências decididamente (até radicalmente) históricas e explicitamente antropológicas, na República Federal da Alemanha (sem que estas tendências, porém, já tenham entrado numa relação de complementaridade refletida). A oscilação de Iser entre categorias históricas e antropológicas não foi — pelo menos não foi somente — resultado de determinadas inconseqüências na execução dos seus próprios projetos, como eu julgava em 1977, mas também o sintoma de uma tendência de desenvolvimento e de diferenciação da teoria da literatura, iminente naquela época e hoje claramente perceptível.

Desta forma, em 1979, no X Colóquio do grupo de pesquisas *Poética e hermenêutica* sobre o tema "Funções do fictício", dirigido pelo filósofo Dieter Henrich e por Wolfgang Iser, este, por um lado, forneceu aos colegas das diferentes disciplinas do homem um impulso para a reflexão nitidamente orientado pelo ponto de vista antropológico. Por outro lado, Iser inseriu as contribuições dos colegas congressistas, em geral historicamente orientadas, em um contexto antropológico mais diferenciado e amplo. De perspectiva semelhante foram dois colóquios, organizados pela *Deutsche Forschungsgemeinschaft* (Sociedade Alemã para a Pesquisa), sobre o tema "Alegoria" (1978), sob a direção do germanista especializado em literatura antiga Walter Haug, e sobre "Narração" (1918), sob a direção do especialista em literatura alemã moderna Eberhard Laemmert, cujos participantes não eram de maneira alguma "limítrofes à Escola de Konstanz". Mesmo um empreendimento tradicionalista em seus princípios, como o livro de Hans Robert Jauss e Erich Köhler, *Grundrisse der Romanischen Literaturen des Mittelalters* (*Fundamento da literatura românica da Idade Média*), revela, na revisão de suas bases teóricas um esforço de destacar a especialidade histórica da Idade Média, sua "alteridade" (Jauss), diante do pano de fundo de uma teoria antropológica da comunicação.

Essas tentativas opõem-se a uma tendência para a *reconstrução de situações institucionalizadas de comunicação* do passado, à qual muitas vezes servem como estímulo e modelo as obras da *Escola francesa de história das mentalidades* e do filósofo (historiador?) francês Michel Foucault; como fundamento teórico serve-lhe a sociologia do conhecimento desenvolvida pelos sucessores de Husserl, Weber e Schütz. As chances de desenvolvimento desta segunda nova direção de interesses da ciência literária alemã podem-se prever pela observação de que tanto os limites entre a história literária e a história social, quanto os entre a história literária e uma nova lingüística histórica, tornam-se imprecisos no momento em que prevalece a concentração numa reconstrução de antigas situações institucionalizadas de comunicação.

Num colóquio internacional de pesquisas realizado na primavera de 1981, em Dubrovnik (Iugoslávia), intitulado *The Discourse of the history of literature and the history of language*, esta linha de reflexões levou à indagação se o isolamento da ciência literária como disciplina autônoma e a pergunta, daí resultante, pela existência de um conceito meta-histórico de literatura, não seriam, a longo prazo, um fenômeno e sintoma nitidamente históricos.

O valor do livro de Iser, *O ato da leitura*, e a importância de uma leitura do mesmo, cinco anos após sua publicação, podem ser acentuados agora por meio da constatação de que a "pragmática histórica do texto" — termo que caracteriza a segunda das novas direções de interesse esboçadas — por ora desenvolveu poucas categorias do ponto de vista da teoria da comunicação que ultrapasse as implicações do livro de Iser. O próprio Iser ousou o passo mais largo e seguro em direção a uma teoria antropológica da comunicação ao escrever para o X Colóquio do grupo de pesquisas *Poética e hermenêutica* os prolegômenos para uma teoria da ficção e da imaginação, obviamente baseados em *O ato da leitura*. Não se pode prever, nem mesmo a partir da perspectiva de 81, se esta obra, no decorrer do desenvolvimento destas novas tentativas da teoria e da história da comunicação, atingirá algum dia a posição de pré-dado para análises de textos. Minhas próprias dúvidas quanto à realização desta possibilidade — e com isso quero manter ou até mesmo confirmar, no final do meu posfácio, pelo menos uma crítica de 1977 —

baseiam-se na impressão de que o caminho, como o tomado por Iser em 1976, em direção a um sentido fundamental do texto, ao qual caberia a importância de uma base de comparação para a compreensão das mais diferentes "concretizações", é um caminho naquele terreno que a ciência da literatura começa a abandonar. Contudo estarei aberto às lições que o futuro terá a dar — também com referência a este prognóstico.

Salamanca, julho de 1981

Tradução
INGRID STEIN

Revisão
PROFS. EVA KOCH E WALTER KOCH

Notas

1. Esta concepção da estética da recepção fundada em uma dupla determinação de função é detalhada pelo resenhador *in* "Konsequenzen der Rezeptionsästhetik oder Literaturwissenschaft als Kommunikationssoziologie" ("Conseqüências da estética da recepção ou a ciência literária como sociologia da comunicação"), *in Poetica*, 7, 1975, págs. 388-413, esp. 391 ss; cf. também do resenhador "De pragmatiek van de tekst", *in* Ch. Grivel (org.): *Methoden in Literaturwetenschap*, Amsterdam 1978 (traduz. em português, a partir da versão alemã, *in* L. Costa Lima (organ.): *A literatura e o leitor*, págs. 189-211, Paz e Terra, Rio 1979.
2. O autor emprega o mesmo argumento em sua réplica "Im Lichte der Kritik" ("À luz da crítica"): *in* R. Warning (org.) *Rezeptionsästhetik. Theorie und Praxis* (UTB 303), Munique, 1975, págs. 325-342, espec. págs. 325 ss, contra as objeções de Gerhard Kaiser *in* "Nachruf auf die Interpretation?" ("Necrológio para a interpretação?") [resenha de *Die Appelsstruktur der Texte*] *(A estrutura apelativa dos textos)* de W. Iser, Konstanz 1970, *Poetica*, 4, 1971, págs. 267-277.
3. Cf. H. Weinrich: "Für eine Literaturgeschichte des Lesers" ("Para uma história literária do leitor"), *in Merkur*, 21, 1967, págs. 1026-38. — O autor nesta linha criticou o conceito de "pré-dado da recepção" (cf. págs. 63 s, 175 s), introduzido por Manfred Naumann *et ali in Gesellschaft — Literatur — Lesen. Literaturrezeption in Theoretischer Sicht (Sociedade — literatura — leitor. A recepção da literatura numa visão teórica)*, Berlim/Weimar 1973, pág. 35 e passim.
4. Cf. *Die Appelstruktur der Texte*, assim como "The Reading process. A Phenomenological approach", *in New literary history*, 3, 1971-72, págs. 279-299.
5. Como aliás procede Ulrich Greiner; cf. "Was heisst und zu welchem Ende treiben wir Literaturkritik? Überlegungen zu Wolfgang Isers Wirkungsästhetik" ("Que significa e com que fim fazemos crítica literária? Reflexões sobre a estética do efeito de Wolfgang Iser"), *in Frankfurter Allgemeine Zeitung* de 26.2.1977.
6. "Nachruf auf die Interpretation?", art. cit., pág. 271 s; o autor, em sua réplica acima citada, não discutiu esta apologia.
7. Cf. por ex. pág. 64: "Como proposta de papéis do texto, o conceito *de leitor implícito* não é abstração de um leitor real...". (Grifos do autor desta resenha.)
8. Grifados pelo resenhador.

9. Aqui e no final da discussão, emprega-se o predicativo "transcendental" para caracterizar a hipótese dos atos de recepção antropologicamente constantes ("inegáveis") e o predicativo "meta-histórico" para destacar o postulado de que certas estruturas de sentido dos textos são interpretadas da mesma maneira, em todas as épocas e por parte de receptores pertencentes a quaisquer grupos sociais.
10. O resenhador deve o esclarecimento desta questão a duas cartas do autor (de 11.2. e 12.5.1977).
11. Para melhor caracterizar, entre os atos performativos, aqueles atos da fala dos quais resultam textos de ficção, o autor se vale da diferenciação de Austin entre atos elocutórios e perlocutórios (cf. Austin: *How to do things with words*, Orfor/ Cambridge, Mass., 1962), classificando-os entre os atos elocutórios, porque estes possuiriam "apenas um potencial de efeito (force)", enquanto nos atos perlocutórios "o intencionado" resultaria "(...) do verbalizado" (pág. 94). — Resta saber se a opinião de Austin e a do autor, segundo os quais é possível distinguir entre atos que sempre produzem o intencionado e aqueles que têm somente um potencial de efeito, não deveria ser modificada com a ajuda de um novo emprego dos termos: os atos da fala podem ser examinados, sob o aspecto elocutório, com relação à sua realização institucionalizada e, sob o *aspecto* perlocutório, com relação a seus efeitos nunca institucionalizáveis.
12. Por certo, estas exposições implicam uma polêmica contra a teoria marxista do reflexo. A fim de reabilitá-la, contudo, é preciso observar que a ciência da literatura materialista atual designa como "reflexos" não só as "reproduções" da realidade, mas ainda as "reações" a ela. Mas ela não pode fugir à crítica de que o termo "reflexo", aparentemente mantido para ocultar a mudança de uma posição dogmática anterior, tornou-se dúbio, por efeito desta mudança de definição.
13. Cf. por ex. do resenhador: "Über gegenkulturelle Funktionen der Literatur im hohen und späten Mittelalter" ("Sobre funções contraculturais da literatura na alta e na Idade Média tardia"), *in* Gumbrecht, H. U. (org.): *Sozialgeschichte und Literatur des Spatmittelalters (História social e literatura da Idade Média tardia)*, Heidelberg, 1978.
14. No final da discussão, analisaremos o modelo de ficção desenvolvido por Karlheinz Stierle, *in* "Was heisst Rezeption bei fiktionalen Texten?" ("Que significa a recepção dos textos ficcionais?"), *in Poetica*, 7, 1975, págs. 345-387 (em português, *in A literatura e o leitor*, op. cit., págs. 133-188), em que este dilema inexiste.
15. Segundo F. Lázaro Carreter, *in Diccionario de terminos filológicos (Biblioteca románica hispánica, III, 6)*, Madri, 3, 1968, pág. 113 ("contenido").
16. O autor fala de "códigos dominantes" como instâncias de controle na formação da experiência pragmático-vivencial (pág. 218). Caso isso se refira ao saber social, a esta altura aparece a necessidade de uma correção, pois é inconcebível que o saber social, como experiência sedimentada, oriente a formação de experiência entendida

como reestruturação de uma experiência sedimentada. — Quanto à relação dos conceitos "experiências" e "ação", no contexto da sociologia do conhecimento, cf. T. Luckmann; "Aspekte einer Theorie der Sozialkommunikation", *in* H. P. Althaus/H. Henne/ H. E. Weigand (org.): *Lexikon der germanistischen Linguistik*, Tübingen 1973, págs. 1-13.

17. Sobre a "referência" dos textos ficcionais, cf. do resenhador "Fiktion und Nichtfiktion" ("Ficção e não ficção"), *in Funkkolleg Literatur, Studienbegleitbrief 3*, Weinheim 1976, págs. 37-64, esp. págs. 49-51 (na nova edição, de 1979, o texto aparece nas págs. 188-209). (*N. do Org.*)
18. Sobre a questão da denominação do relacionamento entre texto ficcional e seu leitor como "interação", a partir de uma visão sociológica, cf. J. Müller: *Rezeptionstheorie und empirische Rezeptionsforchung (Teoria da recepção e pesquisa empírica da recepção)*, manuscrito, Konstanz 1976.
19. *Les Mots et les choses. Une archéologie des sciences humaines*, Paris, 1969, pág. 7. — Neste livro, cita-se, de acordo com um texto de J. L. Borges, uma taxinomia dos animais na China antiga, que aqui reproduzimos a fim de exemplificarmos o relativismo cultural e histórico da busca humana pela coerência de sentido: (animais) "a) encontrados na posse do imperador, b) embalsamados, c) domesticados, d) leitões, e) sereias, f) animais de fábulas, g) cães em liberdade, h) incluídos nesta classificação, i) que se agitam como loucos, j) incontáveis, k) pintados com pincel bem fino, de pêlos de camelo, l) outros, m) que acabam de quebrar a jarra, n) que de longe parecem moscas".
20. "Was heisst Rezeption bei fiktionalen Texten", art. cit., pág. 372.
21. Idem, págs. 361-377.

Sobre os autores

ALONSO, DÁMASO: filólogo e poeta espanhol (1898). Professor de filologia românica da Universidade de Madri. Sua obra poética (*Poemas puros: poemillas de la ciudad*, 1921, *Oscura noticia* e *Hijos de la ira*, ambos de 1944, *Hombre y Dios*, 1955) é obscurecida pela maior importância de seu labor filológico e crítico. Destacam-se aí os ensaios consagrados à obra de Gongora (reunidos em *Estudios y ensayos gongorinos*, 1955) e, em particular, ao *Polifemo* (*Gongora y el "Polifemo"*, 1960). Contudo sua obra mais conhecia é a *Poesía española. Ensayo de métodos y limites estilísticos* (edição refundida, 1952). Suas obras completas começaram a ser publicadas na década de 1970, cobrindo a parte de análise literária os volumes II (em dois tomos), III e IV.

AUERBACH, ERICH: medievalista e romanista elemão (1892-1957). Estudou direito, história da arte e filologia em Berlim e noutras universidades alemãs. Doutorou-se em 1921, em filologia românica. Tradutor de *La Vita nuova* de Dante, dos sonetos de Petrarca e de *La Scienza nuova* de Vico. De 1929 a 1935, professor na Universidade de Marburg. Afastado pelo nazismo, foi professor de línguas românicas na Universidade do Estado Turco, em Istambul. Transladou-se para os Estados Unidos, ensinando na Pennsylvania State University, no Institute for Advanced Studies de Princeton, até passar, em 1950, para a Yale University, onde se manteve até à morte. Suas obras mais importantes *Dante als Dichter der irdischen Welt* (*Dante como poeta do mundo secular*), 1929, *Mimesis. Dargestellte Wirklichkeit in der abendländischen Literatur* (*Mimesis. A representação da realidade na literatura ocidental*), 1946 (trad. bras., 1971), *Vier Untersuchungen zur Geschichte der französischen Bildung* (*Quatro pesquisas sobre a história da formação francesa*), 1951, *Literatursprache und Publikum in der lateinischen Spätantike und im Mittelalter* (*A linguagem literária na tardia antigüidade latina e na Idade Média*), 1958, e *Gesammelte Aufsätze romanischen Philologie* (*Ensaios reunidos de filologia românica*), 1967.

BAKHTIN, MIKHAIL: historiador e teórico russo da literatura (1895-1975). Terminava seus estudos de letras quando rebentou a revolução de 17. Leva uma vida obscura como mestre secundário, depois como professor e conferencista emVitebsk, na Bielo-Rússia. No fim dos anos 20, teria formado um círculo, do qual ainda teriam participado o lingüista Voloshinov e o crítico literário Medvedev, a que foram atribuídas obras hoje consideradas pelo menos parcialmente também de B. Uma osteomielite crônica o reconduz a Leningrado, onde colabora no Instituto de História da Arte, reduto dos formalistas, e trabalha nas Edições do Estado. Sai em 1929 seu livro sobre Dostoievski, que será completado e reeditado em 1963. *Problemy poetiki Dostoevskogo* (*Problemas da poética de Dostoievski*). Vive depois na fronteira da Sibéria com o Casaquistão — julga-se que em prisão administrativa. Em 36, ensina no Instituto Pedagógico de Saransk. No ano seguinte, estabelece-se próximo a Moscou. No começo da guerra, volta a ensinar em Saransk, cujo Instituto será convertido, em 57, em universidade. Aí dirige a seção de literatura russa e estrangeira, cargo em que permanece até aposentar-se, em 61. Em 45, apresenta no Instituto de Literatura Mundial, em Moscou, sua tese sobre Rabelais, que é rejeitada, sendo publicada apenas 20 anos depois — *Tvorchestvo Fransua Rable* (*Rabelais e seu mundo*). Após o degelo de seu nome, nos anos 60, multiplicam-se as edições e traduções de suas obras: *Formal'nyi metod v literaturovedenii* (*O método formal na investigação literária*), orig. de 1928 (com Medvedev); *Marksism i filosofija jazyka* (*Marxismo e filosofia da linguagem*), orig. de 1929 com Voloshinov, assim como a reunião de seus artigos até então esparsos, *Estética e teoria do romance*, 1975.

BENJAMIN, WALTER: ensaísta e crítico literário alemão (1892-1940). Estuda filosofia nas universidades de Berlim, Freiburg, Munique e Berna, onde se doutora em 1919, com a tese *Der Begriff der Kunstkritik in der deutschen Romantik* (*O conceito de crítica de arte no romantismo alemão*). A busca de edição de sua tese leva-o a estreitar sua amizade com o especialista em mística hebraica, Gerd Scholem, cujo trato com o texto bíblico se refletirá na abordagem literária de B. À influência de Scholem e do neokantiano Herman Cohen acrescentar-se-á adiante a de Lukács, da *Geschichte und Klassenbewusstsein* (*História e consciência de classes*), 1923. Datam de antes pequenos e importantes ensaios, como "Schicksal und Charakter" ("Destino e caráter"), 1919, "Zur Kritik der Gewalt" ("Sobre a crítica da violência"), 1920, onde a preocupação filosófica se mistura à de caráter político, que, por sua vez, se combinará às literárias, como nos ensaios sobre *As afininidades eletivas* de Goethe, 1924-5, sobre o surrealismo, 1929, sobre Proust e vários autores alemães. Entre 1923 e 1925, trabalha no que seria sua tese de habilitação em filosofia, *Ursprung des deutschen Trauerspiels* (*Origem do drama alemão*). Rejeitada, foi publicada em 28. Já sob a influência de Lukács, aproxima-se do marxismo, escreve artigos políticos e se torna amigo de Brecht, Adorno e Horkheimer. Com o advento do nazismo, enquanto pôde se manter na Alemanha, escrevia simultaneamente sobre temas como "Erfahrung und Armut" ("Experiência e pobreza") e "Über das mimetische Vermogen" ("Sobre a faculdade mimética"), ambos de 33. Estabelece-se na França e colabora com o *Institut für Sozialforschung* de Adorno e Horkheimer, em cuja revista publica dois de seus mais notáveis ensaios, "Das Kunstwerk im Zeitalter seiner technischen Reproduzierbarkeit" ("A obra de arte na época de sua reprodutibilidade técnica"), 1936 e "Über einige Motive bei Baudelaire" ("Sobre alguns motivos de Baudelaire"), 1940. O último faria parte de um livro projetado sobre o poeta, *Charles Baudelaire. Ein Lyrik im Zeitalter des Hochcapitalismus* (*Charles Baudelaire. Um poeta lírico no auge do capitalismo*), de que deixou pronta apenas uma segunda parte, "Das Paris des Second Empire bei Baudelaire" e fragmentos. — Sua obra só começou a ser reconhecida a partir de ensaios seus reunidos por Adorno em *Schriften* (*Escritos*), em 1955. Suas obras reunidas formam sete volumes, incluindo no vol. 5 o livro que deixara inacabado e que esteve por muitos anos desaparecido: *Das Passagenwerk* (2 tomos, 1982).

COHEN, KEITH: é atualmente professor de teoria da literatura da University of Wisconsin, tendo publicado sobre cinema e literatura.

EMPSON, WILLIAM: ensaísta e poeta inglês (1906-1984). Ao lado de Eliot e Richards, sua obra analítica faz parte da produção inglesa da primeira metade do século que teve maior projeção. Ensinou, antes da guerra, inglês, em Tóquio e Pequim. Foi durante a guerra correspondente da B.B.C., em Pequim. Em 47, ensinou na Universidade Nacional de Pequim e, desde 53, é professor na universidade de Sheffield, na Inglaterra. Como ensaísta, publicou *Seven types of ambiguity*, 1930, *Some versions of pastoral*, 1935, e *The Structure of complex words*, 1951. Sua obra poética está reunida em *Collected poems* (edição revista, 1949). Como poeta é conhecido também por *The Gathering storm* (1940).

ENKVIST, NILS ERIK: lingüista finlandês. *Donner Professor* de língua e literatura inglesa na Abo Akademi (Finlândia). Especialista em estilística, é autor de *Linguistic stylistics*, 1973 e de vários artigos apresentados em simpósios, revistas especializadas e livros com outros autores. Entre estes, "On defining style: an essay in applied linguistics" *in Linguistics and style*, John Spencer (org.), 1964, "Style and types of context", *in Reports on text linguistics: four papers on text, style and syntax*, N. E. Enkvist (org.), 1974.

FONTIUS, MARTIN: historiador alemão da literatura (1934). Estudou filologia clássica e filologia românica, de 1953 a 1958, na Universidade de Jena. Em 1960, incorporou-se ao grupo de pesquisa sobre o iluminismo europeu, dirigido pelo mais famoso historiador marxista da Alemanha Oriental, Werner Krauss, na Akademie der Wissenschaften, da então República Federal Alemã (DDR). Desde 1978, é diretor da Akademie. Publicou nos anos 60 sua dissertação de doutoramento: *Voltaire in Berlin*. Entre seus muitos ensaios, destacam-se o estudo sobre a história do conceito de clássico, 1971, os incluídos em *Französische Aufklärung — bürgerliche Emanzipation, Literatur und Bewusstseinsbildung* (Iluminismo francês — emancipação burguesa, literatura e formação da consciência), org. por W. Schröder, em 1974, que têm por título "Zur Ästhetik des Bürgerlichen Dramas" ("Sobre a estética do drama burguês") e "Literaturkritik im Zeitalter der Kritik" ("A crítica literária na época da crítica").

GREEN, ANDRÉ: psicanalista francês. Ex-diretor do Instituto Psicanalítico de Paris. Foi professor da *Freud Memorial Chair* da University College London. Autor de *Un Oeil un trop. Le Complexe d'Oedipe dans la tragédie*, 1969, *Le Discours vivant*, 1973 (já editado em port.) e, em colaboração com Jean-Luc Donnet, *L'Enfant de ça. Psychanalyse d'un entretien: la psychose blanche*, 1973. Colabora em diversas revistas especializadas, como *Revue française de psychanalyse, Cahiers pour l'analyse, Nouvelle revue de psychanalyse*.

GUMBRECHT, HANS ULRICH: romanista e medievalista alemão (1948). Assistente de H. R. Jauss na Konstanz Universität, de 1972 até assumir a cátedra de "Romanística II", em 1975, na Ruhr-Universität Bochum. Um dos editores do *Grundriss der romanischen Literaturen des Mittelalters* (*Fundamento das literaturas românicas da Idade Média*). Entre seus livros: *Emile Zola im literarischen Kontext. Für eine neue Lektüre des Rougon-Macquart-Zyklus*, 1978 e *Funktionen parlamentarischer Rhetorik in der französischen Revolution*, 1978. Autor de dezenas de artigos publicados em revistas especializadas alemãs, francesas, italianas e norte-americanas. Atualmente ensina no Dep. de Literatura Comparada da Stanford University. Sua obra começou a ser traduzida recentemente em português: *Modernização dos sentidos*. (Editora 34, São Paulo, 1998), *Corpo e forma* (EDUERJ, Rio de Janeiro, 1998) e *Em 1926. Vivendo no limite do tempo* (Record, Rio de Janeiro, 1999).

ISER, WOLFGANG: teórico e analista alemão da literatura. Professor de ciência da literatura, na seção anglo-saxônica, da Konstanz Universität. Membro do conselho editorial da *New literary history*, fundador e um dos editores de *Poetik und Hermeneutik*, tendo sido organizador de seu II Colóquio, realizado em Colônia em 1964 e editado com o título *Immanente Ästhetik, Ästhetische Reflexion. Lyrik als Paradigma der Moderne* (*Estética imanente. Reflexão estética. A lírica como paradigma do moderno*), 1966. Livros mais importantes: *Die Appelstruktur der Texte* (*A estrutura apelativa do texto*), 1970, *Der implizite Leser. Kommunikationsformen des Romans von Bunyan bis Beckett* (*O leitor implícito. Formas de comunicação do romance de Bunyan a Beckett*), 1972 *e Der Akt des Lesens, Theorie ästhetischer Wirkung* (*O ato da leitura, Teoria do efeito estético*), 1976. Seu livro mais recente foi escrito e editado originalmente em inglês: *The Range of interpretation* (2000).

JAKOBSON, ROMAN: lingüista e poetólogo russo, naturalizado norte-americano (1896-1982). Foi membro do OPOJAZ, sociedade para o estudo da linguagem poética, fundada em 1914, da qual derivou o formalismo russo. Co-fundador e presidente do Círculo Lingüístico de Moscou (1915-1920). Em 1920, estabeleceu-se na Tchecoslováquia, doutorando-se em 1930, pela Universidade de Praga. Será aí professor, a partir de 33, ensinando filologia russa e também, a partir de 37, de literatura tcheca antiga, na Universidade Masaryk, Brno. Escreve então sobre a poesia russa contemporânea, tratando de poetas como Khlebnikov, Maiakovski e Pasternak e passa progressivamente de uma abordagem formalista para uma reflexão estrutural. Participa em 26 da fundação do Círculo Lingüístico de Praga; nos anos 30, do desenvolvimento da fonologia, cujas bases foram lançadas por Trubetzkoy. Depois da invasão da Tchecoslováquia pelos nazistas, refugia-se na Escandinávia, ensinando durante dois anos nas Universidades de Copenhague, Oslo e Uppsala. Desde 1941, vive e ensina nos Estados Unidos, primeiro em Columbia University, desde 1950, em Harvard, onde ensina língua e literaturas eslavas, assim como lingüística geral. Sua vastíssima obra abrange os aspectos teóricos (por ex., em *Fundamentos da linguagem*, escrito em colaboração com Morris Halle, 1956, *Ensaios de lingüística geral* I e II, 63 e 69, respect.) e práticos da lingüística (por ex., em *Linguagem infantil e afasia*, 1941), bem como os dedicados à poética. Entre estes, se enumeram o "Lingüística e poética", 1960 e *Questões de poética*, 1973, onde estão coletados os ensaios que tem escrito sobre poesia italiana, francesa, inglesa, alemã, russa e portuguesa.

JAUSS, HANS ROBERT: medievalista e romanista alemão (1921-1997). Professor de ciência da literatura na seção de romanística, da Konstanz Universität. É a partir de sua obra, mais precisamente da *Literaturgeschichte als Provokation der Literaturwissenschaft* (*A história da literatura como provocação à ciência da literatura*), 1.ª versão de 1967, que passou a se falar em Escola de Konstanz. Inaugurador da estética da recepção é, ao lado de seu colega W. Iser, sua figura mais conhecida. Pertencem ainda à Escola nomes como Hans Neuschäfer, Hans U. Gumbrecht, Karlheinz Stierle, Manfred Fuhrmann. — Embora só se tenha tornado conhecido em fins da década de 60, J. já se destacava desde 55 com sua obra sobre Proust — *Zeit und Erinnerung in Marcel Prousts "A la recherche du temps perdu"* (*Tempo e lembrança em "A La recherche du temps perdu" de Marcel Proust*), bem como por seus ensaios sobre literatura medieval [hoje reunidos com escritos posteriormente em *Alterität und Modernität der mittelalterlichen Literatur* (*Alteridade e modernidade da literatura medieval*), 1977. Além da versão definitiva da *Literaturgeschichte als Provokation*, reunida a outros ensaios em 1970, é autor de *Ästhetische Erfahrung und literarische Hermeneutik I*, 1977. Junto com Erich Köhler, começou a editar o *Grundriss der romanischen Literaturen des Mittelalters*.

JIRMUNSKII, VIKTOR: lingüista e filólogo russo (1891-1971). Conhecido como especialista em língua e literatura alemã, é autor de um dos primeiros trabalhos saídos no Ocidente sobre o formalismo russo, "Formprobleme in der russischen Literatur" ("Problemas formais na literatura russa"), *in Zeitschrift für slavische Philologie*, 1925. Manteve-se durante algum tempo próximo do OPOJAZ. Mas sua posição não ultrapassou o caráter de simpatia crítica, de acordo com o que Tinianov e Jakobson duramente chamaram, em artigo de 28 ("Problemas da pesquisa literária e lingüística"), de "ecletismo acadêmico". Já nos anos 20, afasta-se da linha formalista, a que pretere em favor da orientação aberta por investigadores alemães como O. Walzel e Wölflin. Opõe-se à fórmula de Chklovski — "a arte como procedimento" — argumentando que a arte é, em princípio, "sincrética", i. e., que se não esgota em uma visada estética, podendo ser igualmente justificada como "produto da atividade psíquica", como "fato social e fator social", como "fenômeno moral ou religioso" ou ainda como "meio de conhecimento". Entre suas obras: *Voprosy Teorii Literatury. Stat'i 1916 do 1926* (*Questões de teoria da literatura. Ensaios de 1916 a 1926*), 1928, *Zadaci i metody izucenija iskusstv* (*Tarefas e métodos da análise da arte*), *Vvdenie v metriku* (*Introdução à métrica*), traduzida para o inglês em 1966.

LÉVI-STRAUSS, CLAUDE: antrópologo francês (1908-). De uma família onde a arte era ocupação freqüente — seu pai era pintor, se bem que acadêmico, como também dois de seus tios, seu avô fora organista da sinagoga de Versailles — desde criança, L.-St. manifestou um interesse combinado pela arte e pela etnografia, como indicava sua curiosidade pelas estampas japonesas e pelos objetos exóticos que colecionava. Descobre no colégio secundário a filosofia, em cuja faculdade virá a se inscrever. Depois de formado, começa a ensinar filosofia em Mont-de-Marsan, a seguir em Laon. Desencanta-se cedo porém e, como narra em *Tristes tropiques*, aceita o convite para incorporar-se ao grupo de jovens professores que fundará, na década de 30, a Escola de Sociologia de S. Paulo. Datam de 35-39 suas primeiras expedições etnográficas, em Mato Grosso e na Amazônia. Retorna à França e, após a ocupação nazista, escapa para os Estados Unidos. Professor em Nova York, tendo como colega e iniciador na fonologia Roman Jakobson. Terminada a guerra, retorna à França. Ocupa desde 1959 a cátedra de antropologia social no Collège de France. Seu primeiro livro importante, *Les Structures élementaires de la parenté*, 1949, firma seu nome apenas nos meios especializados. Em troca, *Tristes tropiques*, 1955, é saudado como um acontecimento literário. Esta divisão de reconhecimentos começa a fundir-se em unanimidade a partir da coleção de ensaios reunidos em *Anthropologie structurale*, 1958. Segue-se seu livro de maior nomeada, *La Pensée sauvage*, 1962. A partir de 1964, com *Le Cru et le cuit*, inicia a publicação da série *Mythologiques (Du miel aux cendres*, 1967, *L'Origine des manières de table*, 1968, *L'Homme nu*, 1971), que constitui a mais complexa e relevante parte de sua obra. De 1973, é a *Anthropologie structurale deux*.

LOTMAN, IURI: semiólogo e analista da literatura soviético. (1922-1993). Foi professor de literatura russa, na Universidade de Tartu, centro dos mais importantes estudos de semiologia soviética atual. Sua obra, onde é marcante a influência dos formalistas, supõe a ponte realizada entre o puro método formalista e a indagação estrutural. A esta se acrescenta a forte preocupação com o estudo da cultura como sistema semiológico. Sua obra mais conhecida no Ocidente é a *Struktura Khudozestvenogo Teksta* (*Estrutura do texto artístico*), 1970. Bastante traduzido em inglês, em sua produção ainda se destacam *Análise do texto poético*, 1976, *Semiologia do cinema*, 1976, bem como os artigos traduzidos em obras coletivas como *Semiotics and structuralism: readings from the Soviet Union*, H. Baran (org.), 1974 ou publicados em revistas como *Linguistics, Semiotica, The Soviet review, New literary history*, etc. Sua produção final começa a ser divulgada no Ocidente com a seleção de textos da *Semiosfera* (Valencia, 1996).

MESCHONICQ, HENRI: ensaísta e poeta francês. Professor de literatura em Paris, VIII. Um dos raros críticos franceses da atualidade a mostrar um interesse cosmopolita pelo fenômeno da poesia e pelo desenvolvimento teórico-analítico processado noutros países. Como ensaísta, destaca-se a série *Pour la poétique* que vem publicando desde 1970 (I, 1970; II, 1973; III, idem; IV, em dois tomos, 1977; V. 1978). Ainda de assinalar livro de 1975, *Le signe et le poème*.

NUNES, BENEDITO: ensaísta e crítico brasileiro. Professor de filosofia e estética da Universidade do Pará. Estudou em Paris com Merleau-Ponty. Entre suas obras, *Introdução à filosofia da arte*, 1966, *O Dorso do tigre*, 1969, *João Cabral de Mello Neto*, 1971, *Leitura de Clarice Lispector*, 1973. Aliando um saber filosófico sistemático a uma aguda sensibilidade ao fenômeno poético, B.N. se coloca entre os mais significativos analistas do fenômeno literário no Brasil. Além de seus livros, destacam-se suas introduções e artigos sobre a obra de Oswald de Andrade, estes reunidos em *Oswald canibal*, 1979. Tem em preparo um livro sobre a filosofia de Heidegger.

SCHÜTZ, ALFRED: sociólogo austríaco, radicado nos Estados Unidos (1898-1959). Em Viena, estudou direito, economia e filosofia, convergindo-os para sua preocupação básica: a constituição de uma ciência social. Seu primeiro livro, e único publicado em vida, *Der sinnhafte Aufbau der sozialen Welt* (*A construção de sentido do mundo social*), apareceu em 1932, sendo reeditado apenas em 1960. Conhece então Husserl, que o convida para seu assistente em Freiburg. Mas o nazismo ascende e S. é obrigado a escapar para Paris, antes da invasão da Áustria. Em 1939, emigra para os Estados Unidos. Suas atividades de pesquisador agora se fazem privadas, vivendo então de seu conhecimento do direito e do mundo dos negócios. Dava ao mesmo tempo conferências na *Graduate Faculty of the New School for Social Research*, em Nova York. Na Escola, refúgio de muitos emigrados, conhece e tem como alunos figuras como Aron Gurwitsch e Thomas Luckmann, posteriormente brilhantes divulgadores e/ou continuadores de sua obra. Postumamente, foram editados os ensaios que publicara esparsamente (*Collected papers*, I, *The Problem of social reality*, 1962; II, *Studies in social history*, 1964; III, *Studies in phenomenological philosophy*, 1966). Sua segunda obra capital, terminada com o concurso de Th. Luckmann, *Strukturen der Lebenswelt*, apareceu antes na trad. inglesa, *The Structures of life-world*, 1973, só depois vindo no original, 1975. O mesmo sucedeu com *Das Problem der Relevanz*, original publicado em 1971, sendo a tradução inglesa, *Reflections on the problem of relevance*, de 1970. S. desenvolve a reflexão husserliana até ao mundo das relações sociais, casando-a à indagação weberiana, destinada a fundar uma sociologia da compreensão. Esta conformidade de metas, contudo, não o impede de promover a crítica das categorias analíticas de Weber.

SPITZER, LEO: filólogo e romanista austríaco (1887-1960). “O último do quarteto dos grandes especialistas alemães em filologia românica” (os outros: Vossler, Curtius, Auerbach), como o chama R. Wellek. Doutorou-se em 1910 e tornou-se *Privatdozent* da Universidade de Viena, em 1913. Interrompeu sua carreira durante a 1.ª Grande Guerra. Retomou-a em 20, ensinando na Universidade de Berlim, em 25 estava na Universidade de Marburg e em 30 transferiu-se para a de Colônia. Com a ascensão de Hitler, teve de renunciar a seu posto e aceitar o lugar que lhe oferecia a Universidade de Istambul. Já em 36, estava na Johns Hopkins University, onde permaneceu até à morte. — Foi na década de 50, junto com Dámaso Alonso e Carlos Bousoño, o crítico de orientação estilística de maior influência no Brasil. Em sua obra, que compreende mais de 30 volumes, não incluindo os artigos e resenhas que permaneceram não reeditados (a exemplo da resenha sobre Dámaso, aqui incluída), se destacam: *Stilstudien* (*Estudos estilísticos*), em 2 vols., 1928, *Romanische Stil- und Literaturstudien* (*Estudos de estilística e de literatura românica*), 2 vols., 1932, *Linguistics and literary history*, 1955, *Romanische Literaturstudien, 1936-56* (*Estudos de literatura românica, 1936-56*), 1959, *Essays on English and american literature*, 1962 *Classical and christian ideas of world harmony. Prolegomena to an interpretation of the word 'Stimmung'*, 1963.

STEMPEL, WOLF-DIETER: lingüista alemão (1929). Estudou filologia românica em Marburg, Aix-en-Provence, Paris, Heidelberg e Lisboa. De 1954 a 62, foi assistente no Departamento de romanística (*Romanisches Seminar)* da Universidade de Bonn. Em 62-3, professor visitante da Universidade de Giessen. Professor de filologia românica na Universität Konstanz (67-73) e, desde 73, professor de lingüística românica da Universität Hamburg. Membro de *Poetik und hermeneutik*, de que organizou e editou, junto com R. Koselleck, o V Colóquio, publicado, em 1973, com o título *Geschichte, Erzählung und Ereignis* (*História, narração e acontecimento*). Organizou e colaborou em *Beiträge zur Textlinguistik* (*Contribuições à lingüística do texto*), 1971; junto com F. Boldt, organizou os ensaios do tcheco M. Cervenka, *Der Bedeutungsaufbau des literarischen Werks* (*A Construção do significado da obra literária*), 1978, para o qual escreve a introdução. Autor de *Gestalt, Ganzheit, Struktur. Aus vor- und Frühgeschichte des Strukturalismus in Deutschland* (*Configuração, totalidade, estrutura. Sobre a pré-história e o primeiro momento do estruturalismo na Alemanha*), 1978. Em 1999, o colóquio *Zeit und text*, realizado em Marburg (Alemanha), foi dedicado à sua obra.

TATE, ALLEN: crítico, ensaísta e poeta norte-americano (1899-1979). Professor de inglês na University of Minnesota. Tanto como poeta, quanto como ensaísta, fez-se intérprete e defensor dos valores sulistas. Entre seus livros de poesia, *Mr. Pope and other poems*, 1936, *The Mediterranean and other poems*, 1936, *The Winter sea*, 1945. Entre suas reuniões de ensaios críticos, *Reactionary essays on poetry and ideas*, 1936, *Reason in madness*, 1941, *The Language of poetry*, 1942. *On the limits of poetry*, 1948. *The Man of letters in the modern world. Selected essays: 1928-1955*, 1957. Seus *Collected essays* apareceram em 1959.

TINIANOV, IURI NIKOLAIEVITCH: crítico e prosador soviético (1844-1943). Junto com Jakobson, o nome mais importante do formalismo russo. Durante os anos 30 e 40, ante a repressão e morte do movimento, dedicou-se a escrever romances históricos, que se misturam à composição de biografias (*Kjuchlja*, 1925, onde, a partir da figura do poeta Kjuchel'beker, amigo de Puchkin, evoca o ambiente romântico-revolucionário em que amadureceu a revolta de 1825, *A Morte do vizir Muchtar*, 1929, dedicado à vida do poeta Griboedov, *Puchkin*, reconstrução da infância e adolescência do poeta, junto com a dos primeiros vinte anos do século XIX, na Rússia, obra não terminada). Em sua obra de crítico, destacam-se *Problema stichotvornovo jazyka* (*O problema da linguagem poética*), 1924, *Archaisty i novatory* (*Arcaístas e inovadores*), 1929 e os artigos que foram reunidos em livro, na tradução italiana intitulada *Formalismo e storia letteraria*, 1973, para não falar dos que, sozinho ou com Jakobson, têm sido apresentados nas coletâneas francesa e alemã dos formalistas (*Théorie de la littérature. Textes des formalistes russes*, 1965, e *Russischer Formalismus* I e II, 1969 e 1972, respectivamente).

VALÉRY, PAUL: poeta e ensaísta francês (1871-1945). Nasceu em Sète, cidadezinha famosa por seu poema "Le Cimetière marin". Estudou direito na faculdade de Montpellier. Amigo de Gide, fez também parte do restrito círculo que se reunia em torno de Mallarmé. Em 1892, já poeta e ensaísta editado, resolveu abandonar a poesia. Transferindo-se para Paris, dedicou-se ao estudo da matemática, cujo eco transparece na *Introduction à la méthode de Leonard de Vinci*, 1895. Do mesmo modo, a lucidez e consciência absoluta de M. Teste tem a ver com a figura do rigor pela qual a matemática lhe atraíra (*La Soirée avec M. Teste*, 1896). Retorna à poesia em 1917, publicando *La Jeune Parque*, em 1920, *Le Cimetière Marin* e a coletânea de poemas juvenis, *Album de vers anciens*. Em 22, publica *Charmes*, talvez sua coletânea mais significativa de poemas. Em sua obra de ensaística, destacam-se os volumes de *Variétés*, publicados desde 1924, até o quinto e último em 1944, *Eupalinos ou l'architecte*, 1921, *L'Ame et la danse*, 1923. Postumamente, foram publicados seus *Cahiers*, escritos entre 1894 e 1945, espécie de biografia mental, onde recorrem, sem ordem "narrativa", seus temas prediletos: a consciência, o sonho, a linguagem, [edição fac-similar] (1957-61), edição normal (1973-74).

WIMSATT, JR., WILLIAM K.: analista e historiador norte-americano da literatura (1907). Por suas reflexões, filia-se ao ideário do *new criticism*, embora distinga-se de sua versão dos anos 40 por considerar o papel da psicologia profunda no estudo da literatura. Professor de inglês em Yale University, é autor de *Linguistic stylistics*, 1973 e de vários artigos apresentados em *Contraries, studies in literature and criticism*, 1965, e, com Cleanth Brooks, de uma valiosa, conquanto parcial, *Literary criticism, A short history*, 1957 (tradudção em português 1971).

(Notas organizadas por L.C.L.)

Agradecimento e posfácio

Esta edição não teria sido realizada sem o concurso de vários amigos. Agradeço a Heloísa B. Santos Rocha e Fernando A. da Rocha Rodrigues pela minuciosa revisão de textos, assim como a Luiza Lobo, pela revisão dos que anteriormente traduzira, para não citar Eduardo Viveiros de Castro, o primeiro a traduzir para esta coletânea. Às professoras Eva Koch e Heidrun Krieger Olinto, por terem se responsabilizado pela maioria das traduções dos textos alemães. Aos professores Hans Robert Jauss, Hans Ulrich Gumbrecht, Roman Jakobson, Wolf-Dieter Stempel e Wolfgang Iser, por terem cedido gratuitamente os direitos de tradução de seus textos para o português. Agradeço ainda à equipe editorial da Editora Civilização Brasileira, cuja atenção e zelo permitiu que esta terceira edição eliminasse os erros que tanto prejudicavam as edições anteriores.

* * *

A extensão assumida por estes volumes torna inviável o posfácio que concebera para substituir a Introdução à primeira edição. Ele visaria a oferecer uma forma de síntese e questionamento derradeiros das convergências e divergências contidas nas posições e contribuições aqui selecionadas. Procurar-se-ia assim moderar a forçosa dispersão de obra desta natureza; orientar o leitor quanto a textos de mais difícil acesso; mostrar por fim o deslocamento de rumos que a teoria da literatura hoje manifesta. Sem negar a razão deste plano anterior, motivos de ordem editorial obrigam-me a substituí-lo por uma simples nota.

Que se pretende com uma obra deste tipo? Não se cogita, por certo, que ela substitua a necessidade de um manual de teoria da literatura, a exemplo do que fizeram Wellek e Warren, no início da década de 40. Desconfio contudo, apesar da qualidade de manuais mais recentes como o de Joseph Strelka (Strelka, J.: 1978), que a extensão e a complexidade de que a teoria passou a se revestir não mais permitem um manual que seja, ao mesmo tempo, uma iniciação ao panorama atual da disciplina e um tratado competente. Assim não sucederia, caso o campo teórico não passasse de orientações esquemáticas destinadas à aplicação sobre seus respectivos objetos. Orientações esquemáticas cujo serviço só seria apreciável depois de devidamente "aplicadas". Bem sei que esta é a noção de que compartilha a maioria das pessoas. Mas se a teoria, inclusive a da literatura, fosse isso, ou seria dispensável em favor do contato "vivo" com os textos, ou seria redutível a um cômodo livrinho introdutório.

Se há muito tempo não é mais plausível conceber-se um especialista que domine sequer a literatura do Ocidente, então não é mais de se conceber o conhecimento da literatura pelo contato que se tenha, vivo e empírico, com seus textos. Essa possibilidade se manteve mesmo quando já não era faticamente realizável, porquanto o especialista dispunha de uma concepção de literatura que lhe permitia supor conhecê-la mesmo quando não dominasse sequer a maioria de seus textos mais representativos. Tal concepção subsistiu enquanto o especialista pôde confiar plenamente na abordagem em que se formara. As abordagens que exerceram esta função tranqüilizadora foram duas: a filológica, desenvolvida a partir da Alemanha, e a da história positivista, originada da França. Filologia e história positivista forneciam ao especialista da literatura um modo de lidar com seu objeto que continha uma teorização sobre este, sem que houvesse a necessidade de explicitá-la. Ela podia permanecer latente, calada, porque tanto o filólogo quanto o historiador positivista ancoravam seu saber noutro campo, que lhes emprestava a "teoria" do que faziam. Para o filólogo, esta teoria implícita era fornecida pelo pensamento historista: a obra literária individual manifestava um espírito ou vontade coletiva, de ordem nacional, que explicava a diferenciação das obras pertencentes a períodos diversos ou a outras literaturas e, ao mesmo tempo, justificava sua então só aparente inutilidade. Para o historiador positivista, tratava-se de se aproximar neutra e imparcialmente das obras, menos para "curti-las" do que para classificá-las, tornando-as assim tão objetivas quanto seria de esperar da assepsia científica. Ora, estes modos de operar caíram em descrédito à medida que suas teorizações implícitas foram questionadas ou simplesmente abandonadas. Pois, apesar de suas diferenças, tanto a filologia quanto a história positivista partiam de uma concepção causalista da história: esta conteria como que um motor que acionaria as diversas expressões do meio a que o motor emprestava sua força. Embora divergentes, filólogos e historiadores positivistas concordariam numa visão totalista dos produtos sociais, totalismo que se fazia presente mesmo quando, através da estilística, a filologia ressaltava o papel do afetivo e do estritamente individual na construção literária. Não discuto se estas concepções não continuam presentes em muitos de nossos colegas. É mesmo possível que, numericamente, eles sejam majoritários. Apenas acentuo que do ponto de vista teórico esta é hoje uma concepção residual. O advento e desenvolvimento crescente da teoria da literatura resultam do progressivo abandono desta visão, que, precedentemente, pôde se manter latente porque amparada pela teorização que se explicitava na área sobre ela incidente — as áreas do historismo para a filologia, da ciência natural para a história positivista. O vazio decorrente do abandono desta visão obrigou a teorização explícita do objeto "literatura". Assim, na hora presente a teoria da literatura procura cumprir o que, no século XIX, fizera principalmente a filologia: propiciar uma compreensão da literatura, mesmo sabendo-se que não se conhece toda a literatura. Em decorrência, enquanto a filologia ofertava ao especialista um sentido de orientação a partir de dados como "nação", "época", "influências", a teoria da literatura procura fornecer este sentido a partir das diferenciações discursivas, das diferenças que cada um dos discursos estabelece com a "realidade" comum, e de um conhecimento mais aprofundado do que constitui a literatura. Não se entenda esta diferenciação de critérios como uma escalada evolutiva, na qual os critérios à disposição da filologia se dispusessem em um grau inferior. Por motivos que só seria possível determinar através de minuciosa análise histórica, a visão filológica e a positivista eram dependentes de uma concepção totalista da história, então tomada como se fosse um tronco de que os produtos sociais fossem os ramos, tronco que justificava a desnecessidade de teorizar-se sobre cada "ramo" particularizado. Ao desenvolvimento da teoria da literatura, em troca, que se acelera nas décadas posteriores à Segunda Grande Guerra, corresponde quer o questionamento desta concepção, quer a sensação empírica de que as famosas unidades das nações e da cultura ocidental são mitos arruinados. A partir, entretanto, do colapso da história como totalidade, quer sincrônica quer diacrônica, abre-se para a teorização contemporânea a alternativa de duas direções. Provisoriamente, podemos chamá-las de abordagens de cunho lingüístico e de cunho cultural. Antes porém de diferençá-las, cabe chamar atenção para o traço comum que mostram, além da recusa à história totalista. Empregando em contexto bem diverso observação do iugoslavo Viktor Žmegac, devemos acentuar que "assim como a escrita da história das literaturas nacionais, em seu sentido exclusivo, tornou-se arriscada ou mesmo insustentável, assim também a consideração histórica das tendências analíticas que se ocupam da literatura não é mais capaz de permanecer dentro das fronteiras de uma língua" (Žmegac, V.: 194, 8). Este descrédito das exclusivas literaturas nacionais, junto ao ultrapasse das fronteiras lingüísticas dos métodos de análise, decorre, de um lado, das razões já acima apontadas e, de outro, da tendência da teoria em substituir a filologia como a especialidade compreensiva do objeto "literatura". Esta concordância contudo não contraria a opção básica que logo se apresenta ao teórico. A primeira linha ressalta o caráter verbal da literatura. Sua teorização e os métodos que procurarão operacionalizá-la tratarão a literatura como um universo fechado em signos. Não estranha que para esta linha seja a lingüística a ciência-piloto. O analista poderá então ver a literatura como uma "mônada sem janelas", i. e., em que o extratextual importará apenas como a matéria-prima para o agenciamento verbal ou adotar uma visão mais permeável ao contexto social, que não impugne, entretanto, a primazia exclusiva da verbalidade lingüisticamente considerada. Em qualquer das duas variantes, duas características assentarão sobre seu trabalho: (a) postular ou tender à postulação de uma concepção imanente da literatura — esta se especifica por um determinado uso do código verbal, de que o exemplo mais avançado é a definição do poético por Jakobson: "A função poética projeta o princípio da equivalência do eixo da seleção sobre o eixo da combinação" (Jakobson, R.: 1960, 358); (b) operar mediante a rigorosa e exclusiva análise dos aspectos lingüísticos encontrados na composição verbal. Esta linhagem sobressai na primeira fase do formalismo russo, no *new criticism* e encontra seu mais poderoso defensor no estruturalismo, tal como se configurou com os analistas franceses.

O reverso da alternativa é apresentado pelo que chamamos de linha cultural*. Como sucede com a primeira linha, também suas teorizações e metodologias conseqüentes podem-se chocar internamente. Mas, enquanto filiáveis à mesma linhagem, apresentarão como traço comum negarem que o discurso literário possa ser definido imanentemente, i. e., que à semelhança de um objeto científico, seja tomado como possuidor das mesmas propriedades,

*Escrito em 1982, não poderíamos imaginar que a linha cultural, que privilegiávamos, daria lugar aos hoje chamados "cultural studies". Tal como praticados, estes não têm nenhum interesse na teorização da literatura. (Nota para a 3.ª edição).

independente do *lugar* em que se processe a observação. Em conseqüência, a lingüística deixa de aparecer como ciência-piloto, para tornar-se um meio auxiliar do exame adequado. A caracterização imanentista é recusada porquanto algo não se reconhece como literário senão em função do horizonte da cultura, da sociedade, de uma posição determinada dentro desta. Noutras palavras, cada cultura, e as sociedades que a compõem, tendem a recortar de formas diferentes as regiões discursivas que apresentam e praticam. Deste modo o que nunca poderá ser reconhecido como discurso religioso, poderá ser tomado como mítico por outra, ou ficcional — nome mais abrangente que a designação "literatura" — por uma terceira. Ou, na mesma escalada sincrônica, o valor dominante como caracterização do literário numa certa sociedade dificilmente o será noutra de perfil diferenciado. O representante atual mais fecundo desta linha é a estética da recepção e do efeito. Mas seria ingênuo supor que o grau de reflexão alcançado por ela já tenha a consistência necessária para que se impusesse como um cânone relativamente tranqüilo. São aí fundamentais o aprofundamento da idéia de ficção — empreendido de forma magistral nos dois ensaios de W. Iser aqui publicados — e o de uma teoria do leitor — não a simples constatação ou análise de sua efetiva leitura — subordinada e, ao mesmo tempo, operacionalizadora do conceito de ficção. Estes dois pontos se relacionam por sua vez com questões como: qual o estatuto da interpretação dos textos ficcionais, como diferençar valorativamente as diversas leituras quanto à do próprio analista? Todas estas questões, ademais, se articulam a uma teoria da história que já não repete a concepção que a tinha por dirigida por um centro ou motor — seja de ordem material, como no positivismo, seja de ordem espiritual, como no historicismo. A solução jaussiana segue os parâmetros expostos por seu ex-mestre Gadamer, que concede um papel ímpar à permanência da tradição e daí supõe uma insatisfatória concepção continuísta da história (sobre Gadamer, cf. ensaio sobre hermenêutica, no 1.º vol. desta obra). De sua parte, a solução iseriana, tal como questiona Gumbrecht na resenha aqui também traduzida, supõe um centrismo europeu ao tomar o autoquestionamento de suas expectativas pelo leitor como determinante da experiência estética, o que prejudica a abrangência de sua teorização. Por isso, muito mais do que divulgação, a estética da recepção e do efeito precisaria ser conhecida entre nós para que se tentasse desenvolver um avanço quanto às suas próprias carências. A respeito desta concepção de história em vias de elaboração, assinale-se que seu ponto de fecundação maior parece se encontrar nos estudos de franceses como Braudel, Le Roy Ladurie, Duby, De Certeau, Veyne, para só citarmos alguns dos historiadores profissionais. Como tampouco seria agora possível uma melhor informação a respeito, limito-me a observar um aspecto extremamente curioso: nos séculos XVIII e XIX a história era a legitimadora da literatura — o ideal do crítico era coroar sua obra com uma história e o romance, gênero paradigmático dos dois séculos, se queria próximo da "vida" e do cotidiano. Hoje com freqüência os historiadores — e não só eles — procuram entender seus mecanismos de operação através dos mecanismos constitutivos do ficcional, quer do ficcional reconhecido como literatura, quer não. Por questão de espaço, limito-me a remeter para dois ensaios recentes: o de Paul Hernadi: "The Erotics of retrospection: history-telling, audience response, and the strategies of desire" (Hernadi, P.: 1981, 243-252) e o de Hayden White, "The Value of narrativity in the representation of reality" (White, H.: 1980, 5-27). Fora do campo historiográfico, seria de igual importância a leitura do ensaio do psicanalista Roy Schafer, "Narration in the psychoanalytic dialogue" (Schafer, R.: 1980, 29-53). Em comum, estes ensaios negam à história e ao discurso do psicanalista o caráter de discurso do real, i. e., de um discurso em que a narrativa fosse um instrumento neutro, em si mesmo secundário, pelo qual se instalaria a realidade de certo período histórico ou de certa vida. Se, em conseqüência, entre narrativa histórica e psicanalítica, de um lado, e narrativa ficcional, do outro, não é mais reconhecida a barreira que separava os discursos do real e do fictício, as fronteiras entre estes dois termos se tornam pelo menos questionáveis. E, mesmo que não concordemos com Hayden White que, em obra anterior, achava viável a classificação das obras dos historiadores de acordo simplesmente com os modos de narrativa adotados, à semelhança do que Frye empreendera quanto à literatura (cf. White, H.: 1973, 1-42), já não será senão grosseiro ainda tentar o entendimento do discurso literário perfilando seus exemplares nos parâmetros da história "real". Em vez desta subordinação, a admissão de que a história não tem o centro ou motor antes afirmado parece implicar que à literatura — mais precisamente ao ficcional — se está confiando o caráter de meio capaz de melhor caracterizar atividades que, como a historiográfica e a psicanalítica, dependem fortemente da organização de seu material em forma narrativa. Este aspecto parece um sintoma de que não é apenas o rumo dos estudos literários que hoje recebe uma inflexão diversa: tal deslocamento se opera também em áreas vizinhas, como a da teoria da história e da psicanálise. Ou seja, não são apenas alguns especialistas em literatura que passam a teorizá-la de modo diverso ao que se fazia ainda há poucas décadas. Se alguns daqueles se esforçam em acompanhar e aprender com as colocações diferentes sobre o caráter da história e da psicanálise, também alguns destes passam a ver nos procedimentos necessários ao ficcional meios de melhor reconhecer o que eles próprios têm feito. Correndo "por fora da raia", a reflexão sobre o estatuto da ciência *stricto sensu*, notadamente a análise das chamadas estruturas dissipativas, levou autores como Ilya Prigogine e Isabelle Stengers a mostrar como as ciências exatas se aproximam das ciências do homem: "Somos levados a empregar, para descrever de modo consistente os sistemas físico-químicos mais simples, um complexo de noções que até agora parecia reservado aos fenômenos biológicos, sociais e culturais: as noções de história, de estrutura e de atividade funcional se impõem ao mesmo tempo para descrever a *ordem por flutuação*, a ordem de que o não equilíbrio constitui a fonte" (Prigogine, I. e Stengers, I.: 1979, 169). A "nova aliança", para falar como estes autores, provoca a ruptura da hierarquização de que se nutre o Ocidente pós-renascentista: ciências exatas, ciências humanas, ficção (esta lá embaixo, confundida, se não com a mentira, pelo menos com a esdrúxula fantasia). Por isso não deixa de soar estranho um último contraste que queremos assinalar: enquanto historiadores e psicanalistas se vêem mais próximos dos procedimentos ficcionais do que poderiam admitir seus pares da primeira metade do século e então passam a revelar um interesse teórico-profissional pela literatura, os estudantes de literatura — pelo menos os brasileiros — se mostram cada vez menos preparados para conhecer seu objeto. Como se explicaria a contradição? Se não for forçar a presença de um bode expiatório, talvez este seja outro indício de nosso capitalismo selvagem, que empurra os melhores talentos para o trabalho na área puramente tecnológica.

LUIZ COSTA LIMA
Rio, fevereiro de 1982

Referências bibliográficas

Hernadi, P. 1981: "The Erotics of retrospection: historytelling, audience response, and the strategies of desire", in *New literary history*, XII, 2.

Jakobson, R., 1960: "Linguistics and poetics", *in Style in language*, Th. A. Sebeok (org.), The M.I.T. Press, Cambridge, Mass.

Prigogine, I. e Stengers, I., 1979: *La Nouvelle alliance. Métamorphose de la science*, Gallimard, Paris.

Strelka, J. 1978: *Methodologie der Literaturwissenschaft*, Max Niemeyer Verlag, Tübingen.

White, H., 1973: *Metahistory. The historical imagination in nineteeth-century Europe*. Ed. cit.: The Johns Hopkins University Press, Baltimore-London 1979. Trad. brasileira de José Laurênio de Melo: *Meta-história. A imaginação histórica do século XIX*, EDUSP, São Paulo, 1992.

White, H., 1980: "The Value of narrativity in the representation of reality", *in Critical inquiry*, 7, 1.

Žmegac, Viktor, 1974: "Vorbemerkung" a *Methoden der deutschen Literaturwissenschaft*, Athenäum Fischer Taschenbuch Verlag. Frankfurt a. M.

Índice de nomes

O texto deste livro foi composto em Sabon, desenho tipográfico de Jan Tschichold de 1964, baseado nos estudos de Claude Garamond e Jacques Sabon no século XVI, em corpo 10/13,5. Para títulos e destaques, foi utilizada a tipografia Frutiger, desenhada por Adrian Frutiger em 1975.

A impressão se deu sobre papel Chamois fine 80g/m² pelo Sistema Cameron da Divisão Gráfica da Distribuidora Record.